A

Précieuses retrouvailles

*

Le bonheur d'un enfant

*

Seconde chance pour un rendez-vous

CYNTHIA THOMASON

Précieuses retrouvailles

UN ADORABLE SECRET

Traduction française de
AGNÈS JAUBERT

HARLEQUIN

Titre original :
HIS MOST IMPORTANT WIN

Ce roman a déjà été publié en 2020

HARPERCOLLINS FRANCE
83-85, boulevard Vincent-Auriol, 75646 PARIS CEDEX 13
Service Clients — https://www.harlequin.fr/contenu/contactez-nous
ISBN 978-2-2805-2647-0

Édité par HarperCollins France.
Composition et mise en pages Nord Compo.
Imprimé en décembre 2025 par ScandBook UAB en Lituanie
en utilisant 100% d'électricité renouvelable.
Dépôt légal : janvier 2026.

FSC
www.fsc.org
MIXTE
Papier | Pour une gestion forestière responsable
FSC® C021394

Pour limiter l'empreinte environnementale de ses livres, HarperCollins France s'engage à n'utiliser que du papier fabriqué à partir de bois provenant de forêts gérées durablement et de manière responsable.

1

Rosalie jeta un coup d'œil à sa montre en descendant de voiture. Le parking du lycée était bondé mais, par chance, elle avait trouvé une place.

— Encore trois minutes. En pressant le pas, je serai pile à l'heure.

Avec une pointe de regret, elle repensa aux lasagnes de sa mère. Dire qu'à cette minute précise, elle aurait pu être en train de se régaler en famille ! Quelle urgence soudaine avait bien pu pousser le proviseur à organiser une réunion à l'heure du dîner ? Elle n'en avait pas la moindre idée. La secrétaire s'était contentée de préciser qu'il souhaitait la présence de tous les professeurs restés à Whistler Creek durant l'été.

— Hé, Rosalie, attends-moi !

Shelby, sa collègue et amie, arrivait dans sa direction. Elle lui fit signe de hâter le pas.

— Je vois que je ne suis pas la seule en retard, lui lança-t-elle. Sais-tu ce qui nous vaut cette convocation ?

— Aucune idée, répondit Shelby, un peu essoufflée, en la rejoignant, mais je donnerais cher pour être ailleurs. Juillet n'est pas un mois pour penser au lycée.

Déjà, elles arrivaient devant l'entrée de l'imposant bâtiment en briques. Rosalie ouvrit la porte et s'effaça devant son amie.

— En tout cas, j'espère que Canfield ne compte pas sur nous pour nous porter jardiniers volontaires, fit-elle. Entre le magasin de primeurs de maman et le centre des Lendemains qui chantent, je suis bien assez occupée comme ça.

— Pourquoi ? Tu as de nouveaux petits protégés ?

— Non, mais tu sais, il faut du temps pour faire le deuil d'un être aimé. C'est important d'aider les enfants à panser les blessures de l'absence.

Shelby lui jeta un coup d'œil inquiet.

— Tu crois que c'est bon pour toi de baigner dans toute cette tristesse, Rosalie ?

Elle poussa un soupir.

— Ça va faire seize ans que j'ai perdu mon frère, Shelby, murmura-t-elle.

— Bon... Tu sais ce que tu fais, après tout.

Au bout du couloir principal du lycée, les portes de la médiathèque, grandes ouvertes, laissaient échapper l'odeur caractéristique des vieux livres mêlée à celle, plus moderne, des équipements multimédias.

La pièce bourdonnait d'activité. Manifestement, le bouche à oreille avait fonctionné. Aux trois quarts des professeurs présents, venaient s'ajouter une douzaine de délégués de parents d'élèves et quelques notables de la ville. Après un bref salut à la ronde, Rosalie et Shelby trouvèrent deux places au fond de la salle.

Debout sur l'estrade, Dexter Canfield, le proviseur, frappa sur le bureau pour réclamer le silence. Tous les yeux se tournèrent vers lui. De la voix de baryton qu'il réservait aux annonces publiques, il commença par remercier les membres de l'assistance pour leur présence.

— Nous regrettons tous le récent départ à la retraite de Bucky Lowell, enchaîna-t-il.

A l'unisson avec le public, Rosalie acquiesça d'un hochement de tête. Du plus loin qu'elle se souvienne, l'entraîneur des Wildcats, l'équipe de football américain du lycée, était une institution à Whistler Creek. Jamais ses joueurs n'avaient perdu un match. A soixante-treize ans toutefois, l'heure de la retraite avait sonné pour lui. Depuis, les spéculations allaient bon train. Sur qui le conseil d'administration porterait-il son choix pour lui succéder ? La voix de stentor de Canfield la fit sursauter.

— Et maintenant, mesdames et messieurs, préparez-vous à une surprise de taille. Vous êtes sur le point de découvrir le nouvel entraîneur des Wildcats. Il a signé son contrat hier. Je pense que vous serez tous d'accord sur le fait que notre équipe n'aurait pu rêver meilleur remplaçant pour Bucky.

Intriguée, Rosalie balaya la salle du regard. L'impatience était à son comble. Mettant un terme au suspense, Canfield se dirigea vers la porte d'une salle annexe et l'ouvrit en grand.

Pétrifiée, elle sentit ses poumons se vider d'un coup de leur oxygène. Avait-elle des visions ? Pour un peu, elle se serait pincée. La salve d'applaudissements qui s'éleva autour d'elle lui parvint comme étouffée. A l'exception des nouveaux venus, tous les habitants de Whistler Creek avaient reconnu l'enfant du pays, Bryce Benton, immense star du football et héritier de la plus importante exploitation agricole de la région.

Vêtu d'un T-shirt de l'université du Texas et d'une casquette de base-ball, il s'avança vers le bureau, l'air mal à l'aise.

S'extirpant de son hébétude, Rosalie s'obligea à le regarder. Depuis son départ pour l'université, seize ans auparavant, elle ne lui avait pas adressé la parole. Les deux fois où elle l'avait aperçu en ville, elle l'avait évité. Pourtant, à le voir irradier cette assurance décontractée de ceux qui ont eu la chance de naître dans une famille aisée et de faire de bonnes études, elle sentit les années fondre et sa gorge se dessécher. Elle déglutit. Malgré tous ses efforts pour tourner une page définitive sur leur passé commun, elle avait soudain l'impression d'avoir de nouveau dix-sept ans.

Que diable se passait-il ? Quelle raison avait bien pu pousser Bryce à renoncer à sa flamboyante carrière de joueur professionnel au Texas ? D'abandonner son poste d'entraîneur de la célèbre équipe universitaire des Texas Tech pour choisir d'entraîner les Wildcats, l'équipe du lycée de sa ville natale ? C'était incompréhensible.

Les nerfs tendus comme des cordes, elle prit soudain conscience des conséquences de ce retour et un frisson de terreur la traversa. Combien de temps allait-elle pouvoir lui cacher qu'il était le père de Danny ?

Le rire narquois de Shelby vint interrompre le fil de ses sombres pensées.

— Quelle mouche a bien pu piquer Canfield ? Tu as vu la façon dont il exhibe son étalon ? Cela dit, il est indiscutable que c'est une affaire, ajouta-t-elle en décochant un petit coup de coude à son amie.

Sans trop savoir comment, Rosalie parvint à retrouver sa voix.

— C'est vrai, tu ne connais pas Bryce, fit-elle remarquer, affichant une désinvolture qu'elle était à mille lieues de ressentir.

— Pas encore. Il est libre ? s'enquit son amie avec un sourire entendu.

Shelby n'habitait Whistler Creek que depuis trois ans.

— Divorcé.

Le cœur lourd, elle laissa de nouveau ses pensées dériver. Whistler Creek était une petite ville où tout se savait. Bien malgré elle, elle avait été tenue informée de tous les détails de la vie de Bryce.

Elle baissa les yeux sur ses mains tremblantes. Il lui était intolérable de voir ce beau visage hâlé se rengorger sous l'admiration d'un public qui, de toute évidence, avait oublié certains détails du passé de leur nouveau héros. Oublié, ou pardonné !

Incapable d'endiguer le flot de souvenirs qui l'envahissait, elle sentit la honte lui brûler les joues. Comme elle était naïve, à l'époque ! Dire qu'elle avait cru être amoureuse de cet homme qui se laissait ainsi exhiber par Canfield devant la population enthousiaste de Whistler Creek ! Les gens avaient la mémoire courte !

Pourtant, certains drames laissent des traces indélébiles.

Devant la bonne centaine de regards braqués sur lui, Bryce refoulait sa colère. Jamais, de sa vie, il ne s'était senti aussi ridicule. Canfield lui avait demandé d'attendre en coulisses pour lui laisser le temps d'attiser la curiosité de ses concitoyens. Il avait commencé par protester, pensant qu'il était peut-être préférable d'atténuer l'effet de surprise que créerait son retour, mais il avait fini par céder. Après tout, en seize ans, il n'était venu à Whistler

Creek qu'une dizaine de fois. Il regrettait maintenant de s'être laissé manipuler par le proviseur, qui avait voulu faire de lui une sorte de bête de foire.

Il leva les mains pour essayer de faire taire le brouhaha animé. Quand Canfield l'avait appelé pour lui proposer la succession de Bucky, il n'avait pas hésité une seconde. Malgré la tragédie qui le hanterait sans doute toute sa vie, la perspective d'entraîner les joueurs du lycée de sa jeunesse comblait toutes ses attentes.

Rayonnant, Canfield se tourna vers lui.

— Bryce a accepté de quitter la prestigieuse équipe de l'université du Texas pour rejoindre notre modeste lycée. Je tenais donc à vous faire partager ce grand moment.

Bryce réprima un geste d'humeur. Son agacement allait croissant. Il avait l'impression d'être un poney de cirque attendant les ordres du dresseur pour commencer son numéro. Malgré l'importante différence de salaire, il ne s'était pas fait prier pour signer le contrat le liant à Whistler Creek. Une décision qui, pour beaucoup, passerait pour insensée.

Mais il aimait le risque. Et il savait qu'entraîner des adolescents lui apporterait beaucoup plus de satisfactions pédagogiques que s'occuper de professionnels.

Son regard se posa sur son père, assis au premier rang. Une lueur de fierté brillait dans ses yeux. C'était aussi pour lui qu'il était revenu. Depuis son infarctus, Roland Benton avait besoin de lui.

Prenant une profonde inspiration, il commença :

— Asseyez-vous, mes amis ! Il s'agit plus ici d'une occasion de faire connaissance que de fêter mon nouveau poste. Je pourrais même dire, de refaire connaissance, pour la plupart.

— Tu veux rire, Bryce ! cria une voix du fond de la salle. Avec toi, notre équipe va se surpasser !

Surpris par ce manque de délicatesse vis-à-vis de Bucky, qui était assis à côté de lui, il grimaça un sourire.

— Bucky me laisse une sacrée réputation à honorer, alors ne nous emballons pas ! répliqua-t-il d'une voix ferme. Et attendons d'avoir gagné quelques matchs avant de crier victoire.

Un sourire satisfait aux lèvres, Dexter Canfield reprit :

— Tu comprends maintenant pourquoi je t'ai fait venir, Bryce. Nous apprécions tous l'immense travail qu'a réalisé Bucky, mais une nouvelle ère s'ouvre aujourd'hui pour le football de Whistler Creek. Et sache que nous sommes tous derrière toi et ton équipe.

— J'apprécie ce bel enthousiasme et je souhaite qu'il nous porte vers de nombreuses victoires. Mais n'oublions pas les absents ; ce sont nos jeunes joueurs qui auront le plus besoin de votre soutien.

Il marqua une pause avant d'ajouter :

— Et pour ne pas faillir à la tradition, notre équipe restera une grande équipe. Alors, merci à tous d'être venus ce soir et de m'avoir réservé un accueil aussi chaleureux. Et maintenant, vous n'avez plus qu'à rentrer chez vous. Tout en sachant que ma porte vous sera toujours ouverte.

Le public commença à se disperser. Réprimant son impatience, Bryce dut serrer un nombre incalculable de mains. Au bout d'un temps qui lui parut interminable, il put enfin prendre congé de Canfield. Puis, emboîtant le pas à son père, il se dirigea vers la porte d'entrée. Ils s'apprêtaient à sortir dans la moiteur de la nuit de Géorgie quand il retint son père par le bras.

— Attendons que tout le monde soit parti, tu veux ?

Roland Benton sourit.

— Toute cette excitation te mettrait-elle mal à l'aise, par hasard ?

— Oui. Je ne m'attendais pas à un tel accueil après tant d'années.

— D'un autre côté, tu as toujours voulu revenir.

Il hocha la tête et adressa un signe à un conducteur qui, vitre baissée, levait un pouce en signe de victoire.

— Je ne pensais pas qu'ils seraient aussi contents de m'avoir comme entraîneur du lycée. Tu sais bien papa, quand on place la barre trop haut, la déception n'en est que plus brutale.

— Contente-toi de bien faire ton travail, Bryce. On te demande simplement de donner le meilleur de toi-même. C'est bien ce que tu attends toi-même de tes joueurs ?

— C'est vrai, répondit-il en s'avançant sur le parking presque désert désormais.

Il allait atteindre sa voiture lorsqu'il se figea. A une trentaine de mètres, deux femmes bavardaient et il éprouva un pincement au cœur familier. Il aurait reconnu entre mille l'opulente chevelure brune qui cascadait sur les épaules de l'une d'elles.

Il se tourna à demi vers son père sans cesser de fixer les deux femmes.

— Papa, n'est-ce pas Rosalie Campano, là-bas ? murmura-t-il, la gorge serrée.

— Oui, c'est bien elle, acquiesça l'intéressé en plissant les yeux.

— Sa mère tient toujours le magasin de primeurs sur Fox Hollow Road ?

— Tout à fait. Claudia est l'une de nos meilleures clientes. Rosalie habite toujours la maison familiale. Elle enseigne les lettres au lycée.

— Je me souviens, maintenant, maman me l'avait dit. J'aurais dû me douter qu'elle serait là ce soir.

Toujours absorbée par sa conversation, Rosalie riait. Sentant son pouls qui battait à tout rompre, il esquissa un sourire. Il n'avait rien oublié de la clarté de sa voix aux intonations vives et joyeuses.

Seulement, un étau lui broyait la poitrine. Durant toutes ces années, le souvenir de Rosalie n'avait jamais quitté ses pensées. Elle avait tant compté dans sa vie, autrefois ! Jusqu'au jour où il lui avait brisé le cœur. Certaines blessures ne cicatrisaient jamais.

— Elle s'appelle toujours Campano ? murmura-t-il, envahi par une vague de tristesse.

— Tu veux savoir si elle est mariée ?

— Oui.

— Non, elle est toujours célibataire. D'après ce que je sais, elle a failli se marier une ou deux fois, mais cela ne s'est pas fait.

Un espoir aussi fou que stupide inonda Bryce malgré lui. Rosalie ne s'était jamais mariée ? Allons ! Il devait prendre sur lui, essayer de maîtriser ses pensées indisciplinées. Sentant la main de son père sur son bras, il se laissa entraîner jusqu'à leur voiture, garée dans la direction opposée, puis il pila net. Non, il ne pouvait pas s'en aller comme ça, sans l'avoir saluée. Et tant pis s'il savait qu'il s'engageait en terrain dangereux.

— Attends, je veux lui dire bonsoir.

— Ce n'est peut-être pas le moment, fit valoir Roland.

Bryce lui jeta un coup d'œil surpris. Pourquoi avait-il l'air aussi inquiet tout à coup ?

— Pourquoi ? répliqua-t-il. Je vais être amené à la croiser souvent. Nous allons travailler dans le même bâtiment, enseigner aux mêmes élèves. C'est le moment idéal, au contraire.

Sans plus attendre, il se dirigea vers elle. C'était fou, il le savait. Plus il s'approchait, plus son cœur battait. Seigneur ! Cela faisait seize ans que Ricky était mort et depuis, Rosalie et lui avaient continué leur chemin, chacun de leur côté. Mais, bon sang, elle était à cent mètres et, cette fois, elle ne pourrait pas l'esquiver. Il s'était toujours demandé si la vie lui offrirait un jour une chance de lui dire encore une fois à quel point il regrettait. Il accéléra le pas.

Elle parut le remarquer soudain, un coup d'œil furtif, comme si elle ne l'avait pas aperçu plus tôt. Aussitôt, son sourire s'évanouit, elle se tourna vers son amie et, tout en parlant, ouvrit la portière de sa voiture rouge. Il s'immobilisa. Sans lui laisser le temps de la rejoindre, elle était montée en voiture, avait fait marche arrière et, déjà, elle roulait vers la sortie.

Et, pour la deuxième fois de la soirée, il se sentit complètement ridicule.

2

Rosalie se gara et contourna la maison pour entrer par la porte de la cuisine. Dixie, le golden retriever familial, l'accueillit en remuant joyeusement la queue. D'un geste affectueux, elle lui gratta l'oreille. Une délicieuse odeur de pain frais et d'herbes de Provence flottait dans la pièce accueillante. Sur la table, un plat de lasagnes à moitié plein et un reste de salade dans un saladier de bois.

— Maman, tu es là ? appela-t-elle.

S'essuyant les mains sur un torchon, Claudia émergea de l'arrière-cuisine.

— Je vais te faire réchauffer les lasagnes, ma chérie.

— Non, merci, ce n'est pas la peine, je ne vais pas tarder à ressortir.

— Ah bon ? Tu vois Ted ?

Elle nia de la tête. Sa mère était l'une des rares à savoir qu'elle avait accepté quelques invitations à dîner de l'entraîneur de base-ball du lycée. Très pudique, elle n'aimait pas voir sa vie privée étalée au grand jour.

— Non. Il a ses enfants ce week-end. Je dois retrouver Shelby à la taverne de Creek Side. Danny est là ? enchaîna-t-elle en jetant un coup d'œil à la salle de séjour.

— Il est sorti. Ses copains sont venus le chercher il y a vingt minutes.

Avec un soupir de soulagement, elle s'affala sur une chaise de la cuisine. Pour une fois, son fils ne lui manquerait pas.

— Tant mieux ! Comme ça, je n'aurai pas besoin de faire semblant que tout va bien.

Sa mère lui lança un coup d'œil entendu.

— En tout cas, pas avec moi. Je suis au courant. Sharon Potter a assisté à votre réunion. Elle m'a téléphoné en rentrant.

— Donc, tu sais déjà qui est notre nouvel entraîneur de football ?

— Oui. De toute façon, j'ai toujours pensé que Bryce reviendrait. Entre son divorce et l'opération de son père, cela me semblait logique.

Rosalie jeta un coup d'œil surpris à sa mère. Ainsi, le retour de Bryce ne l'étonnait pas ?

— J'avais pourtant prié pour que cela me soit épargné, soupira-t-elle.

Claudia prit place de l'autre côté de la table.

— Ne crée pas de problèmes inutiles, Rosalie. Sa présence ici ne va rien changer.

— Moi, je pense que si, au contraire, répondit-elle, déjà résignée. Du moins pour moi. Je ne pourrai pas l'éviter au lycée à la rentrée et je suis condamnée à le croiser quand j'irai chercher nos commandes chez les Benton.

Elle tressaillit. Seigneur ! Comment avait-elle pu oublier ? Elle avait prévu d'y aller le lendemain matin.

— A commencer par demain, par exemple. Imagine un peu si je tombe sur lui ?

Avec une pression de main réconfortante, Claudia répondit :

— Nous ne savons pas si Bryce va s'installer chez ses parents. De toute façon, même si c'était le cas, tu peux toujours arriver aux aurores, bien avant qu'il soit levé.

— Oui, tu as raison, acquiesça-t-elle. Vois-tu, maman, malgré moi, j'ai peur que ce retour de Bryce ne mette le feu aux poudres. Boum ! acheva-t-elle, les deux mains levées.

— Tu sautes à des conclusions trop hâtives, Rosalie. Depuis la naissance de Danny, le secret n'a jamais filtré. Nous sommes quatre dans cette ville à savoir que Bryce est le père de Danny. Et aucun d'entre nous n'a jamais rompu sa promesse de se taire.

Elle détourna le regard, mais Rosalie surprit une ombre mélancolique sur son visage. Claudia avait toujours regretté que Bryce ne soit pas mis au courant de son lien avec Danny. Néanmoins, elle n'avait pas cherché à aller à l'encontre de la décision de sa fille.

— J'aimerais être aussi confiante que toi, maman, fit Rosalie en émiettant distraitement une tranche de pain. Mais je ne peux pas m'empêcher d'imaginer Bryce en présence de Danny, frappé par un éclair de lucidité. Comme si une évidence allait les pousser à se reconnaître mutuellement.

— Cela n'arrivera pas, chérie, assura sa mère en lui retirant le pain de la main. Nous avons toujours été prudentes. Et Danny n'a jamais posé la moindre question sur son père.

— Jusqu'à la mort de papa, l'année dernière. Jamais Danny n'aurait pu rêver meilleur père que son grand-père. Je ne te l'ai jamais dit, maman, mais ce deuil l'a poussé à m'interroger sur l'identité de son vrai père.

— Et que lui as-tu dit ?

— J'ai tenu ma promesse. Je lui ai répondu que son père et moi ne nous étions pas connus longtemps.

Elle s'interrompit, réprimant un soupir. L'idée d'avoir menti à son fils lui était odieuse. Bryce et elle ne se connaissaient-ils pas depuis leur naissance ?

— Que notre histoire n'avait été qu'un feu de paille, poursuivit-elle. Que son père n'était pas prêt à endosser la responsabilité d'un enfant.

De savoir que là, au moins, elle avait dit la vérité la réconfortait un peu.

— Et je lui ai répété qu'il avait été le plus grand bonheur de ma vie et que papa et toi l'aimiez comme un fils.

Claudia opina du chef.

— Tes réponses l'ont satisfait ?

— Je crois. J'ai fini par lui promettre que, plus tard, s'il le souhaitait, je l'aiderais à retrouver son père. Tout en espérant que jamais il ne me le demande.

— Et pour le moment, il n'en a rien fait. Alors je ne vois pas en quoi le retour de Bryce changerait quoi que ce soit. La ressemblance physique est quasi inexistante. Danny n'aura jamais besoin de savoir.

Les pupilles soudain dilatées, Claudia esquissa un sourire énigmatique.

— A moins que tu ne décides de le lui dire...

Elle sursauta. Quelle mouche avait piqué sa mère ?

— Pardon ? Je n'envisage même pas cette option, maman. J'aimerais juste pouvoir me débarrasser de ce pressentiment que j'ai qu'une chose terrible va arriver.

Elle pressa un doigt contre sa tempe pour dissiper la migraine qui s'annonçait.

— Laisse passer un peu de temps, Rosalie. Bryce va s'installer. Tu continueras ta vie. Tes cours, ton bénévolat. Tu verras, les choses finissent toujours par s'arranger. Et maintenant, ajouta-t-elle en lui frôlant la joue d'un geste affectueux, file te préparer et va retrouver tes amis. Il faut te changer les idées.

Docile, elle se leva et se dirigea vers la porte.

— Je ne pense pas être de très bonne compagnie, ce soir.

— Rosalie ?

— Oui, maman ? demanda-t-elle en se retournant.

— Tu lui as parlé ?

— Non. Après la réunion, nous nous sommes aperçus de loin, sur le parking. Quand j'ai vu qu'il venait vers moi, j'ai paniqué, je suis montée en voiture et j'ai filé.

Elle s'interrompit et se mordit la lèvre. Ce qu'elle n'avouait pas, c'était qu'elle avait dû se faire violence pour refouler un besoin instinctif d'aller se blottir au creux de ses bras.

— Je n'étais pas prête à lui faire face, reprit-elle. Je ne pense pas l'être un jour, d'ailleurs.

Claudia hocha de nouveau la tête.

— On verra bien.

— Que veux-tu dire par là ? demanda-t-elle, agacée. J'ai bien vu ce soir que, même après seize ans, Bryce Benton ne me laissait pas indifférente. Alors, crois-moi, je vais tout faire pour l'empêcher de revenir dans ma vie.

Sur ces mots, elle enfila le couloir. Il était temps de le chasser de son esprit, d'aller retrouver la sérénité de sa chambre douillette, son sanctuaire. Elle pila devant celle de Danny, posa la main sur la poignée et aspira une longue bouffée d'air. Cette chambre avait été celle de Ricky. Après sa mort, elle était restée condamnée pendant trois mois. Jusqu'au jour où, finalement, son père en avait poussé la porte et s'était résolu à emballer les affaires de son fils. Car, malgré le deuil, la vie devait continuer. Bientôt, cette pièce accueillerait un bébé.

Elle entra. Au-dessus du bureau de Danny, Ricky lui souriait. Bien qu'il ne l'ait pas connu, l'adolescent avait voulu garder une photo de son oncle avec le maillot des Wildcats.

Elle s'avança pour la regarder. Chaque fois qu'elle contemplait ce visage familier, elle se sentait à la fois réconfortée et envahie par une tristesse déchirante. La gorge nouée, elle eut un petit sourire ; elle avait devant elle l'image de sa moitié, de l'autre partie d'elle-même. Avec son casque de football sous un bras, ses épaules dont le rembourrage accentuait la robustesse, ses cheveux bruns à la coupe militaire, comme s'il était prêt à mener un combat sur le stade, Ricky était l'incarnation même de la confiance invincible.

D'un geste tendre, elle frôla les lettres du maillot du bout d'un doigt. Comme elle avait été fière de lui ! Le meilleur quarterback des Wildcats, il avait obtenu une bourse pour l'université de Floride. Même aujourd'hui, en regardant son sourire un peu frondeur, elle sentait son cœur fondre.

— Tu me manques, murmura-t-elle.

Si elle sentait toujours sa présence dans la maison, l'impression s'accentuait dans cette chambre. Rien ne pouvait séparer des jumeaux, ni le temps ni même la mort.

Se ressaisissant, elle laissa son regard errer sur les objets du monde de Danny : un gant éculé devenu trop petit, des portraits de stars du base-ball aux murs, une casquette portant l'autographe de l'un de ses héros, une photo de lui en tenue de joueur.

Le jour de ses trois ans, elle avait su que son fils serait un athlète. Il en avait la passion, la détermination, ne craignait jamais de s'égratigner les genoux. Ce jour-là, au parc, elle l'avait vu revenir brandissant fièrement un ballon de football américain. L'espace de quelques longues et douloureuses secondes, elle avait senti les battements de son cœur s'interrompre. Elle lui avait retiré le ballon des mains et elle l'avait emmené au centre commercial dans le but de lui faire découvrir d'autres sports. A son grand soulagement, l'intérêt de l'enfant pour le football avait paru s'émousser et, quand il avait été en âge de choisir, il avait opté pour le base-ball.

Jamais elle n'avait regretté de l'avoir poussé dans cette voie. Elle n'avait eu de cesse de l'encourager et avait pu assister à tous ses matchs sans craindre de le perdre. Un frisson de terreur la traversa. Jamais elle ne supporterait de revivre une telle douleur. Pas plus qu'elle ne pourrait supporter de revoir Bryce Benton...

Chassant ses sombres pensées, elle referma la porte sur le passé et pressa le pas vers sa propre chambre. Elle allait se doucher et se changer. Mais elle ne voulait pas rentrer tard. Elle avait bien l'intention de suivre le conseil de sa mère et d'aller chercher la commande chez les Benton aux premières lueurs de l'aube le lendemain.

Il était 6 h 45. Au volant du vieux pick-up familial, un gobelet de café à la main, elle roulait sur la route peu fréquentée qui serpentait à travers les vastes champs que venaient réchauffer les premiers rayons du soleil. Huit kilomètres séparaient Whistler Creek de la ferme des Benton.

Se lever avant l'aube n'avait pas été un problème. La veille au soir, après son dîner à la Whistler Inn, elle était rentrée tôt et avait dormi d'un sommeil agité. Au saut du lit, elle avait enfilé à la hâte un jean et un T-shirt, attaché ses cheveux indisciplinés d'une simple barrette et était sortie dans la cour sur la pointe des pieds.

L'entrepôt de primeurs ouvrait à 7 heures et elle serait la première cliente.

Même si les Benton étaient liés au plus grand chagrin de sa vie, elle parvenait à maintenir des rapports cordiaux avec eux. Mais elle remerciait le ciel que Danny ait hérité des yeux noirs, du teint mat et des cheveux bruns des Campano, et non de la blondeur et de la peau claire de son père. Personne à Whistler Creek ne se doutait qu'il était le fils de Bryce. Elle était même allée jusqu'à modifier sa date de naissance sur ses papiers officiels.

Chemin faisant, elle ne pouvait empêcher ses pensées de dériver vers les événements de la veille. Une multitude de questions l'assaillaient : qu'est-ce qui avait bien pu pousser Bryce à renoncer à sa brillante carrière à l'université du Texas ? Sa ville natale lui manquait-elle tant que ça ? Se sentait-il une obligation vis-à-vis de ses parents ? Avait-il eu besoin de revenir à Whistler Creek pour se ressourcer après son douloureux divorce ? Elle l'aurait aisément compris. Pour sa part, elle ne s'imaginait vivre nulle part ailleurs.

Pourtant, le Bryce qu'elle avait connu et cru aimer lui avait toujours donné l'impression d'avoir suffisamment confiance en lui pour pouvoir affronter n'importe quelle épreuve de la vie. Après tout, il n'avait pas été bien long à se remettre de la mort de son meilleur ami.

Et qu'est-ce qui l'avait poussé, la veille au soir, à venir vers elle, provoquant sa fuite précipitée ? Avait-il compris qu'elle l'avait évité délibérément ? Avait-il été convaincu par son air dégagé ? Ou bien s'était-il douté que ces retrouvailles étaient au-dessus de ses forces ? Qu'elle ne voulait pas ranimer les souvenirs, ne pouvait pas risquer d'en créer de nouveaux ?

Chassant ces interrogations de son esprit, elle se félicita de voir que, malgré ses quelques minutes d'avance, le portail électrique des Benton était déjà ouvert. Et quand elle arriva devant l'immense hangar, elle constata qu'elle était bien la première cliente. La chance lui souriait ! Les employés qui s'affairaient déjà lui adressèrent un signe de main.

Elle sauta du pick-up et salua le fidèle Juan Gonzalez, qui avait travaillé avec Enzo, son père, à l'époque où celui-ci était responsable des ventes de l'exploitation Benton.

— Bonjour, Juan ! Voilà ma liste : des poivrons rouges, dix cageots de maïs et quatre kilos d'oignons Vidalia.

— Ce sera prêt dans deux minutes, Rosalie.

Le laissant préparer la commande, elle s'avança dans les allées bordées de cageots de splendides fruits et légumes tout juste récoltés.

Elle venait de s'arrêter pour soupeser une belle tomate au

creux de sa paume quand elle sentit une main légère se poser sur son épaule.

— Bonjour, Rosalie. Ça fait longtemps, murmura une voix masculine.

Ce timbre familier, elle l'aurait reconnu entre mille. Elle sursauta, comme traversée par une décharge électrique, et fit volte-face. La tomate alla s'écraser à terre, attirant une multitude de petits insectes ailés. La gorge nouée, elle leva la tête vers les magnifiques yeux bleus qui avaient hanté ses rêves d'adolescente. Que diable faisait Bryce ici de si bon matin ?

— Je suis désolée, murmura-t-elle en regardant la masse pulpeuse à côté de ses baskets.

— Ce n'est pas grave, affirma-t-il avec un geste en direction des piles de cageots. Comme tu peux le voir, nous en avons d'autres.

Il prit une serviette en papier, ramassa la tomate et la jeta à la poubelle. Dieu merci, il ne semblait pas vouloir lui serrer la main. Elle n'avait pas la moindre envie de tester sa propre réaction à un nouveau contact.

— Je t'ai vue hier soir sur le parking du lycée, reprit-il.

Elle battit des paupières, comme éblouie. La veille, il était de l'autre côté de la pièce, une casquette de base-ball bas sur le front. Ce matin, elle le voyait en pleine lumière. Un visage qu'elle aurait reconnu n'importe où. Un coin de sa bouche remonta en un demi-sourire, exactement comme dans son souvenir. Il plissa les yeux derrière ses épais cils bruns. Des mèches de cheveux, d'un châtain plus foncé que dans son souvenir, lui barraient le front.

Troublée par l'intensité de ce regard azur pailleté d'indigo qui semblait la pénétrer dans toutes les fibres de son corps, elle sentit une sensation d'intense excitation vibrer au creux de son ventre.

— Rosalie ? Tout va bien ? demanda-t-il, tandis que son sourire s'élargissait.

Bien sûr, elle aurait dû s'attendre à cette question. Cela faisait déjà plusieurs minutes qu'elle était plantée là, comme changée en statue de sel. Si elle ne voulait pas passer pour une idiote, il était grand temps de recouvrer ses esprits et d'articuler quelques paroles intelligibles. Elle secoua la tête pour essayer de s'éclaircir les idées. Qu'avait-il dit ? Quelque chose au sujet du parking du lycée. Feignant la désinvolture, elle répondit avec un petit haussement d'épaules.

— Oui, j'étais au lycée hier soir. Canfield voulait tout le corps enseignant pour témoin...

Elle se tut. Elle était sur le point de terminer sa phrase sur une note moqueuse.

— ... de son spectacle ? acheva-t-il.

— Ce n'est pas ce que je voulais dire.

Elle se maudit. Décidément, elle n'arrêtait pas de mentir. C'était exactement le mot qu'elle allait employer.

— C'était un vrai gala, pourtant, approuva-t-il dans un éclat de rire. Il ne manquait plus que la fanfare des Wildcats.

— Manifestement, certains considèrent ton retour comme un miracle. Quoi de mieux pour succéder à Bucky qu'un champion de football revenu dans sa ville natale ? persifla-t-elle.

Un frisson la traversa. Elle n'avait eu aucune intention de se montrer sarcastique. Feindre l'indifférence aurait été beaucoup plus habile de sa part.

— A voir, se contenta-t-il de répondre.

La voix de Juan les interrompit.

— Rosalie !

Bénissant la diversion, elle se retourna.

— Ma commande doit être prête, déclara-t-elle.

— Je vais aller aider Juan, proposa Bryce.

Elle le précéda et, ensemble, ils se dirigèrent vers le pick-up. Tandis qu'elle avançait, la peau de sa nuque était parcourue d'une multitude de picotements et elle avait une nette impression de lourdeur dans les jambes.

Une file de pick-ups et de camionnettes s'était déjà formée derrière son véhicule.

— Nous ferions bien de nous dépêcher, dit-elle. Tu as d'autres clients.

Une fois la commande chargée, elle s'empressa de rédiger un chèque et le remit à Juan. Puis, ignorant Bryce, elle se hissa sur le siège de sa voiture et mit le contact.

— Ton père doit être content que tu sois revenu, lança-t-elle.

— J'ai l'impression que oui, répondit-il en se penchant vers la vitre ouverte. En tout cas, j'espère que ma présence lui fera du bien. C'est étrange, mais dès que je me suis retrouvé au milieu des récoltes, ce matin, tout m'est revenu. Je suppose que j'ai cette terre dans le sang.

— Comme tu as le football dans le sang.

— Oui, comme j'ai le football dans le sang.

Elle fixa un point droit devant elle. Il lui suffisait de démarrer pour mettre un terme à cette épreuve. Maintenant qu'elle avait survécu à un face à face avec Bryce, peut-être pourrait-elle le croiser dans les couloirs du lycée sans perdre tous ses moyens. Mais pour le moment, elle ne voulait pas prendre le risque de le regarder encore une fois.

— Bon, à bientôt, fit-elle en levant une main. Tu salueras tes parents pour moi.

— Je n'y manquerai pas. Et embrasse Claudia.

— Sans faute.

Sans détourner les yeux, les lèvres pincées, elle démarra. Elle n'avait plus qu'à retirer son pied du frein.

— Rosalie, lança-t-il soudain.

Son cœur s'emballa et elle tourna imperceptiblement la tête.

— Oui ?

— On peut se voir, un de ces jours ?

Elle planta son regard dans le sien sans ciller. Il blaguait, sans nul doute. Mais non, il avait l'air sincère.

— Pourquoi pas aujourd'hui, d'ailleurs ? Nous pourrions nous retrouver à Whistler Inn pour déjeuner.

— Pour déjeuner ? répéta-t-elle.

Les mains crispées sur le volant, elle se maudit. Pour un professeur de lettres, elle manquait singulièrement de repartie.

— Oui, le repas du milieu de la journée, précisa-t-il avec un petit rire. La plupart des gens déjeunent.

Voilà qu'il se fichait d'elle, maintenant ! Elle prit son air le plus revêche.

— Je ne peux pas, répliqua-t-elle d'un ton sec.

— Tu es sûre ? Je me disais que tu pourrais m'aider à rattraper seize ans de commérages à Whistler Creek.

— Demande à tes parents, ils sont au courant de tout.

— Je me fiche bien des membres du country club.

C'était exact. Il avait toujours préféré la simplicité de la famille Campano. Eh bien, cette époque était révolue !

— Je ne peux pas, voilà tout ! Je dois tenir le magasin.

C'était un mensonge. Le samedi, elle faisait des courses. Il ne lui restait plus qu'à espérer que Bryce ne passe pas devant chez elle.

— Une autre fois, alors ?

Elle relâcha le frein et, soulagée, démarra enfin.

— Peut-être. Qui sait ?

— Rosalie ? appela-t-il de nouveau.

— Oui ?

— Il me manque encore, à moi aussi.

Enfonçant la pédale de l'accélérateur, elle s'éloigna, des larmes lui brûlant les paupières. Un coup d'œil au rétroviseur lui indiqua que Bryce n'avait pas bougé. Les mains sur les hanches, il la suivait du regard.

3

Marjorie Benton déposa un autre pancake au sommet de la pile sur l'assiette de Bryce.

— Je te ressers du bacon ? demanda-t-elle.

— Maman, assez ! implora-t-il. Je ne suis rentré que depuis quelques jours et je suis sûr que j'ai déjà pris au moins trois kilos.

— On est dimanche, Bryce, répliqua-t-elle en poussant vers lui la bouteille de sirop d'érable. Le week-end, nous avons l'habitude de faire un petit déjeuner consistant, rappelle-toi.

— Parce que cette assiette d'œufs brouillés et de saucisses que tu m'as apportée à l'entrepôt vendredi matin était un repas léger ? demanda-t-il alors en jetant un regard plein d'espoir vers son père.

Dissimulé derrière son journal, Roland émit un petit rire.

— Prendre quelques kilos ne te fera pas de mal, répliqua sa mère en s'installant à côté de lui. Je sais que tu ne cuisines pas, puisque tu es célibataire. Et je sais que ton ex-femme n'était pas très portée sur les tâches ménagères.

Il s'apprêtait à se défendre : il était bon cuisinier. Mais à quoi bon ? La bouche pleine, il sourit. Elle devait imaginer qu'ils avaient vécu quatre ans dans un taudis, Audrey et lui. Or, ils avaient une femme de ménage et se faisaient livrer des plats régulièrement. L'échec de leur mariage n'était pas dû à de simples problèmes domestiques.

— Mais je pense qu'il est temps d'aborder le sujet qui te préoccupe vraiment ce matin, enchaîna-t-elle en agitant l'index.

Bryce réprima un soupir résigné et but une longue gorgée de lait. Il savait d'avance qu'il n'y couperait pas.

— Maman, sommes-nous obligés de parler de ça ? plaida-t-il en repoussant son assiette.

D'un ongle manucuré, elle tapota la nappe.

— Je ne vois pas pourquoi tu as déjà pris rendez-vous avec un agent immobilier, Bryce. Rien ne presse.

Il s'accouda à la table et la regarda.

— Tu veux voir mon permis de conduire, maman ? Pour te rappeler que j'ai trente-trois ans ?

Elle se raidit.

— Je connais ton âge, Bryce. J'étais présente le jour de ta naissance, figure-toi.

— Mais tu n'as pas partagé les seize dernières années de ma vie, répliqua-t-il. J'ai perdu l'habitude de vivre chez mes parents. Maman, je t'aime beaucoup, tu le sais. Mais j'ai besoin d'être chez moi. Et je veux quand même vivre à Whistler Creek.

Avec une moue affligée, elle tourna la tête vers les champs de la ferme familiale, qui s'étendaient à perte de vue.

— Mais tu es chez toi ici, Bryce. Et, un jour, cette terre sera la tienne.

— Peut-être, maman. Et je serai heureux d'aider papa quand il aura besoin de moi. Mais pour le moment...

Marjorie s'apprêtait à protester quand Roland replia son journal et le posa sur la table. Il était peu loquace de nature et, quand il parlait, tout le monde l'écoutait.

— Bryce est un grand garçon, Marjorie. Laisse-le partir. Il ne sera pas loin, de toute façon.

D'un geste distrait, Marjorie joua quelques secondes avec les boutons de sa robe. Puis, drapée dans sa dignité, elle se leva, ramassa l'assiette de Bryce et se dirigea vers l'évier.

— Très bien ! lâcha-t-elle en ouvrant le robinet à fond.

Bryce resta coi. Un silence gêné s'était installé entre ses parents. Préférant ne pas intervenir, il se leva à son tour, déposa un baiser rapide sur la joue de sa mère et sortit.

Posté au milieu de l'allée de vieux chênes, Bryce contemplait la bâtisse de bois patinée par le temps.

— Quand je pense au nombre de fois où je suis passé devant ces arbres sans jamais me douter de ce qu'ils dissimulaient, déclara-t-il à l'intention de Lisa, l'agent immobilier.

Il leva les yeux vers le toit. Quelques bardeaux manquaient, les briques de la cheminée s'écroulaient.

— Elle a besoin d'une sérieuse rénovation, fit-il remarquer. Le toit, la peinture...

Déjà, les mains le démangeaient de se mettre au travail. Quand il avait vu cette maison se profiler derrière les hautes frondaisons, une heure auparavant, il avait eu le coup de foudre. D'emblée, il avait aimé le deuxième étage au toit mansardé, les deux fenêtres sur les pignons, l'accueillante véranda qui courait le long de la façade. De plus, l'agencement intérieur correspondait exactement à ses désirs : au rez-de-chaussée, un vaste salon avec sa cheminée en pierres, une belle salle à manger, une cuisine assez spacieuse pour accueillir une table et des chaises, une chambre et une petite pièce où il pourrait aménager son bureau. L'étage comptait deux chambres supplémentaires.

Ils contournèrent la maison pour se retrouver dans un jardin envahi par les mauvaises herbes, avec, en son centre, un puits couvert de mousse. Un petit bois de magnolias parfumés le prolongeait. Il s'y enfonça et, quand il revint, son esprit bouillonnait de projets.

La voix de Lisa vint interrompre ses pensées.

— Alors, qu'en pensez-vous ? Je vous imagine très bien vivre ici. Et, en habitant Fox Hollow Road, vous êtes tout près du centre.

Et des Campano, ajouta-t-il en son for intérieur.

En venant, il avait aperçu des voitures de clients garées devant le magasin de primeurs. Et, comme chaque fois qu'il passait devant cette maison où il avait connu le bonheur, son cœur avait bondi dans sa poitrine. Il n'avait pas vu Rosalie, mais il avait décidé de s'arrêter pour saluer Claudia au retour.

— Je vais commencer par la faire expertiser, répondit-il. Vérifier le toit, la plomberie, l'électricité.

— Tant mieux. Nous pourrons rédiger l'acte de vente dès

que l'expertise vous aura donné satisfaction, approuva-t-elle en tapotant son dossier.

— Si tout se passe bien, je suis preneur, ajouta-t-il, avec un frisson d'excitation.

Cette maison serait à lui, il le savait.

— Rendez-vous dans une demi-heure à l'agence. Je vais commencer à rédiger les papiers.

— A quelle heure tes copains viennent-ils te chercher pour aller au stade ? demanda Rosalie à Danny en le rejoignant au magasin.

Tous les dimanches après-midi, l'adolescent jouait au base-ball.

— Ils ne vont pas tarder, répondit-il avec un coup d'œil à sa montre. Je dois aller chercher mes affaires. Tu peux rester aider grand-mère ?

— Oui. J'ai l'impression que la journée a été bonne.

Il acquiesça d'un signe de tête et partit en courant. Au même moment, une Honda Civic s'engagea dans l'allée pour remonter jusqu'à la maison. C'était les amis de Danny qui venaient le chercher. Après leur avoir adressé un petit salut de la main, Rosalie prit une pile de corbeilles, qu'elle entreprit de remplir avec les tomates d'un cageot.

Elle était absorbée dans sa tâche quand un bruit de moteur lui fit relever la tête. Un gros pick-up noir s'immobilisait devant le magasin. A qui pouvait-il bien appartenir ? Elle baissa les yeux vers la plaque minéralogique : celle-ci indiquait Texas Tech University. Elle tressaillit, mais déjà, Bryce descendait de voiture.

Il fit quelques pas dans sa direction et s'arrêta net. Claudia avait poussé un tel cri qu'une cliente en avait lâché son sac de pêches.

— Bryce Benton ! Oh ! mon Dieu ! Dans mes bras !

La gorge nouée, Rosalie le vit contourner l'étal pour aller serrer Claudia contre son torse vigoureux. Quand, enfin, il la relâcha, Claudia posa la main sur son cœur et leva les yeux vers lui.

— Tu es encore plus beau qu'avant, pour peu qu'une telle chose soit possible ! s'exclama-t-elle.

Les mains tremblantes, Rosalie aida machinalement la cliente à ramasser ses pêches. Pourquoi sa mère était-elle si heureuse de revoir Bryce ? Elle semblait avoir gommé le passé. Après tout, libre à elle de le faire ! Toutefois, si sa mère avait décidé de passer l'éponge, sa rancœur à elle restait intacte.

Pourtant, après la mort tragique de Ricky, à tort ou à raison, l'amertume envers Bryce était ce qui les avait soudés, ses parents et elle, pour affronter le malheur.

Et quand son fils Danny était arrivé, redonnant un sens à leur vie, elle avait continué à pleurer son frère toutes les nuits. Son père, Enzo, avait refoulé son chagrin au plus profond de lui-même, la poussant souvent à se demander s'il s'autorisait même à penser à Ricky. Quant à sa mère, elle avait consacré tous ses efforts à créer un foyer heureux pour son petit-fils.

Contrairement à son mari et à sa fille, elle avait décidé qu'il était temps de redonner une chance au bonheur. Mais Rosalie s'était souvent demandé si Claudia avait pu pardonner à Bryce. Or, à voir la joie avec laquelle elle l'accueillait aujourd'hui, la réponse à cette question était évidente.

— Tout le monde parle de toi en ville, s'exclamait-elle.

Il esquissa un petit sourire modeste et ils se mirent à bavarder comme si de rien n'était. Rosalie décida de les ignorer et de s'occuper de sa cliente. Sa tranquillité fut toutefois de courte durée. A peine la cliente repartie, Bryce s'avança vers elle.

— Alors, comment vont les affaires, Rosalie ?

— Pas trop mal, répliqua-t-elle, laconique.

A ce moment précis, la Honda passa devant eux, Danny sur la banquette arrière et, après un coup de Klaxon, s'engagea dans Fox Hollow Road.

Bryce suivit la voiture des yeux, puis se tourna vers Rosalie avec un claquement de doigts.

— Ah oui, c'est vrai ! s'écria-t-il. Tu es maman. Il paraît que tu as rencontré le père à la fac.

— C'est exact.

— C'est un garçon ?

— Oui.

— Et tu es revenue habiter à Whistler Creek, chez tes parents ?

— Toujours exact.

Elle regarda la voiture disparaître à un détour de la route. Pourvu que la conversation en reste là. Hélas, Bryce semblait déterminé à insister.

— Ton fils est déjà au lycée ?

Un sombre pressentiment l'envahit. Il fallait à tout prix détourner son attention, rester vague, aussi vague que possible. Prenant son air le plus affairé, elle arrangea ses corbeilles.

— Il y entre cette année.

Il restait planté devant elle sans comprendre, manifestement, qu'elle était occupée.

— Je suppose que tu n'es pas ici pour faire ton marché ? ironisa-t-elle.

Avec un sourire en coin, il répondit :

— Pas aujourd'hui.

— Alors ?

— Si je te disais que je suis passé voir si nos produits se vendaient toujours aussi bien, tu me croirais ?

Refoulant son exaspération, elle continua à empiler des tomates et arbora son expression la plus rébarbative. Elle devait se faire violence pour ne pas trahir ses émotions à fleur de peau.

— Comme tu peux le constater, j'ai du travail, reprit-elle. Si tu veux aller inspecter un autre revendeur, surtout ne te gêne pas.

Nullement découragé par cette rebuffade, il restait là, à se dandiner sur place. Que lui voulait-il, à la fin ?

— En fait, ce n'est pas vraiment la raison qui m'amène, finit-il par avouer avec un sourire.

— Mais encore ?

— Figure-toi que toi et moi, nous allons être voisins.

Il se retourna et indiqua la route d'un geste vague.

Abasourdie, Rosalie abandonna ses tomates et serra convulsivement les poings.

— Que veux-tu dire ? demanda-t-elle, le cœur battant.

— Je suis sur le point d'acheter la ferme des Harbin.

Bouche bée, elle le contempla. Les mots lui brûlaient les lèvres. Il n'avait pas le droit ! Elle ne voulait pas qu'il vienne habiter si près ! Ne voulait pas être obligée de penser à lui chaque fois qu'elle sortirait de chez elle, ne voulait pas le voir de nouveau envahir l'espace qu'il remplissait dans son cœur autrefois. Elle prit cependant son expression la plus neutre et se contenta de faire remarquer :

— Voilà un moment qu'elle n'est plus habitée.

— Je sais. Il y a beaucoup de travaux à faire. Tu connais cette maison ?

Elle hocha la tête.

— J'y suis allée une ou deux fois avec mon père, pour livrer des fruits et des légumes aux Harbin. Mais je n'en ai aucun souvenir.

Un éclair d'enthousiasme passa dans le regard bleu azur.

— C'est une très belle propriété, Rosalie. Avec un potentiel énorme. J'ai hâte de la rénover.

Elle se composa un visage de marbre, mais son sentiment de frustration allait croissant. Comme si le fait de devoir travailler avec lui entre les murs du lycée ne suffisait pas, ils allaient désormais être voisins ! Quel besoin avait-il de venir s'incruster si près de chez eux ? Whistler Creek était pourtant assez étendue !

S'extirpant de ses pensées, elle s'obligea à l'écouter. Il avait enchaîné :

— Je veux vraiment acheter cette maison, Rosalie. Je n'aurai vraiment l'impression de faire de nouveau partie de cette ville que quand j'aurai emménagé chez moi.

Il se tut. Il était manifeste qu'il attendait sa réaction. Eh bien, elle n'avait rien à lui dire. Quelques secondes passèrent.

— Tu ne me félicites pas ? finit-il par demander.

D'une voix étranglée, elle murmura, à contrecœur :

— Félicitations, Bryce.

Intérieurement, elle fulminait. Tout ce qu'elle rêvait de lui lancer, c'était : « Comme d'habitude, tu n'en fais qu'à ta tête ! »

Pourtant, elle se contint. Claudia ne manquerait pas de l'entendre. Elle se contenta donc d'ajouter :

— J'espère que tu y seras heureux.

— Puisque nous serons si proches voisins, tu pourras m'apporter du lait si je suis en panne, suggéra-t-il avec un sourire.

C'en était trop ! La colère déferla en elle comme une vague et elle jeta un coup d'œil à sa mère qui, bien entendu, ne perdait pas une miette de la conversation. Tant pis ! Elle était sur le point d'exploser et elle n'allait pas se gêner.

— Regarde autour de toi, Bryce. Des champs, des granges, des plaines à perte de vue... Tu n'es pas à Wisteria Lane, bon sang ! Ici, on n'a pas le temps de prendre le café ou de siroter des margaritas avec ses voisins.

Elle sentit le dard du regard de Claudia la transpercer. Eh bien, sa mère pouvait penser ce qu'elle voulait, après tout. Vider son cœur lui avait fait un bien fou !

Une peine sincère se peignit sur le beau visage masculin.

— Je suis un peu déçu, Rosalie, murmura-t-il. J'espérais que nous pourrions faire table rase du passé.

Accablée, elle laissa échapper un soupir. Sa colère était retombée. D'un ton radouci, elle déclara :

— Bryce, je te souhaite tout le succès possible. Mais pour moi, le passé se dressera toujours entre nous. Il m'est impossible de l'effacer. Il nous a façonnés, il a fait de nous les adultes que nous sommes devenus.

« Et ton retour n'y changera rien, conclut-elle en son for intérieur. C'est impossible. »

Croisant les bras, il l'enveloppa d'un regard désolé. Elle comprit, à sa voix sourde, qu'il ne voulait être entendu que d'elle seule.

— Rosalie, je n'ai plus jamais eu d'ami comme Ricky. Ni d'amie comme toi. Et plus jamais, je n'ai aimé comme je t'ai aimée. Je ne peux pas oublier, je ne veux pas...

— Alors tu vas devoir apprendre à vivre avec ce sentiment de néant. Comme moi.

Il ne répondit pas : deux voitures venaient de s'arrêter devant le magasin, amenant de nouveaux clients. Un éclair de tristesse, ou de regret, ou peut-être des deux, traversa son regard dont le bleu s'était assombri.

— A bientôt, Rosie, murmura-t-il. Tout cela est d'une telle tristesse...

— Là-dessus, nous sommes d'accord, répondit-elle d'une voix qu'elle s'appliqua à garder posée.

Son cœur s'était pourtant remis à battre la chamade. Bryce l'avait appelée « Rosie », le surnom de son enfance.

Après avoir pris congé de Claudia, il remonta dans son pick-up et s'éloigna. Refusant de se laisser déstabiliser par la lueur de désapprobation qui brillait dans les yeux maternels, Rosalie chassa ses regrets et salua les nouveaux arrivants.

4

Bryce sortit de la douche, s'essuya et enfila un T-shirt et un jean. Ce matin-là, il prenait officiellement ses fonctions au centre sportif du lycée de Whistler Creek. Toutes ses pensées auraient dû être concentrées sur cet événement. Alors pourquoi n'arrivait-il pas à faire taire la petite voix intérieure qui, depuis la veille, ne cessait de lui marteler : « Tu vas devoir apprendre à vivre avec ce sentiment de néant » ?

Il dévala l'escalier de la maison familiale pour gagner la cuisine, posa un rapide baiser sur la joue de sa mère, se versa un café et, sans lui laisser le temps d'aborder le sujet de l'achat de la ferme des Harbin, sortit précipitamment pour gagner son pick-up. Il n'était pas d'humeur à discuter.

Quelques minutes plus tard, il roulait sur la large route jalonnée de coquettes maisons, indifférent à la beauté du paysage. Les mots de Rosalie persistaient à le hanter. Tenant sa tasse d'une main, il but une gorgée du breuvage brûlant.

— Qu'est-ce qu'elle attend de moi exactement ? s'interrogea-t-il tout haut.

Il se rabroua. Il était vraiment trop bête. Autant se faire une raison, Rosalie n'attendait rien de lui, voilà tout. Alors pourquoi se fatiguer à chercher des réponses ?

Il poussa un soupir accablé. Il savait très bien pourquoi, en fait. Rosalie n'était-elle pas ce qu'il avait eu de plus précieux au monde ? Des années durant, Ricky et elle avaient été ses compagnons de jeux. Jusqu'à ce merveilleux matin de printemps, le lendemain du bal de fin de terminale, où il avait compris qu'il était fou amoureux d'elle. Pour la première et l'unique fois de sa vie, il avait ressenti un merveilleux sentiment de pure exultation, un raz-de-marée d'émotions balayant tout sur son passage.

Et quand il repensait à ce jour mémorable, il savait que Rosalie avait vibré de la même évidence. Les souvenirs affluaient maintenant à sa mémoire. Le lendemain du bal, un brunch avait été servi chez ses parents, au bord de la rivière. Epuisés par leur soirée de la veille, leurs cavaliers respectifs avaient déclaré forfait. Et, tout naturellement, Rosalie et lui s'étaient retrouvés ensemble. N'étaient-ils pas de vieux amis ?

Le cœur étreint par une émotion sourde, il se revit entraînant Rosalie vers le champ de pêchers, une bouteille de champagne glacée à la main. En riant, il avait fait sauter le bouchon et des paillettes dorées avaient jailli sur la robe à bretelles qu'elle portait.

Pour plaisanter, il lui avait suggéré de boire en croisant les bras, à la façon des amoureux. Après tout, quel mal y avait-il à s'amuser ? Quand Rosalie avait acquiescé d'un battement de ses longs cils noirs, que toutes les filles du lycée lui enviaient, il lui avait déposé un baiser spontané sur la joue. Un baiser chaste, sans arrière-pensées. Pourtant, comme mû par une force incontrôlable, il s'était ensuite emparé de ses lèvres. Aujourd'hui encore, il ignorait ce qui l'avait poussé. Il savait juste que, depuis l'instant où leurs bouches s'étaient unies, celle de Rosalie aussi douce que la brise matinale, plus rien n'avait jamais été comme avant.

Hélas ! Autant se rendre à l'évidence. Aussi doux que soit ce souvenir, il appartenait à un passé bien révolu. Aujourd'hui, il ne devait penser qu'au présent et à cette nouvelle page de sa carrière qui s'ouvrait.

Après avoir traversé sans encombre le centre-ville animé, il arriva au lycée et se gara sur le parking réservé aux professeurs. La seule autre voiture était une berline grise. Il déchargea les cartons de l'arrière de son pick-up sur un chariot et gagna le centre sportif.

A l'intérieur, l'odeur si caractéristique de transpiration mêlée au parfum indéfinissable des rêves masculins l'assaillit. Il enfila un couloir aux murs décorés des plaques commémorant les donateurs grâce auxquels le centre avait vu le jour. Avisant la première porte sur sa droite, il lut « Bryce Benton, entraîneur » et entra.

Il esquissa un sourire satisfait. En prévision de son arrivée, les murs, débarrassés des diplômes et des photos de Canfield, avaient été repeints en beige. Après avoir posé un à un ses cartons sur le grand bureau métallique, il entreprit de les vider.

Une fois cette tâche accomplie, il s'assit et poussa un soupir d'aise. Ses propres diplômes et récompenses aux murs, il pouvait maintenant se plonger dans ses notes. Il était temps d'étudier sa stratégie de travail.

Après deux heures de concentration intense, il s'interrompit et savoura l'instant. Comme il était bon de se retrouver ici, dans cet endroit où il avait toujours rêvé de travailler ! Il se leva et, de la baie vitrée, regarda le stade. C'était là que, dans quelques jours, il entraînerait des débutants pour en faire de grands joueurs de football américain. Un homme en short et polo et deux jeunes attirèrent aussitôt son attention. Un entraînement de base-ball battait son plein.

Il resta un moment à les observer. Il savait à quel point le lien qui unissait un sportif à son entraîneur comptait. L'équilibre personnel de chaque joueur était essentiel au succès de toute l'équipe. Un équilibre qui ne pouvait exister sans soutien familial.

Un sentiment de nostalgie l'envahit alors. Du temps de Bucky, le bureau devait être rempli de photos de famille. Le sien, en revanche, resterait tristement vide. Il savait pourtant à quel point s'inspirer d'un visage aimé pouvait aider à prendre les décisions qui affectaient tant de vies et tant de rêves.

Il refoula son regret. S'il achetait la ferme des Harbin, il prendrait un chien, un chien photogénique. Et si la chance tournait vraiment en sa faveur, peut-être se remarierait-il un jour. Peut-être serait-il enfin père. N'avait-il toujours pas rêvé d'avoir deux enfants ? Il tressaillit. Le prenant par surprise, la vision de Rosalie s'était imposée à son esprit. La Rosalie d'aujourd'hui qui, en dépit de son regard empreint des ombres du passé, n'avait rien perdu de la renversante sensualité de ses dix-sept ans.

Il secoua la tête avec résignation. Il aurait été déraisonnable de se bercer d'illusions.

— Ne t'aventure pas sur ce terrain, Bryce, s'admonesta-t-il en se levant. Elle a été très claire sur sa position.

Il était temps de se changer les idées et d'aller voir d'un peu plus près les joueurs de base-ball. Quittant son bureau, il gagna le stade. En le voyant approcher, l'entraîneur lui adressa un signe de bienvenue.

— Ted Fanning, se présenta-t-il. Bienvenue à Whistler Creek, Bryce. Ou plutôt, content de te retrouver, devrais-je dire.

Il serra la main tendue.

— Merci et enchanté. Je suppose que ces deux-là sont les stars de l'équipe, enchaîna-t-il en se tournant avec intérêt vers la pelouse sur laquelle évoluaient les deux garçons.

— C'est exact, répondit Ted. Regarde ce lanceur. Il va t'étonner.

Attentif, Bryce admira le jeune joueur, qui exécuta un lancer d'une qualité remarquable.

— Magnifique ! Ce gamin est un as !

— Oh que oui ! s'exclama l'entraîneur en plaçant les mains autour de sa bouche. Montre-nous un *fastball*, Danny.

Sans se faire prier, le garçon se mit en position et visa le batteur.

— Bon sang ! fit Bryce avec un sifflement d'admiration. Cette balle allait à bien 120 kilomètres par heure.

— Je l'ai chronométrée à 125, répondit Fanning avec un sourire. Et cette précision ? Le lanceur bouge à peine le bras. Et je ne te parle pas de sa passion pour le sport. Si je l'écoutais, il consacrerait tout son temps libre à l'entraînement.

Bryce continua à regarder le lanceur phénomène avec une admiration croissante.

— Quel âge a-t-il ? finit-il par demander.

— Quinze ans. Difficile à croire, non ? Il va faire partie de mon équipe pendant quatre ans. Un rêve d'entraîneur.

Bryce garda un silence pensif. Il pensait à sa propre équipe de football. N'avait-il pas devant lui le quaterback idéal ? Une position qui, justement, serait vacante à la fin de la saison en cours chez les Wildcats. Or, il n'avait aucun candidat en vue pour le moment. A moins que...

— Dis-moi, Fanning, y a-t-il une chance de l'intéresser aussi au football ?

Le sourire de Fanning s'évanouit.

— J'espère que tu n'envisages pas de me piquer mon joueur ?

— Non, bien sûr. Mais le base-ball et le football sont tout à fait compatibles. Et il a un bras de quarterback.

Fanning hésita un instant, puis haussa les épaules.

— Les deux saisons ne se chevauchent pas, répondit-il. Et je sais qu'il ne rechignera pas à s'entraîner davantage.

Bryce le dévisagea avec attention. A quoi était due sa réticence ?

— Dans ce cas, quel est le problème ? Tu ne veux pas le partager ?

— Je dois dire que je n'aimerais pas qu'une blessure de foot handicape son jeu au base-ball. Et puis...

— Et puis ?

— Je connais sa mère. Je crois qu'elle ne tient pas particulièrement à le voir jouer au football américain. Elle estime que c'est un sport dangereux.

— Si ce n'est que ça, je lui parlerai.

Pour lui, c'était loin d'être un problème majeur. Il avait déjà persuadé bien des parents réticents.

— Tu pourras toujours essayer, mais elle est aussi très à cheval sur ses résultats scolaires.

— Le petit est-il assez intelligent pour gérer ses devoirs et deux sports ?

Après avoir fait signe à ses joueurs, Fanning répondit d'un air prudent :

— Sans aucun doute, mais tu sais, sa mère est vraiment un cas. Elle ne va pas être facile à convaincre. Je suis bien placé pour le savoir, je sors plus ou moins avec elle.

— Je peux toujours essayer, répondit-il en regardant les deux garçons s'avancer vers eux.

Quand ils arrivèrent à leur hauteur, Fanning posa une main sur l'épaule du lanceur.

— Beau travail, Danny ! Les garçons, je vous présente Bryce Benton, le nouvel entraîneur de football américain.

Ils le saluèrent. Puis, laissant son copain prendre la direction des douches, Danny déclara :

— J'ai entendu parler de vous.

— Et moi, je t'ai observé, répondit Bryce. Tu as un style magnifique.

Bryce le vit donner un coup de pied dans une motte de terre. Manifestement, il était embarrassé par le compliment. Très grand pour son âge, sa carrure d'athlète en faisait le quarterback rêvé.

— Merci, murmura-t-il.

Fanning les regarda tour à tour.

— En fait, Danny, Bryce se demandait si tu aimerais faire partie de l'équipe de football américain.

— Vraiment ? s'exclama le garçon, les yeux écarquillés.

— Oui, j'y ai pensé. Mais il faudrait que tu t'entraînes.

L'enthousiasme de l'adolescent fut de courte durée.

— Je ne sais pas si ma mère serait d'accord, dit-il, pensif. Son frère...

Danny s'interrompit. Saisi d'un pressentiment, Bryce le dévisagea avec intensité. L'estomac soudain noué par la douleur qui, depuis seize ans, était tapie au creux de son ventre, il demanda d'une voix rauque :

— Qui est ta mère, Danny ?

— Elle est professeur de lettres au lycée. C'est Mlle Campano.

Bouche bée, Bryce le fixa un long instant.

— Tu es le fils de Rosalie ? finit-il par bredouiller.

— Oui.

Bon sang ! Son idée d'en faire le nouveau quarterback des Wildcats allait vite tomber à l'eau. Rosalie ne voudrait jamais que son fils joue au football, et encore moins dans l'équipe dont il était le nouvel entraîneur.

Prenant Fanning en aparté, il chuchota :

— Tu connais mon lien avec la mère de Danny, n'est-ce pas ?

— Vaguement. Mais je ne veux pas me mêler de ce qui ne me regarde pas. Tout ce que je sais, c'est que le passé finit souvent par nous rattraper.

Bryce hocha la tête sans rien dire. Un long silence s'installa, puis il s'aperçut qu'il devait avoir l'air stupide. Alors, il se força à sourire et lança :

— Eh bien, je suis content de t'avoir rencontré, Danny ! A bientôt.

Il reprit bientôt la direction de son bureau, encore sous le choc de cette rencontre. Comment le sort pouvait-il jouer de tels tours ? A peine pensait-il avoir repéré une future star du football que la chance lui filait entre les doigts. Pourtant, bizarrement, c'était les paroles de Fanning qui le perturbaient le plus : « Je sors plus ou moins avec elle. » Il ne pouvait s'empêcher de les ruminer.

Quand Rosalie s'engagea dans le parking du lycée, elle remarqua tout de suite le pick-up familier garé à l'ombre d'un chêne.

— Super ! murmura-t-elle pour elle-même en choisissant une place aussi éloignée que possible.

Elle jeta un coup d'œil à sa montre. Il était un peu moins de midi. D'ici peu, si Danny était à l'heure, ce qui n'arrivait pas souvent quand il sortait de l'entraînement, elle le verrait foncer à travers le stade. Avec un peu de chance, tous deux seraient partis avant que Bryce ne regagne son pick-up.

Hélas, la silhouette masculine qu'elle aperçut quelques minutes plus tard n'était pas celle de son fils. Même à cette distance, elle reconnaissait celui qui, après avoir été son ami d'enfance, était devenu l'amour de sa vie. Elle baissa ses lunettes de soleil et l'observa, savourant un instant le plaisir coupable d'apprécier la grâce naturelle de sa démarche sportive et pleine d'assurance. Malgré elle, elle esquissa un sourire. Bryce dégageait toujours le même charme insensé !

Un flot de souvenirs l'assaillit alors : ce matin de printemps, le parfum des pêches se mêlant à son aftershave, leur baiser enfiévré, foudroyant, ces belles mains puissantes qui, pour la première fois, avaient fait vibrer de plaisir son corps juvénile. Pour la première fois, ils... Soudain terrassée par le chagrin, elle ferma les yeux. Comme toujours, son souvenir le plus tendre était gommé par l'image de son frère gisant inconscient sur le sol, par le son de ses propres sanglots et le cri de terreur de Bryce.

Tous les sens en alerte, les émotions à fleur de peau, elle s'obligea à se ressaisir. Elle devait à tout prix garder son sang-froid. Ils seraient désormais amenés à se croiser souvent et elle devait s'y préparer. N'était-elle pas parvenue à tomber sur lui trois fois déjà depuis son retour surprise, vendredi soir ? Toutefois, elle ne voulait pas le revoir dès aujourd'hui, c'était trop rapide. Et surtout pas en présence de Danny.

S'affalant dans son siège, elle tira un roman de la boîte à gants. Elle allait essayer de lire. Même si Bryce l'apercevait, il la verrait occupée et passerait poliment son chemin.

Elle ravala sa frustration. Bien entendu, le regard fixé sur sa page, elle était incapable de déchiffrer un traître mot. Quand, quelques minutes plus tard, elle entendit une portière s'ouvrir et claquer, elle poussa un soupir de soulagement et guetta le bruit du moteur. Pourtant, elle peinait à analyser ses sentiments. Etait-elle soulagée ? Ou déçue ?

Seigneur ! Comment pouvait-elle se montrer aussi indécise ? Une voix masculine qu'elle aurait reconnue entre toutes la fit soudain sursauter.

— Salut Rosalie ! Il me semblait bien avoir reconnu ta voiture.

Réprimant une exclamation, elle tourna vivement la tête pour voir son propre visage se refléter dans les verres des lunettes Aviator. En fait, il n'était pas parti.

— J'ai l'impression que nous n'arrêtons pas de nous rencontrer par hasard en ce moment, ironisa-t-il en se penchant vers sa vitre baissée.

Elle se força à sourire.

— Il est vrai que c'est bizarre, dans une ville de cette taille, répondit-elle sur le même ton moqueur.

Retirant ses lunettes, il pointa une branche en direction du centre sportif.

— J'ai fait la connaissance de ton fils tout à l'heure. Un gamin très sympathique. Et talentueux, en plus ! Quel lanceur !

Machinalement, elle pressa la main contre son ventre. Une boule d'angoisse lui nouait l'estomac. De quoi se protégeait-elle au juste ? Du secret trop lourd qu'elle portait depuis tant d'années ?

— Il paraît, en effet.

— A propos, j'ai aussi rencontré ton petit ami, ajouta-t-il en remettant ses lunettes.

— Mon petit ami ? répéta-t-elle d'un ton qu'elle voulait innocent.

Comme elle regrettait que les verres des Ray-Ban dissimulent maintenant le regard bleu !

— Ted, l'entraîneur de base-ball. Il m'a dit que vous sortiez ensemble.

Elle réprima un geste de mauvaise humeur. Génial ! Combien de fois avait-elle accepté de sortir avec Ted, cet été ? Six fois, au bas mot. Et, hormis Shelby, elle n'avait parlé à personne de cette relation. Il fallait faire comprendre à Bryce qu'il devait rester discret.

— Tu ne devrais pas croire tout ce que les gens racontent.

— Tu ne sors pas avec lui ?

— En tout cas, je n'en discuterai pas avec toi, répondit-elle d'un ton aussi désinvolte que possible.

— Comme tu voudras. Tiens, je crois que Danny arrive, enchaîna-t-il.

Elle jubila. L'enfant tombait à point ! Il ne restait plus qu'à renvoyer Bryce à son pick-up et à emmener Danny loin d'ici. Puis elle pourrait reprendre la routine de sa semaine. La chanson de Bruce Springsteen, *Born to Run*, résonna soudain. Reconnaissant une sonnerie de portable, elle jeta un coup d'œil à Bryce.

— Tu ne réponds pas ?

Il hocha la tête, tira un téléphone de sa poche et vérifia l'identité s'affichant à l'écran.

— C'est mon agent immobilier. A bientôt, Rosie, ajouta-t-il en partant vers son pick-up.

Pour la première fois depuis d'interminables minutes, elle eut l'impression de retrouver une respiration normale. Danny s'approchait de son pas athlétique. Brun, la peau mate, il ressemblait un peu plus à Ricky chaque jour. Une ressemblance qui donnait confiance à Rosalie. Si elle parvenait à le tenir à l'écart de Bryce, jamais il ne se douterait qu'il était son père.

Une nouvelle fois, ses pensées dérivèrent vers le passé. Les quinze jours qui avaient suivi ce premier baiser dans le verger, par quelque enchantement, la magie de l'amour opérant, elle avait vogué en pleine extase. Aujourd'hui encore, elle s'étonnait que Bryce puisse avoir été responsable de ce miracle. Ne l'avait-elle pas toujours considéré comme un frère ? Pourtant, pas un instant, elle n'avait douté de l'évidence de ce qui les unissait : il serait son premier amant.

Ses parents étaient de la vieille école. Elle avait donc décidé, d'un commun accord avec lui, de prendre la pilule à leur insu. Et deux semaines avant le départ de Bryce pour l'université du Texas, ils avaient profité d'un voyage des Benton pour leur première fois.

Oubliant tout, elle s'était laissé porter par la fièvre du moment. Par la passion fusionnelle qui lui avait fait découvrir la volupté, le bonheur de voir son corps exulter sous les caresses de celui que son cœur avait choisi. Comment aurait-elle pu s'imaginer alors qu'ils faisaient l'amour pour la dernière fois ?

Par un atroce coup du destin, Ricky était mort le lendemain même. Et quelques jours plus tard, Bryce quittait la ville.

Il était parti depuis plusieurs semaines déjà quand elle avait découvert qu'en quelques cas rarissimes, la pilule n'était pas fiable. Elle avait pris ses précautions en vain. Et Danny était arrivé.

Bien sûr, en d'autres circonstances, tout aurait pu s'arranger. Mais avouer la vérité au responsable de l'accident qui avait été fatal à son frère lui avait été impossible. Ne savait-elle pas que cette tragédie avait sonné le glas de leur amour ? Comment aurait-il pu en être autrement ? D'autant que, depuis ce jour, le football lui inspirait une peur et une haine viscérales.

La voix joyeuse de son fils la fit retomber sur terre.

— Salut maman ! lança-t-il en s'installant sur le siège côté passager. Désolé de t'avoir fait attendre.

Chassant le passé de son esprit, elle rendossa son rôle de mère et mit le contact.

— Ce n'est pas grave.

Elle lui jeta un coup d'œil avant de démarrer et s'aperçut avec surprise qu'il la regardait d'un air étrange. Intriguée, elle résolut toutefois de ne pas lui poser de question et d'attendre qu'il prenne la parole.

— Je crois qu'aujourd'hui, j'ai pris une décision, annonça-t-il tout à coup.

— Ah oui ? Laquelle ?

— Je vais essayer le football américain.

Elle sursauta et donna un brusque coup de volant, manquant de peu le majestueux chêne séculaire sous lequel, quelques instants plus tôt, était garé le pick-up de Bryce.

5

— Parce que tu es un joueur de base-ball, voilà pourquoi ! s'exclama-t-elle, maudissant l'irritation qui perçait dans sa voix.

Leur dispute, qui s'était apaisée pendant le dîner, avait repris de plus belle. Les laissant ranger la cuisine, Claudia était prudemment partie regarder la télévision.

— Ce n'est pas une raison, maman !

— Si, c'est une très bonne raison ! Tu joues au base-ball depuis l'âge de quatre ans. Si tu changes maintenant, tu vas perdre tout ton acquis.

— Je ne vois pas ce qui m'empêcherait de faire les deux. J'en suis capable.

— Ecoute Danny, je suis ta mère et...

Elle s'interrompit juste à temps. Elle était sur le point d'invoquer le vieux cliché du « c'est moi qui décide ! ».

Elle ravala sa rancœur. Tout était la faute de Bryce. Il était allé mettre des idées dans la tête de Danny et maintenant, c'était elle qui tenait le rôle de la méchante ! Après avoir raccroché le torchon au-dessus de l'évier, elle prit une inspiration pour recouvrer un semblant de calme et se tourna de nouveau vers l'enfant.

— Chéri, je suis fière de toi, tu le sais. Je sais qu'à force d'efforts et d'entraînement, tu as atteint un excellent niveau de lanceur. Alors à quoi bon prendre le risque de gâcher tout ce travail ?

— Je ne vais rien gâcher du tout, s'obstina Danny en empilant bruyamment des assiettes dans le placard. Les deux sports ne se pratiquent pas à la même saison. Je peux me concentrer sur chacun d'entre eux à tour de rôle.

Puis, la fixant droit dans les yeux, il enchaîna :

— Maman, même mon entraîneur de base-ball me donne son feu vert. Alors pourquoi pas toi ?

Un peu désorientée, elle plissa les yeux et se frotta les paupières. Elle devait prendre sur elle, rester rationnelle. Hélas, ses émotions l'empêchaient de faire preuve de discernement. Elle le savait et elle soupçonnait Danny de le deviner. Même si, bien sûr, il ne connaissait pas toutes les raisons de sa réticence. Au bout d'un moment, elle lui fit signe de s'asseoir et, prenant place en face de lui, les mains croisées sur la table, elle commença :

— Danny, la vérité, c'est que je ne veux pas que tu joues au football américain. Et tu sais pourquoi.

— A cause de l'oncle Ricky ?

— Exactement.

Il poussa un soupir exaspéré.

— Je sais que c'était ton frère jumeau, mais là, ta réaction est carrément démente.

Elle tressaillit et le foudroya du regard. Ces mots lui faisaient l'effet d'un coup de poignard en plein cœur. Peut-être parce qu'ils étaient trop proches de la réalité. Elle savait, bien entendu, que la peur panique que lui inspirait le football américain était liée à la tragédie familiale. Et même si sa réaction tenait de la phobie, elle était incapable de se contrôler. En perdant Ricky, elle avait perdu une moitié de son âme, de son cœur. Depuis, elle avait passé des heures à faire des recherches pour essayer de comprendre l'accident. Des années plus tard, elle était arrivée à la conclusion que, malgré les progrès des équipements, les footballeurs étaient encore trop souvent victimes de blessures à la tête. Les plus touchés étant justement les quarterbacks, comme Ricky, et peut-être comme Danny si elle cédait à ses désirs.

Baissant la tête, il se prit le front entre les mains.

— Je suis désolé maman, je n'aurais pas dû dire ça, murmura-t-il.

— Ce n'est pas grave.

Quand il releva les yeux, qu'il avait du même bleu que ceux de Bryce, la lueur de détermination qui y brillait depuis le début de la soirée était toujours là. Peut-être regrettait-il de l'avoir traitée de démente, mais il n'avait pas dit son dernier mot.

— Je sais que tu aimais beaucoup l'oncle Ricky. J'ai grandi bercé par sa légende de type génial, d'immense joueur de football. Peut-être que j'ai juste envie de marcher sur ses pas ? De lui ressembler ?

— Tu n'as pas à lui ressembler, rétorqua-t-elle. De toute façon, c'est impossible. Tu es toi-même, tu fais tes propres choix, tu construis ta personnalité de manière différente.

Il la fixa sans ciller.

— Je suis au courant du lien entre la mort de l'oncle Ricky et l'entraîneur Bryce Benton, mais tu sais, maman, personne ici ne le tient pour responsable. C'était un accident, c'est tout ! Un accident très triste, mais un accident...

« UN DÉPLORABLE ACCIDENT »

Les journaux avaient employé cet adjectif pour qualifier l'inconcevable dans leurs gros titres. Elle savait pourtant que ce type d'accident était plus fréquent qu'on ne le pensait.

Et si la raison lui soufflait que personne n'était vraiment responsable, ses émotions liées à cette journée restaient à vif.

Avec tous leurs camarades de terminale, Ricky, Bryce et elle étaient partis pique-niquer au parc pour fêter les résultats du bac. C'était le printemps, elle était amoureuse et l'avenir était porteur de mille promesses. Les économies de ses parents étant destinées à compléter la bourse de Ricky, elle allait commencer par travailler un an pour financer ses propres études de lettres.

Et puis, un jour, elle épouserait Bryce. Sans pour autant abandonner l'université. Oui, en cette belle journée éclaboussée de soleil, elle avait eu le sentiment que le monde lui appartenait.

La laissant disposer les plats de leur pique-nique sur une couverture, les deux garçons avaient commencé à faire les pitres avec un ballon de football américain.

Voyant que Bryce jouait le cador, Ricky s'était mis à courir de l'autre côté de la pelouse.

— Allez, lance ! avait-il crié, le mettant au défi. Je parie que le ballon ne me frôlera même pas.

Bryce s'était exécuté avec une précision mécanique, visant sans le vouloir Ricky à la tempe. Touché, ce dernier était resté immobile, jambes écartées, bras ballants, son rire insouciant résonnant à travers le parc, comme si, forte de l'arrogance de sa jeunesse, la vie l'emportait sur tout.

Et puis soudain, à la stupeur générale, il s'était effondré, inerte. Il avait été déclaré mort dans l'ambulance qui l'emmenait à l'hôpital.

D'après les médecins qui l'avaient examiné, un ancien traumatisme crânien avait provoqué une rupture d'anévrisme. Un diagnostic d'une rareté extrême : les probabilités pour qu'un tel accident se produise étaient proches de zéro.

Depuis, pas un jour ne s'écoulait sans qu'elle ne se pose cette question à laquelle elle ne pouvait répondre : pourquoi Ricky n'avait-il pas arrêté le ballon de la main ? Mais les faits étaient là, tragiques, atroces. Et la vérité restait que jamais, cela n'aurait dû arriver.

— Maman, tu m'écoutes ?

La voix de Danny, à laquelle s'ajoutait la douleur de ses ongles fichés dans ses paumes, la fit retomber sur terre, loin des ombres écrasantes du passé. S'obligeant à desserrer les poings, elle regarda son fils.

— Pardon. Que disais-tu ?

— Tu me permets d'essayer, au moins ?

Elle laissa échapper un long soupir résigné.

— J'ai besoin de réfléchir, Danny. Ta grand-mère va chercher la commande chez les Benton demain matin. Tu peux y aller avec elle ?

— Oui, acquiesça-t-il du bout des lèvres.

— Moi, je dois passer au centre académique prendre le livre du nouveau programme de littérature. Nous nous verrons après.

— Et tu me donneras ta réponse ?

Elle réprima son irritation.

— J'essaierai. Mais, de grâce, ne me mets pas la pression ! Si tu crois que c'est une décision facile pour moi...

Il fit la grimace. Une lueur de défi brillait dans son regard et il avait la mâchoire crispée. Jamais elle n'avait vu cette expression à son fils.

— Je vais dans ma chambre, annonça-t-il en se levant.

— Très bien.

Elle resta assise un long moment après son départ, en proie aux pires doutes. Que diable allait-elle décider ? La voix de Claudia qui entrait dans la cuisine, Dixie sur ses talons, la tira de sa rêverie.

— Comment ça s'est passé ? s'enquit-elle.

— Mal... Quelle est la meilleure chose à faire quand on a un problème, maman ? répondit-elle en caressant la tête de la chienne.

S'adossant à l'évier, Claudia croisa les bras.

— Le prendre à bras-le-corps, je suppose.

— Exactement. Et c'est ce que je compte faire. J'ai un problème. La meilleure façon de le régler est d'aller trouver la personne qui en est à l'origine.

— Seigneur ! murmura sa mère.

Le lendemain matin, une fois seule, Rosalie composa le numéro des Benton. Même après seize ans, elle ne l'avait pas oublié.

— Allô ?

— Madame Benton ? C'est Rosalie Campano.

Après une fraction de seconde, Marjorie répondit :

— Rosalie. Quelle surprise ! Que puis-je faire pour toi ?

— J'ai besoin de parler à Bryce. Il est là ?

— Non, il avait rendez-vous pour faire expertiser une maison voisine de la vôtre. L'ancienne ferme des Harbin.

— Merci. Je vais aller le rejoindre.

— Tu veux son numéro de portable ?

Après une courte hésitation, elle répondit :

— Oui, je veux bien.

Elle le griffonna sur un morceau de papier qu'elle fourra dans la poche de son jean. Autant l'avertir de son arrivée. Mais elle ne l'appellerait qu'à la dernière minute. Sinon, il ne manquerait pas de deviner la raison pour laquelle elle cherchait soudain à le voir. Elle ne voulait pas lui donner le temps de se préparer une défense.

Une dizaine de minutes plus tard, au volant de sa voiture, elle composait son numéro.

— Allô ?

— Bryce ? C'est Rosalie.

— Rosalie ! Ça va ?

Ignorant sa surprise manifeste, elle expliqua :

— Ta mère m'a dit que tu étais à la ferme des Harbin. Je voudrais passer te voir.

— Je t'attends.

Perplexe, il s'assit sur les marches de la véranda.

L'expert venait de prendre congé, après un compte rendu très positif sur l'état général de la maison. A présent, la perspective de l'arrivée de Rosalie gâchait un peu son enthousiasme. Pourquoi diable souhaitait-elle le voir ? Il avait senti à sa voix qu'elle était contrariée. Ce devait être lié à Danny, sans aucun doute. Malgré ses appréhensions, il esquissa un sourire amer. Pourquoi était-il surpris qu'elle lui en veuille ? Elle devait lui en vouloir depuis son retour, et sans doute même depuis seize ans.

Il fixa l'allée en friche, guettant la petite voiture rouge. Une chose était sûre, il ne capitulerait pas sans se battre. Même Fanning était d'accord pour dire que Danny pouvait pratiquer les deux sports. De plus, rien n'était décidé. Il devait commencer par lui faire passer des tests.

Il se leva d'un bond en voyant apparaître la Ford de Rosalie, qui s'arrêta devant lui dans un nuage de poussière. Elle descendit et, la main en visière, inspecta la maison.

— Je viens tout juste de la faire expertiser, annonça-t-il.

— En fait, si l'on considère qu'elle est inhabitée depuis plusieurs années, elle paraît en bon état, fit-elle remarquer.

Encouragé par l'intérêt qu'elle semblait manifester, il brandit la clé.

— Je te fais visiter ? suggéra-t-il.

— Peut-être une autre fois. Je suis pressée, ce matin.

Il esquissa un petit haussement d'épaules qu'il voulait indifférent. Malgré lui, il était déçu. Il avait essayé de se préparer à cette visite, mais la présence de Rosalie le troublait plus que de raison. Il refoula la vague de nostalgie qui menaçait de l'envahir. Il ne souhaitait qu'une chose : lui arracher un sourire.

— Tu es jolie, ce matin, la complimenta-t-il.

Il avait dit « jolie », mais il pensait « sublime ». Avec son soupçon de maquillage et sa cascade de cheveux bruns retenus en queue-de-cheval par une barrette, elle était d'une fraîcheur délicieuse. Son jean noir et son débardeur rouge en V ne laissaient rien ignorer des douces rondeurs de sa silhouette, ses sandales noires laissaient apparaître des ongles soigneusement vernis. Diablement sexy ! Se morigénant, il s'empressa de chasser ce mot de son esprit. De telles pensées lui étaient interdites !

— J'ai rendez-vous au centre académique, expliqua-t-elle.

— Tu veux t'asseoir avec moi sur les marches ?

Elle lui jeta un regard mordant.

— Je n'ai pas besoin de m'asseoir pour dire ce que j'ai à dire.

Il essaya de dissimuler sa frustration derrière un nouveau sourire.

— Si je comprends bien, il ne s'agit pas d'une visite de courtoisie ?

Elle leva les yeux au ciel.

— Tu sais bien que non ! Bryce, tu as mis le feu aux poudres, chez moi.

— Comment ça ? s'enquit-il de son air le plus innocent, sachant néanmoins qu'il ne faisait que reculer pour mieux sauter.

Il ne couperait pas à la confrontation, elle était inévitable.

— Tu n'avais pas le droit de faire miroiter à Danny les joies du football américain.

Il pinça les lèvres. Là, elle y allait un peu fort. De plus, elle se trompait sur le déroulement des événements.

— Je te signale que c'est ton petit copain qui nous a présentés.

— D'abord, ne dis pas « ton petit copain », c'est immature ! lui enjoignit-elle sèchement.

— Bien, acquiesça-t-il, docile. L'entraîneur de base-ball, Ted Fanning, que tu connais, je crois, nous a présentés. J'ai remarqué les qualités athlétiques de Danny et la conversation a dérivé tout naturellement sur le football.

— Et à aucun moment, le problème ne t'a effleuré ? lâcha-t-elle, glaciale.

Refusant de se laisser déstabiliser, il répliqua du tac au tac :

— Comment aurais-je pu me douter qu'il s'agissait de ton fils ?

— Je te l'accorde. Mais quand tu l'as compris, y as-tu pensé ?

— Oui, reconnut-il. A cause de la rancœur que je t'inspire.

S'il avait espéré l'entendre nier, il en fut pour ses frais.

Elle le toisa de la tête aux pieds et, toujours aussi vertement, répliqua :

— Pourtant, tu ne l'as pas découragé. Je te le répète, tu n'avais pas le droit.

Il contint son irritation. Un bon entraîneur savait se défendre aussi bien qu'attaquer. Il était grand temps de mettre cette théorie en pratique. Il s'était juré qu'il ne se laisserait pas marcher sur les pieds par Rosalie et pourtant, c'était exactement ce qui était en train de se passer.

Croisant les bras, il se drapa dans sa fierté et déclara :

— Tu as peut-être oublié qu'en tant qu'entraîneur de l'équipe de football américain, j'ai certains droits, Rosalie. C'est mon droit, aussi bien que mon travail, de chercher à constituer la meilleure équipe possible. Pour ce lycée, pour la ville et, surtout, pour les joueurs. Autrement dit, il est de bonne guerre de repérer un champion potentiel.

Elle le foudroya du regard.

— Pas mon fils ! rétorqua-t-elle, furieuse. Et je n'ai pas à te rappeler pourquoi.

Il se radoucit à ces mots.

— Je sais, Rosalie, fit-il. Mais sois raisonnable. Crois-tu vraiment qu'un coup du sort aussi tragique puisse se répéter ? Les risques ne sont-ils pas minimes ?

— Ne l'étaient-ils pas la première fois ? murmura-t-elle d'une voix altérée.

Il poussa un soupir résigné. Il comprenait à quel point il était difficile pour Rosalie de voir son fils à un croisement de sa vie, désireux de s'engager sur une voie qui réveillait le drame d'un passé impossible à effacer. Tant pour elle que pour lui-même...

Un sursaut d'orgueil surgit du fond de son découragement. Il devait essayer. Il en avait l'intuition. D'abord pour sa propre carrière. Son avenir ne dépendait-il pas de ses résultats à Whistler Creek ?

Et aussi pour Danny. Même s'il le connaissait à peine, il devait regagner la confiance de Rosalie. Danny Campano ne devait pas payer pour une tragédie qu'il n'avait même pas vécue.

D'un geste hésitant, il lui posa une main sur le bras. Elle ne recula pas. C'était encourageant. Qui sait, peut-être avait-il réveillé une émotion de la Rosalie du passé.

— Ne nous emballons pas, Rosalie. En vérité, Danny ne semblait pas y tenir plus que ça. Il m'a même dit que tu ne serais sans doute pas d'accord.

— Et il avait raison !

Avec un sourire en coin, il laissa retomber sa main.

— Et puis, je ne sais même pas s'il était intéressé.

— Mais maintenant, nous savons qu'il l'est.

Son pied tapotait nerveusement le sol. Il était évident qu'elle se demandait à quel jeu il jouait. Il s'empressa de satisfaire sa curiosité.

— Avant toute chose, il faut s'assurer qu'il ne change pas d'avis. Et puis, peut-être ne sera-t-il pas sélectionné, ajouta-t-il d'un ton qu'il voulait détaché.

Elle resta un instant bouche bée, puis s'exclama d'une voix enthousiaste :

— Exactement ! Il ne sera pas sélectionné. Tu peux empêcher...

D'une main levée, il l'interrompit.

— Non, Rosalie ! Ce n'est pas possible. Tu ne peux pas me demander...

— Si, c'est ce que j'attends de toi, Bryce. Promets-moi de ne pas sélectionner mon fils, et surtout pas comme quarterback.

Accablé, il baissa la tête. Quand il croisa de nouveau son regard, elle le dévisageait, pleine d'espoir.

— Je ne te promets rien, Rosalie. Tu me demandes de prendre

une décision alors que je n'ai même pas vu ton fils lancer un ballon de football américain.

— Je te demande de faire preuve de décence, Bryce. Pour mon fils, pour moi, pour ma famille. N'avons-nous pas assez souffert de ce fichu sport ? Les Campano doivent-ils payer encore ?

Elle avait à présent les yeux brouillés de larmes et ses épaules tremblaient. Devant tant de détresse, il se sentit soudain catapulté des années en arrière. Ce matin de printemps, les pêchers en fleurs, le champagne glacé, le baiser qui avait bouleversé sa vie. Il crispa les poings, se faisant violence. Il aurait tant voulu la prendre dans ses bras, la serrer contre son cœur, lui murmurer des paroles apaisantes au creux de l'oreille.

Autrefois, il était capable de la faire rire et de la faire vibrer sous ses caresses. Mais c'était le passé. Désormais, il pouvait oublier ses rêves où la flamme entre elle et lui se ranimait, intacte, réchauffant leurs deux cœurs engourdis depuis seize ans. La seule émotion qu'exprimaient ces yeux veloutés quand elle le regardait, c'était le regret.

Que n'aurait-il donné pour l'aider à oublier son chagrin ! Un chagrin si intense, si profondément ancré en elle que ce serait perdu d'avance. Quoi de plus normal, après tout ? Les images de cette journée fatidique persistaient à le hanter, lui aussi, son cœur saignait encore de l'injustice de cette mort. Par une effroyable ironie du sort, il avait signé le malheur de la femme qu'il avait voulu protéger de toute souffrance. Et il lui était impossible de réparer quoi que ce fût. De lui rendre cette joie de vivre dont il l'avait privée.

Le chagrin enfla en lui, lui laissant un immense sentiment de vide et de découragement.

— Alors, tu ne le prendras pas dans ton équipe ? le pressa-t-elle.

— Rosie, ne me demande pas ça, plaida-t-il.

— Mais si, je te le demande.

Il la regarda en silence. Elle renifla et essuya ses larmes d'un revers de main.

— Je dois y aller.

La gorge soudain nouée, il chuchota :

— Rosalie, jamais tu ne sauras à quel point je regrette, encore aujourd'hui. Je te l'ai déjà dit au moins cent fois, mais c'est toujours vrai. J'aimais Ricky comme un frère.

Se mordillant la lèvre, elle ne répondit pas tout de suite.

— Moi aussi, Bryce, finit-elle par dire. Moi aussi.

Puis, droite comme un i, elle tourna les talons et se dirigea vers sa voiture.

— J'ai promis à Danny de lui donner ma réponse aujourd'hui.

— Que vas-tu lui dire ? s'enquit-il.

Elle ouvrit la portière et resta un instant à le considérer.

— Je n'en ai pas la moindre idée !

6

Un pichet de thé glacé à la main, Rosalie sortit dans la véranda. Dixie lui emboîta le pas et s'affala sur les marches. Avec un sourire d'aise, elle prit place dans le rocking-chair. La cuisine était en ordre, elle pouvait se détendre. Claudia, ses lunettes de lecture sur le nez, brodait avec adresse un chemin de table.

— C'est joli, la complimenta-t-elle. Où vas-tu le mettre ?

— Je ne sais pas. Ce sera sans doute un cadeau de Noël.

Le silence se fit, puis, avec un soupir, elle reprit :

— Il a quinze ans, Rosie. C'est normal pour un adolescent de préférer dîner avec ses copains.

— Je sais. Mais ce n'est pas le genre de Danny.

— Il a téléphoné, lui rappela Claudia.

— Il est presque 20 heures, bougonna-t-elle en regardant la route, au-delà de la pelouse. Ce qui m'inquiète, c'est de savoir qu'il est furieux après moi.

— A mon avis, il aurait trouvé une autre façon de te punir que de t'épargner de cuisiner pour lui ce soir, plaisanta sa mère.

Celle-ci reposa son ouvrage et couvrit Rosalie d'un regard interrogateur.

— Alors, qu'est-ce que tu as décidé ? demanda-t-elle.

— Pour le moment, rien, marmonna Rosalie en détournant les yeux. C'est difficile pour moi, maman. Je ne veux pas qu'il joue au football américain.

— Ça, je crois que nous avions compris.

— Tu n'es pas d'accord ?

— Je n'aimerais pas le voir malheureux, Rosie.

— Dans ce cas, tu me comprends ? Ma priorité, c'est de l'empêcher de souffrir.

Avec un sourire patient, Claudia précisa :

— Tu ne m'as pas laissée finir. Il y a plus d'une façon pour un garçon de cet âge de souffrir. Bien sûr, il pourrait se blesser physiquement. Mais les bleus à l'âme sont tout aussi graves.

A ces mots, Rosalie se leva et, le cœur serré, s'accouda à la balustrade.

— Que cherches-tu à me faire comprendre, maman ?

— Que tu ne peux pas enfermer ton fils dans un cocon toute sa vie.

— Ce n'est pas ce que je fais.

— Tu crois ? Il faut le laisser respirer, ma chérie, même si cela va à l'encontre de tes propres désirs. Tu dois le laisser libre de faire ses propres expériences, de prendre ses propres décisions.

Une vague d'amertume submergea Rosalie. Comment sa propre mère pouvait-elle lui prodiguer des conseils aussi cruels ? Le souffle court, elle répondit :

— Je ne comprends pas que tu ne me soutiennes pas. Après tout ce que nous avons traversé... Pour un peu, je pourrais penser que tu as oublié.

Quand elle se retourna, la peine qu'elle découvrit dans les yeux de sa mère la bouleversa. Elle se détesta tout à coup. Pourquoi ne réfléchissait-elle pas avant de parler ?

— Je suis désolée, maman. Ce n'était pas ce que je voulais dire.

— Ne t'inquiète pas. Nous sommes tous un peu à cran.

Un court silence s'installa.

— Donc, si tu étais à ma place, tu lui donnerais ton feu vert ? interrogea Rosalie.

— Je ne pense pas que tu aies le choix, répondit sa mère d'une voix douce.

— Ça, ce n'est pas dit ! Pour qu'un enfant ait le droit de pratiquer un sport, ses parents doivent signer une décharge.

— A ce propos...

Pourquoi sa mère semblait-elle si gênée, soudain ?

— Maman, tu sais quelque chose. De quoi s'agit-il ? la pressa-t-elle en se rasseyant.

— Danny m'a parlé de la décharge.

Elle fronça les sourcils.

— Il est venu te trouver, toi ?

Claudia hocha la tête.

— Il est déchiré. Il veut jouer, mais il voudrait avoir ta permission sans se fâcher avec toi.

Elle marqua une pause, avant d'ajouter :

— Apparemment, il a un plan.

— Quel plan ?

Claudia secoua la tête, visiblement gênée.

— Il m'a parlé de son père... murmura-t-elle.

— Ce n'est pas vrai ! s'exclama Rosalie en fermant les yeux. Et qu'a-t-il dit ?

— Il m'a demandé si je le connaissais.

Une image de la ferme des Harbin passa derrière ses paupières closes. Il n'était pas question que Danny découvre que, bientôt, son père vivrait à moins d'un kilomètre de lui. Réprimant un frisson d'angoisse, elle rouvrit les yeux.

— Que lui as-tu répondu ?

— Tu connais mon horreur du mensonge.

— Maman, je t'en prie, plaida-t-elle, que lui as-tu dit ?

— Que j'ignorais où était son père à cet instant précis. Ce qui était la vérité, puisque je ne savais pas où se trouvait Bryce au moment de notre conversation.

Se forçant à ignorer la petite pointe douloureuse qui lui vrillait le cœur, Rosalie insista :

— Et après ?

— Il m'a demandé si son père vivait à proximité. Je lui ai répondu qu'il n'était pas loin.

— Oh ! mon Dieu ! s'exclama-t-elle, la gorge nouée. Maintenant, il va chercher à le retrouver, je le sais.

— J'en ai bien l'impression moi aussi, ma chérie.

— Il doit se dire que si je refuse de signer les décharges, son père, lui, le fera.

Elle s'interrompit. Elle commençait tout juste à assimiler les conséquences du plan de Danny.

— Maman, mes pires craintes sont sur le point de se concrétiser, reprit-elle d'une voix sourde. Il ne s'agit plus seulement du football, même si c'était déjà un problème de taille. Il s'agit aussi de Bryce. Je ne veux pas que Danny et lui se rapprochent l'un de l'autre. Ils ne doivent rien savoir de ce que j'ai fait.

Une ombre de compassion passa sur le visage de Claudia.

— Ta douleur t'appartient, Rosalie. A toi seule. Tu ne peux pas infliger les regrets de ton passé à Danny.

— Mais je ne peux pas lui dire la vérité ! protesta-t-elle.

— Alors, considère ce que je t'ai raconté comme un avertissement. Que tu le veuilles ou non, tu vas devoir signer ces décharges. Sinon, tu n'auras pas d'autre choix que de trouver une sacrée bonne histoire pour te justifier de lui avoir caché si longtemps l'identité de son père. Ce que tu seras bien obligée de faire un jour ou l'autre, de toute façon.

Assaillie par la culpabilité, Rosalie réprima les sanglots qui lui montaient à la gorge.

— Tout était si simple quand Danny était petit ! Désormais, la vérité peut éclater d'un jour à l'autre. Comment ai-je pu me fourrer dans ce pétrin ?

— Tu n'es pas seule responsable, la rassura Claudia en lui prenant la main pour la réconforter. Nous avons tous notre part de responsabilité : ton père, moi, Roland et Marjorie.

— Pourtant, à l'époque, nous avions pensé prendre la bonne décision.

— Peut-être. Mais aujourd'hui, je ne suis plus si sûre que nous ayons eu raison.

Durant quelques interminables secondes, ces derniers mots planèrent entre elles. Malgré ses tentatives pour juguler les souvenirs douloureux, le passé resurgit alors du fond de sa mémoire. Elle se revit dans la salle à manger des Benton, écoutant la discussion animée qui devait décider de son avenir et de celui de son enfant, chacun campant obstinément sur ses positions. Pourtant, en fin de compte, tous s'étaient rangés à son désir : elle voulait garder le bébé, mais ne rien dire à Bryce. Rien, pas même cette paternité fortuite, ne devait entraver son rêve de faire carrière dans le football professionnel. Pourtant, une question l'intriguait toujours. Durant tout le débat, Claudia avait à peine ouvert la bouche. Il était peut-être temps d'en avoir le cœur net.

— Maman, commença-t-elle, j'avais quelque chose à te demander. Ce soir-là, chez les Benton…

Elle s'interrompit. Dixie s'était levé d'un bond et, debout sur le perron, il battait joyeusement de la queue. Claudia jeta un coup d'œil à l'allée.

— Pas maintenant, Rosalie. Voilà Danny.

Elles le regardèrent descendre de la voiture de son ami, auquel il adressa un rapide salut de la main avant de venir les rejoindre sous la véranda. S'arrêtant sur les marches pour tapoter la tête de Dixie, il leva les yeux et demanda :

— Tu as pris ta décision, maman ? Je peux voir l'entraîneur, demain ?

Elle tressaillit. Au moins, il allait droit au but. Mais elle ne se sentait pas encore prête à lui donner son assentiment. Esquissant un sourire, elle déclara :

— Rentrons dans la maison, tu veux, Danny ?

— Pourquoi tenir mamie à l'écart ? s'étonna-t-il.

Elle préférait s'entretenir avec lui en tête à tête. Encore sous le coup de l'avertissement de sa mère, elle jeta à celle-ci un coup d'œil furtif. Claudia avait ramassé son ouvrage et semblait soudain totalement absorbée par sa couture.

— J'ai pensé que tu avais peut-être faim ?

— Non, je sors de Kentucky Fried Chicken.

— Eh bien, moi, j'ai envie de thé. Rentre avec moi.

Une fois dans la cuisine, elle se versa un grand verre de thé glacé.

— Assieds-toi, mon chéri.

Se laissant tomber sur une chaise, il la fixa, une lueur belliqueuse dans ses yeux bleus. Elle prit place en face de lui et but une gorgée dans l'espoir de rafraîchir sa gorge desséchée. Elle cherchait à gagner du temps, mais, devant l'expression de Danny, elle sentit sa résolution fondre. Comment son visage pouvait-il afficher un tel mélange de détermination et d'espoir ?

— Alors, maman, je peux ?

Serrant son verre si fort que ses jointures en blanchirent, elle répondit :

— J'y ai réfléchi toute la journée. Tu connais mon sentiment.

— Oui, soupira-t-il en s'accoudant à la table. Et tu connais le mien. J'en ai parlé à Greg. Je ne pense pas que tu aies le droit de m'empêcher de jouer au football.

Devant son attitude pleine d'une défiance toute masculine, elle sentit une sueur froide lui mouiller la nuque.

— Tu te trompes, riposta-t-elle d'une voix aussi catégorique que possible. Je dois signer des papiers pour que tu aies le droit de jouer.

Avec un nouveau soupir exaspéré, il fixa la nappe. Ses nerfs tendus comme des cordes, elle guetta sa réaction. A sa grande surprise, elle l'entendit déclarer d'un ton radouci :

— Tu ne m'empêcherais pas de faire ce que j'aime, maman. Tu n'es pas comme ça.

Elle sentit son cœur se gonfler de tendresse. Non, elle n'était pas « comme ça ». Du moins, elle ne l'avait jamais été. D'un autre côté, jamais il ne lui avait demandé de prendre une décision qui mettait à mal ses certitudes les plus intimes. Jamais il ne l'avait fait souffrir ainsi.

Elle le regarda : son fils, la lumière de sa vie, la merveilleuse compensation qui, depuis la mort de Ricky, donnait un sens à chacune de ses journées. L'enfant de celui qu'elle avait aimé de toutes les fibres de son être. Elle n'avait jamais rien refusé à ce fils. Mais ce qu'il lui demandait aujourd'hui lui arrachait le cœur.

Il leva la tête et lui lança un regard dans lequel elle lut un tel espoir, une telle confiance, qu'elle sentit ses yeux s'embuer de larmes.

— Maman, s'il te plaît.

Ce soir non plus, elle ne pouvait rien lui refuser. Paupières closes, elle pensa à Bryce. Il connaissait sa position. Il avait compris ce qu'elle lui avait demandé la veille. Peut-être prendrait-il la seule décision raisonnable. Du moins, elle l'espérait. Elle pouvait gagner du temps. Peut-être demain...

Ses épaules s'affaissèrent et elle s'humecta les lèvres.

— Tu peux aller parler avec lui, acquiesça-t-elle enfin.

Bondissant de sa chaise, Danny leva un poing victorieux en l'air.

— Maman, tu es géniale !

Une peur glaciale inonda alors Rosalie. Cet enthousiasme ne faisait que décupler ses craintes. Comme son fils ressemblait à Ricky !

— J'ai dit que tu pouvais parler avec lui. Parler, c'est tout ! répéta-t-elle, catégorique. Nous ne savons pas encore ce qui va se passer. Peut-être ne seras-tu pas sélectionné.

Il sortit une bouteille de lait du réfrigérateur et s'en versa un grand verre.

— Tout est possible, déclara-t-il.

— Tu peux aussi changer d'avis.

— Non. Si j'ai la chance d'être sélectionné, je jouerai. C'est ce que je veux maman.

Se rendant sans doute compte qu'il s'emballait un peu, il ajouta :

— Ça et le base-ball. Je peux faire les deux, je le sais.

— Ne rêve pas trop, lui conseilla-t-elle sans grande conviction.

Gênée, elle détourna les yeux. Désormais, elle plaçait tous ses espoirs en Bryce. Lui seul pouvait décider que Danny ne serait pas footballeur. Quelle mère indigne elle faisait !

— Tu pourras me conduire au lycée demain matin, maman ? Je sais que l'entraîneur arrive tôt.

Malgré la raideur de sa nuque, elle acquiesça d'un hochement de tête.

Bryce était assis à son bureau, les dossiers de ses joueurs étalés devant lui. Arrivé tôt en ce jeudi matin, il était déterminé à lire les appréciations de Bucky sur chacun d'entre eux. La semaine suivante, l'entraînement commencerait et il voulait connaître l'évaluation qui avait été faite sur eux avant de se forger sa propre opinion en les voyant en action, sur le stade.

Il réprima un soupir de frustration. En dépit de ses bonnes résolutions, il n'arrivait pas à se concentrer. Depuis sa visite à la ferme des Harbin, Rosalie ne quittait plus ses pensées. Force lui était de se rendre à l'évidence : en revenant à Whistler Creek, il avait nourri certains espoirs. Pas au point de croire qu'ils allaient reprendre leur histoire là où elle s'était arrêtée, non... Mais il avait néanmoins cru à la possibilité de rétablir un lien entre eux.

Bien sûr, après son départ, seize ans plus tôt, il avait collectionné les conquêtes. Il s'était même marié. Pourtant, jamais il n'avait pu oublier le jour où il avait embrassé Rosalie pour la première fois, son cœur prêt à exploser dans sa poitrine, le torrent furieux du désir dans ses veines. Jamais aucun autre baiser, par la suite, ne l'avait bouleversé à ce point. En une fraction de seconde, l'avenir s'était rempli d'espoir. Un espoir que la fatalité avait fait fondre à jamais.

A l'enterrement de Ricky, il n'avait cessé d'observer Rosalie à la dérobée. Elle était figée comme une statue et seules ses lèvres remuaient, murmurant une prière silencieuse. Plusieurs fois ensuite, il avait essayé de reprendre contact avec elle : lui avait téléphoné chez elle, laissé des messages, envoyé d'innombrables lettres... Elle n'avait jamais répondu. Avait-elle même ouvert ses lettres ? Il en doutait. Des années plus tard, après son divorce, les e-mails et les réseaux sociaux étaient devenus le moyen de communication le plus courant. Plusieurs fois, il avait commencé un message à l'intention de Rosalie, avec un « salut, comment vas-tu ? » de vieux copains, avant de le supprimer.

Il s'était tenu informé de la vie de la jeune femme, de loin. L'année qui avait suivi son départ, anéanti par la nouvelle de la naissance de son fils, il avait cessé de lui écrire. Manifestement, Rosalie avait tourné la page, s'était consolée dans les bras d'un autre. Son diplôme universitaire en poche, elle avait accepté un poste au lycée de Whistler Creek. Et, à son tour, il avait tourné la page.

Mais maintenant qu'il l'avait revue, toutes les émotions larvées remontaient à la surface. Il voulait leur donner une nouvelle chance, une chance qu'elle leur refusait. Et pour tout arranger, il y avait maintenant le problème de Danny. Peut-être Rosalie avait-elle convaincu l'adolescent de ne pas passer les tests. Peut-être avait-elle refusé de lui accorder sa permission. Gâcher un tel talent serait regrettable, bien sûr, mais, d'un point de vue moral, il devait s'avouer qu'il en serait soulagé.

S'extirpant de ses réflexions, il se plongea dans un dossier.

Il avait du pain sur la planche. Plus il serait occupé, moins il penserait à Rosalie.

Un grattement à la porte lui fit lever les yeux. Il eut un mouvement de surprise.

— Pardon, Bryce. Je peux vous parler ? demanda une voix timide.

Danny se tenait sur le seuil. Avec ses cheveux bruns mi-longs et embroussaillés comme s'il venait de tomber du lit, son T-shirt gris à l'emblème des Wildcats, un bermuda en Nylon qui découvrait ses solides mollets, ses grandes baskets noir et blanc, il ressemblait à n'importe quel adolescent. A la différence près que c'était le fils de Rosalie. Les poings sur les hanches, les épaules en arrière, il se tenait bien droit, feignant l'assurance.

Machinalement, Bryce commença à se lever, mais dut se rasseoir aussitôt. Son cœur battait à coups redoublés.

— Bien sûr, Danny, tu peux entrer, fit-il en lui montrant la chaise devant son bureau. Que puis-je faire pour toi ?

L'adolescent s'exécuta et, croisant les mains sur ses genoux, déclara :

— Je viens passer les tests. Je veux faire partie de l'équipe de football américain.

— Très bien... répondit Bryce en retenant la question qui lui brûlait les lèvres : comment diable le garçon était-il parvenu à convaincre sa mère ? Je ne t'ai pas demandé, l'autre jour : as-tu la moindre expérience dans ce sport ? demanda-t-il.

— Non. A part les matchs à la télévision. Mais je connais les règles et j'ai toujours voulu jouer. Même quand j'étais petit.

Bryce connaissait la réponse à sa question suivante, mais il la posa malgré tout.

— Alors pourquoi ne l'as-tu pas fait ?

Après un coup d'œil vers la fenêtre, Danny le considéra d'un air grave.

— Sans doute parce que je suis toujours parti du principe que j'étais un joueur de base-ball. Pourtant, je crois que je préfère le football.

S'adossant à sa chaise, Bryce croisa les bras. Il était temps d'en avoir le cœur net.

— Danny, ta mère sait-elle que tu es ici aujourd'hui ?

— Oui, elle est d'accord. C'est même elle qui m'a déposé.

Une fraction de seconde, il resta sans voix. Il n'en croyait pas ses oreilles.

— Tu lui as dit que tu allais passer des tests pour la position de quarterback ?

— Oui.

De plus en plus surpris, il le dévisagea attentivement. Danny semblait sincère. Il aurait donné cher pour savoir ce qui s'était dit chez les Campano. Mais le moment était sans doute venu de faire tomber la dernière barrière entre eux. Aucune zone d'ombre ne devait subsister.

— Danny, commença-t-il d'une voix prudente, tu connais mon rôle dans la tragédie qui a frappé ta famille ?

— Bien sûr. Comme tout le monde.

Il marqua une pause, avant d'ajouter :

— Et personne ne vous en tient pour responsable.

Il réprima un sourire d'amertume. Personne, à l'exception de Rosalie.

— Je suis content de le savoir. Néanmoins, tu es la seule personne qui m'intéresse, pour le moment. Je ne sais pas encore ce que tu vaux.

— Je sais, mais j'apprends vite et je sais travailler dur.

— Je n'en doute pas, mais l'intelligence et le courage ne te suffiront pas. Il te faudra aussi le talent.

Danny hocha la tête.

— Tout ce que je demande, c'est qu'on me donne ma chance d'entrer dans l'équipe, comme n'importe quel autre garçon.

Bryce laissa échapper un soupir et répondit :

— Très bien, je vais te donner cette chance, mais n'oublie jamais une chose : si, pour une raison ou pour une autre, tu ne penses pas pouvoir me faire confiance, si les événements du passé te poussent à remettre en question mon autorité, mon jugement et mes décisions, nous ne pourrons plus travailler ensemble.

Danny secoua vigoureusement la tête.

— Cela n'arrivera pas.

— Bien, puisque nous sommes d'accord, allons voir de quoi

tu es capable. Tu vas faire une demi-heure d'échauffement. Je te rejoins sur le stade.

— D'accord.

Dès qu'il fut sorti, Bryce prit son téléphone et composa un numéro de mémoire. Il ne lui restait plus qu'à demander à son vieil ami, Gordon Capps, alias Cappy, ancien champion de l'équipe d'Atlanta, de venir lui prêter main-forte. Il avait besoin d'un point de vue objectif pour évaluer le potentiel de Danny, quelqu'un qui ne serait influencé ni par un passé douloureux ni par un présent conflictuel.

Vingt minutes plus tard, Bryce présentait Gordon Capps à Danny, émerveillé. Puis, après avoir confié le jeune garçon à la star du football américain, il les envoya tous deux sur le stade avec un sac de ballons et une pile de cônes orange.

Au bout de deux heures, il les rejoignit. Gordon Capps lui confirma que son intuition ne l'avait pas trompé : Danny était une graine de champion.

Troublé, il resta un moment à les regarder. Les paroles de Rosalie persistaient à le hanter. Comment pouvait-il empêcher cet adolescent de jouer en décidant de ne pas le qualifier ? Danny avait beau lui avoir dit qu'il avait l'accord de sa mère, il voulait en avoir confirmation.

Ruminant ses pensées, il regagna son bureau. Il venait de s'engager dans le couloir quand il pila net. Devant sa porte fermée, Rosalie regardait par la vitre.

Vêtue d'un jogging et de baskets, la lourde masse de sa chevelure brune retenue en queue-de-cheval dégageait un visage rosi par l'effort. Devant sa fraîcheur juvénile, il eut l'impression de remonter le temps. Le cœur étreint d'une émotion indicible, il avait devant lui la Rosalie de sa jeunesse.

7

— Rosalie ?

Elle se retourna avec l'impression d'avoir été prise la main dans le sac. Mais non, se rassura-t-elle, elle ne faisait rien de mal. Elle se composa un visage impassible. Pourquoi le son même de la voix de Bryce la faisait-elle culpabiliser ?

Il avait un timbre un peu éraillé, comme s'il peinait à prononcer son nom. Il s'approchait d'un pas lent, le regard fixé sur elle. Soudain consciente que son haut en Lycra dévoilait son nombril, elle croisa les bras.

Voyant que Danny était en retard, elle était descendue de voiture pour venir le chercher. Du moins, c'était ce qu'elle s'était dit.

Mais à présent, face à Bryce, devant ce visage et ces bras hâlés, ce corps toujours aussi mince et ces jambes d'athlète, le doute s'insinua dans son esprit. Peut-être que, sans se l'avouer, elle avait espéré cette rencontre.

Elle s'empressa de se rabrouer. Elle ne devait pas oublier qu'il s'agissait de Bryce. Seize ans avaient passé, seize années trop riches en événements pour remuer le passé.

— Bonjour Bryce ! le salua-t-elle d'un air qu'elle voulait dégagé. Je suis venue chercher Danny. Je pensais le trouver dans ton bureau.

Il lui ouvrit la porte et s'effaça devant elle.

— Il est sur le stade. Je suis venu chercher un chronomètre. Nous sommes en train de chronométrer ses sprints.

— Nous ? s'étonna-t-elle. Qui d'autre est là ?

— Gordon Capps.

— L'ex-star du football américain, celui qui a repris le restaurant à Donaldson ?

Bryce acquiesça.

— C'est ça. Cette année, il va m'aider avec les Wildcats.

Elle contint sa surprise. Avoir comme entraîneur une star nationale tenait presque du prodige.

— Que fait-il avec Danny ?

Très à l'aise, Bryce s'assit sur le rebord du bureau.

— J'avais besoin de son avis pour évaluer le potentiel de Danny.

Elle lui lança un regard incrédule.

— Attends un peu ! explosa-t-elle. J'ai autorisé Danny à venir te parler. C'est tout. Il n'a jamais été question de lui faire passer des tests.

Bryce parut gêné et baissa les yeux, se frottant le menton de l'index d'un geste machinal.

— Ah ! Voilà qui est délicat...

Mais quand il releva la tête, son regard n'exprimait aucun doute.

— Danny m'a dit que tu étais d'accord. Pour être franc, je me suis étonné d'un tel changement de cap.

Elle refoula sa colère. Elle devait rester raisonnable. Bryce n'y était pour rien. Danny était seul responsable de cette méprise.

— Il est évident que mon fils a interprété notre conversation à son avantage. Je comprends maintenant pourquoi je l'attends au parking depuis une demi-heure. Je reviens de la gym, acheva-t-elle en repoussant une mèche de cheveux de son front.

Elle sentait soudain un besoin inexplicable de justifier son apparence.

Bryce esquissa un sourire.

— J'avais cru le remarquer.

Elle esquissa un pas vers la porte.

— Bien, il ne me reste plus qu'à aller le chercher sur le stade.

— Attends une seconde ! Tu ne veux pas en discuter ?

Elle tressaillit. Non, elle ne voulait pas en discuter. Quels arguments pouvait-il invoquer pour la convaincre que Danny devait jouer au football américain ? D'un autre côté, une fuite serait lâche et ne ferait qu'affaiblir sa position.

— Si tu veux, acquiesça-t-elle.

Répondant à une invitation muette, elle s'assit et croisa les jambes. Malgré elle, son pied droit tapota le sol, trahissant sa nervosité.

— Qu'attendais-tu au juste de cette évaluation ? demanda-t-il.

Resté debout, il scrutait son visage. Elle déclara d'un ton sans réplique :

— Tu connais ma réponse. Je ne veux pas que Danny joue au football américain.

L'air grave, il croisa les bras.

— Tu ne crois pas qu'il est temps d'abattre tes cartes ? Tu ne veux pas qu'il joue au football ou tu ne veux pas qu'il joue pour moi ?

Elle lui jeta un coup d'œil, méfiante. Comment lui faire comprendre que, pour elle, les deux se valaient ?

— Je ne veux pas qu'il joue au football, précisa-t-elle. Et hier, j'avais cru comprendre que nous étions d'accord.

— Que je ne devais pas le qualifier ?

— Oui. C'était ce que j'espérais de toi.

— Pour te faire plaisir ?

— Oui... Enfin, non ! bafouilla-t-elle. Parce que c'est mieux pour tout le monde.

Un silence s'installa, puis Bryce laissa échapper un long soupir.

— Depuis mon retour, nous avons pris un départ chaotique, toi et moi. Rien ne me ferait plus de peine que de te contrarier encore.

— Dans ce cas, il te suffit de...

— Le problème, c'est que je ne suis pas d'accord avec toi, l'interrompit-il avec fermeté. Je ne pense pas qu'il soit juste de mentir à ton fils sur son potentiel et de le priver d'une place méritée dans l'équipe des Wildcats.

Il s'interrompit pour la regarder droit dans les yeux.

— Je pense même que ce serait tout à fait malhonnête, ajouta-t-il.

S'avançant, il posa les mains sur les bras du fauteuil qu'elle occupait et se pencha vers elle.

— Il est doué, Rosalie. Et il veut cette place.

Elle tressaillit et son souffle se fit saccadé. « Et moi, ce que je veux, ça ne compte pas ? » faillit-elle demander. Des paroles que jamais une mère ne devait prononcer. Le visage de Bryce n'était qu'à un souffle d'elle. Elle voyait les paillettes turquoise dans ses pupilles azur et les reflets dans ses cheveux dorés par le soleil, elle sentait l'odeur de son aftershave boisé s'infiltrer dans ses narines. Son trouble était tel qu'elle ne voulut pas répondre. Elle ne se faisait pas confiance. Elle se contenta de baisser les yeux.

— Ecoute, reprit-il d'une voix radoucie en se penchant encore. Je comprends à quel point tout cela est difficile pour toi. C'est pourquoi j'ai chargé Gordon Capps de prendre la décision. En toute neutralité. Je ne voulais que ni notre passé ni notre présent ne puissent influencer l'avenir de ton fils chez les Wildcats.

Elle releva la tête et soutint son regard qui, assombri par la tristesse, tirait sur l'indigo. Un frisson la traversa. Sa propre expression exprimait-elle la même peine ? Si seulement Bryce pouvait se douter qu'ils étaient tout aussi liés aujourd'hui qu'ils l'avaient été dans le passé ! Peut-être plus encore !

— D'après Cappy, Danny est vraiment doué, ajouta-t-il. Je ne peux pas mentir à ton fils. Ce serait malhonnête et, en plus, il le saurait. Danny est tout à fait conscient de son niveau.

L'espace de quelques secondes, il pinça les lèvres, comme s'il pesait chacune des paroles qui allaient suivre.

— Pour résumer, Rosalie, je te laisse seule responsable d'annoncer à Danny qu'il ne sera pas qualifié. S'il m'a menti sur le but de sa venue ici aujourd'hui, ta colère est justifiée. Mais cela doit se régler en famille. Je ne suis que l'entraîneur, je refuse de m'en mêler.

« En famille ». Ces derniers temps, pas un jour ne semblait passer sans que la décision qu'elle avait prise seize ans plus tôt avec leurs parents respectifs lui soit rappelée. Une décision qui excluait Bryce. Et chaque fois que le lien de celui-ci avec Danny était évoqué, son cœur saignait un peu plus. Le poids de la culpabilité s'alourdissait. Comment allait-elle jamais survivre à la saison de football, à l'année scolaire… au restant de ses jours ?

A son grand soulagement, Bryce recula enfin. Sa proximité l'avait mise au supplice. Contournant son bureau, il prit le chronomètre dans un tiroir et revint vers elle, la main tendue.

— Viens avec moi, nous allons le regarder des gradins. Cela t'aidera peut-être à comprendre.

Elle lui jeta un coup d'œil sceptique. Puis, fixant les doigts vigoureux qui, autrefois, s'entrelaçaient si naturellement aux siens, elle lui prit la main d'un geste spontané. Il l'aida à se lever et, ensemble, ils quittèrent la pièce.

Assise dans les gradins, elle balaya le stade du regard. Elle s'était toujours sentie chez elle ici. Que d'heures passées à assister aux entraînements de Ricky, de Bryce, à tous ces matchs... et aujourd'hui, c'était son fils qu'elle venait voir.

— Salut, maman ! lança la voix de Danny, la tirant de ses réflexions. Je suis un peu en retard, je crois.

Il s'était approché et regardait sa montre.

— Ce qui m'embête le plus, répondit-elle, c'est de voir que nous ne nous sommes pas compris hier soir. Pour moi, tu venais voir l'entraîneur Benton pour un simple entretien.

— Maman, tu ne peux pas m'en vouloir ! plaida-t-il d'un ton implorant. Regarde qui est venu me faire travailler !

Gordon Capps s'avançait vers eux à grandes enjambées.

— Tu as le chronomètre ? demanda-t-il à Bryce.

— Cappy, je te présente la maman de Danny, Rosalie Campano.

Le visage du champion se fendit d'un large sourire.

— Vous pouvez être très fière de votre fils, madame Campano. Ce garçon est vraiment très doué, ajouta-t-il en posant la main sur l'épaule de Danny.

— Merci, répondit-elle avec un sourire crispé, j'apprécie votre compliment, monsieur Capps.

— Appelez-moi Cappy, comme tout le monde.

— Regarde, maman, je vais te montrer quelque chose.

Cappy et lui regagnèrent le terrain. Bien campés sur ses deux jambes, Danny se mit en position et, à plusieurs reprises, lança le ballon. Devant la perfection de la démonstration qu'il lui offrit, Rosalie se sentit soudain gagnée par un étrange mélange de fierté et d'appréhension. Les yeux embués, elle croisa les jambes et posa les mains sur ses genoux.

— Comme il est beau ! murmura-t-elle pour elle-même.

— Tu as dit beau, Rosie ? s'étonna Bryce en se penchant vers elle.

— Oui, beau. Tant de grâce, d'équilibre, de précision...

Elle se tut, regarda droit devant elle et, d'une voix étranglée, chuchota :

— Exactement comme Ricky.

La main de Bryce couvrit la sienne et il pressa ses doigts, faisant affluer une chaleur diffuse dans tout le corps de la jeune femme. Malgré les larmes qui lui brûlaient les yeux, elle répéta, sans essayer de se dégager :

— Exactement comme Ricky.

Quand Gordon Capps déclara la séance terminée, Rosalie et Bryce descendirent sur le stade.

— Je pense que nous avons trouvé notre quarterback remplaçant, déclara l'ex-champion.

— C'est super, maman, non ? s'exclama Danny, rayonnant.

Elle aurait voulu lui répondre, mais elle ne se faisait pas confiance : allait-elle pouvoir parler sans trahir ses émotions ? Dissipant le silence qui commençait à se faire gênant, Bryce déclara :

— Tu as été excellent, Danny. Il n'y a plus que les formalités à régler. Tu dois faire signer les formulaires d'autorisation et passer une visite médicale.

Le sourire de Danny s'évanouit.

— Ce n'est pas un problème, n'est-ce pas maman ? s'enquit-il d'une voix inquiète.

— Nous verrons, répondit Rosalie, évasive.

— Il faut que tu discutes de cette décision avec ta famille, Danny. Etre membre de l'équipe exige un engagement qui implique tous tes proches, ajouta Bryce en la fixant droit dans les yeux.

Elle esquiva son regard. Peut-être était-il en train de lui offrir une dernière chance de se rétracter, mais elle savait maintenant qu'elle ne la saisirait pas. Elle en était incapable. Et tant pis si elle devait ravaler sa fierté et ses inquiétudes, l'enthousiasme de son fils n'avait pas de prix. Danny ferait partie de l'équipe des Wildcats.

— Nous devons fêter ça, déclara Cappy en posant une main

sur l'épaule de Danny. Et si vous veniez tous dîner à mon restaurant samedi soir ? Nous pourrons regarder le match des Braves sur écran géant.

Avec un coup d'œil vers elle, Danny s'écria, plein d'espoir :

— Ce serait formidable ! Maman, tu n'as rien de prévu ?

— Je ne sais pas. Il faut que je voie si je suis libre.

— Venez avec votre mari, Rosalie, ajouta Cappy. Et qui vous voudrez.

— Elle n'est pas mariée, précisa Danny.

Le regard intrigué de Cappy à Bryce ne lui échappa pas et elle sentit une main glacée lui étreindre le cœur. Comme elle se sentait embarrassée, tout à coup ! Dissipant l'instant de gêne, la voix de Danny s'éleva de nouveau.

— Je peux amener mon ami Greg ?

— Bien sûr. Plus on est de fous...

Tous trois se tournèrent vers Rosalie, attendant sa réponse.

— Pour le moment, je ne vois pas de raison qui nous en empêcherait.

Elle refoula sa frustration. Elle allait être obligée de convaincre sa mère de les accompagner.

— Si vous voulez, je passerai vous chercher, proposa Bryce.

— Non, merci. C'est très gentil, mais je préfère conduire. Allons-y, mon chéri, ajouta-t-elle à l'intention de son fils. Il est tard.

— A samedi ! les saluèrent Bryce et Gordon Capps.

Suivie de Danny, elle regagna le parking.

— Tu sais, tu es vraiment géniale, maman ! jubila Danny en s'installant à côté d'elle.

Elle lui offrit un sourire placide. En apparence, peut-être. Mais sa main tremblait tellement que la clé de contact faillit lui échapper. Tout allait si vite. Trop vite ! Presque comme une prière, elle murmura :

— Reste la question de la visite médicale.

— Ce ne sera pas un problème, répondit Danny en bouclant sa ceinture. Je les ai toutes passées pour le base-ball.

Il avait raison. Ce ne serait pas un problème. Un poids oppressant dans la poitrine, elle aspira une longue bouffée d'air et jeta un coup d'œil au rétroviseur. Le panneau d'affichage des scores dominait les gradins. Comme un symbole de changement. Un changement irrémédiable qui menaçait sa vie. Une vie qu'elle avait mis tant de soin à protéger.

Le samedi suivant, après avoir fermé le magasin de primeurs, Claudia demanda d'un air songeur à sa fille :

— Qu'est-ce que je vais bien pouvoir mettre pour la fiesta de ce soir ?

— Ce n'est pas une fiesta, maman. C'est dans un restaurant pour fans de sport. Inutile de te mettre sur ton trente et un.

— Je sais. Je me disais justement que ce serait une bonne occasion de porter mon nouveau jean.

Rosalie esquissa un sourire. Depuis la mort de son mari, Claudia avait suivi ses conseils et adopté un style plus jeune. Une heure plus tard, elle redescendait de sa chambre, douchée et vêtue du fameux jean et d'un chemisier de style paysan froncé à la taille.

— Tu es superbe ! la complimenta Rosalie.

Elle avait, pour sa part, opté pour un haut à broderies anglaises et une jupe blanche avec un petit volant au genou. Même si, bien sûr, elle n'avait nulle intention de flirter, elle aimait se sentir jolie.

Après être passée chercher Greg, elle prit la route de Donaldson, les deux garçons surexcités à l'arrière. Arrivés au restaurant, ils furent chaleureusement accueillis par Gordon Capps. L'ex-star de l'équipe d'Atlanta donna l'accolade à Greg, puis serra la main de Claudia un peu plus longtemps que nécessaire sans chercher à dissimuler l'admiration qu'elle lui inspirait. Après avoir installé le petit groupe sur les confortables banquettes d'un box, il leur tendit les cartes et une télécommande.

— Je vous laisse zapper, déclara-t-il, en désignant la télévision au-dessus de leurs têtes. Baseball, actualités, vous avez l'embarras du choix !

Un coup d'œil à Danny, et Rosalie comprit que le choix serait vite fait.

— Que buvez-vous ? reprit Cappy.

— Un verre de vin, s'il vous plaît, monsieur Capps, répondit Claudia en battant des cils.

Perplexe, Rosalie regarda sa mère. Jamais elle ne l'avait vue minauder de la sorte.

— Appelez-moi Cappy, s'il vous plaît, rectifia-t-il en riant. Et permettez-moi de vous recommander la sangria. Elle est légère et fruitée.

Claudia approuva avec chaleur. Rosalie commanda une bière, les garçons des sodas. Deux minutes plus tard, Cappy revenait avec les boissons.

— Maintenant, je vous laisse choisir vos plats, déclara-t-il en tirant son calepin de sa poche. Prenez ce qui vous fera plaisir. C'est la maison qui offre.

— Ce n'est pas nécessaire, répondit Rosalie, nous...

— Je vous ai invités, souvenez-vous.

— C'est votre habitude de servir vous-même à table ? s'étonna Rosalie

D'autant qu'une armée de jolies serveuses en tenue de sport, que Greg et Danny dévoraient des yeux, virevoltait dans le restaurant.

— Non, mais c'est une occasion particulière, répondit-il avec un sourire à l'intention de Claudia.

Après avoir noté leurs choix, il les laissa. Feignant de s'intéresser au match, Rosalie dégusta sa bière à petites gorgées. Tous les sens soudain en alerte, elle sentit sa gorge se dessécher. Du coin de l'œil, elle avait vu Bryce approcher de sa démarche souple, dégageant comme à l'ordinaire son charme magnétique.

— Vous êtes tous là ! les salua-t-il. Tant mieux ! Je suis en pleine partie de billard, mais je vous rejoins tout de suite après.

Ignorant les battements désordonnés de son cœur, Rosalie se composa un visage impassible.

— Nous ne voudrions surtout pas perturber ta soirée, Bryce, déclara-t-elle. De plus, nous n'allons pas rester longtemps.

— Ah bon, pourquoi ? s'enquit-il avec un sourire. On est samedi.

— Le dimanche, nous avons une matinée chargée. Je te rappelle que le magasin est ouvert.

— Il est à peine 20 heures, répliqua-t-il en regardant sa montre. Même Cendrillon avait la permission de minuit. Attends-moi, Rosalie ! insista-t-il. Je reviens d'ici trois quarts d'heure.

Elle se félicita : en trois quarts d'heure, ils avaient largement le temps d'avaler leur dîner et de partir.

Quarante-cinq minutes plus tard, leurs assiettes étaient vides et la partie de billard battait toujours son plein. Bryce n'était pas revenu et elle estima lui avoir laissé bien assez de temps. Le moment était venu de demander l'addition à Cappy, qui continuait à se montrer aux petits soins avec eux. Devant son insistance à les inviter, elle céda. Au moment où elle prenait son sac, Danny demanda :

— On peut faire un jeu vidéo, Greg et moi ?

— Non, je veux rentrer.

— Je n'ai pas fini mon vin, Rosalie, fit remarquer Claudia.

Elle étouffa un soupir exaspéré. Si sa mère s'y mettait, maintenant !

— Bon, je vais me laver les mains. Maman, tu termines ton verre et vous, les garçons, vous avez droit à une partie.

Traversant la salle animée, elle se dirigea vers les toilettes. Après s'être rafraîchie et recoiffée, elle ressortit dans le couloir obscur. Soudain, une main vigoureuse se posa sur son épaule. Prise de panique, elle sursauta. Mais qui diable l'entraînait ainsi de force vers la porte de secours ? Son imagination s'emballa et elle inspira profondément pour calmer son pouls affolé.

8

C'était l'occasion ou jamais de mettre en pratique les bases fondamentales d'autodéfense que lui avait enseignées son père. Enroulant la bandoulière de son sac autour de son poignet, elle visa la tête de son agresseur, qui s'accroupit pour esquiver le coup.

— Rosie, mais qu'est-ce qui te prend ?

Surprise, elle cligna des yeux. Une faible lumière éclairait la terrasse sur pilotis surplombant la rivière, où ils avaient débouché.

— Bryce ? Mais tu es devenu fou ?

Il la regarda, stupéfait.

— Moi, fou ? Mais tu as failli me décapiter !

D'un geste rageur, elle remit son sac en bandoulière.

— Tu as de la chance d'avoir de bons réflexes, bougonna-t-elle. J'aurais pu te faire tomber à l'eau.

— Je n'en doute pas une seconde.

— Qu'est-ce qui t'a pris, aussi, de me traîner comme ça ? Tu te prends pour un homme des cavernes ?

— Mais je ne t'ai pas...

Il s'interrompit avec un soupir. Il semblait avoir renoncé à prendre la peine de se justifier.

— Il faut qu'on discute, tous les deux, finit-il par déclarer. Chaque fois que j'essaye de parler avec toi, tu trouves un prétexte pour t'échapper. Je voudrais juste avoir une chance de te dire deux mots au calme.

Elle frotta ses bras nus et leva les yeux vers l'ampoule unique de la petite terrasse, assaillie par les insectes.

— Je ne tiens pas à rester ici. Il fait sombre et nous allons nous faire dévorer par les moustiques.

— Non, nous ne craignons rien : le ventilateur du restaurant nous protège des moustiques. Et puis, regarde comme c'est joli là-bas ! ajouta-t-il en lui désignant l'autre rive.

Elle tourna la tête vers les centaines de petits points brillants qui clignotaient dans les arbres.

— C'est vrai que c'est joli. On dirait un congrès de libellules.

Vaincue, elle s'adossa à la balustrade.

— De quoi voulais-tu me parler ? s'enquit-elle.

— De Cappy. Tu n'as pas remarqué que ta mère lui avait tapé dans l'œil ?

— Si, et j'ai l'impression qu'elle n'est pas indifférente à ses attentions, acquiesça-t-elle avec un petit sourire.

— Je dois dire que je comprends Cappy : quand Claudia se met à battre des cils… ces cils sublimes dont tu as hérité !

Elle lui opposa un visage impassible. S'il cherchait à la flatter, il perdait son temps.

— Elle a changé, reprit-il. Sa nouvelle coiffure lui va bien. Elle me rappelle Gina Lollobrigida, tu sais, cette actrice italienne si sexy…

— N'oublie pas que c'est ma mère dont tu parles ! protesta-t-elle, feignant d'être offensée. Mais il est vrai qu'après la mort de papa, j'ai tout fait pour l'empêcher de se laisser aller.

Bryce hocha la tête.

— Elle a un petit ami ?

— Oh non ! Elle est bien trop occupée, entre le magasin, la paroisse et ses amies.

— Mais tu crois qu'elle accepterait de dîner en tête à tête avec Cappy ?

— Cela m'étonnerait, répondit Rosalie avec un haussement d'épaules, mais on ne sait jamais.

Un silence s'installa, que Rosalie ne fit rien pour briser.

— On m'a dit que tu faisais du soutien psychologique pour les personnes en deuil, reprit enfin Bryce.

— Des enfants et des adolescents, précisa-t-elle.

— C'est bien.

Le regard brûlant dont il l'enveloppait exprimait une tendresse dont elle se serait bien passée.

— On peut être très seul quand on a de la peine, expliqua-t-elle, vaguement troublée. Il est important de savoir qu'il y a des gens prêts à vous écouter.

Elle marqua une pause, ajoutant d'une voix étranglée :

— Et puis, je sais ce que c'est, je me reconnais dans leur chagrin… Du coup, je les comprends mieux que quiconque.

Bryce baissa la tête, puis se détourna vers la rivière.

— Bien sûr, je comprends, souffla-t-il, le regard perdu sur l'eau.

Rosalie sentit un frisson la traverser. Elle n'était pas d'humeur à reparler de Ricky avec lui.

— Bon, je retourne à l'intérieur. Maman et les garçons m'attendent pour partir.

Bryce secoua la tête avec un sourire narquois.

— Ce n'est pas l'impression qu'ils m'ont donnée ! Juste avant que je t'entraîne sur la terrasse, Cappy et Claudia étaient en grande conversation et les garçons, eux, jouaient à des jeux vidéo.

Agacée, Rosalie s'efforça de refouler son irritation.

— Peu importe ! Si tu n'as rien d'autre à me dire…

— Si, j'ai encore quelque chose à te dire.

— Ah bon ?

— Ecoute… Comme je m'apprête à prendre ton fils en entraînement, je pensais… enfin, j'espérais… que tu pourrais peut-être me parler de son père.

A ces mots, Rosalie eut l'impression qu'un trou abyssal s'ouvrait sous ses pieds. Elle se sentit prise de vertige, mais puisa la force de rester calme dans une grande inspiration. A aucun prix elle ne devait lui laisser entrevoir qu'elle était sur la défensive. Elle déglutit pour répliquer, de sa voix la plus posée :

— Et en quel honneur devrais-je te parler du père de Danny ?

— J'ai entraîné beaucoup de jeunes, Rosalie, et je sais que les pères viennent souvent au stade. Il y en a qui se contentent d'observer. D'autres pensent s'y connaître mieux que moi et ne se gênent pas pour me donner des conseils. Je voudrais juste savoir s'il y a des chances que je me retrouve un jour nez à nez avec le père de Danny.

Rosalie avait saisi la balustrade et elle l'agrippait à présent, si fort que ses jointures étaient blanches.

— Aucun risque !

— Comment peux-tu en être aussi sûre ? Il ne s'est quand même pas volatilisé dans la nature ?

— Eh bien si, figure-toi !

Moins elle en disait, mieux ce serait. Quitte à enchaîner les mensonges.

— Très bien... acquiesça Bryce. Dans ce cas... Mais tu ne peux pas me reprocher ma curiosité, ajouta-t-il en se reprenant. Il fut un temps, juste avant l'arrivée de cet homme dans ta vie, où nous étions proches, toi et moi. Très proches, même. Tu ne dois rien trouver d'étonnant à ce que je cherche à savoir qui m'a succédé.

Elle le défia du regard. Il ne se doutait pas que ses paroles lui offraient la contre-attaque idéale.

— Donc, ce n'est pas de Danny qu'il s'agit, en fait, mais de moi ?

Il la considéra un instant, puis secoua la tête.

— Ou plutôt de nous deux, suggéra-t-il.

Se maudissant d'avance pour le mensonge qu'elle s'apprêtait à proférer, elle rétorqua :

— De toute façon, l'identité du père de mon enfant ne te regarde pas, Bryce !

Elle leva les yeux vers le ciel étoilé, s'attendant à être frappée par la foudre.

— Comment peux-tu dire une chose pareille ?

La voix masculine avait pris une intonation glaciale qui la surprit.

— J'ai essayé de te joindre des dizaines de fois, enchaîna-t-il. Tu as ignoré tous mes appels, toutes mes lettres. Et j'étais à peine parti que, déjà, un autre m'avait remplacé.

Il lui semblait sentir le sang bouillonner dans ses veines et elle brûlait d'envie de l'envoyer balader pour mettre fin à cette conversation. Cependant, même si sa réputation en souffrait, c'était cela que Bryce devait croire : qu'elle avait vite tourné la page après son départ. Aussi préféra-t-elle se taire.

— Je te connais, Rosalie, poursuivait-il néanmoins. Tu es très exigeante. Le type qui m'a remplacé devait être exceptionnel.

— Loin de là, affirma-t-elle en luttant contre les larmes qui montaient. Seulement, je souffrais. Je venais de vous perdre tous les deux, Ricky et toi.

Il la dévisagea d'un air soudain très grave, avant de murmurer :

— Tu ne m'avais pas perdu, Rosalie. Tu m'avais repoussé.

Elle soutint son regard sans ciller. Il était impossible de nier cette évidence.

— D'accord, je le reconnais. N'empêche que je me sentais seule et que j'ai fait une bêtise, voilà tout... Et que j'ai pris la décision d'élever Danny à la maison, avec mon père et ma mère. Ce choix, je ne l'ai jamais regretté.

Il l'observait, les sourcils froncés. Quelque chose semblait le perturber.

— Mais dis-moi, Rosalie, j'ai une question : le père de Danny sait-il qu'il a un fils ?

Prise de court, elle cligna des yeux. Comment contourner la question, cette fois ? Si seulement son cerveau était plus réactif !

— Rosie ? insistait Bryce.

Elle secoua la tête et prit une profonde inspiration.

— Là, tu t'aventures sur un terrain que tu n'as pas le droit d'explorer, Bryce. C'est mon histoire. Je l'ai gérée de la meilleure façon possible. Je ne te dois aucune explication.

Ignorant l'éclair de douleur dans le regard de son interlocuteur, elle baissa les yeux et posa la main sur son cœur, qui cognait dans sa poitrine. Combien elle s'en voulait de lui mentir ainsi ! Toutefois, elle ne pouvait faire autrement. Elle devait penser à Danny... et à elle-même.

Elle releva brusquement la tête en sentant la main de Bryce se poser sur son bras.

— T'arrive-t-il de repenser à nous, Rosie ? interrogea Bryce. A ces semaines de printemps ?

Un long frisson la parcourut à ces mots. « Si je pense à nous ? avait-elle envie de lui hurler. Mais j'y pense tout le temps, chaque fois que je croise le regard bleu ciel de mon fils, chaque fois que je regarde d'anciennes photos de classe, chaque fois que je vais à l'entrepôt de tes parents pour chercher de la marchandise, chaque fois que je vois une photo de Ricky ! »

Cependant, c'était impossible. Elle devait prendre sur elle, se faire violence.

— J'ai appris à ne pas ressasser le passé, affirma-t-elle d'une voix neutre.

— Super... Bravo... répliqua-t-il d'un ton dénué d'enthousiasme qui contrastait avec les mots. J'avoue que moi, je n'ai pas encore réussi à en faire autant.

Elle ne pouvait ignorer l'immense tristesse qui perçait dans sa voix. Elle lui lança un regard étonné.

— Je ne comprends pas, dit-elle. Je sais que tu as été marié. Cela prouve bien que, comme moi, tu es passé à autre chose.

Il fixait à présent ses propres doigts, qui tapotaient la balustrade.

— Je suis passé à autre chose parce je pensais que c'était le plus raisonnable, expliqua-t-il. Ce qui ne veut pas dire que je n'ai pas aimé ma femme, attention ! précisa-t-il en relevant la tête vers elle. J'ai vraiment été amoureux. Et j'ai voulu ignorer les signes qui me disaient que nous n'étions pas faits l'un pour l'autre.

— Quels signes ?

— Nous n'avions pas la même conception de la vie. Pour commencer, je voulais avoir des enfants. Pas elle.

Accablée, Rosalie sentit le chagrin l'envahir. S'il savait qu'en réalité, il en avait déjà un !

— Elle comptait sur deux bons salaires pour nous faire vivre confortablement et ne trouvait pas mes revenus d'entraîneur sportif suffisants. Elle rêvait de faire une belle carrière et de vivre dans une métropole. Moi, je voulais revenir en Géorgie.

Le regard perdu au loin, il ajouta :

— Maintenant que j'y suis, je sais que j'ai pris la bonne décision, même si cela m'a coûté mon mariage.

— Où est ton ex-femme, maintenant ?

— Dans le Maryland. Elle est journaliste à la télévision et elle est avec un homme qui a vingt ans de plus qu'elle. Tout est bien qui finit bien !

— Pour toi aussi, approuva-t-elle.

Il émit un petit rire désabusé.

— Je ne dirais pas ça.

— Ah bon ?

— Non. Parce qu'il y a toujours... toi.

— Moi ?

Elle se sentit rougir, mais fut incapable de détourner les yeux. Une décharge électrique venait de la traverser, un tourbillon d'émotions familières resurgissait du fond de son cœur. Bryce la fixait sans ciller.

— Je ne vois pas quel est mon rôle dans ton avenir, Bryce, hasarda-t-elle.

Il esquissa une ombre de sourire.

— Allons, Rosie ! Tu fais partie de mon passé, de mon présent. Et maintenant que je vais entraîner Danny et que je vais te voir régulièrement, comment imaginer que tu ne joueras pas un rôle dans mon avenir ?

— Minime, s'empressa-t-elle de préciser. Le football, c'est entre Danny et toi.

La mâchoire crispée, il rétorqua :

— En attendant, je ne suis pas dupe. Je sais très bien que tu n'es pas du tout emballée par la sélection de Danny.

— J'ai accepté la décision de mon fils.

— Mais dans le fond, tu espères qu'il change d'avis, nuança-t-il avec un sourire teinté d'ironie.

Elle ne put qu'acquiescer. C'était la vérité, même si elle savait que cela n'arriverait pas.

— De plus, reprit Bryce, je ne parle pas seulement du football.

Une sourde angoisse lui étreignit la poitrine. Cette conversation était sur le point de prendre une tournure trop intime. Elle était devant la personne qui avait le plus compté dans sa vie et elle pressentait que les paroles qu'il s'apprêtait prononcer pouvaient faire soudain fondre toutes ses bonnes résolutions, mettre son cœur à l'épreuve, ranimer les douleurs du passé. Les jambes en coton, elle chancela et se rattrapa de justesse à la balustrade.

— Je dois y aller, murmura-t-elle.

Il la retint par le bras.

— Pas encore, Rosie.

— Bryce...

— Tu ne comprends pas ? demanda-t-il, la voix fiévreuse, tout à coup. Notre histoire n'est pas terminée, Rosie. Elle ne l'a jamais été. Je voudrais nous donner une nouvelle chance. Savoir comment ce serait si nous étions ensemble.

La main qu'il posait sur son bras la brûlait. Elle devait se dégager, fuir. Même si une partie d'elle-même mourait d'envie de rester pour voir si, ranimant les heures incandescentes du passé, la caresse pourrait la réchauffer au plus profond de son être, lui faire oublier ses peurs et ses peines. Mais non : elle connaissait déjà la réponse. Ce n'était pas une bonne idée.

— Seize ans ont passé, Bryce. Cela fait longtemps, trop longtemps, murmura-t-elle d'une voix faible.

— Je ne suis pas d'accord.

— Alors c'est que tu as un peu trop bu ce soir. Toi et moi, nous sommes victimes d'un passé qui nous a fait tellement de mal que...

Elle ne put poursuivre : il avait levé la main pour repousser d'un geste tendre une mèche rebelle, qu'il lui cala derrière l'oreille, avant de lui caresser la joue du bout des doigts. Un lent frisson l'électrisa.

— Nous ne sommes pas des victimes, Rosie, poursuivit-il. Nous sommes vivants. Nous sommes là. Nos émotions sont intactes. Nous nous devons de...

Tout en parlant, il avait penché la tête vers elle et sa bouche n'était plus qu'à un souffle de la sienne. Sentant la panique monter en elle, elle secoua la tête avec frénésie.

— Non...

Mais déjà, il lui frôlait les lèvres des siennes. Une première fois, une deuxième, avec douceur, en un baiser léger, puis plus fervent. Elle avait à la fois le cœur battant et l'estomac noué. Son instinct lui soufflait de reculer, de prendre ses jambes à son cou et pourtant, une foule d'images l'assaillaient, son esprit s'était mis à tournoyer et elle ne pouvait que rester, savourer, répondre à cette tendresse inattendue.

Toute cette chaleur qui l'inondait faisait remonter en elle des sensations oubliées. Car il était inutile de persister à se mentir, jamais aucun homme n'avait jamais fait réagir son corps avec autant d'intensité.

Il l'avait prise dans ses bras à présent, tout naturellement, et elle sentait ses nerfs tendus comme des cordes.

Quand il revint à l'assaut de sa bouche, ce fut avec une telle soudaineté qu'elle n'eut pas le temps de réagir. De toute façon, elle eût été incapable de se dérober à de telles sensations. Etouffant son gémissement, il resserra l'étreinte, la forçant à se cambrer contre lui. Ils échangèrent alors un baiser violent, enflammé, sauvage, comme pour assouvir une faim creusée par des années de privation.

Puis il se détacha légèrement et rouvrit les yeux. Sous ses sourcils froncés, il la fixa comme s'il la voyait pour la première fois.

Elle avait le souffle court et la tête lui tournait. A la seconde précise où il l'avait prise dans ses bras, elle n'avait plus eu aucune volonté propre et s'était abandonnée. Et maintenant qu'il la relâchait, elle devait lutter pour retrouver son équilibre.

Sa main chercha la rambarde. Une brise fraîche éventait ses lèvres humides. Bryce lui souriait.

— J'étais obligé de t'embrasser, Rosie, lui murmura-t-il. Il fallait que je sache...

Alors Rosalie reprit soudain ses esprits et son cerveau embrumé s'éclaircit. Seigneur ! Qu'avait-elle fait ? Le poids de la culpabilité l'oppressa, plus lourd que jamais.

— Je... Il ne faut pas que... que ça se reproduise... bredouilla-t-elle.

— Je crois que tu ne parles pas sérieusement, répondit-il sans cesser de sourire.

— Si. Nous ne pouvons pas retourner en arrière.

— Pourquoi ? Parce que tu ne me pardonneras jamais ce qui est arrivé à Ricky ? interrogea-t-il en se rembrunissant.

Elle n'eut pas le cœur à le faire souffrir. Certes, elle n'oublierait jamais le jour de la mort de Ricky, ni la façon dont il était mort, mais elle avait pardonné à Bryce.

— Mais non, ce n'est pas ça...

— Explique-moi, je ne comprends pas.

Elle refoula la vague de chagrin qui menaçait de la suffoquer. Comment expliquer que c'était à elle-même qu'elle ne pardonnerait jamais ?

— Il faut que j'y aille, répéta-t-elle en secouant la tête.

— Ne t'en fais pas, tout ira bien, assura-t-il en lui frôlant la joue du bout des doigts.

Elle le regarda avec l'impression d'être un animal aux abois. Avait-il compris ? Devinait-il à quel point elle était bouleversée ? La voyait-il comme elle était vraiment ? Une dernière fois, elle hocha la tête et regagna l'intérieur du restaurant.

9

A la minute même où elle monta en voiture, Rosalie alluma la radio, signal tacite qu'elle ne voulait pas être interrompue dans ses réflexions. Une fois sur l'autoroute, son esprit ne cessa d'être assailli de pensées qu'elle était incapable d'ignorer.

Comment aurait-elle pu prétendre que ce baiser n'avait pas existé ? Ils s'étaient embrassés. Elle sentait encore les lèvres de Bryce sur les siennes. Chaudes, avides, aussi parfaites que dans son souvenir. Elle réprima un frisson. Qu'était-elle censée faire, désormais ? Le laisser l'embrasser de nouveau comme elle savait qu'il en avait envie ? Comme elle en rêvait ? Ce serait de la folie, une pente bien trop dangereuse sur laquelle elle ne devait pas se risquer. Et pourtant, elle ne pouvait pas plus effacer ce baiser que changer le passé.

Les yeux rivés sur les bandes blanches de la route à deux voies, elle accéléra. Mais son esprit vagabond l'avait catapultée seize ans en arrière, à un tout autre endroit. Elle était dans la cuisine des Benton, baignée de la lumière du couchant. Elle les revoyait, tous les cinq, prêts à décider de l'avenir sans même solliciter l'opinion de celui qui, sans le savoir, était au cœur du dilemme. Bryce avait rejoint l'université du Texas deux semaines auparavant.

Ce même matin, quand il avait appris qu'elle attendait un enfant, son père avait téléphoné aux Benton pour annoncer leur visite. Le deuil qui venait de le frapper l'avait poussé à agir de façon rationnelle, sans laisser place aux émotions. Il n'avait pas vu d'autre solution que d'aller trouver les parents de Bryce.

Après les préambules de rigueur, Marjorie leur avait proposé du café, mais ils avaient refusé. Puis Enzo avait parlé.

— Roland, toi et moi, nous nous connaissons depuis longtemps. Nos relations professionnelles nous poussent à nous respecter mutuellement.

Le père de Bryce avait acquiescé d'un hochement de tête.

— Le respect est partagé, Enzo.

— Alors, je vais vous dire ce qui nous amène : Rosalie attend un enfant. Bryce en est le père.

La main sur la bouche, Marjorie avait étouffé un cri d'effroi. Roland, lèvres pincées, avait fixé ses doigts croisés pendant un moment qui avait paru interminable à Rosalie. Puis il avait levé les yeux vers elle.

— Tu es sûre ?

— Certaine.

— Mais comment pouvez-vous affirmer que Bryce est le père ? avait objecté Marjorie.

— Marjorie ! l'avait coupée son mari d'un ton sévère.

L'air sombre, il avait alors demandé :

— Que comptez-vous faire ?

— Garder le bébé, avait répondu Enzo en tapotant la main de sa fille en un geste réconfortant.

Même ce soir, alors qu'elle conduisait sur cette route sombre, Rosalie revoyait la main solide de son père sur la sienne, les poils noirs sur ses phalanges vigoureuses de travailleur, les traces de la terre des Benton sous ses ongles. A cet instant précis, elle avait eu l'impression qu'elles lui insufflaient leur force. Enzo avait parlé en leur nom à tous les trois : aucune autre option n'était envisageable.

Marjorie avait émis un petit son qui ressemblait à un sanglot.

— Tu comptes le faire adopter ? avait-elle demandé sur un ton où perçait l'espoir.

— Non, madame, avait-elle répondu.

— Dans ce cas, qu'attends-tu de nous ? L'as-tu dit à Bryce ?

Elle avait secoué la tête.

— Je vais l'appeler pour lui demander de rentrer, avait déclaré Roland en se levant.

Encore aujourd'hui, elle se revoyait lui intimer, d'une voix qu'elle était parvenue à rendre catégorique :

— Non !

— Tu veux l'appeler toi-même ? Bien sûr, je comprends.

— Non, monsieur.

Roland s'était rassis en la dévisageant, les sourcils froncés.

— Je sais que Bryce et toi aviez des sentiments l'un pour l'autre avant... avant la tragédie. Tout le monde en était conscient. Bryce fera ce qu'il doit faire, Rosalie.

— Vous voulez parler de mariage ? avait alors demandé Enzo.

Marjorie avait étouffé un nouveau sanglot.

— Bien sûr, avait affirmé Roland en décochant un regard sévère à sa femme. Nous serons heureux d'accueillir Rosalie dans notre famille.

Avec un hochement de tête approbateur, Enzo avait dit :

— Nous voyons donc les choses de la même façon. J'ai moi-même tout de suite considéré le mariage comme la seule solution.

— Dans ce cas, il faut prévenir Bryce dès que possible.

C'est alors qu'elle était intervenue. Il était temps de faire comprendre aux Benton qu'elle ne comptait pas épouser leur fils. Elle préférait ne rien lui dire, plutôt que de le voir obligé d'endosser cette paternité et de renoncer à sa carrière de footballeur. Pour rien au monde, elle n'aurait voulu prendre le risque d'être haïe un jour par lui pour avoir brisé son rêve.

— Monsieur Benton, je ne veux pas me marier.

Elle avait feint de ne pas entendre le soupir de soulagement de Marjorie.

Enzo avait levé la main, presque suppliant.

— Vous êtes témoins de son obstination ! avait-il déclaré. C'est pour cela que nous sommes venus ce soir. Pour que vous puissiez m'aider à persuader ma fille.

— Tu ne veux pas que ton enfant ait un père ? avait demandé Roland en se penchant vers elle.

D'une voix étranglée par l'émotion, elle avait répondu :

— Je ne veux pas qu'il ait un père malheureux. Bryce a quitté

Whistler Creek pour réussir sa vie. Pourquoi devrait-il sacrifier tout ce pour quoi il a travaillé à cause d'une erreur de parcours ?

Elle aurait pu mettre plus de conviction à défendre sa cause, ajouter que la mort de Ricky avait brisé le lien entre Bryce et elle de façon irrémédiable. Mais elle soupçonnait Roland de l'avoir déjà deviné. D'un air entendu, ce dernier avait répondu d'une voix douce :

— Parce ce que le résultat de cette erreur, c'est un bébé. Le bébé de Bryce.

Devant le sourire encourageant de Marjorie, elle avait repris :

— Tout ira bien. Ma mère et moi, nous en avons discuté. Je l'élèverai chez mes parents. Mon père sera là pour lui.

— Je suis d'accord, Rosalie, bien sûr, avait acquiescé Enzo. Mais ce n'est pas la même chose.

— En effet, avait renchéri Roland. Bien sûr, cet enfant ne pourrait rêver meilleur tuteur qu'Enzo. Mais as-tu pensé à ton avenir, Rosalie ? Tu vas devoir sacrifier tes études pour l'élever.

Elle avait réfléchi un instant. La mort de Ricky avait déjà retardé ses projets d'études de toute façon, et elle allait être obligée de les remettre encore.

— Oui, Rosalie, avait renchéri Marjorie. Si tu élèves l'enfant à Whistler Creek, les gens vont jaser. Et si ta réputation en souffrait ? Et si tu ne trouvais pas de travail pour faire vivre le bébé ?

— Je ne m'inquiète pas de ça, avait-elle répondu. Au début, c'est vrai, les gens vont en parler, mais ils se lasseront vite. Je suis chez moi ici. C'est ici que je veux élever mon enfant.

— Mais tout le monde va savoir ! avait insisté Marjorie.

— Ce qu'ils sauront, c'est que j'ai eu un bébé. Mais personne ne connaîtra l'identité du père. C'est un secret qui ne devra pas filtrer de cette pièce.

— Mais Bryce, lui, doit savoir ! avait protesté Roland. C'est de son enfant qu'il s'agit.

— Je pense que Rosalie a pris la bonne décision, était alors intervenue Marjorie.

Roland lui avait lancé un regard dur et un silence gêné s'était installé. Puis, un instant, il avait pianoté sur la table d'un air distrait, avant de s'adresser de nouveau à Rosalie.

— C'est à toi de décider et je respecterai ton souhait. Cependant...

— Je ne changerai pas d'avis. Bryce est parti. Son avenir est tout tracé, monsieur Benton. Voulez-vous gâcher la vie de votre fils ? Non ! Je vais élever cet enfant avec mes parents et il grandira dans un foyer aimant et équilibré.

Avec un long soupir accablé, Roland s'était frotté la nuque. Il l'avait enveloppée d'un regard plein de tristesse avant de murmurer :

— Je n'aime pas ça, Rosalie. Ce n'est pas honnête.

— N'est-ce pas tout aussi malhonnête de se marier si on ne s'aime pas ? avait-elle fait valoir. Laissez Bryce vivre sa vie ! Je ne veux pas qu'il soit impliqué dans la mienne. Je vous demande de respecter mes souhaits, mon intimité. Je ne serais même pas venue vous trouver ce soir si papa n'avait pas insisté. Je vous en prie, monsieur, c'est le mieux pour tout le monde.

— Et toi, Rosalie ? Est-il juste que tu renonces à tes propres rêves ?

— Depuis la mort de Ricky, mes rêves ne comptent plus beaucoup, monsieur Benton. Et puis, j'ai un nouveau rêve, désormais, avait-elle ajouté en posant une main sur son ventre. Et tout va bien.

Elle revoyait encore les yeux empreints de tendresse de Roland.

— Je comprends, avait-il soupiré. Mais tu comptais aller à l'université...

— Je voulais être professeur, oui, confirma Rosalie. Mais peut-être que ce sera malgré tout possible un jour.

Roland avait consulté sa femme du regard. Celle-ci semblait suspendue à ses lèvres.

— Dans ce cas, laisse-nous t'aider financièrement jusqu'à ce que tu puisses gagner ta vie pour élever ton enfant, avait-il proposé.

— Ce ne sera pas nécessaire, était intervenu Enzo dans un sursaut de fierté. Je suis capable de prendre soin de ma famille.

— Je sais bien, Enzo, mais, vu la situation, ce n'est que justice. Je tiens à financer les études de Rosalie.

— Pardon ? avait-elle murmuré, peinant à croire à sa chance.

— Pour nous, ce serait un honneur.

Une étincelle de joie pure avait jailli en elle. Après des semaines d'un chagrin implacable, elle avait l'impression de renaître à l'espoir. Son père allait-il accepter la généreuse proposition de Roland ?

— Nous ne voulons pas de votre charité, avait décrété Enzo.

Le cœur serré, elle avait baissé la tête, tandis que Roland reprenait la parole.

— Ce n'est pas de la charité, Enzo. C'est un cadeau à la fille d'un collaborateur de longue date. Et c'est un investissement dans l'avenir de notre petit-fils. J'y tiens. Même si je ne peux pas reconnaître ce bébé en tant que membre de ma famille, permets-moi au moins, pour ma tranquillité d'esprit, de faciliter son arrivée au monde.

— Papa, je t'en prie ! avait-elle alors plaidé en se tournant vers Enzo.

— C'est une chance unique, Enzo... avait réchenri Claudia, prenant la parole pour la première fois.

Tous les yeux étaient braqués sur l'intéressé.

— Si c'est ce que tu souhaites, Rosie, avait-il fini par soupirer.

Le cœur gonflé d'allégresse, elle s'était jetée à son cou.

C'est alors que Marjorie avait prononcé des paroles qui ne devaient plus jamais quitter sa mémoire.

— Je compte sur toi pour ne pas oublier ta promesse, Rosalie. Bryce ne devra jamais rien savoir.

Retombant soudain sur terre, elle s'aperçut qu'elle arrivait à l'embranchement qui menait chez Greg. L'esprit encore embrumé par tous ces souvenirs, elle comprenait soudain l'indéniable réalité : s'il lui avait été facile de faire cette promesse à l'époque, elle n'était pas sûre de pouvoir la tenir désormais.

Attablée face à Claudia devant un mug de café fumant, Rosalie étouffa un bâillement. Il était 8 heures en ce lundi matin et elle était encore en peignoir.

— Je t'ai entendue rentrer hier soir, déclara sa mère. Je pensais que tu viendrais me raconter ta soirée avec Ted.

— Il n'y avait pas grand-chose à dire, tu sais...

— Vous n'êtes pas allés au cinéma ?

— Si.

— Qu'avez-vous vu ?

— Un film d'action, avec Tom Cruise.

— Et après, vous êtes sortis ?

— Non, j'avais mal à la tête.

— Ah bon ? Tu n'es pourtant pas sujette aux migraines.

C'était exact. Mais, ces dix derniers jours, elles s'étaient faites de plus en plus fréquentes.

— Où veux-tu en venir au juste ? s'impatienta-t-elle.

— Nulle part. J'ai juste l'impression que ça ne marche pas fort, entre Ted et toi.

Rosalie mit deux tranches de pain dans le grille-pain et enfonça le bouton d'un geste rageur.

— Nous n'avons jamais été proches, maman ! Nous sommes juste de bons amis.

— Vraiment ? Je doute qu'il soit d'accord avec ta vision des choses.

— Qu'est-ce que tu en sais ?

— Vous ne vous embrassez pas ?

Elle réprima son exaspération. Bien sûr que si, ils s'embrassaient. Ils s'étaient encore embrassés la veille au soir. Mais ce baiser ne lui avait fait ni chaud ni froid.

— Y a-t-il une raison à cette inquisition ? s'enquit-elle.

Claudia prit un air entendu.

— Qu'est-ce que tu n'aimes pas chez Ted ? Le fait qu'il ait deux enfants ?

— Comment peux-tu suggérer une chose pareille ? Tu sais très bien que j'adore les enfants. Crois-tu que je travaillerais au centre des Lendemains qui chantent, sinon ?

— Dans ce cas, Ted doit avoir un problème.

— Mais pas du tout ! protesta-t-elle en posant son mug sur la table d'un coup sec. Ted est quelqu'un de bien. Il est gentil. Adorable, même. Seulement, j'ai décidé de mettre un terme à notre relation. Si tu me le permets, bien sûr.

Claudia garda les yeux rivés sur le café qui coulait dans la cafetière. Il ne faisait guère de doute qu'elle était contrariée.

— C'est toi qui décides, bien sûr, soupira-t-elle. Je suis la dernière personne à vouloir interférer dans ta vie, Rosie.

Rosalie étouffa un soupir. Sa mère avait droit à une explication.

— Ted mérite de trouver une femme qui soit vraiment amoureuse de lui, c'est tout. Moi, je le mène en bateau, et je n'en ai pas envie. Je ne vois vraiment aucun avenir pour nous deux.

— Surtout depuis que Bryce est revenu, murmura Claudia.

Rosalie sursauta. Avait-elle bien entendu ?

— Qu'est-ce que tu dis ?

— Rien du tout, répondit sa mère de son air le plus innocent. Passe-moi une tranche de pain grillé, s'il te plaît. Tu n'es pas pressée ?

— Non. Je vais préparer mes cours pour la rentrée dans ma chambre. Cette année, je veux être parée.

— Ça tombe bien, je voulais te parler d'autre chose.

Manifestement, pensa Rosalie, sa mère était en verve ce matin. Elle poussa un soupir résigné.

— D'accord, mais s'il s'agit de Ted ...

Claudia secoua la tête en souriant.

— Non, il s'agit de moi.

Surprise, Rosalie fronça les sourcils.

— Je t'écoute.

— Tu sais à quel point j'aimais ton père, commença sa mère, tout en étalant de la confiture sur son toast.

— Bien sûr, maman.

— De toute ma vie, je n'ai jamais regardé un autre homme.

— Je sais, répondit-elle gravement. Papa et toi, vous formiez le couple idéal.

— Idéal, approuva sa mère. Mais voilà deux ans qu'Enzo nous a quittés. Or, hier soir, j'ai reçu un coup de téléphone de Gordon Capps.

— Ah bon ? Que voulait-il ?

— M'inviter à dîner mercredi soir. Tu imagines ? Un homme qui m'invite à dîner ?

Rosalie hocha la tête. Il n'était pas question de laisser entrevoir sa stupéfaction à sa mère.

— Et pourquoi pas, maman ? Tu es une femme séduisante.

— J'ai été tellement prise au dépourvu que j'ai accepté sans réfléchir. Qu'en penses-tu, Rosie ?

A dire la vérité, l'idée de sa mère amoureuse la laissait un peu perplexe. Et Gordon Capps était très proche de Bryce. Malgré le flot d'émotions contradictoires que cette nouvelle suscitait en elle, elle répondit :

— Je pense que c'est tout simplement merveilleux.

Un sourire radieux illumina le visage de Claudia.

— Vraiment ?

— Vraiment.

— Je ne suis pas sûre de bien connaître les codes d'aujourd'hui, reprit-elle néanmoins. Et puis, de quoi allons-nous bien pouvoir parler ?

— Parle football, c'est un sujet sans risques avec lui, lui conseilla-t-elle. Tout ira bien.

— Les hommes ! soupira Claudia comme si elle portait soudain tout le fardeau du monde sur ses épaules. Dieu sait qu'ils nous font tourner en bourrique ! Et pourtant, c'est si bon de se sentir à l'aube d'une nouvelle aventure, de voir toutes ces possibilités s'ouvrir devant vous. Si revigorant !

Avec un petit sourire, Rosalie se leva et commença à débarrasser la table du petit déjeuner. Si seulement sa mère avait pu se douter à quel point elle la comprenait !

10

Le mardi suivant, Bryce se gara devant la maison de ses parents et descendit de voiture dans la chaleur accablante de la mi-journée. éeorgie du Sud. Il avait beau avoir poussé l'air conditionné à fond sur la route qui le ramenait du lycée, son T-shirt poisseux lui collait à la peau. En attendant, les trois heures passées en compagnie de Cappy et du jeune Campano l'avaient convaincu d'une chose : Danny n'était pas une mauviette ! La température extrême n'avait rien fait pour diminuer son enthousiasme.

Il commença par charger dans son coffre quelques-uns des cartons entreposés dans le garage de ses parents. Un dernier voyage et il aurait déménagé toutes ses affaires dans sa nouvelle résidence.

Une fois sa tâche accomplie, il alla dans la cuisine, où il trouva sa mère devant l'évier, un arrosoir à la main. Elle se tourna vers lui.

— Il m'avait bien semblé t'avoir entendu dans le garage. Mais... tu es en nage ! s'exclama-t-elle avec une grimace.

— Je sais, répondit-il en ouvrant la porte du réfrigérateur. Et je meurs de soif.

— Tu ne veux pas un sandwich ? Je m'apprête à en préparer un pour ton père.

— Non, merci. La chaleur me coupe l'appétit. Où est papa ?

— A l'entrepôt. Je lui ai bien dit qu'il n'était pas prudent de sortir par cette canicule. On pourrait croire qu'après son infarctus, il serait plus raisonnable, mais non.

— Tout ira bien, la rassura Bryce en s'asseyant à la table. Les ventilateurs sont très efficaces.

— Tu es sûr que tu ne veux rien manger ?

— Non, merci, maman, je t'assure. Je m'arrêterai à un drive-in en rentrant chez moi si j'ai faim.

Elle se renfrogna à ces mots et se reconcentra sur l'arrosage de ses plantes.

— *Chez toi.* Jamais je ne m'y habituerai ! Tu signes toujours le contrat de vente demain ?

— Oui.

Elle secoua la tête d'un air affligé sans cesser son travail d'arrosage.

Pensif, Bryce but une gorgée d'eau et fit tourner la bouteille glacée entre ses mains.

— Maman, j'ai quelque chose à te demander, commença-t-il d'un ton hésitant. Toi qui es toujours au courant de tout dans cette ville, j'ai une question concernant Rosalie.

Elle posa l'arrosoir sur le comptoir.

— Ah oui ? Et que veux-tu savoir au juste ? demanda-t-elle sans le regarder.

— Tu sais que je vais entraîner son fils ?

— Quoi ? s'exclama-t-elle en se retournant. Mais je croyais qu'il jouait au base-ball ?

— Oui, mais la semaine dernière, il est venu me voir en exprimant son intérêt pour le football américain. Je lui ai fait passer des tests et maintenant, il fait officiellement partie de l'équipe, comme quarterback remplaçant.

Figée comme une statue, sa mère le fixait d'un air abasourdi. Bryce fronça les sourcils. Jamais il n'aurait pensé que cette nouvelle, somme toute anodine, puisse produire un tel effet sur elle.

— Ce gamin a un talent fou, jugea-t-il bon d'expliquer. On dirait qu'il a le football dans le sang.

De plus en plus surpris, il crut qu'elle allait défaillir. Elle se ressaisit cependant et fit remarquer :

— S'il tient de son oncle Ricky, cela ne m'étonne pas.

— Nous sommes d'accord. Néanmoins, j'aurais bien aimé savoir qui est son père.

Sa mère se pencha sur ses plantes.

— Je n'en ai aucune idée, assura-t-elle.

— Tu ne l'as jamais rencontré ? insista-t-il.

— En quel honneur l'aurais-je rencontré ?

— Je ne sais pas. Tu connais tout le monde, ici.

— Peut-être n'est-il jamais venu à Whistler Creek, hasarda-t-elle d'un ton dégagé.

— Mais tu as sûrement entendu parler de lui ! Dans une petite ville comme celle-là, l'arrivée d'un enfant de père inconnu, ça fait encore jaser.

Il la vit se raidir. Puis elle posa l'arrosoir d'un geste rageur et se retourna vers lui, apparemment exaspérée.

— Bryce, tu veux que je répète ce que je t'ai écrit au moment de la naissance ?

Il n'avait pas oublié la lettre qu'elle lui avait envoyée pour lui annoncer la nouvelle. Néanmoins, ces derniers jours, il éprouvait le besoin de clarifier les choses, de préciser les faits. Ce bébé n'avait pas pu être conçu longtemps après que Rosalie et lui s'étaient unis. Cela le troublait et il avait besoin de certitudes.

— Si ça ne te fait rien, oui, acquiesça-t-il.

Elle poussa un soupir affligé, puis, docile, commença :

— Comme tu le sais déjà, après la mort de Ricky, Rosalie était anéantie. Pensant que l'université lui mettrait un peu de baume au cœur, ses parents ont décidé de financer ses études avec les économies initialement destinées à Ricky. L'été d'après, elle est revenue avec un bébé.

— Un bébé de quel âge ?

— C'était un bébé, Bryce ! rétorqua-t-elle avec irritation. Quinze jours, au plus.

Il refit un rapide calcul, qui le mena à la même conclusion que d'habitude : Danny était né douze mois après son départ pour le Texas.

— A-t-elle jamais parlé du père ? s'enquit-il.

— Voyons, Bryce ! Je suis bien la dernière personne à qui elle serait venue se confier ! Je n'ai jamais été proche des Campano. Je suppose qu'elle en a discuté avec ses parents. Etant donné qu'ils l'ont recueillie avec le bébé, ils devaient savoir qui était le père.

Il sentit son cœur se gonfler de tendresse. Bien sûr, Claudia et Enzo avaient recueilli Rosalie. Comment aurait-il pu en être autrement, avec des parents d'une telle générosité ?

— Ainsi, tu n'as jamais eu la moindre idée de l'identité du père de Bryce ?

Marjorie poussa un nouveau soupir excédé.

— Combien de fois dois-je te le répéter, Bryce ? Non ! Tu penses bien que je n'ai pas posé de questions. Cela ne me regardait en rien. A la fin de ses études, Rosalie a été recrutée comme professeur de lettres au lycée et le petit Danny a grandi comme n'importe quel autre gamin de Whistler Creek. Même en province, une mère célibataire n'est plus un objet de médisance de nos jours. Et Rosalie est très populaire.

Certes ! Jamais il n'avait surpris la moindre critique à l'encontre de Rosalie. Mère dévouée, excellent professeur, membre actif de la communauté locale... Il haussa les épaules. Inutile de chercher midi à quatorze heures : elle était sortie avec un copain de fac et ils avaient vite rompu.

Une douleur sourde lui étreignait le cœur. Cette pensée lui était toujours aussi intolérable. Et toute sa vie, la même question le tarauderait : après le drame qu'ils avaient vécu, et étant donné leurs sentiments réciproques, pourquoi ne s'était-elle pas tournée vers lui ? Il avait fait son possible pour rester en contact avec elle. Pourquoi n'avait-elle pas pu lui pardonner quand elle avait eu besoin d'une épaule pour pleurer ? La sienne n'était-elle pas assez solide ?

— Roland, que fais-tu ?

Le cri de sa mère interrompit ses sombres pensées. Suivant son regard, il se tourna vers la porte et vit son père chargé d'un lourd cageot de primeurs. Se levant d'un bond, il s'empressa de le lui prendre des mains et le posa sur la table.

— Merci, mon fils, fit Roland, avant de s'adresser à sa femme. J'apporte la liste que tu m'as demandée, Marjorie. Les poivrons verts, le maïs, les pommes de terre, les pêches.

— Tu aurais dû te faire aider.

— Oui, papa, renchérit Bryce. Le docteur t'a déconseillé de porter des objets lourds.

— Je ne suis pas un invalide, Bryce. Je suis encore capable de soulever un cageot de légumes.

— Tu vois ce à quoi je dois me confronter, Bryce ? s'exclama Marjorie.

Bryce lui répondit par un sourire.

— Bon, je vais prendre une douche. Ensuite, j'irai...

Il s'interrompit net. Il avait été sur le point de dire encore « chez moi », mais mieux valait s'abstenir. Sa mère était bien assez énervée.

— ... à la ferme des Harbin.

— Tu dors ici ce soir ? demanda-t-elle alors.

— Oui. Mais mon nouveau lit doit être livré aujourd'hui. Donc, demain, j'emménage.

La tristesse s'inscrivit sur le visage de sa mère, qui entreprit de vider le cageot.

— Je n'ai toujours pas compris pourquoi...

Il s'arrêta sur le seuil.

— Maman !

— Très bien, d'accord. File prendre ta douche.

Quand il arriva à l'étage, il avait pris une décision. Il allait ralentir en passant devant chez les Campano. Avec un peu de chance, Rosalie tiendrait le magasin familial. Il avait besoin de s'assurer d'une chose : avait-elle repensé à leur baiser de samedi soir ? Lui, pour sa part, avait été incapable de le chasser de son esprit.

Rosalie rendit la monnaie à sa cliente.

— Merci, Betty, fit-elle en lui tendant ses tomates. Je suis sûre que ton ragoût sera délicieux.

Laissant la voiture s'éloigner, elle se rassit sur la chaise de jardin à côté de Shelby.

— Je ne pensais pas te voir rentrer si vite de Caroline du Sud.

— Je commençais à m'ennuyer, chez mes parents, répondit son amie d'un ton désinvolte. Nous ne sommes pas si proches que ta mère et toi. Tu veux venir faire un tour dans les magasins, cet après-midi ?

— Il faut que j'attende que ma mère ou Danny viennent me remplacer.

— Où est Danny ?

— Il lave des voitures avec Greg pour se faire de l'argent de poche.

— Et Claudia ?

— Tu veux un scoop ? demanda-t-elle, savourant d'avance la surprise de son amie. Maman est partie s'acheter une nouvelle tenue ; elle a un rendez-vous galant demain soir.

Elle jubila devant l'air abasourdi de Shelby. Elle avait réussi son effet !

— Pardon ? Sainte Claudia a rendez-vous ? Avec qui ?

— Tu as dû entendre parler de lui. C'est une ancienne star du football de l'équipe d'Atlanta. Il a acheté un restaurant à Donaldson.

— Gordon Capps.

— C'est ça.

Shelby émit un petit sifflement d'admiration.

— Ta mère a bon goût ! J'ai vu Capps une ou deux fois. Brun, athlétique, bronzé, les yeux bleus : il est très bel homme.

— Tant mieux ! Je suis contente pour maman. J'espère simplement qu'il ne la fera pas souffrir.

— Eh, n'oublie pas que c'est elle, la mère ! la rabroua Shelby en riant. Et maintenant, raconte : comment a démarré cette idylle ?

— Par le biais de Danny. Capps nous a tous invités à dîner dans son restaurant samedi soir.

— Et comment connaît-il Danny ?

Rosalie lui jeta un coup d'œil. Inutile de chercher à lui cacher la décision de son fils. Toute la ville serait bientôt au courant.

— C'est le deuxième scoop : Danny fait désormais partie de l'équipe de football américain.

Shelby s'étrangla avec un morceau de pêche.

— Tu plaisantes ? Je croyais que tu refusais catégoriquement de le voir pratiquer ce sport ?

— Je sais, mais depuis quelque temps, il a envie d'indépendance et il cherchait ses marques. Il les a trouvées.

— Ma pauvre !

Elle préféra ne pas relever. Si seulement Shelby avait pu se douter de l'étendue du désastre ! Comme si elle lisait dans ses pensées, son amie enchaîna :

— A propos de bel homme, tu as vu le nouvel entraîneur de football du lycée ? Canon, non ?

Rosalie se sentit pâlir. Oh oui, elle l'avait vu ! Elle avait même entendu le son de sa voix, senti le parfum de sa peau, goûté la saveur de sa bouche...

— Je l'ai croisé, répondit-elle du bout des lèvres.

— J'imagine que ce n'est pas très facile pour toi.

Elle lui lança un regard étonné. Qu'est-ce qui pouvait bien la pousser à cette conclusion ? Shelby n'habitait Whistler Creek que depuis trois ans et jamais elles n'avaient abordé le sujet ensemble.

— Pourquoi dis-tu ça ? demanda-t-elle.

— Je n'aime pas trop remuer le passé, rétorqua son amie avec un sourire malicieux, mais comme tu ne m'as jamais rien raconté, j'ai dû mener ma petite enquête.

— Pardon ? articula-t-elle, tout en sentant son cœur s'accélérer.

— Tu te rappelles le soir où Benton a été présenté au lycée ?

Elle tressaillit. Comment aurait-elle pu oublier ? C'était le soir qui avait tout fait basculer dans sa vie, réveillant cette vieille culpabilité qu'elle pensait avoir domptée à jamais.

— Oui, et alors ? s'enquit-elle de son air le plus innocent.

— Eh bien, tu as filé si vite que nous n'avons pas eu le temps de discuter de ce très bel entraîneur.

— Qu'y avait-il à en dire ?

— Simplement que c'est lui qui a lancé le ballon qui a coûté la vie à ton frère.

A ces mots, Rosalie refoula son intense sentiment de frustration. Décidément, tout partait à vau-l'eau ! Ses pires appréhensions étaient en train de se confirmer : le passé était déterré, réinterprété, analysé. Autant tout raconter à Shelby, maintenant. Elle savait qu'une fois sa curiosité satisfaite, son amie n'aborderait plus le sujet.

— Les gens doivent se souvenir, reprit Shelby, ils parleront. Il faut t'y préparer, Rosalie.

— Je sais. Je pense que je dois me faire discrète, me protéger de tout ce qui pourrait me faire revivre l'horreur de cette journée.

— Tu as raison. En tout cas, tu peux compter sur moi pour ne plus aborder le sujet.

— Merci, murmura-t-elle, envahie d'une bouffée de reconnaissance. J'apprécie ta compréhension.

— Néanmoins, je peux t'assurer que les souvenirs ont la vie dure dans une petite ville. Tiens ! reprit-elle en se levant soudain pour examiner la route. N'est-ce pas justement la voiture de notre nouvel entraîneur que j'aperçois là-bas ?

Le pick-up noir approchait en effet.

Résignée, Rosalie exhala le soupir qu'elle retenait. De toute façon, il était trop tard pour courir se cacher dans la maison. Il ne lui restait plus qu'à prier pour que Bryce passe son chemin. Hélas, il avait déjà mis son clignotant.

11

Le cœur bondissant d'allégresse, Bryce se gara devant le stand et coupa le contact. Comme il l'avait espéré, Rosalie était là, mais il ne connaissait pas la jeune femme blonde qui lui tenait compagnie. Qu'importait ? Depuis leur baiser de samedi soir, Rosalie ne quittait pas ses pensées. Alors autant ne pas feindre une indifférence qu'il était loin de ressentir et lui montrer qu'il trouvait bon de la revoir. Il sauta de sa voiture et se dirigea vers les deux femmes.

— Bonjour, mesdames.

— Bonjour à vous ! le salua l'inconnue.

Rosalie fit les présentations :

— Bryce Benton. Shelby Lebeau.

— Je sais qui vous êtes, fit Shelby en lui serrant la main. J'étais à la réunion du lycée, l'autre soir.

Gêné, il sentit son cou s'empourprer. Que n'aurait-il donné pour effacer ce moment de gloire des mémoires.

— J'aurais préféré un accueil plus discret, précisa-t-il.

— Aucun nouvel arrivant ne passe inaperçu à Whistler Creek, assura Shelby avec un sourire. Quand j'ai emménagé ici, il y a trois ans, le proviseur a invité cent cinquante femmes à un traditionnel thé du vieux Sud. J'avais l'impression d'être exposée dans une vitrine de grand magasin. Vivre ici me fait encore cet effet-là, parfois.

— Et comme je vous comprends ! Comment ça va, Rosie ? enchaîna-t-il alors.

— Très bien. Que me vaut l'honneur de ta visite, Bryce ? fit-elle avec une inflexion teintée d'ironie, tout en s'accoudant à un étal de fruits.

Elle n'avait pas changé. Fidèle à son habitude, elle allait droit au but. S'emparant d'un panier vide, il commença à le remplir de légumes.

— Je signe mon contrat de vente demain. Mais comme j'ai déjà la clé, j'y emporte quelques affaires, expliqua-t-il en désignant les cartons à l'arrière du pick-up. J'ai pensé en profiter pour faire un peu de réserves au passage.

— Et qu'est-ce qui t'amène à faire tes courses ici, alors que tous nos produits viennent de ta ferme familiale ?

Ignorant le ton railleur, il répondit :

— C'est plus pratique. Vous êtes sur mon chemin.

Il était conscient de la platitude de ce prétexte. Pourvu, surtout, qu'elle ne voie pas le sac de légumes que Marjorie l'avait obligé à emporter.

— Très bien. Mais ne compte pas sur moi pour te faire une ristourne !

— Je ne peux même pas espérer une corbeille de fruits en cadeau de bienvenue, Rosalie ? plaida-t-il avec un sourire.

— Je t'ai déjà donné un quarterback remplaçant, fit-elle remarquer avec une pointe d'amertume. Décidément, certains hommes ne sont jamais satisfaits.

— En ce qui me concerne, la plupart du temps, tu me satisfais amplement, répondit-il du tac au tac.

Shelby se couvrit la bouche d'une main, mais, ignorant la provocation, Rosalie encaissa les achats qu'il avait faits.

— Ça te fera dix dollars et soixante-quinze cents.

Il lui tendit onze dollars.

— Garde la monnaie.

— Merci. Et maintenant, si tu as terminé...

— Je n'ai pas terminé.

— Que veux-tu d'autre ?

— Un conseil. J'espérais te convaincre de venir chez moi pour me donner quelques tuyaux en matière de décoration.

Elle lui lança un regard outragé.

— Tu plaisantes ?

— Non. Un point de vue féminin ne serait pas un luxe.

L'air éperdu, Rosalie bredouilla :

— Et si tu demandais à Shelby ? Elle est bien plus qualifiée que moi en la matière.

Un sourire entendu aux lèvres, Shelby secoua la tête.

— Je ne peux pas, les enfants. J'ai prévu une séance shopping.

Bryce lui lança un coup d'œil reconnaissant. Décidément, cette femme lui était très sympathique.

— Dans ce cas, Rosalie, puis-je me permettre d'insister ?

— Je surveille le magasin, Bryce. Je ne peux pas m'absenter comme ça.

— Bien sûr que si ! protesta Shelby. Je vais rester jusqu'au retour de Claudia. Ce ne sera pas long, je pense.

— Mais tu n'as jamais fait ça. Tu ne connais pas les prix.

Shelby brandit une ardoise placée sur le comptoir.

— Tout est là, non ? Deux concombres pour un dollar, deux dollars le kilo de pêches... Je sais lire Rosie. Va, amuse-toi !

Bryce tourna les talons pour regagner son pick-up et ouvrit la portière côté passager.

— Affaire conclue ! Je te promets de te ramener très vite.

Le regard de Rosalie alla de l'un à l'autre. Ses lèvres bougeaient comme si elle essayait de trouver une excuse pour ne pas accepter. Puis elle haussa les épaules en signe de capitulation.

— Pourquoi pas, après tout ? J'ai mon portable. Appelle-moi si Claudia n'est pas revenue quand tu voudras partir, Shelby.

— Entendu !

Bryce posa le sac de primeurs à l'intérieur, puis s'effaça pour laisser monter la jeune femme et referma la portière. Quand il contourna son pick-up, il souriait. Pourquoi tenait-il tant à montrer sa nouvelle maison à Rosalie ? Il aurait été bien incapable de l'expliquer. Néanmoins, il se sentait soudain pousser des ailes.

Dès qu'ils s'engagèrent dans le chemin qui menait à la ferme des Harbin, Rosalie remarqua de subtiles différences depuis sa dernière visite. L'allée avait été nettoyée, les plantes grimpantes qui envahissaient la véranda, arrachées. Une fois repeinte, ce qui ne saurait tarder, la maison aurait fière allure.

Bryce gara le pick-up devant la façade et resta un moment à contempler sa nouvelle demeure. Sa fierté était évidente.

— Tu as déjà fait pas mal de travaux, fit remarquer Rosalie.

— Je savais que je finirais par signer. Et puis, l'agent immobilier m'avait donné la clé. C'est ce qu'il y a d'agréable dans les petites villes. Les gens se font confiance.

Il descendit du pick-up et, toujours galant, le contourna pour venir lui ouvrir. Puis il la précéda en haut des marches et poussa la porte d'entrée.

— Après toi, fit-il en s'effaçant devant elle. Je te préviens, c'est encore un chantier.

Une fois à l'intérieur, elle étouffa une exclamation de surprise. Elle s'était attendue à trouver une épaisse couche de poussière et des toiles d'araignées partout. La maison n'était-elle pas vide depuis plus de trois ans ? Certes, l'endroit était bien un peu poussiéreux, mais pas une toile d'araignée en vue. La salle de séjour avait commencé à être rénovée. Une fois le plancher de pin poli, il pourrait être ciré. Le manteau de la cheminée semblait neuf. Quant aux traces de feux de bois dans le foyer, elles seraient faciles à faire disparaître.

Malgré le serment qu'elle s'était fait de ne manifester que de l'indifférence, elle ne put s'empêcher d'être enchantée en découvrant le mobilier : canapé et fauteuils en érable, chaises et tables du même bois. Des meubles solides, massifs, virils, qui, d'une certaine manière, correspondaient parfaitement à Bryce.

— J'ai l'impression que c'est un peu vétuste, déclara-t-il. D'où mon besoin d'un avis extérieur. Qu'en penses-tu, Rosalie ? Je donne tout ou je remets tout en état ?

Il se dirigea vers le canapé et le tapota, soulevant un nuage de poussière.

— Si c'était moi, je garderais tout, dit-elle.

— Vraiment ?

Elle hocha la tête.

— Bien sûr, il faudra faire recouvrir le canapé et les fauteuils. Et nettoyer le bois. Mais j'aime tout dans cette pièce. Il faut tout garder, ces meubles sont la mémoire de la maison. Un peu de son âme.

— Et pour quels tons opterais-tu ? fit-il d'un air très intéressé.

— Un cuir tabac ou une microfibre chocolat. Tu y ajouteras des coussins et des plaids de couleurs vives pour les égayer.

Se prenant soudain au jeu, elle envisagea une multitude de possibilités qui se mirent à tournoyer dans sa tête. Elle alla vers une fenêtre et palpa les tentures.

— Il faudra remplacer ça par des stores de bois.

Sentant soudain le regard de Bryce posé sur elle, elle s'interrompit. Pour une maison qui n'était pas la sienne, son enthousiasme était déplacé. Elle déglutit et se tourna vers lui. Il la regardait, un sourire éclatant aux lèvres. Elle tressaillit.

— Quoi ? demanda-t-elle.

— Tu es engagée.

— Mais non !

— Rosie, je t'en prie, dis que tu vas m'aider ! Mes séances d'entraînement me laisseront pas mal de temps libre d'ici la rentrée. Nous pourrions travailler ensemble à la décoration. Qu'en dis-tu ?

— Bryce, c'est non, il n'en est pas question ! rétorqua-t-elle, catégorique.

Pourtant, elle brûlait d'envie de laisser libre cours à sa créativité. Hormis l'année où elle avait partagé un appartement à l'université, elle avait toujours habité la maison familiale. Toute sa vie, elle avait dormi dans la même chambre, pris ses repas à la table de ses parents, profité de leur canapé. Elle n'avait jamais possédé un meuble à elle, une lampe à elle, n'avait jamais pu apporter sa touche personnelle à un endroit, en faire le reflet de ses goûts. Exception faite de sa salle de classe au lycée, dont, au début de chaque année scolaire, elle changeait le décor.

Elle se rabroua. Il était temps de se ressaisir. Elle n'était pas chez elle. Que la pensée d'apporter des touches personnelles à cette maison puisse même l'effleurer était de la pure folie. Pourtant, elle avait du mal à se raisonner ; elle imaginait déjà des couleurs pastel aux murs, des jetés de canapés chaleureux, une véranda pour le salon de rotin recouvert de cretonne fleurie.

Un intérieur reflétant le Bryce qu'elle connaissait et qu'elle avait aimé. L'homme qu'elle pensait ne jamais voir revenir à Whistler Creek, mais qui, à cette seconde précise, se tenait à trois mètres d'elle.

— Je ne veux confier cette mission à personne d'autre, Rosalie.

Et qui serait aussi heureuse qu'elle-même de l'accepter ? Elle préféra ignorer la petite pointe douloureuse qui lui vrillait le cœur chaque fois que la réalité la rattrapait. Elle devait refuser, elle le savait.

— Tu es la personne qui me connaît le mieux, ici, insista-t-il.

Elle le savait. Pourtant, elle ne pouvait pas accepter.

— D'abord, tu m'empêcheras de faire de cette maison une horreur, reprit-il avec un petit sourire. Et en plus, ce sera amusant.

Elle le fixa à travers la barrière de ses cils baissés. Amusant, ça le serait. Follement. Pour cela, il suffirait que tous deux parviennent à se libérer de la tension qui restait palpable entre eux.

Il lui frôla le coude des doigts, envoyant une décharge électrique qui lui remonta le long du bras.

— Alors, qu'en dis-tu ?

Elle poussa un soupir résigné et répondit sans réfléchir, d'une voix qui n'était pas la sienne :

— Je ne sais pas, je pourrais essayer...

— Magnifique !

— A une condition : que cela ne me prenne pas trop de temps.

— Mais non, je te le promets. Nous nous organiserons en fonction de ton emploi du temps. Allons jeter un coup d'œil dans la cuisine, ajouta-t-il en l'entraînant avec lui. Je n'ai pas envie de me lancer dans des travaux de rénovation complets, mais tu auras peut-être quelques suggestions pas trop compliquées.

Elle le suivit dans la grande pièce baignée de soleil. Il suffirait de remplacer l'équipement électroménager, de lessiver les murs et de leur donner une bonne couche de peinture, et le tour serait joué.

— C'est un bel espace, très agréable pour cuisiner, fit-elle remarquer.

Il se mit à rire.

— Tant que tu prévois un bel espace pour le micro-ondes !

Son enthousiasme était contagieux. Elle retrouvait des sentiments comparables à ceux qu'elle avait connus à l'époque où elle et lui étaient deux amis inséparables. Bien sûr, la possibilité de ranimer l'étincelle de leur adolescence était trop difficile à envisager. Aujourd'hui, le simple fait de passer du temps en compagnie de cet homme relevait du défi. Ils avaient un lourd passé en commun et n'étaient plus des enfants. Mais elle n'oubliait pas qu'un jour, elle l'avait aimé d'amitié et, malgré leur baiser de samedi soir, elle pouvait redevenir son amie.

La voix masculine la fit sursauter. Elle avait laissé ses pensées vagabonder.

— Attends-moi une seconde, je vais au pick-up. Je reviens.

Restée seule, elle fit quelques pas dans la pièce lumineuse, ouvrit les placards et les tiroirs. Elle voulait s'occuper l'esprit, car elle refusait de penser à l'engagement qu'elle venait de prendre. Déjà, Bryce était de retour. Luttant contre son émoi, elle réprima un mouvement de surprise : elle avait devant elle le Bryce du passé. Dans son T-shirt des Dallas Cowboys, son bermuda gris et ses sandales, il lui rappelait le garçon qui avait été son meilleur ami. A l'époque, elle avait été incapable de lui résister quand il voulait l'associer à ses projets, et l'histoire semblait se répéter. Toutefois, se répéta-t-elle, ils n'étaient plus des enfants, tous les deux.

Il posa deux bouteilles de bière glacées sur le comptoir, les ouvrit et lui en tendit une.

— Il faut fêter ça. Ça te dirait de voir l'extérieur ?

Opinant d'un hochement de tête, elle le suivit dans l'immense jardin où s'entassaient en piles nettes des troncs d'arbres récemment coupés.

— L'une des premières choses dans lesquelles je vais investir, c'est un tracteur-tondeuse. Et des meubles de jardin neufs. Je veux pouvoir profiter de l'extérieur.

Elle prit place sur une chaise de jardin rouillée et inspira longuement. Le parfum de l'herbe coupée se mêlait à une odeur boisée, celle d'un aftershave, peut-être. Ou bien du shampoing qu'il utilisait. Apparemment, il venait de prendre une douche. Elle songea qu'elle aurait bien eu besoin d'en prendre une, elle aussi. Malgré son short et son débardeur, elle avait la peau moite et sa nuque la picotait sous ses longs cheveux. Renversant la tête en arrière, elle offrit son visage à la brise fraîche qui soufflait à l'ombre du chêne séculaire. Puis, après avoir bu une gorgée de bière, elle pressa la bouteille froide contre sa joue.

— Tu as chaud ? s'enquit-il.

— Non, tout va bien.

Un moment, ils restèrent assis sans rien dire. Il finit par briser le silence.

— Je commence à bien connaître Danny, dit-il. Aujourd'hui, l'entraînement s'est très bien passé et nous avons profité des pauses pour discuter.

Soudain alarmée, elle demanda, d'une voix aussi détachée que possible :

— Ah oui ? De quoi ?

— De ses projets, de sa famille, de comment il s'en sort à l'école. J'aime connaître les joueurs que j'entraîne. Et Danny est un gamin formidable, Rosalie ! Tu l'as très bien élevé.

Gardant le silence, elle avala une gorgée et sentit le breuvage lui brûler la gorge.

— Je ne l'ai pas élevé toute seule, répondit-elle enfin d'une voix étranglée. Maman et papa m'ont aidée.

— Ça se voit. Je reconnais en lui la détermination d'Enzo et son éthique de travail, la sagesse discrète de Claudia... Mais surtout, ce que je retrouve en lui, c'est votre vitalité. Votre âme. Il te ressemble, Rosie, il est gentil, attentionné, intelligent. Aucun doute, c'est bien ton fils.

Gentil, attentionné ? Elle laissa son regard se perdre au loin, sur les arbres. Si elle osait fixer Bryce maintenant, ses yeux la trahiraient-ils ? Pourrait-il y lire à quel point il se fourvoyait sur les qualités qu'il lui prêtait ?

— Je peux te demander quelque chose, Rosalie ? reprit-il alors, dissipant le silence.

— Tant que ce n'est pas trop personnel.

— Ça l'est un peu, avoua-t-il.

— Bryce, je ne pense pas que nous devrions ressasser nos histoires personnelles.

— Je t'en prie. Exception faite de ces seize dernières années, ton histoire personnelle est, en gros, la mienne. J'étais là quand tu t'es cassé le poignet en tombant de vélo. Je me rappelle l'été de tes dix ans, quand Ricky, toi et moi avons nagé nus au vieux moulin de Whistler Creek. Mon père m'a menacé d'une bonne raclée si je m'avisais de recommencer avec une « jeune fille », acheva-t-il dans un éclat de rire.

Il reprit son sérieux et, après un instant de réflexion, enchaîna :

— Le jour où tu t'es fait arracher une dent, je t'ai cueilli un bouquet de fleurs sauvages, tu te souviens ? Et je te revois à côté de Johnny Baxter au bal de fin d'année de terminale. Dans cette robe jaune, vaporeuse, tu étais la plus belle vision au monde. Et je haïssais Johnny Baxter.

— Allons ! Johnny était très sympa !

— Je sais, mais je le haïssais quand même. Ce n'est que le lendemain matin, quand nous nous sommes retrouvés tous les deux dans le verger de chez mes parents, avec le champagne, que j'ai su pourquoi. Quand j'ai enfin compris que je t'aimais. Alors, laisse-moi te poser une question, Rosalie.

Elle avait beau savoir qu'ils s'aventuraient sur un terrain dangereux, elle ne put s'empêcher de sourire.

— D'accord, mais je me réserve le droit de ne pas répondre.

— Très bien ! acquiesça-t-il en la regardant droit dans les yeux. Rosalie, cette nuit-là, la nuit où nous avons fait l'amour...

Tous ses sens en alerte, elle attendit. Pourquoi s'interrompait-il ? Si seulement il avait pu se douter que son cœur s'était mis à battre la chamade sous l'effet du flot de souvenirs qui, soudain, envahissait son esprit.

— Bryce, de grâce ! murmura-t-elle.

— Non, laisse-moi finir. Je sais que tu prenais la pilule. D'accord, la mort de Ricky avait sonné le glas de notre relation. Et tu partais loin de chez toi. Vers une nouvelle vie, de nouvelles rencontres, de nouvelles aventures. Tu as arrêté de la prendre ?

Elle se rabroua intérieurement. Elle aurait dû être préparée à ce type de question. Mais, ces quinze derniers jours, elle avait découvert qu'elle n'était pas préparée à grand-chose. Et que cela pouvait devenir dangereux. Fixant le goulot de sa bouteille, elle répondit :

— J'avais arrêté, car je ne pensais pas rencontrer quelqu'un.

— C'est pourtant ce qui s'est passé. Et tu n'as pas perdu de temps.

— Si on veut. Mais c'était un accident, une aventure d'une nuit.

— Je ne comprends pas, Rosalie. Coucher avec un homme sans penser à mettre une protection, ça ne te ressemble pas.

Elle lui lança son regard le plus mordant. Peut-être allait-il enfin mettre un terme à son inquisition. Hélas, il était évident qu'il attendait une réponse.

Elle se leva pour aller s'adosser au tronc du vieux chêne. De là, sans le regarder, elle répondit :

— Tu n'as pas à comprendre, Bryce. En plus, nous avons déjà abordé ce sujet, toi et moi.

— Non. L'autre soir, tu t'es contentée de me donner quelques réponses vagues. Aujourd'hui, je te demande de me raconter ce qui est vraiment arrivé.

Elle réprima un soupir indigné, entendit le frottement de la chaise sur la pierre et le bruit de pas derrière elle. Il était tout près d'elle, à présent.

— Tu m'en veux ?

Fixant le sol, elle répondit :

— Non, j'essaye simplement de réfléchir. Tu ne seras pas satisfait tant que tu n'auras pas eu tous les détails, c'est ça ?

— J'aimerais bien les entendre, en effet. J'aimerais savoir comment tu as pu passer aussi vite d'une histoire aussi belle que la nôtre à cette aventure d'une nuit. A une époque, enchaîna-t-il en posant une main sur son épaule, tu étais tout pour moi, Rosie. Ça a été l'époque la plus heureuse de ma vie. Jusqu'à cette horrible journée...

Elle devait lui fournir une explication. De toute façon, voilà longtemps qu'il avait compris qu'elle n'était pas la douce et pure Rosie de leur jeunesse. Mais si elle gardait le silence, il allait se faire des idées, l'imaginer menant une vie dissolue à la fac, collectionnant les aventures sans lendemain. Ou, pire encore, penser qu'hébétée par le chagrin, elle n'avait pas mesuré les conséquences de ses actes et avait perdu le contrôle de sa vie. Un frisson d'appréhension la parcourut. Elle préférait encore mentir que lui offrir cette image-là.

Se tournant vers lui, elle croisa les bras d'un air décidé et se cala contre le tronc. Ses jambes en coton semblaient ne plus vouloir la soutenir.

— Bon, puisque c'est ce que tu veux, tu vas tout savoir, commença-t-elle. Je suppose que tu peux imaginer l'état dans lequel j'étais quand je suis partie à l'université.

— Bien sûr. Mais...

— Ne dis rien ! lâcha-t-elle. Si tu veux que je te raconte mon histoire, laisse-moi parler.

Même si c'est pour dire un mensonge, ajouta-t-elle en son for intérieur.

— Excuse-moi.

— Pourtant, malgré ma détresse, je croyais à ma chance : j'allais faire des études de lettres, devenir professeur. Mon rêve allait se concrétiser.

Soudain hésitante, elle scruta le visage masculin. Se doutait-il de la part qu'avaient jouée ses parents dans le financement de ces études ? Mais non, à voir son expression impassible, il semblait tout en ignorer. Soulagée, elle reprit :

— Pour tenter de divertir mes pensées de la mort de Ricky, j'ai travaillé très dur. Je ne m'intéressais ni aux sorties ni aux garçons.

Elle laissa échapper un soupir. Pour le moment, elle disait la vérité. Hélas, les choses n'allaient pas tarder à se compliquer.

— Bien sûr, je ne m'attendais pas à rencontrer quelqu'un. Pourtant, c'est ce qui est arrivé. Peu importe de qui il s'agissait. Un beau jour, il s'est trouvé là. Il était très sympathique. Nous travaillions nos cours ensemble, nous faisions des balades. Rien de bien méchant. Et puis, un soir, il est arrivé avec une bouteille de vin, nous avons bu et les choses ont commencé à déraper. J'ai fait une bêtise : j'ai couché avec lui une fois, une seule. Quelques jours plus tard, il m'avait déjà remplacée.

Il la fixait, une lueur inquisitrice dans le regard.

— C'est tout ?

— C'est tout ! Est-ce que je regrette ? Certes, je regrette ma bêtise, ma candeur. Mais pas un jour ne passe sans que je bénisse le ciel de m'avoir donné Danny.

— Et ce type, il l'a su ? insista-t-il d'un air soupçonneux.

— Il ne s'en est jamais douté, l'assura-t-elle, dissimulant son soulagement.

Elle n'était pas mécontente de pouvoir revenir à la vérité.

— Et c'est ce que tu veux ?

— C'est le mieux pour tout le monde.

— Tu n'as jamais pensé que ce garçon aurait fait un bon père ?

Quelle obstination il mettait à la faire parler ! Elle s'arma de patience.

— Bryce, ma décision a été influencée par d'autres facteurs que ses qualités de père.

Un mélange d'émotions se peignit sur le beau visage de Bryce : de l'étonnement, du chagrin, peut-être de l'incrédulité. Toutefois, il garda le silence. Il devait être en train d'analyser ses confidences. Au bout de quelques secondes, il lui posa la main sur le bras.

— Merci, Rosalie. Ta confiance me touche beaucoup.

Bouleversée, elle ferma les yeux. Son regard risquait de trahir la peine infinie qui la submergeait. Ce qui ne manquerait pas de susciter de nouvelles interrogations…

— Je t'en prie, articula-t-elle dans un souffle.

Le silence se fit, puis il chuchota :

— Tu étais amoureuse de lui ?

Rouvrant les yeux, elle le fixa. Leurs deux visages n'étaient plus qu'à un souffle l'un de l'autre, si proches qu'elle sentait une haleine chaude sur son front.

— Bryce ! plaida-t-elle.

— Tu l'étais ?

— Non.

Elle savait que cette réponse lui ferait chaud au cœur. Si seulement il avait su qu'encore une fois, elle lui mentait ! Oui, bien sûr qu'elle était amoureuse ! Mais, dans ce cas, autant admettre toute la vérité.

— Et Fanning ? Tu l'aimes ? la pressa-t-il en resserrant son emprise.

— De grâce, Bryce !

L'air sévère, il attendait sa réponse.

— Ted et moi, nous avons arrêté de nous voir, affirma-t-elle avec un haussement d'épaules.

— Intéressant ! Autrement dit, il n'y a plus d'obstacles entre nous.

Elle lui lança un coup d'œil éperdu. Non, bien sûr. A part un énorme mensonge et un garçon de quinze ans.

Le regard assombri par le désir la quitta pour se poser sur son décolleté et elle sentit ses seins se durcir contre le fin tissu du débardeur.

— Donc, nous ne sommes séparés que par quelques centimètres, reprit-il avec un sourire entendu.

Sans lui laisser le temps de réagir, il la plaqua contre le tronc et elle sentit l'écorce lui érafler le dos. Elle ne voulait plus penser, ne voulait plus analyser. Il avait entrepris de lui caresser le visage du bout des doigts, explorant son cou, s'arrêtant dans le petit creux où battait son pouls.

Puis il posa une main sur la chute de ses reins et l'attira contre lui. Ses cuisses puissantes lui emprisonnèrent les jambes et leurs regards s'enchaînèrent alors, brûlant d'une passion que ni l'un ni l'autre ne cherchait plus à nier.

Il se pencha vers elle et lui prit la bouche d'une manière possessive. Le goût retrouvé de ses lèvres, le contact de son corps dur serré contre elle, tout cela la bouleversait, attisant encore le désir que cet homme lui avait toujours inspiré. Elle lui répondit avec toute la fougue de leurs premiers baisers, de sa jeunesse retrouvée, une myriade de picotements électrisant tout son corps. Lui seul avait le pouvoir de lui faire perdre le contrôle. C'était un peu comme de retrouver un trésor depuis longtemps perdu. Mais aujourd'hui, elle s'abandonnait à cette bouche avide avec toute la ferveur de la femme adulte.

Après un pur moment d'extase, il recula, le souffle saccadé.

— Je t'ai embrassée samedi soir, Rosie, dit-il. Et je sais que cela ne t'a pas déplu. Alors pourquoi ne laisses-tu pas parler tes sens ?

Elle ne chercha même pas à nier. A quoi bon ?

— Vois-tu, reprenait-il déjà, je ne vais pas laisser passer encore seize ans pour t'embrasser de nouveau.

Un bruit de Klaxon se fit entendre au loin.

Bryce continua à picorer la commissure de ses lèvres.

— Nous devons arrêter, ma chérie.

— Oui, tu as raison, acquiesça-t-elle d'une voix rauque qu'elle reconnut à peine.

L'enlaçant alors par la taille, il l'entraîna vers la maison, avant de lui déposer un baiser sur la tempe.

— Ce sont les livreurs qui m'apportent mon grand lit, expliqua-t-il avec un sourire. Au fait, à partir de demain, je m'installe ici. Si, d'aventure, tu avais envie de passer me voir un soir.

— Euh… oui, peut-être, je ne sais pas, bredouilla-t-elle.

Décidément, pour un professeur de lettres, son vocabulaire devenait bien restreint. Tel était l'effet que Bryce semblait avoir sur elle. Elle poussa un soupir accablé. Elle n'était pas sortie d'affaire !

12

Affolée, Rosalie courait à travers la maison. Où diable avait-elle posé ses clés ? Son sac ? Son téléphone portable ? Il était déjà 17 h 30. Et à 18 heures, elle devait retrouver son groupe d'enfants au centre des Lendemains qui chantent.

Elle poussa un soupir de soulagement. Voilà, elle avait tout. Dernière chose : elle devait monter souhaiter une bonne soirée à sa mère qui, pour la première fois, sortait dîner avec Cappy. Elle frappa à la porte, derrière laquelle Claudia était en train de s'apprêter.

— Tu es prête pour ton grand rendez-vous, maman ?

— Autant que je puisse l'être, répondit une voix aussi hésitante qu'irritée. Rosalie, j'ai besoin de ton avis.

— Fais vite, alors. Je dois filer.

Quelques secondes plus tard, Claudia ouvrit la porte et apparut sur le seuil de sa chambre. D'abord immobile, elle se tapota les cheveux d'une main.

— Sois franche, Rosalie. Qu'en penses-tu ? Cheryl, ma coiffeuse, m'a suggéré de mettre un peu de mousse, comme vous, les jeunes. Mais je me sens nue sans ma laque, ajouta-t-elle en se regardant dans le miroir de la console du couloir.

Le souffle coupé par l'admiration, Rosalie s'avança derrière elle et lui murmura à l'oreille :

— Tu es sublime !

— Oui, tu es top, mamie ! renchérit Danny, qui sortait au

même instant de la cuisine, un sandwich à la main. Capps va avoir une attaque.

— Seigneur, Danny ! s'exclama Claudia, affolée. J'espère bien que non. Et la jupe ? Elle ne fait pas trop hippy ? s'inquiéta-t-elle encore en caressant le batik pastel.

— C'est ravissant ! Tu parais dix ans de moins !

Elle avait rarement vu sa mère aussi en beauté. Un chemisier de soie bleue et un foulard moiré en guise de ceinture venaient compléter la tenue. Sans oublier le pendentif jaune et bleu, en émail, accroché à un ruban de soie noire.

— Sincèrement, répéta-t-elle, tu es superbe.

— Super sexy ! ajouta Danny.

— Vraiment ? demanda Claudia, rayonnante.

Rosalie eut soudain l'impression d'avoir vingt ans de plus. Cette nouvelle aventure de Claudia la mettait mal à l'aise. Luttant contre le besoin de lui demander à quelle heure elle comptait rentrer, elle s'éclaircit la voix.

— Tu n'as pas oublié ton portable ? interrogea-t-elle.

— Mais non, répondit sa mère en tapotant son petit sac en bandoulière. Il est là.

— Et où t'emmène-t-il ?

— A la Whistler Inn, je crois. Tu n'es pas inquiète, au moins, Rosalie ? Je suis une grande fille, tu sais !

— Bien sûr que non, je ne suis pas inquiète…

Elle n'arriva pas à terminer sa phrase. Que savait-elle de ce Gordon Capps ? Le fait qu'il soit un footballeur renommé n'en faisait pas forcément le prétendant idéal pour sa mère.

— Tu sais, reprit-elle, je peux me permettre d'arriver un peu en retard au centre. J'ai bien envie de dire bonsoir à Cappy.

— Ne sois pas sotte ! la rabroua Claudia. Vas-y ! Nous nous verrons demain matin. Et ne m'attends pas. Je ne sais pas à quelle heure je vais rentrer.

Rosalie regarda Danny, dont le visage s'était fendu d'un sourire narquois d'adolescent.

— Tout va bien, maman ! Je dirai à Capps d'être sage.

Avec un haussement d'épaules résigné, Rosalie gagna sa voiture. Elle était à court d'arguments. Songeuse, elle prit la direction du centre. La roue bien huilée de son univers si sécurisant semblait s'être emballée : son fils lui échappait, elle maternait sa mère et le seul homme qu'elle était bien déterminée à ne plus jamais avoir dans la peau ravivait en elle des sensations oubliées, des émotions qu'elle croyait tapies à jamais au plus profond de son cœur.

Et comment remédiait-elle à tous ces bouleversements ? En passant un après-midi entier à choisir des échantillons de tissus pour lui, comme elle l'avait fait la veille.

Elle se gara dans le parking vide et descendit de voiture. Il était temps de se concentrer sur les problèmes des autres et d'oublier les siens.

Trois heures plus tard, elle était sur le chemin du retour. La lumière rose du crépuscule s'accordait à son humeur mélancolique. Ce soir-là, à l'issue d'une session particulièrement émouvante durant laquelle chaque enfant avait constitué un petit album personnel à l'aide de souvenirs de l'être aimé, collages, dessins, l'un de ses jeunes protégés lui avait demandé :

— Rosalie, toi aussi, tu as fait un cahier de souvenirs de ton frère quand il est mort ?

— Non, Josh. Mais, parfois, je le regrette, avait-elle répondu avec un sourire.

— Mais tu parles de lui, au moins ? avait alors interrogé une fillette.

Une question, somme toute, bien innocente, mais qui avait agi sur elle comme un déclic. Une évidence s'était imposée à son esprit. Non, elle ne parlait pas de Ricky. Ayant longtemps cru que le fait d'évoquer son frère allait rouvrir ses blessures, elle avait préféré garder son chagrin enfoui en elle. Une habitude qu'elle ne songeait même pas à remettre en question. De plus, avec qui aurait-elle pu parler de lui ? Aussi, ce fut en toute honnêteté qu'elle avait répondu :

— Non, Ginny. Mais je lui parle. Du moins, je parle à sa photo.

— Et ça te rend triste ?

— Parfois, oui, avoua-t-elle.

— Si tu veux, tu peux parler de lui avec nous.

Sentant une vague d'émotion l'envahir, son premier réflexe avait été de donner sa réponse habituelle : « Non, je ne peux pas, tout va bien, vraiment. »

Mais en repensant à cette conversation, elle comprenait à quel point ne pas parler de Ricky avait manqué à sa vie. Comment l'expliquer ? Par le retour de Bryce qui l'avait, malgré elle, replongée dans le passé ? Par le fait qu'en grandissant, Danny était devenu le portait craché de son oncle ? Ou était-ce simplement que, la maturité aidant, elle devenait plus sage ?

Quelle que soit la réponse, elle comprenait aujourd'hui que son refus d'évoquer la mort de son frère jumeau l'avait empêchée de faire son deuil. Elle ressentit un pincement au cœur. Avec le retour de celui qui avait été le meilleur ami Ricky, il était peut-être temps. Bryce n'était-il pas le plus apte à l'écouter, à la comprendre si elle décidait de ranimer enfin le souvenir de ces précieuses années perdues ?

C'était un sacré défi. Allait-elle pouvoir le relever ? Serait-elle capable d'effacer cette terrible journée de son esprit et d'ouvrir son cœur à celui à qui elle cachait son plus grand secret ? Et puis, elle n'était pas sûre qu'il soit juste vis-à-vis de Bryce de se servir de lui pour apaiser sa peine. La poitrine broyée comme dans un étau, elle avait l'impression que son chagrin, prisonnier depuis si longtemps, cherchait à se libérer. Un espoir insensé faisait cogner son cœur à se rompre. Bryce était-il celui qui allait lui permettre, en mettant son âme à nu, de dompter enfin sa douleur ? La réalité la rattrapa et elle étouffa un soupir accablé. Elle devait cesser de se bercer d'illusions. Tant qu'elle porterait son secret, son âme ne serait pas libre.

Cappy arrêta sa voiture devant la maison des Campano.

— Nous sommes de retour, sains et saufs, déclara-t-il. Tu crois que ta fille nous attend ?

Ignorant la lumière dans la chambre de Rosalie et le visage qu'elle apercevait derrière les stores, Claudia mentit.

— Oh ! elle dort depuis longtemps ! Tu veux entrer boire un café ?

— Avec plaisir. Il n'est pas si tard. A peine 11 h 30.

En temps normal, Claudia dormirait depuis une bonne heure. Mais elle n'avait aucune intention de l'avouer devant Cappy.

Il contourna la voiture pour venir lui ouvrir. Elle n'aurait aucune peine à s'habituer à sa galanterie. Toute la soirée, il s'était préoccupé de son confort.

— Dire qu'on a fait toute cette route simplement pour dîner à Savannah ! reprit-elle.

— J'ai toujours aimé la Rusty Anchor Inn, répondit-il. Ils y servent les meilleures crevettes du monde.

Elle franchit la porte d'entrée, jeta son sac et son cardigan dans le fauteuil et continua en direction de la cuisine.

— Cette soirée a été un vrai cadeau, déclara-t-elle en mettant la cafetière en route.

Cappy prit place à la table.

— Tu n'allais jamais dîner au restaurant avec ton mari ?

— Oh si, bien sûr ! Tous les samedis soir. Nous allions au Cracker Barrel, à la sortie de l'autoroute, et parfois au cinéma.

Elle s'affaira à compter les cuillères pour ne pas avoir à regarder Cappy. Comme elle devait lui paraître provinciale à parler du Cracker Barrel, alors qu'il venait de laisser un billet de cent dollars au Rusty Anchor ! Elle se rappelait le temps où elle nourrissait une famille de quatre pour une semaine avec moins d'argent.

— J'adore le Cracker Barrel, dit-il. Si cela te fait plaisir, j'aimerais bien t'y emmener un de ces jours.

Elle sourit. La soirée avait été trop belle pour être vraie. Gordon Capps semblait toujours trouver les mots justes.

— J'adorerais ! s'exclama-t-elle en s'asseyant en face à lui.

— Alors nous avons de nouveau rendez-vous, reprit-il en posant la main sur le bras de Claudia. Mais notre soirée n'est pas encore terminée.

— Non, pas encore. Il est l'heure de boire notre café.

Il esquissa un sourire entendu. Elle se sentit rougir. Seigneur ! Pourvu que Rosalie reste dans sa chambre. Ce qu'elle lisait dans le regard de son interlocuteur ne laissait aucun doute : il était sur le point de l'embrasser.

13

Les quinze jours suivants, Rosalie partagea son temps entre deux impératifs : préparer la rentrée et honorer la promesse faite à Bryce. Décorer la nouvelle maison l'amusait follement. Cependant, malgré leur semblant d'intimité retrouvée, la jeune femme mettait un point d'honneur à entretenir avec Bryce une relation décontractée et purement amicale. Lui, au contraire, ne manquait pas une occasion de lui témoigner son désir. Le moindre prétexte était bon pour lui toucher le bras, lui poser la main sur la taille, se pencher sur son épaule afin d'examiner tel ou tel détail. Et elle devait se faire violence pour résister à l'indéniable attirance qu'elle éprouvait pour lui, ne s'autorisant à laisser son esprit vagabonder que la nuit, quand elle était seule.

Si Bryce souffrait manifestement de cette indifférence apparente, elle éprouvait pour sa part la même frustration. Le sentir si proche était pour elle à la fois magique et à la limite du supportable.

Et tandis qu'en elle, la bataille faisait rage entre passion et raison, une idylle d'un autre genre était en train d'éclore dans la famille Campano. Claudia et Cappy sortaient désormais ensemble deux fois par semaine. Rosalie était heureuse pour sa mère et s'émerveillait de la voir s'épanouir sous les attentions de son admirateur.

Danny aussi s'épanouissait sous les attentions de son nouvel entraîneur. Au fil des jours, la complicité entre l'homme et l'adolescent s'intensifiait. Danny n'attendait qu'une chose : avoir une chance de faire ses preuves devant son entraîneur au cours d'un match. Son *entraîneur*... La triste ironie de cette étiquette ne faisait qu'accroître la culpabilité de Rosalie. Son secret se faisait si lourd à porter !

Ainsi s'écoulèrent les journées d'été, Bryce et Danny occupant toujours les premières places dans son cœur, d'un amour aussi violent que malheureux.

Un vendredi de la mi-août, elle était au lycée avec les autres professeurs pour organiser la rentrée, prévue pour la semaine suivante. Entre deux réunions, elle s'était replongée dans la préparation de ses cours dans sa salle de classe déserte.

Un léger bruit lui fit soudain lever la tête et elle tressaillit en découvrant Bryce sur le seuil.

— Bonjour, lança-t-elle aussitôt. Tout va bien ?

Elle prenait soin de se montrer désinvolte, amicale. Deux collègues en pause.

— Ça va, merci. En fait, j'ai un service à te demander. On doit me livrer des appareils électroménagers aujourd'hui vers 16 heures, mais je suis coincé par un entraînement. Est-ce que tu pourrais aller les réceptionner pour moi après ta réunion ?

— Aucun problème.

— Merci, ça me rend bien service.

Ses clés à la main, il s'approcha d'elle et parut hésiter en arrivant devant le bureau.

— Tu te sens prête pour la rentrée, lundi ? s'enquit-il.

— Oui, répondit-elle avec un sourire. Tu sais, au bout de dix ans, je suis rodée !

— Je n'en doute pas. Tout le monde parle de toi en termes élogieux ici.

A ces mots, elle se sentit rougir. Pourquoi un compliment aussi banal la troublait-il ainsi ? Sans doute parce qu'il venait de Bryce.

— A quelle heure penses-tu rentrer chez toi ? demanda-t-elle pour faire diversion.

— Pour le dîner. Tu veux rester ? Je te propose un barbecue.

Elle tapota son crayon sur son cahier en essayant de se concentrer sur ce qu'elle avait écrit quelques minutes plus tôt.

Elle avait très envie de dire oui. Après tout, on était vendredi et elle n'avait rien prévu pour le soir.

— Je ne peux pas, mentit-elle néanmoins en se mettant à griffonner quelques mots. Ce sera pour une autre fois.

Ils étaient amis, ils discutaient, faisaient des projets qui se concrétiseraient ou pas. Quoi de plus naturel ? Pourtant, elle avait une conscience aiguë du regard bleu azur fixé sur elle. Visiblement, Bryce connaissait ses limites, il savait exactement comment lui faire rendre les armes.

— Allez, Rosie, reste dîner... C'est ridicule, cette façon que nous avons tous les deux de tourner autour du pot.

— Il faut vraiment que je finisse ce travail, répliqua-t-elle en faisant mine de s'absorber dans son cahier. Surtout si je dois être chez toi avant 16 heures cet après-midi.

— Très bien, soupira-t-il en se redressant. Comme tu voudras.

Il tourna les talons et gagna la porte.

— Merci encore pour le service que tu me rends, lança-t-il en se retournant, avant de disparaître dans le couloir.

Il était 15 h 30 quand elle poussa la porte de la vieille maison et elle fut une fois de plus gagnée par le sentiment familier de bien-être qui la submergeait chaque fois qu'elle venait. De nombreux détails témoignaient déjà de sa touche personnelle : il y avait le tissu couleur tabac qui recouvrait le canapé et les fauteuils, les coussins écossais, la chaude couleur des rideaux bordeaux qui encadraient les stores en pin noir aux fenêtres. Des affiches représentant des paysages de Géorgie égayaient les murs repeints de frais.

— Comme cette pièce est agréable ! se répéta-t-elle à voix haute. Idéale pour Bryce...

« Et pour moi aussi... », ajouta-t-elle en son for intérieur. Elle se morigéna aussitôt, maudissant la direction que prenaient ses pensées. Elle savait très bien qu'elle ne serait jamais qu'une invitée dans cette maison, même si elle avait contribué à sa décoration. Elle n'allait pas être assez stupide pour s'imaginer des choses...

Elle s'affala dans un confortable fauteuil et se plongea dans la lecture d'un magazine. Une demi-heure plus tard, un bruit de moteur lui indiqua l'arrivée des livreurs.

Elle les fit entrer dans la cuisine, où ils apportèrent la gazinière et le lave-vaisselle, qu'ils entreprirent de brancher. Quand arriva le tour du réfrigérateur, ils s'aperçurent que la prise était trop courte et demandèrent à Rosalie si elle pouvait trouver un prolongateur.

Elle se mit alors à fouiller les tiroirs et les placards de la pièce, mais sans succès, et décida ensuite de jeter un coup d'œil dans l'arrière-cuisine. Bingo ! Un épais cordon électrique était enroulé sur l'étagère. Elle s'en empara, tandis que son attention était attirée par un vieux carton posé dans un coin. Un carton qui semblait avoir été très souvent ouvert et refermé. Un carton qui portait les initiales WCHS. Whistler Creek High School, traduisit-elle aussitôt.

Sa curiosité piquée au vif, elle réprima son impatience et se promit d'y jeter un coup d'œil une fois les livreurs repartis.

Une vingtaine de minutes plus tard, elle se plantait à la porte de l'arrière-cuisine pour se débattre avec sa conscience. Avait-elle le droit de fouiller dans des affaires qui ne lui appartenaient pas ? Elle jeta un coup d'œil à sa montre. Bryce ne serait pas de retour avant une bonne heure. Elle avait donc le temps. Seulement, il y avait ce sentiment de culpabilité qui la perturbait... Le contenu du carton ne la regardait en rien.

Repoussant soudain ses scrupules, elle s'agenouilla devant le carton : elle devait en avoir le cœur net et, puisqu'elle avait décidé de passer outre, il ne fallait pas perdre de temps.

Elle tira le carton jusque dans la cuisine et, assise en tailleur, l'ouvrit. Une odeur de moisi s'en échappa.

Intriguée, elle commença à en examiner le contenu. Il regorgeait de souvenirs de jeunesse de Bryce : des diplômes, des citations sportives, des bulletins scolaires, quelques trophées...

Sentant sa gorge se dessécher, Rosalie s'aperçut qu'il avait amassé une multitude de souvenirs de Ricky. Il y avait des photos de fêtes, de matchs, de marathons, de baignades, avec, au dos de chacune, une date soigneusement notée à la main. Jamais elle n'aurait soupçonné une telle minutie chez Bryce.

Les larmes vinrent lui brouiller la vue au moment où elle découvrit la photo du dernier bal de fin d'année. Elle étouffa un sanglot. Le cliché avait été pris la veille du jour où elle avait promis à Bryce de l'aimer toute sa vie.

Vint le tour d'une coupure de journal jaunie. Soudain prise de vertige, elle en déchiffra le gros titre.

UN ADOLESCENT DE WHISTLER CREEK MEURT DANS UN DRAMATIQUE ACCIDENT AU PARC.

Le chagrin enfla en elle et, se faisant violence, elle se força à lire les mots résumant la courte vie de son frère dans un hommage rendu à ses qualités humaines et sportives. Le journaliste finissait par :

Ricardo Campano laisse ses parents et une sœur, Rosalie.

Une larme tomba sur le papier. Elle ne s'était pas rendu compte qu'elle pleurait. Les joues ruisselantes, elle sortit un dernier papier du fond du carton et, à travers un brouillard de larmes, reconnut la date. C'était une lettre tapée à l'ordinateur une semaine après l'enterrement de Ricky. Les doigts tremblants, elle la déplia.

« Cher Ricky,

» Je regrette de ne pas pouvoir t'envoyer cette lettre, mais je n'ai pas d'autre choix que d'espérer que tu sais que je t'écris. Puisque vous, les catholiques, croyez en la vie éternelle. Même si cela me fait toujours sourire ! Mais il fallait que je le dise : désormais, Rosalie me déteste. Je ne lui en veux pas. Mais je ne sais pas comment lui faire comprendre à quel point je regrette. Elle refuse de me parler. Je l'aime, Ricky. Je l'aimerai toujours. Je m'en veux tellement pour ce qui est arrivé. Je veux te promettre que je prendrai toujours soin de Rosie. Tu me manques, quarterback. Plus jamais je n'aurai un ami comme toi. Jamais ! Peut-être vais-je me convertir au catholicisme pour être sûr de te revoir.

Tu ne me feras pas la tête, au moins ? Alors, à un de ces quatre, au paradis, vieux !

» Je t'embrasse,

» Bryce.

» (Je parie que tu rigoles en lisant "Je t'embrasse") »

Laissant libre cours à ses pleurs, Rosalie hoquetait à présent.

— Rosie ?

Elle sursauta, lâcha la lettre et plaqua les paumes sur ses joues baignées de pleurs. Elle n'avait pas entendu la porte d'entrée s'ouvrir, n'avait pas entendu Bryce approcher.

— Bryce, depuis combien de temps… ? murmura-t-elle.

Elle s'interrompit et déglutit. Sa gorge la brûlait.

Il s'agenouilla à côté d'elle et demanda d'une voix très douce :

— Que fais-tu, Rosie ?

— Je… j'ai trouvé ce carton, bredouilla-t-elle en lui offrant un sourire contrit. Je n'ai pas pu m'empêcher de regarder. Je suis désolée…

Figée comme une statue, elle le suivit des yeux tandis qu'il ramassait les photos et les papiers disséminés autour d'elle et les rangeait avec soin dans le carton.

Hébétée, elle était incapable d'esquisser le moindre mouvement. Elle avait tellement honte d'avoir fait ainsi intrusion dans son intimité ! Et s'il allait en prendre ombrage ? Elle le laissa tout remettre en place, puis chuchota d'une voix altérée :

— Je n'aurai pas dû. J'ai eu tort.

Une fois le carton rangé, il lui prit la main et, avec délicatesse, l'aida à se relever.

— Je n'ai pas de secrets pour toi, Rosalie.

— Mais ce sont tes souvenirs personnels.

— Oui, mais tout ce que contient ce carton te concerne autant que moi. J'aurais peut-être dû t'en parler moi-même.

Elle renifla piteusement.

— Oh, Bryce, j'ai encore tellement mal ! avoua-t-elle dans un souffle.

L'attirant vers lui, il la serra dans ses bras, plaquant ses mains vigoureuses dans son dos.

— Je sais, Rosie. Je partage ta détresse.

Sans réfléchir, elle pressa légèrement les lèvres contre son cou.

— Je n'avais pas compris à quel point il comptait aussi pour toi, murmura-t-elle.

Il hocha la tête.

— Toi, tu étais sa sœur jumelle, mon cœur, mais pour moi, c'était comme un frère. Le perdre m'a brisé le cœur.

A ces mots, elle éclata de nouveau en sanglots, la tête nichée au creux de l'épaule de Bryce, trempant de ses larmes le col de la chemise. Il avait une odeur de savon, de grand air. Il était si réel, si... vivant.

— Si tu savais à quel point je m'en veux, Bryce, répéta-t-elle.

— Pourquoi, Rosie ? De quoi t'en veux-tu ?

— De ne pas avoir répondu à tes lettres, à tes coups de téléphone. De ne pas avoir compris. De ne pas avoir été là pour toi. Si seulement tu savais combien cette culpabilité est lourde à porter...

L'apaisant de ses caresses, il lui chuchota d'une voix rauque :

— Chut, Rosie. Tout va bien. Tout va bien.

— Je t'aimais, ajouta-t-elle.

— Je sais. Et moi, je t'aime, Rosie. Tu es l'amour de ma vie.

Elle se dégagea alors et, la tête légèrement en arrière, le regarda dans les yeux. Il avait le visage grave et sombre.

— Tu m'aimes encore ? osa-t-elle.

Un sourire aux lèvres, il lui posa une main sur la nuque.

— Tu sais bien que oui. Et tu sais ce que Ricky dirait maintenant ?

— Non ?

— Que nous sommes deux abrutis d'avoir perdu toutes ces années.

— C'est vrai ! acquiesça-t-elle avec un petit rire.

— Et il se désolerait devant notre mièvrerie, à cet instant précis.

Elle sentit sa tristesse se dissiper comme par magie à ces mots et esquissa un sourire.

— Rappelle-toi quand il affirmait qu'il était sûr que nous finirions par être ensemble, dit-elle. Il s'est même attribué le mérite de nous avoir rapprochés.

Avec un petit rire affectueux, Bryce renchérit :

— Ricky s'attribuait le mérite de tout ce qui arrivait de bien autour de lui. En revanche, il se défendait de jamais créer le moindre problème.

— « Ce n'est pas moi », disait-il.

Elle laissa glisser sa main sur le bras de Bryce, se délectant du réconfort de sentir la puissance de ses muscles.

— C'était Ricky, approuva Bryce en lui caressant les cheveux.

Avec surprise, Rosalie se sentait soudain aérienne. Elle avait l'impression de flotter au-dessus du sol, aussi légère qu'une plume, tandis que deux bras vigoureux l'entouraient de leur force solide. Une douce allégresse s'était emparée d'elle et elle comprit que la douleur qu'elle avait gardée tapie en elle toutes ces années s'était évaporée. En Bryce, elle avait retrouvé la liberté.

— Tu m'as pardonné, Rosalie ? demanda-t-il avec un doux sourire. Tu ne m'en veux plus ?

— Il y a des années que je t'ai pardonné, Bryce, affirma-t-elle avec ferveur. Seulement, il y avait toujours ce chagrin qui m'oppressait. Je ne pensais pas qu'il puisse s'apaiser un jour.

Il approcha son visage et l'embrassa. Sa bouche était chaude, généreuse, un peu salée, et semblait déterminée à faire retrouver à Rosalie le goût du bonheur. Ivre de la volupté de ce baiser brûlant, elle vacilla et, docile, laissa Bryce la soulever dans ses bras.

— Tu veux que nous montions dans la chambre, Rosie ? suggéra-t-il dans un souffle. Je crois que le moment est venu de fêter la vie dans cette maison.

Elle lui passa les bras autour du cou et se blottit contre lui. Il monta l'escalier et, lorsqu'il l'eut déposée sur le lit, elle s'arqua contre lui en espérant qu'il la déshabille. Comme pour répondre à sa supplique muette, il commença à lui retirer ses vêtements avec délicatesse, avant de l'inviter à s'allonger entre les draps qui sentaient le neuf. Il se dévêtit ensuite à la hâte, sans pudeur, lui offrant la vision de l'homme adulte qu'il était devenu et elle se grisa de la vue de ce corps mince et athlétique aux muscles sculptés par des heures d'entraînement. Elle avait l'impression que le destin, soudain bienveillant, lui souriait de nouveau.

Avant de la rejoindre dans le lit, il sortit une pochette argentée du tiroir de la table de nuit.

— Pourtant, mon rêve serait d'avoir un enfant de toi, murmura-t-il en s'allongeant près d'elle.

Elle refoula la culpabilité qu'auraient pu susciter ces mots quand il l'attira dans ses bras pour l'embrasser passionnément. Ces mains d'homme voguant sur son corps ranimaient en elle mille sensations oubliées et elle ne voulait penser qu'à leurs deux corps réunis, à ces caresses sensuelles, à ces lèvres qui butinaient sa peau embrasée. Elle voulait s'abandonner à ces longs baisers très doux et tout oublier. Le lendemain viendrait bien assez vite...

Elle saisit entre ses paumes le visage penché sur elle. Autant se l'avouer : elle n'était pas venue dans cette intention, mais comme elle avait espéré qu'il la reprenne dans ses bras ! Qu'il lui fasse de nouveau l'amour !

Le regard plongé dans les yeux indigo, elle murmura d'une voix pressante :

— Ne t'arrête pas, Bryce, je t'en prie, ne t'arrête pas.

Pris par l'urgence d'un désir partagé, il s'empara de sa bouche avec frénésie. Envahie par une délicieuse chaleur, Rosalie fut alors secouée de frissons électriques qui réveillaient en elle des sensations dont elle avait oublié l'existence. Comme si elle était littéralement en feu, une lave brûlante roulait dans ses veines, embrasant tous ses sens, tandis que son cœur cognait à grands coups dans sa poitrine.

Leurs lèvres toujours scellées, elle sentit qu'il glissait la main jusqu'à la chair frémissante qui n'attendait que lui.

Le sang battait à présent à ses tempes et elle tenta de maîtriser l'intensité des sensations qui déferlaient en elle. Elle n'avait aimé que cet homme qui, maintenant, était là, avec elle, comblant tout le vide de ces longues années. Et la magie opérait de nouveau, intacte, voire amplifiée.

Et quand, sans cesser de cajoler son intimité brûlante, il entreprit, de son autre main, de tracer des arabesques autour des pointes durcies de ses seins, elle se surprit à onduler sans y réfléchir. Alors, il happa chacune d'entre elles dans la moiteur de sa bouche, suscitant en elle des éclairs d'un plaisir infini.

Ivre de volupté sous les assauts conjugués de ces doigts et de cette langue lancés à l'assaut de tout son corps, elle renversa la tête en arrière, le souffle saccadé, décidée à se soumettre dans un abandon total. Le sang lui battait aux tempes, un tourbillon de sensations divines l'emportait et elle avait l'impression de voguer vers les confins du paradis. Elle ferma les yeux et vit des étoiles danser sous ses paupières, attendant la délivrance que Bryce seul pouvait lui apporter.

Son esprit tournoyait, une foule d'images l'assaillaient, tandis que, de tout son corps, elle l'appelait douloureusement, se rapprochant de la récompense ultime. Jamais aucun homme n'avait su la combler ainsi.

Aimantée à lui, elle arqua le buste, se soumettant sans retenue. Il intensifia sa caresse. Chavirée, elle se cambra encore et une plainte naquit dans sa gorge. Un long frisson l'électrisa alors, tandis que de petits gémissements lui échappaient, accompagnant l'ultime onde de plaisir qui la souleva. Pantelante, elle hurla le nom de Bryce.

Il s'empara alors de sa bouche, tandis que s'apaisaient les gémissements que la puissance de l'orgasme avait fait monter en elle.

Ses tremblements s'atténuèrent et elle plongea un regard embrumé dans les yeux indigo que jamais, elle n'avait pu effacer de sa mémoire. Bryce lui souriait et elle sentit aussitôt la passion bouillonner de nouveau en elle.

— C'était...

— Juste un avant-goût, acheva-t-il.

D'un geste langoureux, elle passa ses doigts dans les épais cheveux bruns. Il ne les portait pas si longs, dans le temps. Elle aimait la façon dont ils retombaient dans son cou, la petite barbe d'un jour qui ombrageait ses joues et dont elle avait envie d'éprouver la rugosité. Seigneur ! Il était si sexy qu'elle en frissonna, les seins douloureux de désir.

Ses mains survolèrent les contours du torse vigoureux et sa bouche prit ensuite le relais. Elle passa la langue sur son mamelon d'homme et sentit qu'il fichait les doigts dans ses hanches. Elle s'empressa alors de refermer les doigts autour de son sexe lourd, érigé, majestueux. D'un geste vif, il lui captura le poignet et la regarda, les yeux étincelants d'un désir sauvage.

Au contact de la main posée sur son sexe gonflé, fou de désir, tous les sens embrasés, il se positionna sur le corps de liane de Rosalie. La faim le tenaillait, une faim creusée par la frustration de leur longue séparation, que rien n'aurait pu l'empêcher maintenant de rassasier.

Avec délicatesse, il passa les doigts dans la masse de la chevelure brune, aussi douce que la soie, qui encadrait en un voile soyeux le visage éclairé des immenses yeux bruns qui contenaient la promesse de mille plaisirs exquis.

Diable, comme cette femme lui avait manqué !

Elle lui noua les jambes autour de la taille et se pressa contre lui. Aimantés l'un à l'autre, ils laissaient à présent leurs corps parler à leur place. Sans s'écarter d'elle, il déroula le préservatif le long de son sexe en érection.

D'un mouvement souple, il s'enfonça en elle et lui imposa une cadence de plus en plus effrénée. Leurs deux corps bougeaient en rythme, emportés par l'extase qui les fondait l'un à l'autre. Rosalie se soulevait à chaque nouvelle poussée, ondulant des hanches pour venir à sa rencontre.

La tête renversée en arrière, il accéléra le tempo et les contours de la réalité s'estompèrent.

Quand il s'enfonça en elle une dernière fois, un météore de pur plaisir le traversa et l'extase les frappa l'un comme l'autre de plein fouet, les emportant dans la même communion.

Il la regarda droit dans les yeux et y surprit un éclair délicieux. L'évidence le frappa, éblouissante : sans cette femme, il n'avait été que l'ombre de lui-même.

Comblé, il poussa un râle et se laissa retomber sur elle, tandis que leurs deux corps étaient secoués par les derniers frissons de la volupté. Quelques instants plus tard, sa voix rauque s'élevait dans la brume ouatée de la passion qui les enveloppait.

— Je t'aime, Rosie.

Un long moment, elle resta nichée au creux de ses bras, refusant de penser à autre chose qu'à la joie qu'il lui avait procurée, à cette petite tranche de bonheur qu'ils venaient de vivre. Dehors, le soleil avait commencé sa descente et dardait ses rayons dorés sur le plancher vernis. L'air conditionné ronronnait dans la pièce fraîche, mais elle avait chaud, lovée ainsi tout contre Bryce, dont le souffle était aussi régulier que les battements de son cœur.

— J'ai enfin l'impression d'être vraiment rentré chez moi, Rosie. J'ai retrouvé ma ville, une maison, un travail, mais surtout toi. Je suis enfin à ma place.

Elle posa la main sur son torse, comme pour se lier à lui, refusant de laisser le passé s'interposer entre eux. Le lendemain viendrait bien assez vite, elle s'occuperait plus tard de gérer les conséquences de ce qui s'était passé. D'ailleurs, ce qu'ils venaient de vivre était peut-être un signe. Peut-être pourrait-elle garder son secret à jamais et leur donner une chance de prendre un nouveau départ ensemble, comme si le passé n'avait jamais existé…

— Tu as faim ? demanda-t-il, interrompant sa rêverie. Ma proposition de barbecue tient toujours, tu sais.

Elle se mit à rire.

— A propos, tu n'as même pas regardé tes nouveaux appareils. Ils sont magnifiques.

— Je n'en doute pas, répondit-il. Mais je crois que ça peut attendre encore un peu.

Il ponctua ces mots d'un long baiser, que la sonnerie du téléphone posé sur la table de nuit vint interrompre.

Il décrocha et fronça les sourcils. Une expression de surprise se peignit sur ses traits.

Soudain inquiète, Rosalie se redressa et remonta les draps sur sa poitrine.

— Comment ? dit-il. Depuis combien de temps ? J'arrive tout de suite !

Il reposa le combiné et se tourna vers Rosalie, qui l'interrogeait d'un regard anxieux.

— Je dois y aller. Mon père a refait un infarctus.

14

Rosalie avait quitté la maison en même temps que Bryce. En arrivant chez elle, à 20 h 30, elle trouva sa mère et Cappy attablés dans la cuisine. A leur air soucieux, elle comprit qu'ils étaient déjà au courant.

— Kitty, du salon de coiffure, m'a téléphoné, expliqua Claudia. Elle était allée voir une amie à l'hôpital quand ils ont amené Roland. C'est terrible, hein ? Pauvre Roland. Tu crois que c'est grave ?

— Je ne sais pas. J'étais chez Bryce quand il a reçu le coup de fil de l'hôpital.

Préférant ignorer le regard entendu qu'échangèrent les deux convives, elle se servit du café.

— Comment va Bryce ? demanda Cappy.

— Il est fou d'inquiétude.

— Je devrais peut-être appeler Marjorie, suggéra Claudia d'un air pensif.

— Si j'étais toi, j'attendrais le diagnostic. La pauvre doit être dans tous ses états.

Ils n'eurent toutefois de nouvelles que le lendemain matin. Il était 7 h 30 et Rosalie terminait son petit déjeuner quand le téléphone sonna.

— J'espère que je ne te réveille pas, fit la voix de Bryce.

— Non. Je n'ai pas bien dormi, de toute façon. Comment va ton père ?

— Ça va. Il devrait s'en remettre. Il est faible et les médecins lui recommandent du repos. Ils ont pratiqué une intervention mineure hier soir et ils vont le garder quelques jours en observation.

— Quel soulagement ! Tu as passé la nuit à l'hôpital ?

— J'ai ramené maman à la maison quand papa est sorti de la salle d'opération. Ensuite je suis rentré chez moi et j'ai dormi deux heures.

— Où es-tu maintenant ?

— Je suis revenu à l'hôpital. J'avais l'intention de rester et de me faire remplacer par Cappy pour l'entraînement, mais papa ne veut rien entendre. Il affirme qu'il se sent bien. Je vais donc aller au stade. N'oublie pas que nous jouons notre premier match dans six jours.

Ça, elle ne risquait pas d'oublier ! Danny ne parlait de rien d'autre.

— Très bien. Si je peux faire quoi que ce soit, n'hésite pas.

— Pour le moment, tout va bien. Le simple fait de savoir que tu es là me suffit. Au fait, Rosie…

— Oui ?

— Nous n'avons pas eu l'occasion de parler hier. Et là, le moment n'est pas très bien choisi non plus. Mais je veux que tu saches à quel point j'ai aimé ces moments que nous avons passés ensemble. Je n'ai pas arrêté d'y penser depuis. Même à l'hôpital. Je ne suis pas du genre à me répandre en émotions, mais je voulais te dire que tu as fait de moi un homme comblé.

Elle sourit malgré elle. Elle savait bien, pourtant, que ces mots n'étaient pas vraiment de circonstance.

Comme elle le comprenait ! En dépit de son inquiétude pour Roland, elle n'avait pu s'empêcher de penser à ces moments que Bryce et elle avaient partagés. Ils avaient fait l'amour avec toute l'exaltation de leur jeunesse. Mais à cela, s'étaient ajoutées la tendresse et la sollicitude liées à la maturité ; l'espoir en cette nouvelle chance que la vie leur donnait.

Une vieille douleur familière lui étreignit le cœur. Comment pouvait-elle continuer à bafouer ainsi la confiance qu'il plaçait en elle ? Allait-elle continuer à se dérober ? Elle avait une décision à prendre, sans doute la plus importante de sa vie. Comment envisager un nouveau départ avec Bryce tant que ce secret subsisterait entre eux ? Elle se sentait désemparée. Devait-elle lui avouer qu'il était le père de Danny, quitte à déchirer le lien fragile qu'ils venaient de tisser de nouveau, au risque de l'anéantir ? Ou devait-elle construire sa vie avec lui en taisant cette paternité qu'il était en droit de connaître ? Ce dernier choix, elle n'était pas sûre de pouvoir se le pardonner un jour. Certains secrets étaient trop lourds à porter.

— Rosie ? Tu es toujours là ?

Le timbre grave eut le pouvoir de la réconforter.

— Bien sûr, répondit-elle.

— Tu n'as pas changé d'avis ? Nous sommes toujours ensemble ?

Oui, ils étaient toujours ensemble. Pour le moment, tout au moins.

— Oh oui, Bryce, nous sommes toujours ensemble. Plus que jamais !

— D'accord ! Dans ce cas, nous nous parlerons plus tard.

Elle raccrocha et se hâta vers sa chambre pour se préparer. Bryce semblait si serein... Elle ne se sentait pas la force de voir s'écrouler ses illusions, de perdre sa confiance. D'un autre côté, comment pouvait-elle le laisser dans l'ignorance d'un fait aussi important ? L'ironie de la situation lui fit monter les larmes aux yeux. En faisant preuve d'honnêteté, elle risquait de le perdre à jamais. Le dilemme était de taille.

Après s'être habillée machinalement, elle éprouva un besoin impérieux de s'éclaircir les idées et décida de sortir faire un tour avec Dixie.

Elle revenait d'une longue promenade quand la sonnerie du téléphone la fit se précipiter à l'intérieur de la maison. Essoufflée, elle décrocha.

— Rosalie ? demanda une voix familière. C'est Marjorie Benton.

La main crispée sur le combiné, elle s'affala dans le fauteuil le plus proche. C'était la première fois que Mme Benton lui téléphonait.

— Madame Benton, je suis désolée pour votre mari. Bryce m'a dit qu'il va se remettre.

— Les médecins nous ont rassurés, en effet. Mais, bien sûr, je m'inquiète quand même.

— Bien sûr. Puis-je faire quelque chose pour vous ?

Marjorie s'éclaircit la voix.

— Pas pour moi, Rosalie, mais, apparemment, pour Roland.

— Ah bon ?

— Il veut te voir. Je ne sais pas pourquoi, mais il m'a demandé de te téléphoner. Peux-tu venir à l'hôpital ?

Le cœur battant, elle prit une inspiration et répondit d'une voix aussi posée que possible :

— Je viens tout de suite.

Que diable pouvait bien lui vouloir le père de Bryce ?

Une demi-heure plus tard, elle frappait à la porte de la chambre d'hôpital. Marjorie, qui se tenait au chevet de son mari, se leva et s'avança vers elle.

— Souviens-toi de ce que je t'ai dit, lui chuchota-t-elle. Ne le contrarie pas.

Rosalie réprima de justesse la réponse acerbe qui lui venait aux lèvres. Déjà, Roland se redressait pour l'accueillir.

— Rosalie ! s'exclama-t-il. Je suis si content de te voir. Approche, s'il te plaît.

Docile, elle s'exécuta.

— Comment allez-vous, monsieur Benton ?

— Il paraît que je ne vais pas mourir de sitôt. J'espère que c'est vrai. Tu ne veux pas descendre prendre quelque chose à la cafétéria, ma chérie ? ajouta-t-il à l'intention de sa femme.

— Non, répondit-elle. Je préfère...

— Je t'en prie, Marjorie, tout se passera bien. Laisse-nous un peu.

La mère de Bryce hésita un court instant, puis prit son sac et quitta la pièce, non sans avoir lancé un regard de mise en garde à Rosalie.

— Ne t'en fais pas pour elle, déclara Roland, rassurant. Elle panique beaucoup trop.

— Elle s'inquiète.

— Elle n'a aucune raison de le faire. Même si j'ai décidé

d'apporter quelques changements à ma vie, je n'ai pas l'intention de décrocher avant un bon moment.

Elle lui lança un regard surpris. Que pouvait-elle répondre à cela ?

— Rosalie, il faut que nous parlions, tous les deux, reprit-il.

— De quoi, monsieur Benton ? s'enquit-elle, surprise, en s'asseyant à son chevet.

— Pour commencer, tu vas m'appeler Roland.

— D'accord.

Au sourire qu'il lui lançait, elle comprit qu'il essayait de la mettre à l'aise.

— Tu sais, Rosalie, déclara-t-il, quand on frôle la mort, cela nous ouvre les yeux sur bien des choses.

— Je m'en doute, acquiesça-t-elle, de plus en plus intriguée.

L'enveloppant d'un regard grave, il enchaîna :

— Je t'ai fait venir pour évoquer avec toi la petite réunion qui, il y a seize ans, a scellé le destin de Bryce et de Danny.

Un frisson glacé la traversa à ces mots. Comment aurait-elle pu oublier cette conversation qu'elle avait eue avec ses parents et ceux de Bryce ? Elle y pensait tous les jours. Elle s'efforça de se composer un visage impassible.

— Où voulez-vous en venir au juste ?

— Rosalie, est-ce que tu t'es aperçue que je ne rate jamais un match de Danny ?

Elle l'avait remarqué, en effet. Chaque fois que l'enfant jouait, il était dans les gradins. Une présence qu'elle n'avait jamais considérée comme une menace.

— Oui, articula-t-elle.

— Je ne viens pas pour l'amour du base-ball, précisa-t-il. Je viens parce que je me sens lié à cet enfant qui, officiellement, ne sera jamais mon petit-fils.

— Nous étions tous d'accord… commença-t-elle.

— Je sais, répondit-il en l'interrompant d'une main levée. Et je reste convaincu qu'à l'époque, nous avons pris la bonne décision. Tu as réalisé ton rêve de devenir professeur. Danny a reçu tout l'amour et le soutien possible.

— Et Bryce aussi a atteint ses objectifs, ne l'oubliez pas, crut-elle bon de rappeler.

— Exact. Mais maintenant, il est revenu, et je pense qu'il est là pour rester.

Marquant une pause, il fit glisser sa main sur la couverture, comme pour aller saisir celle de Rosalie.

— Je sais aussi que mon fils et toi, vous vous voyez souvent, ajouta-t-il d'une voix douce.

— En effet, acquiesça-t-elle, gênée. Quoi de plus normal pour de vieux amis ?

Il eut un petit rire malicieux.

— Je suis prêt à parier que votre relation va au-delà d'une simple amitié. J'ai l'impression que Bryce et toi avez bouclé la boucle. Et j'en suis très heureux pour vous.

Sans répondre, Rosalie le regarda droit dans les yeux.

— Où voulez-vous en venir, Roland ? répéta-t-elle.

— J'en ai assez de vivre dans le secret. J'ai envie de reconnaître mon petit-fils. Je ne veux plus me contenter de le croiser en ville. Il est ma chair et mon sang, Rosalie. Il me manque.

— Je vous en prie, taisez-vous ! plaida-t-elle.

Elle ferma les yeux dans une tentative de calmer les battements précipités de son cœur. Elle se sentait tolalement démunie, soudain. Le moment était venu de prendre une décision et elle était bien incapable de le faire.

— Roland, finit-elle par déclarer d'une voix étranglée, vous ne pouvez pas décider soudain de revenir sur notre accord d'il y a seize ans.

Il se redressa encore.

— Pourquoi ? Les choses évoluent, Rosalie. Autre temps, autres circonstances. Depuis la mort d'Enzo, Danny n'a plus de grand-père pour le guider.

— Mais je suis là, moi.

— Oui, et personne ne remet en question ton amour pour lui, ton rôle en tant que mère. C'est un très bel adolescent. Mais il serait peut-être d'accord pour dire qu'une figure paternelle manque à sa vie. Et il est en notre pouvoir de combler ce vide. Je pense qu'il est temps de lui dévoiler la vérité.

Essayant de faire barrière au mélange de terreur et de ressentiment qu'elle sentait monter en elle, elle murmura :

— Je ne sais pas. En l'apprenant aujourd'hui...

Les conséquences qu'elle envisageait depuis des semaines maintenant lui étaient toujours aussi intolérables. Elle essaya de faire le tri dans ses pensées et reprit :

— Danny se sentirait trahi, manipulé...

— Ce n'est plus un enfant. Et sa capacité de comprendre pourrait bien nous surprendre. Bryce et lui commencent à bien se connaître.

— Ce que j'ai essayé d'éviter dès le début, se défendit-elle.

— Mais ne comprends-tu pas, Rosalie ? Tu ne pouvais pas l'éviter. Appelle ça le destin si tu veux. Malgré toutes tes supplications, Danny a fait ce qu'il voulait. Bryce et lui ont appris à se respecter mutuellement. C'est un signe. Il faut leur donner une chance de découvrir qu'ils sont père et fils.

— Tout ça pour que vous puissiez jouer au grand-père ? fulmina-t-elle.

La mise en garde de Marjorie lui avait traversé l'esprit, mais la colère était trop vive. Tant pis pour le cœur de Roland ! Elle était même à deux doigts d'accuser ce dernier de n'écouter que son intérêt égoïste. Pourtant, si elle était honnête avec elle-même, elle devait bien reconnaître que celle qui faisait preuve d'égoïsme, c'était d'abord elle.

Roland ne se départit pas de son calme.

— Ecoute, Rosalie, lui dit-il. Je ne sais pas combien d'années il me reste à vivre, mais j'aimerais en tirer le meilleur. Je veux faire de mon petit-fils un membre de ma famille, un héritier.

— Un héritier ? répéta-t-elle. Parce que c'est d'héritage qu'il s'agit ? Pour moi, il y a beaucoup plus important que cela. C'est de sentiments et d'émotions que nous parlons ici !

— Je t'ai fait de la peine, je le regrette, soupira-t-il, l'air désolé. Seulement, je pense à ces trois hommes liés par le sang, l'amour et le devoir. A ce mensonge auquel je voudrais mettre un terme pour repartir de zéro. Je veux être libre d'aimer Danny, Rosalie. Pour moi, c'est essentiel, acheva-t-il.

Elle s'aperçut qu'il avait les yeux brillants de larmes. Gênée, elle détourna le regard vers les écrans des appareils médicaux. Elle ne comprenait ni les graphiques ni les chiffres, mais tout semblait régulier.

— Tout va bien, ne t'inquiète pas, confirma-t-il en lui tapotant la main. Arrête de regarder ces fichus engins.

— Votre femme va me tuer, murmura-t-elle avec un sourire.

Il émit un petit rire complice.

— Réfléchis bien, Rosalie, reprit-il après un silence. Réfléchis à ce qui est le mieux pour Danny. Pense à ce que Bryce, moi, et même Marjorie pourrions apporter à sa vie.

Il marqua une nouvelle pause et la fixa avec espoir.

— Tu crois que c'est possible ?

A la façon dont il présentait les choses, tout était simple. Et, pour un homme comme lui, c'était peut-être le cas. Comment aurait-il pu se douter qu'elle avait passé une nuit blanche à se demander quelle décision prendre ? Elle voulait vivre le reste de sa vie avec Bryce. Peut-être même auraient-ils d'autres enfants et plus rien ne viendrait entraver leur bonheur. Pourtant, elle savait bien, dans le fond, qu'elle se berçait d'illusions. La vie n'était pas un conte de fées. Et, surtout, un avenir ne se construisait pas sur un mensonge.

— Rosalie... tu y réfléchiras ? la pressa-t-il.

Elle aurait voulu refuser, opter pour la solution la plus simple. Mais les paroles de Roland l'avaient touchée au plus profond de son cœur et de son âme. Le secret trop jalousement gardé était le barrage à son bonheur. Et si Roland avait raison concernant Danny ? Comment pouvait-elle priver son fils d'une famille qui l'aimerait, qui serait là en cas de coup dur ? Un enfant ne recevait jamais assez d'amour.

Elle se leva.

— Je... commença-t-elle.

Elle fut interrompue par la porte qui s'ouvrait. Marjorie entrait dans la pièce, un gobelet à la main.

— Je t'ai apporté du thé, mon chéri, dit-elle à son mari.

— Merci, Marjorie. Rosalie, j'ai été très heureux de ta visite, reprit-il en se tournant vers la jeune femme. Nous avons passé un moment très agréable. Merci aussi pour tout ce que tu as fait pour aider Bryce à s'installer dans sa nouvelle maison.

Arborant une expression aussi dégagée que possible, elle lui adressa un petit signe de la tête.

— Je vous souhaite un rapide rétablissement.

Après avoir salué Marjorie, elle quitta la chambre, en proie aux pires doutes. Elle se trouvait à la croisée des chemins et ne s'était jamais sentie aussi perdue. Quelle direction fallait-il prendre ?

15

Bryce baissa les vitres du pick-up pour laisser entrer la brise de l'après-midi et poussa l'air conditionné à fond. Après des heures passées au stade, en plein soleil, l'économie d'énergie était le cadet de ses soucis.

Arrivé à mi-chemin de chez lui, il pressa la touche de son portable récemment attribuée à Rosalie. Celle-ci répondit presque aussitôt et il sentit une onde de chaleur l'envahir, comme chaque fois qu'il entendait sa voix.

— C'est moi, Rosie, dit-il. Comment s'est passée ta journée ?

— Très bien, merci. J'ai fait des courses, et puis j'ai travaillé au magasin.

— Et il paraît que tu es allée voir mon père ?

Elle eut une légère hésitation avant de répondre d'un ton léger :

— Je vois que les nouvelles vont vite !

— C'était gentil de ta part, Rosie. Je sais que ça lui a fait très plaisir.

— A moi aussi, assura-t-elle.

Elle marqua une pause, puis reprit :

— Danny vient de rentrer de l'entraînement. Il m'a dit que tout allait bien.

— Je confirme. Les garçons sont un peu tendus, mais je les sens vraiment prêts pour le match d'ouverture de vendredi soir.

— Tant mieux !

— Je t'aurais bien proposé de sortir ce soir, enchaîna-t-il, mais je vais repasser à l'hôpital. Ensuite, j'ai promis à maman de l'emmener dîner au restaurant.

— Pas de problème ! J'ai mille choses à faire de toute façon. N'y pense même pas.

Ne sentait-il pas comme une pointe de soulagement dans ces paroles ? Il refoula ce doute passager.

— Ne pas penser à toi ? Tu plaisantes ? Je pense à nous tout le temps depuis l'autre soir.

Il eut l'impression qu'elle hésitait un bref instant avant de répondre.

— Moi aussi, je pense à nous tout le temps...

Pourquoi semblait-elle embarrassée ? Mais non, il devait se faire des idées. Chassant ses interrogations, il reprit :

— On se voit samedi soir ?

— J'aimerais beaucoup, mais c'est l'avant-veille de la rentrée et je dois finir de préparer mes cours. Et puis, nous avons l'habitude, maman et moi, d'emmener chaque année Danny au restaurant de son choix le samedi qui précède la rentrée. C'est une tradition familiale.

— Je vois...

Ces paroles le laissaient néanmoins perplexe. Pourquoi ne lui proposait-elle pas de se joindre à eux ? Peut-être ne tenait-elle pas à ce que Danny soit au courant de leur liaison. Mais c'était ridicule. Le garçon finirait bien par l'apprendre. D'autant que lui-même n'avait aucune intention de vivre avec Rosalie une relation secrète.

— Tu comprends que je ne veux pas le décevoir ? insista-t-elle.

— Naturellement.

— Merci. De toute façon, nous nous verrons lundi.

Il était arrivé à l'embranchement de la ferme et il s'engagea dans l'allée. Incapable de faire taire la petite voix insidieuse qui lui soufflait que Rosalie n'était pas tout à fait elle-même, il insista :

— Rosalie, tu es sûre que tout va bien ? Je sais qu'en allant voir papa, tu es tombée sur ma mère. Elle ne t'a pas contrariée, au moins ?

— Pas du tout. Elle a été charmante. Tout va bien, je t'assure.

Il avait très envie de la croire, mais le doute n'en persistait pas moins dans son esprit. Il s'était forcément passé quelque chose ce matin-là dans la chambre d'hôpital ! Son intuition lui soufflait qu'il y avait un problème dont on ne voulait pas lui parler.

La semaine de la rentrée passa à toute allure sans qu'ils puissent trouver une seule soirée à passer ensemble.

Pourtant son esprit ne laissait aucun répit à Bryce : bien malgré lui, il ne cessait de ruminer ses appréhensions.

Quand le vendredi arriva, il décida qu'il était temps de se raisonner. Si Rosalie s'était momentanément éloignée de lui, gamberger ne servait à rien. Pour le moment, il ne devait penser qu'au match : la priorité était de gagner. Il aurait tout le week-end ensuite pour se faire pardonner. De quoi ? Il n'en avait pas la moindre idée. Pourtant, il avait la ferme intention de lui tirer les vers du nez dès qu'ils se retrouveraient en tête à tête. Parce qu'une chose était sûre : il voulait savoir et ne la laisserait pas se fermer comme une huître. Pas cette fois. Pas après avoir parcouru tout ce chemin.

La cérémonie de présentation de l'équipe se tint dans l'après-midi, tandis que le match devait avoir lieu le soir. Alors que les pom-pom girls entamaient leur spectacle, il vit Rosalie se lever pour quitter les gradins. Il laissa alors l'équipe et courut pour rattraper la jeune femme.

— Ce soir, Rosie, victoire, défaite ou match nul, nous serons ensemble, lui dit-il en arrivant à sa hauteur. Avec, selon le score, de la bière ou du champagne.

— J'espère bien apporter le champagne ! répondit-elle en riant.

A ces mots, un immense soulagement l'envahit et il savoura sa joie. Pourquoi diable était-il allé se mettre martel en tête ? Il n'y avait aucun problème.

— Après la rencontre, je dois réunir mes joueurs. J'en ai pour une heure. Ensuite, je rentre chez moi. Je t'attendrai.

Elle acquiesça d'un signe de tête.

— Tu viens au match ? demanda-t-il, saisi d'un doute.

— Bien sûr ! Avec maman et Cappy. Je ne le manquerais pour rien au monde.

Elle lui posa un baiser sur la joue et commença à s'éloigner, avant de paraître se raviser, puisqu'elle se retourna avec une expression anxieuse.

— A propos de Danny...

— Il est prêt, Rosie, la rassura-t-il en souriant. Mais a priori, je ne le ferai pas jouer. Il n'est que remplaçant. Alors ne t'inquiète pas : il est exceptionnel de devoir faire appel au quarterback remplaçant.

— Je sais qu'il a très envie de disputer ce match. Et qu'il peut se montrer très convaincant.

— Je m'en suis rendu compte. Il a travaillé dur et il mérite sa chance. Mais je te garantis qu'il y a très peu de chances qu'il entre sur le terrain : il restera sur la touche aujourd'hui.

Le regard empreint de reconnaissance qu'elle lui décocha l'atteignit en plein cœur.

— Bon, alors je vais arrêter de me faire du souci. Bonne chance ! ajouta-t-elle avec un sourire.

Avec un sentiment de tendresse indicible, il la regarda monter dans sa petite voiture rouge. Pourtant, il n'était pas dupe. L'appréhension ne laisserait pas de répit à Rosalie tant que le match ne serait pas terminé.

Et il savait déjà qu'à l'instant où il entrerait sur le stade avec ses joueurs, il lèverait la tête vers les gradins et la chercherait des yeux.

Le coup d'envoi fut donné à 20 heures précises, devant des gradins bondés de supporters des Wildcats et des Eagles, l'équipe d'une ville voisine. Whistler Creek ne tarda pas à ouvrir la marque, puis à mener.

A chaque point marqué, Rosalie voyait Danny sauter en l'air en levant un poing victorieux.

Il débordait d'enthousiasme ! Elle savait à quel point il désirait jouer ce premier match de la saison. Aussi, quand les Eagles se virent infliger un penalty à cinquante-huit secondes de la fin, faisant passer le score de trente et un à douze en faveur des Wildcats, elle poussa un soupir de soulagement. Elle avait survécu aux deux mi-temps sans s'évanouir ni même pleurer.

— La victoire est assurée, affirma Claudia en se levant. Si nous partons maintenant, nous éviterons les embouteillages sur le parking.

— Moi, je vais rester jusqu'à la fin, dit Rosalie. Je veux être là quand Danny me regardera, au coup de sifflet final. Il sait où je suis assise. Mais allez-y si vous voulez, vous deux. De toute façon, je ne rentre pas directement.

Elle ne prit pas la peine de préciser qu'elle avait rendez-vous avec Bryce… et une bouteille de champagne. Et puis, ce soir-là serait le grand soir : elle avait décidé de se jeter à l'eau. Elle ferait son aveu à Bryce. L'angoisse la fit frissonner. Pourvu que l'annonce de la vérité ne vienne pas gâcher la fête, c'était tout ce qu'elle souhaitait ! Après avoir envisagé la question sous tous les angles, elle savait qu'elle n'avait pas le choix : il était temps de révéler la vérité au père de son enfant. Son amour pour Bryce exigeait qu'elle mette un terme au mensonge.

— Rosalie, Rosalie ! Regarde. Je crois que Bryce fait rentrer Danny.

Elle sursauta. Sa mère s'était rassise.

— Oh non… il ne ferait pas ça… balbutia-t-elle, prise d'angoisse.

Les mots s'étranglèrent dans sa gorge. Pétrifiée, elle vit Bryce qui, une main sur l'épaule de son fils, lui parlait à l'oreille. Puis, d'une petite claque dans le dos, il le poussa sur le terrain.

— Mais pourquoi est-ce qu'il le fait entrer maintenant ? gémit-elle, traversée par un frisson de terreur. Il ne reste que cinquante-cinq secondes de jeu. Ce n'est pas possible !

— Ne t'inquiète pas, fit Claudia, rassurante. Tout ira bien.

Le cœur battant la chamade, elle se remémora sa conversation avec Bryce. Comment pouvait-il la trahir ainsi ? Soudain, elle comprit. En fait, il n'avait rien promis. Ne s'était-il pas toujours arrangé, au contraire, pour esquiver sa requête ? Oh oui, il était habile. Fin stratège !

Comme si son corps s'était soudain vidé de tout son oxygène, elle s'affaissa sur le gradin et s'obligea à regarder le stade. Le match avait repris et les joueurs des deux équipes s'affrontaient.

Elle les observa avec l'impression d'être comme détachée d'elle-même. Elle savait déjà que les quelques secondes qu'il restait allaient être les plus longues de sa vie.

Des hurlements de joie la tirèrent soudain de son état de torpeur. L'arbitre venait de siffler la fin du match. Les Wildcats, en délire, se félicitaient à coup de grandes claques dans le dos.

Soudain, comme pour confirmer ses pires craintes, une voix sortit des hauts parleurs, lui glaçant le sang.

— Un Wildcat à terre. Le numéro douze, le nouveau quarterback, Danny Campano.

Les cris de joie laissèrent place à un silence oppressant. Tous les joueurs se tournèrent vers leur coéquipier, mais déjà, Bryce s'était précipité.

Rosalie se leva d'un bond et dévala l'escalier central. Jamais elle n'aurait pensé revivre ce cauchemar ! Eperdue d'angoisse, elle se fraya un chemin dans la foule et se rua sur le stade. Ses yeux la brûlaient.

— Danny ! hurla-t-elle.

Seigneur ! Il ne bougeait pas.

Bryce avait déjà fait signe aux brancardiers. Le temps qu'elle parvienne sur le terrain, ceux-ci avaient disparu avec Danny.

Essoufflée, elle fonça à l'intérieur du bâtiment et prit la direction des vestiaires. A mi-chemin, dans le couloir, elle fut stoppée dans son élan par une main vigoureuse.

— Inutile de courir, Rosie. Il va bien.

Elle fit volte-face pour se retrouver nez à nez avec Bryce. En cette seconde précise, elle le haïssait.

— Lâche-moi ! fit-elle, essayant de se libérer.

— Non. Je te dis que tout va bien, Rosie. Danny est assis sur un banc dans les vestiaires. Dans une minute, il sera sous la douche avec les autres.

Manifestement, il faisait un effort pour ne pas hausser le ton. Elle se tortilla pour se dégager, mais il resserra son emprise.

— Je veux le voir, Bryce.

— Fais-moi confiance, pour une fois, s'il te plaît. Je te dis qu'il va bien.

— Te faire confiance ? répéta-t-elle dans un petit rire amer. Mais Danny ne bougeait même pas quand on l'a emmené.

— Il n'a pas perdu connaissance. Le médecin a dit qu'il n'avait même pas besoin d'examens. C'était un simple étourdissement.

— Mais encore ?

— Un joueur de l'équipe adverse lui a donné un coup de tête dans le ventre qui lui a coupé le souffle, ce qui a provoqué un vertige et un évanouissement passager. Passager, Rosie ! Il a déjà repris connaissance.

Elle lui lança un regard assassin.

— Depuis quand es-tu diplômé en médecine ? ironisa-t-elle.

Elle le vit prendre une inspiration. Il était manifestement décidé à ne pas perdre son sang-froid.

— Ce genre d'incident arrive au moins une fois par match. Danny va bien, je te dis. Je viens de le voir.

— Alors laisse-moi le voir moi aussi ! insista-t-elle.

— Tu sais bien que tu ne peux pas entrer dans les vestiaires ! Tu veux lui faire honte devant tous ses camarades ? Et te mettre dans l'embarras par la même occasion ?

— Ne penses-tu pas que c'est le cadet de mes soucis ?

— Et je te répète que ce serait une erreur. Attends-le dehors, je vais aller le prévenir que tu es là. Une fois habillé, il viendra te voir.

Elle laissa échapper un soupir tremblant. Bryce l'avait enfin lâchée. Le toisant de son regard le plus méprisant, elle ne bougea pas.

— Comment as-tu pu me faire ça, Bryce ? siffla-t-elle entre ses dents. Comment as-tu pu le faire entrer sur le terrain ?

— Parce qu'il a eu la chance d'être sélectionné. Il le voulait. Jamais je n'ai vu un gamin aussi déterminé. Il méritait cette chance.

— Ce n'est pas n'importe quel gamin, explosa-t-elle. C'est mon fils et nous avions un accord.

— Non, Rosie. C'est faux. Je ne t'ai rien promis formellement. Tu as exprimé un souhait auquel je n'ai pas donné suite.

Il marqua une pause, une ombre de tristesse dans le regard.

— Je ne le pouvais pas.

Elle savait qu'il avait raison. En signant la décharge parentale, elle n'ignorait pas qu'elle prenait un risque, mais elle l'avait signée quand même. Elle ne pouvait s'en prendre qu'à elle-même. Elle fulmina intérieurement. En attendant, Bryce n'allait pas s'en tirer à si bon compte !

Il posa de nouveau la main sur son bras, avec douceur, cette fois.

— Tu sais bien que je n'oublie pas une seconde qu'il est ton fils. Depuis sa sélection, pas un jour ne passe sans que j'y pense. Je sais parfaitement ce que tu ressens. Néanmoins, je n'ai pas le droit de faire d'exception. Il fait partie de mon équipe et en plus, il s'est donné à fond à l'entraînement.

— Je n'arrive pas à croire que tu aies pu faire preuve d'une telle imprudence, s'entendit-elle répliquer, hors d'elle, d'une telle indifférence concernant notre fils...

Elle s'interrompit net et se mordit la lèvre jusqu'au sang. Seigneur ! Qu'avait-elle dit ?

Bryce était devant elle, apparemment pétrifié.

— Qu'est-ce que tu as dit, Rosalie ? interrogea-t-il sans cesser de la dévisager. Répète ce que tu as dit...

Avec un petit cri d'horreur, elle ferma les yeux sous ce regard qui semblait sonder son âme, faisant resurgir de sa conscience tout ce qu'elle avait pris soin d'y enfouir depuis si longtemps : le mensonge, le doute, la culpabilité.

— Danny est mon fils ?

Elle se sentit vaciller. Jamais elle n'avait eu l'intention de révéler la vérité à Bryce de cette façon. Pourtant, les mots qu'il prononçait à présent semblaient avoir ouvert une vanne, libérant ce secret devenu si lourd à porter. Elle déglutit.

— Oui, acquiesça-t-elle dans un murmure.

Il lui lâcha le bras. Elle n'osait pas le regarder.

— Danny est mon fils ? répéta-t-il d'une voix à peine audible. Mais... la date de naissance ne correspond pas. J'ai vérifié.

— Hormis son acte de naissance, j'ai falsifié tous ses papiers, avoua-t-elle, la mort dans l'âme.

— Mon Dieu ! Rosalie !

Elle était saisie d'une furieuse envie de se cacher, de disparaître par une fente du plancher, de devenir invisible. Ce qu'elle venait d'admettre était parfaitement amoral.

A travers la barrière de ses cils baissés, elle risqua un coup d'œil à Bryce. Son visage exprimait un mélange de stupéfaction et de déception. Ses paupières battaient furieusement, comme s'il luttait pour comprendre l'inconcevable.

— Danny est mon fils ? répéta-t-il, plus fort, cette fois.

Du coin de l'œil, elle surprit un mouvement à la porte des vestiaires. Danny se tenait sur le seuil, en chaussettes. Les cheveux ébouriffés, il avait les yeux écarquillés.

— Maman, c'est vrai ? Ce que Bryce vient de dire ?

16

— Danny ! Oh ! mon Dieu, mon chéri !

Chancelante, elle s'avança vers son fils. Ses mains tremblaient et elle avait l'impression d'avoir chuté dans un lac glacé.

— N'approche pas ! lui intima-t-il.

— Tu n'étais pas censé entendre cette conversation, se défendit-elle.

— Bien sûr. Puisque ça fait quinze ans que je n'ai pas le droit de connaître l'identité de mon père, persifla-t-il.

Sentant son cœur voler en éclats, elle tendit une main suppliante.

— Laisse-moi une chance de t'expliquer.

N'était-il pas normal d'essayer de justifier une conduite aussi lamentable ? Mais par quels mots ? Elle n'en avait pas la moindre idée. Elle avait bafoué la confiance de son fils et elle savait déjà qu'elle ne la retrouverait pas de sitôt.

— Je te demande juste de répondre à ma question, maman. Est-ce que Bryce dit la vérité ?

— Danny... plaida-t-elle.

— Bon sang, maman ! C'est oui ou non.

Attirés par le bruit, des coéquipiers de Danny, les cheveux encore humides de la douche, s'étaient assemblés sur le seuil des vestiaires. Immobiles, tous la fixaient d'un air réprobateur.

Certains de ces garçons étaient ses élèves ; leurs parents, des amis. Pourtant, en cet instant précis, elle se sentait seule au monde. Seule responsable du silence glacial qui s'était abattu. Elle savait déjà que sa vie ne serait plus jamais comme avant.

Terrassée, elle fixa le visage de Danny, ce beau visage qui ressemblait tant à celui de Ricky et qu'un rictus de chagrin déformait en cet instant. Ou peut-être était-ce de la haine. Elle n'avait d'autre choix que lui répondre. Il était trop grand désormais pour se laisser dissuader comme ça. Accablée, elle hocha la tête.

— Oui, Danny, c'est vrai.

Sans se départir de son expression furieuse, il se tourna vers son père.

— Et toi, tu n'en avais aucune idée ?

Elle surprit le coup d'œil furtif que lui lança Bryce. Le tremblement de sa main était presque imperceptible. Il secoua la tête en articulant un « non » à peine audible.

Danny émit un son qui ressemblait à un grognement. Passant les doigts dans ses cheveux, il se plia en deux, comme pris d'une douleur au ventre. Mais alors qu'elle se précipitait vers lui, il se redressa, une main levée.

— N'approche pas !

Docile, elle s'arrêta à quelques mètres de lui.

— Tu as mal ?

Il partit d'un rire plein d'amertume. Effarée, elle tressaillit ; c'était la première fois qu'elle entendait ce son guttural dans la bouche de son fils.

— Si j'ai mal ? répéta-t-il. Oui, j'ai mal ! Tu me mens depuis que je suis né. Toute ma vie, tu m'as raconté que mon père était un type que tu avais à peine connu. Que je ne l'intéressais pas.

— J'avais mes raisons, Danny, se justifia-t-elle.

— Quelle raison est assez bonne pour m'avoir laissé grandir dans un mensonge pareil ?

Surpris par un toussotement, il se retourna vers ses copains. Ses yeux lançaient des éclairs.

— Ça va, le spectacle vous plaît ? Mais maintenant, rideau ! Disparaissez ! Ma stupide vie ne vous regarde en rien...

Il s'étrangla sur ce dernier mot et se couvrit la bouche de la main pour étouffler un sanglot.

Un à un, ses coéquipiers obtempérèrent. A cet instant précis, Rosalie sentit une douleur fulgurante la déchirer, la laissant exsangue. Elle se força à prendre une lente et douloureuse inspiration.

— Danny, rentrons à la maison. Nous devons parler. Je vais tout arranger, je te le promets.

Il se redressa et la considéra, les yeux vides de toute émotion.

— Je ne vais nulle part avec toi.

Le dard de ses paroles la transperça au plus profond d'elle-même. Elle ne reconnaissait plus son fils. Jamais il ne lui avait parlé ainsi.

— Ne dis pas ça. Tu dois venir avec moi. Je suis toujours ta mère. Tu dois rentrer à la maison.

Un moment, il resta silencieux, le souffle saccadé. Au bout de ce qui sembla une éternité, il dit :

— Le père et la mère sont tous les deux responsables de leur enfant tant qu'il est mineur, c'est bien ça ?

— C'est exact, approuva-t-elle, la mort dans l'âme.

Confirmant son pressentiment, elle le vit se tourner vers Bryce.

— Alors est-ce que je peux venir avec toi, Bryce ?

En une vaine tentative pour calmer les battements affolés de son cœur, elle posa une main sur sa poitrine.

— Ne fais pas ça, Danny !

Comme s'il n'avait rien entendu, il répéta :

— Bryce ?

Bryce la fixait, l'air désemparé. De toute évidence, il n'avait toujours pas assimilé ce qu'il venait d'apprendre. Peut-être que, lorsqu'il aurait entendu l'explication qu'elle avait à lui donner, elle retrouverait l'amour dans son regard. Et non ce mélange de surprise, d'amertume et de mépris. Ou peut-être ne la regarderait-il plus jamais. D'une voix sourde, il finit par dire :

— Danny a sans doute raison. Ce soir, il va venir chez moi. Nous avons tous besoin d'un peu de temps.

Elle se tourna vers son fils, hébétée par le sentiment de néant qui la submergeait à la perspective de le perdre. Si elle n'avait écouté que son instinct, elle aurait couru à lui, l'aurait entouré de ses bras protecteurs et l'aurait entraîné loin, très loin de ce cauchemar. Comme aimantée, elle fit un pas vers lui. Une main se posa dans son dos. Elle se retourna et découvrit Claudia.

— Rentrons, ma chérie, dit celle-ci d'une voix douce. Viens.

Qu'avait-elle entendu, au juste ? se demanda Rosalie. Assez, manifestement. Fermant les yeux, elle rassembla ses forces et se laissa entraîner au-dehors.

A peine était-elle installée au volant de sa voiture que la sonnerie de son portable retentit. Sentant un fol espoir l'envahir, elle répondit. Danny se serait-il ravisé ? Hélas, ce fut la voix de Bryce qu'elle entendit.

— Que se passe-t-il ?

D'un ton glacial, il demanda :

— Juste une question : à part toi, qui était au courant ?

— N'en parlons pas ce soir...

— Qui, Rosalie ? la pressa-t-il.

Elle coula un regard en coin à sa mère, sur le siège passager, et avoua d'une voix étranglée :

— Nous n'étions que cinq. Tes parents, les miens et moi.

Elle s'apprêtait à lui demander de bien s'occuper de leur fils, mais, déjà, il avait raccroché.

Une fois Danny prêt à partir, Bryce l'emmena jusqu'à son pick-up. Le garçon marcha en silence près de lui, la tête baissée, les yeux rivés sur l'asphalte. Il aurait aimé briser la glace, mais que pouvait-il bien lui dire ? Il n'en avait pas la moindre idée. Tout ce qui lui venait à l'esprit lui semblait bête, artificiel. Une demi-heure plus tôt à peine, il ignorait qu'il avait un fils. Et, tout comme Danny, il était encore sous le choc de la nouvelle.

Il mit le contact tandis que le garçon attachait sa ceinture.

— Tu as faim ? demanda-t-il, pris d'une inspiration soudaine.

C'était une question sans risques.

— Je ne crois pas, répondit Danny en haussant les épaules. Mais oui, je pourrais manger un hamburger. J'ai de l'argent, ajouta-t-il en fouillant dans la poche de son jean.

Bryce sourit.

— Ne t'en fais pas pour ça. Je peux t'inviter à manger un hamburger. Ce ne sera jamais que la première fois en quinze ans !

— Tu en prendras un ?

Il secoua la tête. La simple idée de manger lui donnait la nausée.

— Non. Mais si ça ne te fait rien, je boirai une bière en arrivant chez moi.

— Tu fais ce que tu veux. C'est ta vie. Ta maison.

Il lui jeta un coup d'œil curieux. Il s'était demandé si le petit lui en voulait, il avait la réponse à sa question. Il réprima un soupir résigné. D'une manière ou d'une autre, il allait falloir apprendre à gérer cette rancune.

— Burger King, ça te va ? demanda-t-il quelques instants plus tard en tournant vers le drive-in.

— Oui, fit la voix laconique.

Une fois la commande prête, il passa le sac contenant le hamburger, les frites et le soda à Danny et reprit la route. Au moins, manger l'occuperait un moment, et lui-même n'aurait pas à se creuser la cervelle pour trouver comment rompre la glace. La vitre baissée, le coude sur la portière, il tenait le volant d'une main. Si seulement la brise nocturne avait pu réveiller un peu son cerveau embrumé !

Il passa en revue les événements de la soirée. Quelques heures plus tôt, Rosie était sur le point de redevenir la femme de sa vie. Et voilà qu'il n'était plus très sûr des sentiments qu'elle lui inspirait. Quelques heures plus tôt, il n'avait pas d'enfant. Et maintenant, à sa grande perplexité, il se retrouvait père d'un adolescent.

Quand il dépassa la maison des Campano, Danny avait englouti le hamburger depuis longtemps. Toutes les pièces étaient éclairées. Il reconnut la voiture de Cappy garée derrière celle de Rosalie. Il avait dû venir en renfort. Et tous trois devaient être en plein conseil de guerre. Il était vrai que la situation était pour le moins délicate.

— Tu es déjà venu ici ? demanda-t-il à Danny en arrivant devant chez lui, quelques minutes plus tard.

— Non. Mais je sais que ma mère est venue. Vous vous êtes beaucoup vus.

Songeur, Bryce hocha la tête. Il ignorait ce que l'avenir leur réservait, mais il était prêt à parier qu'il y aurait du changement.

Une fois à l'intérieur, il se servit une bière et but une longue gorgée désaltérante. Sur le comptoir, la bouteille de champagne attendait dans un seau à glace, la salade était prête et les steaks baignaient dans leur marinade. Il s'était tellement réjoui à la perspective de ce tête-à-tête avec Rosalie ce soir ! Il poussa un soupir. Quel gâchis !

Il gagna le living pour trouver Danny déjà affalé sur le canapé fraîchement retapissé. Son radar d'adolescent lui ayant fait dénicher la télécommande, il avait allumé la télévision.

— Tu ne penses pas qu'il est temps d'avoir une petite conversation, toi et moi ? suggéra-t-il en s'asseyant dans un fauteuil, sa bière à la main.

L'air renfrogné, Danny haussa les épaules.

— Pourquoi ? Pour que tu me dises de lui pardonner ? Qu'elle est ma mère et tout ça ?

— Non. C'est à toi de décider si tu veux lui pardonner ou pas. Je ne peux pas le faire pour toi.

— En tout cas, toi, tu as une bonne raison de lui pardonner, répondit Danny sans détourner les yeux de l'écran. Vu ce que vous avez fait ensemble il y a quinze ans. Et que vous continuez sûrement à faire...

Furieux, Bryce saisit la télécommande et coupa le son. Même s'il venait d'apprendre qu'il était le père de ce gamin, il ne pouvait pas laisser passer certaines choses. D'une voix ferme, il déclara :

— Tu veux que je te dise une chose, Danny ? Nous allons être tous les deux obligés de naviguer à vue. Tu n'as jamais eu de père, je n'ai jamais eu de fils, mais nous devons trouver une façon de communiquer sans nous agresser.

Arborant toujours son air boudeur, l'adolescent allongea les jambes sur la table basse et s'enfonça dans le canapé.

— Alors, il est temps d'instaurer quelques règles, reprit Bryce. Règle numéro un, pas question de parler de ce qui s'est passé entre ta mère et moi. Je ne t'écouterai que si tu veux parler de ta propre relation avec elle.

— Vachement équitable !

— Peut-être, mais c'est l'un des avantages d'être l'adulte. Ça donne le droit d'établir les règles.

— Mais je ne comprends pas. Comment peux-tu ne pas être en colère après elle ?

En colère ? Si Danny avait pu se douter ! Le seul sentiment qu'il parvenait à décrypter depuis qu'il avait appris sa paternité, c'était la rage qui l'étouffait. Il en suffoquait presque. Il but une nouvelle gorgée de bière, savourant sa fraîcheur désaltérante. Puis, posant la bouteille sur la table, il se pencha en secouant la tête.

— Si tu savais à quel point je suis furieux… murmura-t-il.

Danny le regarda à la dérobée.

— Elle nous a menti à tous les deux, pesta-t-il entre ses dents.

— Je sais.

— Tu vas lui pardonner ?

Bryce fixa l'écran silencieux. Il essayait de gagner du temps. C'était la question la plus importante. S'il acceptait d'écouter les explications de Rosalie, est-ce que cela changerait quoi que ce soit ?

— Je ne sais pas, finit-il par répondre en toute honnêteté. D'avoir gardé un tel secret, peut-être pas.

Danny hocha la tête.

— Mais j'ai besoin de temps, ajouta Bryce. Tout comme toi. Une telle nouvelle marque à jamais. Il faut l'assimiler. Assimiler le bouleversement dans nos vies.

— Je sais.

— Si la façon dont nous avons découvert ce secret est inacceptable, le fait que tu sois mon fils est plutôt une bonne nouvelle. Néanmoins, elle me donne matière à réflexion.

— Comment passer d'entraîneur de football américain à père ?

— Par exemple.

Danny le regarda avec gravité.

— Pour te dire la vérité, je ne sais pas comment t'aider. Je ne sais même pas si j'en ai envie.

Avec un sourire, Bryce répondit :

— Ce n'est pas ton rôle.

L'adolescent se tapota le genou d'une main distraite et, changeant soudain de sujet, demanda :

— Qu'as-tu pensé du match de ce soir ?

— Je l'ai trouvé carrément magnifique. Et toi ?

— Super ! Et merci de m'avoir fait entrer.

— Tu le méritais. Sinon, pour cette nuit, je n'ai qu'un lit. Ça te va, le canapé ?

— Oui. Je peux dormir n'importe où.

— Parfait. Je remets le son, j'aime bien cette émission.

Rosalie était assise à la table de la cuisine, face à sa mère et à Cappy. D'une main, elle entourait une tasse de café, de l'autre, elle se tenait le front.

— Tu veux que je réchauffe ton café ? proposa Claudia, brisant le silence.

Levant la tête, elle regarda le mug comme si elle le voyait pour la première fois.

— Non merci. Je n'arrive toujours pas à y croire, répéta-t-elle pour la centième fois, au moins.

— Tu ne veux pas manger quelque chose ?

Elle se leva et se mit à arpenter la pièce.

— Non. Je ne peux rien avaler.

— Tu sais, ce qui s'est passé après le match, c'est sans doute un mal pour un bien, intervint soudain Cappy. Il était temps que la vérité éclate. Pour tout le monde. Et Bryce et Danny ne vont pas tarder à s'en rendre compte. Et puis peut-être serait-il temps d'expliquer à Bryce ce qui vous a poussés à lui cacher sa paternité. Que vous avez fait cela pour lui, pour son avenir, ensemble. Nous connaissons tous ses qualités humaines. Il comprendra.

— A condition qu'il me donne une chance de m'expliquer, soupira Rosalie.

Cappy esquissa un sourire.

— Je n'en doute pas une seconde.

Elle réprima un nouveau soupir affligé. Dire qu'elle était parvenue à se convaincre que Bryce la remercierait un jour de lui avoir épargné une paternité qui aurait entravé sa carrière de footballeur. Elle avait cru se montrer sensée, mais en fait, elle avait été stupide.

— Et en ce qui concerne Danny, reprit Cappy, il reviendra. Un garçon a besoin de sa mère. Il ne t'en voudra pas longtemps. Tu es une très bonne mère.

Elle lui jeta un regard reconnaissant. Pourtant, à ce moment précis, face à ses illusions piétinées, elle n'arrivait pas à croire que

Bryce ou Danny puissent lui pardonner un jour. Et même si, par quelque miracle, c'était le cas, il y aurait d'autres conséquences. La rumeur allait se propager comme une traînée de poudre et bientôt, toute la population de Whistler Creek saurait qu'elle était une menteuse.

— Je parie que la moitié de la ville est déjà au courant. Et que je ne vais pas tarder à recevoir un coup de fil du conseil d'administration du lycée.

— Ça ne risque pas, ma chérie, répondit Claudia. Au pire, connaître l'identité du père de Danny pourra faire enfin taire les quelques mauvaises langues qui se sont agitées toutes ces années. Et puis, arrête de t'inquiéter. La nuit porte conseil. Essaye d'aller dormir. J'ai coupé la sonnerie du téléphone il y a au moins deux heures.

Cappy la regarda d'un air rayonnant.

— Tu comprends pourquoi j'aime ta mère ? Une jolie femme pleine de bon sens : que peut-on rêver de mieux ?

Malgré sa détresse, Rosalie ne put s'empêcher de sourire.

17

Il était 7 heures quand Bryce se réveilla et gagna le salon, encore somnolent. Il n'avait guère dormi plus de deux heures. Il s'arrêta devant le canapé et contempla son fils.

Un bras jeté sur l'accoudoir, Danny était allongé sur le ventre. Une jambe pendait du canapé, touchant presque le sol. Sa couverture était en boule, sa tête à côté de l'oreiller. Une position en apparence bien inconfortable. Mais il avait affirmé pouvoir dormir n'importe où. Son petit ronflement satisfait semblait le confirmer.

Qu'était-il censé ressentir pour ce garçon qu'il ne connaissait que comme quarterback ? Cette question le laissait perplexe. Mais même s'il n'arrivait pas à analyser ses émotions, il sentait qu'il était en train de vivre quelque chose d'exceptionnel qui l'inondait de chaleur.

Un moment, il resta fasciné, puis il gagna la cuisine. Tout ce qu'on lui avait dit était donc vrai. Rien ne peut empêcher un adolescent de dormir. Il aurait bien aimé pouvoir trouver le sommeil aussi facilement.

Songeur, il remplit la cafetière. Regrettait-il son adolescence ? Non. Il avait aimé cette époque de sa vie, mais il n'aurait pas voulu recommencer. Même si, aujourd'hui, l'avenir lui paraissait sombre, il était heureux que la vie lui ait fait cadeau d'un fils. Peut-être même allaient-ils apprendre à s'aimer, Danny et lui, qui sait ?

Une pensée lui traversa soudain l'esprit. Et si Danny, Rosalie et lui devenaient une vraie famille ? Il hocha la tête. Il était incapable d'imaginer que ce fût possible un jour.

« Danny, quand tu te réveilleras, tu trouveras des céréales dans le placard et du lait dans le réfrigérateur. Je ne serai pas long, mais si tu as besoin de quoi que ce soit, appelle-moi et je le prendrai sur le chemin du retour. »

Il allait signer « Bryce » quand, se ravisant, il ajouta une ligne.

« En fait, appelle-moi quand tu te réveilles, que tu aies ou non besoin de quelque chose. »

Satisfait, il ajouta son numéro de téléphone et relut les quelques lignes. Il avait l'impression d'avoir écrit comme un vrai père, même s'il n'était pas allé jusqu'à signer « Papa ».

Laissant le mot sur la table basse, il referma la porte d'entrée avec précaution et monta dans son pick-up. Un quart d'heure plus tard, il pénétrait dans la cuisine de ses parents.

Il trouva son père en pyjama et peignoir, en train de prendre son petit déjeuner devant le journal télévisé. Manifestement, suivant les instructions du médecin, il avait levé le pied. Sa mère, en pantalon et chemisier assorti, ses cheveux courts, d'un blond parfait, coiffés avec soin, le maquillage impeccable, préparait les pancakes du week-end.

En le voyant arriver, son père coupa le son de la télévision tandis que sa mère reposait sa spatule pour le fixer avec des yeux aussi ronds que ses pancakes.

— Félicitations pour la victoire ! lança Roland en le voyant entrer. J'espère ne pas rater les prochains matchs.

— Merci, répondit-il, laconique.

Son regard allant de l'un à l'autre, il resta sur le seuil.

— Je suppose que vous avez entendu l'autre nouvelle d'hier soir. Une nouvelle à côté de laquelle une victoire à un match paraît bien pâle. En tout cas, en ce qui me concerne.

— Oh ! Bryce ! s'exclama Marjorie en pressant une main sur son cœur. Assieds-toi, mon chéri.

— Je n'ai pas envie de m'asseoir ! riposta-t-il sèchement.

— Assieds-toi quand même, enjoignit Roland d'un ton sans réplique qui ne lui ressemblait pas.

Se composant un visage de marbre, il s'exécuta. Sa mère avait repris sa spatule et la faisait glisser sous un pancake. Si elle le lui proposait, il allait hurler. Comme si elle avait deviné ses pensées, elle le déposa dans l'assiette de son mari.

Accoudé à la table, il fixa son père, bouillonnant de colère refoulée, et puisa un peu de calme dans une profonde inspiration. Il devait se contrôler, éviter de perdre son sang-froid. Roland sortait à peine de l'hôpital. Toutefois, il fallait que ses parents prennent toute la mesure du mal qu'ils avaient fait, seize ans auparavant.

— Comment va Danny ? s'enquit Roland.

— Comment veux-tu qu'il aille ? fit-il, cinglant. Il est chez moi. Furieux contre sa mère.

Il ne précisa pas que l'adolescent dormait à poings fermés. Il n'avait nulle intention de les rassurer.

Roland hocha la tête d'un air consterné.

— Cela ne doit pas être simple à vivre pour vous deux.

— Non, ce n'est pas facile.

— Bien, et maintenant, si tu nous disais ce que tu as sur le cœur, Bryce ?

Il réprima un mouvement de surprise. Il ne s'était pas attendu à une approche aussi directe. Mais puisque son père l'y invitait, il n'allait pas se gêner pour leur faire part du sentiment de colère et de frustration qui le dévorait de l'intérieur.

— Comment as-tu pu faire ça, papa ? commença-t-il. Tu savais que Rosalie attendait un enfant. Et tu savais que j'étais le père.

Marjorie émit un gémissement, mais Roland répondit d'une voix égale :

— Oui, nous le savions.

— Tu connaissais mes sentiments pour elle.

— Oui. Et nous savions aussi à quel point elle t'en voulait de la mort de Ricky.

— Elle s'en serait remise.

— Non, mon fils. Elle ne s'en serait pas remise, affirma-t-il. Pas à ce moment-là. Pas avant très, très longtemps.

Son père avait raison. Il réprima un soupir accablé. Certaines blessures ne cicatrisent jamais. Il savait aujourd'hui que la disparition de Ricky avait marqué la vie de Rosalie à jamais. Tout comme elle avait marqué la sienne.

— Mais c'était quand même mon enfant, reprit-il. Vous auriez dû me le dire. Me donner une chance de me montrer à la hauteur.

— Nous avons envisagé cette option.

— Option ? Vous avez parlé d'options ? fulmina-t-il. Et celle qui incluait le père ? A-t-elle été abordée dans la conversation ?

— Tu étais parti, Bryce chéri, intervint sa mère. Tu étais au Texas depuis deux semaines déjà quand nous avons été mis au courant de la venue de ce bébé. Tu avais démarré une nouvelle vie et tu allais si bien...

Il lui lança un regard assassin. Si seulement elle pouvait se douter des moments terribles qu'il avait traversés !

— Et vous n'avez pas voulu me déranger avec le désagrément qu'était mon propre bébé ? lâcha-t-il, incrédule. Rien ne devait interrompre l'ascension de Bryce au pinacle de sa carrière de footballeur ! Surtout pas des problèmes comme un mariage et un enfant.

— Nous avons d'abord pensé à ton avenir, mon fils, fit valoir Roland. Et, crois-le ou non, mais c'est Rosalie qui n'a pas voulu te priver de la carrière que tu ambitionnais.

— Papa, je t'en prie, à d'autres ! Cite-moi une seule fille qui rêve d'élever un enfant toute seule ? Et puis, les Campano n'avaient pas de gros moyens pour entretenir une mère célibataire et un enfant.

— N'empêche que c'était son souhait, confirma Marjorie.

Il lança un regard interrogateur à son père.

— Ta mère dit la vérité. Rosalie a insisté pour te tenir à l'écart.

Il lui fallut quelques atroces secondes pour prendre la pleine mesure de l'évidence : sous prétexte de le protéger, Rosalie l'avait rejeté. Roland enchaîna alors, enfonçant encore le clou :

— Elle ne t'aurait pas épousé. Ce n'était pas ce qu'elle voulait. Elle a été très claire.

La gorge nouée, Bryce contempla la pendule de cuisine. Il voyait flou, soudain. Toussotant, il demanda d'une voix étranglée :

— Elle me détestait tant que ça ?

— Elle ne t'a jamais détesté, à mon avis. Mais elle était incapable de te dissocier du drame qui lui avait brisé le cœur. Un mariage aurait été un désastre, enchaîna-t-il, en posant la main sur celle de son fils. Rosalie aurait été très malheureuse. Etait-ce ce que tu aurais voulu ?

Non, bien sûr, il n'aurait pas voulu voir Rosalie malheureuse. Néanmoins, le fait qu'ils aient tous conspiré à son insu était inacceptable. Personne, ni ses parents ni la femme qu'il aimait, n'avait le droit de le séparer ainsi de son fils.

— Raconte-moi tout en détail, demanda-t-il alors à son père.

Roland s'exécuta de bonne grâce, sans omettre le fait qu'il avait été à deux doigts de lui téléphoner, ce soir-là, alors que la petite réunion battait son plein.

Les yeux perdus dans le vague, il laissa ses pensées dériver. Et si son père avait passé ce coup de téléphone ? Dans ce cas, il n'aurait pas fait le choix d'épouser Audrey. Peut-être, aujourd'hui, serait-il marié à Rosalie, et Danny aurait sans doute des frères et sœurs.

D'un autre côté, frustré de travailler pour l'entreprise familiale sans avoir pu assouvir ses ambitions de footballeur, il aurait pu gâcher la vie de Rosalie et rendre son fils malheureux. Restait qu'il aurait dû être laissé seul juge de sa décision.

Hélas, d'après son père, Rosalie s'était montrée inflexible. Elle avait néanmoins accepté un compromis.

— Quel genre de compromis ? s'étonna-t-il.

— Ton père et moi avons décidé de financer ses études, expliqua Marjorie. Alors, inutile de t'autoflageller en te disant que Rosalie s'est battue des années entre son bébé et un travail pour payer l'université. Elle s'en est tirée à très bon compte.

Le ton de sa mère le fit ciller. Il était clair qu'elle désapprouvait cet arrangement.

— Au début, Enzo a refusé la proposition, continua-t-elle. Il avait beaucoup de fierté. Mais Claudia nous a soutenus et Rosalie a accepté, sachant que ce serait le mieux pour son enfant.

Roland, qui n'avait rien dit, lui intima le silence d'un regard.

— Et Dieu merci, c'est ce qui est arrivé, reprit-il. Rosalie a plus que réussi dans sa carrière et a fait de son fils un garçon bien.

Bryce sentit son cœur se serrer. Qu'il était cruel de comprendre qu'il n'avait en rien contribué à faire de son fils « un garçon bien » ! Mais force lui était de reconnaître que Rosalie avait réussi au-delà de toute espérance.

— Et puis, Enzo a été un excellent grand-père pour Danny. Sa mort a laissé un grand vide dans la vie de cet enfant. Voilà pourquoi j'ai demandé à Rosalie de venir me voir à l'hôpital. Je voulais essayer de la persuader de te dire enfin la vérité. Et je dois avouer que je suis plutôt satisfait de voir qu'elle a suivi mon conseil.

L'idée que son père ait pu jouer un rôle dans cette affaire ne l'avait même pas effleuré. Sceptique, il demanda :

— Tu crois que Rosalie m'a tout avoué pour obéir à ton souhait ?

— Bien sûr.

Marjorie poussa un cri.

— Roland ! Je ne me suis pas doutée une seconde que tu lui avais parlé de ça. Si j'avais su, je t'en aurais empêché. Tu n'avais pas le droit de lui faire cette suggestion sans m'en parler. Tout ça parce qu'il te prend soudain l'envie d'être grand-père !

— Je t'en prie, Marjorie ! Je suis convaincu que Rosalie avait l'intention de tout dire à Bryce de toute façon.

Bryce demeura songeur. Voilà qui expliquait sans doute pourquoi elle l'avait si souvent esquivé avec une bonne excuse, à son retour.

— Ce n'est pas sa conversation avec papa qui semble l'avoir décidée, expliqua-t-il alors. Elle s'est trahie quand nous avons eu cette altercation devant les vestiaires, parce que Danny avait pris un coup pendant le match.

Soudain terrassé par une pensée terrifiante, il reprit, d'une voix lourde de regrets :

— Tu vois, papa, contrairement à toi, je ne suis pas si sûr qu'elle m'aurait parlé un jour.

— Et moi, je pense que si ! affirma Roland. Seulement, elle est la seule à pouvoir te le confirmer.

— Je sais exactement ce que tu es sur le point de me conseiller.

— Expliquez-vous, mon fils. Ne laisse pas cette situation s'éterniser. Un garçon séparé de sa mère. Une mère pleurant de nouveau la perte d'un être aimé. Ce n'est pas bien, Bryce. Je sais que c'est difficile, mais il faut ravaler ta fierté, te comporter en homme responsable.

Bryce poussa un soupir accablé.

— Ne laissons pas passer notre chance de former une famille, insista Roland. Le temps est précieux.

Paupières closes, Bryce l'entendait comme à travers un filtre, bouleversé par le flot d'émotions qui se bousculaient en lui. Comment allait-il pouvoir pardonner à Rosalie de l'avoir privé de leur fils ? Leur amour retrouvé allait-il survivre à cette nouvelle épreuve ? Et quels conseils donner à Danny, quand lui-même se sentait si perdu ? Soudain envahi par une immense lassitude, il se laissa submerger par l'amertume. Comment allait-il pouvoir les extraire de ce chaos alors qu'il était en proie à une telle confusion d'esprit ?

La sonnerie de son portable le fit sursauter, l'extirpant de ses sombres pensées. Il reconnut le numéro de chez lui. Quelque chose, au plus profond de lui, s'embrasa. Une minuscule, imperceptible lueur d'espoir. Comme une source s'apprêtant à combler le vide de son cœur asséché.

— Salut, petit ! Comment vas-tu ?

— Bien. J'ai pris des céréales.

— Et je parie que tu as encore faim.

— Oui, en fait, j'ai regardé dans ton congélateur. Tu te nourris de pizzas surgelées ?

— En gros, oui, répondit Bryce avec un sourire.

— J'appelle parce le samedi matin, j'ouvre le magasin de primeurs à 10 heures. Ma grand-mère compte sur moi. Mais je peux y aller à pied si tu es occupé.

— Non, je vais te conduire, fit-il en jetant un coup d'œil à sa montre. Je serai là dans un quart d'heure.

— Je ne veux pas voir ma mère. Tu me déposeras au magasin, pas à la maison.

— Comme tu voudras.

Il raccrocha, fort d'une nouvelle détermination. Contrairement à Danny, il avait très envie de parler à Rosalie.

Ils arrivèrent au magasin cinq minutes avant l'ouverture. Tandis que Danny s'affairait à retirer les bâches des étals, Bryce regarda en direction de la maison.

— La voiture de ta mère est là.

Ignorant la référence à Rosalie, Danny vérifia la caisse.

— J'ai assez de monnaie pour démarrer.

— Que vas-tu faire si elle vient te parler ? insista-t-il.

— Je n'ai rien à lui dire. Si elle reste au magasin, je retournerai chez toi à vélo.

Voyant qu'il ne provoquait pas de réaction, il renchérit :

— Si tu me permets, bien sûr.

— Bien sûr, je te permets. Pour moi, le seul problème, c'est Rosalie.

— J'espère bien lui faire de la peine, riposta Danny. Elle le mérite.

Bryce hocha la tête. Sans pouvoir se l'expliquer, il éprouva le besoin d'avoir un mot de compassion pour Rosalie.

— N'oublie pas qu'elle t'aime. Et ce n'est pas un détail ! Tu as la chance d'avoir la plus protectrice, la plus attentionnée des mères. Malgré ce qu'elle a fait, tu dois lui en être reconnaissant.

— Tu appelles ça de l'amour ? protesta l'adolescent. Eh bien moi, j'appelle ça de l'égoïsme. Et je comprends enfin pourquoi elle ne voulait pas que je joue au football américain. Elle voulait éviter à tout prix que notre rencontre ne fasse éclater la vérité.

— D'accord, il y a sans doute du vrai là-dedans, concéda-t-il. Mais je pense que sa peur est sincère. Elle est terrifiée à l'idée de te perdre comme elle a perdu Ricky.

D'une main rageuse, le garçon se mit à empiler les pêches dans des corbeilles.

— De toute façon, tout est lié à la mort de ce type. Depuis cette histoire, elle est un peu timbrée, ajouta-t-il en se frappant la tempe du doigt.

— Danny, ce « type » était mon meilleur ami. Ton oncle était quelqu'un d'exceptionnel. Et quand il est mort, c'est comme si on avait coupé un bras à ta mère.

Danny se redressa, serrant convulsivement les poings.

— Tu vas prendre sa défense, maintenant ?

Devant ces yeux qui lançaient des éclairs, Bryce réfléchit un instant. Etait-ce ce qu'il était en train de faire ? Cela n'avait pas été son intention. Avant toute chose, il devait user de diplomatie. Danny était traumatisé par ce rebondissement inattendu. Et s'il le considérait désormais comme son seul allié, il ne pouvait pas prendre le risque de briser leur lien fragile.

— Je ne prends pas sa défense, se justifia-t-il. Je te rappelle simplement certains faits.

— Je ne veux pas parler d'elle, répondit l'adolescent en se renfrognant.

— Très bien, acquiesça Bryce. Je vais monter jusqu'à la maison pour voir si elle est là.

— Comme tu voudras. Mais tu peux lui dire de ne pas se fatiguer à descendre au magasin. Je suis venu pour ma grand-mère, pas pour elle.

— Entendu. Tu peux compter sur moi.

Partant du principe que Danny n'ouvrirait pas le magasin ce matin-là, Rosalie avait passé un jean et un T-shirt et attaché ses cheveux à la hâte. Elle s'apprêtait à sortir quand elle reconnut un bruit de moteur familier : le pick-up de Bryce. En voyant Danny en descendre, son cœur se gonfla d'allégresse. Mais sa conscience, plus terre à terre, s'empressa de la sermonner. Il était inutile de se leurrer, il ne lui avait pas pardonné. Néanmoins, en le voyant s'activer au magasin, elle se réjouit qu'il n'ait pas coupé tous les liens avec sa famille.

Elle les observa de la fenêtre du salon. Bryce et lui semblaient engagés dans une conversation animée. Ils étaient trop loin pour qu'elle puisse déchiffrer l'expression de leurs visages. Pourtant, elle devinait sans peine quel était l'objet de leur discussion. Puis Bryce remonta dans son pick-up. Il avait sans doute à faire.

Sentant un étrange désarroi la gagner, elle vit alors sa voiture avancer jusqu'à la maison et venir se garer juste derrière la sienne.

Elle lutta contre son émoi, prise d'une sorte de vertige. Pourquoi Bryce était-il ici ? Allait-il la condamner encore ? Devait-elle lancer l'offensive ou le supplier de lui pardonner ? Une angoisse sourde lui étreignait la poitrine. Elle savait que, tôt ou tard, cette confrontation aurait lieu, mais pas de cette façon inopinée. Si seulement elle avait eu un peu de temps pour s'y préparer !

Quand Bryce arriva sur le seuil, Dixie se précipita avec des glapissements de joie, la queue battante. Rosalie essuya ses paumes moites à son jean, repoussa des mèches de cheveux échappées de sa queue-de-cheval et ouvrit la porte moustiquaire.

Bryce se tenait devant elle, les traits tirés, une lueur indéfinissable dans ses pupilles azur. Un long moment, il resta à la fixer sans rien dire et la nervosité la gagna. Elle fut soulagée d'entendre enfin le son de la voix masculine.

— J'espère que tu te sens mieux que ta mine ne le laisse supposer.

— Je te retourne le compliment, répliqua-t-elle.

L'air accablé, il avoua :

— En fait, je me suis rarement senti aussi mal. J'ai amené Danny, reprit-il avec un geste vers le magasin. Il m'a dit que Claudia comptait sur lui.

— Je suis contente de voir qu'il n'a pas oublié. Il n'a pas rejeté toutes les Campano, au moins.

Elle lui lança un regard plein d'espoir. Allait-il la rassurer en lui affirmant qu'elle se torturait pour rien ? Mais il se contenta de hausser les épaules.

— Je te suggère de garder tes distances pendant quelque temps, répondit-il. Attends de voir comment tout cela évolue.

— Tu veux entrer ? proposa-t-elle alors.

— Oui, merci.

Se penchant, il gratta Dixie derrière les oreilles.

— Elle ressemble beaucoup à Belle, fit-il remarquer.

— Telle mère telle fille, fit-elle remarquer sans arrière-pensée.

Mon Dieu ! Elle détourna le regard. Elle devrait être plus prudente dans le choix de ses mots. Serait-ce ainsi, désormais ?

Allait-elle avoir l'impression d'avancer sur une corde raide à chacun de leurs échanges ? Devrait-elle surveiller chacune de ses paroles afin d'éviter qu'elles soient interprétées comme des insinuations ?

— Je pense qu'il est temps que nous ayons une petite conversation, Rosalie, déclara alors Bryce. En dépit de ce qui s'est passé entre nous, nous devons d'abord penser à Danny. Cet enfant souffre.

Elle frissonna. Comme s'il avait besoin de le lui rappeler ! N'était-elle pas sa mère, après tout ? Comment Bryce, qui venait tout juste d'endosser son rôle de père, pouvait-il comprendre la profondeur du lien qui l'unissait à Danny ? Même à distance, elle ressentait la douleur de son fils. Elle leva les yeux, se donnant le temps de compter mentalement jusqu'à trois. Inutile de placer cette entrevue sous le signe de la rancœur. D'autant qu'elle était seule responsable de cette situation.

— Allons dans la cuisine. Maman est sortie. Nous serons tranquilles.

Elle lui proposa un café et opta pour un jus d'orange. Il s'assit et contempla un long moment le breuvage fumant dans son mug, puis, relevant la tête vers elle, l'enveloppa d'un regard d'une tristesse infinie. Prise au dépourvu, elle le fixa sans ciller. Elle s'était attendue à de la colère, pas à ce chagrin, cette résignation.

— Mon Dieu, Rosie ! commença-t-il. Pourquoi ne m'as-tu pas dit que tu attendais un enfant ? Tu connaissais mes sentiments pour toi !

Il marqua une pause et, lentement, secoua la tête.

— Par deux fois, je t'ai donné une chance de me dire la vérité depuis mon retour. Tu te souviens ? Le soir au restaurant de Cappy et chez moi, l'autre jour.

— Je sais, concéda-t-elle d'une voix rauque.

La considérant à travers la fente de ses yeux plissés, il reprit d'une voix égale :

— C'est étrange, mais quelque part, au fond de moi, je m'en doutais un peu. Je me suis même laissé aller à l'espérer. Quand ma mère m'a dit que tu étais revenue en ville avec un bébé, j'ai voulu savoir quel âge il avait. Mais les dates ne coïncidaient pas.

J'ai quand même vérifié sa date de naissance sur son dossier d'inscription au football.

Les yeux soudain brillants de larmes, il secoua la tête avec accablement.

— Mon Dieu, Rosalie ! Tu mens sur sa date de naissance depuis quinze ans ?

Sentant un étau glacé lui broyer le cœur, elle hocha la tête. Mais elle devait essayer de se justifier. D'une voix étranglée, elle expliqua :

— J'ai repoussé sa date de naissance de quelques semaines dès le début. J'avais décidé que c'était la meilleure solution. Je m'étais promis de lui dire la vérité plus tard, pour l'inscription à l'université. D'ici là, je pensais avoir trouvé une bonne explication.

Elle exhala un soupir. Maintenant, elle n'aurait plus besoin de se creuser la tête. Tout ce qu'elle pouvait faire, c'était supplier Danny de lui pardonner le terrible mensonge qu'elle portait depuis tout ce temps.

— Tu comptais lui parler de moi, un jour ?

— Pour être honnête, Bryce...

Elle s'interrompit, butant sur les mots. Elle utilisait le terme « honnête » un peu trop souvent, ces derniers temps.

— Si tu n'étais pas revenu, je n'aurais même pas réfléchi à la question. J'ai inventé une histoire au sujet de son père et Danny l'a crue. S'il m'avait demandé plus de détails, j'aurais trouvé autre chose. Mais il faut me croire, j'avais prévu de tout te dire hier soir. Pas de cette façon, néanmoins.

Elle s'interrompit, sentant une larme rouler sur sa joue. Elle ne s'était même pas aperçue qu'elle pleurait.

— Tu n'imagines pas à quel point je suis désolée, reprit-elle dans un souffle.

— Rosie, si j'avais su, il y a seize ans, je serais rentré à Whistler Creek. J'aurais pris soin de toi. Ensemble, nous y serions arrivés.

— Non, nous n'y serions pas arrivés, hoqueta-t-elle. Pas à l'époque.

La vue brouillée par les larmes, elle s'essuya les yeux à l'aide d'une serviette et reprit :

— Après ce qui s'était passé, je ne t'aimais plus. Jamais je n'aurais pu t'épouser. Je ne voulais même plus te voir. Rien ne pouvait effacer cette horrible journée de mon esprit. Pour moi, tu étais lié à la mort de Ricky. Ma raison avait beau me répéter que c'était un accident, je n'aurais pas pu vivre avec ce fantôme entre nous. C'était impossible ! acheva-t-elle, la voix brisée.

— Mais pourquoi ne m'as-tu pas parlé ? Moi aussi, je souffrais.

— Je sais, mais je ne pouvais pas. Toi, moi, Ricky… nous formions un trio, tous liés par le passé, indissociables dans le présent. Sans lui, ma vie n'avait plus de sens. Tout me semblait absurde. Et, en dehors de mon chagrin, j'étais vide de toute émotion.

Il ferma les yeux.

— Oh ! Cette fichue journée. Ce fichu ballon ! pesta-t-il.

Quand il rouvrit les yeux, devant la myriade d'émotions qui agitait l'indigo de son regard, elle fut submergée un mélange de tristesse, de regret et… d'espoir.

— L'autre jour, tu m'as dit que tu m'aimais, reprit-il d'une voix sombre. Nous avons fait l'amour. C'était des émotions réelles, les émotions d'un cœur qui bat encore, qui peut encore aimer.

Il s'éclaircit la gorge.

— Ou bien me mentais-tu aussi quand tu m'as dit que tu m'aimais ?

— Mon Dieu, non ! Je t'aime, Bryce ! Tu es revenu à Whistler Creek et tu m'as aidée à guérir. Tu as ranimé les souvenirs heureux, tu m'as aidée à tourner cette page sombre de notre passé, à dompter ce chagrin qui semblait ne pas vouloir lâcher prise. Le processus a été difficile pour moi. L'ironie étant qu'en t'acceptant de nouveau dans ma vie, je t'ai peut-être perdu pour toujours. Et je ne sais même pas comment me racheter auprès de toi et de Danny.

Il se leva.

— Merci de m'avoir dit tout ça, Rosalie.

— Qu'allons-nous faire maintenant ? articula-t-elle d'une toute petite voix.

— Je ne sais pas. Je dois commencer par apprendre à être un père.

Elle esquissa un sourire.

— Et moi, j'ai encore beaucoup de choses à apprendre en tant que mère.

— Je vais parler à Danny. Je vais essayer de te le ramener. Mais il peut rester chez moi s'il le souhaite. Je ne le chasserai pas.

— Je sais.

Un moment, il resta immobile à la regarder. Puis il contourna la table et, d'un geste plein de tendresse, fit glisser l'index sur la joue de Rosalie, lui tirant un frisson.

— Seigneur ! Tout cela est si compliqué !

— Je sais, acquiesça-t-elle dans un souffle.

Sans ajouter un mot, il sortit.

18

Un peu avant midi, Danny entra dans la maison et se dirigea droit vers sa chambre. Rosalie, qui l'avait suivi, s'arrêta sur le seuil. Elle ne voulait surtout pas envahir son espace, le braquer encore. Il prit un sac fourre-tout dans son placard et le jeta sur le lit.

— Danny, nous devons parler, fit-elle avec douceur.

Il ouvrit la fermeture Eclair d'un coup sec et elle eut l'impression qu'il lui arrachait le cœur.

— Grand-mère est au magasin. Je suis juste passé prendre des vêtements pour l'école, fit-il en baissant les yeux vers le T-shirt et le bermuda trop grands qu'elle ne lui avait jamais vus auparavant.

Des vêtements empruntés à son père, assurément. Il ouvrit un tiroir et remplit le sac de sous-vêtements, y ajoutant deux jeans et une pile de T-shirts.

— Ne fais pas ça, mon chéri, plaida-t-elle d'une voix faible.

Devrait-elle se montrer plus énergique ? Autoritaire ? Après tout, elle était sa mère. Mais une mère qui avait trahi son fils.

Elle se creusa la tête. Vu les circonstances, quel serait le sujet de conversation le plus neutre ?

— Tu veux que je te lave ta tenue de football ? suggéra-t-elle, prise d'une inspiration soudaine.

— Je la donne à laver au centre sportif. De toute façon, elle n'est pas sale, à part les traces d'herbe dans le dos.

Elle en tremblait encore. S'il avait voulu lui rappeler la panique qu'elle avait ressentie en le voyant allongé sur la pelouse, il avait réussi.

— Ne pars pas, Danny. Donne-moi une chance de m'expliquer, fit-elle, suppliante.

Lui offrant un visage impassible, il referma son sac.

— L'entraîneur m'attend. Je passerai prendre d'autres affaires demain.

— Laisse-moi au moins t'accompagner jusqu'au magasin.

Elle était prête à tout pour passer quelques minutes avec son fils.

— Je vais prendre mon vélo, répondit-il.

Arrivé devant la porte de sa chambre, il se planta obstinément devant elle jusqu'à ce qu'elle recule. Anéantie par la tristesse, elle le suivit dans le couloir, jusqu'au salon. Comment son petit garçon pouvait-il faire preuve d'une telle cruauté ?

— Danny, je suis désolée. Je suis désolée de t'avoir fait de la peine. Désolée de t'avoir caché la vérité sur ton père. Mais il y a une chose que tu dois savoir. Je ne suis pas désolée de t'avoir fait.

— Tu es désolée, très bien ! lâcha-t-il sans s'arrêter.

— Ce n'était pas un mensonge, mon chéri. Ton père vivait loin. Jamais je n'aurais cru qu'il reviendrait. Je pensais pouvoir t'élever dans ma famille, que tu serais heureux. Tu l'as été, non ? Nous nous sommes bien débrouillés, tous les deux, jusqu'à maintenant ?

Il mit le sac marin en bandoulière et pivota pour lui faire face.

— Oh oui, vraiment super, maman ! Jusqu'à hier soir, quand ton projet de contrôler ma vie s'est retourné contre toi.

Ses yeux s'embuèrent de larmes. Elle lutta pour ne pas leur laisser libre cours.

— Que puis-je faire, Danny ? Que puis-je dire ?

— Je voulais que tu me parles de mon père, de mon vrai père. Mais c'est un peu tard, non ?

Sa voix s'étrangla et Rosalie sentit que, tout comme elle, il était au bord des larmes. Et comme elle souffrait pour lui, si jeune, si perdu, en proie à une telle torture !

— Je ne vais pas renoncer à toi, Danny. Je suis ta mère et je t'aime. Je suis là, je serai toujours là.

Un moment, il resta la tête baissée. Puis, poussant la porte moustiquaire, il sortit. Elle entendit le garage s'ouvrir et, quelques instants plus tard, elle le vit descendre l'allée à vélo, son sac marin sur le guidon.

La semaine suivante, au lycée, fut un véritable supplice. Forçant le hasard, elle mit un point d'honneur à croiser son fils tous les jours, dans les couloirs, à la cafeteria ou quand il partait s'entraîner au stade. Et même si les ragots allaient bon train à Whistler Creek, elle avait compris que, pour ses copains de classe, le lien de parenté que Danny avait avec Bryce était un honneur : un élève de troisième découvre que son père est l'entraîneur de football du lycée ! Au moins, de ce côté-là, il ne rencontrait pas de problèmes.

Pour sa part, ce que l'on pouvait raconter sur son compte était le cadet de ses soucis. Elle avait déjà été au centre des commérages et elle avait survécu. Elle continua donc à donner ses cours comme si de rien n'était.

Quant à Bryce, chaque fois qu'ils se rencontraient, il se montrait cordial, la saluant poliment, avant de passer son chemin. En apparence, il la traitait comme n'importe quel autre professeur, mais elle n'était pas dupe : derrière cette indifférence affichée, ses sentiments étaient indéniables. Et même si la souffrance qu'elle lisait dans son regard la désolait, elle puisait un certain réconfort dans le fait qu'il semblait tenir toujours à elle.

Malgré la promesse de Bryce, Danny semblait ne pas souhaiter rentrer à la maison. Elle brûlait de curiosité de savoir comment deux hommes de sa vie apprenaient à cohabiter. Comment Bryce assumait-il son nouveau rôle de père ? Parlaient-ils d'elle et, si c'était le cas, avaient-ils jamais un mot gentil ? Leur manquait-elle autant qu'ils lui manquaient ?

Ainsi s'écoulaient ses journées. Le soir, elle travaillait à ses cours et passait de plus en plus de temps au centre des Lendemains qui chantent. Apporter son soutien aux enfants malheureux lui mettait du baume au cœur. Son expérience avec Bryce lui avait enseigné une leçon précieuse : le temps finit toujours par avoir raison du sentiment de néant que laisse un grand chagrin.

Par ailleurs, voir la relation entre sa mère et Cappy se consolider jour après jour la distrayait un peu de ses sombres pensées. Leur bonheur faisait plaisir à voir et apportait de la gaieté à cette maison que le départ de Danny avait laissée bien vide.

Le jeudi, Claudia lui annonça qu'elle prévoyait une petite fête pour le soir même.

— Bonne idée ! s'exclama-t-elle. J'irai à la bibliothèque pour ne pas vous déranger.

— Il n'en est pas question. Je tiens à ta présence. Voir du monde te fera du bien.

Balayant ses réticences, sa mère lui fit promettre de dîner avec eux. Un peu avant 19 heures, ayant tout préparé, elle annonça :

— Je sors faire une course rapide. Je vous charge, Cappy et toi, d'accueillir les invités.

— Tu ne veux pas que j'y aille ? proposa Rosalie.

— Non, merci. Je te demanderai juste de surveiller les lasagnes et de préparer le plateau pour l'apéritif.

Elle acquiesça. Mais son sixième sens lui soufflait qu'il y avait anguille sous roche. Jamais sa mère, si prévoyante, ne sortait ainsi faire une course à la dernière minute. Et quand les premiers invités frappèrent à la porte et qu'elle se trouva nez à nez avec Marjorie et Roland Benton, sa confusion fut à son comble.

A 18 h 30, après une session d'entraînement épuisante, Bryce ouvrit sa porte d'entrée et s'effaça devant son fils.

— Si ça ne te dérange pas, je vais prendre ma douche le premier, déclara-t-il en jetant ses clés sur la table.

Il reparut vingt minutes plus tard, vêtu d'un short et d'un T-shirt Dallas Cowboys, sa tenue de prédilection pour les soirées pizza-télévision.

Il commençait à s'affairer dans la cuisine quand il vit une voiture se garer dans l'allée.

— Qui est-ce, Bryce ? appela Danny du living.

— Ta grand-mère.

— Mamie ? s'exclama-t-il en le rejoignant. Tu crois qu'il est arrivé quelque chose à maman ?

Bryce retint son souffle. Lui aussi y avait pensé. Il lui posa une main rassurante sur l'épaule et répondit :

— Je suppose que nous n'allons pas tarder à le savoir.

Après avoir claqué la portière, Claudia se dirigeait vers eux d'un pas décidé.

— J'ai fait des lasagnes, annonça-t-elle sans préambule. Vous êtes conviés à venir les déguster avec nous.

Abasourdi, Bryce échangea un regard avec Danny. Visiblement, le garçon était aussi perplexe que lui.

— Juste nous ? s'enquit-il.

— Ce sont des lasagnes, répondit Claudia, comme si cela pouvait suffire à satisfaire sa curiosité.

Puis, reniflant avec dégoût, elle grimpa les marches de la véranda.

— Qu'est-ce que c'est que cette odeur ?

— Ce n'est pas moi ! se défendit-il spontanément.

Il sourit. Avec Claudia, il avait toujours l'impression d'avoir douze ans.

— Va te doucher ! intima-t-elle à son petit-fils, un pouce tendu. Il n'est pas question de te ramener à la maison dans cet état.

En réponse au regard interrogateur du garçon, Bryce haussa les épaules et, résigné, s'enquit :

— Tu aimes les lasagnes de ta grand-mère ?

— Ce sont les meilleures du monde.

— Je suis d'accord avec toi. Alors file te changer et éteins le four au passage.

— Il y aura qui d'autre ? demanda Danny.

— Cappy, répondit Claudia, laconique.

— D'accord. J'en ai pour dix minutes.

Bryce le suivit des yeux, puis se tourna vers Claudia.

— Madame Campano, vous pouvez partir en éclaireuse, si vous voulez. Nous arriverons dès que Danny se sera douché.

— Je préfère attendre, répliqua-t-elle en se laissant tomber dans un rocking-chair. C'est la première fois que je peux profiter de ta véranda. Et ce fauteuil est très confortable.

— En tout cas, je vous remercie pour l'invitation.

« Mais j'espère ne pas avoir à le regretter », faillit-il ajouter.

Il refoula son sarcasme, s'assit dans le second rocking-chair et, l'observant à la dérobée, se balança en rythme avec elle. Pas de doute, Mme Campano était bizarre, ce soir. Et il savait qu'elle avait plus d'un tour dans son sac. Alors, à part les lasagnes, que leur réservait-elle ? Il haussa les épaules. Il n'allait pas tarder à le savoir, de toute façon.

Rosalie fut soulagée d'entendre la porte d'entrée s'ouvrir. Elle avait de plus en plus de mal à se concentrer sur sa conversation avec les Benton.

— Regardez qui je vous amène ! s'exclama la voix enjouée de Claudia.

Elle tourna la tête et sursauta. Seigneur ! Qu'était encore allée manigancer sa mère ?

Du seuil, Bryce fixait ses parents, stupéfait.

— Mme Campano ne m'a pas dit que vous seriez là. En fait, elle ne m'a pas communiqué la liste des invités.

— A moi non plus, renchérit Rosalie, furieuse.

— Ni à moi, ajouta Danny en s'appuyant au chambranle de la porte, l'air renfrogné.

Rosalie jeta un coup d'œil anxieux à son fils. Autant se rendre à l'évidence : ils étaient tous victimes d'une machination de Claudia. Et, si son premier réflexe avait été de s'éclipser, elle décida de rester.

— Oh ! Parfait, Rosalie ! s'exclama alors la maîtresse de maison comme si de rien n'était. Tu as préparé les canapés. Servez-vous, le dîner n'est pas encore prêt.

Rosalie lui lança un regard assassin. Décidément, sa mère dépassait les bornes. Comme si elle pouvait avaler quoi que ce soit en un tel moment !

Tandis que Claudia s'affairait à remplir les verres et à passer les apéritifs d'un air dégagé, un silence implacable s'abattit sur la pièce.

Sentant sa frustration croître de seconde en seconde, Rosalie l'observait du coin de l'œil.

— Maman, que se passe-t-il ? Que fais-tu ? finit-elle par demander.

Cessant soudain de s'agiter, Claudia balaya l'assistance d'un regard grave.

— Toutes les personnes présentes dans cette pièce comptent beaucoup pour moi, commença-t-elle. Et je déplore de voir certains d'entre vous se conduire en véritables crétins. Comme vous n'êtes pas sans le savoir, la vie est une loterie. Alors, de deux choses l'une : ou on fait l'autruche, ou on décide d'affronter les caprices du destin. Avec grâce.

S'adressant alors à Mme Benton, elle enchaîna :

— Marjorie, vous avez un fils merveilleux. Ne serait-il pas temps pour vous d'apprendre à connaître votre petit-fils ? Et de vous faire une amie de ma Rosalie ? Quant à vous, Roland, la vie vous offre une famille à chérir, comme une seconde chance. Que vous attendez, je le sais.

— En effet, acquiesça le père de Bryce.

— Et toi, Bryce, continua-t-elle, imperturbable, depuis sept semaines que tu es rentré, tu as un nouveau travail, une nouvelle maison, et tu as découvert l'existence de ton fils. Un changement de vie radical ! Il faut en savourer chaque seconde.

Voyant sa mère se tourner enfin vers elle, Rosalie se raidit. Elle était curieuse de savoir quel conseil Claudia lui réservait. Une tendresse infinie se peignant sur son visage, cette dernière déclara :

— Rosalie, tu as été une mère exemplaire, tu as su élever ton fils seule et tu as fait de l'excellent travail. Vous êtes deux très belles personnes, lui et toi. Il est donc temps pour toi de t'apercevoir que tu as rempli ton contrat, de tirer un trait définitif sur ta culpabilité et de passer à autre chose.

La gorge nouée par l'émotion, Rosalie sentit une larme rouler sur sa joue et, le regard embué, jeta un coup d'œil à l'homme qui, depuis toujours, était son oxygène, la lumière de sa vie : Bryce.

— Enfin, toi, Danny, avait repris sa mère, tu es notre plus beau cadeau. Tu es arrivé dans notre vie au moment où nous en avions le plus besoin. Ne gâche pas tout : tu as une grand-mère qui t'aime, des grands-parents tout neufs, une mère qui est prête à tout pour que tu sois heureux. Alors, oublie ta rancune. Et pardonne, mon petit !

Le souffle un peu court, elle aspira une longue bouffée d'air.

— J'ai dit tout ce que j'avais à dire. Maintenant, nous pouvons être une vraie famille. Une famille avec ses défauts, ses erreurs, bien entendu. Mais une famille qui se relève, qui va de l'avant. Et à présent, à vous de décider si vous souhaitez partager des lasagnes à ma table.

Tous se regardèrent à la dérobée. On aurait pu entendre une mouche voler. Le cœur battant, Rosalie attendait un signe, un espoir. Enfin, se tournant vers elle, Bryce déclara avec un sourire :

— Je ne sais pas ce que vous en pensez, mais ces lasagnes sentent vraiment très bon.

— Et c'est bien meilleur que la pizza surgelée, renchérit Danny.

Dans un joyeux brouhaha, tous prirent alors place autour de la table dressée dans le patio.

Songeuse, Rosalie faisait la vaisselle. La fenêtre au-dessus de l'évier ouvrait sur le patio et sa joyeuse tablée. Si elle ignorait encore ce que lui réservait l'avenir, pour la première fois, ce soir, elle sentait que sa douleur pouvait passer. Son fils allait lui revenir. Elle devrait le partager, certes, mais le plus important était de sentir qu'il lui avait pardonné.

Quant à Bryce, c'était une autre histoire. C'était à peine s'il lui avait dit deux mots pendant le dîner. Néanmoins, il s'était montré amical. Toujours plongée dans ses pensées, elle déposa la dernière assiette sur l'égouttoir. Elle venait de sortir dans le couloir quand elle sentit une main vigoureuse l'agripper et, sans lui laisser le loisir de résister, l'entraîner dans la véranda.

— J'ai appris ma leçon, fit la voix de Bryce. J'évite de m'en prendre à une femme qui peut utiliser son sac à main comme arme.

Elle esquissa un sourire, tandis que les larmes lui picotaient les paupières.

— Je reconnais bien là le stratège sportif, murmura-t-elle.

Il la fit asseoir sur la balancelle et prit place à côté d'elle.

Lentement, ils se mirent à osciller ensemble. Au bout d'un moment, il la dévisagea avec intensité et lui demanda à brûle-pourpoint :

— Alors, que veux-tu faire maintenant, Rosalie ?

— Je ne sais pas, c'est à toi de décider.

— Vraiment ? fit-il en lui caressant la nuque avec tendresse. Tu n'es pas sans ignorer que nous avons un fils. Ne devrions-nous pas plutôt décider ensemble ?

— Tout ce que je peux dire, c'est qu'il est heureux d'être ton fils.

— Il ne m'a pas encore appelé papa.

— Tu le lui as demandé ?

— Je le ferai, en temps voulu.

Il continua à faire osciller la balancelle, qui se mit à grincer, un petit bruit familier associé aux longues soirées d'été dans la véranda, au parfum entêtant des magnolias, au concert nocturne des grillons.

Et dans un geste aussi évident que la chaleur d'une nuit de septembre dans le vieux Sud, elle posa sa main sur l'épaule de Bryce. La balancelle s'immobilisa. Tournée vers lui, Rosalie plongea alors les yeux dans le beau regard bleu et vit s'y refléter le même mélange d'amour et d'espoir dont son propre cœur débordait.

— Ma Rosie, murmura-t-il, en se penchant vers elle, comment avons-nous pu tout gâcher à ce point ? Et comme la vie est douce de nous offrir une seconde chance ! A partir d'aujourd'hui, nous élèverons Danny ensemble. Et quand les autres enfants viendront...

— Pardon ? articula-t-elle dans un souffle.

— Je veux rester à Whistler Creek, Rosalie. Rien ne me fera plus jamais partir de ma nouvelle maison. Toi, en revanche...

— Quoi, moi ? fit-elle en se nichant au creux de ses bras vigoureux.

— Tu vas venir vivre avec moi. Avec ton fils, et peut-être Dixie. J'ai l'intuition que Claudia ne sentira pas vraiment le vide de votre absence.

— Je crois que je partage ton intuition, acquiesça-t-elle avec un petit rire.

Il l'enveloppa d'un regard brûlant.

— L'avenir nous appartient, ma Rosie. Et nous allons l'affronter ensemble.

A l'instant même où leurs lèvres se scellaient en un baiser passionné, célébrant la ferveur de leur amour perdu et retrouvé, les mots de Roland Benton lui revinrent à la mémoire : Bryce et elle avaient bouclé la boucle.

STACY CONNELLY

Le bonheur d'un enfant

UN ADORABLE SECRET

Traduction française de
MARIEKE MERAND-SURTEL

HARLEQUIN

Titre original :
HOW TO BE A BLISSFUL BRIDE

Ce roman a déjà été publié en 2019.

1

Chance McClaren inspira une grande goulée d'air océanique et força son corps à se détendre. Fermant les yeux, il s'immergea dans le son des vagues qui s'écrasaient contre le rivage rocailleux. Un pâle soleil perçait péniblement la brume froide de novembre, mais il se concentra sur la faible chaleur qui caressait sa peau. Peu à peu, ses muscles se détendirent. Cou, épaules, bras. Pas sa jambe droite, mais cette raideur-là résultait de plus que de la tension.

Il pouvait y arriver. Il pouvait sourire, jouer le jeu. Il pouvait faire semblant... le temps qu'il faudrait à son corps pour guérir. Le temps qu'il lui faudrait pour décamper de Clearville.

Ouvrant les yeux, il risqua un regard par-dessus son épaule et se renfrogna. La vieille dame se tenait toujours là. Dressée au-dessus de lui. L'observant. Elle le défiait.

Chance fit pivoter sa taille jusqu'à ce que les articulations de son dos craquent, et murmura pour lui-même :

— Tu perds la boule, mon vieux.

Il se frotta la nuque, où la peau donnait l'impression d'être nue sans le poids familier de la sangle de l'appareil photo. En tant que reporter-photographe, Chance avait le don de capturer des moments uniques que tout le monde pourrait voir. Ou de rendre vivantes des images aux yeux de gens qui vivaient à l'autre bout du monde.

Mais donner vie à une photo était une chose. Imaginer que

l'hôtel victorien de sa famille était en activité, que la vieille dame derrière lui était vivante, respirait, l'observait… en était une autre.

— Viens, je t'en prie, Chance, avait supplié Rory, sa sœur cadette. Ça fait des années que tu n'as pas séjourné à Hillcrest House. Ça te fera du bien d'être ici.

Sa sœur avait toujours adoré cet hôtel *et* leur tante Evelyn, qui dirigeait l'établissement.

Rory et leur cousine Evie avaient déménagé à Clearville des mois plus tôt afin de prendre le relais pendant que leur tante luttait contre un cancer. Tante Evelyn logeait alternativement chez les parents de Chance et ceux d'Evie, le temps de récupérer de la chirurgie et de la chimiothérapie.

Même s'ils n'avaient pas été déjà très occupés, Chance ne serait pas resté chez ses parents une minute de plus. Il les aimait, vraiment. Mais l'inquiétude et la tristesse qui persistait dans leurs yeux, alors qu'ils le savaient maintenant hors de danger – le savaient *vivant* –, l'écrasaient. L'étouffaient.

Ils n'avaient jamais compris son désir de voir le monde, de vivre avec son sac à dos et son attirail à photos pour seuls bagages. Il était libre d'aller et venir à sa guise, de mener son existence comme il le voulait, et son travail influait sur le cours des choses ! Il avait des contacts à travers toute la planète. Il pouvait se rendre dans des lieux où d'autres journalistes ne le pouvaient pas, et raconter des histoires qui risquaient sinon de demeurer ignorées.

Ses parents avaient toujours envisagé pour lui un parcours plus rectiligne, plus sûr. Qui comprenait de marcher sur les traces de son père en reprenant le petit studio photo de Matthew McClaren, d'acheter une maison et de se caser avec une femme et des enfants.

Chance s'était révolté en quittant le foyer familial à dix-huit ans pour fuir à jamais cet avenir tout tracé dans un environnement surprotecteur. Il n'était pas du genre sédentaire, et, si ses parents ne le comprenaient peut-être pas, Chance avait toujours cru qu'ils respectaient ce qu'il avait réalisé, reconnaissaient qu'il avait atteint un certain niveau dans sa carrière.

Du moins, il l'avait cru jusqu'à cette conversation qu'il avait surprise, et qui indiquait clairement qu'il ne pouvait rester sous leur toit plus longtemps que nécessaire.

« On est ta famille, Chance. On t'aime. »

Les paroles de sa mère, la confusion sur son visage lorsqu'il était parti – d'abord en gamin impétueux, puis à nouveau il y avait à peine quelques semaines – faisaient mal. Mais il savait que, s'il ne partait pas, il finirait par prononcer des mots qu'il regretterait.

Ses parents n'avaient pas voulu qu'il soit seul pendant sa convalescence, et il avait pensé que cohabiter avec Rory et Evie suffirait à les tranquilliser tout en lui donnant de l'espace pour respirer.

À présent, il en était moins sûr.

— Oh ! ce sera tellement parfait ! s'était écriée sa sœur avec enthousiasme dès qu'il avait mis le pied dans l'hôtel familial. Notre photographe actuel s'en va bientôt.

Il avait complètement oublié la formule mariage tout inclus, trouvaille de sa tante un an plus tôt. Et ne savait pas pourquoi, vu que, en tant que coordinatrice des mariages de l'hôtel, Rory ne parlait que de cérémonies. Surtout maintenant qu'elle s'était trouvé son propre futur mari.

— Tu peux le remplacer pendant ton séjour ici !

Photographe de mariage ? Cela figurait juste à côté de photographe de mode comme son pire cauchemar.

— Pas vraiment mon truc, Rory.

Il eut l'impression d'avoir flanqué un coup de pied à un bébé chien en voyant l'excitation s'éteindre dans les yeux de sa sœur. Jamison Porter, le fiancé de Rory, avait alors suggéré :

— Si tu laissais ton frère s'installer tranquillement avant de lui proposer un travail, chérie ?

Et Rory s'était aussitôt ressaisie, le serrant dans ses bras en une version bien plus précautionneuse que ses habituelles accolades exubérantes.

— Bien sûr ! Où avais-je la tête ? On t'a préparé le cottage.

Le cottage du gardien était une petite bâtisse en pierres et bois située dans le parc, assez à l'écart de l'hôtel. Chance accueillit cette intimité avec reconnaissance, même si loger là donnait le sentiment d'habiter une maison de poupée grâce aux talents de décoration de Rory.

Toutefois, il troquerait sa chambre d'enfance pour la maison de poupée. Et ce n'était que pour un mois – voire deux. Sa jambe se renforçait chaque jour, et Chance refusait d'envisager de ne pas la récupérer à cent pour-cent.

Après quelques jours de réflexion, il avait même accepté de faire fonction de photographe intérimaire pour les mariages – ce qu'il n'arrivait pas encore à croire. Mais il avait besoin de s'occuper l'esprit, de bouger.

Il s'était rendu dans certaines zones de la planète parmi les plus sinistrées, frappées par la pauvreté et ravagées par la guerre, et pourtant rien – rien – ne lui semblait aussi terrifiant que d'entrer dans une salle pleine de femmes obnubilées par le mariage et la romance.

Réprimant un frisson, il bascula son poids sur le côté droit, testant sa jambe sans l'aide des béquilles, qu'il n'avait abandonnées que récemment. Des pointes acérées de douleur transpercèrent muscles et os. Il s'était trop forcé, le sable compact représentant un défi plus ardu que prévu. Une longue marche l'attendait pour retourner à l'hôtel.

Il inspira, fit le premier pas, tandis que la sueur perlait à la racine de ses cheveux, aussitôt refroidie par la brise océane. Le gris-bleu de la mer houleuse était presque le même que celui du ciel orageux. Presque le même que le gris-bleu des yeux tempétueux qui le hantaient depuis des mois.

Alexa Mayhew était drapée d'or le soir de leur rencontre. Sous un lustre en cristal étincelant, elle chatoyait avec la grâce et l'élégance d'une déesse. Grande et mince, elle avait le maintien et la classe qui lui permettaient d'évoluer dans des cercles élitistes où la plupart des mortels ne seraient pas les bienvenus. Et cependant il avait perçu en elle une fébrilité dès que leurs regards s'étaient croisés à travers la salle de bal, un besoin de jeter aux orties les sourires factices et la façade polie, pour empoigner quelque chose de réel.

Du moins, c'était ce qu'il avait pensé jusqu'à ce qu'elle se fasse bien comprendre. Elle s'était encanaillée durant leur week-end ensemble. Mondes différents, vies différentes… comptes en banque différents.

Au fond de la poche de son pantalon, il tripota la barrette à cheveux ornée de pierres précieuses qu'il emportait avec lui depuis ce week-end. Dans son métier, il avait appris à voyager léger. Pas de bagage superflu. Pourtant, il avait été incapable de laisser ce petit souvenir derrière lui, tout comme il n'avait pas pu se convaincre de le renvoyer à la femme à qui il appartenait. Un objet si minuscule… pouvait être si douloureux.

Jamais il n'aurait imaginé qu'il lui sauverait la vie.

Il n'était ni superstitieux ni sentimental. Il ne croyait assurément pas au coup de foudre. Alors pourquoi avait-il tant de mal à oublier Alexa ?

— Bienvenue à Hillcrest House. Et, si je comprends bien, les félicitations sont de mise ?

Dans l'élégant vestibule de l'hôtel victorien, Alexa Mayhew espérait que son sourire duperait l'organisatrice de mariages qui la fixait, les yeux brillants.

— Ce n'est pas encore officiel, murmura-t-elle, tentant de dissimuler sa main gauche dans les plis de son large pantalon.

Sa main gauche nue, contrairement à celle de son interlocutrice, qui arborait une pierre étincelante à l'annulaire.

— Mais on aimerait quand même visiter le domaine pendant notre séjour, si c'est possible, dit Griffin James, enlaçant Alexa pour l'attirer contre lui. Pas vrai, chérie ?

Prise de court par ce geste soudain, Alexa trébucha un peu, puis retrouva son équilibre. Griffin et elle étaient arrivés à l'hôtel plus tôt dans la journée, après un long trajet depuis Los Angeles. Épuisée par les heures de voiture, et plutôt nauséeuse après les virages des routes de montagne menant à la petite ville du nord de la Californie, elle s'était allongée pour une courte sieste pendant que Griffin…

Alexa réprima un soupir. Allez savoir ce qu'avait fait Griffin… Manifestement, il avait annoncé leurs fiançailles imminentes depuis la plus haute tour de l'imposante bâtisse. Elle jeta un regard noir à son fiancé potentiel, auquel il répondit par un clin d'œil et un grand sourire, conscient qu'elle ne resterait jamais longtemps furieuse contre lui. Il était son meilleur ami depuis l'enfance, le seul vers qui elle pouvait se tourner quand les temps étaient durs. La seule personne toujours capable de la faire rire – ce qu'elle avait fait quand il l'avait demandée en mariage.

— Griffin, commença-t-elle à protester.

— Allez. Ce sera amusant. Une excellente occasion de se faire une idée des lieux, ajouta-t-il, lui rappelant d'une mimique pourquoi il avait choisi cet hôtel en particulier.

Alexa n'avait guère prêté attention à leur point de chute, trop empressée d'accepter son offre de s'éloigner un temps des exigences de la fondation caritative de sa grand-mère. Et des exigences de sa grand-mère.

Depuis qu'Alexa était partie vivre avec Virginia Mayhew, la riche philanthrope lui avait instillé le sens des responsabilités. Au cours des dix dernières années, Alexa était devenue le visage de la fondation. Elle passait des heures innombrables à lever des fonds, à superviser des soirées de bienfaisance, à parler aux médias, tout ça dans un effort de rendre à sa grand-mère ce qu'elle avait reçu.

Mais, pour la première fois de sa vie, Alexa avait quelque chose qu'elle voulait… garder pour elle. Elle avait besoin de s'éloigner, et, bien que consciente des vibrations presque incessantes du portable enfoui au fond de son sac, elle refusait de consulter le déferlement de mails et de textos.

Saisissant l'intérêt professionnel informulé de Griffin à étudier l'environnement de l'hôtel, elle déclara :

— Un petit tour nous ferait grand plaisir.

— J'ai un peu de temps libre maintenant, si vous n'êtes pas trop fatigués par le voyage, proposa la jeune femme. Ah, et je m'appelle Rory, au fait. Rory Mc…

Un sifflement aigu retentit, et elle jeta un coup d'œil au téléphone portable qu'elle tenait. Un sourire rêveur illumina son visage déjà ravissant tandis qu'elle lisait le message. Cela dura une fraction de seconde, puis elle revint brutalement à la réalité. Les joues empourprées, elle glissa le portable dans une poche de sa jupe évasée.

— Excusez-moi. C'était *mon* fiancé et… ma foi, vous savez

ce que c'est, n'est-ce pas ? lança-t-elle à Alexa avec un regard de connivence.

— Bien sûr.

Aussi heureuse qu'elle semblât, Alexa aurait parié que Rory n'avait pas éclaté de rire quand son fiancé lui avait fait sa demande.

— Commençons par l'intérieur, ensuite, je vous montrerai le parc. Nous avons refait la gloriette cet été, et c'est toujours un endroit très apprécié – en fonction de la saison choisie pour la cérémonie. Vous avez déjà fixé une date ? demanda Rory.

Griffin interrogea Alexa du regard, lui signifiant de répondre enfin à sa proposition de l'épouser.

Des décorations automnales mettaient en valeur l'élégant vestibule, au sol recouvert d'un tapis au motif ancien : une corne d'abondance sur le comptoir de la réception ; des guirlandes de feuilles rouges, jaunes et orange enroulées autour des colonnes en noyer sculpté ; et une immense couronne de vigne ornée de minuscules citrouilles suspendue au-dessus de la cheminée dans le coin-salon. Des odeurs de cannelle et de clou de girofle embaumaient l'air.

Le temps filait si rapidement. Difficile de croire que Thanksgiving n'était que dans trois semaines. Surtout quand, à chaque fois qu'Alexa fermait les yeux, ses pensées la ramenaient vers la fin de l'été.

— Un peu avant avril, je pense, répondit Griffin d'un ton ironique, comme Alexa gardait le silence.

— Hum, ça ne laisse pas beaucoup de temps, répliqua l'organisatrice de mariages avant de lever une main rassurante. Non qu'on ne puisse pas y arriver.

— Eh bien, c'est un délai prédéterminé, en quelque sorte.

Tandis que Rory se lançait dans l'histoire de l'hôtel, Alexa enfonça un coude dans le flanc de Griffin.

— Tu arrêtes, oui ? grommela-t-elle derrière un sourire factice, juste assez bas pour que lui seul entende.

— Quoi ? C'est vrai. En avril, tu...

— Je sais. Mais tu n'éprouves pas au moins un semblant de culpabilité à effectuer cette visite alors qu'il est très peu probable qu'on se marie ici ?

— Oh ! c'est pour rire, riposta Griffin, indiquant Rory de la tête. C'est comme avoir Blanche-Neige en guise de guide.

— Tiens-toi correctement, veux-tu ?

Mais l'expérience lui disait que cette mise en garde resterait lettre morte. De plus, il avait raison. La jeune femme ressemblait à la princesse de Disney, mais au-delà de ça... Alexa fronça les sourcils, un souvenir tiraillant soudain son esprit, pareil à une chanson qui vous échappe sans qu'on puisse mettre le doigt dessus.

— J'adore l'histoire de cette maison, expliquait Rory, c'est l'ambiance romantique qui m'a ramenée ici. Ma cousine Evie n'aimerait pas m'entendre dire ça, mais je dois vous dire que Hillcrest est, ma foi, spécial. Les gens ont tendance à trouver leur propre conte de fées ici.

Griffin émit un son dont Alexa espéra qu'il passerait pour un rire indulgent aux oreilles de l'autre femme.

— Tu entends ça, trésor. Notre propre conte de fées.

Alexa ne voulait pas penser à l'ambiance romantique ou aux contes de fées. Aussi loin que remontaient ses souvenirs, elle avait toujours joué la sécurité. Ses jet-setteurs de parents avaient aimé l'action et l'aventure – ski à Saint-Moritz un jour, bain de soleil aux Bahamas le suivant. Ils avaient laissé la vie les porter où le vent soufflait, surgissant et disparaissant de son enfance comme un ouragan.

Après leur mort, sa grand-mère avait donné à Alexa la stabilité dont elle rêvait. Fini de s'interroger. Fini de s'inquiéter. Fini les tornades.

Jusqu'à cette soirée, presque quatre mois plus tôt, quand elle avait organisé un gala de bienfaisance pour une des nombreuses associations caritatives soutenues par sa grand-mère. Quand elle avait croisé le saisissant regard bleu du plus bel homme qu'elle ait jamais vu. Son cœur s'était arrêté, son souffle s'était coupé, et quelque chose de totalement indépendant de sa volonté l'avait embarquée.

Même lors de cette connexion électrique, elle avait su. Il y aurait des conséquences. Elle ne pouvait pas rejeter des années soigneusement programmées et agencées et ensuite s'attendre à reprendre là où elle en était restée comme si rien n'était arrivé. Alors que Chance McClaren était arrivé.

Durant les premières semaines suivant le gala, il avait hanté son esprit sans relâche. Riant et se moquant de ses pensées comme s'il se tenait auprès d'elle, chuchotant à son oreille. Après tout, il avait promis de la contacter, et Alexa avait sursauté à chaque appel, s'était précipitée à chaque texto, avait parcouru ses mails toutes les cinq minutes, ratissant des messages qui ne provenaient *pas* de Chance.

Lorsqu'il avait téléphoné, plus d'un mois plus tard, elle avait déjà pris sa décision. Ce qu'ils avaient vécu était une passade. Rien de plus, et c'était terminé. Elle avait perçu sa surprise. Nul doute que des dizaines de femmes seraient enchantées d'avoir de ses nouvelles, quel que soit le temps écoulé depuis son dernier appel. Mais il avait fini par accepter et respecter les souhaits d'Alexa.

Elle n'avait plus entendu parler de lui, et faisait de son mieux pour ne plus penser à lui.

Elle se répétait que ce barrage mental finirait par fonctionner... jusqu'à ce qu'elle prenne conscience de son retard. Elle était enceinte. Elle connaissait à peine le père de son enfant. Un ouragan qui s'était rué dans – puis hors de – sa vie avec une insouciance qui lui donnait le tournis.

Comment était-elle censée annoncer à un homme dont la vie tenait dans un sac à dos qu'il allait être père ? Alexa avait répété cent fois ce qu'elle dirait en tentant de le joindre.

Puis le destin parut décider que ce n'était plus de son ressort : elle se réveilla un matin et vit le gros titre défiler sur une chaîne d'infos matinales.

LE REPORTER-PHOTOGRAPHE CHANCE MCCLAREN
TUÉ PAR UNE BOMBE À KABOUL.

— Vous travaillez ici depuis combien de temps, Rory ? demanda Griffin tandis que leur guide les ramenait dans le vestibule après leur avoir montré la sublime salle de bal.

L'ambiance surannée de l'hôtel emplissait le lieu, depuis le bureau de réception sculpté en bois sombre jusqu'au mur de petits casiers pour les messages destinés aux clients, en passant par une véritable cabine téléphonique et sa réplique d'un appareil du début des années 1900.

Mais, comme dans tout hôtel moderne, le vestibule était très animé, avec des familles qui entraient et sortaient, des grooms poussant des chariots à bagages pleins à ras bord, et des employés prodiguant des conseils sur ce qu'il y avait à voir et à faire dans la proche ville victorienne de Clearville.

Rory laissa passer un couple avec une poussette. Et, comme elle le faisait depuis des semaines, Alexa fixa le bébé sanglé dedans. La vision lui coupa le souffle. Une adorable petite fille, les yeux clos, ses joues rebondies rosies par le sommeil, la tête avachie sur le côté. Si menue, si craquante…

Elle entoura sa taille de ses bras. Avant d'être enceinte, elle n'avait pas compris qu'elle n'aurait pas besoin d'attendre la naissance du bébé pour ressentir un lien aussi intense avec cette nouvelle vie en elle. Elle n'en revenait pas d'aimer déjà si fort l'enfant qui grandissait dans son ventre. D'aimer autant l'idée d'un petit garçon ou d'une petite fille aux cheveux noirs et aux yeux du même bleu surprenant que…

Non, elle ne penserait pas au père du bébé.

— Eh bien, je travaille ici en tant que coordinatrice de mariages depuis environ six mois, répondait Rory, mais l'hôtel appartient à ma famille depuis des décennies. Ma tante Evelyn le dirige désormais, mais les McClaren ont…

Alexa pila si brusquement que Griffin manqua lui rentrer dedans.

— Quoi ? Quel est votre nom de famille, vous dites ?

— McClaren. Je ne l'avais pas déjà mentionné ?

Le regard bleu de Rory – ce bleu si familier – passait alternativement de Griffin à Alexa.

Celle-ci vacilla, et le bras de Griffin se resserra autour de ses épaules

— Alexa ? Qu'est-ce qui ne va pas ?

— Rien.

Tout.

Pas facile de repérer la ressemblance entre des traits virils et la délicatesse de ce visage féminin, mais Alexa avait dû inconsciemment remarquer les similitudes. L'épaisse chevelure presque noire, les pommettes hautes, sculptées, ces yeux bleus…

L'épais tapis tournoya sous ses pieds, et la pièce aussi.

— Je ne me sens pas très bien. Je crois que j'ai besoin de m'allonger.

— Bien sûr. Je te ramène à la suite.

À la suite. Alexa refoula un rire hystérique. Ce ne serait jamais assez loin pour échapper aux pensées qui tourbillonnaient vertigineusement dans sa tête.

L'hôtel de la famille McClaren ? La famille de *Chance* ?

Et, avant qu'elle puisse réussir à s'enfuir, la double porte de l'hôtel s'ouvrit devant le père de son enfant.

2

Au début, il crut que son imagination lui jouait des tours.

C'était déjà arrivé, après l'explosion. Le souffle qui avait fracassé sa jambe lui avait également causé une sérieuse commotion cérébrale – qui le fit dériver aux frontières de la conscience des jours durant. Dans cet état de confusion, il avait vu Alexa à ses côtés. Entendu sa voix. Senti l'odeur de miel et de lilas de sa peau.

Il n'avait pas pris la peine de penser que sa présence n'avait aucun sens. La petite-fille fortunée d'une des plus puissantes et généreuses philanthropes de Californie pouvait bien lever des fonds pour les pays ravagés par la guerre, mais elle ne voyageait pas dans ces pays-là, évidemment.

Et elle n'aurait certainement rien eu à faire dans un hôpital mobile bondé où des médecins et des infirmières en sous-effectifs faisaient de leur mieux pour soigner les victimes des bombes en série.

Mais il avait été tellement persuadé de sa présence qu'il avait failli en venir aux poings avec un des médecins une fois qu'il avait vaguement repris conscience, incapable de comprendre pourquoi l'homme refusait de le laisser voir Alexa. Pourquoi la tenait-il à l'écart alors qu'elle était *juste là* ?

Plus tard, à mesure que le flottement qui brouillait son esprit commençait à se dissiper, il avait réalisé que tout cela n'avait été qu'une hallucination. Il avait été gêné que son propre esprit l'ait dupé à ce point. Troublé qu'une femme qu'il connaissait à peine – une femme avec qui il n'avait passé qu'un week-end et qui ne voulait plus entendre parler de lui – soit aussi la personne à laquelle il avait cherché à s'accrocher, même dans un tel état de confusion.

Et par conséquent, bien qu'il ait envisagé de l'appeler depuis son retour aux États-Unis, il avait évité de le faire.

À présent, tandis que le visage d'Alexa perdait toutes ses couleurs, il le regrettait.

Elle était aussi belle et éthérée que lors de leur rencontre. Ce soir-là, elle était enveloppée d'or, ses cheveux blonds remontés en chignon, sa frange retenue par la barrette ornée d'un papillon en pierres précieuses. Aujourd'hui, elle était drapée d'argent, sa chevelure sobrement rassemblée en queue-de-cheval au bas de la nuque. Alors qu'il l'observait, elle enroula les bras autour de sa taille, ses yeux bleu-gris exorbités au milieu de son visage magnifique.

— Chance ! s'écria Rory. Viens que je te présente deux de nos hôtes. Alexa Mayhew, Griffin James, voici mon frère, Chance McClaren.

Il ne se rappelait pas avoir bougé, mais soudain il se tenait devant Alexa, à quelques centimètres de la femme qui l'avait hanté pendant des mois.

— Alexa, murmura-t-il.

Elle tendit une main hésitante, comme si elle n'était pas tout à fait sûre qu'il soit réellement là, et il sentit son cœur se serrer. Son expression d'incertitude le foudroya, et il agrippa sa main. La peau douce, le parfum exquis, réels, cette fois.

— Chance. Je... Ravie de vous rencontrer.

« De vous rencontrer ? De le rencontrer ! » Elle avait fait nettement plus que le *rencontrer* dans cette chambre d'hôtel à Santa Barbara près de quatre mois plus tôt.

Il se figea sous le choc, la main d'Alexa toujours dans la sienne, jusqu'à ce que l'homme qui se tenait près d'elle prenne la parole.

— Si vous voulez bien nous excuser... Alexa ne se sent pas très bien.

L'homme – Chance ne se rappelait pas du nom qu'avait dit sa sœur – entourait d'un bras protecteur les épaules d'Alexa. Chance lui avait à peine accordé un coup d'œil un moment auparavant, mais il le jaugea maintenant d'un regard rapide. Riche, raffiné, séduisant. Quelqu'un qui faisait largement partie du monde d'Alexa.

Un coup de poignard, mais Chance avait enduré bien pire en termes de douleur. Une leçon dont il pouvait remercier Lisette. Trouver sa fiancée au lit avec un autre l'avait guéri de toute croyance en l'amour, au mariage, ou même en quoi que ce soit qu'il pensait avoir trouvé avec Alexa dans une suite d'hôtel cinq étoiles.

Mais, guéri ou non, il ne put s'empêcher de tenter le coup.

— Vous me semblez... familière. Vous êtes sûre qu'on ne s'est pas déjà rencontrés ?

— Euh... je ne crois pas, non.

— Non ? Donc on ne s'est pas rencontrés – je ne sais pas, en train de faire du parachute ascensionnel sur le front de mer ? Ou du saut à l'élastique du pont de Nulle-Part ?

Alexa devint encore plus pâle, et Chance s'en voulut à mort. Il arrêta avant de mentionner le dernier vœu qu'avait murmuré la jeune femme, ce fameux week-end.

Faire l'amour sous les étoiles.

— Alexa n'est pas vraiment du genre à pratiquer le saut à l'élastique, intervint sèchement le *golden boy.*

— Peut-être aura-t-elle un jour cette chance.

Le regard gris-bleu agité d'Alexa croisa le sien. Les deux se nouèrent, ne se lâchèrent plus, comme cela avait été le cas ce soir-là à Santa Barbara.

« Allez, Lexi, avait-il chuchoté. Tente ta chance. »

Et, oui, elle l'avait fait. Durant un week-end. Et, non, ils n'avaient pas eu de temps de réaliser les souhaits farfelus de sa liste de choses à faire avant de mourir, comme le parachute ascensionnel ou le saut à l'élastique. Mais il s'était envolé assez haut pour que, l'espace d'un instant, il songe à mourir de bonheur entre ses bras...

Cela n'avait été qu'un instant. Un week-end, et Chance n'avait jamais connu une femme qu'il n'arrivait pas à oublier rapidement. C'était peut-être ça, le problème. Depuis l'explosion, il n'avait pas tourné la page. Il n'était pas passé à un autre travail, une nouvelle mission, un autre pays au bout du monde. Il était coincé. À l'instar d'un requin, s'il n'était pas perpétuellement en mouvement, il ne pouvait pas respirer.

L'homme qui était à côté d'Alexa murmura :

— Quelque chose me dit que ce n'est pas près d'arriver.

Chance ouvrit la bouche pour bêtement argumenter quand sa cousine, Evie McClaren, repéra le petit groupe depuis l'extrémité du vestibule.

— Chance, te voilà. Je te cherchais.

— Veuillez nous excuser, dit à voix basse Alexa à Rory.

— Bien sûr ! On terminera la visite plus tard.

— Merci de nous avoir consacré de votre temps.

Toujours aussi polie, aussi convenable, songea Chance avec un demi-sourire qui incita Alexa à relever encore plus haut son élégante tête quand elle s'en aperçut.

— Monsieur McClaren.

— Miss Mayhew. Ce fut un plaisir.

Il étira le mot suffisamment pour qu'elle rougisse avant de tourner les talons. Son *golden boy*, un bras autour de ses épaules, l'entraîna vers... sa chambre ? Celle d'Alexa ? La leur ?

Chance fourra les mains au fond de ses poches, les poings si fermés que la barrette lui perça la paume. Pas une seule femme au monde ne lui importait assez pour qu'il soit jaloux. Plus maintenant.

— Chance ? Hé oh ? Chance ?

Sa cousine agita une main devant son visage pour capter son attention. Elle le fixait avec sévérité.

— Le secrétariat de ton médecin a appelé pour déplacer ton rendez-vous. Tu ne répondais pas sur le portable.

— Oh ! Chance, protesta Rory, ses yeux bleus, si semblables aux siens, assombris d'inquiétude. Tu devrais vraiment prendre ton téléphone, surtout quand tu pars seul.

— Oui, maman, répliqua-t-il en soupirant.

— Ni ta mère, riposta sèchement sa cousine, ni ta secrétaire. Alors décroche ton satané téléphone portable.

— Oui, Evie.

À l'heure actuelle, la simple idée de thérapie l'épuisait. Dire qu'il avait coutume de courir des kilomètres, et maintenant trente minutes de marche sur la plage le laissaient éreinté, essoufflé… et avec des douleurs atroces.

— À propos de maman…, reprit Rory. Elle dit ne pas avoir eu de tes nouvelles dernièrement, et elle parle de venir te rendre visite pour vérifier en personne comment tu vas.

— Dis-lui que je vais bien, Rory, grogna Chance.

— Dis-le-lui toi-même, le morigéna sa sœur. D'ailleurs, tu en es bien sûr ? Tu as l'air…

Elle s'interrompit, hésitant visiblement à lui faire de la peine. Douce Rory.

— Effrayant, compléta Evie.

— Evie !

— Quoi ? persifla sa cousine. Il fait peur aux clients. J'ai cru que cette pauvre femme allait s'évanouir en le voyant.

— Oh ! Je ne pense pas que c'était à cause de Chance. C'est une grosse décision, tu sais. De choisir où se marier.

À son réveil après l'explosion, un rugissement sourd emplissait la tête de Chance, douloureux au point d'interdire toute réflexion. Cette bombe lâchée par sa sœur déclencha une seconde vague, réplique de la première.

Alexa. Mariée. *À Hillcrest.*

— Chance. Tu es sûr que tout va bien ?

Il frotta ses joues mangées par une barbe de plusieurs jours.

— Quand ? demanda-t-il d'une voix rauque.

— Hein ?

— Le mariage. C'est quand ?

— Oh. Ils n'ont pas encore fixé de date. Pourquoi ?

— Je me demandais juste si je serais encore là quand ça aurait lieu.

Bon sang, il fallait que quelque chose lui fasse oublier cette femme. Peut-être que voir Alexa épouser un autre homme ferait l'affaire. Jusqu'ici, rien n'avait fonctionné.

— Est-ce qu'ils ne forment pas un couple adorable ? s'extasia Rory avec un soupir rêveur.

— Craquant.

Et les regarder échanger leurs vœux, se promettre mutuellement amour et fidélité jusqu'à ce que la mort les sépare, sceller ces paroles d'un baiser... Chance serra les dents. Autant se planter cette fichue barrette dans l'œil.

— Sérieusement, Chance, lança Evie, on sait toi et moi que je suis loin d'être aussi nunuche que ta sœur...

— Hé, protesta Rory.

— ... mais, si tu dois photographier les mariages qui se déroulent ici, il va falloir t'impliquer dans toutes ces âneries d'amour éternel et de bonheur sans nuages.

— Charmant, grommela Rory. Assurons-nous d'insérer cette formule dans une de nos brochures.

— Je m'implique, Evie. Je m'implique.

Son regard perçant le balaya depuis ses cheveux trop longs jusqu'à son T-shirt délavé en passant par son pantalon froissé.

— Tu fais peur aux clients, répéta-t-elle.

— J'irai chez le coiffeur. Et me raser. Et acheter trois fringues, ajouta-t-il en grognant devant son air implacable.

— Avant ce week-end ? insista Rory, un brin préoccupée.

Chance ravala un juron. Sa première participation officielle à un événement Hillcrest House était pour ce week-end. *Chance McClaren – photographe de mariages.*

— D'accord. D'accord. Avant ce week-end. Vous savez, vous devriez être plus gentilles avec moi, toutes les deux, ajouta-t-il sans réfléchir. Après tout, j'ai failli...

Il s'interrompit avant de terminer la vieille blague, qui remontait à une grave blessure quand il était gamin. Un accident de skateboard l'avait plongé dans un coma suivi de longs mois de kinésithérapie et d'ergothérapie.

La rééducation avait été un enfer, pas si différent de ce qu'il affrontait aujourd'hui, et il s'était donné à fond, le plus possible, déterminé à redevenir le casse-cou téméraire qu'il était avant l'accident. Ce qui ne l'avait pas empêché de jouer la carte de la compassion dès qu'il en avait l'occasion.

Travailler d'arrache-pied pour remonter sur un skate ? Bien évidemment.

Ramasser ses chaussettes sales ? Et puis quoi encore ? Tout le monde savait qu'il était sérieusement blessé, non ?

Mais contrairement à autrefois, lorsque Rory recevait ses propos mélodramatiques en levant au ciel des yeux exaspérés, ceux-ci s'emplirent de larmes alors qu'elle prononçait le mot qu'il n'avait pas prononcé.

— Mourir, Chance. Tu as failli mourir.

La culpabilité le submergea en pensant à ce que sa sœur, ses parents, toute sa famille, avaient enduré. *Pas ma faute*, se rappela-t-il, mais cela ne dissipait pas le chagrin persistant dans les yeux de Rory dès qu'elle le regardait.

— Je vais très bien, Rory. Je serai redevenu moi-même en un rien de temps.

— C'est bien ce qui me fait peur, répliqua-t-elle avec un sourire triste.

— Rory…

Mais elle s'éloigna en hâte, et Chance s'abstint de la suivre. Il préférait la laisser tranquille plutôt que la heurter.

— Tu es un abruti fini, parfois.

Du mépris, et non de la peine, emplissait le regard glacial de sa cousine, et il en fut presque soulagé. La colère, il pouvait la gérer, et il se demanda si, à sa manière rébarbative, Evie ne tentait pas de lui faciliter la tâche.

— J'ignorais totalement ce qu'un journaliste trop zélé racontait. Je gisais sur un lit d'hôpital…

— Sans connaissance dans un poste de premiers secours improvisé à l'autre bout du monde.

Et, ça, c'est ta faute, Chance. Evie ne le dit pas, mais il perçut son accusation.

— C'est mon travail, Evie.

Un boulot qu'il adorait malgré les dangers.

— Tu connais ta sœur et tes parents. Eux, leur boulot est de t'aimer. Tu ne devrais pas rendre ça si difficile.

Sur ce, elle s'éloigna à son tour, le laissant planté au milieu du vestibule, entouré de clients qui bavardaient et d'employés. Un homme d'affaires stressé aboyait des ordres dans son téléphone, et il cogna la jambe de Chance alors qu'il le dépassait au pas de charge. Une douleur fulgurante le transperça, et il dut serrer les dents pour ne pas hurler.

Quoi que pense sa famille, il n'était pas particulièrement imprudent et irresponsable. Son travail exigeait des risques calculés, mais il évaluait toujours ses options avant de prendre une décision – même s'il n'avait qu'une fraction de seconde pour le faire.

Ce qui serait judicieux, ce serait de partir. Il n'y avait plus aucun bénéfice à tirer ici. Aucune ultime tentative à faire pour conclure l'histoire. Aucune raison de s'avancer lentement, péniblement jusqu'au comptoir de la réception.

Sauf une envie irrépressible, imprudente et irresponsable.

Il voulait rappeler à Alexa Mayhew que, si, ils s'étaient rencontrés auparavant.

— Tu es sûre que ça va ?

Griffin avait posé la question dix fois depuis qu'ils avaient quitté – fui – le vestibule de l'hôtel pour leur suite. Il l'avait installée dans le petit salon garni d'une causeuse aux nuances de bleu et d'une table basse, puis lui avait préparé une tisane.

Elle avait attendu d'être certaine de pouvoir soulever le mug sans que ses mains tremblent pour boire une gorgée, et ensuite ravalé un rire hystérique. Camomille. Est-ce que Griffin pensait vraiment que les vertus calmantes de la plante aideraient dans cette situation ?

Chance. Ici. À Hillcrest.

Les quinze dernières minutes étaient si floues, si surréalistes qu'elle avait presque l'impression d'avoir connu une sorte d'expérience extracorporelle. Dès qu'elle l'avait vu, son cerveau s'était fermé brutalement alors que ses membres et sa bouche continuaient de s'actionner.

« Ravie de vous rencontrer… ? »

Quelle mouche l'avait piquée ? Certes, elle était abasourdie, mais le regarder droit dans les yeux et prétendre qu'ils ne s'étaient jamais rencontrés ? Alexa ne connaissait pas bien Chance McClaren – autrement que bibliquement – mais elle se doutait bien que n'importe quel homme prendrait ce type de rejet total pour un défi. Elle ne se souvenait pas ? Eh bien, il allait devoir le lui rappeler, non ?

« Tente ta chance. »

Le jeu de mots avait été la formule qu'il avait utilisée pour la faire venir sur la piste de danse, dans ses bras, et, à la fin de la soirée, dans son lit.

« Tente ta chance. »

Facile à dire. Ce n'est pas lui qui s'était retrouvé enceinte.

— Alexa ?

Arrachée à ses pensées, elle croisa le regard inquiet de Griffin.

— Tout va bien, maintenant. Je t'assure. Je crois juste que... j'ai un peu perdu pied un instant, tout à l'heure.

Il parut croire qu'elle faisait allusion à la visite de l'hôtel et aux idées de la coordonnatrice pour leur jour de noces parfait. Il n'avait aucune raison de penser à autre chose puisque Alexa ne lui avait jamais donné le nom de l'homme avec qui elle avait eu cette aventure d'un week-end.

— J'étais sincère, tu sais. Ce n'était peut-être pas la demande en mariage la plus romantique qui soit...

— Griff...

— Mais nous deux – nous *trois* – c'est cohérent, Allie.

Son offre et la loyauté dans ses yeux dorés l'enveloppèrent, tout comme ses accolades exubérantes. Ils s'étaient connus quand elle avait huit ans – le jour des funérailles de ses parents. La maison de sa grand-mère était remplie d'invités. Endeuillés vêtus de noir dedans et paparazzis armés de téléobjectifs dehors. Elle avait passé le plus clair de son enfance seule et perdue, mais jamais elle ne s'était sentie aussi invisible qu'au milieu de cette foule. Ni les amis de ses parents ni la vieille garde de sa grand-mère ne semblaient avoir la moindre idée de quoi dire à une jeune orpheline. Bien qu'elle ait entendu un tas de choses qu'ils avaient à dire sur elle...

« Pauvre petite. Qu'est-ce que Virginia va bien pouvoir faire d'elle, à votre avis ? »

« Elle l'enverra en pension, c'est certain. Je m'étonne même que Stefan et Bree ne l'aient pas déjà inscrite. »

Dire qu'elle s'était échappée sans qu'on le remarque serait un euphémisme. Personne ne lui avait prêté attention quand elle se trouvait là ; pourquoi quelqu'un s'apercevrait-il de son absence ?

Alexa n'avait guère réfléchi à sa destination. Une fois passé la porte de derrière, elle avait couru durant ce qui avait paru des kilomètres. Elle avait traversé la propriété de sa grand-mère, avant de voir son élan se briser sur le portail de l'immense domaine des voisins.

Le parc était aussi aménagé que celui de sa grand-mère avec de hautes haies, des massifs de fleurs et des fontaines ; il y avait une balançoire, et c'est là que Griffin la trouva.

Et, comme s'il était tombé sur un chaton abandonné, il l'avait ramenée chez lui, lui avait donné un verre de lait et un bol de céréales. Quand sa mère les avait découverts tous les deux un peu plus tard, Griffin avait annoncé :

— Voici Alexa. Son papa et sa maman sont morts, alors elle va vivre avec nous.

Elle ressentait maintenant la même émotion que ce jour-là. Griffin était la seule personne sur qui elle pouvait compter. Et elle l'aimait. Vraiment. Elle aurait juste voulu...

Alexa secoua la tête. Là résidait peut-être son problème. Elle voulait toujours plus qu'elle n'avait. La pauvre petite fille riche typique. Elle posa son mug et contourna la table.

— Tu es mon meilleur ami, Griffin, dit-elle en lui prenant les mains. Tu l'es depuis qu'on est gosses, et, si jamais je perdais ça, si jamais je perdais ton amitié...

— Aucun risque. Je te le promets. Parole de scout.

— Tu n'as jamais été scout. Allez, ajouta-t-elle, le poussant vers la porte. Tu n'as aucune envie de rester coincé dans cette chambre avec moi. Ouste !

Récemment, le père de Griffin avait manifesté un intérêt pour Hillcrest House. Il avait entendu dire qu'une chaîne d'hôtels concurrente avait fait une offre sur la demeure victorienne, et avait demandé à son fils de voir si le domaine valait assez le coup pour faire une contre-offre.

Alexa était surprise que Griffin ait accepté. Il avait ses propres rêves, qui n'avaient rien à voir avec l'idée de devenir un magnat de l'hôtellerie. Des rêves réalisables – s'il trouvait le moyen de prouver son sens des responsabilités à son père.

— Sache que jamais je ne me considérerai comme coincé avec toi, dit-il. Juste chanceux de t'avoir à mes côtés.

— File ! Avant que tu ne fasses fondre en larmes une femme victime de ses hormones ridicules !

Il partit après un clin d'œil affectueux, et la réalité des dernières minutes frappa Alexa avec la violence d'un ouragan. Elle s'effondra dans la causeuse bleue, les muscles vidés de leur substance, et pressa un coussin sur sa poitrine.

Chance McClaren.

Le revoir avait été comme… voir un fantôme.

Un fantôme bien vivant.

Car, en dépit de ce communiqué de presse initial, Chance McClaren n'était pas mort lors de cet attentat à la bombe.

Deux jours plus tard, toutes les chaînes d'information du pays révisaient leurs gros titres. Chance était blessé mais en vie, dans un hôpital d'une ville étrangère dont Alexa n'avait jamais entendu parler.

Mais, durant ces deux journées intermédiaires, le choc avait plongé Alexa dans une hébétude bienheureuse après le tourbillon émotionnel qu'elle vivait depuis leur rencontre.

Elle avait passé son enfance à attendre un coup de fil de ses parents, à guetter leur retour inopiné par la fenêtre. À s'interroger, à espérer, pour voir cet espoir encore et toujours réduit à néant quand une nounou ou une autre lui annonçait que ses parents ne reviendraient pas.

Jusqu'au jour où sa grand-mère était arrivée et avait mis un terme à tout cela. Ses parents ne reviendraient pas. Plus jamais.

Elle avait revécu chaque méandre, chaque vicissitude de ses angoisses, chaque saut périlleux de son estomac après le départ de Chance, et, quand elle avait lu ce premier communiqué, une minuscule part d'elle, désespérée, avait été… soulagée.

Cet enfant – un enfant qu'elle aimait déjà, un enfant qui l'aimerait et aurait besoin d'elle – serait tout à elle, et elle n'aurait pas à le partager. Elle n'aurait pas à dire à Chance qu'il allait être père. N'aurait pas à s'inquiéter qu'il cause des ravages en débarquant dans leur vie pour mieux disparaître. Elle n'aurait pas à affronter la douleur de savoir qu'elle avait maudit son bébé en lui destinant une enfance similaire à la sienne.

Non, elle n'aurait rien à faire de tout cela.

Parce que Chance était mort.

Il était plus simple de continuer à se mentir en se confortant dans l'idée que Chance avait disparu à tout jamais.

Alexa n'eut ni le temps ni l'occasion de se remettre de l'avoir revu. On frappa à la porte. Elle lâcha un petit rire en se levant de la causeuse pour aller ouvrir.

— Tu as oublié ta clé, Griff... ?

Sur le seuil se tenait non pas Griffin mais Chance McClaren, qui répliqua :

— Je n'ai pas souvenir que tu m'aies confié une clé... pour le moment.

3

Une bouffée de chaleur envahit soudain son corps, à tel point qu'Alexa fut tentée – sérieusement tentée – de lui claquer la porte au nez. Mais cela faisait trop longtemps qu'elle était la petite-fille de Virginia Mayhew pour réagir de la sorte. Encore que, franchement, quel manuel d'étiquette comportait un chapitre sur une situation pareille ?

« Comment accueillir un amant d'un week-end, père de votre futur enfant. » Ou mieux : « Que dire à un homme qui est revenu d'entre les morts, au propre comme au figuré. »

— Allez, Lexi, tu ne m'invites pas à entrer ?

Une main sur l'embrasure de la porte, il affichait une pose décontractée, mais elle n'était pas dupe. Ses yeux bleus étaient baignés d'ombres, sa mâchoire non rasée, crispée, les muscles de son bras, contractés. On aurait dit qu'il allait s'écrouler s'il lâchait prise. Et son cœur, qu'elle s'était efforcée d'endurcir, se serra de compassion.

— Ne m'appelle pas comme ça, s'il te plaît, murmura-t-elle, tout en reculant pour lui permettre d'entrer dans la suite, et, elle le craignait, à nouveau dans sa vie.

Elle le précéda dans le petit salon. L'endroit lui avait paru douillet quand Griffin était là. À présent, avec Chance, elle avait l'impression que les murs se resserraient autour d'eux.

— Comment devrais-je t'appeler, alors ? Après tout, c'est comme ça que tu t'es présentée ce soir-là, non ?

Alexa réprima un grognement à ce rappel. Elle n'avait cessé

de se traiter d'idiote depuis. Qu'est-ce qu'elle avait cru ? Un seul regard de Chance tout à l'heure dans le vestibule et les souvenirs avaient refait surface. C'était comme si un arc électrique circulait entre eux, un arc qui l'empêchait de penser.

L'espace d'un week-end, avec cet homme, elle s'était laissée aller à ressentir. Elle avait su qu'il y aurait un prix à payer pour abandonner le contrôle strict qui régulait son existence depuis vingt et quelques années. Simplement, elle n'avait pas réalisé qu'elle ne serait pas la seule à assumer ce choix. Son enfant à venir en paierait les conséquences, lui aussi. Mais uniquement si elle apprenait la vérité à Chance...

— Qu'est-ce que tu veux, Chance ?

Elle ramassa le coussin tombé de la causeuse et le cala précautionneusement contre l'accoudoir, en lissa les fronces comme si rien d'autre n'avait davantage d'importance.

— Oh, je ne sais pas, répondit-il, les yeux flamboyants. Je dois te féliciter, si je comprends bien ?

Elle avait vu juste. Elle avait blessé une forme de fierté machiste en prétendant ne pas le connaître. Ajoutez des quasi-fiançailles, et l'homme à qui elle n'avait pas adressé la parole depuis des mois se retrouvait à sa porte.

Elle fit un pas en arrière, pour s'éloigner de Chance, et se cogna à la table basse. Il contra son mouvement d'un pas en avant, la piégeant là, à moins qu'elle escalade les meubles pour tenter de s'échapper.

— Chance...

— Pour quelqu'un qui prétend ne pas prendre de risques, tu vas vite, quand tu veux.

Alexa sentit une douleur brûlante l'envahir. Il savait exactement à quel point elle était allée vite, en tombant dans son lit le soir même de leur rencontre. Avec le recul, le week-end tout entier avait semblé être une sorte de rêve, un moment magique. Hors du temps. Un moment que, malgré la grossesse, elle s'était révélée incapable de regretter. Jusqu'à maintenant. Jusqu'à ce que Chance l'incite à en avoir honte.

— Je...

— Quatre mois, et te voilà brusquement fiancée ?

— Fiancée ? Tu veux dire avec Griffin ?

Il haussa un sourcil.

— Tu as un autre fiancé dont je ne suis pas au courant ?

— Non, bien sûr que non.

— Sauf si... Tu étais fiancée quand on s'est rencontrés ? demanda-t-il d'un air suspicieux.

— Quoi ! Non ! Jamais je n'aurais couché avec toi si j'avais été fiancée à un autre à ce moment-là ! protesta-t-elle à voix basse, comme si tout l'hôtel risquait de les entendre.

Il fouilla son expression, se relâchant un peu à mesure de ce qu'il y lisait. Elle perçut un effluve marin mêlé à sa propre senteur masculine, et son regard dériva vers ses lèvres, tandis qu'elle s'imaginait en train de goûter sa peau salée...

Il est ici. Je n'arrive pas à croire qu'il soit réellement là.

Avec une brève inspiration, Alexa s'arracha au cours dangereux que prenaient ses pensées. Chance rentrait probablement juste d'une marche sur la plage, mais c'était elle qui aurait eu bien besoin d'un bain dans l'eau glacée !

— Griffin James et moi nous connaissons depuis l'enfance, mais il ne m'a demandée en mariage que tout récemment.

— Comme ça ?

— Pardon ?

— Vous vous connaissez depuis des lustres et quoi ? Vous vous réveillez un matin et décidez de vous marier ?

— On est très bien assortis.

Alexa grimaça en entendant les mots de sa grand-mère sortir de sa propre bouche. Virginia serait aux anges si elle acceptait d'épouser Griffin. Elle les poussait l'un vers l'autre depuis le lycée.

— En effet. Alors que toi et moi ne sommes très bien assortis qu'au lit.

Alexa le fixa.

— Qu'est-ce que tu fabriques ici, Chance ?

Il ouvrit la bouche, mais aucun son n'en sortit. Il fourragea ses cheveux ébouriffés, visiblement perdu, à côté de ses pompes, si différent de l'homme qu'elle avait rencontré quatre mois auparavant. Il soupira.

— Si seulement je savais, finit-il par répondre.

Alexa lutta de toutes ses forces, mais son cœur se déchira devant la vulnérabilité inattendue de Chance. Il paraissait… mal. Lors de la soirée caritative, il cadrait sans peine avec l'assemblée raffinée – époustouflant dans un smoking qui soulignait à la perfection son mètre quatre-vingt-cinq et aurait fait fondre n'importe quelle femme. Ses cheveux sombres lissés en arrière révélaient la structure classique de ses traits, ses sublimes yeux bleus et des fossettes à mourir.

Aujourd'hui, ses cheveux retombaient en vrac sur son front. Son visage était émacié. L'étincelle ne brillait pas dans ses pupilles, et les fossettes restaient invisibles sous le chaume hirsute de sa barbe naissante.

Quatre mois, c'était peu, mais il s'était passé tant de choses. Une nouvelle vie grandissait en elle, et Chance… Chance avait failli mourir.

— J'ai entendu le communiqué aux informations.

— Lequel ? demanda-t-il.

— Celui qui disait que tu avais été tué dans un attentat-suicide à la bombe.

— Mauvais reportage.

— Ça n'a pas l'air si loin du compte.

Elle ne l'avait pas remarqué plus tôt, mais il se tenait de guingois, reposant la majorité de son poids sur son côté gauche. À quel point avait-il frôlé la mort ?

— Je vais bien. Je serai de retour sur le terrain en un rien de temps.

Bien entendu, songea amèrement Alexa. Car qui reconsidérerait ses choix de vie après avoir manqué se faire tuer par une explosion ?

Quelques années avant que ses parents ne décèdent sous une avalanche dans les Alpes italiennes, ils avaient survécu à un accident d'avion. Le petit jet avait eu une panne de moteur, et le pilote avait miraculeusement atterri sur une route de campagne au milieu de nulle part. Mais, au lieu d'inciter ses parents à revoir leur mode de vie de globe-trotters mondains, survivre à cette péripétie leur avait uniquement donné l'impression d'être encore plus invincibles.

Alexa imaginait sans peine que Chance réagirait de la même façon – prendre davantage de risques, accepter plus de défis, jusqu'à ce que le vent tourne trop tôt.

Dans l'immédiat, il était cependant difficile de penser à lui à des milliers de kilomètres, mettant sa vie en danger, alors qu'il se trouvait là, à portée de main. Alexa eut un mal fou à ne pas effacer les quelques centimètres qui les séparaient, à ne pas se jeter sur lui pour le serrer dans ses bras, pour voir, sentir, toucher, *goûter* un homme réellement vivant et en bonne santé.

Les hormones, se dit-elle avec désespoir. Elle avait lu que la grossesse pouvait occasionner des flambées d'émotions, mais cette justification rationnelle échoua à dissiper le désir vertigineux qui déferla dans ses veines. *Rien de plus qu'un écart temporaire.*

Hélas, les écarts s'avéraient beaucoup trop courants, du moins s'agissant de Chance McClaren. Mais qu'elle ait commis une erreur ne signifiait pas qu'elle continuerait à en commettre. À partir de maintenant, fini les décisions impulsives ; elle réfléchirait avec sa tête, pas avec son cœur.

Et certainement pas avec ses hormones.

Afin de préserver sa santé mentale de l'emprise qu'exerçait Chance sur elle, elle murmura :

— Tu devrais y aller avant que...

Un sourire moqueur joua sur les lèvres de Chance tandis qu'il en concluait ce qu'elle craignait qu'il puisse arriver.

— Ah oui. Tu ne voudrais pas que ton fiancé te surprenne seule dans une chambre d'hôtel en compagnie d'un type avec qui tu as couché.

Alexa faillit discuter, puis s'abstint. Peut-être valait-il mieux que Chance pense que Griffin et elle étaient fiancés.

— Mais ne t'inquiète pas, poursuivit-il. On aura plein d'occasions de se revoir.

Elle frissonna à cette promesse – cette mise en garde.

— Pourquoi donc ?

— Ma sœur ne t'a pas dit ? Je suis votre photographe de mariage.

Alexa remercia d'un sourire la serveuse qui remplissait son verre d'eau puis leva les yeux vers Griffin, qui la fixait de l'autre côté de la table.

— Qu'est-ce qu'il y a ?

— Tu ne manges pas.

Après la confrontation avec Chance, Alexa n'avait eu qu'une hâte : fuir l'hôtel. Lorsque Griffin était revenu en proposant une virée en ville, elle avait aussitôt accepté. Ils avaient passé l'après-midi à musarder dans les charmantes boutiques de Main Street. D'ordinaire, elle aurait adoré l'architecture victorienne – les tourelles, les galeries ceignant les bâtiments, les détails élégants des moulures et les couleurs éclatantes –, mais elle n'arrivait pas à se concentrer.

Elle soupira en picorant sa salade. Impossible de manger.

Après les nausées du premier trimestre, son appétit avait fait un retour en force. Au point que, quand elle avait rappelé à Griffin qu'elle mangeait pour deux, il avait demandé si tous les deux étaient défenseurs dans la ligue de football.

Mais là, les nerfs à vif suite à son face-à-face avec Chance, elle pouvait à peine avaler une bouchée.

— Si tu veux, on peut aller ailleurs, proposa Griffin.

Il avait repéré le vieux snack démodé avec son carrelage noir et blanc, son comptoir de cuisine en acier et ses boxes recouverts de vinyle rouge. En dépit – ou peut-être à cause – des restaurants cinq étoiles dont se targuaient la plupart des hôtels de sa famille, il avait toujours apprécié un hamburger basique accompagné de frites.

Ils étaient installés au fond de la salle, et Alexa bénéficiait d'une vue globale des lieux. Les box et les tabourets de bar étaient occupés par une foule de convives, mélange de touristes et de locaux. Des serveuses en uniforme rose criaient les commandes à un cuisinier derrière le comptoir, et de la musique des années 1950 jaillissait des haut-parleurs. L'odeur de viande grillée et de nourriture frite lui aurait mis l'eau à la bouche si elle avait eu le moindre appétit.

— Non, c'est bien, ici, répliqua-t-elle, piquant dans un morceau de poulet.

Tout en plongeant une frite dans du ketchup, Griffin demanda d'un ton détaché :

— C'était lui, n'est-ce pas ?

Alexa cessa de mâcher, persuadée qu'il ne pouvait pas poser la question qu'elle pensait qu'il posait. Mais son regard convaincu lui rappela qu'elle n'avait jamais été capable de le duper. Elle avala et but une gorgée d'eau.

— Excuse-moi. Qui est « lui » ?

Il était puéril de sa part de jouer l'innocente alors que Griffin la connaissait par cœur. Elle aurait aussi bien pu fermer les yeux et prétendre que le monde – que *Chance McClaren* – ne pouvait pas la voir.

— Tu sais bien, répondit-il, en indiquant du menton la partie de son corps cachée sous la table. Le père de ton bébé.

Alexa reposa bruyamment son verre sur le formica.

— Je t'ai déjà dit combien ce terme me fait horreur ?

— Tu as une meilleure expression en tête ?

Toquade d'un week-end...

Donneur de sperme...

Géniteur de mon enfant...

Aucune des trois n'apaisa la nervosité qui lui vrillait l'estomac.

— D'ailleurs, peu importe comment je l'appelle. J'ai quand même raison, non ? C'est le seul et l'unique.

« Le seul et l'unique ». D'une certaine manière, cela sonnait pire. Oui, Chance McClaren était le seul homme qui l'avait amenée à s'oublier durant un long week-end. Le seul homme qui l'avait poussée à saisir sa chance, à se risquer hors de sa zone de confort. Le seul homme qui l'avait fait se sentir libre.

Un petit remous dans son ventre parut se moquer de cette pensée. *Pas si libre que ça, maintenant.*

Mais Chance n'était pas l'homme *unique* qu'Alexa aurait retenu comme père de son enfant. Pas l'homme *unique* qu'elle aurait choisi pour une relation stable à long terme. Elle le savait dans sa tête et dans son cœur. Alors pourquoi son corps stupide ne se mettait-il pas au diapason afin de se calmer ? Pourquoi des frissons continuaient-ils de parcourir sa colonne vertébrale, sa peau, après qu'elle l'avait revu ?

— Comment as-tu deviné ?

Alexa avait dit à Griffin qu'elle était enceinte, gardant la plupart des détails pour elle, y compris le nom de Chance. Elle ignorait pourquoi, si ce n'est que mentionner son nom aurait ravivé encore plus de souvenirs. Or, elle tentait de toutes ses forces d'oublier.

— En dehors de l'électricité qui crépitait entre vous ?

Griffin enfourna son hamburger avant d'ajouter :

— Après avoir vu votre réaction l'un envers l'autre, j'ai effectué une rapide recherche en ligne sur le gars. Il s'avère qu'il se trouvait à cette soirée caritative à Santa Barbara, celle où tu as rencontré ton homme mystérieux.

Elle poussa un soupir. Il l'avait coincée.

— Je n'arrive toujours pas à croire qu'il soit ici. Une partie de moi pensait que je ne le reverrais jamais.

— Parce que tu pensais qu'il avait été tué ?

Une pointe de réprimande teintait la voix de Griffin. Il lui en voulait de ne pas lui avoir raconté toute l'histoire.

— Tu as lu les articles de presse ?

— Pas difficile. Tape McClaren dans la barre de recherche, et les gros titres clament que le type est ressuscité.

Alexa repoussa les tranches de tomate sur le bord de son assiette.

— Je sais. Et je te l'aurais dit, mais tu étais plongé jusqu'au cou dans ces réunions avec ton père.

Réunions au sujet du fidéicommis de Griffin et des stipulations qui jusqu'ici l'empêchaient de toucher l'argent.

— Et quand tu es rentré..., poursuivit-elle.

— Chance était vivant.

— Oui.

— On peut affirmer sans risque que vous deux n'en avez pas fini, comme tu en donnais l'impression.

— Tu te trompes. C'est terminé. Ça n'a même jamais vraiment commencé, ajouta-t-elle avec un petit rire. C'était une passade d'un week-end. Rien de plus.

— Tu n'as pas de passades d'un week-end, Alexa.

— Je le sais !

La honte d'avoir accompli un acte qui lui ressemblait si peu lui donnait envie de se couvrir le visage. Elle craignait que cela ressemblât davantage à Chance.

— Alors tu ne crois pas que ça prouve quelque chose ?

— Que je suis devenue une femme désespérée, seule ?

— *Primo*, c'est faux. *Secundo*, Chance McClaren avait forcément quelque chose de spécial pour que tu couches avec lui dès le premier soir. Je t'ai vue prendre plus de temps pour décider quelle paire de chaussures acheter, ironisa-t-il.

— C'est important, les chaussures, rétorqua-t-elle, refusant de croiser son regard.

— Allie. Voyons, arrête, tu veux.

— Ça ne marcherait pas entre nous. On est trop différents. Ce qu'on attend de la vie est tellement aux antipodes. Je le lui ai expliqué quand il a appelé. Et c'était même avant que je sache que j'étais enceinte.

Griffin pointa une frite d'un geste accusateur.

— Une seconde. Tu ne m'as pas dit ça.

— Quoi donc ?

— Qu'il avait appelé… ou que c'était toi qui avais rompu.

— Je n'ai pas vraiment rompu. Je n'avais pas eu de ses nouvelles pendant cinq semaines, je te signale !

— Et Chance faisait quoi, pendant ces cinq semaines ?

— Il…

Alexa s'interrompit, réalisant qu'elle n'avait pas demandé à Chance où il était ou ce qu'il avait fait.

— Il était probablement au milieu d'un désert quelconque ou d'une jungle ou de marais, Dieu seul sait où.

— Ce qui rendait sans doute tout contact téléphonique compliqué, indiqua Griffin avec une logique qui donna à Alexa le sentiment d'en manquer gravement.

— Tu es de quel côté, de toute manière ?

— Du tien. Toujours.

Il recula sur la banquette avant de poursuivre :

— En outre, j'ai trouvé sur Internet un détail dont j'aurais dû me souvenir. C'était le vingtième anniversaire de la mort de tes parents, n'est-ce pas ? Peu après ta rencontre avec Chance ?

L'anniversaire était le jour précis où il avait appelé.

— Je ne vois pas le rapport.

— Oh ! Allie. Ne prétends pas que tu ne vois pas les similitudes. Mais, quelles que soient les fautes de tes parents, c'étaient les leurs. N'en rends pas Chance responsable.

— Qu'est-ce que tu veux dire, Griffin ?

— Ce que tu sais déjà. Il a le droit de savoir qu'il va être père.

La dernière chose que Chance avait envie de faire ce soir-là, c'était d'aller dîner à Clearville. La ville victorienne exerçait un attrait certain pour les visiteurs et pour les locaux qui gagnaient de l'argent grâce aux touristes, mais elle avait toujours paru trop mignonne à Chance. Et là, alors que des citrouilles souriantes et des figurines de pèlerins luttaient avec le Père Noël pour la place d'honneur dans les vitrines, c'était encore pire que dans son souvenir.

Rory, bien entendu, adorait ça.

— J'ai hâte de commencer à décorer Hillcrest pour Noël !

Vêtue d'un manteau rouge qui lui battait les chevilles, sa sœur incarnait déjà l'esprit des fêtes de fin d'année. Elle désigna les devantures illuminées de Main Street.

— Je voulais juste poser quelques premières petites touches çà et là – une couronne ou deux –, mais Evie a insisté pour qu'on attende que Thanksgiving soit passé.

— Pour une fois, Evie et moi sommes d'accord, railla-t-il.

— Je suis tellement contente que tu sois là pour les fêtes. Je ne me rappelle plus à quand remonte la dernière fois qu'on a tous été ensemble à Noël.

Les fêtes en famille ? Seigneur, non. Il restait plusieurs semaines avant Noël, autant dire une éternité. Il ne serait plus à Clearville à ce moment-là. Il ne *pouvait* pas. Mais, alors qu'il allait protester, il ravala un juron. L'extrémité de sa chaussure venait de percuter un endroit irrégulier du trottoir, et tout son poids retomba sur sa jambe droite.

Six mois, l'avaient prévenu médecins et thérapeutes, avant

qu'il puisse récupérer l'amplitude totale de ses mouvements. Avant qu'il puisse marcher sans boiter, sans souffrir.

— Chance...

— Ça va.

Il coupa Rory avant qu'elle pose la question qu'il redoutait déjà d'entendre.

— Tu es sûr que tu devrais abandonner si vite les béquilles ? insista-t-elle.

« Vous forcer ne guérira pas votre corps plus vite », l'avait averti son médecin. « Vous n'êtes pas en train de vous remuscler. Vous régénérez de l'os, et ça prend du temps. »

Chance ne disposait pas de temps. Il avait surfé sur une vague de succès avec la reconnaissance du World Press ainsi que des nominations à des prix internationaux de photo. Pendant qu'il était hors circuit, plusieurs missions clés avaient été confiées à d'autres photographes. Il fallait que son nom et ses images continuent de circuler. Quoi qu'il en coûte.

Alors qu'ils entraient chez Rolly's Dinner, Chance se retrouva nez à nez avec une raison supplémentaire de quitter Clearville au plus vite. De fuir n'importe où.

— Oh ! regarde, il y a Alexa et Griffin ! s'exclama Rory en adressant au couple un petit salut de la main.

Assis dans un box au fond du snack, Alexa leva une main faible en réponse tandis que son fiancé prodige souriait de toutes ses dents. Comme le regard de Chance se nouait à celui d'Alexa, et que la distance entre eux – les tables bondées, les serveuses bavardes, la salle tout entière – disparaissait dans cet instant intense de souvenirs, de connexion, il eut presque de la peine pour le pauvre imbécile.

Il en aurait eu si Griffin James n'avait pas été celui qui était assis en face d'Alexa. S'il n'avait pas été celui qui lui tenait la main, entendait sa voix, sentait le parfum de miel et de lilas sur sa peau...

Qui partageait sa chambre d'hôtel.

Hum, qui était le pauvre imbécile, en fin de compte ?

— Je ne m'attendais pas à les voir ici, dit Rory en s'installant dans un box vide.

Chance avait eu un tas d'occasions de maudire sa blessure, mais rarement plus qu'à cet instant. Incapable de plier complètement son genou, il devait prendre le siège de gauche, afin que sa jambe droite reste étendue. Un siège qui donnait sur l'arrière du restaurant et lui offrait une vue parfaite sur Alexa et son fiancé.

— En effet, ce n'est pas vraiment le genre d'endroit que fréquente Alexa d'habitude.

Rory fronça les sourcils en s'emparant du menu plastifié, qui n'avait sans doute pas changé depuis la dernière fois que Chance avait mangé ici.

— Comment tu le sais ?

— Je connais... des femmes comme elle. Riches, gâtées, trop bien pour tout le monde dans leur entourage.

Non qu'Alexa ait donné cette impression le soir de leur rencontre.

— Tu sais combien je déteste admettre qu'Evie a raison, lança Rory en reposant le menu, mais tu dois vraiment t'impliquer si tu comptes être notre photographe.

Si ? *S'il comptait ?* Elle l'avait supplié de le faire !

— Je t'ai dit que je me couperais les cheveux et tout le toutim.

— Je ne parle pas de ton apparence. Je parle de ton attitude vis-à-vis de l'amour, du mariage... des femmes.

— Pardon ?

— Je sais que Lisette t'a fait une crasse...

— Ça n'a rien à voir avec Lisette, objecta-t-il d'un ton catégorique.

— C'est quoi, alors ?

— C'est...

« On vient de deux mondes différents, Chance. »

Il observa Griffin James, un homme visiblement issu du monde d'Alexa, mettre sa main en coupe sur sa joue.

— Rien, finit-il par répondre. Ce n'est rien.

4

— Ne t'inquiète pas. Tout est sous contrôle.

Alors qu'elle prononçait ces mots dans son téléphone portable, Alexa refoula un rire hystérique qui aurait suffi à affoler l'assistante déjà paniquée de sa grand-mère.

Sous contrôle ? En écoutant Raquel débiter à toute allure la centaine de détails que Virginia l'avait chargée de traiter en trois jours depuis le départ d'Alexa, elle ne voyait rien qui soit plus éloigné de la vérité.

Chance était vivant.

Chance était ici.

Elle devait dire à Chance qu'il était le père de son enfant.

Les phrases tournoyaient sans relâche dans son esprit, lui volant le moindre espoir de sommeil récupérateur. Elle avait toujours été matinale, conformément à l'emploi du temps strict établi par sa grand-mère. Un emploi du temps qu'Alexa semblait incapable de rompre, quels que soient ses efforts. Ou quel que soit le nombre d'heures qu'elle avait passées à tourner et se retourner dans son lit durant la nuit précédente.

Son médecin l'avait encouragée à faire de l'exercice et mise en garde contre le stress, alors Alexa était partie marcher. Pendant qu'elle emplissait ses poumons de l'air glacé matinal, la tension dans sa poitrine s'était un peu allégée. La brise soufflait entre les pins, porteuse d'air salin, et elle se réjouissait d'avoir pensé à enfiler un long gilet beige par-dessus sa tunique crème et son legging marron clair.

Mais cette impression de détente s'était brusquement effacée quand elle s'était souvenue que Chance n'était pas la seule personne à qui elle devait annoncer sa grossesse. Et, si elle ignorait totalement comment Chance réagirait, Alexa avait une assez bonne idée de ce que sa grand-mère, si vieux jeu, dirait.

Revenant à sa conversation et à la liste interminable des angoisses de Raquel, elle rassura la jeune femme.

— Tu t'en sortiras très bien.

— Mais le gala de remerciements…

— Tout se passe comme prévu. J'ai confirmé avec les fournisseurs ce matin, donc pas de souci.

Elle entendit Raquel relayer l'information à sa grand-mère, et les protestations de cette dernière en arrière-plan.

— Dis à ma grand-mère que…

— Tu peux le lui dire toi-même, Alexa, décréta la voix cassante de Virginia Mayhew au bout du fil.

— Comme je l'expliquais à Raquel, tout est sous contrôle. J'ai contacté…

— *Tu* devrais être ici à travailler sur le gala. De quoi tu as l'air, en étant en vacances à la période la plus critique de la saison caritative ?

Vu qu'elle négociait habituellement avec les fournisseurs par téléphone ou mail, Alexa savait que rien n'« avait l'air » différent. Elle savait aussi que tel n'était pas le propos de sa grand-mère. Alexa était le visage de la fondation, et ce visage devait toujours se trouver sur le devant de la scène.

Mais elle en avait assez de vivre en permanence derrière un personnage public. Elle voulait mener sa propre vie. Une vie où elle pourrait sortir sans la tenue parfaite, la coiffure parfaite, le maquillage parfait. Une vie où elle pourrait ne pas être un modèle de perfection.

— Il ne s'agit que de quelques jours, grand-mère.

— Ce n'est pas le bon moment. Je te l'ai dit avant que tu partes.

— Oui, c'est juste, reconnut Alexa.

Mais ce n'était jamais le bon moment – c'est pourquoi elle n'avait pas pris de vacances depuis… elle ne se souvenait même plus combien de temps.

— Je rentre bientôt, promis, conclut-elle.

Alexa raccrocha, éprouvant le poids familier des attentes qui pesaient sur elle. Elle avait commencé à être bénévole pour la fondation Mayhew encore adolescente, et avait dédié sa vie d'adulte à aider à récolter des fonds pour ceux qui en avaient besoin.

Elle inspira à pleins poumons. Pour la première fois, elle allait penser à *ses* besoins. Cela faisait plus d'un an qu'elle rêvait d'une parenthèse dans son calendrier surchargé, mais sans sa grossesse elle doutait qu'elle aurait sauté le pas.

Grandir chez sa grand-mère avait empli l'univers d'Alexa de directives précisant tout ce qu'une Mayhew ne devait pas faire. Une Mayhew ne se tenait pas avachie, ne faisait pas la tête, ne discutait pas, ne pleurait pas...

Il n'y avait qu'avec Griffin qu'Alexa avait eu la sensation de pouvoir laisser tomber les murs que sa grand-mère avaient érigés autour d'elle, et être elle-même. Uniquement avec Griffin... et avec Chance.

Non que ses sentiments pour les deux hommes aient une quelconque similarité. Avec Griffin, elle se sentait en sécurité. Avec lui, elle pouvait dire et faire tout ce qu'elle voulait.

Avec Chance, elle se sentait... dangereuse. Avec lui, elle avait dit et fait des choses qu'elle n'aurait jamais imaginées, et à présent...

Alexa était certaine que tomber enceinte après une passade d'un week-end entrait dans la catégorie de ce qui « ne se faisait pas ».

Toutefois, l'annonce à sa grand-mère devrait attendre. Il fallait d'abord qu'elle l'apprenne à Chance.

Une part d'elle, nostalgique, espérait qu'il serait sidéré et pourtant enchanté par la nouvelle. Qu'il la ferait tourner dans ses bras comme il lui avait fait tourner la tête à Santa Barbara.

Quand elle lui avait confessé n'avoir jamais rien fait d'aussi impulsif, d'aussi contraire à sa nature que partager une nuit avec un homme qu'elle venait de rencontrer, ils avaient inventé pour rire une liste d'exploits intrépides, qu'elle tenterait ensuite – aux côtés de Chance.

Et que dirais-tu de foncer tête baissée dans l'aventure de la paternité, Chance ? Que dirais-tu de m'accompagner dans ce délire absolu ?

Mais, après l'avoir revu, il s'avérait quasi impossible d'imaginer une finalité idyllique. Le charmant séducteur rencontré le soir du bal de charité semblait si différent, maintenant. Sa blessure l'avait-elle changé d'une manière ou d'une autre ? Ou bien elle-même avait-elle craqué pour un homme qui n'existait pas, en réalité ?

Peut-être même nierait-il que le bébé était de lui...Même si l'idée de Chance tournant le dos à leur enfant lui arrachait le cœur.

Je veux ce bébé. Un enfant à aimer, à élever. Il était peut-être imprévu, mais désiré. Pour elle, en tout cas.

Alexa fourra le téléphone dans la poche de son gilet et jeta un coup d'œil vers l'hôtel. Elle avait marché plus loin que prévu, les tourelles se détachaient sur le gris du ciel automnal. Elle avait cru emprunter le sentier qui menait à la gloriette mentionnée par Rory, mais elle aperçut à la place un petit cottage entre les arbres. Elle sourit en se rappelant le commentaire de Griffin. Si Rory était Blanche-Neige, alors Alexa imaginait sans peine sept nains vivant dans cette adorable maisonnette en pierres et en bois.

Elle fut tentée de l'examiner de plus près, mais se retint quand la porte s'ouvrit. Son souffle se coupa. Chance sortit sur le seuil, effaçant toute pensée de nains imaginaires, les remplaçant par un mâle bien vivant, bien réel.

Debout sous la petite véranda, il étira la nuque d'un côté à l'autre. Comme il tournait les yeux dans sa direction, Alexa se baissa par réflexe. Elle fit la grimace, pressentant ce qu'aurait dit sa grand-mère en la voyant s'agenouiller ainsi.

« Une Mayhew ne rôde pas dans les buissons, Alexa. »

Tandis qu'elle l'observait depuis son poste feuillu, il passa les deux mains dans ses cheveux en bataille et cambra le dos. Sa bouche s'assécha lorsque le T-shirt délavé remonta au-dessus de la ceinture lâche de son pantalon de jogging, révélant une portion d'abdominaux musclés et de peau bronzée. Ses joues s'enflammèrent, et elle ignorait ce qui l'embarrassait le plus : son excitation ou son embarras.

Se cacher était une chose. Épier en était une autre !

Il fallait qu'elle arrête. Et elle allait le faire... bientôt.

Parce qu'au-delà de l'excitation et de l'embarras Alexa remarqua que le jogging de Chance n'était pas juste lâche. L'élastique menaçait de glisser sous ses hanches.

Son estomac se serra. Combien de poids avait-il perdu ? Comme il faisait quelques pas, son boitement fut plus visible que la veille. Est-ce que sa jambe allait plus mal... ou, sans personne aux alentours ni raison de prétendre que tout allait bien, se permettait-il de céder à la souffrance ?

Il aurait détesté savoir qu'elle était témoin d'une faiblesse même temporaire, et elle s'enfonça plus bas dans sa cachette. Elle attendrait une minute ou deux que Chance retourne à l'intérieur pour rentrer à l'hôtel.

Elle risqua un nouveau regard vers le cottage et poussa un soupir de soulagement en constatant que la véranda était vide. Elle devait parler du bébé à Chance, mais pas tout de suite. Pas avant d'être calme et maîtresse d'elle-même. Pas avant d'être sûre d'en être capable.

En se relevant, elle jura en sourdine alors que les branches se prenaient dans les mailles de son gilet. Et faillit s'évanouir quand une voix grave demanda dans son dos :

— Tu as perdu quelque chose ?

Elle fit volte-face, glissant sur le sol humide et se cognant contre le mur solide qu'était le torse viril de Chance. Lequel la retint d'instinct, de ses mains chaudes et rêches qui saisirent ses bras. Chacun de ses doigts imprima un point sensible, et l'arrière de ses pouces appuya contre ses seins.

Elle recula d'un bond, mais le mal était fait. Son corps vibrait du contact soudain, l'air autour d'eux crépitait d'une intensité indéniable, et elle sut qu'elle avait commis une erreur en ne partant pas tant qu'elle en avait eu l'occasion.

— Tu m'as fait une peur bleue !

Il lui adressa un sourire sardonique.

— Pardon, je n'avais pas l'intention de m'approcher en catimini pendant que tu... ?

Sa voix mourut tandis qu'il levait un sourcil interrogateur, et Alexa resserra son gilet autour de sa taille.

— Je me promenais, rétorqua-t-elle, s'efforçant de conserver un air digne.

— La prochaine fois, essaye la plage, ironisa Chance, visiblement peu dupe. C'est mon lieu préféré.

Le rivage accidenté et le sentier rocailleux, inégal, qui menait à la plage n'offraient pas ce qu'elle considérait comme une balade tranquille. Et elle réalisa soudain que Chance ne s'était pas étiré sous la véranda ; il s'échauffait avant de partir faire de l'exercice.

Sans réfléchir, elle lui saisit le bras. Sa peau était chaude et, l'espace d'un instant, elle oublia ce qu'elle voulait dire.

Oublia tout sauf le souvenir d'avoir passé la main le long de ce même bras alors qu'elle faisait glisser sa chemise blanche sur ses larges épaules.

— Tu es sûr... que c'est une bonne idée ? lança-t-elle.

Le regard brûlant de Chance se posa à l'endroit où se trouvait sa main.

— Tu es sûre que, *ça*, c'est une bonne idée ?

Retirant brusquement sa main, elle riposta :

— Je voulais dire : forcer tes limites.

— Mes limites ont été forcées quand j'étais immobilisé en traction. Ne t'inquiète pas pour moi, Alexa. Je guéris vite.

Elle n'arrivait pas à se figurer ce que cela avait dû représenter pour lui. Pour un homme sans cesse en mouvement, être non seulement coincé dans un hôpital, mais maintenu en place, paralysé par des filins et des poulies.

Elle brûlait de lui demander ce qui s'était passé, ce qu'il avait vraiment enduré, au-delà des articles dans la presse qu'elle avait du mal à lire. Après ce premier gros titre dévastateur, elle n'avait plus su quoi croire. Est-ce qu'il se remettait réellement, ou cette information était-elle également fausse ?

Mais elle savait qu'il ne fallait pas compter sur une réponse honnête. Elle en fut encore plus sûre quand il la fixa et ajouta :

— D'ici peu, je passerai à autre chose comme si rien n'était jamais arrivé.

De la façon dont il pensait qu'elle était passée à Griffin ?

— Ah. Et ton travail ici, alors ?

— Photographe de mariages, tu veux dire ? Ce n'est *pas* mon travail, Alexa. C'est un service que je rends à ma sœur. Et que je n'aurais jamais dû accepter, grommela-t-il.

— Pourquoi ? Photographier des mariages sera du gâteau, comparé à ce que tu fais d'habitude.

— Ce que je fais d'habitude, c'est photographier ce qui figure parmi le pire de l'humanité. Je ne me fais guère confiance pour reconnaître le bien.

Sa vulnérabilité harponna le secret qu'elle gardait, halant directement les mots de son cœur. Elle mourait d'envie de l'assurer de l'existence du bien dans le monde, et de lui annoncer celle de cet être formidable que tous deux avaient créé ensemble. Mais verrait-il leur bébé de cette manière ? Alors qu'il était si résolu à tout faire pour guérir et pouvoir « passer à autre chose » ?

Donc, à la place, elle déclara :

— Ta sœur te fait clairement confiance.

— Ma sœur a tendance à faire confiance à tout le monde. C'est une de ses plus grandes faiblesses. Rory a toujours pensé que cet endroit était magique, ajouta-t-il, en jetant un regard vers les grands arbres et le vieil hôtel au loin.

Les bras croisés autour de la taille, Alexa sentait le léger renflement de son ventre. Chance et elle avait fabriqué un bébé. Ce n'était peut-être pas magique, mais en ce qui la concernait c'était un petit miracle.

Un miracle qu'elle devait absolument annoncer. Ravalant la boule qui lui obstruait la gorge, elle murmura :

— Chance…

Il se redressa brusquement.

— Tu ferais bien d'y aller. Je suis sûr que ton fiancé se demande où tu es.

— Chance, il faut qu'on parle.

— À mon avis, tu as dit tout ce que tu avais besoin de dire lors de notre dernière conversation téléphonique.

« Adieu » était le terme principal de cet échange, et tant d'événements s'étaient produits depuis. La découverte de sa grossesse, l'attentat à la bombe, l'annonce de sa mort.

Il commença à se détourner, puis s'arrêta. Le cœur d'Alexa fit un bond quand il tendit la main vers ses cheveux et passa les doigts dedans. Un muscle se crispa sur sa mâchoire, et elle ne put qu'observer, impuissante, la tempête émotionnelle qui faisait rage dans ses yeux bleu saphir.

Une fraction de seconde, elle crut qu'il allait l'attirer contre lui, l'embrasser comme il l'avait fait cette première nuit sous les étoiles étincelantes. Comme il l'avait fait également chaque nuit, depuis, dans ses rêves.

D'une voix rauque, il murmura :

— Je crois que tu as dû laisser tomber ça.

Ce n'est qu'après qu'il se fut éloigné qu'elle leva une main au-dessus de son oreille. Ses doigts rencontrèrent un fin objet métallique. Elle tira la barrette de ses cheveux et regarda le papillon orné de pierres précieuses qu'elle n'avait pas vu depuis quatre mois.

Depuis le soir du gala de bienfaisance à Santa Barbara.

— Est-ce que la gloriette n'est pas extraordinaire ? demanda Rory à Chance avec un sourire presque aveuglant.

Il haussa une épaule tout en réglant l'appareil photo pour la lumière voilée de cette matinée. Sa sœur portait un gilet rouge vif sur une robe à pois noirs et blancs. Une tenue qui ne pouvait que trancher contre le treillage blanc de la gloriette.

La pensée le fit grimacer, vestige de son passé de photographe de mode, quand son travail consistait à capturer du fantasme plutôt que la réalité. Il aurait cru, après avoir vu en coulisses les heures de coiffure, de maquillage et d'habillage qui permettaient la création d'une photogénie parfaite, qu'il aurait été capable de faire la distinction.

Et pourtant, pendant des mois, Lisette l'avait berné.

Il devait lui accorder crédit pour une chose, cependant. Lors de leur première rencontre, elle lui avait dit en toute franchise qu'elle ferait n'importe quoi pour réussir en tant que mannequin. Mais il n'avait pas réalisé que « n'importe quoi » incluait mentir, manipuler et finalement le tromper.

Quand il l'avait confrontée, elle avait pleuré, l'avait supplié de ne pas détruire leur histoire pour une « erreur ». Mais, là, il s'était enfin rendu compte qu'il avait vu cette gamme complète d'émotions à travers son appareil photo, et qu'il ne s'agissait que d'une prestation de plus. Comme il avait refusé de céder, Lisette avait ôté le masque.

« On n'est pas si différents, Chance, alors ne prétends pas être meilleur que moi. On sait tous les deux que notre carrière compte plus que tout... et que n'importe qui. »

Chance n'était pas entièrement certain que c'était vrai dix ans auparavant, mais, aujourd'hui, si.

Ses mains agrippèrent son appareil tandis qu'il repensait à l'appel de son rédacteur en chef l'autre jour : « Désolé, Chance, avait ajouté l'homme après lui avoir annoncé qu'il confiait une mission primordiale à un autre reporter. Tu sais qu'on ne peut pas garder des scoops sous le coude. S'il y avait moyen de savoir quand tu seras de retour... »

Hélas, Chance ne pouvait rien promettre. Il avait beau vouloir attraper son matériel et partir, c'était impossible. Plus il poussait son corps, plus son corps résistait.

« Tu es sûr que c'est une bonne idée ? »

La cadence qu'il s'était imposée ce jour-là sur la plage l'avait exténué. Il ne pouvait même pas prétendre que le travail occupait toutes ses pensées tandis qu'il martelait le sable compact jusqu'à ce que ses poumons le brûlent et que sa jambe soit en feu.

Car n'avait-il pas voulu croire qu'il avait vu quelque chose dans les yeux d'Alexa quand il l'avait surprise devant le cottage ? Quelque chose qui disait que ce qu'ils avaient vécu était beaucoup plus qu'une dernière passade avant d'épouser son fiancé si bien assorti ?

Chance lâcha un juron. Peut-être que cette vieille expression était vraie – imbécile un jour, imbécile toujours.

— Excuse-moi, Chance, c'était quoi, ça ?

La question de Rory l'arracha à ses pensées. Il indiqua la gloriette, avec son élégant treillis et ses rinceaux.

— Je me disais juste que... elle l'est comme elle l'a toujours été, non ?

— Oui, il y a dix ou quinze ans, la dernière fois que tu l'as vue. Mais elle était presque écroulée il y a quelques mois.

Avec un sourire quasi mystérieux, sa sœur caressa la balustrade menant à la plate-forme circulaire, et poursuivit :

— Jamison a fait un boulot formidable en la rénovant juste à temps pour le mariage de son meilleur ami. Cet endroit est... spécial, pour nous.

Spécial ? Vu l'expression satisfaite de Rory, cela évoquait... Chance grogna.

— Bon, arrête, maintenant. Tu vas devenir indécente.

— Oh ! ça va ! On est désormais adultes, toi et moi.

— Non. Tu es ma petite sœur, et si tu m'en dis plus je cogne ton avocat de fiancé. D'ailleurs, où est-il ?

Rory lui avait demandé de prendre des photos pour le site web de l'hôtel et de nouvelles brochures vantant Hillcrest House comme l'emplacement idéal pour les mariages. Rory et Jamison poseraient en couple heureux dans ce décor romantique, mais le fiancé manquait à l'appel.

— Jamison a décidé de rester encore un jour ou deux à San Francisco, expliqua-t-elle en soupirant. Ses ex-beaux-parents ont du mal à laisser partir Hannah. Jamison fait son possible pour faciliter la transition.

Chance n'avait guère de sympathie pour eux, connaissant les problèmes qu'ils avaient causés au début de la relation du jeune couple. Mais, s'il savait que Rory ne ferait aucun commentaire négatif, il s'interrogeait quand même sur leur capacité de manipulation envers son fiancé.

— Ils ont perdu leur fille, continua sa sœur, comme pour se convaincre elle-même. Et Hannah est leur seul petit-enfant. En plus, ils sont la famille de ce bout de chou.

— La famille. Tu dis ça comme si ça rendait tout et n'importe quoi excusable. Même si...

« On veut juste ce qui est le mieux pour toi, Chance. »

— Chance...

Sa sœur n'était pas idiote. Mais il n'aborderait pas le sujet. Pas maintenant. Sans doute jamais, car d'après ce qu'il en savait, Rory n'en avait pas plus envie que lui.

« Peut-être... peut-être vaudrait-il mieux que sa jambe ne guérisse jamais. »

— Alors, si Jamison nous fait faux bond, qu'est-ce qu'on fiche là ? Tu veux juste quelques photos de la gloriette ?

L'inquiétude et la tristesse qui assombrissaient les yeux de Rory disparurent lorsqu'elle regarda par-dessus l'épaule de Chance. Son visage s'éclaira et elle s'exclama :

— Non. Ah, super. Les voilà ! Quand Jamison a dû quitter la ville, j'ai sollicité un autre couple.

Chance n'eut pas besoin de tourner la tête pour savoir qui se tenait derrière lui. Sur sa nuque, les cheveux se dressèrent sous l'impulsion d'une conscience familière. Et, comme attiré par un aimant, il pivota malgré lui sur lui-même.

Alors que le regard d'Alexa se nouait au sien, ses mains se resserrèrent autour de l'appareil photo. Il était certain que l'héritière philanthrope Alexa Mayhew n'avait jamais envisagé le mannequinat, mais elle y aurait fait fortune. Vêtue d'un gilet rose pâle drapé sur une robe vaporeuse à fleurs, elle était plus chic que jamais. Ses cheveux blonds tombaient en vagues souples sur ses épaules, coincés derrière une oreille.

Chance eut toutes les peines du monde à s'empêcher de lever l'appareil et saisir cet instant parfait.

Dans les mois suivant ce fameux week-end à Santa Barbara, notamment durant ces atroces premières semaines à l'hôpital, il avait regretté de n'avoir pas fait de photo d'Alexa quand il en avait l'occasion.

Certes, grâce à la richesse de sa famille et son statut de visage de la fondation Mayhew, il aurait pu trouver des dizaines d'images d'elle en ligne. Mais aucune n'aurait été prise par lui. Il voulait photographier l'Alexa que lui seul voyait, le côté sensuel qu'elle lui avait révélé pendant leur week-end. Il voulait capturer cette partie d'elle pour lui seul...

Un peu étrange, non ?

— J'ai demandé à Griffin et Alexa de nous donner un coup de main, et ils ont accepté, expliqua Rory derrière lui.

Parce que, oui, son fiancé était là également, mais Chance était incapable de détourner son regard d'Alexa.

Depuis ce matin, deux jours plus tôt, devant le cottage, il avait tenté coûte que coûte d'éviter Alexa, mais l'hôtel n'était pas assez grand pour eux deux. Il restait tous ces moments inévitables. Une brève seconde pendant laquelle ils se croisaient dans le vestibule. Ou ils s'apercevaient dans la salle du restaurant. Et à chaque fois il l'avait ressenti.

Cet élan, cette attirance, la conscience de l'autre. Un courant électrique entre eux. Aussi puissant, fondamental, que la foudre, qui hérissait les poils de ses bras et le faisait se sentir… vivant.

Alors qu'elle se rapprochait, un éclat d'or et de diamants étincela dans ses cheveux malgré le ciel nuageux. Elle leva le menton, comme si elle le défiait presque de remarquer, de se rappeler…

Chance jura dans sa barbe. Comme s'il avait besoin de se rappeler. Bon sang, il lui avait rendu cette satanée barrette pour couper tous les liens. Pour convaincre son cœur stupide de ce qu'il n'avait pas été fichu de se résoudre à croire – leur histoire était terminée.

Elle avait été on ne peut plus claire à ce sujet lors de cet ultime échange téléphonique. Alors pourquoi choisir de porter la barrette maintenant ?

Pendant ses mois de liaison avec Lisette, il n'avait pas décrypté cette dernière avant qu'il soit trop tard, et les dégâts sur sa carrière, déjà causés. Or, avec le recul, sans l'aveuglement de son intense désir sexuel, la beauté tape-à-l'œil et capricieuse n'était pas si difficile à cerner.

Mais pensait-il avoir la moindre idée de ce qui se passait dans la tête d'une femme autrement plus compliquée, comme Alexa, après un seul week-end ensemble ?

Les joues empourprées, elle rompit enfin ce regard prolongé, et se tourna vers son fiancé.

— Qu'est-ce qu'on a accepté ? demanda-t-elle doucement.

— Vous ne lui avez pas dit ? s'enquit Rory.

Tout sourire, Griffin adressa à Alexa un clin d'œil qui fit se contracter les mains de Chance sur son objectif.

— Je pensais que ce serait une surprise. Surprise !

Rory éclata de rire avant de clarifier :

— On a besoin de prendre quelques photos pour notre site web et des brochures de l'hôtel. On est un peu à court de temps et… Bref, il faudrait qu'un couple pose sous la gloriette comme décor romantique. Comme mon fiancé a été retenu ailleurs, j'ai pensé que Griffin et vous seriez parfaits. Si ça ne vous ennuie pas, Alexa ?

Griffin la guidait déjà vers les marches du petit édifice, un bras possessif autour de sa taille mince.

— Tu es toujours disposée à aider lorsque quelqu'un a besoin d'un coup de main, n'est-ce pas, chérie ?

Chance voyait qu'elle traînait pratiquement des pieds sur le sol humide.

— Bien sûr, j'aiderais volontiers, mais...

— Ce sera juste deux ou trois clichés. Et Chance est un merveilleux photographe.

Alexa prit une profonde inspiration et sourit à Rory.

— D'accord. Juste quelques clichés.

Rory applaudit, tout excitée.

— Formidable ! Chance, tu es prêt ?

Prêt à voir Alexa dans les bras d'un autre homme ? Parce que surprendre Lisette n'avait pas suffi ?

À l'évidence, l'univers estimait qu'il n'avait pas bien appris la leçon quand il s'agissait de craquer pour la mauvaise femme.

5

En tant que visage de l'association caritative de sa grand-mère, Alexa avait appris depuis longtemps à se dissimuler derrière un sourire. Orchestre annulé à la dernière minute ? Pas de problème. Couple célèbre présentant le gala contre un chèque désormais en conflit ? De la gnognotte. Innombrables urgences mineures emplissant ses jours, ses nuits, ses week-ends, sa vie ? Elle était là pour ça.

Mais ça…

— Si tu voyais la tête de ton compagnon en ce moment même, lui murmura Griffin tandis qu'ils prenaient la pose devant l'objectif de Chance et sous la direction artistique de Rory. On dirait qu'il a envie de me tuer.

— *J'ai* envie de te tuer en ce moment même !

Des épingles picotaient sa chair, exacerbant sa perception au point que chaque respiration semblait un effort et qu'elle pouvait compter les battements de son cœur. Suffoquant sous le regard impassible de Chance, elle aurait voulu s'enfoncer à travers le sol de la gloriette.

— Et ce n'est pas mon compagnon, ajouta-t-elle.

Mal à l'aise, elle leva une main pour ramener ses cheveux derrière son oreille, et se rappela brusquement que c'était déjà le cas. Qu'ils étaient maintenus en place par la barrette papillon que Chance lui avait rendue deux jours plus tôt.

Elle n'avait pas su précisément quand elle avait perdu la barrette le soir du gala. Dans le hall en marbre pendant qu'elle recevait les invités ? Dans la salle de bal lors du repas cinq services ? Sur la piste de danse pendant que Chance la tenait pour la première fois entre ses bras ? Ou plus tard, dans sa chambre d'hôtel, alors qu'il la serrait contre lui ?

L'impact de cette restitution ne l'avait pas frappée immédiatement. Elle avait oublié la barrette derrière elle ; il l'avait trouvée et la lui avait rendue. Sauf qu'il ne pouvait en aucun cas savoir qu'il la verrait. Pas à Hillcrest House. Ni jamais plus, vu le stade où ils en étaient restés après ce dernier appel téléphonique.

Alors pourquoi, quand le destin... ou peu importe quoi les avait à nouveau réunis tant de mois plus tard, avait-il la barrette sur lui ?

« Tu n'as pas de passades d'un week-end, Alexa », avait souligné Griffin. « Tu ne crois pas que ça prouve quelque chose ? »

Elle essayait encore de comprendre ce que ce week-end avait représenté pour elle. C'était plus facile de croire que Chance s'en était allé sans un regard en arrière. Mais si une partie de lui voulait conserver ce qu'ils avaient découvert ensemble durant ces deux jours – comme il avait conservé cette barrette ? Et s'il avait voulu *rester* ?

— Tu me pardonneras. Tu me pardonnes toujours, répliqua Griffin avant de redevenir sérieux. Ça fait trois jours, Alexa. Tu as dit que tu le mettrais au courant.

— Non, tu as dit que je *devrais* le faire.

— Et au fond de toi tu es d'accord, que tu l'admettes ou non. Tu as juste besoin qu'on te pousse un peu.

Et Griffin était doué pour la pousser. Dans le grand bain de la piscine quand elle avait neuf ans et trop peur de sauter malgré des mois de leçons de natation privées. De derrière un rideau sur le milieu de la scène lors d'un des premiers événements caritatifs qu'elle avait organisés.

Et maintenant il la poussait à parler à Chance.

— Griffin...

— Une seconde.

S'écartant, il sortit son téléphone de sa poche. Après un coup d'œil à l'écran, il lui adressa un regard compatissant.

— Excuse-moi, je dois prendre cet appel. J'en ai pour une minute.

Gagnée par une sorte de désespoir, elle lui saisit le bras.

— Griffin !

Il se pencha, déposa un baiser sur sa tempe.

— Parle-lui, ordonna-t-il à voix basse avant de descendre les marches et de s'éloigner.

Plantée seule sous la gloriette, Alexa se sentait ridiculement abandonnée.

— Je suis sûre qu'il sera de retour dans un instant, dit-elle à Chance et Rory, persuadée du contraire.

Cinq minutes plus tard, tout espoir s'était évaporé. Mais, lorsque Chance passa la bandoulière de l'appareil photo par-dessus sa tête, elle supplia :

— On ne peut pas attendre encore un peu ?

Elle avait promis – du moins, Griffin avait promis – d'aider Rory, et elle ne voulait pas la laisser tomber.

— Griffin va certainement...

— Je n'attends pas Griffin, coupa Chance d'un ton catégorique. Tiens, Rory.

Les yeux de sa sœur s'arrondirent tandis qu'elle s'emparait maladroitement de l'appareil qu'il lui tendait.

— Qu'est-ce que tu fais, Chance ?

— Vise et appuie sur le déclencheur. Ce n'est pas si compliqué.

— Pas si compliqué ? Facile à dire pour toi. Et si je finis par casser ce truc ?

— Aucun danger.

Mais, au lieu de tourner les talons et de partir, comme Alexa le pensait, Chance la rejoignit à grandes enjambées. Elle agrippa la rambarde de la gloriette, se sentant défaillir à mesure qu'il gravissait les marches. Leurs regards se nouèrent, et ses pensées la ramenèrent à cette soirée, quatre mois plus tôt.

Chance la faisant reculer dans la chambre, son rire grave suscitant des étincelles sur toute sa peau exposée quand elle avait suggéré d'éteindre les lumières.

« Tu embrasses toujours les yeux fermés, Lexi ? »

« Peut-être », avait-elle avoué, pensant : « Entre autres. »

« Alors prépare-toi à voir tout ce que tu as raté », avait-il promis, et dire qu'elle avait ouvert les yeux était une litote.

— Ton fiancé est un idiot.

Alexa battit des cils, ces mots marmonnés n'étant pas ceux qu'elle s'attendait à entendre.

— Pardon ?

— Il est idiot, de s'éloigner de toi.

Consciente de la présence de sa sœur à quelques mètres, tripatouillant l'appareil photo, Alexa murmura :

— Eh bien, au moins, je suis certaine que Griffin reviendra, lui.

— Tu m'as bien fait comprendre que tu ne voulais pas que je revienne, princesse.

Durant les jours suivant ce week-end magique, les doutes l'avaient rapidement envahie. Cette connexion instantanée… ne pouvait pas être aussi puissante qu'elle se le rappelait. Cette impression qu'elle avait découverte d'être à sa place dans ses bras… ça faisait partie du fantasme. Rien de tout cela n'était réel parce qu'elle ne croyait pas au coup de foudre, n'est-ce pas ? *Si ?*

Non, elle ne le pouvait pas. Pas avec un homme tel que Chance McClaren. Un homme qui vivait à cent à l'heure, un homme qui la quitterait maintes et maintes fois avant de disparaître définitivement.

Alors elle s'était convaincue que le lien n'était pas si puissant et lui avait dit qu'elle ne voulait pas le revoir.

— Euh… tu es sûr de ton coup, Chance ? cria Rory, tenant gauchement l'appareil, qui avait tant paru faire partie intégrante de Chance, dans ses mains bien plus expertes.

— Tu voulais qu'un couple sourie à l'objectif, non ? répondit-il par-dessus son épaule.

Il poursuivit entre ses dents :

— Alors vas-y, Lexi, souris.

La nervosité lui fora l'estomac quand elle inhala son parfum. Il s'était coupé les cheveux et avait rasé l'épais chaume qui recouvrait sa mâchoire virile. Mais, en dépit de ses propres instructions, aucun sourire n'éclairait ses traits comme sculptés dans le granit.

— Personne ne croira qu'on forme un couple. Même en photo.

Courbant la tête vers la sienne en un angle dont Alexa se rendit bêtement compte qu'il ferait une photo poignante, il chuchota :

— Fais semblant. Tu sais, comme à Santa Barbara.

— Hum, fit Rory, s'éclaircissant la gorge tout en rendant l'appareil à Chance. Je crois qu'on a là quelques photos... intéressantes.

Bien que son sourire restât en place, impossible pour lui de rater le « nom d'une pipe, c'était quoi, ça ? » dans son froncement de sourcils. Or, il ne pouvait pas expliquer à sa sœur ce qui venait de se passer. Il ne pouvait déjà pas se l'expliquer à lui-même.

L'embarras colorait ses joues dans la lumière déclinante. Elle avait levé une main à ses cheveux, et il remarqua une fois de plus que Griffin James n'avait pas encore glissé de bague à son doigt fin. En fait, les seuls diamants qu'elle portait étaient ceux que Chance lui avait donnés. Enfin, lui avait *rendus*.

Et, avant de prendre un instant pour s'en dissuader, il avait escaladé ces marches, mais les seuls coups portés l'avaient étés par Alexa.

« Personne ne croira qu'on forme un couple. »

Combien de fois avait-elle besoin de le lui répéter ? se demanda-t-il en fourrant appareil et objectifs dans sa mallette. Il ne faisait pas partie de son univers, et elle avait déjà choisi un homme qui, lui, y avait toute sa place. Fin de l'histoire.

Alors il avait répliqué par ce commentaire minable sur le fait de faire semblant, déterminé à se cramponner à sa colère vaniteuse, tout ça pour perdre les pédales dès qu'il avait enroulé ses bras autour d'elle. Le désir avait déferlé dans ses veines et il avait dû faire appel à tout son contrôle pour ne pas plaquer son corps sur le sien de manière à sentir chaque centimètre d'elle contre lui.

C'était un adieu, s'était-il dit, et cette fois, quand il s'éloignerait, ce serait sans se retourner. Juste aller de l'avant, comme il l'avait toujours fait. Passer au prochain boulot, à la prochaine photo. Sa vie, c'était son travail. Dans le domaine, il était connu pour sa concentration opiniâtre. Sa capacité à se focaliser sur le cliché et à bloquer toute forme de distraction autour de lui.

Or Alexa était une distraction différente de toutes celles qu'il avait connues jusqu'ici. Avec ses bras minces autour de son cou et sa senteur de miel et de lilas qui tourmentait ses sens, Chance ne savait comment il était supposé la lâcher.

Il n'avait jamais été du genre à s'accrocher, c'était toujours lui qui partait – comme il l'avait fait après son week-end avec Alexa. Mais elle l'avait suivi. Dans ses pensées, dans ses rêves, dans les moments les plus sombres suivant l'explosion, sa présence – bien qu'imaginaire – l'avait aidé à s'en sortir.

— Chance...

— Non, protesta-t-il, persuadé qu'elle allait lui rappeler une fois de plus les différences de leurs vies.

Il s'était peut-être fait un nom en tant que reporter-photographe, mais cela ne signifiait pas qu'il cadrait avec le monde fortuné et privilégié d'Alexa. Alors, pourquoi l'entendre le formuler faisait-il tellement plus mal que prévu ?

— Ne dis rien. Contente-toi de...

— Ressentir ? murmura-t-elle, sa voix se brisant sur le mot et sur le souvenir.

Mais là était le problème. Il ressentait trop de choses pour une femme promise à un autre. À combien de reprises s'était-il répété au cours des derniers mois que ces nuits à Santa Barbara n'avaient pas été aussi incroyables qu'il se le rappelait ? Que les longues nuits solitaires passées dans un maudit pays ravagé par la guerre avaient en quelque sorte magnifié sa dernière expérience du plaisir ?

Comme elle aurait hissé l'objet d'une aventure sur un piédestal sacré, sa mémoire élevait son expérience avec Alexa à une hauteur que la vie réelle n'égalerait jamais.

Mais après l'avoir de nouveau touchée, tenue dans ses bras, Chance savait que tout cela n'était que mensonges. La réalité d'Alexa représentait plus que la mémoire, l'imagination ne pourraient jamais offrir.

D'un geste brusque, impatient, il tira la fermeture Éclair de sa mallette photo. Il devait à tout prix quitter Clearville. Il savait en venant ici que c'était une erreur, tout comme rentrer à la maison en avait été une.

Il avait un studio à Los Angeles dans lequel il mettait les pieds cinq ou six fois maximum par an. Il pouvait s'installer là-bas.

Les trois étages d'escalier seraient un enfer pour sa jambe, mais une plaisanterie comparés à ce que le reste de lui subissait en demeurant à Clearville.

Des accords de musique se firent entendre, et Rory jeta un coup d'œil en direction de l'hôtel.

— On a une soirée d'anniversaire programmée ce soir. On dirait que le DJ est en train de se mettre en place. Alexa, si vous veniez avec moi ? Je parie que la décoration vous plaira.

— Je vais attendre Griffin ici, et on vous rejoindra ensemble aussitôt.

— Oh. D'accord. Hum, Chance, il faut que tu transmettes les photos par mail à l'imprimeur.

— Je vais les trier, les retoucher un peu puis les envoyer. À moins que tu veuilles avoir le dernier mot dessus ?

— Bien sûr que non. C'est toi, le *professionnel*, après tout.

La légère emphase dans ce terme ne lui échappa pas. Manière de rappeler qu'Alexa était une cliente et potentiellement en passe de se marier à Hillcrest.

— Je ne veux pas imaginer ce que pense ta sœur, marmonna Alexa tandis que Rory s'éloignait.

— Tu t'inquiètes de ce que pense ma sœur ? Je supposais que tu te soucierais plus de ton fiancé.

Elle le fixa, une expression un peu blessée, un peu coupable sur le visage.

— Chance, il faut que je te parle... À propos de Griffin... et de notre histoire à Santa Barbara.

— Tu en as assez dit, et ce n'est pas comme si je n'avais pas déjà entendu tout ce baratin.

— Que... qu'est-ce que ça veut dire ?

— Tu crois que tu es la seule fille riche à t'encanailler ?

Elle en resta bouche bée. Puis explosa.

— Ce n'est pas ce que je faisais ! Si quelqu'un est un imposteur, Chance McClaren, c'est toi ! Tu t'es joué de moi à Santa Barbara. Tu m'as fait croire que tu étais charmant et... et sensible... et gentil.

— Je suis encore très charmant quand je le veux.

Il s'avança, mais elle ne broncha pas. Lui rappelant une fois de plus que cette déesse d'or était dotée d'une volonté d'acier.

— Ah, tu aimerais le penser, hein ? Mais je vais t'apprendre quelque chose. Tu es comme la varicelle. Maintenant que je t'ai eu, je suis immunisée.

Elle levait la tête d'un air hautain, mais cela ne rendait que plus visible le sang qui battait sur son long cou gracieux. Il posa la main autour de sa nuque, sentit ses cheveux soyeux taquiner la peau de sa paume tandis que son pouce revendiquait cette pulsation révélatrice.

— Tu en es sûre, princesse ? Parce que je suis plus que prêt à le tester.

Alexa balbutia son nom quand il l'attira contre lui, mais ce ne fut pas cela qui immobilisa Chance. Ce furent les notes suaves d'une mélodie familière – la chanson sur laquelle ils avaient dansé à Santa Barbara.

Tous deux se figèrent, absorbés par l'instant… par le souvenir.

Colère, désir, manque – tout cela emplit l'air autour d'eux. Les poils sur sa nuque se dressèrent. Les lèvres d'Alexa s'entrouvrirent, et l'infime inspiration suffit à le rapprocher encore, à l'aspirer dans la promesse de son baiser, dans le souvenir de l'amour fait à deux.

Jusqu'à ce que la musique cesse brusquement, mettant fin à quelque chose qui n'avait jamais réellement commencé. Le silence soudain était discordant, trop… sonore pour qu'il ignore tout ce qu'il ne pouvait dire à une femme fiancée à un autre homme.

Chance recula d'un pas vif, sans tenir compte de la douleur aiguë dans sa jambe.

— Retourne à ton monde, Alexa, et reste en dehors du mien.

Ces dernières minutes de temps suspendu auraient dû la pousser à se précipiter vers son fiancé. Elle avait raison, en fin de compte ! Il n'était pas l'homme qu'elle avait connu à Santa Barbara. Comment lui reprocher de ne pas le reconnaître ? Lui-même se reconnaissait à peine.

Mais, au lieu de fuir, elle resta là, les yeux scintillants de larmes tandis qu'elle écartait faiblement les bras.

— Je ne peux pas, lâcha-t-elle.

— Pourquoi ?

— Parce que je suis enceinte.

6

Battant frénétiquement des cils pour refouler ses larmes, Alexa ne concevait pas pire manière de parler du bébé à Chance. Le crier ainsi, dans un mélange de colère, de peine et… de désir. C'était très loin de la conversation posée, logique, qu'elle avait envisagée. Mais cela n'avait rien de surprenant, après tout. Dès la minute de sa rencontre avec Chance McClaren, tous ses plans étaient partis à vau-l'eau.

— Enceinte ?

Ahuri, il répéta le mot comme s'il s'agissait d'un assemblement de consonnes et voyelles sans le moindre sens dans son univers.

— Et comment… ?

— Tu as besoin de le demander ?

— Comment tu sais qu'il est de moi ? termina-t-il.

Alexa songea qu'elle s'était attendue à la question, que c'était sa faute si Chance devait la poser. Mais la blessure n'en fut pas moins cuisante.

— Il est de toi. Griffin est un ami. Juste un ami, insista-t-elle, en lisant de la suspicion dans ses yeux.

— Un ami que tu vas épouser.

— Il m'a demandé de l'épouser. Je n'ai pas dit oui.

— Tu n'as certainement pas non plus dit non, ou alors vous ne seriez pas ici, en quête d'un lieu de mariage. Il sait, pas vrai ? ajouta-t-il, le regard réduit à une fine ligne bleue.

— Pour le bébé ? Oui.

— Tu le lui as dit, mais pas à moi.

La voix de Chance avait une sonorité caverneuse, comme si elle lui avait arraché le cœur, le laissant vide au-dedans.

Elle s'obligea à affronter la réalité. Elle avait commencé à tomber amoureuse de lui ce week-end à Santa Barbara. Elle n'était pas sûre de croire au coup de foudre, mais avait pourtant ressenti quelque chose de… magique. Jamais elle n'aurait couché avec lui, sinon. Voilà pourquoi elle avait été si blessée quand elle était restée sans nouvelles. Quand le temps d'aimer quelqu'un qui la quitterait sans un regard en arrière était revenu en force.

Quand elle avait découvert sa grossesse.

Elle n'avait pas voulu que son enfant éprouve le même manque, la même souffrance.

— Il fallait que j'en parle à quelqu'un, et Griffin a toujours été là pour moi… comme ami. Il a toujours été la personne vers qui me tourner, la personne sur qui compter…

— Sur qui compter pour élever mon enfant ?

— Chance…

— Comment étais-je supposé être là alors que tu m'avais déjà clairement ordonné de tailler la route ? Je n'étais pas là ? Je n'étais pas quelqu'un en qui tu pouvais avoir confiance ? Et moi, comment suis-je censé *te* faire confiance quand c'est toi qui me caches que tu es enceinte ? Tu aurais dû m'informer, Alexa. M'informer, moi ! Dès que tu l'as su.

— Tu as raison, Chance. C'est entièrement ma faute. J'aurais dû faire plus d'efforts pour te joindre. J'aurais dû… quoi ? Ressortir ma planche Ouija pour apprendre au géniteur mort de mon bébé qu'il allait être père ?

Il parut si ébranlé que sa colère diminua un peu. Elle poursuivit, moins cynique :

— J'ai *vraiment* essayé de te joindre, et je n'ai pas réussi. Le numéro de portable que tu m'avais donné tombait droit sur la messagerie, alors j'ai contacté le dernier magazine qui avait publié tes photos. Ils ont refusé de me dire quoi que ce soit, sauf que tu étais parti en mission, et ensuite…

Sa voix se brisa, le chagrin qu'elle avait enfoui, nié, remonta à la surface. Aussi vif que si elle venait tout juste d'apprendre la nouvelle. Aussi réel que si Chance gisait, en sang, devant elle.

— Alexa...

Elle l'ignora, pointant un index tremblant sur sa poitrine.

— Alors ne me dis pas ce que j'aurais dû faire.

— L'information était fausse, tu le sais. Tu as dû l'apprendre plus tard. Je suis là. Je vais bien.

— Cette fois. Mais la prochaine fois, quand tu seras moins chanceux ? Quand le communiqué sera vrai ? Je sais ce que c'est que perdre ses parents. Je ne veux pas... je ne veux pas de ça pour notre enfant.

— Alexa...

Essuyant ses larmes, elle tourna les talons et s'éloigna, sans s'arrêter quand il l'appela.

Mais au moins, cette fois, c'était elle qui était partie.

Chance ignorait comment réagissaient la plupart des hommes en apprenant qu'ils allaient être pères, mais, le choc initial sitôt passé, son premier instinct fut de fuir. Aussi loin et aussi vite que possible – ce qui ne l'amena qu'à un kilomètre sur la plage. Cette distance pathétiquement courte et le temps qu'il lui fallut pour aller aussi loin ne firent qu'ajouter à la sensation suffocante d'être piégé.

Tu ne pourras pas échapper à ça.

La voix moqueuse de sa conscience résonnait sans relâche dans son esprit, résonnait plus fort que l'air marin raclant ses poumons, plus fort que les vagues s'écrasant contre le rivage. Des milliers de kilomètres ne suffiraient pas à le distancer de la panique qui l'avait envahi dès qu'Alexa lui avait appris la nouvelle.

Père.

Plié en deux, les mains agrippées à ses genoux, il se demanda s'il allait vomir.

Il allait être père.

Il aurait dû être excité. Empli de joie. Au lieu de quoi il ne ressentait que... de la culpabilité. Et de la peur.

Malgré les risques qu'il prenait régulièrement, Chance n'avait jamais beaucoup songé à la mort. Pas même après l'avoir si souvent échappé belle enfant ou lors du plus récent attentat à la bombe. Mourir était inévitable, indépendamment de son mode de vie.

Il pouvait prendre des risques calculés, ou vivre dans une bulle, mais d'une manière ou d'une autre le résultat serait le même.

S'en préoccuper n'y changerait rien.

Mais l'idée qu'il aurait pu mourir sans savoir qu'il allait être père, que son enfant aurait grandi sans le connaître, le heurtait de plein fouet. Aussi durement que l'annonce par Alexa de la grossesse.

Attends-toi à l'inattendu.

Telle était la devise habituelle sur le terrain, où les choses se déroulaient rarement aussi rondement que sur le papier. Il avait appris à penser vite et à bouger plus vite encore. Mais planté là sur la plage, à observer les vagues déferler vers lui, il avait la sensation de se trouver sur des sables mouvants.

Il était incapable de bouger, incapable de penser.

Alexa avait raison. Durant le plus clair de sa vie d'adulte, il avait évité tout engagement, tout lien, toute responsabilité hormis ceux qu'impliquait son travail. Il avait même décidé d'exercer en free-lance, de manière à pouvoir choisir ses missions.

Il avait la liberté de prendre son sac et de tracer sa route – comme il l'avait fait ce matin-là à Santa Barbara, quand il était parti en laissant Alexa. Certes, il lui avait téléphoné quelques semaines plus tard, sa mission terminée et de retour en ville. Pensant qu'ils reprendraient là où ils en étaient restés. Mais était-elle réellement supposée bondir de joie quand il la rappelait pour ne lui proposer qu'un autre week-end de sexe et de *room service* cinq étoiles ?

Bien sûr, qu'elle voulait plus. Qu'elle méritait plus, et maintenant, avec un bébé à venir… La seule question était de savoir si Chance était capable d'offrir plus. Ou en laisserait-il le soin à Griffin James, le *bon ami* d'Alexa ?

Chance ignorait combien de temps il était resté sur la plage, mais les lumières de l'hôtel brillaient quand il entama le chemin du retour. De la musique flottait dans l'air nocturne, et une activité débordante entourait la vaste tente installée sur la pelouse. La toile blanche luisait sous le clair de lune et grâce aux innombrables guirlandes lumineuses scintillant dans les arbres environnants. Des membres du personnel s'affairaient, se criaient des instructions tout en mettant la touche finale à la soirée d'anniversaire. Couverts argentés, verres fins et une rose rouge sur chaque table.

Rory effectuait un travail remarquable, mais sa sœur était la dernière personne sur qui il voulait tomber. Il poursuivit son chemin en direction de l'hôtel. Les graviers crissaient sous sa démarche inégale, mais il avança vaillamment. Un pied après l'autre. S'il pouvait continuer de bouger, les choses s'arrangeraient...

Pas si simple. Il devait parler à Alexa.

Trop de décisions importantes, bouleversantes pour l'existence, devaient être prises pour laisser le silence entre eux s'envenimer au point qu'aucun ne serait plus capable d'entendre l'autre, quoi qu'ils se disent.

Alors que son pied atteignait la première marche, une voix l'interpella depuis un côté de la galerie.

— Hé, Chance, la séance photo est terminée ?

Il agrippa la rambarde tandis que Griffin James sortait de l'ombre. Alexa avait eu beau jurer qu'elle et lui n'étaient qu'amis, cela n'avait pas apaisé la jalousie qui le rongeait depuis leur arrivée. Impossible, étant donné que Griffin était l'homme sur lequel elle pouvait compter, l'homme à qui elle avait dit qu'elle attendait *son* enfant.

— Ouais, répondit-il sombrement.

Le sourire amical disparut du visage de l'autre homme.

— Elle vous a parlé du bébé, n'est-ce pas ?

— Mon bébé, précisa Chance, même si ces simples mots suffirent à lui donner le vertige.

— Vous êtes peut-être le père, mais la paternité va bien au-delà de la biologie. Alexa sait ça mieux que quiconque.

— C'est censé vouloir dire quoi ?

— Ses parents se souvenaient à peine qu'ils avaient une fille. Ils la laissaient pour enchaîner les aventures, et ils ont fini par se tuer quand elle avait huit ans.

Une enfant... Ses parents étaient morts quand elle n'était encore qu'une enfant. Elle avait passé la majeure partie de son enfance sans eux, avait grandi seule. Et la peur qu'il avait échoué à laisser sur la plage revint le tenailler.

J'ai failli mourir... Ce n'était plus drôle du tout, en fait.

— Ils se préoccupaient davantage de liberté et de distractions que de famille, poursuivait Griffin, une note accusatrice dans la voix. Ça vous évoque quelque chose ?

— Je suis parti à cause de mon travail, rétorqua-t-il. J'avais une mission. Un reportage à faire.

Mais l'argument sonnait faux, même pour lui.

— Vous croyez que ça importait à Alexa quand elle a découvert qu'elle était enceinte ? Vous croyez que ça lui importait quand elle pensait que vous aviez été tué ?

Ces questions ne différaient guère de celles qui tournaient dans l'esprit de Chance. Il n'arrivait pas à les stopper. À les faire taire. Griffin, en revanche... ses poings se fermèrent. Il avait une assez bonne idée de comment le faire taire, lui.

— Je ne savais pas qu'elle était enceinte. Sinon, je...

— Sinon, vous auriez fait quoi ? le défia Griffin.

Chance ouvrit la bouche, mais, comme rien n'en sortait, Griffin en arriva à sa propre conclusion.

— Alexa a besoin d'un homme qui sera là pour elle... et pour son bébé. Si ce n'est pas vous, eh bien, ne vous étonnez pas que ce soit moi, au bout du compte.

— Ça me ferait mal, tiens !

— Qu'est-ce qui cloche chez toi ? râla Rory avec une colère qu'il n'avait pas vue depuis qu'il avait autrefois décapité accidentellement une de ses poupées.

Plaquant un sac de glace contre sa mâchoire, Chance tenta de croiser le regard furieux de sa sœur. Pas facile avec un œil au beurre noir. Bien que Griffin James ait été plus coriace que prévu, Chance s'était défoulé à coups de poing. Sans son genou blessé, il aurait démoli son rival en deux minutes. En l'état actuel des choses, il ne savait pas combien de temps avait duré la rixe... avant qu'ils ne basculent tous les deux par-dessus la balustrade de la galerie.

La chute les avait coupés dans leur élan, donnant à deux porteurs de l'hôtel l'opportunité de les séparer, en sang et couverts d'ecchymoses. Chance ignorait comment Rory et Evie avaient été prévenues, mais dès que sa sœur était arrivée elle l'avait poussé dans un bureau, loin des regards des clients.

La dernière fois qu'il avait vu Griffin, Evie l'aidait à se relever, offrant d'appeler un médecin et la gratuité de son séjour.

— Griffin James est un client ! Qu'est-ce qui t'a pris de vouloir le frapper ?

Chance esquiva la serviette humide qu'elle cherchait à lui appliquer sur la figure. Même furieuse, elle le maternait.

— On aura de la chance s'il ne nous intente pas un procès ! Sans parler des dégâts possibles sur la réputation de l'hôtel. Tu y as seulement pensé ?

— Il le méritait. Fais-moi confiance, Rory.

Il n'était simplement pas prêt à en expliquer les raisons.

— En d'autres termes, non, conclut sa sœur, le foudroyant du regard. Tu n'as pas réfléchi. Tu as juste... agi. Au diable les conséquences ou si quelqu'un risque d'être blessé.

Ses yeux brillaient de larmes, et Chance comprit que cette tirade n'avait rien à voir avec la bagarre avec Griffin. Alors sa frustration, qu'il n'avait pas évacuée, revint de plus belle.

Ce n'est pas ma faute ! voulait-il hurler. Il détestait l'enfer que ces communiqués dramatiques avaient fait subir à sa famille, mais il ne pouvait changer ce qui était arrivé.

— Rory...

— Non, tais-toi. Quoi que tu t'apprêtes à dire, je l'ai sûrement déjà entendu. C'est ta vie, Chance. Continue à la vivre comme si personne ne comptait.

Une partie d'Alexa n'avait qu'une envie : jeter ses vêtements dans sa valise et réserver le premier vol pour Los Angeles. Elle avait consacré une trop grande partie de son enfance à lutter pour avoir un petit coin où elle était désirée, où elle serait à sa place, pour forcer le passage dans la vie de Chance.

Il voulait qu'elle retourne à son monde ? Très bien. Sa grand-mère avait une équipe d'avocats à disposition. Elle pourrait se cacher derrière un mur de professionnels et ne plus jamais avoir à négocier en face-à-face avec Chance.

Sauf qu'elle ne souhaitait pas ça. Ni pour elle ni pour son enfant. Elle ne souhaitait pas sous-traiter ses émotions ou engager des gens pour mener ses batailles. Elle devait régler cela avec Chance, arriver à une sorte d'accord.

Elle lui avait quand même assené un coup de massue en lui apprenant qu'elle était enceinte, et aurait dû s'attendre à être atteinte par quelques-unes des retombées. Son univers n'était pas le seul à avoir été bouleversé depuis cette soirée à Santa Barbara. Au moins avait-elle eu un peu de temps pour encaisser la nouvelle de sa grossesse. Tandis qu'elle n'avait accordé que cinq minutes à Chance avant de s'enfuir.

Entendant la porte de la suite s'ouvrir, elle pressa une dernière fois le gant de toilette humide sur ses yeux avant de quitter la salle de bains. Il n'était pas question que Griffin voie qu'elle avait...

— Griff ! Mon Dieu ! Qu'est-ce qui s'est passé ? Tu t'es fait agresser ?

Sa chemise était déchirée, une tache de gazon souillait une épaule et le devant... était maculé de sang rouge vif.

Il semblait à peine possible qu'un tel crime se produise dans cette charmante petite ville, mais elle ne voyait pas d'autre explication. Elle se précipita et lui saisit le bras.

— Tu as appelé la police ?

— Non, bien sûr que non, protesta Griffin d'une voix nasale et étouffée en s'écroulant sur le sofa.

Il rejeta la tête en arrière, une serviette de table pressée sur le nez afin d'arrêter le saignement.

— Et pourquoi, Seigneur ?

— Parce que j'ai pensé que tu n'apprécierais pas que j'expédie le père de ton futur enfant en prison.

— *Chance* t'a fait ça ? Pour quelle raison ?

— À ton avis ?

Elle s'assit près de lui, entendant presque la voix aristocratique de sa grand-mère résonner dans sa tête : « Une Mayhew ne provoque pas de scène. »

— J'ai parlé du bébé à Chance, mais tu es en train de me dire qu'il t'a tout simplement sauté dessus ?

— Pas exactement... répliqua Griffin.

— Griffin...

— Je l'ai peut-être un peu provoqué.

— Mais pourquoi ? C'est toi qui voulais que je le mette au courant !

— Ça ne veut pas dire que je n'avais pas envie de lui casser la figure pour t'avoir mise enceinte, au départ.

— Mon Dieu... Et ça va ? Tu as mal ?

— Tout va bien, ne t'inquiète pas. Evie McClaren s'est montrée pleine de sollicitude à mon égard, ajouta-t-il avec un clin d'œil complice un peu raté à cause du pansement rose bonbon collé en travers de son sourcil. Je crois bien qu'elle a peur que je porte plainte.

— Et Chance... va bien ?

— Pas en pire état que moi. Hélas. Encore que sa sœur semblait vouloir le tuer, alors c'est déjà ça.

Alexa enfouit le visage entre ses mains. Génial. Grâce à elle, Chance et sa famille étaient maintenant brouillés.

— Je ne comprends pas pourquoi tu as fait ça.

Griffin se redressa et abaissa ses mains.

— Parce que tu as besoin d'un homme disposé à se battre pour toi. Et je ne parle pas de moi, en l'occurrence.

La gorge d'Alexa se comprima sous une boule de larmes, rendant les mots impossibles... si elle avait su quoi dire.

— Et à présent je pense qu'il vaut mieux que je rentre, poursuivit-il. Je partirai demain matin.

La panique parvint à percer le barrage dans sa gorge.

— Tu t'en vas ? Mais, alors, et l'enquête que tu menais pour ton père ?

— Je suis fatigué de jouer selon ses règles, en espérant que ce que je fais suffira pour qu'il me transmette enfin ma fiducie. De plus, je n'ai pas le sentiment que ni Rory ni Evie aient la moindre intention de vendre l'hôtel. D'après ce que j'ai compris, c'est leur tante qui prend les décisions finales, et elle s'est absentée pour une sorte de congé sabbatique mystérieux dont personne ne parle.

— Je ne veux pas que tu partes.

— Je sais. Mais tu dois faire ça toute seule, Allie. Je t'en ai empêchée trop longtemps.

— Empêchée de quoi ?

— De tenter ta chance. De déployer tes ailes.

— Je ne vois pas de quoi tu parles.

— Si ta grand-mère te demande d'organiser un événement, quelle est la première personne que tu appelles ?

— Le traiteur.

Griffin eut un sourire ironique.

— La seconde ?

— Toi, admit Alexa d'un ton un brin bougon.

— Exact. Parce que tu détestes animer ou te rendre seule à ce genre de soirées.

— Et parce que tu es mon meilleur ami. Tu as toujours été là pour moi, Griff.

— Je pense que je l'ai trop été. Je suis devenu ton filet de sécurité. Tu traverses ta vie avec moi comme cavalier, sachant qu'il n'y a aucun risque que tu tombes amoureuse de moi ou que tu finisses par souffrir.

Elle avait beau vouloir argumenter, Griffin avait raison. S'il n'était pas parti superviser l'expansion d'un des hôtels de sa famille à l'étranger le week-end du gala caritatif à Santa Barbara, s'il avait été à ses côtés comme d'habitude, elle aurait probablement refusé de danser avec Chance, et ne l'aurait certainement pas emmené dans sa chambre ensuite.

— Ce n'est pas une bonne chose de ne pas souffrir ?

— Si, mais pas si jouer la sécurité t'empêche de trouver le véritable bonheur.

Et bien que sa vie actuelle fût un vrai charnier Alexa ne pouvait se résoudre à regretter le bébé qui grandissait en elle... ou le week-end passé dans les bras de Chance.

— Tu crois vraiment que je vais trouver ce genre de bonheur avec Chance McClaren ?

Ces paroles supposées être narquoises étaient en réalité teintées de regrets.

— Je crois que tu as trouvé quelque chose avec lui à Santa Barbara, en tout cas.

Alexa secoua la tête.

— Je t'ai dit que je n'étais pas moi-même ce week-end-là.

— Peut-être. Ou peut-être qu'avec Chance tu étais précisément celle que tu es censée être depuis toujours. Il s'est battu pour toi. Il tient clairement à toi. Plus qu'il n'est probablement disposé à l'admettre. Et, si c'est réciproque, alors c'est ton tour. Tu dois lui montrer que tu es prête à te battre pour lui.

Jamais Alexa n'avait été du genre à se battre pour elle-même, mais se battre pour Chance ? Pour leur enfant ?

Voilà un combat qu'elle devrait trouver le courage de mener.

7

« Peut-être que tu étais précisément celle que tu es censée être depuis toujours. »

Même si elle aurait aimé prétendre qu'elle ne savait pas ce que Griffin voulait dire, Alexa ne le pouvait pas. Depuis quelque temps, elle souhaitait franchir les murs soigneusement conçus qu'elle avait érigés autour de son monde. Elle avait vécu les dix dernières années en tant que visage de la fondation Mayhew, mais elle voulait être bien davantage que cela. Être plus qu'un joli visage souriant pour les médias. Montrer qu'elle avait une âme, un cœur, un corps. Au public, à sa grand-mère, à elle-même…

D'une certaine manière, Chance avait vu ça.

« Tente ta chance. »

Ce week-end à Santa Barbara, elle avait pris un risque énorme. Sur le coup, elle avait refusé de l'admettre, mais elle avait ouvert son cœur à Chance pour le refermer instantanément à son départ. Puis, après le communiqué annonçant sa mort, elle en avait pour ainsi dire jeté la clé.

La fête d'anniversaire organisée ce jour battait toujours son plein – lumières, rires et musique dérivant sur le sentier menant au cottage. Elle entoura sa poitrine de ses bras, regrettant de ne pas avoir pris un pull supplémentaire. La température nocturne aurait été considérée comme douce par la plupart des gens, mais Alexa était accoutumée à la chaleur californienne.

Le petit cottage semblait encore plus féerique sous le faible clair de lune. C'était bien le dernier endroit où elle imaginait voir Chance résider. Mais c'était temporaire. Un lieu pour qu'il puisse guérir avant de repartir ailleurs. Elle ne savait même pas s'il avait une résidence permanente.

Repoussant cette pensée troublante loin de son esprit, Alexa grimpa vivement les marches et frappa à la porte. Elle guetta du mouvement à l'intérieur, mais n'entendit rien, hormis les battements sourds de son cœur.

Peut-être n'était-il pas rentré chez lui, mais, s'il était dans le même état que Griffin après leur affrontement, elle ne voyait pas où il aurait pu aller, hormis là.

— Chance ? cria-t-elle, n'obtenant aucune réponse bien qu'ayant frappé une seconde fois.

Elle s'apprêtait à s'en retourner quand elle perçut un fracas dans le cottage.

— Chance ?

Le cœur battant à tout rompre, elle agrippa la poignée, surprise qu'elle tourne dans sa main. Puis hoqueta quand la porte s'ouvrit brusquement depuis l'intérieur, la précipitant en avant et droit contre le torse de Chance.

Son torse nu, humide…

Le cottage était sombre, excepté la faible lueur provenant du perron. Elle déglutit, les sens submergés par la proximité de son corps, de sa peau chaude recouvrant des muscles virils, par la senteur de savon et de shampoing. Et, malgré le désir qui vibrait dans ses veines, elle lâcha un petit rire.

— Quoi ? grogna Chance en reculant d'un pas.

— Lavande.

— Hein ?

— Tu sens la lavande.

— J'ai fini le savon que j'avais apporté, alors j'ai pris ce que ma sœur a mis dans la salle de bains.

Cet instant inattendu allégea un peu la tension qui lui comprimait la poitrine, et elle réussit à inspirer en profondeur, pour la première fois depuis… qu'elle avait découvert qu'elle était enceinte, lui semblait-il.

— Ça va ? J'ai cru entendre quelque chose tomber…

— Cette baraque ressemble à un magasin de porcelaine. Je ne peux pas me retourner sans casser un truc.

Le cœur d'Alexa fit un petit bond alors qu'il levait le bras, mais, au lieu de le tendre vers elle, il pressa l'interrupteur derrière son épaule. Les ecchymoses de Griffin auraient dû la préparer, pourtant, elle grimaça en voyant Chance en pleine lumière. L'œil au beurre noir. La mâchoire gonflée.

Mais elle avait beau s'y efforcer, elle n'arrivait pas à garder les yeux fixés sur son visage. Son regard baissa vers les larges épaules, les bras musclés, le duvet brun sur son torse et ses abdominaux bien dessinés. Le poids que Chance avait perdu depuis l'accident soulignait encore chaque crête et arête viriles de son corps. Comme si l'accident avait en quelque sorte réduit l'homme qu'elle avait rencontré en cette version émaciée, austère, qui se tenait devant elle.

Elle descendit jusqu'au caleçon de coton gris, plutôt soulagée qu'il n'ait pas ouvert la porte totalement nu, puis poussa une exclamation en voyant sa jambe.

— Les cicatrices ne sont pas très jolies, je te l'accorde, dit-il en se détournant.

— Non, ce n'est pas ça. C'est...

Alexa était sincèrement horrifiée par le rappel violent de ce qu'il avait enduré. De ce qu'il avait *vécu*... Mais ce ne fut pas ce qui la poussa à lui prendre le bras.

— Tu dois t'asseoir. Ton genou est complètement enflé. Tu devrais appeler un médecin pour t'assurer...

— Non, pas de médecins. J'en ai assez vu pour le restant de mes jours.

Malgré son ton implacable, Chance se laissa guider jusqu'au canapé recouvert de tissu fleuri.

— Eh bien, tâche d'y penser avant de t'engager dans une nouvelle bagarre peu judicieuse. Pour quelqu'un d'aussi déterminé à *passer à autre chose*, tu ne te facilites pas vraiment la tâche.

Chance marmonna ce qui ressemblait à « Je ne suis pas le seul », mais elle n'était pas sûre d'avoir bien entendu.

Elle saisit un coussin en dentelle, dans l'intention d'y allonger sa jambe sur le coffre de marine faisant office de table basse, mais il lui attrapa le poignet.

— J'allais te voir, déclara-t-il. Les deux fois.

— Pardon ?

— Je venais te voir quand Griffin et moi nous sommes battus, et à l'instant aussi. J'étais en train de me laver pour aller te retrouver sans avoir l'air de...

— D'une épave tabassée, ensanglantée ?

— Hé, ton *bon ami* est en aussi mauvais état que moi.

Alexa secoua la tête. Elle avait entendu presque la même phrase dans la bouche de Griffin.

— Parce que c'est ce qui compte le plus, pas vrai ?

— C'est toi qui comptes le plus, rétorqua Chance, lui causant une petite excitation, accentuée par la caresse de son pouce à l'intérieur de son poignet. Toi et le bébé.

Et le bébé. Évidemment. D'ailleurs, n'était-ce pas ce qu'elle s'était dit plus tôt ? Alors, elle n'avait aucune raison d'être un peu déçue que Chance place ses priorités exactement où elles devaient être.

— Très juste. Le bébé.

Elle retira sa main, l'agita en direction de la porte donnant sur la salle à manger, et poursuivit :

— Je vais aller te chercher de la glace. La cuisine...

— ... est par là, oui, poursuivit Chance.

Comme il faisait mine de se lever, elle demanda :

— Qu'est-ce que tu fais ?

— Je vais m'habiller. Il faut qu'on parle.

À croire que, sinon, ils risquaient de finir par faire autre chose. Ce qui, compte tenu de la difficulté qu'avait Alexa à empêcher ses yeux de se balader, s'avérait une possibilité plus grande qu'elle n'osait l'admettre.

— Bonne idée. Je... hum... reviens avec de la glace.

Elle ne trouva pas de poche à glace dans la minuscule cuisine, mais passa néanmoins cinq bonnes minutes la tête dans le réfrigérateur. Elle pressa un sac de maïs congelé sur son front, espérant bêtement que le froid calmerait ses pensées brûlantes tandis qu'elle étudiait les lieux.

La cuisine avait le même style rétro chic que le salon, avec des placards en bois à patine blanche, un plan de travail recouvert de carrelage ancien bleu cobalt et de délicates soucoupes à thé décorant le soffite.

Repérant un flacon de pilules près de l'évier, Alexa baissa le sac de maïs, et s'en empara. Ainsi qu'elle l'espérait, il s'agissait d'antidouleurs, mais le flacon était intact. Chance n'en avait pris aucun. Comme il forçait physiquement, avec des joggings sur la plage, des séances de kiné – sans parler de rixes ridicules –, elle n'arrivait pas à croire qu'il se soit passé des antalgiques.

Retournant au salon, elle fut soulagée d'y trouver Chance affalé dans un angle du sofa, vêtu de pied en cap. Si seulement le voir aussi détendu ne suggérait pas un autre type de tentation. Son bas de pyjama en flanelle bleue et son T-shirt gris délavé paraissaient si doux qu'elle n'avait qu'une envie : se blottir tout près de lui. Avoir ses bras autour d'elle, poser sa tête sur sa poitrine, pendant qu'ils discutaient de leurs rêves et de leurs espoirs quant à l'avenir de leur bébé.

Si simple, et pourtant si compliqué.

Elle plaça le sac de légumes congelés sur son genou, avant de lui tendre une bouteille d'eau et deux antidouleurs. Mais Chance secouait déjà la tête.

— Je ne peux pas les prendre. Ils me rendent... foufou.

— Foufou ?

— Oui, comme un adolescent avec sa première cuite à la bière. Je ne sais jamais ce que je vais dire ou faire ou... Alors laisse tomber les pilules.

— Wouah, qui l'eût cru ? Chance McClaren, monsieur Carpe Diem, a la « contrôlite » aiguë.

— Ce n'est pas vrai.

— Alors prends ces médicaments. Tant que tu respectes la prescription, tout ira bien.

Elle soutint son regard durant une minute, peinant à imaginer le degré de sa douleur pour qu'il accepte de mauvaise grâce les antalgiques qu'elle brandissait. Il vida la bouteille d'eau, et elle s'efforça de ne pas remarquer les muscles qui jouaient sur sa gorge pendant qu'il avalait. Elle essaya de ne pas se remémorer qu'elle avait embrassé cet endroit précis quand il l'allongeait pour la première fois sur le lit de la chambre d'hôtel.

— Tu te sens bien ? demanda-t-il ensuite.

Alexa cligna des yeux, perplexe. Elle était un peu en surchauffe, mais est-ce qu'il le voyait sur son visage ?

— Tu sais, nausées matinales ou autre ? clarifia-t-il.

— Ah, ça. Non, plus maintenant. Je me fatigue vite, ajouta-t-elle en s'asseyant au bord du canapé. Et je meurs de faim la moitié du temps, mais sinon ça va.

— Et le bébé aussi ? Il est en bonne santé ?

La pointe de vulnérabilité dans ses yeux attendrit le cœur d'Alexa.

— Le bébé est en pleine forme.

— J'aurais aimé que tu m'en parles plus tôt.

— Chance...

— Je... J'essaye de comprendre pourquoi tu ne l'as pas fait, mais en te voyant ici avec Griffin... Je me suis comporté en abruti fini.

— Je t'ai dit que Griffin était juste un ami.

— Un ami que tu envisageais d'épouser.

— Oui.

— C'est toujours le cas ? insista-t-il, la bouteille en plastique craquant sous ses doigts crispés.

— Non. Griffin part demain matin.

— Je ne peux pas dire que ça me chagrine.

Alexa allait argumenter, mais se retint. Comment aurait-elle réagi si elle était arrivée à Clearville pour découvrir Chance presque fiancé ? Même à une femme qu'il considérait comme une simple amie ? Rien que d'imaginer une autre femme entre ses bras éveillait sa jalousie.

— Je suis désolée. J'aurais dû être franche dès le départ à propos de Griffin et du bébé. C'est juste que te voir ici a été un tel choc, surtout après...

— Ces foutus communiqués de presse.

Chance soupira en laissant retomber sa tête sur les coussins. Amenant Alexa à observer de nouveau cet endroit sur sa gorge... Elle détourna les yeux, serra les mains.

— Sincèrement, j'ai essayé de te contacter dès que j'ai appris que j'étais enceinte.

— Avant l'attentat.

— Oui.

— Mais pas après.

— Non, avoua-t-elle. Après ce premier communiqué, je ne savais pas quoi penser, quoi ressentir. Je commençais tout juste à m'habituer à l'idée d'être enceinte, puis j'ai dû affronter l'idée d'élever un enfant toute seule.

— Et ensuite ?

— Et ensuite… après avoir lu que tu étais vivant, que ton état s'améliorait, je ne savais plus quoi croire. Et si ces informations étaient fausses, elles aussi ?

Il se redressa pour la regarder dans les yeux.

— Je ne vais pas mentir. Mon travail comporte des risques, mais la *vie* comporte des risques. Ce travail n'est pas aussi dangereux que tu pourrais le penser.

— Les cicatrices de ton genou donnent une tout autre impression. Et c'est plus qu'un travail. Tu es prêt à aller là où n'irait pas n'importe quel journaliste, et à raconter des histoires que ne raconterait pas n'importe quel journaliste.

En réalité, Alexa avait été fascinée par le travail de Chance avant d'être fascinée par l'homme lui-même. Le soir du gala de bienfaisance, elle avait été tellement impressionnée qu'elle avait discuté avec une relation de sa grand-mère, Roslynn Saint-Clare, d'une exposition éventuelle des photos du talentueux Chance McClaren.

Connaissant ce dernier comme elle le connaissait désormais, Alexa se rendait compte qu'une exposition dans une galerie pleine de clients fortunés et de critiques condescendants n'était pas vraiment son style. Il préférait rester sur le front et laisser son travail parler de lui-même.

— Tu as une véritable vocation, et j'admire ça.

— Tu m'admires, et pourtant tu penses que je suis le genre d'homme qui ne voudrait pas savoir qu'il a un enfant, qui ne prendrait pas ses responsabilités.

Alexa pressa ses mains l'une contre l'autre. C'était peut-être ça qui lui faisait peur. Non pas que Chance tourne le dos à leur enfant, mais qu'il reste farouchement déterminé à remplir son devoir. Elle ne savait pas ce qui était pire – un père absent, ou un père présent à son corps défendant.

— Un enfant devrait être plus qu'une responsabilité. Un enfant a besoin de savoir qu'il est désiré, aimé... Quoi ?

Elle s'interrompit, décontenancée par le regard compatissant qu'il posait sur elle.

— Je pensais juste à un truc qu'a dit Griffin, murmura-t-il.

— Ah. Parce ce qu'en fait vous avez discuté, au lieu de juste vous tabasser à coups de poing dès le départ ?

— On a fait un peu les deux.

Et manifestement il ne lui répéterait pas ce qu'avait dit Griffin. Qui, tel qu'elle connaissait son ami, pouvait concerner n'importe quoi.

Chance reposa sa tête en arrière, et elle constata que la tension commençait à quitter son corps à mesure que l'épuisement et les antalgiques faisaient leur effet.

— Je ferais bien d'y aller. Il faut que tu te reposes.

Elle prit appui sur les coussins, prête à se mettre debout, mais, sans ouvrir les yeux, Chance lui saisit le poignet.

— Reste, l'implora-t-il.

Le cœur battant soudain à tout rompre, Alexa déglutit. Sa peau irradiait au simple contact de la sienne, petites flammes de souvenirs ravivés dans son sillage.

— Je ne crois pas que ce soit une bonne idée. Tu devrais te reposer, Chance.

Il ouvrit les yeux en se penchant vers elle, dans un mouvement à la fois alangui et décidé.

— Je n'ai pas eu une seule bonne nuit de sommeil depuis la dernière fois que tu étais dans mon lit. Je ne peux pas fermer les yeux sans imaginer que tu es là.

Alexa le fixa, stupéfaite. Il avait pensé à elle pendant qu'il était au loin ? L'avait imaginée à ses côtés, alors qu'ils étaient séparés ? Les mêmes pensées, les mêmes souvenirs, les mêmes *désirs* avaient hanté ses propres rêves, mais songer que Chance avait ressenti le même manque...

— Chance…

Elle haleta presque plus qu'elle ne prononça son nom tandis qu'il se dressait au-dessus d'elle et la hissait sur ses pieds. Ses jambes tremblaient, et elle sut qu'elle devait partir avant qu'il ne soit trop tard.

Mais il avait été trop tard dès l'instant où elle l'avait vu pour la première fois à l'autre extrémité de la salle de bal. Quand il l'avait surprise en train de faire quelque chose qu'une Mayhew ne faisait pas – intervenir auprès d'un des plus importants donateurs de sa grand-mère en détournant l'attention indésirable de l'homme ivre d'une jeune serveuse.

Et Chance McClaren avait observé toute la scène. Mais, au lieu de marquer de la désapprobation, ses yeux bleus avaient brillé d'amusement et d'admiration.

Toutefois, c'était le passé. Maintenant, c'était différent. Tant de choses avaient changé, sauf une. Elle voulait actuellement aussi désespérément qu'il l'embrasse qu'à l'époque.

— Alexa. *Lexi.*

Le surnom lui suscita des frissons le long de la colonne vertébrale. Pour le reste du monde, elle était Alexa Mayhew. Seul Chance l'appelait Lexi. *Lui seul.*

Il avait encore ce nom sur les lèvres quand il l'embrassa, et elle enfouit les doigts dans ses cheveux tandis qu'il la plaquait contre lui.

Ils s'accordaient à merveille, la puissance musculeuse d'une de ses cuisses à lui entre le moelleux des siennes, la rondeur de ses seins sur le vaste aplat de son torse, la courbe subtile de son ventre calée par son estomac concave.

Leur *bébé* entre eux.

L'image la fit sursauter en arrière. Puisant son souffle dans sa poitrine soudain oppressée, luttant contre le désir qu'elle voyait reflété dans l'expression tendue de Chance, elle bafouilla :

— Ce n'est… On ne peut pas… C'est une mauvaise idée.

Il la considéra longuement avant d'éclater de rire. Ses dents blanches étincelèrent dans le premier vrai sourire qu'elle ait vu depuis qu'elle était arrivée.

— C'est aussi ce que tu as dit à Santa Barbara.

— Eh bien, cette fois, je le pense.

Son pouls s'accéléra tandis qu'il se rapprochait, effaçant la distance qu'elle avait placée de haute lutte entre eux.

— Des mauvaises idées. Demande à n'importe qui, j'en ai à revendre.

Une ombre passa fugacement sur son visage avant de se dissiper. Il leva la main pour toucher la barrette papillon dans ses cheveux.

— Mon porte-bonheur, murmura-t-il.

Alexa déglutit. Bien qu'un désir toujours ardent persistât dans ses yeux, son regard était légèrement flou, vague.

— Tu ne plaisantais pas au sujet de l'effet qu'ont les antalgiques sur toi, n'est-ce pas ?

Son demi-sourire était aguicheur, sexy et, oui, un tantinet foufou.

— Je t'avais dit.

Ignorant la déception qui la traversait, elle riposta :

— Voilà pourquoi tu dois te mettre au lit. Seul.

Cette précision autant à sa propre attention qu'à celle de Chance. L'alchimie, l'attirance, le désir de sentir son corps pressé contre le sien une fois de plus faisait vaciller sa résolution en même temps que ses jambes en coton.

— Ce n'est pas comme si je pouvais te faire tomber plus enceinte.

Non, aucun danger là-dessus. Mais le risque qu'elle tombe encore plus amoureuse de lui ? Ça, c'était une possibilité très réelle – et très effrayante.

— Oui, eh bien, aussi romantique que soit cette proposition, je ne couche quand même pas avec toi.

Il poussa un immense soupir, mais se laissa guider dans le couloir. Le bras passé autour de ses épaules, il s'appuyait tellement sur elle qu'elle se demanda s'il n'avait réellement pas causé plus de dégâts à sa jambe. Mais, quand il la serra plus fort contre lui et déposa un baiser sur sa tempe, elle ne sut plus si elle le soutenait ou si lui la tenait, tout simplement.

Avec la faible lumière provenant du salon, Alexa eut l'impression d'une chambre extrêmement *girly*, comprenant un lit à baldaquin orné de dentelle. Chance n'était pas à proprement parler la Belle au bois dormant, toutefois...

— Dors, maintenant.

Mais, avant qu'elle se rende compte de ce qu'il projetait, il retomba sur le matelas... en l'entraînant avec lui.

— Chance ! Qu'est-ce que tu fais ? protesta-t-elle, atterrissant avec un grognement inélégant.

Il roula avec elle, l'immobilisa sur le lit avec un bras ferme enroulé autour de sa taille et une cuisse chaude, lourde, entre ses jambes. Alexa s'enfonça dans des draps parfumés aux fleurs des champs, contrastant avec le corps dur et viril de Chance au-dessus du sien.

— Je te l'ai dit. Je ne peux pas dormir sans toi.

— Et je crois t'avoir dit que je ne coucherais pas avec toi. Chance ? Chance !

Elle le repoussa par les épaules, ses mains glissant inutilement sur le doux coton de son T-shirt et les muscles lisses qui se trouvaient dessous.

Elle aurait pu douter de la véracité des paroles de Chance, surtout qu'il avait exprimé clairement sa répugnance pour les antalgiques, mais les actes sont parfois plus éloquents : il se blottit plus profondément dans les oreillers avec un soupir de contentement et sombra rapidement dans le sommeil... avec elle.

Chance savait qu'il rêvait de nouveau.

Le rêve était si réaliste – comme ceux à l'hôpital, les premiers jours après son opération. Il sentait la caresse soyeuse des cheveux d'Alexa sur son bras, la chaleur affolante de son souffle dans son cou. Il l'attira plus près, mais au lieu de la peau nue il rencontra du tissu duveteux.

Pourquoi portait-elle des vêtements ? Ses rêves commençaient toujours avec elle nue dans ses bras et finissaient avec elle disparaissant...

— Chance ! Chance, réveille-toi !

Il ignora la voix, cette voix qui ressemblait à celle d'Alexa mais n'était qu'un leurre. Il resserra sa prise, déterminé à ne pas la laisser s'échapper et tout aussi déterminé à ne pas se réveiller. Quand il ouvrirait les yeux, elle serait partie.

— Sérieusement, Chance. Je ne peux pas respirer, là.

— Les rêves n'ont pas besoin de respirer, grommela-t-il, roulant sur le côté jusqu'à écraser à moitié sous son corps Alexa en rêve.

Elle rit – avec peut-être le souffle un peu court – et répéta son nom.

Alors qu'il avait toujours les yeux fermés, ses lèvres trouvèrent le point de jonction sensible entre le cou et l'épaule d'Alexa. Elle sentait comme dans son souvenir – une odeur délicatement florale mais comportant une pointe cachée d'épices. Elle murmura à nouveau son nom, de manière plus essoufflée, cette fois, et la chaleur envahit ses veines.

Dans le monde réel, trop d'obstacles se dressaient entre eux pour qu'il cède au désir. Le secret qu'elle avait gardé, l'incertitude de l'avenir, la responsabilité de leur enfant. Mais, là, il s'agissait d'un rêve où rien ne pouvait se mettre entre eux.

Rien, sauf ce stupide pull duveteux.

— Pourquoi tu es habillée, dans mon rêve ? protesta-t-il.

Alexa gémit, manifestement aussi frustrée que lui par ces vêtements inutiles. Mais, quand elle reprit la parole, sa voix était empreinte de panique.

— Chance, il faut que tu te réveilles, maintenant.

Elle poussa sur ses épaules, mais il refusait de bouger.

— Vraiment, tu dois te réveiller, Chance. Je crois qu'il y a quelqu'un !

Il entendit vaguement une portière claquer, un autre élément totalement déplacé dans son rêve mais suffisant pour le pousser à se demander... Le son, combiné à une vive douleur dans la jambe tandis qu'Alexa se dégageait de sous lui, l'arracha aux vestiges du sommeil.

Il fixa d'un regard hébété Alexa qui quittait le lit en hâte. Lançant un coup d'œil affolé en direction de la fenêtre, elle rajusta son pull en cachemire et recoiffa vaguement ses cheveux. En vain. Ses vêtements étaient froissés, sa chevelure d'ordinaire impeccable, tout emmêlée, son visage, dépourvu de maquillage et encore endormi.

Le cœur de Chance fit un bond. Jamais elle ne lui était apparue aussi belle, et il se demanda une fois de plus comment il avait réussi à quitter cette chambre d'hôtel quatre mois auparavant.

Rien d'étonnant, donc, si depuis il se l'était représentée cent fois auprès de lui, mais là, non, il ne comprenait pas...

— Qu'est-ce que tu fais dans mon lit ?

— Qu'est-ce que je... Tu..., bredouilla-t-elle, les joues rouges, et visiblement exaspérée. Ne commence pas avec moi ce matin, tu veux ? Et lève-toi ! Quelqu'un est là !

Bon sang, qu'est-ce qu'il s'était passé hier soir ? Il se souvenait de l'affrontement, d'Alexa arrivant au cottage, d'avoir pris ces maudites pilules... Ensuite, tout devenait plus flou, mais, vu qu'elle était entièrement habillée et que lui – il souleva les couvertures pour vérifier – portait un T-shirt et un bas de pyjama, il ne s'était rien produit a priori pendant qu'elle était là.

Les réflexes ralentis par son esprit encore confus, il réagit à peine quand un jean fut projeté sur sa poitrine avant de tomber par terre.

— Habille-toi, ordonna Alexa, devant le placard ouvert qu'elle farfouillait, en quête d'une chemise.

Il gémit, se pencha péniblement pour ramasser le jean.

— Qui est là ?

— Aucune idée, répondit-elle, mais quelqu'un...

Le coup frappé à la porte interrompit toute cette agitation. Elle se figea, les yeux arrondis par la panique.

Après une seconde de silence, on frappa à nouveau.

— Chance, chéri ?

Alexa ne bougea pas, mais elle plissa les yeux au son de la voix féminine.

— Chéri ?

Cette fois, il lâcha un grognement. Regrettant presque qu'il n'y ait pas une ancienne petite amie sur son seuil, comme le soupçonnait clairement Alexa.

— C'est ma mère, expliqua-t-il avec un soupir, avant d'arracher la chemise qu'elle tenait dans ses mains glacées. Prépare-toi à rencontrer mes parents.

8

— Tes parents ?

La voix d'Alexa monta d'une octave tandis que le coup frappé à la porte d'entrée parut résonner dans sa poitrine.

— Mais je ne peux pas rencontrer tes parents maintenant !

Elle n'avait aucune expérience en pareilles circonstances. Même adolescente, jamais elle n'avait été prise dans une situation compromettante.

Une Mayhew ne fait pas entrer en douce des garçons dans sa chambre ou ne fricote pas sur la banquette arrière d'une voiture.

Chance la considéra de la tête aux pieds.

— Tu pourrais rencontrer la reine d'Angleterre comme ça. Tu es aussi belle que d'habitude.

Elle rougit, autant en raison du compliment que de l'intimité du moment. Même s'ils avaient passé un week-end ensemble, même s'ils avaient fait l'amour, une connexion encore plus puissante les reliait brusquement. La reconnaissance muette d'être solidaires pour affronter ce qui s'annonçait.

En vérité, elle aurait pu sortir du lit de Chance n'importe quand la veille. Bien qu'au départ il l'ait clouée au matelas avec sa cuisse, les antalgiques ne suffisaient pas à lui épargner un sommeil agité. Très vite, il avait roulé sur le flanc, puis sur le dos. Elle avait même repoussé les couvertures, prête à fuir, quand il avait prononcé son nom.

D'abord, elle avait cru qu'il était réveillé, avant de comprendre qu'il dormait toujours et tendait le bras vers elle dans ses rêves, la suppliait :

— Ne t'en va pas. Ne pars pas... encore une fois.

Et à cet instant, elle avait su qu'elle n'irait nulle part.

Chance avait eu besoin d'elle hier soir, et, aussi impossible que cela lui paraisse, elle devinait qu'il avait besoin d'elle maintenant.

Ses cheveux sombres étaient ébouriffés, une marque d'oreiller striait sa joue maigre. Sa barbe matinale, combinée aux bleus lui donnait un air dangereux. Mais son attitude restait pourtant quelque peu sur la défensive quand il lâcha d'un ton de plaisanterie :

— On peut toujours essayer de s'échapper par la fenêtre.

— « On » ? Ce sont tes parents, je te signale.

— Exact, acquiesça Chance en soupirant.

Il saisit l'ourlet de son T-shirt, le passa par-dessus sa tête.

— Qu'est-ce que... tu fais ? protesta Alexa, horrifiée.

— Hé, tu voulais que je m'habille. Ce n'est pas comme si tu ne m'avais jamais vu nu.

Vu, senti, goûté... Elle s'empourpra de plus belle.

— Pas avec tes parents de l'autre côté de la porte !

Il gloussa, ce qui augmenta encore sa nervosité.

— Mieux vaut de l'autre côté de la porte qu'ici même... où sera ma mère dans deux secondes si je ne sors pas de cette chambre.

— Ils vont penser qu'on a couché ensemble.

— Ils le *sauront* quand ils apprendront pour le bébé.

Chance rit encore quand elle se détourna alors qu'il baissait son pantalon de pyjama. Mais elle s'en voulut presque de se priver de ce plaisir.

Le frottement du denim résonna dans la chambre silencieuse, celui de la fermeture Eclair sembla lui écorcher l'échine. Elle sentit les poils se hérisser sur sa nuque lorsque Chance s'approcha pour murmurer à son oreille :

— Je vais tenter de te faire gagner quelques minutes.

— Pour m'esquiver par la fenêtre ?

— Ou nous rejoindre dans le salon. À toi de voir.

Alexa profita de ces minutes offertes pour se laver la figure et se coiffer dans la salle de bains. Puis elle pénétra dans le salon, où Chance fit très brièvement les présentations.

Des dizaines de questions informulées se lisaient dans les yeux de ses parents, et comment rater le regard qu'ils échangèrent juste avant qu'Alexa leur tende la main ?

Mary McClaren l'ignora, enveloppant plutôt Alexa dans une rapide accolade. Ses yeux au bleu si familier étincelèrent tandis qu'elle déclarait :

— Quel plaisir de vous rencontrer ! J'aimerais pouvoir dire que Chance nous a beaucoup parlé de vous, mais chacun sait combien il est discret sur sa vie amoureuse.

— Maman...

Mary lança un coup d'œil agacé à son fils.

— Ma foi, c'est la réalité. On n'a rencontré aucune de tes petites amies depuis...

— Bon, qu'est-ce que vous faites ici ? la coupa Chance, faisant taire sa mère mais pas la curiosité d'Alexa concernant la dernière femme qu'il avait ramenée à la maison.

Mary entreprit de ranger la minuscule pièce, redressant un coussin, ramassant la bouteille d'eau vide, marquant tout juste une pause devant le sac de maïs désormais décongelé.

— On se rend à Santa Rosa pour la fête du départ à la retraite d'un vieil ami de ton père. Du coup, on s'est dit qu'on s'arrêterait en passant, puisque c'était sur le chemin.

— Pas vraiment sur le chemin, marmonna son mari, faisant tinter un jeu de clés dans sa poche de pantalon.

Matthew McClaren avait des cheveux poivre et sel, le même front large et la même mâchoire carrée que son fils, mais ses traits à la structure classique ne constituaient pas la seule similitude entre les deux hommes. Le caractère buté de ces mâchoires jumelles n'échappait pas à Alexa.

Mary eut un petit rire lénifiant.

— Ça l'est si tu prends la route touristique.

— Il vous reste quand même un long trajet à faire, souligna Chance.

— Raison pour laquelle on est partis avant l'aube. Naturellement, on a le temps de prendre un petit déjeuner tardif avec vous deux.

— Il y avait une soirée d'anniversaire hier à l'hôtel. Le restaurant est forcément bondé à cette heure.

Sa mère écarta la remarque d'un geste.

— Sans vouloir critiquer Hillcrest, tu sais bien qu'on n'a jamais aimé manger au restaurant. Rory m'a dit qu'elle avait rempli la cuisine de provisions avant ton arrivée ?

— Jusqu'au plafond, ironisa Chance.

— Parfait ! Alexa, vous me donnez un coup de main ? On laissera ces messieurs bavarder entre hommes, ajouta Mary avec un regard éloquent aux messieurs en question.

— Euh… entendu, répliqua Alexa d'une voix faible.

Elle décocha un dernier regard à Chance et suivit Mary. Elle savait pertinemment pourquoi un tête-à-tête avec la mère de Chance la rendait aussi nerveuse. Ce qu'elle ne comprenait pas, c'était pourquoi Chance paraissait aussi embêté à la perspective d'un tête-à-tête avec son propre père.

Malgré son inquiétude initiale, Alexa se sentit aussitôt à l'aise avec Mary McClaren. En partie, supposait-elle, parce que cette dernière ne cessait de bavarder. Sa bouche remuait aussi vite que ses mains tandis qu'elle s'affairait dans la cuisine exiguë, ne ralentissant que pour fouiller un placard ou l'autre à la recherche d'un nouvel ingrédient.

— Je suis désolée qu'on ait débarqué ainsi sans prévenir. Si Chance nous avait dit… Mais bon, Chance ne dit jamais grand-chose quand il s'agit de sa vie personnelle.

Alexa laissa l'assiette qu'elle tenait en suspens à deux centimètres de la table en chêne pâle, attendant que Mary en dévoile davantage sur la femme dans le passé de Chance. Mais, comme rien de plus ne venait, elle avoua :

— Ma propre arrivée était une surprise aussi, en quelque sorte. Je ne suis ici que depuis quelques jours.

— Mais Chance et vous…

— Nous sommes connus il y a quelques mois, à Santa Barbara. On avait… euh… prévu de rester en contact après son départ pour une nouvelle mission, mais ensuite…

Elle s'interrompit alors que les gestes de Mary s'arrêtaient. Toutes deux concédèrent en silence ce qui était arrivé – ce qui avait failli arriver – *ensuite*... Puis Mary, avec un sourire forcé, demanda par-dessus son épaule :

— Vous aimez les pancakes, n'est-ce pas ? Tant de gens aujourd'hui ont des allergies alimentaires.

— Aucune allergie chez moi.

Elle ne se rappelait pas quand elle avait mangé des pancakes pour la dernière fois, plus encline à petit-déjeuner simplement de thé accompagné de toasts. Ce qui, durant sa période de nausées matinales, avait même souvent été trop.

Mais là... Finissant de mettre le couvert, Alexa s'approcha du plan de travail. Son estomac gronda de manière très inélégante tandis que Mary jetait une poignée de myrtilles dans la pâte et la touillait avec une spatule en bois.

— Je crois n'avoir jamais vu quelqu'un faire des pancakes sans recette. Sauf un cuisinier professionnel.

— Professionnel ? répliqua Mary en riant. Comme ceux qui cuisinent à la télévision, vous voulez dire ? Oh ! rassurez-vous, je ne joue pas dans la même cour qu'eux. C'est juste qu'à force, depuis tant d'années, c'est devenu automatique.

Ce n'était pas la télévision dont parlait Alexa. Elle se référait au cuisinier à plein temps de sa grand-mère. Elle rougit légèrement de son presque impair. Si Mary ne se voyait pas dans la même catégorie qu'une personnalité capable de sourire à la caméra tout en battant des œufs en même temps, elle se serait sentie surclassée par rapport au cordon-bleu diplômé qu'employait sa grand-mère.

— Alors, si vous ne vous considérez pas comme une professionnelle, où avez-vous appris tout ça ?

— Je suppose que je me considère comme une maman professionnelle. Pas toujours l'activité la plus glamour, ni celle qui vous fera gagner un trophée, mais bien assez gratifiant pour moi.

Avec ses cheveux auburn striés de gris et d'infimes rides au coin de ses yeux noisette, Mary McClaren dégageait une impression chaleureuse et réconfortante qui attirait Alexa.

Maman professionnelle. Ça lui plaisait. Au cours de ces derniers mois, elle avait tellement été absorbée par l'idée d'être enceinte, d'avoir un bébé, que le concept de mère lui avait quelque peu échappé.

— Donc vous avez appris tout ça après la naissance de Chance et Rory ?

— Oh non ! Avec ma propre mère, quand j'étais encore petite fille. C'était une telle joie d'être avec elle dans la cuisine.

— Ah, bien sûr.

Évidemment. C'étaient des compétences qu'Alexa était déjà censée avoir. Des choses que sa mère était censée lui avoir enseignées.

— Lorsque je me suis retrouvée avec deux enfants, j'avais à peine le temps de respirer. Dieu merci, c'était devenu une seconde nature. Bien qu'avec un nouveau-né il ait fallu apprendre à tout faire d'une seule main.

— Une seule main ?

— Incroyable, comme on attrape vite le truc de tenir un nourrisson sur un bras pendant qu'on casse un œuf de sa main libre.

Alexa réprima un rire incrédule. Tenir un bébé tout en cassant des œufs. Bien, elle essaierait. Juste après – qui sait ? Avaler des sabres ? Jongler avec du feu ?

— Mais, une fois les enfants plus grands, j'ai pu transmettre tout ce que j'avais appris. Rory était une si bonne élève, debout sur un tabouret à côté de moi, tellement avide d'aider. Pour Chance, je pense que c'était surtout le bonus de lécher la pâte sur les fouets ou de goûter le dessert en premier, exposa Mary, les yeux brillants en évoquant ces quelques souvenirs. Et vous, que vous a enseigné votre mère ?

Sa mère lui avait appris à sourire même si elle pleurait intérieurement.

« Sois sage avec mamie, et maman reviendra bientôt ! »

Bree n'aimait pas qu'Alexa pleure quand elle partait ou la supplie de rester. Alors Alexa avait appris à être sage, obéissante, et à attendre, pleine d'espoir, le retour de sa mère.

Ce talent pour se cacher derrière un sourire se révéla utile quand elle répondit :

— Oh, ma mère m'a tant appris qu'il m'est difficile de savoir par où commencer !

Mais, tout en observant Mary s'activer dans la cuisine, Alexa ne put s'empêcher de songer que, la leçon la plus importante que lui avait enseignée Bree, c'était comment *ne pas* être mère.

Une leçon qu'elle avait environ cinq mois pour désapprendre.

— Comment vous êtes-vous rencontrés, tous les deux ?

Chance ne tenta même pas de retenir un grognement.

— Cinq secondes, maman. C'est un record.

Sa mère avait concocté en un tour de main un festin de pancakes aux myrtilles, sirop d'érable, œufs brouillés et bacon. La petite table croulait sous les plats et la vaisselle, et, malgré les odeurs alléchantes emplissant la cuisine, il n'avait guère d'appétit.

Comment en aurait-il eu alors qu'il allait finir cuisiné en tant que plat principal ?

Elle lui adressa un regard plein de reproches tout en passant le beurre à son père.

— C'était juste une question.

Et pas vraiment déplacée. Surtout venant de parents qui étaient tombés sur leur fils quittant en hâte le lit avec une jeune femme.

Même s'il ne s'était rien produit au cours de la nuit. Ce qui était à la fois un soulagement et très humiliant. Il savait depuis l'enfance que les antalgiques et lui ne faisaient pas bon ménage. Il avait eu de nombreuses raisons d'en prendre lors de ses exploits téméraires de jeunesse, et les effets secondaires n'étaient jamais agréables. Il marchait et parlait dans son sommeil.

Bon Dieu, il pouvait juste se figurer ce qu'Alexa avait subi. Des bribes de souvenirs flottaient dans son esprit, mais c'était trop semblable à ce qui était survenu après l'accident. La majeure partie n'était que le fruit de son imagination.

Les courbes chaudes, douces d'Alexa près de son corps... Ses cheveux dorés étalés sur l'oreiller... Ses bras minces autour de son cou...

« Je suis là, Chance. Je suis là. Je ne te laisserai pas. »

Il savait une chose, en tout cas, qui n'était pas imaginaire, ni une sorte d'hallucination.

Alexa était enceinte. De son enfant. Il en était encore à assimiler le tour soudain que prenait sa vie.

— On s'est rencontrés à une soirée caritative, expliquait

Alexa à sa mère, tout ouïe, manipulant avec grâce ses couverts pour découper un pancake en minuscules bouchées. Chance se trouvait là pour dédicacer des photos destinées à une vente aux enchères.

La main de Chance se crispa sur sa fourchette. Alexa ignorait qu'elle pénétrait en terrain miné. Son travail était un sujet de tension vieux de dix ans entre ses parents et lui. Surtout son père, dont le visage se renfrogna aussitôt.

« Laissons les McClaren bavarder entre hommes. »

Comme si sa mère ne savait pas que son père et lui s'entendaient bien mieux quand ils ne parlaient pas.

Chance enfourna une nouvelle bouchée d'exquis pancake, onctueux et fondant sous la langue. S'il pouvait garder la bouche fermée – ou pleine – quelques minutes de plus, peut-être sortiraient-ils tous indemnes de cette visite imprévue.

Il avait dissimulé de son mieux un soupir de soulagement quand sa mère avait mentionné la destination de leur voyage. Son père serait impatient de reprendre la route, chaque détour et arrêt minutieusement balisé sur le trajet, en dépit des propos de Mary sur l'itinéraire touristique.

Il ricana intérieurement. Son père ne prenait jamais l'itinéraire touristique. Matthew McClaren était d'une rectitude quasi excessive, toujours à filer droit, ne prenant jamais des chemins de traverse.

Chance avait compris dès l'enfance que se perdre était le meilleur moyen de se trouver lui-même. De trouver ce dont il était capable, de trouver ce qu'il voulait et attendait réellement de la vie.

Découvrir que ce qu'il voulait était l'exact opposé de ce que ses parents désiraient pour lui, voilà un cap que tous les trois n'avaient pas encore réussi à franchir.

— Le travail de Chance a suscité certaines des enchères les plus élevées ce soir-là. Je ne saurais vous dire combien de personnes sont prêtes à payer une petite fortune pour un tirage original de McClaren.

Matthew émit un grognement dédaigneux qui contrastait violemment avec la fierté contenue dans la voix d'Alexa.

Fierté ? Elle avait clairement exprimé ce qu'elle pensait de son métier et de ses risques, et pourtant...

Assise à côté de lui, elle lui adressa un petit sourire.

— J'aurais moi-même fait une offre pour l'une de ces photos si la remporter ne risquait pas de paraître si déloyal.

— Déloyal ? Pourquoi ça ? demanda Mary.

— C'est moi qui organisais l'événement, donc il valait mieux que je ne gagne aucun des articles mis aux enchères. Pour sauver les apparences, vous voyez.

Pour sauver les apparences... Elle lui avait avoué cette nuit-là combien elle détestait vivre sous ce type de regard permanent. Combien elle désirait être libre. Mais elle ne lui avait pas dit qu'elle avait envisagé d'enchérir sur ses photos.

Il se demanda de quoi sa mère et elle avaient discuté dans la cuisine. Sa mère n'avait qu'un seul vœu, qu'il se pose et se marie. Jusqu'à avoir été la seule de la famille à approuver Lisette ! Même Rory, toujours en quête du meilleur chez les gens, l'appelait sa « tarée d'ex ».

Pour Mary, cependant, l'important était que, durant son histoire avec Lisette, il ait passé plus de temps focalisé sur la carrière de sa « petite amie » que sur la sienne, si dangereuse.

— Eh bien, j'espère que vous avez pu remporter avec vous un souvenir quelconque de l'événement.

Son regard croisa celui d'Alexa, et cette fois son sourire était carrément ironique.

— Oh oui, répliqua-t-elle. J'ai remporté quelque chose.

Un bébé. Son bébé.

Et, si une partie de lui continuait à vouloir rejeter une réalité qu'il n'était pas prêt à affronter, une autre partie, plus profonde, voulait prendre Alexa dans ses bras. C'était le même sentiment qu'il avait eu ce matin, pendant qu'elle lui expédiait ses vêtements à travers la chambre.

Une sensation d'attachement.

Pour un homme qui avait mené sa vie d'adulte sans liens qui le retenaient, cela aurait dû le terroriser. Pourtant, il n'avait pas envie de briser ce contact fragile, laissant au contraire le moment se prolonger, se renforcer entre eux.

Jusqu'à ce que son père l'interrompe :

— D'où vient cet œil au beurre noir ?

— Tu me connais, papa. Toujours à chercher des noises.

La pique sous-jacente n'échappa pas à son père, à en juger par la façon dont il agrippa sa fourchette.

— Chance, tu...

— C'était ma faute, intervint brusquement Alexa. Le combat, tout – c'était ma faute.

Matthew haussa un sourcil et la fixa d'un air surpris, comme s'il la remarquait pour la première fois. Non que Chance y croie un quart de seconde. Même dans ses habits de la veille et sans une once de maquillage, Alexa était sublime. Le menton relevé tandis qu'elle soutenait le regard de son père, défendant Chance, elle était plus belle que jamais.

Trop belle pour être décrite, et assurément trop belle pour être si facilement discréditée par son père, qui écarta sa déclaration en rétorquant :

— À moins que vous soyez beaucoup plus forte que vous ne le semblez, je parierais qu'il y a une autre explication.

Avant que Chance ne puisse se lever d'un bond, Alexa posa une main apaisante sur son avant-bras contracté.

— En effet, répliqua-t-elle, observant ses parents tour à tour. Il s'agissait surtout d'un énorme malentendu, mais pour résumer... Chance cherchait à protéger mes intérêts.

La jalousie continuait de le tarauder quand il pensait à Alexa et Griffin. Des amis, juste des amis, avait-elle affirmé, mais il avait toujours du mal à encaisser que Griffin soit l'homme vers qui elle s'était tournée. L'homme à qui elle pouvait se fier, l'homme sur lequel elle pouvait compter. Griffin, et non lui-même.

Griffin avait été prêt à épouser Alexa, à prouver qu'il était un homme responsable – alors que Chance était responsable. D'Alexa. Du bébé qu'ils avaient fait ensemble.

— Alors, ça veut dire que les choses entre vous sont... sérieuses ?

Son père, l'air narquois, guettait la réponse attendue.

Je ne suis pas prêt à me caser. Ma carrière prime. Fonder une famille n'entre pas dans mon avenir.

Alexa avait tenu le coup face à son père, mais à présent sa

main glissa de son bras et elle fixa son attention sur son assiette presque vide. Aussitôt en manque de son contact, Chance reprit sa main et enlaça ses doigts fins aux siens. Tout en croisant son regard médusé, il songea : *Prêt ou pas, on y va !*

— Je ne parlerai pas de « choses » entre nous. Plutôt d'un bébé. Maintenant, si vous voulez bien nous excuser, j'ai un mariage... à photographier.

9

— Je vous déclare maintenant mari et femme. Vous pouvez embrasser la mariée.

Chance inspira longuement, s'inclina en avant… et leva son appareil pour prendre la photo parfaite.

Un tonnerre d'applaudissements jaillit du groupe d'invités rassemblés devant la gloriette tandis que le nouveau couple échangeait un baiser, et lui-même s'exclama intérieurement en capturant l'instant d'un clic sur le bouton.

Il l'avait fait. Son premier mariage. Il ne s'était pas attendu à ce que ce soit aussi éprouvant pour ses nerfs. Comment sa sœur supportait-elle ça chaque semaine ?

Malgré son ignorance en la matière, Chance trouvait que Rory avait effectué un travail formidable pour ce simple mariage en un après-midi. Des guirlandes de fleurs blanches et rouges s'enroulaient autour des piliers et de la balustrade de la gloriette. Des nœuds de velours assortis ornaient les chaises alignées de chaque côté du chemin bordé de dentelle menant aux larges marches de la plate-forme.

Même la météo, souvent pluvieuse et grise en novembre, avait coopéré. Le soleil avait percé durant la cérémonie, la rendant soudain éclatante. La réception se poursuivrait dans la salle de bal de Hillcrest, mais dans l'immédiat…

Il se concentra sur le jeune couple qui redescendait l'allée sous une pluie de pétales de roses rouges. Il ne doutait pas que les photos seraient parfaites, mais il n'arrivait pas à chasser une impression de vertige déstabilisante à chaque fois qu'il regardait à travers l'objectif.

Il était complètement hors de son élément, mais c'était plus que ça. C'était regarder à travers l'objectif et s'efforcer comme un beau diable de ne pas imaginer Alexa en robe blanche et voile flottant, un bouquet à la main. Alexa prononçant les vœux, des larmes emplissant ses beaux yeux tandis qu'elle promettait d'aimer, honorer et chérir.

Sauf que, la veille encore, elle envisageait de dire ces mots-là à son cher ami Griffin. Et, bien qu'elle lui ait assuré ne pas accepter sa demande en mariage, Chance ne parvenait toujours pas à franchir le pas et se voir lui-même à la place du marié. Qu'est-ce qu'il connaissait au rôle d'époux ?

Qu'est-ce qu'il connaissait au rôle de père ?

Telle était la question posée par le sien après que Chance eut annoncé qu'Alexa était enceinte. Sa mère avait été aux anges, se lançant aussitôt dans d'horribles histoires de grossesses catastrophiques, de douleurs de l'accouchement et de nuits sans sommeil saturées de tétées sans interruption.

Mais c'étaient les mots de son père qui l'obsédaient.

« Comment prévois-tu d'être le parent d'un enfant depuis l'autre bout du monde ? La paternité n'est pas quelque chose que tu peux transmettre par téléphone comme ton dernier reportage. »

Chance n'avait pas de réponse. Il n'était pas prêt à abandonner sa carrière, mais, après le retour d'Alexa dans sa vie, depuis ces derniers jours seulement, il était certain de ne pas être prêt les abandonner, elle et le bébé.

Ils avaient le temps de régler les détails. C'était ce qu'il avait dit à ses parents en les poussant hors du cottage, même si sa mère lui avait ordonné de les tenir informés de nouvelles comme la fête prénatale, la date prévue pour l'accouchement, et, oui, tant qu'à faire, la date de leur *mariage*.

Les yeux d'Alexa s'étaient écarquillés quand elle avait entendu ces propos. Comment lui en vouloir ?

Il soupira, leva à nouveau l'appareil photo, réconforté par son poids familier. Se demandant comme souvent, pourquoi la chose la plus importante que son père et lui avaient en commun, l'unique activité qu'ils aimaient tous les deux, était aussi celle qui avait creusé un tel gouffre entre eux.

Il travailla encore une demi-heure, photographiant les noces au complet, les invités répartis sur la plate-forme et les marches de la gloriette. Mais à chaque cliché il devait effacer d'un battement de cils l'image d'Alexa debout là – Seigneur, était-ce réellement juste la veille ? Comment sa vie avait-elle basculé en à peine vingt-quatre heures ?

Les muscles de sa jambe brûlèrent en signe de protestation quand il se mit sur un genou pour voir les jeunes mariés sous un meilleur angle. La vie pouvait changer en une fraction de seconde. Ce fut un soulagement quand le couple annonça qu'il était prêt à rejoindre les invités pour la réception.

— Tu t'en es sorti ?

Chance pivota et prit une photo rapide de sa sœur, qui lui lança un regard noir.

— Si je m'en suis sorti ? Tu sais à qui tu parles ?

— Oui, à mon odieux frère aîné.

— Hé, je suis là, non ? Je me suis même coupé les cheveux, comme tu le voulais.

— En effet, et l'œil au beurre noir complète ton style à merveille.

Rory semblait toutefois plus irritée qu'en colère. Ils n'avaient guère eu le temps de discuter depuis l'arrivée de Chance. Rory était occupée aux derniers détails avant le début de la cérémonie, et lui, à photographier la future épousée durant les moments précédant le mariage.

— Je suppose que tu as parlé à papa et maman.

— Tu plaisantes ? J'ai été *cuisinée* par papa et maman, qui ont l'air de penser que j'aurais dû être au courant de tout alors que je n'en avais pas la moindre idée ! Viens par ici, ajouta-t-elle en le prenant par le bras pour l'entraîner vers l'hôtel. Alexa est enceinte ? Et le bébé est de toi ?

— C'est une question ?

— Un peu légitime, à mon avis, non ? Sans vouloir faire de jeux de mots. Mais, Chance, elle était fiancée à un autre.

— C'est juste un ami.

— Et tu le crois ?

Chance se figea, bien qu'il ne puisse reprocher à sa sœur d'avoir des doutes. Son passé en matière de femmes était loin d'être exemplaire. Lisette l'avait manipulé avec une dextérité plus professionnelle que celle du kinésithérapeute qui travaillait sur sa jambe. Sans doute devait-il être reconnaissant de sa détermination à atteindre à n'importe quel prix les sommets du monde de la mode. Jamais elle n'aurait risqué d'abîmer sa silhouette ou son avenir en tombant enceinte – pas même en tant que moyen de garder le contrôle sur son photographe préféré.

— Pourquoi Alexa mentirait-elle, Rory ? Tant qu'à piéger quelqu'un, elle ferait mieux de pousser Griffin James à croire qu'il est le père. La famille de ce type a presque autant d'argent que celle d'Alexa.

Chance gagnait correctement sa vie. Il avait bien investi, et son existence nomade limitait les dépenses. Mais son compte en banque consistait en clopinettes comparé aux fortunes des Mayhew et des James.

— Écoute, j'ai effectué une recherche en ligne sur Alexa.

— Super, parce qu'il faut toujours croire tout ce qu'on lit sur Internet, railla-t-il.

Ignorant son sarcasme, Rory poursuivit :

— Elle vit avec sa grand-mère, qui est assez recluse. J'ai vu des photos de leur maison. On dirait une forteresse. Hauts murs et portail sécurisé. Je ne serais pas étonnée qu'il y ait des gardes armés à l'entrée, Chance.

— Où veux-tu en venir, Rory ?

— Juste au fait que ce serait bien plus facile pour vous deux de régler la situation ici que là-bas, sur ses terres.

— Sur ses terres ? Tu en parles comme s'il s'agissait d'une sorte de bataille.

Il songea à la richesse d'Alexa, aux dizaines d'avocats qu'elle pouvait aisément embaucher, aux tonnes de paperasserie qu'elle pouvait utiliser pour le tenir à distance de leur enfant. À distance d'elle... C'était une bataille qu'il n'avait pas les moyens de gagner.

Chance déglutit. C'était une bataille qu'il ne pouvait pas se permettre de perdre.

Un sifflement retentit, et Rory prit son téléphone dans sa poche. Elle fronça les sourcils en consultant l'écran.

— Qu'est-ce qui se passe ? demanda Chance. Une crise matrimoniale, déjà ?

— Ça dépendrait de toi, je dirais.

— Qu'est-ce que tu racontes ?

— Evie vient de m'envoyer un texto. Alexa quitte l'hôtel.

Alexa avait passé toute sa vie d'adulte à essayer d'être à la hauteur des standards de sa grand-mère, mais elle était à deux doigts de piquer une crise qui remplirait de fierté n'importe quelle diva de la téléréalité.

— Griffin James a quitté l'hôtel en début de journée, expliqua-t-elle à la femme de chambre plantée au milieu de la suite avec son chariot de ménage, mais je suis toujours là.

Bien que les raisons pour lesquelles elle était toujours là soient plutôt floues. À moins que ce soit à cause des larmes qui brouillaient ses yeux...

Si elle avait la moindre question sur le ressenti de Chance à propos du bébé, la réponse de ce dernier avait été on ne peut plus claire.

Elle ferait mieux de pousser Griffin James à croire qu'il est le père.

Depuis qu'Alexa avait rencontré les parents de Chance, ce matin, la tête lui tournait. Et, puisque Chance devait photographier le mariage, elle était retournée à la suite pour dire au revoir à Griffin. Elle lui avait fait un bref récapitulatif des événements, avait tenté de lui balancer une gifle devant son fou rire pendant qu'elle racontait comment les McClaren les avaient surpris, Chance et elle.

— Il nous reste un tas de choses à discuter – y compris le fait que ses parents s'attendent, à l'évidence, à ce qu'on se marie –, mais je suis contente de lui avoir parlé du bébé, avait-elle conclu, certaine que tout allait s'arranger d'une manière ou d'une autre.

Maintenant, elle ne savait plus quoi croire.

— Je suis désolée, Madame, disait la femme de chambre, mais j'ai ordre de nettoyer cette suite pour de nouveaux clients qui arrivent ce soir. Peut-être qu'à la réception on pourra vous renseigner ?

Alexa ne voulait pas redescendre dans le hall. Elle voulait juste enfouir la tête dans un oreiller et pleurer. Mais les oreillers récemment retapés et parfaitement disposés n'étaient plus destinés à son usage. Elle n'était plus cliente de l'hôtel et n'avait aucune raison de rester à Clearville. Aucune raison de ne pas rentrer chez elle.

— Mes bagages... où sont-ils ?

— Je suis certaine qu'à la réception...

— Bien.

Ravalant ses larmes, Alexa redressa les épaules et quitta la suite, pour heurter un solide corps masculin dans le couloir.

— Oh ! pardon, j'étais juste en train de...

— Pleurer.

Chance la prit par les épaules et l'étudia avec attention.

— Pourquoi tu pleures ?

Son expression préoccupée ne fit qu'accroître le tourbillon d'émotions déjà embrouillées dans l'esprit d'Alexa.

— Je ne...

— Viens, rentrons dans la chambre.

— Ce n'est pas ma chambre. De nouveaux clients arrivent ce soir.

Le bras de Chance autour de sa taille se crispa.

— Tu as donné ton congé ?

— Manifestement.

Il la guida vers la suite, et fixa la femme de chambre médusée.

— Dehors, ordonna-t-il.

La pauvre fille laissa tomber son chiffon et passa la porte en trombe avec son chariot de nettoyage.

— Tu sais ce que les gens diraient de moi si je traitais les employés ainsi ? demanda Alexa en s'écroulant sur le sofa.

— Je me fiche de ce que disent les gens.

— Évidemment.

Alexa, elle, ne s'en fichait pas. Peut-être que ça faisait partie du problème. Peut-être qu'elle faisait trop attention aux propos des autres...

— Écoute, Alexa, lança Chance, fourrageant ses cheveux noirs. Ne pars pas, d'accord ?

Elle le regarda, stupéfaite.

— Tu veux que je reste ?

Il s'assit à côté d'elle, lui prit la main.

— Bien sûr, que je veux que tu restes. Quand j'ai appris que tu quittais l'hôtel...

— Non. Il y a eu une erreur avec la chambre.

— On va régler ça. On va régler tout ça.

Ces paroles ressemblaient tant à celles qu'elle avait prononcées un peu plus tôt, elle voulait tant s'accrocher à cette promesse, et pourtant...

— Tu aurais vraiment souhaité que je pousse Griffin à croire que le bébé est de lui ?

— Quoi ? Non, Alexa ! protesta-t-il, les mains crispées autour des siennes. Tu étais là ? Tu as entendu... ça ?

— J'étais partie à ta recherche.

En se remémorant pourquoi elle voulait retrouver Chance, Alexa libéra ses mains et enroula les bras autour de sa taille. En un clin d'œil, le déchaînement des émotions - de l'euphorie à l'anéantissement - revint en force.

— Je croyais avoir senti le bébé bouger. C'est encore si tôt, je n'en suis même pas sûre, et tu n'aurais rien senti, de toute façon...

Elle s'interrompit avec un petit cri de surprise alors que la paume de Chance revendiquait le léger renflement de son ventre. Et soudain elle espéra qu'il ne puisse pas sentir ce qui se passait à l'intérieur de son corps, où le désir envahissait les zones qu'il touchait *et* celles qu'il ne touchait pas.

— Je suis content que ce bébé soit le mien, Alexa, déclara-t-il, une lueur possessive et brûlante dans ses yeux bleus. Ce que tu m'as entendu dire à Rory... je m'inquiète que tu persistes à penser que Griffin ferait un meilleur père, j'imagine.

Elle couvrit sa main de la sienne, la pressa plus fort contre son ventre, renforçant ce lien déjà miraculeux entre eux.

— Dès que j'ai senti - ou, du moins, pensé sentir - le bébé bouger, c'est avec toi que j'ai eu envie de le partager, Chance. Avec toi, pas avec Griffin.

— Tu restes, alors ?

— La chambre...

— On va trouver une solution avec Evie. De plus, Cendrillon, poursuivit-il, prenant quelque chose dans sa poche puis tendant son poing fermé, tu ne voudrais pas laisser ça derrière toi, si ?

Elle rit en voyant la barrette papillon au creux de sa main.

— Encore ?

— Il semble que tu prennes l'habitude de laisser ça dans mon lit.

Le feu aux joues, elle tenta de s'emparer de la barrette, mais il referma la main autour de la sienne.

— Et, toi, il semble que tu prennes l'habitude de me retrouver et de me la rendre, rétorqua-t-elle.

— Heureux hasard.

— Hier soir, tu m'as dit que cette barrette était ton porte-bonheur.

Chance la lâcha aussitôt.

— Je t'avais prévenu que les médicaments me rendaient idiot. Comment savoir de quoi je parlais ?

Alexa avait le sentiment qu'il le savait précisément, mais qu'il ne voulait pas l'expliquer. Tout en jouant avec le fragile papillon, elle s'efforça de ne pas penser au moment où la fortune cesserait de sourire à Chance.

— Lorsque mon frère t'a conviée à descendre assister à la réception, je ne crois pas qu'il avait le ménage en tête.

Surprise par le tutoiement spontané, Alexa marqua une pause, les bras chargés d'un plateau de verres, et se tourna vers Rory McClaren. Celle-ci tenait deux assiettes à dessert garnies d'une part de gâteau chocolat-framboise.

— Ça ne me dérange pas de donner un coup de main.

Son projet de se contenter d'observer la fête en restant à l'écart n'avait pas résisté longtemps. Assise au fond de la salle de bal, elle avait admiré les centres de table faits de roses rouges et blanches. Des nœuds en velours rouge ornaient chaque chaise, et cette couleur éclatante mettait en valeur les lambris en noyer de la salle. Elle avait ri en regardant les couples plus ou moins jeunes exécuter la danse des canards sur la piste.

Mais, quand la musique était passée à une ballade romantique, le grand-père septuagénaire de la mariée l'avait invitée à danser. Alexa n'avait pas eu le cœur de refuser cette faveur au vieux monsieur. Cette invitation avait été suivie par celle d'un adorable neveu préadolescent du marié, qui avait pris cela très au sérieux. Personne ne se souciait qu'elle ne fût pas une invitée du mariage, et, à chaque fois qu'elle regardait en direction de Chance, il lui répondait par un clin d'œil au moyen du flash de son appareil photo.

Elle n'avait pu s'empêcher de l'observer tout au long de la fête ; il souriait et riait avec chacun, aidant même les plus réticents à se détendre devant son objectif.

C'était le Chance qu'elle se rappelait avoir rencontré à Santa Barbara. Charmant, drôle, doté d'une assurance qu'elle trouvait terriblement sexy.

Mais elle avait aussi vu un autre aspect de lui, lors de prises de vue spontanées, quand les jeunes mariés ou leurs invités ne se rendaient pas compte qu'il les visait de son appareil. Un côté scrupuleux, déterminé. L'appareil semblait être un prolongement de son corps, dans ces moments où sa mise au point se focalisait, se rétrécissait, et où le monde autour de lui disparaissait.

Voilà comment il devait être sur le terrain. Quand il se coupait de toute émotion et se concentrait uniquement sur le cliché à réussir. Quand les bombes pouvaient exploser autour de lui sans même qu'il le remarque.

— Je n'ai jamais organisé de mariage, mais je sais en quoi consiste la planification de grands événements. Il y a toujours quelque chose à faire.

La soirée se terminait doucement. L'orchestre continuait de jouer pour quelques couples qui dansaient, mais la plupart des invités étaient partis. Le personnel de Hillcrest House commençait à ranger discrètement, ramassant assiettes et verres vides sur les tables. Pas du genre à rester les bras croisés quand on s'affairait autour d'elle, Alexa s'était emparée d'un plateau et naturellement mise à la tâche.

— S'agissant de mariages, il y a toujours trop de travail, mais avec un peu de chance il y a parfois trop de gâteau. Tu en veux un peu ? lui demanda Rory.

Alexa acquiesça et Rory posa les assiettes sur une table avant de s'écrouler en gémissant sur une chaise.

— J'ai trop mal aux pieds. Un de ces jours, je vais me mettre à porter des tennis pour ces trucs-là.

La sœur de Chance avait une allure à la fois professionnelle et extrêmement accessible dans sa robe-chemisier jaune à manches courtes. Ses escarpins à bride et talons bobines étaient parfaitement assortis à sa tenue, et Alexa la voyait mal sacrifier l'élégance au confort, quelles que soient ses douleurs aux pieds.

Elle prit une bouchée de gâteau, et leva les yeux au plafond tandis que les saveurs se mêlaient sur sa langue.

— C'est à tomber !

— Tous nos gâteaux sont confectionnés par une boulangère-pâtissière qui possède un café sur Main Street, Sugar & Spice. Tu devrais y faire un tour pendant que tu es ici. Enfin, si tu restes, bien sûr ?

L'intérêt inquisiteur de Rory était plus subtil que celui de Mary McClaren, mais la ressemblance mère-fille n'échappa pas à Alexa.

— Je reste pour l'instant, mais j'ai un gala de bienfaisance à la fin du mois, et je dois être rentrée à Los Angeles d'ici là.

— Chance a mentionné ton travail. J'ai du mal à imaginer la préparation que doivent exiger ces événements prestigieux, avec une foule de célébrités. Moi, poursuivit-elle, je débute dans ce domaine, en quelque sorte. Je m'étonne encore que tout se déroule sans anicroche.

— Pour ma part, j'ai organisé plus de galas et de soirées caritatives que je ne pourrais en compter. La clé de la réussite, c'est de s'appuyer fortement sur les bénévoles, ce qui signifie manquer le plus souvent de bras. J'ai disposé des tables, fait des arrangements floraux, aidé en cuisine. J'ai même…

Elle éclata de rire à l'évocation d'un vieux souvenir.

— Même quoi ? insista Rory, piquée par la curiosité.

— Quand j'étais encore adolescente, ma grand-mère recevait à la maison pour une grande fête. La chanteuse qu'elle avait engagée a annulé au dernier moment. Et ma grand-mère, dans son infinie sagesse, a décidé que je la remplacerais.

— Tu sais chanter ?

— Après d'innombrables heures de cours avec un professeur de musique particulier, tu l'aurais pensé – comme le pensait ma grand-mère, ironisa Alexa. L'avantage de ce désastre, c'est que ça a enfin mis un terme à ces cours.

Rory sourit tout en piochant dans le sublime gâteau, et Alexa eut le sentiment étrange d'avoir passé un genre de test.

— Tu sais, ça fait des années que je n'avais pas rencontré une des petites amies de Chance.

Échanger des propos affables sur leurs expériences respectives ne suffisait pas à Alexa pour oser avouer qu'elle n'était pas la petite amie de Chance. Plutôt une aventure d'un week-end.

Aussi murmura-t-elle à la place :

— Ta mère a dit quelque chose dans le même style ce matin.

— Voilà qui a dû être amusant, s'exclama Rory.

— Ce n'est pas le mot que j'aurais employé.

— Sa dernière petite amie lui a vraiment joué un sale tour. Elle l'a suffisamment mené en bateau pendant les six mois où ils étaient ensemble pour le traumatiser durablement quant aux relations amoureuses.

Le ton de Rory était léger, mais Alexa perçut le lourd sous-entendu que comportait sa remarque.

— Je ne suis pas ici pour mener Chance en bateau.

Puis, se souvenant de ce qu'avait dit Rory lors de leur première rencontre, sur la magie et le romantisme de Hillcrest House, elle ajouta :

— Pardon de n'avoir pas été plus franche sur mon… histoire avec Chance. Je suis certaine que le prochain couple qui viendra ici trouvera son bonheur sans nuages.

— Dernière danse, les amis ! cria le chanteur depuis la petite scène. Faites durer le plaisir.

Un couple d'âge mûr rejoignit les plus jeunes sur la piste, y compris le neveu du marié, qui avait trouvé une partenaire dans sa tranche d'âge.

— Ne renonce pas si vite à ton bonheur sans nuages, Alexa,

dit Rory avec un petit sourire. J'ai l'impression que votre histoire n'est pas terminée.

Alexa pivota sur sa chaise, suivant le regard de la jeune femme. Son cœur fit un bond. S'approchant d'elle par-derrière, Chance lui tendit la main.

— M'accorderiez-vous cette danse ?

10

Le pouls de Chance s'emballa tandis qu'Alexa plaçait sa main délicate sur la sienne. Il mourait d'envie de la tenir à nouveau dans ses bras depuis... Depuis qu'elle l'avait rejoint à la réception ? Depuis qu'elle était arrivée à Clearville ? Depuis qu'il l'avait laissée dans sa chambre d'hôtel, quatre mois auparavant ?

Chacune de ces réponses était la bonne. Et, après l'avoir observée toute la soirée, il la désirait encore plus.

Elle s'était montrée aussi charmante et bienveillante, à ce petit mariage provincial d'un couple qu'elle ne connaissait pas, qu'elle l'avait été au gala de célébrités à Santa Barbara. Il l'avait vue redonner à un vieil homme la sensation d'être jeune et procurer à un jeune garçon le sentiment d'être un homme en se mouvant avec tant de grâce entre leurs bras.

Ses deux cavaliers avaient rayonné de plaisir et de fierté tandis qu'elle gommait en douceur chacun de leurs faux pas. Et, bien que Chance soit parfaitement confiant en ses propres capacités de danseur, il était certain d'afficher le même sourire rayonnant.

Elle était stupéfiante, et, le plus incroyable, c'était qu'elle ne semblait même pas le savoir.

— Tu me fixes, protesta-t-elle en gardant les yeux rivés sur le bouton du haut de sa chemise.

— Je sais. Difficile de s'en empêcher alors que tu es la plus belle femme dans cette salle.

N'importe qui pouvait voir ça, mais Chance prit soudain conscience que le plus souvent c'était la seule chose que tout le monde voyait. *Le visage de la fondation*. C'est ainsi qu'Alexa s'était désignée, comme si elle n'avait que sa beauté à offrir.

— Tu sais ce qui m'a attiré en premier chez toi, ce soir-là, à Santa Barbara ?

Elle lui jeta un regard perplexe, et Chance comprit qu'elle ignorait la réponse. Elle était belle, riche, sophistiquée, mais de nombreuses femmes présentes au gala aussi.

En tant qu'hôtesse de l'événement caritatif, elle avait accueilli chaque donateur fortuné en l'appelant par son nom, avec une grâce, une élégance parfaites. Mais il avait rapidement perçu sa force derrière sa beauté.

— Ça a été la façon dont tu as géré cet ivrogne.

Un petit sourire joua sur les lèvres d'Alexa.

— Cet ivrogne est un des plus gros donateurs de ma grand-mère, et un milliardaire dans l'industrie de la haute technologie.

— Ça ne change rien au fait qu'il était soûl comme un cochon. Je l'ai vu draguer cette serveuse, et j'étais prêt à lui flanquer mon poing dans la figure.

— Le spectacle aurait valu le détour.

— Ouais, mais ça m'aurait sans doute aussi valu d'être flanqué à la porte du gala et ça aurait détourné l'attention de tout le travail que tu avais effectué pour son organisation. Tandis que, toi, tu as été professionnelle. Tu l'as si bien manipulé qu'il ne s'en est même pas rendu compte. Il a signé son chèque et s'est retrouvé dans sa limousine sans rien comprendre.

— Ça fait partie de ma fonction.

— C'était plus que ça, et tu le sais. Tu aurais pu appeler la sécurité, mais ça aurait occasionné une scène et encore plus d'embarras pour la pauvre fille.

Il écarta une mèche sur sa joue, fasciné par la douceur de sa peau, par le soyeux de ses cheveux. Par son...

— Ce soir-là, à mes yeux, tu ressemblais à un ange, alors qu'en vérité tu es humaine, comme nous tous, mais avec un cœur en or. Tu te soucies des gens. Et c'est ça que j'ai vu ce soir-là. C'est ce que tu m'as montré encore ici aujourd'hui.

Elle secoua la tête, et la même mèche de cheveux indocile retomba pour le tenter à nouveau.

— Je n'ai rien fait de particulier aujourd'hui.

— Tu as rendu tes partenaires de danse heureux pour toute la journée juste en disant oui. Tu m'as rendu heureux pour la journée – *la semaine, le mois, l'année*, compléta-t-il en son for intérieur – juste en disant oui pour cette danse.

— Merci, mais n'empêche que… en tant que photographe de mariage, tu devrais savoir qu'aucune n'est plus belle que la mariée le jour de ses noces, le gronda-t-elle gentiment.

Et là, comme quand il avait levé son appareil photo plus tôt, les images surgirent dans sa tête.

Alexa… la mariée… Alexa, la plus belle mariée…

— Oh ! Chance.

Assise avec lui à une table de la salle de bal désormais vide, Alexa étudiait les photos du mariage qu'il avait téléchargées sur sa tablette. Elle s'arrêta sur un cliché de la mariée ajustant son voile devant un miroir en pied. Le soleil brillait à travers une fenêtre sur le côté, auréolant d'or la jeune femme blonde.

— On dirait un ange. Cette photo est parfaite.

— Il faut quand même que je la retouche un peu, répliqua-t-il, éludant ses éloges, mais elle n'en eut cure.

— Elle est parfaite, répéta-t-elle.

Elle avait vu certaines de ses photos primées, y compris celles qu'il avait données pour la vente aux enchères du gala de bienfaisance. Ces images étaient crues, dures, d'une honnêteté brutale. Aussi comprenait-elle ses craintes que son œil professionnel ne puisse transcrire, capturer l'espoir et le romantisme des noces d'un jeune couple.

Il n'avait pas besoin de s'inquiéter.

Il s'agita sur son siège, embarrassé par ses compliments, tandis qu'elle passait les photos suivantes en revue. Elle eut le souffle coupé devant le portrait d'une toute petite demoiselle d'honneur en robe rouge à volants, son panier en osier blanc tenu à l'envers au-dessus de sa tête déversant une pluie de pétales de rose. Poursuivant le défilé de photos, Alexa vit une série de prises, criantes de réalité, de l'adorable bout de chou remontant l'allée de sa démarche encore hésitante, ses boucles blondes rebondissant autour de ses joues rondes presque aussi rouges que sa robe, ses grands yeux bleus étincelants de rire.

Sur la dernière photo, la petite fille souriait de toutes ses dents, droit vers l'objectif. Voir cette fillette à travers l'appareil de Chance, à travers ses *yeux*, emplit les siens de larmes.

— Les mariages sont censés faire pleurer. Pas le fait de regarder des photos de mariage. Surtout des photos de gens que tu ne connais même pas, fit-il remarquer.

Mais sa voix était rauque, comme si, lui aussi, était submergé par l'émotion.

— Je ne connais pas ces gens, mais… regarder ces photos me donne l'impression de voir le vrai toi.

Chance lâcha un petit rire.

— C'est drôle, à chaque fois que je levais mon appareil, j'avais l'impression de te voir.

— De me voir ?

Médusée, Alexa reposa la tablette. Un désir d'une autre sorte l'envahit tandis que leurs regards se nouaient. C'était comme s'ils se trouvaient de nouveau sur la piste de danse. Malgré la chanson lente, elle avait eu la tête qui tournait, un sentiment qui persista même après l'arrêt de la musique. Il étourdissait chacun de ses sens – du ton grave de sa voix à la senteur boisée de son eau de toilette, en passant par le frôlement de sa cuisse musclée contre la sienne. Avec ses lèvres à quelques infimes centimètres de sa bouche, elle n'avait eu qu'une envie, l'embrasser encore.

Mais elle n'avait pas abandonné la liste des interdictions liées au nom de famille Mayhew au point de l'embrasser sans la moindre gêne sur une piste de danse – fût-elle presque vide.

Pourtant, le désir, étourdissant, enivrant, grisant, était toujours là, reflété sur le beau visage de Chance, qui écartait une mèche de ses cheveux derrière son oreille. Un frisson la parcourut quand il ajouta :

— Je ne cessais de te voir en robe blanche, coiffée d'un voile, remontant cette allée.

Son souffle se bloqua dans sa poitrine. Son cœur battait la chamade. Il ne pouvait pas être en train de dire ce qu'elle pensait qu'il disait, n'est-ce pas ?

— Chance…

Avec un sourire en coin, il toucha la barrette papillon.

— Ce n'était pas uniquement ce papillon que j'avais emporté avec moi durant tous ces mois. C'était toi… Lexi.

— On se connaît à peine !

— Le bébé que tu portes montre qu'on se connaît assez bien.

— Pas assez pour…

Alexa s'interrompit, incapable de le formuler.

— Se marier ? compléta-t-il.

Oh ! Seigneur, il disait ce qu'elle pensait qu'il disait !

— Écoute, je sais que tes parents attendent clairement qu'on se marie, mais…

— Il ne s'agit pas de ce que veulent mes parents. Il s'agit de moi. Je veux que notre enfant ait deux parents. Que nous trois formions une famille.

— Notre enfant *a* deux parents. Te marier ne fait pas de toi un père.

Un muscle se crispa sur la mâchoire de Chance.

— Te mettre enceinte ne fait pas de moi un père non plus. Il faut beaucoup plus que ça.

— Exact. Il faut s'impliquer, s'en occuper…

— Raison pour laquelle je veux t'épouser. Pour te prouver que je m'implique – auprès de toi et de notre bébé. On a la responsabilité de faire ce qui est le mieux pour notre enfant.

Impossible de nier la sincérité, le sérieux de sa promesse. Si seulement il n'avait pas l'air d'essayer de se persuader lui-même autant qu'il tentait de la convaincre.

N'était-ce pas une sorte de record ? Être demandée en mariage par deux hommes différents en l'espace de deux mois, sans qu'aucun des deux ne mentionne le mot *amour*.

Elle ne l'avait pas attendu de la part de Griffin, et aurait été stupide d'imaginer l'entendre dans la bouche de Chance, et cependant elle l'avait plus ou moins espéré…

— Alors on se marie, et ensuite ? Tu te rends compte que je ne sais même pas où tu vis ?

— J'ai un appartement à Los Angeles, mais on peut vivre où tu veux. Ça n'a aucune importance.

— Aucune ? répéta-t-elle d'une voix faible.

Elle supposait que non, en effet. Puisqu'il passait la majorité de sa vie sur la route, et que tout ce qu'il possédait tenait dans un sac à dos. Ce qui ne changerait pas, à l'évidence, même si cela signifiait laisser un enfant – ou une épouse – derrière lui.

— Le plus important, c'est que je veux faire partie de la vie de notre enfant.

— Et comment ça marcherait si tu te trouves à l'autre bout du monde ?

En se fourrant dans Dieu sait quels dangers...

— C'est injuste, Alexa. C'est mon travail. Un travail que *j'aime.*

Ah, voilà le verbe qui manquait à sa demande en mariage, utilisé pour désigner la raison pour laquelle il serait toujours parti ailleurs.

— Tu es un photographe extraordinaire, mais les missions que tu acceptes représentent des risques. J'étais sérieuse à propos de l'argent que certaines personnes dépenseraient pour tes photos, Chance. J'ai parlé à Roslynn Saint-Clare. C'est une amie de ma grand-mère, et elle possède une des plus prestigieuses galeries d'art à Beverly Hills. Elle était très *intéressée* par ton travail.

Mais il secouait déjà la tête.

— Ce n'est pas moi, ça, Alexa. Ça n'est pas qui je suis, et, même si je voulais faire une expo avec Roslynn Saint-Clare, je ne le pourrais pas.

Bien qu'elle ne se soit pas attendue à ce qu'il accepte, la déception lui picota les yeux.

— Pourquoi ?

— Parce que je ne saurai jamais si elle le proposait pour moi ou pour toi... Une amie de ta grand-mère, hein ? ajouta-t-il devant son air confus. J'imagine le poids de cette amitié.

— Si tu penses que j'ai utilisé l'influence de ma famille pour persuader Roslynn, je te jure que non, Chance !

Il poussa un soupir.

— Tu n'en as sans doute pas eu l'intention, mais je n'en serai jamais certain, si ? Je ne sais pas comment on est passés de parler mariage à parler de mon travail, mais on doit se focaliser sur l'avenir. Notre avenir.

Alexa ne savait, elle, comment il pouvait parler de *sa* carrière et de *leur* avenir si les deux étaient radicalement incompatibles.

— J'ai commis une erreur en ne te disant pas tout de suite que j'étais enceinte, mais je ne te tiendrai pas à l'écart de notre enfant. Tu peux faire autant partie de sa vie – ou aussi peu – que tu le souhaites. Mais on n'a pas besoin de se marier pour ça.

— Quand Griffin t'a demandé de l'épouser, tu as dit que tu y réfléchirais. Alors, fais-moi au moins la même faveur.

— Très bien, concéda-t-elle enfin. J'y réfléchirai.

Encore qu'elle ne lui faisait pas réellement une concession. La demande en mariage de Chance avait beau être lacunaire, elle doutait de pouvoir la chasser de son esprit.

— Et tu resteras à Clearville jusqu'à la fin du mois ?

Alexa acquiesça.

— Je resterai.

— Elle ne peut pas rester, déclara Evie derrière le comptoir de la réception. Quand la chambre a été libérée, on l'a proposée à d'autres clients. Et, avec la fête d'anniversaire hier et le mariage aujourd'hui, nous sommes complets.

Chance considéra avec suspicion le visage énigmatique de sa cousine. Soit son court séjour à Clearville avait déjà émoussé son acuité, soit elle était une sacrée joueuse de poker. Il s'enorgueillissait de sa capacité à déchiffrer les expressions, sachant que parfois sa vie en dépendait. Mais, là, il ignorait totalement si Evie disait la vérité.

Et il ignorait également si elle essayait de se débarrasser d'Alexa ou espérait la pousser dans ses bras.

Si cette dernière hypothèse était le plan d'Evie, elle, ou plutôt *ils*, bon sang, avaient du pain sur la planche.

Jamais Chance n'aurait imaginé demander une femme en mariage, ce qui expliquait probablement son échec retentissant. Toute cette discussion sur l'engagement et la responsabilité... Comment reprocher à Alexa d'avoir refusé ? Même lui avait eu l'impression d'entendre son propre père faire sa demande.

N'empêche, il persistait à vouloir épouser Alexa, donner deux parents à leur enfant. Il avait juste besoin de la convaincre, et pour cela il était nécessaire qu'elle reste en ville pendant les trois prochaines semaines, ainsi qu'elle l'avait promis.

Massant son front où montait une migraine, il tenta de garder son calme.

— Evie, je te jure que si c'est une sorte d'arnaque...

— Les chambres sont pleines. Si tu veux aller frapper à toutes les portes pour vérifier, vas-y, mais je ne te le conseille pas. De plus, je ne vois pas pourquoi tu t'énerves. Elle peut toujours loger au cottage. D'après ce que m'a dit Rory, c'est là qu'Alexa a passé la nuit dernière.

La famille... Parfois, il ne savait pas s'il voulait les étrangler ou... Si, les étrangler.

— Je ne pense vraiment pas que ce soit une bonne idée, ronchonna Alexa encore une fois tandis que Chance grimpait les marches du cottage, les mains et les bras encombrés de ses bagages griffés.

Il avait insisté pour s'en charger, et elle se sentait ridicule d'avoir autant de sacs et de valises. Pourquoi avait-elle éprouvé le besoin d'emporter une telle quantité d'affaires ?

Aussi, malgré les protestations de Chance, elle franchit la véranda en hâte pour ouvrir la porte avant lui.

— Tu as partagé une suite avec ton bon ami Griffin, souligna-t-il, laissant tomber les sacs au milieu du salon avant d'allumer l'une des lampes Tiffany.

— Ce n'est pas pareil.

— Je ne vois pas bien la différence.

— C'est probablement que Griffin ne m'a jamais vue nue, par exemple ! Oh, Seigneur, poursuivit-elle, les joues en feu. Je n'arrive pas à croire que j'ai dit une chose pareille.

Amusé, Chance répliqua :

— Ma foi, je suis heureux de l'entendre. Et on est à égalité sur ce point. Toi aussi, tu m'as déjà vu nu. D'ailleurs, c'est toi qui disais qu'on se connaissait à peine. Quel meilleur moyen de devenir plus intimes qu'en vivant ensemble ?

Alexa perçut l'emphase qu'il avait mise sur *intimes*, et l'emballement de son cœur prouvait combien habiter avec Chance différait complètement de *cohabiter* avec Griffin.

— De plus, il est tard. Tu veux sincèrement commencer à appeler tous les hôtels du coin pour connaître leurs disponibilités ?

— Si tu me l'avais dit plus tôt, j'aurais eu le temps de le faire.

Mais, après avoir parlé à Evie, Chance n'avait rien dit de l'occupation complète de l'hôtel. Tout comme il n'avait rien dit de plus sur cette idée de mariage, confirmant ainsi la conviction d'Alexa qu'il regrettait sa proposition impulsive.

À la place, il l'avait emmenée dîner dans l'élégante salle à manger de Hillcrest, où il l'avait interrogée sur le type de nourriture que lui recommandait son gynécologue et sur ses envies de femme enceinte. Elle lui avait parlé de sa soudaine pulsion àl'égard des gros hamburgers bien gras et de sa passion pour la crème glacée à la menthe, et il avait ri quand elle avait avoué que cette envie en particulier datait d'avant sa grossesse.

Et, à ce moment-là, elle avait saisi qu'en gardant cette grossesse secrète ce n'était pas seulement Chance qu'elle avait privé de quelque chose. Elle avait aussi renoncé à quelqu'un avec qui partager tous ces petits détails.

Alors, quand il répéta précautionneusement :

— Si tu me l'avais dit plus tôt...

Elle sentit aussitôt la culpabilité peser sur ses épaules.

Remarquant son expression, Chance jura entre ses dents.

— Pardon, je n'aurais pas dû. Ce qui est fait est fait, et à présent, il nous faut nous focaliser sur le bébé et avancer. Écoute, la journée a été longue. Dormons un peu, et, si tu veux chercher un autre endroit où loger, on en parlera demain matin.

Alexa devait admettre qu'elle était épuisée. Et elle était également consciente que le minuscule cottage n'avait qu'une seule chambre... et un seul lit.

— Je... hum... prendrai le sofa. Tu seras bien plus à l'aise dans le lit.

— Oublie ça. Je dors rarement une nuit complète, de toute façon.

— Tu l'as fait la nuit dernière, je te rappelle.

Les yeux de Chance étincelèrent.

— C'est parce que tu étais avec moi.

11

Chance ne chercha pas à dissuader Alexa de dormir sur le sofa. Il se contenta d'attendre. Après cette longue journée pleine d'émotions, elle ne tarda pas à s'assoupir, la tête sur son épaule, devant la télévision. Il profita de l'opportunité pour la soulever dans ses bras et la porter dans la chambre.

Il espérait qu'elle se réveille, mais la grossesse devait plus l'épuiser qu'elle ne voulait l'admettre. Hormis un petit soupir qui le fit frémir, elle ne broncha pas. Elle se blottit sous les couvertures quand Chance la déposa au centre du matelas, et il serra les dents pour s'empêcher de s'allonger auprès d'elle.

La prochaine fois qu'ils se retrouveraient dans un lit, il voulait qu'ils soient tous les deux bien éveillés, et pleinement conscients du désir qui les animait.

Elle dormait encore quand il quitta le cottage au matin pour son rendez-vous de kinésithérapie. Le praticien secoua la tête en voyant ses ecchymoses, mais le rassura sur les progrès de sa rééducation. Chance était sur le chemin du retour quand il reçut un texto de Rory, lui demandant de passer à l'hôtel.

Toutefois, lorsqu'il arriva, sa sœur était prise par l'arrivée de son fiancé, Jamison Porter, et de sa fille, Hannah. S'installant dans un fauteuil du hall pour attendre, il se figea alors que la fillette escaladait ses genoux, malgré les nombreux sièges vides installés autour de lui.

— Euh... salut, poupée.

La blondinette gloussa.

— Moi, c'est Hannah, oncle Chance. Ma poupée, elle est là. Tu vois ?

Elle blottit son petit corps tout chaud à l'odeur de caramel contre sa poitrine, et droit dans son cœur.

— Elle est très jolie.

— C'est Rory qui me l'a offerte après que j'étais demoiselle d'honneur au mariage de Lindsay. J'avais un panier et je jetais des fleurs et j'avais une couronne dans mes cheveux. Maintenant, je vais être demoiselle d'honneur au mariage de mon papa avec Rory ! Et après le mariage Rory sera ma nouvelle maman !

Étourdi par cette rafale de phrases, Chance leva la tête vers Rory qui s'approchait.

— Nouvelle maman ?

Sa sœur adressa un sourire indulgent à sa future belle-fille.

— Logique d'une enfant de quatre ans pour exprimer l'idée de belle-mère. Ce qui, si on y réfléchit bien, était plus sensé qu'une description.

Chance ne trouvait rien de sensé à ce charabia. Il refoula un grognement quand Hannah lui tendit sa poupée pour qu'il joue avec.

— Tu devrais me remercier, fit remarquer Rory. C'est un bon entraînement pour toi.

Plus Hannah babillait, moins il comprenait. Une histoire de poupées ou de fées ou de thé ou… Il n'en savait rien. Lorsque enfin elle dégringola de ses genoux, lui écrasant l'entrejambe au passage, il était éreinté.

Cela devait se voir, à en juger par l'hilarité de Rory.

— Oh ! La tête que tu fais ! Je crois n'avoir jamais vu mon grand frère aussi paniqué ! Par une petite fille et sa poupée !

— Je n'ai pas compris un mot de ce qu'elle disait.

— Elle a quatre ans, Chance. Ce n'est quand même pas sorcier. Elle te parlait de ses poupées, et te racontait que Jamison lui avait construit une gloriette miniature comme celle d'ici où ses poupées peuvent prendre le thé.

— Et elle pensait que ça m'intéresserait… Pourquoi ?

— Parce qu'elle a quatre ans, répéta Rory. Ses poupées sont

importantes pour elle, et elle veut qu'elles soient importantes pour toi parce que tu es également important pour elle.

— Elle ne me connaît même pas.

— Tu es son oncle, Chance. Elle t'adore. Evie aussi, bien que je ne sache pas bien pourquoi, vu qu'Evie n'a jamais été portée sur les gosses.

— Et moi, si ?

— À ta manière, oui. Tu aimes l'aventure, l'excitation, l'exploration, et c'est ça, être un enfant.

Chance sourit. Sa sœur avait raison. Il avait adoré être un gamin. À certains égards, il n'avait jamais grandi.

— En plus, tu vas avoir un bébé. Le temps que ton enfant atteigne l'âge de Hannah, tu auras une grande expérience de père.

Elle hésita un peu avant d'ajouter :

— J'ai discuté un petit moment avec Alexa hier soir, à la réception. Elle dit qu'elle ne restera que jusqu'à la fin du mois ?

— C'est exact.

— C'est court, non ? Qu'est-ce que tu comptes faire, alors ? Tu ne peux pas simplement la laisser partir.

— Je ne peux pas vraiment la forcer à rester.

— Je ne parle pas de la forcer. Mais de la persuader.

— Ça n'a pas très bien marché non plus, marmonna-t-il.

— Tu lui as demandé de rester ?

— Je lui ai demandé de m'épouser.

— Sérieux ? Quand ? Comment ?

— Hier soir, répliqua-t-il en se renfrognant, mal à l'aise. Et qu'est-ce que tu veux dire par « comment » ?

— Il y avait des fleurs ? De la musique ? Une bague ?

Uniquement si on comptait celles du mariage d'un autre couple. Aussi répondit-il par le silence.

Rory eut un geste d'exaspération.

— Franchement, Chance, tu ne peux pas demander à une femme de t'épouser par une sorte de réflexe automatique et t'attendre à ce qu'elle accepte. Tu as vu Alexa à la réception, prête à danser avec de parfaits inconnus juste pour leur donner le sourire ? Voilà une femme en quête de romantisme et qui brûle d'envie qu'un homme lui fasse tourner la tête.

La dernière fois que Chance avait ouvert son cœur au romantisme, Lisette l'avait piétiné. Quel genre d'idiot serait-il pour s'exposer à nouveau à pareille souffrance ?

— Bonjour.

Alexa ressentit un frisson dans le dos en entendant la voix de Chance. Par-dessus son épaule, elle le vit appuyé dans l'embrasure de la porte de la cuisine. Comment pouvait-il être aussi beau après être passé directement du lit à un rendez-vous médical ? En T-shirt délavé et pantalon de survêtement, les cheveux ébouriffés par la séance d'exercice physique, la mâchoire ombrée de barbe naissante et d'ecchymoses, il lui asséchait néanmoins la bouche.

Elle referma les mains sur son mug de thé brûlant, afin de s'empêcher de les tendre vers lui, tandis qu'il pénétrait dans son espace personnel et se l'appropriait.

— Comment s'est passé ton rendez-vous ?

— Bien. Le kiné dit que je progresse plus vite que prévu.

Il se renfrogna, et elle en déduisit que *plus vite* n'était pas encore assez rapide en termes de récupération.

— Et toi, reprit-il, comment as-tu dormi ?

— Mieux que je ne pensais, vu que je me suis endormie sur le canapé et réveillée dans ton lit.

Sa voix trahissait un reste de frustration – celle de l'odeur de Chance, de la chaleur de son corps, de sa présence peuplant sa nuit de rêves qui l'avaient laissée agitée, endolorie et, en fin de compte, seule.

Mais, au lieu d'avouer son méfait, Chance eut le culot de demander, avec un grand sourire :

— Tu es somnambule, peut-être ?

— Peu probable. Je t'avais dit de prendre le lit.

— Et je t'avais dit… que je n'y dormirais pas sans toi.

Les joues d'Alexa devinrent brûlantes. Elle avait beau se répéter que céder à l'alchimie sexuelle entre eux n'était pas une solution, elle n'était pas sûre de tenir longtemps avant de réclamer à Chance de la rejoindre dans le lit en question.

Brisant cette ambiance torride, Chance désigna la tablette posée contre le grille-pain, sur le plan de travail.

— C'est quoi, ce bazar ?

Le tutoriel qu'elle regardait pendant que son thé infusait était terminé, la vidéo du chef cuisinier, à présent sur pause. Alexa avait espéré avoir préparé le petit déjeuner lorsque Chance reviendrait de sa séance de kinésithérapie. Mais, contrairement à sa mère, elle avait besoin d'une recette. Et avait été stupéfaite du nombre de résultats affiché pour quelque chose de soi-disant aussi simple que des pancakes aux myrtilles.

— Tu te rends compte que, si tu tapes « recette de pancakes aux myrtilles » sur le moteur de recherche, tu obtiens plus de douze millions de résultats ?

Douze *millions*, et elle n'en avait jamais fait une seule.

Visiblement peu ému par cette révélation, Chance gloussa.

— Encore des pancakes aux myrtilles ? C'est une envie de femme enceinte ?

— Je croyais que tu aimais ça.

— J'aime ça, mais peut-être pas tous les jours.

— Quand ta mère était là, elle m'a raconté qu'elle cuisinait pour Rory et toi lorsque vous étiez petits. Vous étiez debout sur des tabourets de chaque côté d'elle et vous battiez pour savoir qui lécherait la pâte sur la spatule.

— Oui, maman adorait cuisiner, et elle voulait toujours partager cette passion avec nous. Je n'avais pas repensé à ça depuis longtemps. Trop longtemps...

Sa voix se perdit dans le passé. Alexa n'avait pas ce genre de souvenirs de sa mère, n'avait que peu de précieux souvenirs tout court de ses parents.

— C'est le moment où je suis censée t'avouer que je ne sais pas faire les pancakes. On a toujours eu un chef cuisinier à temps plein, ajouta-t-elle, embarrassée, ce qui sonna encore pire à ses oreilles.

Parce que, dans sa famille, les employés ne s'arrêtaient pas aux cuisines, et ce n'était pas seulement son manque de compétences dans ce domaine qui faisait douter Alexa de sa capacité à être le genre de mère que méritait son enfant...

— Hé ! fit Chance, en lui prenant le mug des mains pour le poser avant de l'enlacer, le front appuyé contre le sien. Comme me l'a rappelé juste ce matin une femme agaçante et parfois sage, on ne va pas avoir un gamin mature. On va avoir un bébé. Il se passera des mois avant qu'il ait l'âge de manger des pancakes, et des années avant qu'il soit assez grand pour se tenir sur un tabouret à côté de toi et lécher la spatule. On a le temps de résoudre ça, de résoudre *tout cela*.

Alexa n'arrivait pas décider si c'était merveilleux ou terrifiant à quel point il lisait facilement dans ses pensées. Tranchant pour *merveilleusement terrifiant*, elle demanda :

— Alors on fait quoi, maintenant ?

— Des pancakes. Méthode vieille école.

Il ouvrit un placard au-dessus de la gazinière et en sortit une petite boîte en métal rayé bleu et blanc.

— Qu'est-ce que c'est ?

— Des copies des recettes de ma mère, répondit-il.

Il ajouta avec un sourire ironique :

— Tant qu'à apprendre comment faire, autant apprendre de la meilleure.

— Alexa, tu es pile à l'heure !

Rory l'accueillit dans le hall de l'hôtel avec un grand sourire. La jolie brune était vêtue pour la saison, en pull marron à col V et jupe écossaise rouille. Mais ces couleurs chaudes, tout comme les décorations automnales, rappelaient que Thanksgiving et la fin du mois approchaient.

« On a le temps de résoudre tout ça. »

Alexa ne parvint pas à retenir un petit sourire. Après quelques tâtonnements et beaucoup de rires, ils avaient résolu l'affaire des pancakes. Le souffle court, elle avait attendu qu'il goûte la première bouchée, avant de proclamer :

— Les meilleurs pancakes de ma vie.

Et, quand il lui avait tendu sa fourchette pour qu'elle goûte à son tour le régal moelleux imbibé de sirop d'érable, ce fut à un autre type de gourmandise qu'elle songea. Elle ne savait pas comment elle avait réussi à avaler un pancake complet dans ces conditions. Le petit déjeuner aussitôt terminé, elle avait fui le danger en même temps que la cuisine.

Puis elle avait passé la matinée au téléphone avec Raquel,

après avoir informé Virginia qu'elle prolongeait son séjour jusqu'à la fin du mois.

— Une Mayhew n'abandonne pas son devoir, Alexa.

— Je sais, grand-mère, et je ne le fais pas. Je suivrai tout de près chaque jour, et serai de retour avant le gala, promis.

Virginia n'avait pas été ravie, et Alexa craignait qu'elle le soit encore moins quand elle apprendrait sa grossesse.

Mais elle n'était pas prête pour cette discussion, et avait été à la fois surprise et soulagée quand Rory l'avait appelée pour l'inviter à déjeuner avec quelques amies. Cela lui éviterait un autre cours de cuisine – qui risquait de finir dans la chambre – avec Chance.

Voulant faire bonne impression, elle avait longuement réfléchi à sa tenue, tentant de trouver un équilibre entre trop habillée et, disons, beaucoup trop habillée. En dépit de la quantité grotesque de bagages qu'elle avait apportée, son tour de taille en expansion commençait à limiter ses options.

Finalement, après l'essayage de vêtements, Chance la prit par les épaules sur le trajet vers la chambre.

— Qu'est-ce que tu fabriques ? demanda-t-il.

Elle désigna le pantalon bordeaux à pattes d'éléphant qu'elle portait sous un pull ivoire et un foulard multicolore.

— Il faut que je me change.

— Pourquoi ? Tu es parfaite telle que tu es. Détends-toi, Lexi. Tu n'as pas à être le visage de la fondation. Sois juste toi-même.

Avec cet encouragement à l'esprit, Alexa sourit à Rory.

— Merci de m'avoir invitée.

— On va déjeuner chez Sugar & Spice.

Se rappelant que le café fournissait Hillcrest House en gâteaux de mariage, Alexa répliqua :

— Je garderai de la place pour le dessert.

— Mieux vaut jouer la sécurité, affirma une femme mince aux cheveux couleur de miel en les rejoignant. Il m'est arrivé de commander le dessert en premier.

— Alexa, je te présente Lindsay Kincaid. Sophia Cameron sera là dès qu'elle aura attrapé Kyle.

— Attrapé..., commença Alexa, avant de s'interrompre.

Quelque chose tirait sur son pantalon. Non, pas quelque

chose. Quelqu'un, comprit-elle en baissant le regard vers un visage joufflu et de grands yeux bruns.

— Coucou, Kyle, roucoula Rory.

Le petit garçon qui s'était hissé sur ses pieds mal assurés portait un polo rouge à manches longues sous une adorable salopette en jean. Il frappait la jambe d'Alexa d'une main dodue tout en babillant.

— Il ne marche pas encore tout seul, mais il est très rapide à quatre pattes, expliqua Lindsay en riant.

Une tape particulièrement exubérante déséquilibra le garçonnet, qui lâcha prise, chancela un instant avant de s'écrouler sur les fesses. L'air abasourdi, il regarda Alexa puis ses grands yeux se remplirent de larmes.

— Oh ! mon chou. C'est pas grave. Ne pleure pas !

Sans réfléchir, elle se pencha et souleva le bébé dans ses bras. Il était plus lourd qu'elle ne le pensait. Malgré ses larmes, le petit garçon la remercia d'un sourire baveux, révélant deux minuscules dents blanches. Cette fois, il lui tapota l'épaule, et, aussi ridicule que cela paraisse, Alexa eut l'impression de recevoir un signe d'approbation.

Cinq mois. Dans cinq mois, je tiendrai mon bébé dans les bras. Notre bébé.

— Franchement, je ne sais pas comment je vais réussir à le suivre quand il commencera à marcher !

Une petite brune avec un énorme sac à langer en bandoulière traversa le hall pour les rejoindre. La mère du garçonnet, de toute évidence.

— Il vient d'apprendre à se déplacer à quatre pattes, et maintenant, dès que je tourne le dos, il file à toute vitesse.

— Il est si mignon, dit Alexa en lui tendant l'enfant.

— Merci. Je suis Sophia Cameron, et voici donc Kyle.

Elle fit sauter le bébé dans ses bras, suscitant un gazouillis hilare qui leur arracha à toutes un sourire.

— J'ai demandé à Alexa de déjeuner avec nous, dit Rory.

— Plus on est de fous, plus on rit, lança Sophia avec un grand sourire de bienvenue. Tant que ça ne vous dérange pas si ce jeune homme nous accompagne. Ma baby-sitter a annulé à la dernière minute.

— Bien sûr que non. Il est si mignon... Euh... j'ai déjà dit ça, non ? ajouta Alexa, rouge de confusion.

— Oui, mais ça n'a aucune importance. Tu as des enfants ? demanda Sophia, la tutoyant d'emblée.

Alexa se figea, sentant le regard de Rory sur elle. Elle ignorait ce qu'avait dit précisément Chance à sa sœur, mais songea qu'elle ne révélait aucun secret en répondant :

— En fait, je suis enceinte.

— Oh ! C'est formidable ! s'exclama Sophia.

— Félicitations, Alexa, renchérit Lindsay.

— Et ce n'est pas fini, annonça Rory, aux anges. Non seulement Alexa va être maman, mais je serai la tante de son bébé.

Les deux autres femmes poussèrent de nouveaux cris de joie, étreignant Rory mais aussi Alexa dans leurs bras. Leur exubérance la prit de court, ainsi que la brusque émotion qui la submergea. Sophia fut la première à le remarquer.

— Oh, mon Dieu, tu vas bien ?

— Oui, répondit Alexa, essuyant les larmes sur ses joues, affreusement honteuse d'avoir craqué. C'est juste...

La première fois que quelqu'un est sincèrement heureux d'apprendre pour le bébé.

Le choc de découvrir sa grossesse s'était à peine estompé quand elle avait appris la « mort » de Chance. Ensuite, elle avait complètement raté son effet d'annonce sur sa prochaine paternité. Elle ne pouvait pas revenir en arrière et faire les choses différemment, mais aller de l'avant...

— Je suis heureuse, expliqua-t-elle aux trois femmes. Je pleure parce que je suis heureuse, si ça a un sens quelconque.

— Tu plaisantes ? rétorqua Sophia avec un sourire compréhensif. Bienvenue dans mon monde. Quand Kyle a eu sa première dent, je suis passée de folle de joie parce qu'il grandissait à ravagée parce qu'il grandissait trop vite.

— Alexa.

La voix grave résonna dans le hall, et elle vit Chance s'approcher, une expression intense sur son beau visage.

— Qu'est-ce qui ne va pas ? demanda-t-il.

Elle le fixa, perplexe, en chassant une dernière larme.

— J'allais te demander la même chose.

— Moi ? rétorqua-t-il. Ce n'est pas moi qui pleure.

Des papillons voletèrent dans le ventre d'Alexa quand il passa doucement un pouce sous son œil.

— Tout va bien, Chance. C'étaient juste les hormones.

Il fouilla son regard, comme pour chercher la vérité de ses paroles. Apparemment satisfait de ce qu'il y vit, il la stupéfia un peu en l'embrassant sur le front.

— Elle vient déjeuner avec nous, frérot, et on promet que les seules larmes qui couleront seront d'extase pour les desserts. À condition que tu la laisses partir s'amuser.

Il ne parut pas le moins du monde embarrassé par les moqueries de sa sœur, et, tandis qu'il caressait les cheveux d'Alexa, les sons et les couleurs du vestibule semblèrent s'évanouir, jusqu'à ce qu'il n'existe plus qu'eux deux.

Lorsque Chance était entré et qu'il avait vu Alexa pleurer, sa première réaction avait été de se précipiter vers elle. Ce n'est qu'une fois qu'il avait été rassuré que son attention s'était élargie, et qu'il avait noté le sourire satisfait de Rory, les deux femmes aux yeux écarquillés à ses côtés et le bébé brun que tenait l'une d'elles.

— Pa-pa ! cria le petit garçon, tendant ses bras dodus vers lui, au point de basculer des bras de sa mère.

— Houlà, du calme, bonhomme, s'exclama Chance, le rattrapant de justesse. Je ne suis pas un papa, murmura-t-il.

Ce qui n'était pas tout à fait vrai. Il était déjà le père de l'enfant à naître que portait Alexa, mais ça semblait encore si irréel. Le bébé n'était qu'une idée, un concept que son esprit devait encore assimiler. Rien d'aussi concret que ce petit gars accroché à son cou.

Pourtant, quand il vit le sourire tendre, embué d'Alexa qui effleura la joue douce du bébé avant de frôler sa mâchoire râpeuse, l'émotion fut assez réelle pour lui couper le souffle.

Le rire de sa sœur rompit ce moment suspendu.

— Sophia, Lindsay, voici mon frère, Chance. L'aimant à bébés.

Récemment encore, la pique de sa sœur l'aurait énervé. Mais à présent... Cette sorte de miracle le fit sourire, alors même que le large sourire du petit garçon occasionnait un filet de salive qui coula de son menton creusé d'une fossette, en imprégnant le T-shirt de Chance.

Un peu de bave de bébé ne pouvait pas faire de mal, et le gamin était vraiment craquant...

— Pa-pa !

— On dirait que ce bout de chou sait les repérer, fit remarquer Rory.

— Dès la seconde de sa naissance, Kyle a été le fifils à son papa. Mais Jake voyage beaucoup ces derniers temps. Ton papa te manque, hein, trésor ?

— Pa-pa ! parut acquiescer le garçonnet.

Sa mère éclata de rire.

— C'est son mot préféré, qui peut signifier à peu près n'importe quoi, y compris désigner de grands hommes virils. Désolée.

— Inutile de vous excuser, répliqua Chance, lui rendant l'enfant avec une réticence étonnante.

Pendant qu'Alexa interrogeait Sophia sur Kyle, il constata que les amies de Rory l'avaient déjà acceptée. Elle riait avec les autres femmes, et semblait aussi fascinée que lui par le petit bonhomme, ne cessant de lui prendre la main ou d'ajuster la bretelle de sa minuscule salopette.

— Merci d'avoir invité Alexa, chuchota-t-il à sa sœur. J'apprécie que tu aies pris cette peine.

— Je l'aime bien. Et je dois avouer que ce n'était pas gagné, vu ton goût passé en matière de femmes.

— Alexa n'a rien à voir avec Lisette, plaida-t-il.

Et, pourtant, n'avait-il pas eu lui-même des doutes ?

Lisette avait été une championne de la manipulation, œuvrant dans son dos et en coulisses pour faire en sorte qu'on lui confie des reportages sur des événements prestigieux avec de nombreuses vedettes et devant le tapis rouge des podiums, mais toujours pour son propre bénéfice.

Il ne pouvait nier que les motivations d'Alexa semblaient plus pures et désintéressées, mais ses efforts l'incitaient à se demander si elle saurait jamais l'accepter comme l'homme qu'il était vraiment.

Le rédacteur en chef de Chance l'avait rappelé pour lui dire qu'il avait reçu le feu vert pour la suite d'un article qu'il avait écrit sur un camp de réfugiés en Serbie – s'il était prêt à reprendre le travail.

— Trois semaines, s'était-il entendu répondre.

Alexa lui donnait trois semaines avant qu'elle prévoie de repartir à Los Angeles, le même délai qu'il avait pour la convaincre qu'il pouvait être un mari, un père et un reporter-photographe.

Il observa Sophia qui prenait un jouet dans le gros sac à langer suspendu à son épaule. Le garçonnet focalisé sur le dinosaure en peluche, elle en profita pour essuyer son menton luisant avec un linge. Chacun de ses gestes était simple, fluide et efficace.

Lorsque Kyle tendit de nouveau les bras, cette fois vers Alexa, un sourire béat ourlait les lèvres de la jeune femme tandis qu'elle prenait sa main potelée et en embrassait la paume. Il babilla joyeusement pendant qu'elle jouait à faire coucou avec son foulard. Le petit garçon riait aux larmes et Chance... ne savait comment décrire le sentiment qui le frappa subitement en plein ventre.

— Elle est super avec lui, murmura-t-il sans la quitter des yeux. Elle va être une maman extraordinaire.

— Tu ne le pensais pas ? demanda Rory près de lui.

— Si, *moi*, je le savais. C'est elle qui en doutait. Ce sera bien pour elle de passer un peu de temps avec Kyle.

— Bien pour Alexa ? Parce que la maternité l'inquiète ?

— Eh bien, oui.

Chance reporta trop tard son attention sur sa sœur. Il ignorait ce qu'il avait dit pour que les yeux de Rory se plissent ainsi, mais ça n'augurait rien de bon.

— Hé, les filles, mon grand frère vient d'avoir une idée géniale, annonça-t-elle en s'emparant du sac à langer. Il se propose de garder Kyle pendant qu'on part déjeuner.

— Quoi ? Attends ! Non !

Un pur réflexe poussa Chance à attraper le sac à langer qui heurta sa poitrine – en même temps qu'une immense panique.

12

— Vous êtes certaines que tout ira bien pour Kyle ? demanda Alexa tandis que les quatre femmes s'installaient au Sugar & Spice.

Le lieu aux dimensions modestes était chaleureux et ensoleillé, avec des tables en fer forgé, des murs couleur beurre frais lambrissés de blanc, et des pots de fines herbes fraîches en céramique colorée sur des étagères en bois.

L'air embaumait la vanille et la cannelle, des pâtisseries sublimes trônaient derrière une vitrine étincelante, mais les pensées d'Alexa étaient distraites par l'homme – et le bébé – qu'elles avaient laissés à Hillcrest House.

— Mes trois frères ont tous gardé Kyle à tour de rôle. Si Kyle a survécu aux frères Pirelli, il survivra à Chance.

— Personnellement, je suis plus inquiète pour mon Chance que pour Kyle. Vous avez vu sa tête quand j'ai *suggéré* qu'il fasse du baby-sitting ?

Feignant de s'éventer avec le menu, Sophia répliqua :

— C'est surtout sa tête quand il est arrivé au pas de course dans le hall. On aurait dit qu'il s'apprêtait à sauver Alexa des griffes d'un trio de dragons crachant des flammes.

Regrettant de ne pouvoir éventer son propre visage soudain en feu, Alexa secoua la tête.

— Je crois que Chance s'inquiétait juste du bébé.

— J'ai déjà vu une expression inquiète-pour-le-bébé, riposta Sophia. Ce n'était pas ça du tout. C'était assurément une expression d'homme-inquiet-pour-sa-femme.

Les nerfs à vif, Alexa crispa les poings sous la table, effrayée de constater à quel point elle souhaitait croire Sophia. Croire que l'intérêt et la préoccupation manifestés par Chance ces derniers jours allaient au-delà de son sens de la responsabilité envers l'enfant qu'elle portait.

Si, lors de sa demande en mariage, il avait donné un seul indice que ses sentiments n'étaient pas uniquement dus à leur irrésistible attirance ou au *résultat* de cette attirance, Alexa aurait très probablement accepté.

— Arrête, Sophia, la gourmanda Lindsay. Laisse au moins Alexa se fortifier en chocolat avant d'entamer ton enquête.

— D'accord, concéda la jolie brune. Mais tu commences par le dessert, n'est-ce pas ?

Alexa éclata de rire, soulagée que l'attention de la jeune femme se tourne vers la serveuse venue prendre leur commande. Au lieu du dessert conseillé, elle opterait plutôt pour un panini à la dinde grillée accompagné de salade.

Une fois la serveuse repartie, Lindsay se pencha vers les autres, les yeux brillants d'excitation.

— Je suis ravie que la fête prénatale prenne forme.

Devant le regard interrogateur d'Alexa, Rory expliqua :

— La belle-sœur de Lindsay, Nina, doit accoucher avant Noël, et la fête prénatale aura lieu à Hillcrest House.

— Jamais on ne te remerciera assez de nous prêter le petit salon, sans parler d'emprunter Chance pour les photos.

— Hé, tant qu'il est ici, je prévois de le faire travailler.

« Tant qu'il est ici. »

L'appétit d'Alexa disparut à mesure que le souci de l'avenir la gagna. Elle avait promis à Chance de rester jusqu'à la fin du mois avant de regagner Los Angeles. Mais elle ignorait où la prochaine mission de Chance l'enverrait.

— Nina va être surprise. C'est son troisième enfant, alors elle a décrété qu'elle ne voulait pas de fête, reprit Lindsay.

— Mais il n'en était pas question.

— Absolument. Un bébé est un événement qu'il faut toujours fêter, trancha Rory.

Elle répéta, comme si elle avait deviné ce qu'Alexa n'avait pas dit plus tôt, dans le hall de l'hôtel :

— Toujours.

La serveuse apporta les plats, et Alexa se força à se focaliser sur du positif.

— Merci de m'avoir invitée. Tout ceci a l'air délicieux, et c'est agréable de sortir.

Elle s'interrompit avant d'ajouter « avec des amies ». Cela aurait présumé un peu trop, et, si ni Sophia ni Lindsay n'avaient posé de question sur le fait qu'elle les accompagne, Alexa avait bien vu les murmures échangés entre frère et sœur. Elle était certaine que Chance avait quelque chose à voir dans l'invitation soudaine de Rory.

— Bien entendu. De plus, Lindsay, tu as un point commun avec Alexa. Elle s'occupe de lever des fonds pour la fondation Mayhew, l'organisation caritative de sa grand-mère. Alexa, poursuivit Rory, Lindsay travaille pour la chambre de commerce, et elle a organisé il y a quelques mois un rodéo de bienfaisance pour un refuge de chevaux.

— Oh ! fit Lindsay, Jarrett Deeks et sa femme Theresa – qui s'avère être aussi la cousine de Sophia – ont fait le plus gros. J'ai surtout aidé à la communication et à la recherche de dons. N'empêche, j'étais ravie que le rodéo ait été un tel succès. Et le meilleur, c'est qu'ils ont déjà pu améliorer les écuries et accueillir plus de chevaux grâce à l'argent récolté.

— C'est formidable de voir concrètement le fruit de son travail.

— Ma foi, répliqua Lindsay, les joues rosies par le compliment, ce n'est rien comparé à tout ce que tu as réalisé.

La fondation avait levé des millions de dollars au fil des années, mais Alexa voyait rarement cet argent mis en œuvre. Elle parlait à des gens qui en connaissaient d'autres, et s'assurait que les événements se déroulent sans difficulté. Puis, à la fin de la soirée, elle remettait un gros chèque – au sens littéral du terme – à l'œuvre de bienfaisance et posait en souriant pour les photos.

Mais ensuite elle passait à autre chose. À la bonne œuvre suivante et au tournoi de golf *people* ou au concert rassemblant des célébrités suivant. La fondation recevait des photos d'écoles rénovées, de cliniques médicales ou de centres d'hébergement pour les démunis. Mais ce n'était pas aussi bien que de pouvoir voir les bénéfices en personne.

— En réalité, j'envisage de jouer un rôle différent à la fondation, déclara Alexa, exprimant pour la première fois ses pensées devant une audience qui ne la connaissait pas assez pour la juger. J'aimerais être davantage sur le terrain et travailler avec les organismes pour concevoir des plans de financement destinés au meilleur usage des fonds récoltés. Trouver un moyen de maintenir l'intérêt des donateurs pour ces projets pourrait aider le public à prendre conscience que les œuvres caritatives n'ont pas seulement besoin d'argent durant les campagnes de collecte ou aux fêtes de fin d'année.

Gênée de cette confession imprévue, Alexa s'arrêta.

— Pardon, je m'emballe peut-être un peu.

— Mais non, objecta Lindsay. Ça me paraît être une excellente idée. En fait, j'adorerais qu'on échange nos réflexions pendant que tu es là. Si ça ne t'ennuie pas, bien sûr.

— Et, moi, je peux m'arranger avec Jarrett et Theresa si tu souhaites jeter un coup d'œil à leur refuge et voir ce qu'ils ont réalisé jusqu'à présent, proposa Sophia.

— Ça ne m'ennuie pas du tout, au contraire ! s'exclama Alexa, surprise et ravie de l'empressement des autres femmes à adopter ses idées.

Défricher ainsi serait une manière parfaite de se lancer pour rendre à cette ville ce qu'elle lui offrait. De l'amour.

Une sonnerie assourdie retentit, incitant Sophia à se lever.

— Excusez-moi, les filles, c'est mon téléphone.

Elles continuèrent de bavarder jusqu'au retour de Sophia.

— Pardon. Jake, mon mari, était en déplacement. Je pensais qu'il rentrerait ce soir, mais il est retardé.

— Tout va bien ? demanda Lindsay.

— Il m'assure de ne pas m'inquiéter. Ce qui signifie que je vais me faire un sang d'encre jusqu'à ce que j'aie de ses nouvelles.

— Il exerce quel métier ? s'enquit Alexa, se remémorant les fréquents voyages évoqués plus tôt par Sophia.

— Il est détective privé.

— Oh. Ça doit être passionnant.

— Jake jure que non, et que, quatre-vingt-dix-neuf pour-cent du temps, c'est terriblement ennuyeux. Ce sont les dix pour-cent restants qui m'empêchent de dormir la nuit.

— J'imagine que ça ne ressemble guère à ce qu'on voit à la télévision.

— Ne t'avise même pas de le lancer sur la comparaison ! Quoique mes frères adorent le taquiner. Pour son anniversaire, ils lui ont acheté des chemises hawaïennes, en référence à *Magnum*, tu sais, cette vieille série des années 1980 ?

— Ça doit quand même être dur quand il n'est pas là.

Alexa tenta d'imaginer son fils ou sa fille appeler « pa-pa » un autre homme que Chance, et songea qu'elle ne le vivrait pas aussi bien que le semblait Sophia.

— Oui, ça l'est, avoua celle-ci avec un sourire tremblant qui en disait long. Mais j'ai mes amies et ma famille pour m'aider, et je sais que je lui manque autant qu'il me manque. Ça représente bien plus qu'un travail pour Jake. Ça fait tellement partie de lui que je ne le vois pas faire autre chose. Son amour pour moi a toujours été entièrement inconditionnel, ajouta-t-elle, les yeux brillants d'émotion. Comment mériter cela sans lui accorder le même amour ?

Bien que Chance soit certain que Rory pensait le contraire, il lui arrivait d'écouter sa sœur. Et, lorsque c'était le cas, force lui était d'admettre qu'elle avait souvent raison. Ce qui expliquait sans doute pourquoi il ne l'écoutait pas plus fréquemment.

Il détestait admettre qu'elle avait raison. Et particulièrement quand elle avait souligné à quel point sa demande en mariage à Alexa avait été défaillante.

« Il y avait des fleurs ? De la musique ? Une bague ? Tu as vu Alexa à la réception, prête à danser avec de parfaits inconnus juste pour leur donner le sourire ? Voilà une femme en quête de romantisme et qui brûle d'envie qu'un homme lui fasse tourner la tête. »

Alexa méritait tout cela, et bien plus encore. Exception faite de ce premier week-end ensemble, il n'avait pas fait montre de beaucoup de romantisme. Ce qu'il essayait de rattraper tout en la guidant sur le sentier qui partait du cottage.

— Tu es sûre que tes yeux sont bien fermés ?

— Oui, même si je ne comprends pas pourquoi, répondit Alexa, les mains plaquées contre ses paupières. C'est une sorte de vengeance pour t'avoir laissé garder Kyle ?

Il en voulait encore à Rory de l'avoir piégé.

— Tu sais bien que la vengeance est un plat qui se mange froid. Tu n'as pas idée de l'énergie qu'a ce gosse.

Après deux heures, il avait été sur les rotules - mais tellement impatient de connaître son propre enfant qu'il ne savait pas comment il pourrait attendre encore cinq mois.

Certes, il ne pouvait blâmer Alexa si elle était moins pressée. Il avait bien vu sa tête quand elle était entrée dans le cottage. Chaque jouet, chaque vêtement de rechange, chaque couche avaient été expulsés de l'immense sac à langer. Kyle s'en était donné à cœur joie et avait joué avec le tout - mais jamais plus de quinze secondes à la fois.

Ensuite, il avait jeté son dévolu sur un ours en peluche, vestige de l'enfance de Rory. Un jouet idéal, avait pensé Chance, jusqu'à ce que le petit garçon arrache un des yeux du nounours et le fourre dans sa bouche. Affolé, Chance avait suspendu le bébé par les pieds pour qu'il crache le bouton, au grand désarroi de Kyle.

Si ce dernier avait assez faim pour manger des objets non comestibles, Chance avait supposé que le déjeuner serait de la gnognotte. Après une scène impliquant de la purée de petits pois qui aurait fait la fierté des techniciens en effets spéciaux de *L'Exorciste*, le cottage avait été jonché de la majorité des vêtements de Chance, qui avait dû changer de chemise. Trois fois. À la fin du repas, Kyle et lui étaient à moitié nus. Le garçonnet gardant son polo, sa couche et une chaussette, tandis que Chance se contentait de son jean.

Enfin, suffisamment épuisé par tant d'exercice, Kyle s'était installé dans les bras de Chance pour une sieste. C'est ainsi qu'Alexa les avait trouvés, environ une heure plus tard.

Il fallait reconnaître qu'elle avait assuré. Elle l'avait aidé à rhabiller Kyle, à rassembler ses nombreuses affaires et à le rendre à sa mère, à peu près dans le même état que lorsque celle-ci le lui avait confié.

— Pauvre bébé, compatissait-elle maintenant.

— Moi, ou le gamin ?

— Toi, évidemment.

— J'espère que Kyle n'a pas mangé sa seconde chaussure. Je te jure, impossible de la retrouver.

— Elle finira bien par réapparaître.

— Bon, on est arrivés. Tu peux ouvrir les yeux, à présent.

Elle poussa un cri de surprise en voyant la gloriette. Une table nappée de blanc était dressée au centre de la plate-forme. Des plats recouverts de cloches en argent brillaient sous la lumière des guirlandes suspendues au plafond, autour de la rambarde et de chaque côté des marches, elles-mêmes décorées de pots de chrysanthèmes bordeaux, orange et jaunes.

— Oh ! Chance, comme c'est beau !

— J'ai pensé qu'après la journée chargée qu'on a eue tous les deux un petit dîner intime serait le bienvenu.

Un petit dîner *romantique*, pouvait-il presque entendre Rory murmurer à son oreille.

Il avait raté sa demande en mariage à Alexa. Méchamment. S'il n'était pas tout à fait prêt à risquer son cœur dans l'affaire, Alexa n'en était pas moins une femme qui méritait un dîner aux chandelles, du vin – ou de l'eau pétillante, en l'occurrence – et des fleurs.

Il l'aida à monter les marches, puis à s'installer à table.

— On a un peu tout fait à l'envers. Dire qu'on a précipité les choses à Santa Barbara est un euphémisme.

— Tu trouves ? ironisa-t-elle.

— Et j'ai assurément précipité cette proposition de mariage l'autre soir, alors je me suis dit qu'à défaut de pouvoir repartir de zéro je pouvais au moins faire quelques pas en arrière et recommencer plus lentement, cette fois.

Alexa baissa presque timidement la tête.

— Ça me plairait bien, confessa-t-elle,.

Elle ajouta, toute timidité envolée et le prenant de court :

— Même si j'avais hâte de prendre une nouvelle leçon de cuisine pour le dîner.

— Eh bien, il reste le petit déjeuner demain matin.

Ce qui laissait une multitude de possibilités pour ce soir...

— Tu as assez chaud ? demanda Chance.

Ils venaient de terminer le savoureux repas fourni par le restaurant de l'hôtel. Justice devait être rendue à Evie, qui avait réussi à convaincre un chef prometteur de quitter San Francisco pour venir travailler à Hillcrest. Le cuisinier s'était surpassé en concoctant des coquelets rôtis aux asperges et des patates douces sautées au sucre brun.

Alexa avait réclamé de mieux voir les étoiles pendant qu'ils dégustaient le dessert, aussi Chance avait-il éteint les lumières et apporté leurs assiettes près des marches, où elle s'était assise. Elle entourait ses genoux de ses bras, et bien qu'il lui ait recommandé de se vêtir chaudement pour l'occasion, en sus des deux radiateurs au propane qu'il avait apportés, il voulait s'assurer qu'elle soit à l'aise.

— Tout va bien, répondit-elle.

Il s'installa à côté d'elle, enlaça ses épaules – par mesure de sécurité – et éprouva une sensation douce et intense au creux de la poitrine quand elle nicha la tête contre lui.

— Mmm, cheesecake au potimarron, ronronna-t-elle presque lorsqu'il lui tendit une bouchée de gâteau.

Le son lui cingla les reins d'une secousse brûlante, et, en regardant ses lèvres se refermer autour de la fourchette, il eut toutes les peines du monde à former une phrase cohérente.

— Evie tient à offrir un menu de saison aux clients.

— Tout était absolument délicieux.

— Pas mal pour un premier rendez-vous ?

— Pas mal du tout, concéda-t-elle avec un petit rire.

Un silence gêné s'installa entre eux pendant qu'ils savouraient le gâteau. Elle venait de reposer son assiette quand elle pointa du doigt une traînée dans le ciel nocturne.

— Regarde ! Une étoile filante...

Chance la sentit s'écarter imperceptiblement. Puis ses épaules s'affaissèrent un peu, et elle se recroquevilla sur elle-même, comme pour mettre son cœur à l'abri.

Il resserra son bras autour d'elle, envahi du besoin instinctif de la protéger de tout.

— Alexa ? Qu'est-ce qui ne va pas ?

— Ma grand-mère appelait parfois mes parents comme ça. Des étoiles filantes.

— Tu as envie de me parler d'eux ?

— Ils étaient pareils à Noël, la Saint-Sylvestre ou le 4-Juillet - drôles et festifs.

Et présents seulement quelques fois par an. Il l'entendit dans la mélancolie de sa voix. Son cœur se fendilla tandis que le clair de lune effleurait le sourire triste d'Alexa sur son beau visage. De sa main libre, il enlaça ses doigts.

— Je suis désolé pour toi, mon ange, murmura-t-il.

— C'était il y a longtemps. Vingt ans.

Le dos raidi, elle se tourna face à lui.

— Le jour où tu as appelé, c'était l'anniversaire de leur mort, Chance.

— Oh ! Lexi...

— J'ai passé la première moitié de mon enfance à attendre qu'ils téléphonent, qu'ils rentrent à la maison. Je me voyais retomber dans le même schéma avec toi, et je ne voulais pas être de nouveau cette petite fille.

— Alors tu m'as dit que c'était terminé.

— Oui. Je te demande pardon...

La blessure restait vive, mais Chance avait le sentiment de mieux comprendre, à présent.

— Je ne veux pas entendre tes excuses. Je veux entendre que ce n'est pas vrai. Que ce week-end a peut-être été plus qu'une aventure sans lendemain, insignifiante.

Il percevait le désespoir dans sa propre voix, et s'obligea à relâcher son étreinte sur les doigts minces d'Alexa.

— Il signifiait... suffisamment pour me terroriser. Pour me sentir vulnérable, confessa-t-elle.

— Tout comme ce coup de fil m'a laissé vulnérable. Ce discours sur nos vies différentes. Ce soir-là à Santa Barbara, tu étais entourée des gens parmi les plus riches de Californie, et, moi, j'étais un lycéen en rupture d'études ayant passé la majeure partie de sa vie d'adulte avec des biens matériels rassemblés dans un sac à dos pourri, pensant intérieurement : « Mais qu'est-ce que je fabrique ici ? »

— Mais non ! Ce n'est pas ce que je voulais dire ! protesta-t-elle en serrant sa main plus fort, une communication peau à peau aussi essentielle que les mots. Pas du tout, Chance ! Tu es bourré de talent, brillant, célèbre ! C'est pour ça que tu as été invité à ce gala. C'est pour ça que la moitié des gens étaient là, pour te rencontrer !

— La moitié, c'est très exagéré, objecta-t-il avec un rire amer. Mais en tout cas ta place était là, et pas la mienne.

— Tu es tellement sûr de toi, tellement bien dans ta peau, je n'imagine pas un endroit où tu ne sois pas à ta place.

En vérité, sa capacité à s'adapter, à s'intégrer n'importe où, lui avait parfaitement convenu au fil des ans. Mais Chance ne s'était sans doute jamais senti aussi à l'aise, aussi ancré dans le présent qu'auprès d'Alexa. Il n'était pas en train de travailler un angle idéal, de creuser plus loin pour révéler une réalité cachée. Il s'était permis de profiter simplement du moment, d'accepter l'alchimie entre eux pour ce qu'elle était.

Le clair de lune illuminait Alexa, mais Chance voyait encore sur son visage les ombres d'une enfance durant laquelle elle avait été trop facilement abandonnée.

— La seule fois où je me suis senti à ma place ce soir-là, c'est quand je te tenais dans mes bras. Je voulais emporter ce sentiment, emporter un morceau de toi, Lexi. Voilà pourquoi je ne t'ai pas rendu la barrette papillon.

— Donc tu l'avais avec toi, pendant tout ce temps... ?

— Pendant tout ce temps, confessa-t-il.

C'était devenu sa pierre de touche, un bon souvenir pour combattre tous les mauvais.

— Et tu penses toujours qu'elle porte bonheur ?

— Je sais qu'elle porte bonheur, affirma-t-il, repensant au jour où la petite relique lui avait sauvé la vie.

Il s'apprêtait à pénétrer dans un immeuble pour interviewer

un fervent dissident politique. Après avoir payé le guide qui l'avait conduit au lieu du rendez-vous, il avait plongé la main dans sa poche. Ses doigts avaient touché le papillon, et en une seconde il avait été ramené au souvenir d'Alexa.

Son esprit était loin d'être focalisé sur ce qu'il aurait dû – la préparation de l'entretien –, ce qui ailleurs ou une autre fois aurait pu le faire tuer. Mais là, avec Alexa emplissant ses pensées, Chance avait pris un moment supplémentaire pour se reconcentrer. Il avait attendu une minute dehors. Peut-être deux. Assez longtemps en tout cas pour, lorsque l'immeuble situé à quelques mètres de lui avait explosé, se trouver suffisamment loin pour survivre.

Il devait ce miracle à Alexa, mais il n'envisageait pas de lui raconter ça. Pas maintenant. Voire jamais.

— Je peux... je peux t'interroger sur ton travail ? demanda-t-elle. Mais si tu n'as pas envie d'en parler...

— Pas de souci. Qu'est-ce que tu veux savoir ?

Il se tint prêt, pourtant. Son métier avait toujours été un sujet sensible. D'abord avec ses parents, puis avec Lisette.

— Quand est-ce que tu as compris pour la première fois que tu voulais être photographe ?

La facilité de la question le prit de court, et il se détendit.

— Quand j'étais encore adolescent, peu de temps après que mon père m'ait donné un de ses vieux appareils 35 mm.

— Ton père ?

— Il est photographe aussi.

Alexa garda un instant le silence, puis elle dit :

— J'avais remarqué une certaine tension entre vous. Au début, j'ai cru que c'était à cause du bébé, mais en fait elle était déjà là avant que tu ne leur annonces la nouvelle.

— C'est moi, Alexa. Ça a toujours été à cause de moi. Je ne suis pas celui que mes parents voudraient que je sois.

— C'est-à-dire ?

— Ils m'aiment, je le sais, et je les aime. Et si j'étais une personne différente – peut-être une meilleure personne – je pourrais éventuellement changer. Je mettrais de côté mes propres rêves pour faire ce qu'ils souhaiteraient. Mais demande à tout le monde. Je suis égoïste. Je pense toujours à moi d'abord, et ma famille passe en second. Ou bien, à en croire mon père, je ne pense pas du tout à eux.

Ni à Alexa, ni au bébé. Voilà ce qu'avait dit son père juste avant de reprendre le volant. Et cette accusation faisait beaucoup plus mal que Chance ne voulait l'admettre. Peut-être parce que son père avait une si piètre opinion de lui ou parce qu'au fond de lui il se demandait si ce n'était pas vrai ?

— Qu'est-ce qu'ils voudraient que tu sois ?

— Gamin, j'étais turbulent, intenable. L'enfant terrible qui pensait que le mot *non* signifiait juste que je devais faire ce que je voulais et qu'on ne m'attraperait pas. Sauf que l'on m'attrapait presque toujours – à faire des bêtises, généralement. Pas un défi devant lequel je reculais ni un risque que je refusais de prendre, même tout jeune.

— Alors tu étais... toi. Déjà à l'époque.

— Oui, on doit pouvoir le voir comme ça. Je me croyais invincible, jusqu'à ce qu'à douze ans environ je découvre que je n'avais pas la tête aussi dure qu'on le pensait.

— Qu'est-ce qui s'est passé ?

— Je faisais l'andouille sur un skateboard. Essayant une figure que je n'avais absolument pas les compétences pour réussir sur une rampe en demi-lune. Je suis mal tombé, ma tête a cogné... et j'ai fini dans le coma.

— Mon Dieu !

Chance perçut le choc, l'inquiétude dans la voix d'Alexa. Juste une fraction de l'affolement que ses parents avaient dû éprouver, mais lui-même ne se rappelait ni de l'accident ni des mois qui avaient suivi. Il n'avait pas compris comment il s'était réveillé un jour pour constater que tout avait changé.

— Je m'en suis entièrement remis, mais d'une certaine façon je ne suis pas certain que ce soit le cas de mes parents. Pas complètement. Après l'accident, ils ne savaient plus comment me protéger. Ils ne voulaient même pas me perdre de vue une seule seconde.

— Et tu détestais ça.

— Bien sûr, et je me révoltais. Je me battais encore plus pour n'en faire qu'à ma tête. Ensuite, vers quatorze ans, j'ai commencé à m'intéresser à la photographie. Au début, ils étaient emballés. Ils devaient espérer que je canalise toute mon énergie là-dedans, que je serais heureux de photographier, je ne sais pas, des chatons et des bébés chiens. Mais j'étais toujours moi. Je voulais toujours partir à l'aventure, à pied, à vélo, peu importe, mais armé d'un appareil photo. Après le lycée, mes parents voulaient que je fasse des études tout en travaillant à temps partiel dans le studio de papa. À prendre des photos de famille, de remise de diplôme, de bébés.

Malgré le temps écoulé, rien que la pensée de se retrouver piégé dans ce petit studio – coincé sur le plan physique autant que créatif – suffisait pour qu'il ait envie de s'enfuir.

— Au lieu de quoi je suis parti à Los Angeles, et je ne suis jamais revenu, conclut-il.

— Et tu as fait une carrière incroyable. Ne me dis pas que tes parents ne sont pas fiers de toi – de l'homme, du reporter-photographe que tu es devenu.

— Je l'ai toujours cru jusqu'à ce que *ça* arrive, répliqua Chance, étirant sa jambe droite encore si douloureuse des stigmates de l'explosion. Jusqu'à ce que je me réveille à l'hôpital après ma dernière opération, et que j'entende mes parents dire que ce serait sans doute mieux si je ne récupérais pas l'usage complet de ma jambe.

— Oh ! Chance...

Le simple fait de prononcer les mots à voix haute le ramena à ce moment terrible. Aux murs blancs, stériles, au bip des machines, à l'odeur piquante d'antiseptique de la salle de réveil. Ses parents ne s'étaient pas rendu compte qu'il émergeait peu à peu. Dérivant à la frontière de l'inconscience, mais assez lucide pour savoir qu'il avait bien compris ce qu'il avait entendu.

— C'est ma vie, la carrière que j'ai toujours voulue. La seule dont j'ai rêvé depuis que j'étais gosse, et ils seraient *heureux* si j'étais assez gravement blessé pour devoir l'abandonner...

— Chance, ce sont tes parents, plaida Alexa, son doux regard gris-bleu aussi apaisant que possible. Ils t'aiment.

— Si c'est ça, l'amour, rétorqua-t-il, je n'en veux pas.

13

« Si c'est ça, l'amour, je n'en veux pas. »

L'amertume qui déchirait la voix de Chance transperça également le cœur d'Alexa, lui donnant envie de pleurer. Pas pour elle, mais pour lui. Sous la colère, le rejet, elle percevait la douleur. Combien de fois, enfant, s'était-elle demandé ce qu'elle aurait pu faire de plus ? Si seulement elle avait été plus sage, plus drôle, plus intéressante, peut-être ses parents seraient-ils restés. Peut-être auraient-ils vécu.

La situation n'était pas tout à fait la même. Ses parents ne l'avaient pas assez aimée pour rester. Les parents de Chance l'aimaient trop pour le laisser partir. Mais qu'il s'agisse de trop d'amour ou pas assez, cet amour n'était pas inconditionnel.

Elle ne pouvait nier qu'elle comprenait la peur qui animait le désir des McClaren de garder leur fils en sécurité. Autant elle admirait son talent, son courage, ses convictions, autant elle détestait la pensée qu'il mette sa vie en danger.

Elle avait déjà éprouvé une parcelle de ce que le perdre signifierait à l'annonce de l'attentat. Mais c'était avant qu'elle apprenne à le connaître réellement et à aller au-delà de l'homme séduisant et confiant avec qui elle avait eu une aventure si peu dans son style. Elle l'avait vu dans ses moments de doute, de vulnérabilité, accablé par les horreurs dont il avait été témoin à travers l'objectif. Des horreurs qui continuaient de le hanter. Elle l'avait vu adorer être dépassé avec le petit Kyle.

Elle avait vu le genre d'homme – le genre de mari, le genre de père – qu'il pouvait être, et ne savait pas comment se protéger de ce Chance McClaren-là.

Puis elle se remémora leur week-end de passion. La manière dont être avec lui l'avait rendue téméraire, déjantée et sans peur. Si faire l'amour lui avait donné le courage de saisir sa chance pour un week-end, était-il possible que l'aimer de tout son cœur lui donne la force de saisir sa chance pour une vie entière d'amour ?

Chance se leva, s'éloigna des marches à grandes enjambées et pila net. Sa haute silhouette aux épaules larges restait dans l'ombre, une tension irradiait de son immobilité anormale. Alexa devina que le moindre petit geste le ferait fuir. Elle devina aussi ce qui pourrait le faire rester, si elle avait le cran d'être la femme qu'elle était censée être depuis toujours.

— Il commence à faire froid, dit-il d'un ton brusque. Je vais te ramener au cottage.

Elle se remit lentement debout, le rejoignit. Passa la main le long de son bras, attendant que ses muscles se relâchent pour croiser leurs doigts ensemble. Ils marchèrent en silence, sans pour autant qu'il se détende.

Alexa n'avait jamais cédé à son insistance et dormait dans la chambre, le plus loin possible de lui dans ce cottage exigu. Les murs fins n'étouffaient pas les sons du sommeil agité de Chance, et il était toujours parti quand elle se réveillait le matin. Plusieurs fois, elle s'était glissée hors du lit en pleine nuit, effrayée à la simple idée de tourner la poignée. Consciente que, si elle le faisait, elle n'inviterait pas Chance à entrer dans la chambre mais dans son cœur.

Il s'arrêta au pied de la véranda quand elle tenta de l'attirer à l'intérieur.

— Je vais aller ranger la gloriette. Je reviendrai plus tard.

— Chance ? fit-elle, le cœur battant à tout rompre.

Il se retourna à moitié, comme indécis. Partir… ou rester ?

— Le premier jour, tu m'as demandé comment j'avais dormi, continua-t-elle. J'ai menti. En vérité, je n'ai pas eu une seule bonne nuit de sommeil depuis la dernière fois que tu étais dans mon lit. Je ne peux pas fermer les yeux sans imaginer que tu es là, ajouta-t-elle, soutenant son regard tandis qu'elle répétait mot pour mot ses propos.

Alors Chance s'élança, vers elle, cette fois. Il avala la distance en longues enjambées, en boitant à peine, et elle trembla un peu en réalisant ce que cela signifiait : dans un avenir très proche, il serait guéri. Mais elle ne voulait pas y penser maintenant. Et, quand il l'embrassa, elle ne voulut plus penser du tout. Ni au passé ni au futur. À rien d'autre que la passion grisante, impatiente, du présent.

Elle l'enlaça et le serra très fort pendant qu'il l'entraînait vers le cottage. Le contraste de la douce chemise sur ses muscles solides était si agréable qu'elle ne s'en lasserait jamais.

Il batailla avec la poignée de la porte comme s'il ne voulait pas la lâcher une seule seconde. Impossible de savoir comment ils réussirent à parvenir jusqu'à la chambre. Le temps d'en franchir le seuil, elle l'avait déjà débarrassé de sa chemise, avide de toucher la peau lisse de ses épaules, la toison de son torse.

Il l'aida à faire passer son pull par-dessus sa tête, sa jupe, le long de ses hanches, puis il se figea. L'incertitude submergea brièvement Alexa, la laissant exposée, en sous-vêtements de dentelle noire. Elle comprit que l'attention de Chance était retenue par la rondeur de son ventre, qu'exhibait l'échancrure basse de sa culotte.

Une hésitation fugace les plongea dans une sorte de transe. Puis Chance caressa le léger renflement, les doigts aussi légers que des plumes, la faisant frémir. Mais c'est surtout son expression émerveillée qui la bouleversa jusqu'à l'âme. Elle tombait amoureuse de lui...

Il déglutit, leva les yeux vers elle.

— Alexa, j'ai une confession à te faire...

Malgré le sérieux de son ton et du moment, une lueur taquine brillait dans son regard.

— Tu ne vas pas beaucoup dormir cette nuit, avec moi dans ton lit.

— Quelque chose me dit que tu sauras te faire pardonner. De plus, ajouta-t-elle, souriant tendrement tout en pressant sa main sur son ventre et leur bébé, ce n'est pas comme si tu pouvais me faire tomber plus enceinte.

Les yeux de Chance étincelèrent tandis qu'il s'emparait de sa bouche.

Chaque baiser attisait davantage l'appétit d'Alexa. Le désir lui tournait la tête. Ils ôtèrent le reste de leurs vêtements et, enlacés, s'allongèrent enfin sur le lit.

Arc-bouté au-dessus d'elle, Chance demanda :

— C'est bon ? Je ne pèse pas trop lourd ?

— C'est parfait, le rassura-t-elle, le souffle court, bouleversée par sa délicatesse de son attention.

Lorsqu'il se baissa entre ses cuisses, et la pénétra en douceur, elle se sentit complète, entière. Et, quand il la prit dans ses bras, ce fut comme un retour au foyer. Chance bougeait contre elle, poussait en douceur, suscitant des étincelles de désir à chaque impact. Le plaisir monta en spirales vertigineuses. Alexa s'agrippa à ses larges épaules, enroula les jambes autour de sa taille, et la jouissance les emporta tous deux.

Peu à peu, les spasmes ralentirent, leurs corps s'apaisèrent, mais pourtant Alexa refusait de lâcher. Elle voulait prolonger cette magie, s'accrocher à Chance… et ne jamais devoir le lâcher.

Des années auparavant, Chance avait amené Lisette à Medford pour qu'elle rencontre ses parents. Elle avait fait comme si c'était sa ville natale et tout l'Oregon étaient une sorte de contrée sauvage. Il ne pouvait qu'imaginer combien elle aurait dédaigné la petite ville surannée de Clearville.

À peine quelques semaines plus tôt, il aurait pensé qu'Alexa réagirait de la même manière, mais plus ils passaient de temps ensemble, plus il se rendait compte à quel point elle était différente de son ex. Elle était devenue très rapidement partie intégrante du cercle d'amies proches de sa sœur. Échangeant des idées avec Rory sur la décoration de l'hôtel pour les fêtes, discutant avec Lindsay des événements programmés par la chambre de commerce, prévoyant de rencontrer Theresa et Jarrett Deeks afin de leur suggérer comment récolter des fonds pour leur refuge.

Bon sang, elle s'intégrait mieux que lui.

Du verger où les gens pouvaient ramasser eux-mêmes des

pommes aux tours en calèche dans la ville, jusqu'aux dizaines de minuscules boutiques le long de Main Street, elle profitait de tout avec un plaisir presque enfantin qui lui empoignait le cœur et ne le lâchait plus.

Lui montrer Clearville lui rappela combien il avait adoré y venir, enfant. Les heures qu'il avait passées à explorer les environs, le littoral accidenté, les forêts de hauts séquoias, les hectares de terres agricoles. Et, aujourd'hui, revoir tout ça adulte, avec un œil de photographe...

— Je te l'avais dit, avait décrété Alexa alors qu'ils marchaient sur la plage.

Ses yeux gris-bleu riaient, elle retenait d'une main ses cheveux blonds que le vent soulevait. Elle portait un gilet crème sur une robe à rayures bleues et blanches, qui moulait les courbes de ses seins et celle de leur bébé.

— Quoi ?

— Que tu aurais dû prendre ton appareil photo. Tu meurs d'envie de saisir tout ça en images.

— Pas du tout, objecta-t-il, même si elle avait raison.

Bien qu'il n'ait jamais sérieusement réfléchi à la photo de paysages, comment ne pas tenter de cadrer mentalement des lieux aussi vastes et spectaculaires ?

Mais il avait refusé d'emporter son appareil.

Quelque chose se produisait en lui ici. Quelque chose concernant son séjour à Clearville adoucissait sa focale, changeait l'angle de son objectif.

Qu'avait dit Alexa quand elle regardait les photos qu'il avait prises du mariage ?

« Regarder ces photos me donne l'impression de voir le vrai toi. »

Longtemps, il avait restreint son regard aux turbulences de la vie et de la nature humaine. Capturant une noirceur sur laquelle trop de gens voulaient fermer les yeux. Son travail comptait beaucoup, et pourtant, après une si courte durée auprès de sa famille, auprès d'Alexa, il sentait qu'il perdait le feu sacré. Il se détendait, respirait mieux, levait le pied.

Parfait pour guérir de ses blessures. Mais ce type d'attitude laxiste risquait de le faire tuer sur le terrain. Il ne pouvait tout simplement pas espérer pouvoir rassembler sa vigilance en même temps que son matériel avant de partir pour sa prochaine mission.

Ces dernières années, il avait voyagé en moyenne neuf mois sur douze. Un calendrier éreintant qui commençait à payer. Ses articles gagnaient en reconnaissance ; on lui offrait de plus en plus de reportages de choix. Pouvait-il vraiment tourner le dos à sa carrière alors qu'il approchait des sommets qu'il s'évertuait à atteindre depuis si longtemps ?

Il n'avait pas de réponse à cette question, et le temps lui manquait. Sa jambe se renforçait chaque jour. Son rédacteur en chef attendait de lui qu'il prenne l'avion à la fin du mois pour se charger d'un travail dont il n'avait pas encore parlé à Alexa. Et Alexa attendait...

Alexa attendait son enfant et, il le craignait, davantage de lui qu'il ne savait donner.

— Il y a autre chose que j'aimerais saisir, et je préfère ne pas avoir d'appareil photo dans les mains pour faire ça...

Il la prit dans ses bras et l'embrassa, le sel de l'air marin et la pure douceur de ses lèvres sensuelles sous les siennes effaçant toute pensée de départ...

— Ou ça...

Le rire stupéfait d'Alexa se mua en cri enjoué alors qu'il la soulevait et courait en direction des vagues glacées.

— Merci mille fois de m'avoir invitée à visiter le ranch.

Alexa et Theresa Deeks se tenaient devant un corral, observant Jarrett travailler avec un des chevaux du Rockin'R.

Outre la gestion du refuge, les Deeks louaient des chalets pour les touristes désireux de séjourner en dehors de la ville. D'après ce qu'elle voyait, l'emplacement était idéal. Séquoias géants cernant les pâtures, grimpant jusqu'au ciel et s'étendant jusqu'aux montagnes au loin. La propriété dégageait une impression de paix, à peine dérangée par le bruissement du vent dans les arbres ou le hennissement occasionnel d'un cheval.

Alexa aurait aimé pouvoir s'approprier un peu de cette paix.

Les derniers jours en compagnie de Chance avaient été parmi les plus heureux de son existence. Elle adorait marcher dans Main Street avec lui, flâner entre les boutiques de style victorien qui faisaient la réputation de Clearville ; lui tenir la main lors de longues balades autour de Hillcrest ; s'imprégner du bruit de l'océan pendant qu'ils ramassaient des coquillages sur la plage.

Et les nuits... elle ne doutait plus de l'ampleur de son désir pour elle quand ils faisaient l'amour, ou même ensuite, quand il l'attirait vers lui dans son sommeil.

Vu de l'extérieur, tout était parfait. Mais, sous la surface, elle sentait que quelque chose menaçait. Des petites vagues de malaise qui, elle le craignait, dissimulaient des remous turbulents. Comme ce matin, lorsqu'elle lui avait demandé de venir au ranch avec elle. Avec un sourire confiant, il l'avait embrassée.

— À toi de gérer ça, Alexa. Tu n'as pas besoin de moi.

Elle n'avait peut-être pas *besoin* de lui, mais *envie* de lui à ses côtés... Et très peur que lui ait déjà envie d'être ailleurs.

— C'est moi qui devrais te remercier, répliqua Theresa. Le rodéo caritatif était une première pour nous, et les résultats nous ont enchantés. Les dons ainsi que le pourcentage pris sur la vente des tickets ont été plus élevés qu'on ne l'espérait. Le plus dur a été de trouver comment utiliser cet argent. On ne peut pas imaginer que dépenser de l'argent soit un problème, et pourtant c'est presque aussi angoissant que de ne pas avoir récolté d'argent du tout.

— C'est toujours compliqué, admit Alexa. Surtout pour une action plus modeste de sauvetage comme celle que Jarrett et toi menez. Essayer de définir quelle urgence est prioritaire, ça ressemble au protocole de répartition.

Theresa, en tant qu'infirmière, devait être familière du concept. Et de fait elle acquiesça, les yeux brillants, tandis que toutes deux retournaient vers les écuries.

— Exactement. Je ne comprends pas pourquoi je ne l'ai jamais envisagé ainsi, mais avec le plan financier que tu as imaginé je sens que je saurai mieux gérer ça, désormais. Et j'adore cette idée de journées portes ouvertes.

Depuis le rodéo, Theresa et Jarrett avaient bien utilisé une partie de l'argent collecté, améliorant les écuries, stockant du fourrage, et prenant plus de pensionnaires.

— Vous avez déjà réalisé de grands changements, dit Alexa. D'après ce que tu m'as décrit, presque tout Clearville est venu au rodéo. Je suis sûre que les gens apprécieront de voir comment vous avez utilisé leurs dons, et c'est important de garder le refuge sur le devant de la scène. Je sais que vous espérez faire du rodéo un événement annuel, mais vous ne pouvez pas compter sur une seule levée de fonds pour financer le refuge une année entière.

Tout en longeant les box, elles discutèrent de contacts avec les entreprises locales pour trouver des bénévoles, de la nourriture, des spectacles et de la publicité. Alexa estimait que le ranch et les chevaux exerceraient en soi un grand pouvoir d'attraction. L'ambiance des écuries lui était peu familière, mais elle fut fascinée par les magnifiques chevaux qui la regardaient avec curiosité depuis leur box.

— Je n'en crois pas mes yeux !

Alexa se retourna et découvrit une jolie blonde qui remontait l'allée centrale, un sourire ravi aux lèvres.

— C'est la première tenue de créateur que je vois ici en six mois, depuis mon arrivée !

Pas totalement prise de court pour visiter le Rockin'R, Alexa portait des bottines. Mais le daim noir, fin et souple, qu'elle avait assorti d'un pantalon large noir et d'un grand pull à col roulé vert émeraude, n'avait rien à voir avec les robustes chaussures éculées de Theresa ou de cette femme.

Elle sourit néanmoins devant pareil enthousiasme.

— Ma foi, vous semblez avoir survécu malgré le manque de mode dernier cri.

— Ne jamais laisser dire que je peux pas assurer en jean Wrangler, riposta la blonde, pivotant sur elle-même en roulant des hanches avec l'aisance d'un mannequin sur le podium, avant de lisser en soupirant sa vieille chemise à carreaux en flanelle déboutonnée. Mais les occasions de m'habiller plus souvent me manquent.

— Il faut que tu excuses ma belle-sœur, intervint Theresa en riant. Elle essaye encore de s'habituer à vivre dans une petite ville où l'on achète ses vêtements au même endroit qu'on fait ses provisions.

Alexa espérait masquer sa surprise. Elle avait été charmée par l'accent du Midwest et la douce voix de Jarrett Deeks, ainsi que par sa tendresse évidente pour son épouse. Jamais elle n'aurait imaginé que cette petite blonde, avec ses anglaises et son franc-parler culotté, soit sa sœur.

— Summer, voici Alexa Mayhew. C'est une amie de Rory McClaren.

Les yeux myosotis de Summer s'écarquillèrent.

— Oh, mon Dieu ! Tu connais Chance McClaren ! Je suis une de ses plus grandes fans. Je ne cesse d'espérer tomber sur lui en ville, mais jusqu'à présent c'est raté.

Alexa refusait d'être jalouse de cette fille ravissante qui rêvait de rencontrer son idole. Refusait de penser aux fans qui adulaient Chance dans le monde entier.

Alors que Summer poursuivait sur les couleurs et la composition des photos de Chance, Alexa se rendit compte qu'elle n'avait pas exagéré en affirmant être une vraie fan – et pas seulement du beau reporter-photographe à succès mais aussi de son travail.

Jarrett appela sa sœur depuis le seuil des écuries, et la blonde pétillante partit donner une leçon d'équitation, non sans avoir demandé au préalable à Alexa si elle pourrait la présenter à Chance.

— Je suis désolée, dit Theresa en la faisant entrer dans le petit bureau derrière les box. Summer peut se montrer parfois un peu exubérante, mais on l'aime comme ça. Et, si j'admets ne pas être très objective, elle possède un réel talent de photographe. C'est elle qui a pris les photos pour le site web du refuge et pour notre mur Home, Sweet Home.

Elle indiqua un immense collage de portraits de chevaux avec leur famille adoptive. Mais c'est une autre photo qui attira l'œil d'Alexa. Celle d'un cow-boy en tenue complète comme suspendu en l'air au-dessus d'un taureau à la mine féroce.

— C'est Jarrett ?

— Oui. À l'époque de ses compétitions de rodéo.

Quelques minutes à observer l'homme dans le corral avaient

suffi à Alexa pour voir son assurance et son habileté avec les chevaux, mais un taureau, c'était différent…

— Ce n'est pas dangereux ?

— Oh que si. Heureusement, c'était avant notre rencontre. Avant qu'une sale blessure mette fin à sa carrière.

— Qu'est-ce que tu ferais, demanda Alexa, le cœur battant, si cette blessure guérissait au point que Jarrett ait envie de recommencer à monter des taureaux ?

La petite brune laissa échapper un soupir.

— Seigneur, je ne me suis jamais posé la question. Je ne connaissais pas Jarret quand il courait les compétitions, mais je sais l'importance que cela avait pour lui, combien il aimait ça. Abandonner a été dur pour lui, et, s'il n'avait pas tourné son attention sur le sauvetage de chevaux, je préfère ne pas penser aux voies plus sombres qu'il aurait pu choisir. Alors, même si je sais à quel point la monte de taureaux peut être dangereuse, même si une part de moi détestera toujours ça, eh bien, pour être parfaitement honnête, je ferai tout pour le soutenir. Peut-être que ma propre carrière en tant qu'infirmière en traumatologie me fait voir les choses autrement. Je sais combien la vie peut changer brutalement. À cause de la maladie, de blessures, d'accidents, on ne sait jamais ce qui va se passer, quelle que soit la prudence dont on fait preuve. Pour moi, ça a été un accident de voiture.

— Tu as été gravement blessée ?

— Assez, oui. Quand je suis venue ici pour la première fois, je souffrais encore. Je ne savais pas du tout si je récupérerais au point de pouvoir retourner vers un métier que j'adorais, et Jarrett a été très présent. Il avait une foi en moi qui me faisait complètement défaut.

— Mais ce n'est pas pareil, si ? Être infirmière ne comporte pas les mêmes dangers qu'être photo… je veux dire, monter des taureaux, se corrigea Alexa in extremis.

Le sourire entendu de Theresa montra que le lapsus ne lui avait pas échappé, mais elle se contenta de répondre :

— Exact. Mais à ce moment-là retourner au travail signifiait retourner à Saint-Louis. Sa vie était ici, et la mienne, croyais-je, était là-bas. Alors, aussi cliché que cela paraisse, Jarrett m'aimait suffisamment pour me laisser partir, ce qui en fin de compte m'a donné la force de rester.

Laisser partir quelqu'un qu'elle aimait… Alexa avait le sentiment que toute sa vie elle avait agi de cette façon. Saurait-elle trouver le moyen de s'accrocher à l'espoir d'être une raison suffisante pour que Chance reste ?

14

— Tu es prête ? demanda Chance en coupant le moteur.

Alexa inspira longuement et regarda l'immeuble devant lequel ils étaient garés. Elle agrippa la ceinture de sécurité.

— Je ne m'attendais pas à être aussi nerveuse.

Après la visite du ranch Rockin'R, Theresa l'avait invitée à déjeuner. Tout en dégustant des sandwichs au bœuf agrémentés de salade et tomates, elle l'avait interrogée sur sa grossesse. Et, sans s'en apercevoir, Alexa lui confiait des choses plus personnelles qu'elle n'aurait jamais pensé en dire à une inconnue. Mais le calme de Theresa inspirait confiance.

Peut-être était-ce dû au tact, aux prévenances de la jolie infirmière. En tout cas, quand Alexa avait avoué avoir dû annuler son rendez-vous d'échographie puisque son séjour à Clearville s'était prolongé, Theresa lui avait aussitôt recommandé un gynécologue dans une clinique de Redfield.

— Ils sauront dire si c'est un garçon ou une fille ? demanda Chance.

— C'est possible, si le bébé coopère et se trouve dans la bonne position. Tu veux connaître le sexe ?

— Je ne sais pas. Je préfère peut-être... avoir la surprise. Le découvrir au moment où on verra notre enfant pour la première fois.

« Au moment où on verra notre enfant »...

Chance contourna la voiture pour lui ouvrir la portière, mais Alexa ne se résolvait pas à bouger.

Il fronça les sourcils en constatant qu'elle était toujours bouclée sur son siège. Inquiet, il s'agenouilla près d'elle.

— Hé, ça va ? Tu n'angoisses pas pour l'examen, si ?

— Non, tout va bien.

Elle défit la ceinture et s'empara de son sac. Ses mains tremblaient sur la bandoulière. Non de peur, mais d'un petit espoir. Depuis le début, elle se préparait à accoucher seule.

Mais à présent, comme Chance laissait entendre qu'il voulait se trouver dans la salle de travail avec elle – elle pressa une main sur son ventre –, elle voulait qu'il soit là. Le voulait de toute son âme, mais si elle commençait à compter sur lui, et s'il la laissait tomber…

Dès que le téléphone de Chance sonnait et qu'il quittait la pièce pour répondre, son cœur s'arrêtait de battre. À chaque fois, elle attendait qu'il lui annonce qu'il acceptait un nouveau reportage, tandis qu'elle se mordait la lèvre pour ne pas le supplier de rester. Jusqu'ici, ses craintes étaient restées infondées ; Chance rempochait son téléphone sans un mot. Pourtant, Alexa savait que ce jour viendrait, et elle se demandait s'il savait que, quand il partirait, il emporterait son cœur avec lui.

Chance demeura silencieux pendant qu'ils se dirigeaient vers les portes vitrées de la clinique. Lorsque Alexa s'approcha du vaste plan des services près des ascenseurs, il la guida vers la gauche.

— Le bureau du gynécologue est par là.

— Comment le sais-tu ?

— Parce que celui de mon kinésithérapeute est quelques portes plus loin, expliqua-t-il.

Ce qui était vrai, mais Chance avait sans doute prêté davantage attention aux allées et venues depuis le bureau de l'obstétricien que ne l'aurait fait n'importe quel célibataire en bonne santé. Il s'était rendu assez souvent à ses séances dans le même couloir pour voir des femmes prêtes à accoucher arriver une semaine, et revenir peu de temps après avec un nouveau-né dans les bras.

Plus d'une fois, il avait aidé une jeune maman en difficulté pour tenir un nourrisson d'une main et manœuvrer une poussette malcommode ou un énorme landau de l'autre. Et il s'était demandé où était leur mari, le père de leur enfant. Pourquoi autant de femmes devaient-elles se débrouiller seules dans ce genre de galère ?

Comme Alexa sera seule quand tu seras parti en mission.

La culpabilité lui étreignit la poitrine, l'empêchant presque de respirer. Le même sentiment suffocant, piégeant, que celui qu'il éprouvait pendant ses visites chez lui, lorsque sa mère faisait des allusions peu subtiles et que son père lui disait clairement de reprendre le studio photo.

Durant des années, il avait couru en direction de ses objectifs – localiser une source insaisissable, poursuivre le reportage où qu'il le mène, s'emparer des louanges, des prix, des plus beaux exploits dans son domaine.

Mais quand il songeait à laisser Alexa, à laisser leur bébé, il n'avait pas l'impression de courir vers son avenir.

Arrivée devant la réception, Alexa sourit à la jeune secrétaire.

— J'ai rendez-vous avec le Dr Fitzgerald. Mon médecin à Los Angeles était censé envoyer mon dossier par mail.

— En effet, madame Mayhew. On l'a reçu. En le consultant, le médecin a noté quelques... blancs concernant les antécédents médicaux du père de l'enfant.

La jeune femme décocha un coup d'œil à Chance, mais ne voulait clairement faire aucune supposition.

Il serra les mâchoires, moins préoccupé par ces informations incomplètes que par la future absence qu'il laisserait dans la vie de son enfant.

L'embarras colora les joues d'Alexa, qui tendit la main vers l'écritoire à pince, mais Chance la devança.

— Comblons donc les blancs.

La secrétaire lui adressa un sourire soulagé, puis tous deux allèrent s'asseoir dans la salle d'attente. Raide comme un piquet sur son siège, Alexa agrippait la bandoulière de son sac à deux mains.

— Je suis désolée, murmura-t-elle.

— Ne le sois pas. Je te l'ai déjà dit, ce qui est fait est fait.

Tandis qu'il remplissait le formulaire, détaillant avec précision ses récentes opérations chirurgicales, il se demanda malgré lui ce qui se serait passé si Alexa avait réussi à le joindre les jours précédant l'attentat à la bombe.

S'il avait tout laissé tomber pour être avec elle à ce moment-là, il n'aurait pas été blessé. Il aurait été au courant de sa grossesse dès le début, mais ensuite ? Si sa santé avait été parfaite au cours des trois derniers mois, pensait-il sincèrement qu'il aurait refusé une autre mission ? Il ne serait sûrement pas venu à Clearville. Il ne serait pas assis à côté d'Alexa en cet instant.

Sans ces mois de convalescence, période qu'il avait passée avec le souvenir d'Alexa le hantant nuit et jour, il n'aurait probablement jamais assez levé le pied pour envisager une autre vie que celle qu'il avait toujours connue.

Il n'avait jamais vraiment cru au destin, mais...

— Certaines choses sont écrites d'avance, ajouta-t-il, saisissant la main d'Alexa pour la presser.

Elle lui rendit le geste rassurant, sans qu'il la lâche pour autant. Pas même quand une infirmière appela Alexa, quelques minutes plus tard. La femme expliqua que le médecin examinerait Alexa d'abord, et qu'ils feraient ensuite venir Chance pour l'échographie.

Le formulaire rempli et Alexa occupée avec le gynécologue, il se retrouva désœuvré, et entreprit de faire les cent pas. Il manqua heurter une femme enceinte qui venait de se présenter au secrétariat.

— Pardon, je...

— Papa pour la première fois ? avança-t-elle avec un sourire indulgent.

— Ça se voit à ce point ?

— Notre premier est né il y a longtemps, mais je reconnais toujours les signes.

Deux mois plus tôt, si on lui avait dit qu'il parlerait bébés et grossesse avec une parfaite inconnue, il aurait éclaté de rire. Mais, tout en aidant la future maman à s'installer sur un siège dans la salle d'attente, il demanda :

— Celui-ci est le combien tième, alors ?

— Le numéro trois. Encore un garçon. Le ciel me vienne en aide, ajouta-t-elle en levant les yeux au plafond.

Pourtant, son sourire rêveur tandis qu'elle posait les mains sur son ventre énorme racontait une autre histoire.

— Votre tête me dit quelque chose, reprit-elle. Ah, j'y suis ! Vous êtes le frère de Rory McClaren, pas vrai ? Je suis fleuriste à Clearville, et on a réalisé des arrangements pour certains mariages à Hillcrest House.

— En effet.

Formidable, maintenant, il parlait bébés, fleurs et mariages avec une parfaite inconnue. Autant dire adieu à sa virilité.

— Chance McClaren.

— Je suis Nina Kincaid. Enchantée.

Nina Kincaid... Ah oui ! La belle-sœur de Lindsay, et invitée d'honneur à la fête prénatale surprise qui se tiendrait à l'hôtel le week-end suivant.

Est-ce qu'Alexa avait des amies à Los Angeles qui lui organiseraient ce genre de festivités ? Des amies qui s'occuperaient d'elle ? Entre ses parents absents et négligents et une grand-mère que former une dauphine intéressait plus qu'élever une petite-fille, il comprenait pourquoi Alexa ne voulait pas élever leur enfant de la même manière. Il était même d'accord avec elle, mais l'idée qu'elle reparte à Los Angeles pour y vivre seule lui faisait horreur.

Au moins, à Clearville, Rory et Evie seraient là. Sa tante Evelyn venait de terminer son traitement contre le cancer, et espérait être de retour au début de la nouvelle année. Même ses parents n'habitaient qu'à quelques heures de route, trop près pour son propre confort, mais il ne doutait pas une seconde que sa mère, notamment, mourait d'envie d'aimer un petit-enfant et que...

— Holà, futur papa ? l'interpella Nina, bien que sa voix lui parvienne de très loin à cause des pensées folles qui tourbillonnaient dans son esprit. On dirait que vous allez tomber dans les pommes !

Luttant contre le vertige, Chance s'affaissa sur un siège voisin. Il n'espérait pas réellement qu'Alexa s'installe à Clearville... Si ?

Chance ignorait le nombre de photos qu'il avait prises au fil des ans, le nombre de clichés qu'il avait examinés. Mais rien, rien n'était comparable à l'échographie de son bébé. Il – ou elle – était une merveille de perfection. Le sexe n'avait pas plus d'importance que le fait que les traits du bébé ne soient qu'un flou indistinct.

C'était son enfant.

Voir les images, entendre le cœur du bébé rendait tout ça... plus réel que ça ne l'avait été auparavant. Il pouvait prendre mille photos, dix mille photos, et aucune ne serait comparable à celle qu'il tenait dans sa main.

— Qu'est-ce que tu penses de Kylee ?

— Hmm ?

Ils étaient installés ensemble sur le canapé. Les pieds d'Alexa sur les genoux, il massait distraitement sa voûte plantaire. Ces derniers jours, il n'avait cessé de redécouvrir le prodige de son corps. Il avait fait l'étude des endroits à toucher pour la faire rire, s'exclamer, gémir.

Mais à présent ses doigts s'arrêtèrent. La réalité de ses pensées le heurtait de plein fouet. Rien ne compterait plus jamais davantage qu'Alexa et leur bébé. Et cependant, qu'était-il supposé faire ? Abandonner son travail ? Vivre sur l'argent des Mayhew ? Tout en lui se rebellait contre cette idée. Il était peut-être vieux jeu, mais il voulait être un homme qui entretienne sa famille. Et, même si l'argent n'était pas un problème, le défi, l'excitation que suscitait sa carrière lui manqueraient. Alors il n'était pas seulement traditionaliste, mais égoïste également.

— Qu'est-ce que tu penses de Clearville ? demanda-t-il, toujours focalisé sur la possibilité qui le poursuivait depuis la clinique médicale.

Elle releva la tête de son livre, un sourire amusé aux lèvres. Puis éclata de rire, un rire qui allégea quelque peu le poids qui oppressait la poitrine de Chance.

— Eh bien, je connais des gens qui ont appelé leurs enfants Paris ou London, mais je ne suis pas sûre de me faire à Clearville.

Devant son air perplexe, elle leva le livre afin qu'il voie le titre et se rappelle qu'ils étaient censés parler de prénoms.

— Ah. Pardon.

Il hocha la tête, prenant conscience de l'égarement de ses pensées, mais il ne voulait pas lâcher l'affaire. Il lui prit le livre des mains, le posa sur la table basse.

— On a encore quatre mois pour discuter de prénoms de bébé, mais qu'est-ce que tu penses de t'installer à Clearville ?

— M'installer ? Ici ?

Elle ouvrit de grands yeux ronds, mais il était lancé.

— Je sais que Clearville n'a pas autant à offrir que Los Angeles, mais c'est une agréable petite ville.

Ne lui avait-elle pas dit qu'elle refusait que leur enfant soit élevé par des nounous et des précepteurs privés comme elle l'avait été ?

— C'est un endroit formidable pour élever une famille. Tu pourras toujours voir ta grand-mère quand tu iras là-bas pour les événements de la fondation, mais réfléchis : tu fais déjà partie de la communauté, ici. Et, avec ma sœur, Evie et mes parents, tu aurais de la famille toute proche.

S'appuyant des mains aux coussins, Alexa se redressa et ôta ses pieds des genoux de Chance.

— Ta famille, Chance. Pas la mienne.

Ça pourrait l'être.

La pensée résonna dans sa tête. Il avait raté sa première proposition de mariage, mais il attendait une opportunité de demander une seconde fois à Alexa de l'épouser. Ce n'était plus la peine. Elle venait de lui donner sa réponse.

— Oh ! comme c'est beau ! s'exclama Lindsay Kincaid en entrant avec Rory et Alexa dans le salon décoré pour la fête prénatale de sa belle-sœur.

Un grand cercle de chaises, ornées de ballons bleus et de nœuds assortis, entourait une petite causeuse – la place d'honneur de la future maman. Deux tables recouvertes de nappes rayées bleu et blanc étaient placées contre les murs lambrissés de noyer – l'une pour recevoir tous les cadeaux du bébé, l'autre pour présenter un sublime gâteau en forme de berceau, ainsi qu'un assortiment de mini sandwichs, de fruits et légumes frais découpés, et un énorme saladier de punch. Un panneau accroché au-dessus du buffet annonçait « C'est un garçon ! » et des cubes multicolores géants, semblables à ceux avec lesquels jouaient les enfants, proclamaient Wyatt, le prénom que Nina et Bryce, son mari, avaient choisi pour leur troisième garçon.

— Je n'en attendais pas moins, d'ailleurs, reprit Lindsay, poursuivant à l'attention d'Alexa : Ryder et moi nous sommes mariés à Hillcrest, et Rory avait réalisé un travail formidable pour la réception.

— C'était si romantique, acquiesça Rory, mais je n'ai aucun mérite. C'est Ryder et toi qui avez rendu ce jour unique. N'importe qui pouvait voir que vous êtes complètement fou l'un de l'autre.

Le joli visage de Lindsay s'illumina d'un sourire quasi mystérieux. Celui d'une femme amoureuse. Quelques mois auparavant, Alexa n'aurait sans doute pas reconnu ce sourire pour ce qu'il était. À présent, si. Elle voyait cette expression sur son propre visage à chaque fois qu'elle regardait dans le miroir. Mais, contrairement à Lindsay, elle y lisait aussi le doute. Elle aimait Chance, et, si elle ne pouvait nier qu'il tenait à elle, l'affection n'était pas de l'amour.

Repoussant cette pensée perturbante loin de son esprit, Alexa désigna l'amas de chaises.

— Vous semblez attendre une foule de gens. Vous avez invité la moitié de la ville ?

— C'est le problème quand on vit à Clearville. Tout le monde se connaît, expliqua Rory d'un air faussement navré. Lorsqu'on organise une fête de ce genre, c'est compliqué de trier les invités.

— Alors on finit par inviter tout le monde, conclut Lindsay. On avait envisagé de faire ça chez mes beaux-parents. Ils ont un grand jardin parfait pour les sauteries, mais ensuite on s'est inquiétées de la météo, et on a préféré jouer la sécurité et se réunir à Hillcrest. D'ailleurs, Alexa, dans pas longtemps, c'est une fête pour ton bébé qu'on tiendra ici.

— Oui, hum, bafouilla Alexa, déconcertée par ce postulat qu'elle serait toujours à Clearville au début du printemps.

Mais, à mesure qu'arrivaient les autres invitées, elle réalisa avec surprise combien de ces femmes elle avait déjà rencontrées, et qu'elle commençait à les considérer comme des amies. Outre Rory, Lindsay et Sophia, Debbie Pirelli, la belle-sœur de Sophia et propriétaire du Sugar & Spice, assistait à la fête. Alexa était retournée déjeuner à maintes reprises au petit café, et connaissait désormais bien Debbie, une femme douce, mais dotée d'un humour aiguisé qui la faisait mourir de rire.

Ces femmes avaient accueilli Alexa dans leur cercle d'amies, la faisant se sentir à l'aise d'une façon qu'elle n'avait jamais connue à Los Angeles, bien qu'elle fût née et ait été élevée là-bas. L'idée de Chance qu'elle reste à Clearville s'avérait-elle si absurde, en fin de compte ?

Si seulement il n'avait pas laissé entendre qu'elle *seule* y vivrait. Mais ne lui avait-il pas déjà dit que l'endroit où il vivait n'avait aucune importance ? Après tout, Chance n'était pas en quête d'un chez-soi. Où qu'il s'installe, ce ne serait guère qu'un lieu de halte, une brève escale entre deux avions.

Et, même si elle appréciait la manière dont tout le monde l'avait accueillie, elle ne pouvait s'empêcher de penser qu'il la voulait entourée de gens qui seraient *là*, afin de se sentir moins coupable d'être loin. Or, elle ne voulait pas rajouter à sa culpabilité, mais non plus être une responsabilité dont il se débarrassait auprès d'autres personnes ou parents.

Elle avait connu ça durant toute son enfance...

Sa déception quand elle avait rejeté sa proposition ne lui avait pas échappé, mais ce n'était pas Clearville qui n'avait pas assez à offrir. C'était Chance.

— Comment avez-vous réussi à faire venir Nina sans trahir la surprise ?

— C'était l'idée de Rory, répondit Lindsay. Elle a demandé à Nina de passer lui donner des idées d'arrangements floraux et de décoration de l'hôtel pour Noël.

— Je suis plus perfide que j'en ai l'air, ironisa Rory.

— Sûrement, pour me manipuler et me convaincre de venir aussi.

Les trois femmes firent volte-face au son de la voix grave derrière elles. Le cœur d'Alexa tressaillit à la vue de Chance, et, elle l'aurait juré, le bébé aussi, dans son ventre. Elle ne savait pas si c'était possible, mais son corps - ou le bébé - semblait *reconnaître* cet homme.

Il était vêtu d'un jean noir et d'un polo à manches longues assorti, mais, s'il pensait que la couleur sobre l'aiderait à se déplacer discrètement au milieu des invitées, c'était raté. Le coton moulait ses larges épaules, et le jean usé épousait de façon indécente ses cuisses musclées et ses fesses fermes. Il paraissait si viril dans le décor purement féminin de la fête prénatale que le contraste faisait tourner la tête d'Alexa.

— Ha ! s'exclama Rory. Le seul mâle dans une assemblée de femmes ? La plupart des mecs se considéreraient comme chanceux.

Chance croisa le regard d'Alexa avec un clin d'œil.

— Tu ne peux pas savoir à quel point je me sens *chanceux*, répliqua-t-il, avant de s'éloigner pour régler son appareil.

Peu après, Alexa sourit à l'arrivée d'un autre visage familier.

— Summer ! J'ai failli ne pas te reconnaître sans les bottes de cow-boy et le Wrangler.

La ravissante blonde pinça entre deux doigts de chaque main l'ourlet de la robe à motifs géométriques qu'elle portait.

— Une fête prénatale n'est peut-être pas un défilé haute couture, mais je fais ce que je peux.

— Theresa vient aussi ?

— Non, hélas. Elle a un rhume et ne veut pas risquer de contaminer Nina ou n'importe qui d'autre.

— Oh ! quel dommage.

— Mon frère prend bien soin d'elle. Il lui dit « à tes souhaits » dès qu'elle éternue.

Summer rajusta la bandoulière en nylon sur son épaule, et Alexa réalisa qu'il ne s'agissait pas de son sac mais d'une sacoche photo.

— Tu as apporté ton appareil.

— Ah oui. Je l'emporte partout. Je me sens nue sans.

Sauf quand il travaillait pour Hillcrest, Alexa n'avait jamais vu Chance avec son appareil. Est-ce qu'il essayait encore de séparer vie professionnelle et vie privée ? Sa carrière et les moments passés avec elle ? Ou bien craignait-il qu'elle ne lui demande un jour de choisir entre les deux ? Un goût de bile monta dans sa gorge tandis qu'elle observait à l'autre bout de la salle une femme s'esclaffer en l'écoutant.

Qu'avait dit Theresa, déjà ?

« Jarrett m'aimait suffisamment pour me laisser partir. »

Alexa ignorait si elle possédait ce type de force, mais elle devait trouver le moyen d'aimer Chance McClaren, le reporter-photographe, autant qu'elle aimait Chance McClaren, l'homme.

Une idée de la manière de procéder lui vint à l'esprit, et elle noua son bras à celui de Summer.

— Eh bien, je suis ravie que tu sois venue. Car il y a quelqu'un que tu meurs d'envie de rencontrer.

— On dirait que tu vas survivre.

Chance sourit à la pique chuchotée d'Alexa, à peine audible dans le brouhaha de bavardages et de rires qui emplissait le salon.

— Pas sûr. Faut que je parle de prime de risque à Rory.

Il avait entendu plus d'histoires de grossesses pénibles, d'accouchements difficiles et d'allaitement fastidieux qu'il n'en voulait apprendre. Et pourtant, comme le lui rappelait le petit ventre maintenant incontestable d'Alexa, il le fallait bien. Et, en tant qu'unique homme dans l'assemblée, il avait aussi constitué une cible facile.

— Oui, je vois une blessure de guerre. Juste là...

Elle leva une serviette en papier bleu pâle et essuya sur sa joue une trace de rouge à lèvres orange vif.

— Ça, c'est la grand-tante de Nina, qui est beaucoup plus rapide qu'il n'y paraît. Et puis, murmura-t-il à son oreille, si on n'était pas coincés dans cette pièce pleine de bonnes femmes, je serais en train de t'embrasser.

— Tu dragues une femme enceinte à une fête prénatale ? Bravo !

— *Ma* femme enceinte.

Elle rosit de plaisir en entendant ce possessif, et Chance mit un terme à la plaisanterie en lui prenant les mains.

— Merci, Alexa, d'avoir suggéré que Summer prenne le relais comme photographe de Hillcrest. Elle m'a montré le travail qu'elle a fait pour le site web du ranch de son frère. Elle a beau manquer d'expérience professionnelle, elle possède un réel talent.

Tout en regardant Summer saluer presque chaque invitée comme une amie perdue de vue depuis longtemps, il ajouta avec un petit rire :

— Bon sang, elle sera probablement meilleure que moi.

— Ce n'est pas vrai. Tes photos sont impressionnantes. N'importe quel couple aurait de la chance que tu fasses l'album de son mariage.

— Peut-être, mais...

Il s'interrompit, conscient qu'il avait déjà dit ce qui lui brûlait les lèvres. Alexa suivit manifestement le cours de ses pensées, qui les ramenait devant le cottage, ce jour-là :

— Mais ce n'est pas ton travail.

— Alexa...

Il fouilla son expression, essayant de déterminer s'il ne voyait que ce qu'il souhaitait voir. Alexa s'était-elle, d'une manière ou d'une autre, réconciliée avec sa carrière ? Pouvait-elle l'accepter pour l'homme qu'il était, et comprendre l'ambition, la passion, qui le motivaient ?

Il n'eut pas le loisir de poser la question : l'invitée d'honneur appela l'attention de tous.

— Je ne sais comment vous remercier, dit Nina, les yeux emplis de larmes tandis qu'elle parcourait ses amies, sa famille du regard. C'était une surprise si fabuleuse, et...

— Nina ? intervint Lindsay, soudain inquiète car sa belle-sœur s'interrompait avec un petit cri. Nina, ça va ?

Celle-ci se plia en deux, une main sous le ventre.

— Oh. Oh, mon Dieu. Je crois... je crois que j'accouche.

— Bon, le papa, vous êtes prêt ?

Ah, merci, Seigneur ! Chance balaya la salle d'attente des yeux, cherchant un homme susceptible d'être le mari de Nina. Il ne comprenait toujours pas comment il avait fini à la maternité avec une femme qu'il connaissait à peine, mais, dès l'annonce stupéfiante de Nina en plein milieu de la fête, il avait agi par instinct.

Dans le monde de Chance, accouchement signifiait salle d'accouchement à l'hôpital, et il avait fait tout ce qu'il pouvait pour y amener Nina aussi vite que possible. Il avait ignoré la suggestion de cette dernière que Lindsay la ramène chez elle d'abord pour prendre la petite valise préparée pour le jour J. Il avait rejeté la suggestion de Lindsay qu'ils tentent de joindre

Bryce afin qu'il passe prendre Nina à l'hôtel. Il était passé outre la suggestion de Rory d'appeler les urgences et d'attendre une ambulance.

Son plan était clair : accouchement égale hôpital. Ne passez pas par la case départ. Ne touchez pas 200 dollars.

Lindsay et la jeune sœur de Nina les avaient accompagnés, Jessie assise à l'arrière de la voiture avec Nina, Lindsay à la place du mort. Au début, il était content d'avoir les deux autres femmes pour calmer Nina... Jusqu'à ce que Lindsay ne cesse de lui demander de ralentir et de ne pas conduire comme un fou alors qu'il ne roulait qu'à quatre-vingt à l'heure, et que Nina et Jessie se chamaillent pour savoir si un mail de remerciement pour les cadeaux au bébé était approprié ou beaucoup trop impersonnel.

Il fit les cinquante-cinq minutes de trajet vers Redfield les mains agrippées au volant, combattant l'envie furieuse de rappeler aux trois femmes qu'un bébé était en route, bon sang !

Ensuite, Nina avait voulu entrer à l'hôpital en marchant alors qu'elle avait clairement besoin d'un fauteuil roulant pour y accéder plus rapidement. Quand elle s'était arrêtée pour faire le petit chien pendant une contraction, Chance avait mis un terme à son dandinement au ralenti et l'avait soulevée dans ses bras.

Il voulait se décharger de cette responsabilité dès que les portes coulissantes s'ouvriraient, mais, même après avoir répété avec insistance à l'infirmière des admissions qu'une femme était en train d'accoucher, il avait entendu l'infirmière lui affirmer pour la énième fois que la patiente devait remplir un dossier épais comme le bras.

Chance avait séjourné dans suffisamment d'hôpitaux au fil des ans pour savoir qu'ils n'avaient rien à voir avec ceux mis en scène pour la télévision, mais il aurait donné n'importe quoi pour qu'une blouse blanche allonge Nina sur un brancard à roulettes et défile dans un couloir en hurlant à pleins poumons :« Code bleu ! Vite ! »

Mais le seul médecin en vue était celui qui le regardait en cet instant même...

Et zut.

Chance baissa les yeux vers Nina, mais elle luttait contre une nouvelle contraction et lui écrasait la main comme un étau. Et s'il se réjouissait qu'elle prenne enfin l'affaire au sérieux, il avait besoin qu'elle lui envoie une bouée de sauvetage, là.

— Non ! Je ne suis pas le papa. Pas le sien, du moins. Je veux dire pas le papa de son bébé.

Lindsay avait tenté de joindre Bryce, mais le mari de Nina, au courant de la fête surprise, avait emmené leurs deux garçons en virée père-fils afin de libérer leur maman pour l'après-midi. Le regard paniqué de Chance traversa la salle d'attente où Lindsay faisait les cent pas. À en juger par le téléphone toujours plaqué contre son oreille, elle n'avait pas encore réussi à contacter le mari de Nina.

— Aucune importance. On a l'habitude que toutes sortes d'amis ou de parents jouent les coachs de naissance.

Coach de naissance ? Sans la poigne d'enfer de Nina sur sa main, Chance serait déjà loin. Il aurait déguerpi de la salle d'attente, renversant dans sa hâte l'homme aux yeux un peu fous qui passait les portes automatiques. Mais quel genre d'homme serait-il s'il laissait une femme enceinte démunie ?

— Nina, ma chérie !

Le grand brun qui s'était rué dans la salle d'attente tomba à genoux devant la chaise de Nina.

— Hé, mon cœur. Ça va ?

Ouvrant les yeux, Nina sourit à son mari comme s'il avait été à ses côtés depuis le début.

— Oh ! Bryce ! Lindsay m'a organisé une fête prénatale du tonnerre. Tu devrais voir tous ces cadeaux adorables...

Un froncement de sourcils inquiet lui plissa le front.

— Lindsay, qu'est-ce que tu as fait des cadeaux ?

— Ils sont toujours à l'hôtel, mon chou.

Sa mission accomplie, Lindsay avait remis son téléphone au fond de son sac.

— Ma foi, on ne peut pas les laisser là-bas. Bryce, tu devrais aller...

— Non ! crièrent Chance et Bryce à l'unisson.

Dégageant avec délicatesse sa main de celle de Nina, Chance transféra le broiement de sa poigne à son mari.

— Je vais retourner à l'hôtel et m'assurer qu'on prenne soin des cadeaux. Vous, restez ici et... concentrez-vous sur la venue de ce bébé.

Captant l'attention de Lindsay, il demanda :

— Toi, ça va aller ?

— Oh oui. La moitié de la famille est en route. Tout ira bien. Merci, Chance. À mon avis, tout ceci dépasse largement le rôle d'un photographe de fête prénatale.

— Rory me doit vraiment une prime de risque, maintenant.

La jolie blonde éclata de rire et lui tapota l'épaule.

— Tu devrais la remercier.

— La remercier ?

Il espérait qu'il n'allait pas étrangler sa sœur quand il la reverrait.

Inclinant la tête vers Nina et Bryce blottis l'un contre l'autre dans leur propre univers, elle dit :

— Tu peux le considérer comme un entraînement. Pour le jour où *tu* seras le papa du bébé.

Après la fin trépidante de la fête prénatale, Alexa resta pour aider Rory à stocker tous les cadeaux dans une petite pièce et ranger le salon en vue du prochain événement.

— Tu sais vraiment comment organiser une fête fabuleuse, dit-elle à Rory tandis qu'elles s'écroulaient dans des fauteuils pour terminer les restes du gâteau.

— À Hillcrest, notre but est de faire plaisir.

Lindsay avait appelé plus tôt, les rassurant sur le fait que Chance avait déposé Nina à l'hôpital et que Bryce était arrivé peu après. Il faudrait encore un moment avant que le bébé ne vienne au monde, mais les médecins étaient confiants.

— Note à moi-même, répliqua Alexa en piochant dans le fraisier crémeux, faire la fête prénatale bien avant la date d'accouchement prévue.

— Hum. Bonne idée. Il y a une chance qu'il y ait une fête prénuptiale avant la prénatale ?

S'étouffant presque avec sa bouchée de gâteau, Alexa saisit

son verre de punch sans alcool. Afin de gagner du temps, elle but une gorgée.

— Chance t'a dit qu'il m'avait demandée en mariage ?

Rory acquiesça.

— Et que tu avais refusé.

— Je sais qu'il veut être un bon père pour notre bébé, mais on n'est pas obligés de se marier pour ça.

— Et si, ce qu'il veut vraiment, c'est être un bon mari ? Tu t'es déjà posé la question ? enchaîna Rory, pressant gentiment sa main. Or, pour ça, il doit se marier.

Alexa but une nouvelle gorgée, mais tout le punch du monde, aussi sucré soit-il, ne pouvait adoucir la brusque douleur sourde dans sa gorge. Elle savait que Chance tenait à elle, mais pouvait-elle croire qu'il l'aimait ? Qu'il l'aimait assez pour vouloir l'épouser même si elle ne portait pas leur enfant ?

Qu'est-ce qu'il avait dit sur ses raisons de ne pas souhaiter exposer son travail dans la galerie de Roslynn Saint-Clare, sur le fait de ne pas croire que cette dernière s'intéressait à lui pour lui-même ?

« Je n'en serai jamais certain, si ? »

15

Une pluie lancinante tombait lorsque Chance et Alexa prirent la route pour partager en famille le repas de Thanksgiving chez Rory et Jamison. Le couple louait une maison en dehors de la ville en attendant la finalisation de celle qu'il faisait bâtir. Le chuintement régulier des essuie-glaces et le chauffage à fond sur ses pieds auraient dû donner à Alexa un sentiment de satisfaction bienheureuse.

Le bébé s'agitait doucement dans son ventre, et Chance tendit la main pour le caresser par-dessus son pull en cachemire. Il semblait savoir systématiquement quand le bébé bougeait. Observateur entraîné, Chance gagnait sa vie en étudiant les gens. Mais c'était plus que ça, comme si leur lien mutuel avec le bébé était si fort qu'il *savait*.

Malgré cette connexion, Alexa ne pouvait refouler l'impression qu'il s'éloignait d'elle. Il gardait un silence troublant depuis la fête prénatale, quelques jours plus tôt. Lindsay avait prévenu tout le monde que la mère et l'enfant se portaient comme des charmes. Elle avait dit à Alexa que Chance avait été d'une solidité à toute épreuve durant le trajet vers l'hôpital, puis auprès de Nina jusqu'à l'arrivée de Bryce.

Mais, depuis, il avait à peine ouvert la bouche.

Rory les accueillit chaleureusement, s'extasia sur le bouquet aux couleurs automnales – roses pêche, œillets bordeaux et marguerites caramel – que lui tendit Chance, avant de leur indiquer où accrocher leur manteau trempé. La maison était douillette et réconfortante, et des odeurs de dinde rôtie, d'un mélange de sauge, de cannelle et de clous de girofle, embaumaient l'air.

Chance présenta Alexa à Hanna, l'adorable fille du fiancé de Rory, aux parents d'Evie et à l'homonyme de cette dernière, Evelyn.

— Elle vient de terminer un long traitement de chimiothérapie, lui dit Chance à voix basse pour expliquer le foulard qui enveloppait la tête de la femme la plus âgée. Ses résultats sont bons, elle est en rémission de son cancer.

— Une heureuse nouvelle, murmura Alexa en retour.

— Ah, voilà l'homme du jour, s'exclama Jamison en entrant dans la pièce, une bière levée pour porter un toast. Tout le monde parle de la fête prénatale et de ta course folle à l'hôpital.

Tout en acceptant la bière, Chance secoua la tête.

— Je n'ai pas fait grand-chose, croyez-moi, et Dieu merci.

Entourant des deux bras la taille de son fiancé, Rory sourit.

— Eh bien, Nina et Bryce ne partagent pas ton opinion, manifestement. Sinon, pourquoi auraient-ils appelé leur bébé Wyatt Chance Kincaid ?

— Ils lui ont donné ton prénom ? s'exclama Alexa, surprise. Pourquoi ne me l'as-tu pas dit ?

Il haussa les épaules, les yeux fixés sur sa bière.

— Bah, il n'y a pas de quoi en faire un plat. J'ai juste...

Été là.

Sa voix mourut, les deux mots non dits dressés entre eux deux.

Il réussit à tenir tout le long du dîner. Assis au milieu de sa famille, il écouta son père rendre grâce. Il aida au service, distribuant plats et compliments tandis que tous se régalaient de la traditionnelle fête de Thanksgiving.

Mais, pendant que Rory et Jamison ôtaient les assiettes pour le dessert, il s'échappa. Comment formuler cela autrement ? Sortant sur la véranda, Chance inspira une longue goulée d'air saturé d'humidité.

L'homme du jour.

Chance savait que Jamison avait utilisé cette expression sous forme d'éloge ironique, n'empêche qu'il avait tapé dans le mille. Un jour, c'était dans ses cordes. S'engager pour une vie entière ? Un engagement semblable à celui de Jamison envers Rory et sa fille, troquant un travail lucratif d'avocat d'affaires pour une vie dans la petite ville de Clearville ?

Chance ignorait s'il était capable d'en faire autant.

Il déglutit péniblement. Comment Alexa avait-elle décrit ses parents ?

« Ils étaient pareils à Noël, la Saint-Sylvestre ou le 4-Juillet »...

Il avait été là pour Thanksgiving. S'il prenait la mission que lui offrait son rédacteur en chef, il serait chanceux s'il revenait auprès d'Alexa à Noël.

La porte-moustiquaire grinça dans son dos, et son père apparut. Matthew marqua une pause, et cette fugace seconde d'hésitation – une hésitation causée par trop de départs successifs de Chance – fit l'effet d'une claque.

L'image d'Alexa en train de confectionner des pancakes surgit dans son esprit. Elle était si disposée à essayer, coûte que coûte, de ne pas suivre les traces de ses parents égoïstes, autocentrés. Chance voulait être un bon père. Peut-être que, la première étape, c'était d'essayer d'être un bon fils.

— Salut, papa. Tu viens ?

Acceptant la proposition, Matthew le rejoignit. Durant un moment, les deux hommes restèrent côte à côte en silence, un silence que seule brisait la pluie qui gouttait de l'avant-toit.

— Tu ferais bien de rentrer à l'intérieur avant que tout le monde se batte pour la dernière part de gâteau, finit par dire Matthew.

— J'irai dans une minute. Et toi ? Tu adores les desserts.

Son père lâcha une sorte de ricanement.

— Et ta mère le sait. Elle m'a coupé une tranche si fine qu'on pourrait voir au travers. J'avais juste besoin de me retrouver un petit moment seul, ajouta-t-il en soupirant.

Ils avaient toujours eu ça en commun, réalisa Chance. Ce besoin d'espace. Combien de fois, enfant, était-il tombé sur son père assis, isolé, sur la terrasse derrière leur maison ? Matthew avait trouvé l'espace nécessaire pour respirer dans son propre jardin. Chance était allé le chercher beaucoup plus loin.

— Tu marches mieux que la dernière fois qu'on est venus, fit remarquer son père.

— Oui.

— Ce qui veut dire, j'imagine, que tu partiras bientôt pour une nouvelle mission.

Chance s'apprêta à acquiescer, mais à la place il se surprit à répliquer :

— Je voudrais expliquer pourquoi j'ai été aussi... distant ces derniers mois.

Puis il répéta la conversation qu'il avait surprise à l'hôpital, quand tous le pensaient endormi.

— Chance. Ces propos..., commença son père, mal à l'aise. Ce n'est pas ce que tu as cru entendre.

— J'étais peut-être assommé par les calmants, mais je sais ce que j'ai entendu, papa. Cependant, je voudrais aussi que tu saches que... je comprends un peu mieux, maintenant. Quand je pense à ce qui pourrait arriver à Alexa ou au bébé, je saisis ce que vous vouliez dire en me préférant en sécurité.

— Ta mère et moi n'étions pas uniquement préoccupés par ta sécurité, Chance. Mais aussi, et surtout, par ton bonheur.

— Vous pensiez que je n'étais pas heureux ? Papa, j'ai la carrière dont j'ai toujours rêvé, un travail que j'aime...

— Ah oui ? Vraiment ? rétorqua son père. Tu l'aimes toujours autant ? Parce que, depuis quelques années, ta mère et moi avons commencé à nous poser la question. Non que ton travail en ait pâti. Tes photos et les articles que tu as écrits sont plus inspirés et passionnés que jamais, mais on a le sentiment que les exigences du métier, ces déplacements permanents, finissent par peser lourd.

Chance aurait aimé argumenter juste – il le craignait – pour le principe. Ne s'était-il pas mis à s'interroger sur son investissement depuis sa rencontre avec Alexa ? Ses parents avaient-ils deviné qu'il craquait déjà bien avant l'accident ? Combien de fois avait-il dépassé, surmonté un authentique épuisement, se réveillant sans savoir réellement dans quel pays il se trouvait, ou quelle ville, se forçant à mettre un pied devant l'autre pour continuer ?

Agrippant à deux mains la rambarde de la véranda, il observa le jardin détrempé, la pluie fine et incessante.

— Je ne peux pas retourner à Medford, papa. Je sais à quel point tu aimes le studio, mais...

Matthew l'interrompit avec un rire amer.

— Laisse tomber, fiston. Il y a longtemps que j'ai abandonné ce rêve.

— Donc tu n'espères plus que je prenne le relais ?

— C'était mon souhait quand tu as commencé à t'intéresser à la photo ? Oui, sans aucun doute. Et je sais que j'ai commis l'erreur de t'y pousser si fort que j'ai fini par t'inciter à partir. Tu as fui pour prouver que tu pouvais réussir en tant que photographe, et tu l'as fait. On voudrait juste que tu lèves le pied le temps de te demander si la vie que tu mènes est toujours celle que tu désires. Ou si tu n'en attends pas autre chose, éventuellement.

Un sourire rare adoucit les traits de son père, et Chance suivit son regard, lequel se posa sur un minuscule tricycle rouge rangé à l'angle de la véranda.

— Ta vie a changé, mon garçon. Tu as encore... tant de choses formidables à vivre.

Chance se renfrogna.

— À croire que je ne voulais pas vivre, avant. Comme si, d'après toi, j'avais une sorte de pulsion de mort.

— Bien sûr que non. Mais tu étais si casse-cou. Tu prenais des risques que d'autres journalistes refusaient parce que tu ne te préoccupais que de toi. Attention, ajouta Matthew, levant une main apaisante. Je ne dis pas que tu ne te souciais pas de nous, mais une femme et un enfant, c'est différent. Alexa et le bébé ont besoin de toi.

Le poids sur la poitrine de Chance l'écrasa davantage.

— Je ne sais pas si je peux tout simplement tourner le dos à tout ça. Cette vie, être reporter-photographe, c'est le seul métier que je connaisse, le seul dont j'ai toujours eu envie.

— Regarde ça, dit son père avec un nouveau rire bref.

De sa poche arrière, il tira une feuille de papier, qu'il déplia, révélant le dessin au crayon de couleur d'un sapin de Noël légèrement bancal, vaguement bleu turquoise.

— Dès que la petite Hannah nous a vus ce matin, ta mère et moi, elle nous a donné ça. C'est sa liste de Noël, que Rory l'a très probablement aidée à établir, puisqu'elle est trop jeune pour savoir écrire. Mais elle est assez grande pour faire comprendre à ses futurs grands-parents qu'elle voudrait une poupée, une palette de peinture et un jeu vidéo dont je n'ai jamais entendu parler.

— Formidable, papa, mais je ne vois pas le rapport.

Son père rempocha la liste avant de répliquer :

— Tu te souviens de ce que tu as demandé à cinq ans ?

— Non, papa, évidemment.

En outre, c'était sa mère qui était sentimentale, conservant des vestiges d'un passé qu'il avait depuis longtemps oublié, pas son père…

— À cinq ans, tu voulais un de ces trucs, une épée phosphorescente, comment ça s'appelait, déjà ?

— Un sabre laser. Je voulais un sabre laser.

— Voilà. Et à sept ans tu voulais un gant et une batte de base-ball.

Chance rit à son tour, pris malgré lui dans ses souvenirs.

— On était allés à quelques matchs ensemble, et je croyais que je serais la prochaine star du base-ball, Ken Griffey Jr.

— Donc tu n'as pas toujours voulu être reporter-photographe.

— Peut-être, papa, mais je n'allais pas non plus être un Jedi…

— Là n'est pas la question, fils, répliqua Matthew en lui tapant sur l'épaule. Ce que j'essaye de te dire, c'est que les rêves changent au fil des ans. Quand tu étais adolescent, tu savais que tu voulais être photographe. Tu as suivi ce rêve, tu as travaillé dur pour ça, et tu as réussi. Mais c'était autrefois. Aujourd'hui, c'est le présent. Et tourner le dos à tout ça – si tel est ton choix – ce ne sera pas démissionner. Tu n'es pas en train d'abandonner tes rêves, Chance. Tu… rêves juste plus grand.

La chambre était encore plongée dans l'obscurité lorsque Alexa se réveilla, mais elle sut avant même de tendre la main en travers du matelas ce qui l'avait dérangée. Chance n'était plus allongé à son côté. Elle se glissa hors du lit, longea le petit couloir. Sans doute émit-elle un léger son en le voyant debout dans le salon. Chance fit vote-face – un sac en toile kaki douloureusement familier à la main.

— Tu pars ?

— Mon rédacteur en chef a téléphoné…

Il lâcha un juron en même temps que le sac et traversa la pièce pour la saisir par les épaules.

— Tu es blanche comme un linge.

— Non, ça va. C'est juste que…

Sa voix mourut. Chance la guida vers le sofa. S'écroulant parmi les coussins, elle ferma les yeux. Une image gravée derrière les paupières – Chance tenant ce même sac dans leur chambre d'hôtel à Santa Barbara, avant de lui dire qu'il s'en allait.

Il s'agenouilla devant elle, recouvrit ses poings fermés de ses mains.

— Je dois le faire, Lexi. Tu savais que je prendrais une nouvelle mission, un jour ou l'autre.

Oui, elle le savait. Mais le voir avec ce sac… C'était son dernier souvenir de lui, celui qu'elle avait emporté durant toutes ces semaines avant de lire les communiqués de presse disant qu'il avait été tué. Elle déglutit avec peine, forçant la détresse qui obstruait sa gorge à se fondre en un nœud de souffrance au creux de son ventre.

— Je pensais qu'on en discuterait au moins d'abord ! De la nature de cette mission, combien de temps tu serais parti, où tu irais…

À quel point cela serait dangereux…

— Je te jure, Alexa, je ne partirai pas longtemps, et quand je reviendrai je te…

— Téléphonerai ? compléta-t-elle.

Après tout, ils avaient déjà joué cette scène. Elle savait comment elle se terminait : Chance ramasserait ses affaires et la quitterait – la laissant meurtrie, furieuse et déterminée à cadenasser son cœur.

Elle ne comprenait même pas pourquoi elle avait cru que cette fois serait différente, mais le mélange identique d'émotions toxiques se rassemblait déjà dans sa poitrine. Est-ce qu'il en serait toujours ainsi ? Chance lui en voulant de lui demander de rester, elle en voulant à Chance de lui annoncer qu'il devait partir ?

— Est-ce que tu comptais seulement me prévenir, ou tu prévoyais de filer en douce et d'éviter des adieux délicats ?

— C'est injuste, Alexa.

— Injuste ?

Elle se redressa, désigna le sac en toile.

— Tu veux qu'on parle de ce qui est injuste ou pas ? Ton rédacteur en chef vient de t'appeler, mais dis-moi, Chance, depuis combien de temps ce sac est-il prêt ? Des jours ? Des semaines ?

La mâchoire de Chance se serra, révélant la réponse qu'il refusait de donner, et le nœud en elle tripla de volume.

La voix gonflée de larmes retenues, elle murmura :

— Je peux vivre avec ton absence, Chance, mais ce que je ne supporte pas, c'est que tu aies un pied dehors même quand tu es présent.

Il tressaillit, comme si elle l'avait giflé.

— C'est inj... Tu veux savoir pourquoi ce sac était prêt, pourquoi je n'ai pas pris le temps de te parler de la mission avant de l'accepter ? Parce que je savais que si je freinais même juste une seconde, si je ne partais pas sur-le-champ, je ne le ferais jamais !

Il baissa la tête, et avoua d'une voix à peine audible :

— J'ai peur, Alexa.

Le cœur de celle-ci se serra.

— Évidemment, que tu as peur, Chance ! Qui n'aurait pas peur après ce qui est arrivé la dernière fois ?

— Je n'ai pas peur pour moi, objecta-t-il avec véhémence. Mais s'il t'arrive quoi que ce soit pendant mon absence ? S'il arrive quoi que ce soit au bébé ?

Alors il releva les yeux, et Alexa oublia de respirer. Oublia... tout, l'espace d'un instant, envoûtée par la vulnérabilité qu'elle y lut, et qu'elle n'aurait jamais cru voir. Enlaçant leurs doigts, il s'y agrippa, comme si jamais il n'allait pouvoir la lâcher.

Les ailes d'un infime espoir palpitèrent à l'intérieur de sa poitrine tandis qu'elle murmurait :

— Oh ! Chance... Je ne peux pas te promettre qu'il ne m'arrivera rien.

Ses yeux s'emplissant de larmes, elle rit devant ce subit renversement des rôles. N'était-ce pas elle qui était supposée craindre de le perdre ? N'était-ce pas lui qui était supposé la rassurer ?

Et pourtant n'était-ce pas cela qu'aimer quelqu'un pouvait

faire ? Vous rendre vulnérable et cependant invincible ? Faible et cependant fort. Euphorique et terrifié, le tout à la fois.

— Mais tu m'as montré que certains risques valaient la peine d'être pris, et que certaines des meilleures choses dans la vie n'étaient pas prévues. Comme te rencontrer, comme ce bébé... comme tomber amoureuse.

La gorge de Chance remua alors qu'il déglutissait, il ouvrit la bouche, mais les mots ne vinrent pas. La déception lui poignarda le cœur, mais Alexa refusa de la laisser s'installer. Peut-être qu'admettre ses sentiments rendrait Chance trop vulnérable. Peut-être était-ce à son tour d'être forte. Assez forte pour le laisser partir et assez forte pour croire qu'il reviendrait.

Il recula quand elle se mit debout.

— Alexa...

Elle prit son visage entre ses mains.

— C'est bon. Attends-moi une minute.

Il ne lui en fallut pas plus pour trouver ce qu'elle cherchait dans la minuscule chambre. Chance n'avait pas bougé, et elle n'était pas sûre de l'avoir jamais vu aussi immobile. Comme s'il se tenait au bord d'un précipice qui s'éboulait.

Si différent de l'homme qu'elle avait rencontré à Santa Barbara, celui qui savait exactement où il allait, d'un pas si confiant – même quand il l'avait quittée.

Voilà l'homme qu'elle avait besoin qu'il soit. L'homme capable de se couper de toute émotion dans le but opiniâtre de réussir sa photo. L'homme capable de garder la tête froide, qui survivrait et reviendrait vers elle.

— Tiens.

Elle posa la barrette papillon au creux de sa main.

— C'est ton porte-bonheur, tu te souviens ? Je veux que tu l'emportes avec toi, et ensuite je veux... je veux que tu me le rapportes.

16

— Bon, Alexa, où est ton fameux jeune homme ?

Assise dans la salle à manger de Hillcrest, Virginia Mayhew transperçait Alexa de son regard bleu azur.

Rivant le sien sur le saumon grillé qu'elle n'avait aucune envie de manger, Alexa répondit :

— Il a dû partir en déplacement professionnel. Je suis désolée, grand-mère. Je sais que tu détestes voyager.

— Ma foi, heureusement que les avions privés existent. Si j'avais dû prendre un vol commercial, j'aurais été tentée de le pourchasser et lui dire mes quatre vérités.

Alexa eut un petit sourire en imaginant sa grand-mère passant un savon à Chance au milieu d'un nulle part quelconque sur la carte du monde.

En voyant la famille McClaren rassemblée pour Thanksgiving, elle avait su qu'elle devait à tout prix appeler sa grand-mère pour lui parler du bébé. Ce n'était pas juste son enfant ; c'était aussi l'arrière-petit-enfant de Virginia.

Alexa avait craint la réaction de l'austère grande dame. Mais Virginia l'avait étonnée. Après un silence stupéfait, elle l'avait félicitée avec sincérité. Puis l'avait prise complètement de court en offrant de venir à Clearville et de rencontrer Chance.

Une surprise qu'elle avait voulu faire à ce dernier, et ensuite complètement oubliée quand il lui avait annoncé son départ. Mais il reviendrait. Il ferait connaissance avec sa grand-mère une autre fois. Alexa s'accrochait à cette conviction de tout son cœur.

— Je suis tellement désolée que tu aies fait tout ce voyage jusqu'ici pour rien...

— J'ai fait tout ce voyage jusqu'ici pour *toi*, Alexa. Certes, je voulais rencontrer le père de ton enfant, mais je suis venue te voir. Tu m'as manqué.

— Je ne crois pas que tu m'aies jamais dit ça avant.

— Tu n'es jamais partie avant, rétorqua Virginia, une pointe de reproche dans la voix. Mais c'est ma faute.

— Je ne comprends pas.

— Tu es une adulte, Alexa. Tu aurais dû te marier et fonder ta propre famille il y a des années. Au lieu de quoi tu as passé les deux dernières décennies à vivre non seulement avec une vieille femme, mais *comme* une vieille femme.

— Ce n'est pas... tout à fait vrai, protesta Alexa.

Pour preuve, son week-end avec Chance – et ce qui s'en était ensuivi.

— Tu es amoureuse de lui, n'est-ce pas ?

— Oui, je l'aime, mais...

— Tu as peur.

— Je... Oui, comment le sais-tu ?

Virginia soupira.

— Parce que j'ai passé la majeure partie de ma vie à éprouver la même chose. Et, hélas, c'est ce que je t'ai enseigné. Toujours avoir peur de faire confiance. Toujours avoir peur d'aimer. Je te demande pardon pour ça, Alexa.

— Grand-mère, non ! Tu m'as tellement appris ! Sur le plan professionnel, la fondation.

— Sur le plan professionnel, oui. Mais sur la vie ? Sur l'amour ? Je crains d'avoir lamentablement échoué.

Virginia fit signe à la serveuse d'emballer les plats pour lesquels aucune des deux n'avait eu grand appétit. Lorsque la jeune fille eut débarrassé la table et apporté de l'eau pour leur thé, la vieille dame reprit :

— Je sais que tu ne te rappelles pas ton grand-père. Il est mort quand tu n'étais encore qu'un bébé, mais il a été l'amour de ma vie. Et ton père était son portrait craché. À bien des égards, c'était à la fois heureux et malheureux.

— Quel dommage que je ne me souvienne pas de lui...

Alexa entoura des mains la tasse en porcelaine, fascinée de découvrir cette facette inconnue de sa grand-mère.

— Ils avaient tous deux une telle énergie. Ils illuminaient une pièce rien qu'en y mettant un pied. Jamais je ne me sentais aussi vivante que lorsque j'étais près de ton grand-père. Et quand il est mort – ton père et ta mère ont suivi à peine quelques années plus tard... D'une certaine manière, ils ont emporté cette lumière, toute cette vie avec eux.

Virginia s'empara d'un sachet de sucre et le versa dans son thé, avec des gestes à la fois brusques et efficaces. D'une voix cassante, d'un ton factuel, elle confessa :

— J'étais dévastée. Je ne savais pas comment continuer sans eux, et à ma grande honte, longtemps, je n'en avais même pas envie.

Enfant, Alexa n'avait pensé qu'à sa propre perte. Sa maman, son papa... disparus. Elle n'avait pas songé à la perte de Virginia. Il lui avait semblé, à l'époque, que sa grand-mère restait indifférente. À présent, en adulte, elle comprenait mieux qu'au contraire elle avait trop souffert.

— Je suis désolée, grand-mère.

— J'aurais voulu être assez forte pour te montrer comment tourner la page, aller de l'avant, mais j'étais engluée dans mon propre chagrin. J'espère qu'un jour tu pourras me le pardonner.

— Il n'y a rien à pardonner. Je les aimais aussi, mais mes parents étaient... imprévisibles, c'est le moins que l'on puisse dire. J'avais besoin de pouvoir compter sur quelqu'un. J'avais besoin de toi.

— J'espère que c'est vrai, Alexa. Mais il est temps pour toi de mener ta propre vie. Ne laisse pas ta peur de perdre l'amour t'empêcher de le vivre.

« Certains risques valent la peine d'être pris... comme tomber amoureuse. »

La voix d'Alexa résonnait dans les pensées de Chance tandis qu'il arpentait la salle d'embarquement de l'aéroport de San

Francisco. Plus forte que le bruit des passagers avec leurs valises à roulettes, plus forte que les conversations dans leur téléphone portable autour de lui, plus forte que le rugissement distant des moteurs d'avion.

Il avait fait le trajet depuis Clearville à une vitesse record, sans s'accorder le temps de réfléchir, pour découvrir en arrivant à l'enregistrement que le brouillard fréquent sur la ville avait retardé le décollage de son vol.

Le laissant dans l'obligation d'attendre... et de penser.

Elle l'aimait. Alexa l'avait pratiquement dit, et en retour il était parti. Avait quitté la femme qui portait son enfant. La femme qui l'aimait.

La femme qu'*il* aimait.

Il avait vécu toute sa vie sur le fil du rasoir. Grisé par l'aventure, l'excitation. Prêt à prendre les plus grands risques pour les plus grandes récompenses.

Seigneur, quel imposteur il était !

Chance s'assit, les coudes posés sur les genoux. Il était assez courageux pour risquer sa vie, mais pas pour assumer ces risques quand il s'agissait de son cœur. Quand il s'agissait de confier ses sentiments à Alexa, il avait été d'une lâcheté phénoménale.

Il consulta sa montre. Fronça les sourcils. Mais un coup d'œil à la pendule digitale de la salle confirma qu'il ne s'était écoulé que cinq minutes.

Son genou tressautait comme un marteau-piqueur, et Chance, à bout de nerfs, se releva. Fit les cent pas. Se rassit. Se releva encore. Marcha.

— Du calme, mon garçon, l'interpella un homme âgé, installé quelques sièges plus loin. Pas la peine de t'agiter comme ça. L'avion est le plus sûr moyen de voyager.

Il n'avait pas peur de l'avion. Il n'avait jamais eu peur en avion. Alors pourquoi était-il soudain si... terrifié ?

Les haut-parleurs crachotèrent, mais au lieu de la voix de l'hôtesse, ce fut celle de son père qui traversa son esprit. « On voudrait juste que tu lèves le pied le temps de te demander si la vie que tu mènes est toujours celle que tu désires. »

Lever le pied... Le marteau-piqueur dans sa jambe s'arrêta

peu à peu, pendant que Chance se demandait s'il y avait quelque chose qu'il voulait davantage que cette vie-là.

— Je ne veux pas partir.

Il se rendit compte qu'il avait parlé tout haut quand le vieil homme, le scrutant par-dessus ses lunettes de lecture, lança :

— Eh bien, en ce cas, peut-être qu'un aéroport n'est pas le meilleur endroit pour toi, fiston.

La vibration de son téléphone au fond de sa poche fit à nouveau bondir Chance. Le cœur battant à tout rompre, il lut un numéro inconnu sur l'écran.

— Monsieur McClaren, je m'appelle Roslynn Saint-Clare. Vous ne me connaissez pas, mais j'ai une galerie d'art à Beverly Hills, et j'ai vu une partie de votre travail lors du gala de charité de la fondation Mayhew, il y a quelques mois.

— Madame Saint-Clare, quelle surprise.

— Une bonne, j'espère, quand vous aurez entendu ce que j'ai à vous dire. Il s'avère que j'ai une disponibilité et j'aimerais exposer vos œuvres. On peut finaliser les détails avec votre agent plus tard, mais je voulais d'abord vous parler en personne. Ce sera une exposition individuelle, bien entendu, comme il convient à votre talent, et étalée sur quatre semaines.

Chance savait que la plupart des photographes auraient sauté sur l'occasion. Mais il ne pouvait accepter une offre qu'il n'était pas certain à cent pour-cent de mériter.

— Je suis désolé, madame Saint-Clare. Je ne sais pas ce qu'Alexa vous a dit, mais exposer dans une galerie ne m'intéresse pas.

Du silence qui suivit, Chance conclut que peu de gens disaient non à une femme telle que Roslynn Saint-Clare.

— Je ne sais pas ce que *vous* pensez qu'Alexa Mayhew m'a dit. Nous avons discuté de votre travail le soir de la vente aux enchères, mais j'avais un autre engagement et j'ai dû partir avant votre arrivée. Je suis navrée que nous n'ayons pu nous rencontrer ce soir-là, et...

— Attendez, la coupa Chance. Vous avez parlé à Alexa ce soir-là ? À la vente aux enchères ?

Avant même qu'Alexa et lui se rencontrent ? Avant qu'elle ait eu la moindre raison de suggérer une exposition de ses photos, sinon l'appréciation réelle et honnête de son travail ?

Après un autre silence, Roslynn déclara :

— Vous me paraissez un peu distrait, monsieur McClaren. Pourquoi ne pas contacter votre agent et prendre un jour ou deux de réflexion avant de revenir vers moi ?

Mais, quand elle raccrocha, Chance ne songeait pas à revenir vers elle. Il ne pensait qu'à revenir vers Alexa.

— Comment ça, Alexa est partie ? demanda Chance, suivant sa cousine qui traversait le vestibule, son éternelle tablette à la main.

— Elle a quitté l'hôtel.

Evie s'arrêta pour étudier le présentoir des brochures touristiques de Clearville, puis rédigea une note avec son stylet. Il dut rassembler tout son self-control pour ne pas lui arracher l'écran des mains et le jeter dans le Pacifique.

— Elle a quitté l'hôtel.

Poussant un soupir exaspéré, Evie se retourna.

— Alexa est partie. Alexa a quitté la ville. Et répéter tout ce que je dis n'y changera rien.

— Bien. *Quand*, alors ? Je ne partais que...

— Ah, très juste. *Tu* étais parti. Et, non, le répéter encore et encore n'y change toujours rien, si ?

Il aurait dû savoir qu'Evie ne lui témoignerait aucune indulgence. Après avoir été plaquée au pied de l'autel, elle ne devait pas tenir les hommes qui fuyaient en grande estime.

— Sa grand-mère est arrivée et elles sont reparties ensemble.

— Sa...

Chance s'interrompit avant de refaire le perroquet.

— Oui. Virginia Mayhew est venue en jet privé, puis en limousine, flanquée d'un garde du corps taillé à peu près comme Hulk, tout le bazar « pété de thunes », quoi.

— Sa grand-mère est venue pour la ramener à la maison ?

— Non, en réalité, elle est venue pour te rencontrer, toi, le père du bébé d'Alexa, sauf que...

— J'étais parti, compléta-t-il.

Des années auparavant, il s'était retrouvé dans un avion qui perdait de l'altitude, plongeant de milliers de pieds en quelques secondes. Ce n'était rien comparé à la manière dont son estomac plongeait maintenant. Alexa avait pratiquement dit qu'elle l'aimait, et lui ? Il l'avait pour ainsi dire quittée. Et il espérait quoi ? Qu'elle reste à attendre qu'il revienne ?

— J'ai tout foiré, Evie, admit-il entre ses dents.

— En effet, répliqua celle-ci, puis, se radoucissant un peu, elle leva sa tablette vers lui. Mais tu ne peux pas rattraper le coup tant qu'elle est là-bas, et toi, ici.

Sur l'écran, Chance vit un site de compagnie aérienne et une liste de vols pour Los Angeles.

— Mon Dieu ! C'est... impressionnant, non ?

Alexa réussit à sourire tandis que Raquel se hissait sur la pointe des pieds pour admirer le faste de la salle de bal. D'élégantes robes du soir brillaient sous le lustre doré, dont la lumière réfléchissait l'éclat des rubis, diamants et émeraudes. Des rires et le tintement des flûtes de champagne planaient au-dessus de l'assemblée des invités.

— Et tu es sublime ! C'est injuste que tu sois encore plus sexy enceinte que moi après trois mois de régime draconien.

Alexa lissa la robe empire en soie vert d'eau dont les plis masquaient à peine son ventre, qui frisait le cap des cinq mois.

— Tu n'as pas besoin de faire de régime, Raquel. La plupart des femmes se damneraient pour tes courbes.

— Je n'arrive pas à croire que je suis ici au milieu de toutes ces célébrités !

L'assistante de sa grand-mère était ravissante dans un fourreau dos nu violet qui soulignait sa peau mate et ses cheveux noirs. La jeune femme se ressaisit et ajouta :

— Surtout pour une cause aussi noble.

— Tu as réalisé un travail formidable.

Si Alexa avait initié l'organisation du gala de remerciements, Raquel avait prouvé sa compétence au cours des dernières semaines. Alexa ne doutait pas qu'elle laissait sa grand-mère entre de bonnes mains.

— On sait toutes les deux que je ne m'en serais jamais sortie si tu n'avais pas préparé le terrain. Je ne peux pas te dire combien j'apprécie la confiance que tu as mise en moi.

Alexa lui adressa un sourire ému, mais la jeune femme lui saisit brusquement le bras en s'exclamant :

— Tu as vu qui vient d'entrer ?

Une pluie de flashs annonça l'arrivée de la dernière célébrité de Hollywood.

— Tu crois que je pourrais le rencontrer ? Juste pour...

— L'accueillir au nom de la fondation Mayhew ? suggéra malicieusement Alexa.

— Oui ! Exactement ! Je vais aller l'accueillir.

Redressant les épaules, Raquel s'arma de courage, s'accordant néanmoins un dernier cri d'excitation.

— Il est tellement canon !

Amusée, Alexa la regarda traverser la salle à la rencontre du fameux acteur, puis, très professionnelle malgré sa nervosité de fan, lui serrer la main et le remercier de son soutien.

— Elle a raison, tu sais.

Alexa se retourna vers sa grand-mère.

— J'ignorais que tu adorais les acteurs de films d'action.

— Ne sois pas impertinente, jeune fille, gronda Virginia, bien qu'un léger sourire ourlât ses lèvres fines. On n'aurait pas pu réussir ça sans toi. Quel adieu parfait !

Des larmes serrèrent la gorge d'Alexa.

— Ce n'est pas comme si je quittais la fondation.

Durant le vol de retour, elle avait parlé à sa grand-mère de son désir de faire plus, d'être plus que le simple visage de la fondation. Elle voulait être davantage sur le terrain, monter des stratégies sur la manière d'utiliser l'argent récolté et voir les résultats concrets de tout ce travail.

Sa tirade l'avait laissée un peu étourdie. Discuter de ses idées avec Lindsay et Theresa était une chose. En faire part à sa grand-mère était très différent.

Mais cette dernière l'avait surprise une fois de plus.

— Tu es une Mayhew, Alexa. Il n'y a rien qu'une Mayhew ne puisse faire.

Alexa avait éclaté de rire. Après toutes ces années de ce qu'une Mayhew ne faisait pas…

Balayant la salle de bal du regard, Virginia répliqua :

— J'ai hâte de voir tes efforts aboutir, Alexa. Mais, dans l'immédiat, il y a une star de cinéma que j'aimerais rencontrer. Il paraît qu'il est… canon.

Elle s'éloigna, et le sourire d'Alexa s'effaça. Comment ignorer les souvenirs de la dernière fois où elle s'était retrouvée seule dans une salle de bal au décor fastueux, entourée de gens riches et célèbres…

— M'accorderiez-vous cette danse ?

Elle se figea, certaine que son imagination lui jouait un tour. Car la voix grave qui la faisait frissonner ressemblait à… Se retournant lentement, elle eut le souffle coupé.

— Chance ?

Il était beau à mourir en smoking noir et chemise blanche ornée de boutons sombres, aussi brillants que ses yeux.

— C'est notre chanson, n'est-ce pas ?

Il affichait un air désinvolte, les mains dans les poches, toutefois, la droite se crispait contre l'étoffe de son pantalon.

— Qu'est-ce que tu fais ici ? Et ton reportage ?

— Je suis ici parce que c'est là que tu es, et parce que je voulais te donner ceci.

Il sortit sa main de la poche, mais, au lieu de la barrette papillon, il tenait une bague. Un diamant éblouissant sur une monture en platine, somptueux dans sa simplicité.

— Chance…

— Si elle ne te plaît pas, tu peux en choisir une autre.

Jamais elle n'aurait imaginé plus parfaite bague.

— Elle est magnifique, mais…

Sa voix mourut, mais elle garda la tête haute. Si sa grand-mère et elle étaient parvenues à un accord, tout n'avait pas changé. Il y avait certaines choses qu'une Mayhew ne faisait pas. Dont s'effondrer au milieu d'une soirée de bienfaisance.

— Je sais combien ton travail compte pour toi. Combien il fait partie de toi…

— Tu as raison. Il fait partie de moi, mais juste une petite partie. S'agissant de toi et de notre bébé, c'est moi tout entier. Corps et âme. J'ai parlé à Roslynn Saint-Clare. Heureusement qu'elle a l'habitude de gérer des artistes lunatiques. Je crois qu'elle me pense fou, mais elle veut toujours faire une exposition avec moi.

Le cœur d'Alexa battait à tout rompre tandis qu'elle tentait de saisir la pleine mesure de ce que signifiait la demande de Chance.

— J'ai trop longtemps regardé le côté sombre de la vie à travers l'objectif de mon appareil photo. Je veux désormais me focaliser sur le bon, le bien. Comme le travail effectué par les associations caritatives que soutient la fondation Mayhew. Les écoles, les cliniques, les refuges.

L'élégante salle de bal parut tourbillonner en un kaléidoscope vertigineux, à l'instar de la tête d'Alexa. La vision de Chance sur son avenir collait si parfaitement à la sienne qu'elle n'aurait jamais pu imaginer mieux.

— Tu es sûr, Chance ? Que tu seras heureux...

— Avec toi ? Avec notre enfant ? Rien ne pourrait me rendre plus heureux. Sauf, peut-être, poursuivit-il avec un sourire mi-sexy, mi-nerveux, si tu acceptes de m'épouser.

— Oh ! Chance...

— Je t'aime, Alexa. J'aurais dû le dire plus tôt...

— Tu le dis maintenant, c'est tout ce qui compte.

L'émotion brillait dans les yeux de Chance mais un ultime doute lancinant la retenait encore.

— Qu'est-ce que... tu ferais si je n'étais pas enceinte ?

— Si tu n'étais pas enceinte ? C'est ça qui t'inquiète ? Tu ne devrais pas, car la réponse est facile. Si tu n'étais pas enceinte, je ferais tout mon possible pour que tu le sois.

Un pur plaisir la traversa à cette promesse sensuelle.

Le sourire à fossettes de Chance étincela.

— Je t'aime, Chance, et, oui, je veux bien t'épouser !

Après avoir glissé la bague à son doigt, il la prit dans ses bras, et Alexa oublia tout ce qu'une Mayhew ne devait pas faire tandis qu'il l'embrassait dans une salle de danse bondée. Il la serra contre lui comme s'ils avaient été séparés durant des mois, et elle sut que, aussi loin qu'il voyage, il serait toujours avec elle. Dans l'amour qu'elle nourrissait dans son cœur. À travers leur enfant.

LYNNE MARSHALL

Seconde chance pour un rendez-vous

UN ADORABLE SECRET

Traduction française de
PEGGY SASTRE

HARLEQUIN

Titre original :
REUNITED WITH THE SHERIFF

Ce roman a déjà été publié en 2019.

Prologue

Conor Delaney et Shelby Brookes se promenaient dans Sandpiper Beach au coucher du soleil, encore euphoriques d'avoir fait l'amour.

Au début du mois, lors d'une randonnée pour la fête nationale du 4 Juillet, ils avaient trouvé une maison abandonnée sur les falaises avec un panorama spectaculaire sur les feux d'artifice. C'était la Beacham House, comme le disait la vieille enseigne rouillée sur la devanture du bâtiment. Depuis ce jour-là, ils s'étaient retrouvés presque tous les après-midi — le sexe avec vue sur l'océan était à couper le souffle... Avec la fraîcheur des soirées, ils avaient même osé faire un feu dans la vieille cheminée.

Conor posa la question qui lui brûlait les lèvres depuis le premier jour :

— Et si on ne s'était jamais recroisés ?

Shelby leva les yeux vers lui. Voir la lueur de désir dans son regard et ses longs cheveux agités par la brise lui serra le ventre de bonheur.

— C'est une ville si petite que je pense que cela nous serait arrivé un jour ou l'autre, répondit-elle.

— Oui, tu as raison, murmura-t-il en l'attirant plus près de lui alors qu'elle se blottissait contre son torse.

Shelby était la première fille dont il était tombé amoureux, et ce dès l'école primaire. Quatre ans après leur dernière étreinte, après la remise de diplômes du lycée, ils étaient tous les deux revenus au même moment à Sandpiper Beach.

Fraîchement diplômé en justice pénale, Conor avait commencé sa formation d'agent de police à l'académie de Californie. Il était revenu chez lui pour passer l'été et attendre les des vérifications des antécédents des services auxquels il avait postulé dans trois comtés voisins.

Shelby était rentrée à Sandpiper Beach parce qu'elle avait perdu son emploi, sans perspectives d'avenir dans l'Est.

Après leurs retrouvailles, vu qu'il séjournait au Drumcliffe — l'hôtel qui appartenait à sa famille — sous le regard toujours attentif de son grand-père, de sa mère et de son père, sans compter la mère de Shelby de retour de deux semaines dans les Rocheuses canadiennes, il avait proposé à Shelby de faire de cette vieille maison sur la falaise leur petit nid d'amour. Ils avaient eu besoin d'un lieu bien à eux.

— Tu crois que c'était écrit ? reprit-elle.

Il sourit. Elle lui faisait penser à Padraig, son grand-père, l'homme pour qui le hasard n'existait pas et qui était convaincu que tout arrivait pour une bonne raison.

Comme le fait de trouver cette maison...

— Peut-être..., répondit-il, ne voulant pas trop se prononcer sur la question. Ou alors, c'est parce que je t'avais donné une bague de promesse avant ton départ.

Il avait soigneusement choisi un anneau de Claddagh quand il avait appris son intention de s'inscrire à l'école hôtelière de New York, après le lycée.

— Alors c'est plutôt ça, répliqua-t-elle avec un petit rire. En même temps, on ne peut pas dire que tu m'aies donné beaucoup de nouvelles, en quatre ans...

Il ne pouvait le nier, leurs liens s'étaient vite dénoués.

— C'est un peu dur quand tu es à New York et moi en Californie, non ? demanda-t-il.

Une réponse défensive et boiteuse, qui cachait mal sa culpabilité de ne pas avoir essayé de garder davantage le contact alors qu'il pensait à elle si souvent.

— Mais c'est toi qui m'as poussée à aller là-bas ! lui fit-elle remarquer.

Elle disait encore vrai. Il l'avait encouragée à poursuivre son rêve, à attendre qu'ils soient plus âgés et raisonnables pour se décider sur la suite à donner à leur relation. Et faire en sorte qu'elle ne lui en veuille pour rien, comme le genre d'aigreur qu'il pouvait ressentir chez sa mère vis-à-vis de son père.

Ses parents s'étaient mariés dès leur sortie du lycée, avaient vite fait un enfant, et sa mère, passionnée par la peinture, n'avait jamais eu la chance de poursuivre des études artistiques. Conor s'était juré de ne jamais faire subir cela à la femme qu'il aimerait.

— Tu voulais y aller, c'était ton rêve, lui rappela-t-il.

— Je sais, mais quand même.

Était-ce de la colère qu'il lisait dans ses yeux interrogateurs ?

Après le lycée, Shelby était donc partie à New York et il avait commencé ses études à San Diego. Ils avaient tous deux besoin de trouver leur chemin dans le monde avant de pouvoir s'engager davantage.

— Je ne voulais pas être celui qui t'aurait fait renoncer à tes rêves.

— Nous avions tous les deux des rêves, Conor.

— Que nous avons mené à bien. Regarde ce que nous avons accompli à vingt-trois ans ! Peut-être que tomber l'un sur l'autre pendant cette randonnée était notre récompense.

— C'est ce que je me dis. Quelles étaient les probabilités que nous revenions tous les deux ici en même temps ?

Depuis quatre semaines, ils avaient trouvé le paradis dans leur cachette secrète. Conor n'avait jamais rien vécu de tel avec une femme. Shelby était la femme de sa vie, il en était persuadé. Et la seule manière qu'il avait de le lui prouver… était de l'embrasser de nouveau !

Shelby rendit son baiser à Conor avec passion.

Ils avaient passé tous les jours ensemble depuis le début du mois de juillet et tout avait été merveilleux. Les années où ils avaient été séparés s'étaient vite envolées ; c'était comme s'ils ne s'étaient jamais quittés. Jamais elle n'aurait cru vivre cela…

Après avoir terminé le lycée, au lieu d'aller à l'université, elle s'était inscrite dans une école de cuisine et s'était installée dans le sud de Manhattan. Après avoir achevé son cursus en deux ans, elle avait occupé une série de postes modestes avant de relever son premier défi dans l'un des nouveaux restaurants branchés de New York. Puis elle avait perdu son emploi, n'avait rien retrouvé d'intéressant. Elle n'était pas bien fière d'abandonner et de rentrer à la maison, alors elle prétendait vouloir faire un break.

Retrouver Conor, son premier amour et son ami le plus fiable, avait tout simplement été magique. Surtout après avoir enduré la solitude à New York pendant si longtemps.

Mais c'était leur dernière nuit, et le baiser de Conor avait un goût doux-amer.

— C'était un été parfait, murmura-t-il en s'écartant.

Ils avaient évidemment tous deux connu d'autres personnes depuis quatre ans et parfait leur expertise quant aux jeux de l'amour depuis leurs premières tentatives hasardeuses au lycée. Bien que leur chimie naturelle ait toujours été forte, quelque chose d'explosif s'était produit entre eux, ces dernières semaines.

L'été avait été parfait, oui. Mais la perfection ne dure jamais bien longtemps. La veille, elle avait appris qu'un poste de chef de rang dans un restaurant renommé de New York s'était libéré. C'était le travail de ses rêves et elle devait quitter Sandpiper Beach. Juste au moment où les choses devenaient sérieuses avec Conor...

Elle s'était posé quelques questions, bien sûr, mais elle ne pouvait pas abandonner ses années de formation et tous les efforts qu'elle avait faits au cours des quatre dernières années. Devenir un chef réputé, c'était toujours son rêve. Comment allait réagir Conor ? Allait-il être aussi compréhensif que lors de son premier départ pour New York ?

Le doute s'empara soudain d'elle : pourquoi avait-il été si favorable à ses projets dès le départ ? Allait-il accepter de la suivre, si elle le lui demandait ?

L'inquiétude, comme un filet serré, la fit se figer.

Et Conor le remarqua.

Avec l'océan tumultueux en toile de fond, une idée folle traversa l'esprit de Conor. Il desserra son étreinte, sentant que Shelby s'était subitement tendue.

— C'était le meilleur été de ma vie, déclara-t-il, prenant le visage de Shelby en coupe. Alors faisons-nous une promesse.

L'idée de laisser partir Shelby après l'avoir retrouvée le sciait en deux. Toutefois il ne pouvait pas la retenir et l'obliger à renoncer à son rêve de diriger son propre restaurant. Dans son esprit, New York était le meilleur et le seul endroit aux États-Unis pour acquérir de l'expérience ; tout au fond de lui il le savait, même si cela lui arrachait le cœur.

Et lui, combien de temps était-il prêt à attendre qu'elle construise sa carrière ? Combien de temps pouvaient-ils être fidèles l'un à l'autre ? Seule l'épreuve du temps le dirait...

Cependant, il ne pouvait pas la laisser s'en aller sans promesse, une vraie promesse cette fois, pas une bague de Claddagh ringarde.

— Une promesse ? répéta-t-elle, plongeant ses yeux bruns dans les siens.

— Oui. Faisons-nous la promesse de...

Jamais il n'avait eu une décision aussi difficile à prendre. Il s'éclaircit la gorge et poursuivit :

— Tu fais ta vie, je fais la mienne et...

Il sortit son téléphone pour ouvrir son agenda.

— Retrouvons-nous ici, dans quatre ans, au coucher du soleil, conclut-il. Tu veux bien le jurer ?

Shelby le regarda, surprise, et lui sourit d'un air hésitant.

— J'aurai une question pour toi à ce moment-là, ajouta-t-il en levant un sourcil. Alors nous verrons si notre amour est censé durer pour toujours.

Quand il vit son regard s'illuminer, il comprit qu'il avait pris la bonne décision et il sentit son cœur se gonfler d'espoir.

— Oui, je te le promets, murmura-t-elle.

— Shelby Lyn Brookes, je t'aime.

— Je t'aime, répéta-t-elle, à la fois rêveuse et belle comme le soleil couchant.

Ils scellèrent leur serment par un long et profond baiser, débordant de désir. Puis ils retournèrent à la vieille maison de Beacham pour leur dernière nuit ensemble à Sandpiper Beach.

1

Six ans, sept mois et presque trois semaines plus tard…

Conor gara sa vieille guimbarde sur la place de stationnement qui lui était réservée à l'hôtel familial.

Il aimait les vieilleries, comme cette Camaro hors d'âge repeinte au pistolet. Et la vieille maison de Beacham, vide et attendant que quelqu'un l'achète et lui redonne vie, cachée très loin sur les falaises au-dessus des dunes de Sandpiper Beach. Et il aimait aussi le Drumcliffe, l'hôtel hors d'âge dans lequel il avait grandi, à quelques pas de la plage.

Merci grand-père d'avoir pensé à l'avenir dans les années 1960 et d'avoir acheté le terrain.

Même s'il n'était pas exactement fier de devoir, à vingt-neuf ans, toujours vivre dans l'hôtel familial.

Mais ce soir, il était particulièrement heureux de ne pas avoir à se faire à manger et d'avoir le restaurant de l'hôtel à portée de main. Ce samedi avait été une longue journée, avec ses arrestations d'ivrognes dans un bar sportif local qui l'avaient privé de pause déjeuner. Il avait faim. Vraiment faim. Il songea à commander au service d'étage pour pouvoir se débarrasser au plus vite de son uniforme de shérif adjoint et manger en boxer et T-shirt devant la télé, mais quelque chose le poussa à être sociable. Il n'allait pas pouvoir éviter sa mère *ad vitam aeternam*, de toute façon.

C'était l'inconvénient majeur de vivre encore avec ses parents à son âge… Même si cela lui permettait d'économiser de l'argent.

Encore une autre histoire.

Il prit tout son temps pour sortir de sa voiture. L'habitacle n'était visiblement pas fait pour des gaillards de son gabarit. Il s'étira longuement, ses pensées fixées sur son objectif principal : le dîner !

Pas besoin de s'inquiéter d'une réservation. Même un samedi soir, l'établissement était calme.

Son frère Mark prenait de plus en plus de responsabilités avec l'hôtel, maintenant que leurs parents étaient à la retraite. Et il avait lui aussi de grands projets. Ou c'était du moins ce qu'il laissait entendre. Il y a longtemps que Conor n'avait pas discuté avec lui. Comme Mark avait emménagé avec Laurel dans le gîte de l'autre côté de la rue, Conor avait donc perdu son dernier frère colocataire. Leurs conversations de fin de soirée lui manquaient.

Maintenant qu'il partageait la suite réservée à la famille avec Brian, son cousin venu d'Irlande, les conversations nocturnes consistaient globalement à faire connaissance. Une ambiance complètement différente.

En entrant dans la salle de restaurant, il vit plus de têtes que d'habitude au-dessus des banquettes de cuir. Cela sentait divinement bon. Bon sang, comme il avait faim !

Une lycéenne de la région travaillant comme hôtesse pour le week-end lui sourit.

— Bonjour, monsieur Delaney, vous serez seul ?

Il acquiesça.

La jeune fille se dirigea vers la banquette familiale installée dans le coin le plus éloigné de la salle, puis lui tendit le menu.

Il le regarda, surpris. Ce n'était pas le menu habituel, mais un carton fuchsia plus étroit et plus stylé.

Il parcourut les plats du jour et fut surpris de voir que Rita, la chef, avait changé tous ses plats. Où étaient le poulet rôti, le pain de viande, le saumon poché ?

À la place, il trouva une liste qui lui fit écarquiller les yeux. « Steak de filet de bœuf et ses galettes de pommes de terre à la sauce moutarde ». Qu'est-ce que des galettes de pommes de terre faisaient là ? « Blancs de poulet bio marinés à l'ail et au romarin, purée de patates douces et chou frisé ». Qui mangeait du chou frisé sans avoir un pistolet sur la tempe ? « Thon à l'unilatérale » ? À *l'unilatérale* ?

Rita avait-elle commencé à fumer autre chose que des Vogue ?

Quand Abby, la serveuse de longue date, arriva pour prendre sa commande, il leva les sourcils et montra le menu.

— C'est quoi, tous ces changements ? demanda-t-il.

— Nous avons un nouveau chef.

— Comment ? Rita a pris sa retraite et je n'ai pas entendu parler d'une fête ?

— C'est la semaine prochaine.

Après tout, peut-être que son emploi du temps de folie lui avait joué des tours et qu'il avait loupé l'information.

— Bon, d'accord, alors.

Il jeta à nouveau un coup d'œil au menu. Il avait toujours très faim mais ne savait que choisir.

— Qu'est-ce que tu me recommandes ? demanda-t-il.

— Le filet de bœuf plaît beaucoup ce soir. Tu vas adorer les galettes de pommes de terre. C'est ce que j'ai pris tout à l'heure.

Trop affamé pour sortir et aller avaler un hamburger au Bee Bop Diner, il commanda une bière et choisit le filet de bœuf.

— Est-ce que la salade verte existe toujours ? demanda-t-il, moqueur.

— Bien sûr, c'est un mesclun de petits légumes frais, bio, répondit Abby avant de citer une myriade de nouvelles vinaigrettes plus étranges les unes que les autres.

Conor laissa échapper un soupir désespéré.

— Je prends celle à l'échalote et au vin blanc, super, marmonna-t-il.

Mais enfin, qu'est-ce qui se passait, ici ?

Il avait son travail et ne s'intéressait pas vraiment à la gestion de l'hôtel-restaurant, mais il n'aimerait pas que l'affaire familiale périclite à cause de ces… excentricités culinaires. Les habitants de Sandpiper Beach, petite communauté balnéaire, n'aimaient pas trop le changement, et beaucoup venaient ici depuis des décennies pour profiter de repas peu coûteux et traditionnels — ce que

Rita réussissait très bien. Et il avait remarqué une hausse du prix des plats. Pas énorme, mais quand même. Certes, il s'en fichait parce qu'il n'avait pas à payer, mais qu'en serait-il des locaux ?

Alors qu'il attendait son repas, il prit son téléphone pour vérifier sur Internet ce qu'était exactement... une échalote. Lorsqu'il eut terminé de lire quelques tweets sans intérêt et compulsé sa boîte mail, sa bière arriva. Suivie de près par sa salade qui, ma foi, était bien meilleure que celles de Rita. Finalement, changer les assaisonnements s'était révélé une excellente idée. Ou peut-être était-ce dû aux légumes de printemps — bio ! — qui remplaçaient la traditionnelle laitue iceberg ?

Lorsque son plat principal arriva, dans une assiette dressée comme rien de ce qu'il n'avait jamais vu auparavant au Drumcliffe, il le contempla un instant sans oser y toucher. Il fut agréablement surpris par le filet de bœuf cuit à point et coupé en tranches, posé en équilibre sur un monticule ovale de galettes de pommes de terre brunes et croustillantes, garni de sauce à la moutarde et de persil frais. Quant au fumet qui s'en dégageait... Une pure merveille.

Mais où avaient-ils trouvé ce nouveau chef ?

Puis, la faim étant la plus forte, il saisit ses couverts, bien décidé à poser les questions nécessaires *après* le dîner.

Et sa bouche fut heureuse de cette décision ! À plusieurs reprises, il ralentit délibérément le rythme auquel il mangeait d'habitude pour savourer les saveurs et la tendreté de la viande. Abby avait raison à propos des galettes de pommes de terre : on aurait dit un petit coin de paradis à l'amidon et au beurre, avec un soupçon de fromage. Tellement bon... qu'il aurait pu en manger à tous les repas.

— Alors, qu'est-ce que tu penses ? demanda Maureen, sa mère, en s'installant en face de lui sur la banquette.

Il lui sourit et lui fit signe qu'il avait la bouche pleine — il comptait profiter des saveurs de sa bouchée jusqu'au bout.

— C'est le meilleur repas que j'ai pris ici, répondit-il enfin. Ou même n'importe où ailleurs.

Maureen sourit à son tour, visiblement satisfaite de le regarder manger comme si elle avait préparé elle-même son plat.

Après avoir méticuleusement saucé son assiette avec un morceau de pain, il la repoussa devant lui.

— Mes félicitations au chef, dit-il. Je n'ai jamais rien mangé d'aussi bon, et de loin.

Maureen écarquilla les yeux.

— Jamais ?

— Oui, et tu peux le dire à celui qui a remplacé Rita.

— Et pourquoi tu ne vas pas lui dire toi-même ?

Sa mère avait raison. Il avait adoré son repas, et sa famille avait de toute évidence embauché quelqu'un qui connaissait son métier. S'il avait raté l'information du départ de Rita à cause de son travail, il avait sans doute aussi raté celle concernant son remplaçant. Jamais il ne lisait le bulletin de l'hôtel ; il avait déjà des centaines de mails par jour à traiter au travail.

Mais il savait qu'un bon chef était difficile à trouver et qu'un compliment ne coûtait rien et pouvait rapporter gros.

— D'accord, dit-il.

Il finit sa bière et se dirigea vers les cuisines du restaurant.

Souriant et prêt à faire sa bonne action de la journée, il poussa les portes battantes et lança :

— C'était le meilleur dîner de ma vie ! Mes félicitations au chef !

Au milieu des nombreux commis, il aperçut le nouveau chef. Qui était *une* nouvelle chef. Une femme menue vêtue d'une veste croisée rose pâle à poignets gris et d'un béret anthracite.

En la voyant, une boule d'émotion soudaine se forma dans sa poitrine.

Il se figea.

Shelby. Lyn. Brookes.

Le nouveau chef était non seulement son ex, mais c'était surtout la femme qui avait pris son cœur, l'avait piétiné et déchiré en morceaux avant de le jeter dans l'océan. Il y avait de cela exactement deux ans, sept mois et trois semaines.

Elle s'était retournée et le fixait, l'air aussi abasourdie que lui. Occupée à jongler avec diverses poêles et casseroles sur son piano à huit brûleurs et visiblement stressée, sa main glissa et renversa une bouteille de quelque chose qui ressemblait à du whisky sur un steak épais.

Un feu éclata comme un tour de magie qui aurait mal tourné et elle sauta en arrière en poussant un cri.

Conor bondit vers l'extincteur. Avec un travail comme le sien, plein de surprises et de dangers en tous genres, et ayant grandi dans les cuisines de l'hôtel, ce n'était pas son premier incendie. Il vida l'extincteur sur la poêle enflammée et les brûleurs et éteignit le feu en un temps record.

Rien de bien grave, en somme. Juste quelques clients qui allaient devoir attendre un peu plus longtemps que prévu leur plat de résistance.

Au moins, il avait réagi suffisamment vite pour éviter le déclenchement de l'alarme incendie.

Sa rencontre avec le nouveau chef — et accessoirement ses retrouvailles avec la femme qui lui avait déchiré le cœur — n'aurait pas pu être plus explosive !

Quand Shelby avait accepté l'offre d'emploi de Mark Delaney, elle savait qu'elle allait devoir affronter Conor à un moment donné. Mais jamais elle n'aurait imaginé le revoir dans de telles conditions !

Pourquoi était-il venu dîner ce soir ? Lors de son tout premier service au Drumcliffe en tant que chef ?

En le voyant après tant d'années, devenu un homme, dans son bel uniforme de shérif adjoint, elle avait perdu le contrôle de ses mains. Et l'énorme vague de culpabilité qui l'avait submergée en pensant à ce qu'elle lui avait fait subir ne l'avait pas vraiment aidée à recouvrer son sang-froid...

Le cœur battant, elle s'efforça de respirer calmement et essaya de se ressaisir.

Conor posa l'extincteur vide sur le comptoir en acier inoxydable et la dévisagea sans un mot. Un regard qui en disait long sur ce qu'il lui reprochait. Rien de moins que d'avoir trahi sa promesse et de l'avoir quitté sans une explication.

Voilà. Le moment qu'elle avait tant redouté était arrivé. Elle était face à l'homme qu'elle avait laissé derrière elle. Celui qu'elle avait trahi. Celui qu'elle avait tant aimé...

Maureen entra précipitamment dans la cuisine.

— Que s'est-il passé ? Tout le monde va bien ?

Shelby la rassura de quelques mots.

Son second jeta la viande calcinée dans la poubelle. L'équipe de nettoyage prit la relève.

— Pas de brûlures ? lui demanda Maureen. Tu es sûre que tout va bien ?

— Oui, ça va, il faut juste que je reprenne mes esprits, murmura Shelby.

Impossible de se faire renvoyer dès son premier service... Elle avait des commandes à assurer, des clients à servir. Une réputation à préserver.

— Oui, je te fais confiance, dit Maureen avec un regard compatissant. Je te laisse travailler.

Shelby se remit au travail, non sans noter que Conor sortait en même temps que sa mère.

Ses commandes attendaient ; elle n'avait pas le loisir de s'attarder sur cet incident.

Elle savait que le seul moyen de réaliser son rêve de devenir une grande chef était de commencer au bas de l'échelle, de faire ses preuves, de progresser, puis de diriger un jour un restaurant new-yorkais de premier ordre. Sans dépendre de personne à part d'elle-même.

Peut-être que si elle travaillait assez dur, elle allait pouvoir mettre le restaurant du Drumcliffe au palmarès des meilleures tables de Californie. Mais pas si elle commençait par réduire l'endroit en cendres !

En saisissant une poêle propre, elle choisit une autre coupe de bœuf assaisonnée et beurrée avant de la placer sur le gril nettoyé et appela la serveuse qui avait commandé le steak.

— Abby ? Vous pouvez offrir un apéritif gratuit à votre table pour l'attente ? Mais dites-leur bien que leur plat arrive.

La serveuse acquiesça d'un sourire et attrapa un bol de crevettes dans le bac à glace avant de repartir.

Le rythme reprit peu à peu son cours, mais bien sûr, très vite, les pensées de Shelby dérivèrent... vers Conor.

Oui, elle savait qu'avec son nouveau travail elle allait forcément le croiser. Mark l'avait prévenue qu'il vivait toujours à l'hôtel. Toutefois elle n'était vraiment pas préparée à voir ce que Conor était devenu…

Plus grand que la moyenne, il était resplendissant. Et bon sang, qu'est-ce qu'il était beau… On aurait dit un dieu grec vêtu d'un uniforme de police !

Il avait vingt-neuf ans et avait apparemment trouvé sa place dans le monde. C'était un homme adulte, fiable et responsable — sa réaction face au début d'incendie le prouvait bien. Soit tout le contraire des hommes qui avaient peuplé sa vie depuis son départ de Sandpiper Beach.

Une fois la viande cuite, elle la dressa dans les assiettes, fit tinter la sonnette indiquant que la commande était prête et s'affaira à en réaliser une autre. Du thon, cette fois-ci.

Maintenant elle avait recouvré tout son calme et son bonheur d'être devant ses fourneaux. Et son objectif était plus présent que jamais : ici, elle allait faire ses preuves, s'imposer en tant que chef, et rien ne l'arrêterait.

Sans compter qu'elle n'était plus la seule à dépendre de sa réussite. Elle avait son fils, maintenant. Elle était une mère célibataire avec un petit garçon à charge. Alors elle ne pouvait pas échouer.

— C'est prêt ! lança-t-elle en faisant une nouvelle fois tinter la clochette.

Le reste de la soirée, Shelby réussit à suivre le rythme des commandes, tout en pensant à ce qui s'était passé dans sa vie, ces derniers temps. Et, bien sûr, à ses retrouvailles avec le nouveau Conor…

Elle avait été forcée de revenir chez elle, à Sandpiper Beach, à vivre chez sa mère — et pour une jeune femme de vingt-neuf ans, ce n'était pas bien glorieux. Heureusement, on lui avait offert ce poste de chef au restaurant de l'hôtel Drumcliffe.

Quant à Conor…

Ils s'étaient fait une promesse pendant leur dernier week-end ensemble, et elle avait prévu de la tenir... Jusqu'à ce que sa vie implose.

Et à en juger par la réaction de Conor un peu plus tôt, il était clair qu'il ne lui avait pas pardonné cette trahison ! Mais pouvait-elle lui en vouloir ?

— C'est prêt !

Trois ans auparavant, elle avait eu la chance de pouvoir aller travailler en France, le pays de la gastronomie par excellence. Elle aurait été folle de refuser. Et Conor ne lui avait-il pas toujours dit de suivre ses rêves ? Coincée dans son travail de sous-chef, elle avait cru que Paris serait une occasion de s'épanouir et d'atteindre son but : devenir un chef renommé. Là-bas, elle avait rencontré Laurent, le chef le plus talentueux pour lequel elle ait jamais travaillé. Il était aussi très doux et très sexy. Combien d'autres adjectifs pouvait-elle encore utiliser ? Il les méritait tous.

Bien sûr, elle était jeune et naïve, et elle s'était laissée emporter par son charme incroyable, ses talents culinaires et tout le reste. Plus important encore, avec lui, elle s'était sentie spéciale. Comme jamais elle ne l'avait été.

Non. Là elle n'était pas tout à fait honnête. Il y avait eu un autre moment de sa vie où elle s'était sentie spéciale. C'était ce mois de juillet à Sandpiper Beach, avec Conor. Conor l'avait aimée, chérie, adorée... Et quand elle lui avait fait cette promesse de revenir quatre ans plus tard, elle le pensait de tout son cœur, de toute son âme.

Et puis les choses avaient rapidement évolué avec Laurent. Et pas pour le mieux. L'éclat de leur romance avait peu à peu disparu et, un mois après leur rencontre, il en était venu à l'agacer — et réciproquement. Et le plus ennuyeux, c'était que son travail sous ses ordres avait commencé à l'ennuyer. Or il n'était pas question qu'il lui gâche le plaisir qu'elle avait à travailler en cuisine et sabote sa carrière, par la même occasion.

Elle avait heureusement compris que leur aventure était terminée avant que cela dégénère. Le cœur brisé, elle avait essayé une dernière fois de faire l'amour avec lui pour voir si cela changerait les choses. Échec total. Laurent et elle n'avaient plus rien à partager.

Elle était rentrée à New York et, la distance aidant, elle avait compris qu'il ne l'avait en réalité jamais aimée. Qu'il avait juste apprécié la nouveauté qu'elle pouvait représenter et, comme un enfant gâté, s'était rapidement lassé d'elle.

Au moment où elle avait repris ses esprits, elle s'était souvenue de la personne qu'elle aimait depuis le lycée : Conor Delaney. Elle s'était souvenue de leur promesse. Elle avait consulté le calendrier et acheté son billet d'avion.

Elle avait prévu de rentrer à Sandpiper Beach, de s'installer chez sa mère et, le jour J, de retrouver Conor au coucher du soleil sur la plage, à la deuxième tour de secours. *Leur* tour de secours. Sa vie allait enfin prendre un chemin qui lui faisait battre le cœur : une vie où l'amour qui la liait depuis l'enfance à Conor allait enfin pouvoir s'exprimer.

Elle était prête à partir, mais quelque chose la tracassait : ses règles, ou plutôt son absence de règles. Chose qu'elle ne pouvait pas ignorer un jour de plus.

Alors elle avait acheté un test... et était tombée à la renverse sur son lit, en pleurs.

Non, elle ne pouvait plus revenir en Californie et retrouver Conor comme ils l'avaient prévu.

Elle était enceinte.

À la fin de sa première soirée en tant que chef du Drumcliffe, Shelby avait préparé une centaine de repas. Pas mal pour une débutante qui avait allumé un feu de poêle quelques heures plus tôt !

Mais il y avait quelque chose qui la tracassait et qui jetait une ombre de tristesse sur sa joie.

Lors de l'incident avec la poêle, quand elle avait regardé dans les yeux de Conor, elle avait compris sans l'ombre d'un doute qu'elle l'avait blessé. Qu'elle était indigne d'un homme comme lui, sincère et bon, alors qu'elle avait été si facilement séduite par un bonimenteur comme Laurent.

Elle devait des excuses à Conor, ainsi que la vérité. Une vérité qu'elle lui cachait depuis plus de deux ans. Mais peut-être qu'il était déjà au courant ? Que Mark lui avait déjà tout dit ?

Après le nettoyage de la cuisine et la fermeture du restaurant pour la nuit, Maureen entra.

— Je voulais juste te féliciter, déclara cette dernière. J'ai entendu tellement de compliments sur ta cuisine ! Toute la région va bientôt débarquer.

— C'est génial, marmonna-t-elle en esquissant un pâle sourire.

En temps normal, elle aurait été aux anges, mais son esprit était ailleurs ; elle ne pouvait pas aller dormir sans affronter Conor.

Maureen et elles quittèrent ensemble la cuisine.

— Pouvez-vous me dire où Conor habite ? Je dois lui parler, demanda Shelby, juste avant d'éteindre les lumières de la salle principale.

Maureen lui jeta un regard perplexe. Elle savait sûrement comment Shelby avait blessé son fils.

— Il vit toujours dans l'une des suites familiales à l'arrière de l'hôtel, répondit-elle. Mais je crois qu'il est encore au pub, à l'heure qu'il est. Si je peux me permettre, ce n'est peut-être pas le bon moment pour lui parler. Je suis un peu gênée de dire qu'il a bu.

Conor termina sa deuxième bière et commanda quelque chose de plus fort.

— Un whisky, s'il te plaît.

Son cousin Brian, qui était le nouveau barman tout juste débarqué d'Irlande, leva un sourcil et le dévisagea de ses yeux d'un bleu intense. Après quelques instants d'hésitation, il finit par le servir.

Conor allait prendre son verre quand une vieille main osseuse, froide comme des glaçons, sortit de nulle part et tapota son avant-bras posé sur le bar. Il se demanda si Padraig, son grand-père de quatre-vingt-cinq ans, était toujours en vie ou si c'était son fantôme qui venait le tourmenter.

— Ça va, mon garçon ?

— Oui, je n'ai descendu que quelques Guinness, répondit-il sur la défensive.

— Avec un whisky, à ce que je vois. Qu'est-ce qui te tracasse ?

Conor était contrarié que son grand-père lui ait fait subtilement remarquer qu'il buvait trop. S'il faisait cela à tous ses clients, le pub ferait faillite. Mais il savait aussi que le vieil homme se souciait de lui. De plus il avait raison : il avait un peu trop bu — il devait travailler le lendemain, et avoir la gueule de bois, surtout dans son boulot, n'était pas une bonne idée.

— Brian, sers-moi un verre d'eau, s'il te plaît, demanda-t-il.

Il se souvint qu'il avait également pris une bière avec le dîner. Ce qui signifiait qu'il avait déjà dépassé sa limite personnelle.

Bon sang, pourquoi fallait-il qu'il se rappelle le dîner ! Cela avait été le meilleur repas de toute sa vie, certes, mais qui s'était terminé par la pire rencontre qu'il pouvait faire...

— Tu as quelque chose qui te turlupine ? s'enquit Padraig, qui ne lâchait, hélas, jamais le morceau.

— Non, grand-père, j'ai juste eu une surprise tout à l'heure, c'est tout.

Une surprise qui avait failli le faire tomber à la renverse. Revoir la fille qu'il connaissait depuis l'école primaire et qu'il aimait depuis le collège. Et qui l'avait quitté sans un mot d'explication.

Padraig s'installa sur le tabouret à côté de lui. Bien trop proche pour ne pas mettre Conor mal à l'aise.

— Un petit oiseau m'a parlé du nouveau chef, reprit son grand-père.

Conor soupira. Qui, dans la famille, était au courant de sa relation avec Shelby ? Sa mère, peut-être, car les mères savent toujours ces choses-là. Pour le reste, il n'avait jamais dit à personne comment Shelby lui avait posé un lapin, le soir où il avait eu l'intention de lui demander de l'épouser.

— Et alors ? répondit-il sèchement.

— Mark a embauché Shelby Brookes pour améliorer le standing de l'hôtel.

— Eh bien, d'après le repas que j'ai pris ce soir, je dirais qu'il a fait un bon choix.

— C'est ton tour maintenant, tu sais.

Conor faillit recracher l'eau que Brian venait de lui servir. Oh non... Son grand-père s'apprêtait à lui raconter ses histoires de fées et de destin le seul soir où il n'avait pas du tout envie de les écouter.

Il leva une main.

— Non, grand-père, pas ce soir, je suis fatigué.

— Tu ne peux pas échapper à ta destinée, mon garçon.

Et voilà, il était vraiment parti sur sa lancée... Malheureusement, comme disait son père, il n'y a pas grand-chose à faire contre un vieil Irlandais têtu à la tête remplie de légendes.

— Vous avez sauvé ce phoque, les garçons, poursuivit Padraig. De combien de preuves avez-vous besoin pour comprendre que c'était une selkie ? Tes deux frères ont trouvé leurs femmes, Conor, tu ne peux pas le nier.

Non, ça, il ne pouvait pas le nier. Mais cela n'avait rien à voir avec ce fichu phoque.

L'année dernière, craignant que Mark déprime après son retour de l'armée, Conor et Daniel avaient loué un bateau pour pêcher en haute mer afin de lui remonter le moral. Ils étaient tombés sur un banc d'orques qui s'apprêtaient à dévorer un phoque.

La nature étant cruelle, le spectacle avait fait de la peine aux trois frères. Ils avaient rapproché leur bateau, et le bruit du moteur avait fait peur aux orques. Suffisamment longtemps pour que le phoque réussisse à s'enfuir.

La nuit suivante, quand ils avaient raconté l'anecdote à leur famille rassemblée pour le dîner traditionnel du dimanche soir, leur grand-père était devenu bizarre. Il avait affirmé qu'ils avaient sauvé une selkie et, selon le folklore irlandais, elle allait rendre la faveur à ses sauveteurs. Et, très sûr de lui, il avait affirmé que chacun des frères Delaney allait trouver sa compagne dans l'année, comme s'il y avait une ligne directe entre le petit peuple de la mer et les humains.

Parce que Padraig était vieux et qu'ils l'aimaient tous, la famille tolérait ses histoires à dormir debout, mais celle-ci battait tous les records... Jusqu'à ce que Daniel rencontre une femme et en tombe amoureux trois mois plus tard, une femme aujourd'hui enceinte et prête à accoucher. Rebelote pour Mark quelques mois après, qui avait rencontré quelqu'un de l'autre côté de la rue. Coïncidence ?

Rien de tel que de brûler un feu de fée !

En parlant de feu, il se souvint de la raison pour laquelle il noyait son chagrin au bar : voir Shelby dans la cuisine de l'hôtel. Elle avait été si contrariée de le voir que sa main avait glissé et qu'elle avait failli mettre le feu aux cuisines.

Du coin de l'œil, il vit la porte du pub s'ouvrir et une femme vêtue d'une tenue de chef s'avancer...

Sa gorge se serra. C'était trop pour un seul homme en une seule journée. Il se leva comme un diable sur ressort.

— Brian, tu mets ça sur ma note, d'accord ?

À ces mots et aussi vite que possible dans un pub bondé, il se précipita vers l'issue de secours sans se retourner.

Shelby ravala l'angoisse qui lui tordait l'estomac et traversa le hall de l'hôtel pour rejoindre l'entrée du pub. Son cœur battait à toute allure dans sa poitrine.

Conor la détestait. Elle l'avait vu dans ses yeux. Pouvait-elle lui en vouloir ?

Non. Elle lui avait donné une bonne raison de la détester. Mais il devait connaître toute l'histoire.

Toujours vêtue de sa veste de chef, elle resta quelques secondes devant les portes du pub qui se refermèrent en battant.

L'endroit était bruyant de conversations, de rires, et de classiques irlandais joués par des groupes américains populaires actuels. L'ambiance était plutôt chaleureuse, mais elle n'avait pas le cœur à en profiter.

Elle passa le pub en revue, en commençant par le bar.

Un mouvement à l'extrémité du comptoir attira son attention. Un homme se leva et se dirigea dans la direction opposée. C'était Conor. L'avait-il vue ? Est-ce qu'il la détestait tellement qu'il sortait du bar pour l'éviter ?

Dommage pour lui, elle devait lui parler.

Et comme elle ne voulait pas remettre ça à plus tard et qui lui restait un peu de courage, elle le suivit, évitant les couples et les groupes de personnes pour naviguer dans la foule et trouver la sortie arrière. Elle accéléra le pas, mais avec ses longues jambes

Conor était quasiment déjà arrivé au parking de l'hôtel. Elle n'avait aucune chance de le rattraper, alors elle se mit à crier :

— Conor ! Conor ! Attends-moi !

Conor s'arrêta mais ne se retourna pas.

— Tu dois savoir quelque chose ! ajouta-t-elle.

Cette fois-ci, il se retourna et s'avança vers elle.

Elle ramassa les quelques miettes de son courage et prit une profonde inspiration.

— Si je ne suis pas venue au rendez-vous, c'est que j'avais une bonne raison, expliqua-t-elle d'une traite.

Conor fronça les sourcils.

— Et tu ne pouvais pas me la donner à ce moment-là ?

Elle baissa la tête.

— Pas au téléphone, non, murmura-t-elle.

— Il valait mieux me prendre pour un imbécile, c'est ça ?

Elle serra les poings.

— Non, Conor, je ne t'ai jamais pris pour un imbécile. Je... J'étais enceinte.

Pour ne pas le laisser s'enfuir à nouveau, elle posa sa main sur son bras.

— Attends Conor, regarde.

À ces mots, elle fouilla dans sa poche à la recherche de son téléphone portable.

— J'ai découvert que j'étais enceinte à la veille de prendre mon vol pour revenir ici, je te le jure. J'étais sous le choc, je ne pouvais pas réfléchir. Je tombais en morceaux, ma vie tombait en morceaux.

Elle appuya sur l'icône de la galerie photos. Après une profonde inspiration, la main tremblante, elle tourna l'appareil vers Conor.

— Voilà, c'est mon fils, Benjamin. Il a deux ans.

Conor fixa l'écran quelques instants puis la dévisagea sans un mot.

2

Il y avait deux ans, sept mois et trois semaines, sur la plage au coucher du soleil près du deuxième poste de secours, Conor avait attendu Shelby. Attendu, attendu…

Il avait respecté leur promesse, mais à mesure que les derniers rayons de lumière disparaissaient, ses espoirs s'étaient effondrés.

Elle avait oublié leur rendez-vous. Elle l'avait peut-être aussi oublié, lui…

Une heure plus tard, elle l'avait appelé. D'une voix tendue elle lui avait expliqué qu'elle avait bien eu l'intention de venir, elle avait juré qu'elle avait même son billet d'avion pour le prouver.

— Alors pourquoi n'es-tu pas là ? avait-il demandé, furieux.

Elle avait aussitôt fondu en larmes.

Il s'était senti coupable de s'être mis en colère, et l'inquiétude avait pris le dessus.

— Est-ce que tu vas bien ? Shelby, qu'est-ce qui ne va pas ? Dis-moi.

Elle avait hoqueté, reniflé, respiré de manière saccadée et, finalement, quelques mots étaient sortis de sa bouche :

— Je ne peux pas en parler. C'est trop dur.

— Dis-moi juste que tu vas bien. Tu es en danger ?

— Je ne suis pas en danger, mais je ne vais pas bien, non.

Et elle avait recommencé à pleurer.

— Je suis désolée. Je ne pouvais pas venir. J'espère que tu pourras me pardonner.

Puis elle avait raccroché.

Mort d'inquiétude, il était resté assis à regarder l'océan, puis son téléphone, puis la bague de fiançailles qu'il avait dans la main et qu'il avait prévu de lui donner.

Il ne comprenait rien.

Elle avait acheté un billet d'avion, mais elle n'était pas venue à leur rendez-vous...

Blessé au plus profond de lui-même, à l'image de l'amour qu'il ressentait pour elle, il avait envisagé de lui pardonner, comme elle le lui avait demandé. Mais elle devait lui donner une explication qui tienne la route.

Il avait prévu de la demander en mariage, lui !

Il avait essayé de se débarrasser de la douleur, mais elle était revenue, aussi brûlante qu'une piqûre de guêpe. Son estomac s'était contracté jusqu'à la nausée. D'un bond, il s'était levé et pour aller vomir sur le sable. Heureusement, avec l'obscurité, personne ne l'avait vu.

Après une attente qui lui avait semblé durer une éternité, le cœur brisé et complètement confus, il était rentré chez lui. Et il avait juré que plus personne au monde, jamais, ne le ferait se sentir aussi misérable.

Sauf que l'inquiétude n'avait pas cessé et, voulant absolument avoir plus d'explications de la part de Shelby, il l'avait appelée le lendemain. Elle était au travail et lui avait dit qu'elle ne pouvait pas lui parler. Il avait entendu le fracas des cuisines en arrière-fond, les voix criant des commandes. Si elle ne mentait pas, à l'évidence, elle cherchait à l'éviter.

Il en avait eu la preuve le jour d'après : son appel était passé directement sur la messagerie vocale, « Je ne peux pas vous répondre pour le moment ». Il avait laissé un message. Elle ne l'avait pas rappelé.

Il avait compris. Elle l'avait quitté et ne voulait plus entendre parler de lui. Mais pourquoi ? Et pourquoi acheter un billet d'avion si elle n'avait pas prévu de revenir ?

Qu'est-ce qui avait changé ? Qu'est-ce qui s'était passé ?

Après toutes ses années passées ensemble, il avait eu la faiblesse de penser que leur promesse signifiait quelque chose pour elle.

Il lui avait donné l'anneau de Claddagh au lycée. Elle l'avait au doigt au moment de partir pour New York, la première fois.

Alors, certes, ils s'étaient perdus de vue entre-temps, mais lui n'avait jamais oublié leur promesse.

Six ans auparavant, ils avaient passé ensemble le plus beau mois de juillet possible à Sandpiper Beach. Ils étaient tombés amoureux. Pour de vrai. Et parce qu'il l'aimait d'un amour sincère, il n'avait pas voulu l'emprisonner dans son amour, il avait voulu lui laisser la liberté d'aller au bout de ses rêves et d'atteindre le but qu'elle s'était fixé : devenir un grand chef.

Peut-être qu'il aurait dû prendre plus souvent de ses nouvelles. Peut-être qu'il aurait dû garder le contact. Mais ils avaient eu tous les deux leur vie. Une vie dense et complexe. Qui l'avait empêché de lui rendre visite à New York. Était-ce là son erreur ? Non, ils avaient promis de se revoir et, pour lui, une promesse, c'était sacré. Il méritait de savoir pourquoi elle l'avait rayé de sa vie.

Depuis ce jour, il s'était jeté à corps perdu dans son travail et était sorti avec de nombreuses femmes pour l'oublier à son tour. En pure perte.

Et les mois étaient passés... Les années...

La revoir ce soir avait ranimé la douleur qu'il ressentait en permanence, la rage qu'il avait essayé tant bien que mal de camoufler. Cruelle constatation : Shelby n'avait jamais quitté son esprit un seul instant depuis leur rendez-vous manqué.

Et voilà qu'il se retrouvait dans un parking sombre, à regarder la photo d'un petit garçon sur un téléphone portable, l'enfant que Shelby avait eu avec un autre homme...

Il comprenait enfin pourquoi elle n'était pas venue à leur rendez-vous.

Shelby attendait sa réaction, comme si cette situation était normale.

Non, rien n'était normal, ni dans la forme, ni dans le fond.

Il haussa les épaules.

— Mignon, dit-il.

C'était le meilleur qu'il pouvait offrir compte tenu des circonstances. Une avalanche de douleur, de confusion et d'amour oublié l'avait écrasé. Et brûlé. L'angoisse et les souffrances avaient été si profondes qu'il s'était perdu à l'époque. Il lui avait fallu des mois pour avoir l'impression de se sentir à nouveau normal. Et encore, à moitié.

Shelby était finalement revenue, avec plus de deux ans de retard. Et ce retour avait suffi à rouvrir ses plaies.

Malgré son chagrin, il la regarda.

C'était bien la fille qu'il connaissait depuis l'école primaire. Les mêmes yeux bruns, des yeux dans lesquels il s'était si souvent perdu. Les mêmes cheveux châtain clair, coupés un peu plus court et de façon un peu plus élégante, néanmoins. La même fille, oui, mais pourtant si différente. Elle était devenue une femme active, attentive à sa carrière. Et elle était une mère.

Ce soir, alors qu'ils étaient face à face dans un parking, des milliers de kilomètres s'étiraient encore entre eux.

— Merci, murmura-t-elle.

Sa réponse fut presque inaudible.

À voir la réaction sur son visage, ce n'était pas la réponse à laquelle elle s'attendait.

L'air résigné, elle reprit le téléphone. Ses doigts étaient froids et tremblants.

— Je suis désolée, Conor. Je le suis vraiment.

Que pouvait-il répondre ? Il ne pouvait qu'imaginer ce qui se passait dans sa vie depuis deux ans, depuis qu'elle était mère. Hélas ils ne pouvaient pas revenir en arrière et reprendre leur histoire où ils l'avaient laissée ; la photo d'un petit garçon potelé le prouvait.

Shelby avait continué son chemin, n'avait pas honoré sa promesse comme lui l'avait fait. Mais il était en partie responsable, non ? C'était lui qui l'avait encouragée à réaliser ses rêves. Il avait pris ce risque.

À la réflexion, peut-être que son père avait été sage d'interférer avec les rêves de sa mère.

Il voulut parler, dire n'importe quoi, tout sauf ce silence insupportable, mais il fut incapable d'articuler un seul mot. En silence, il hocha la tête, puis se dirigea vers sa chambre.

Shelby ne le retint pas.

Que sa cuisine soit ou non excellente, à partir de demain, il prendrait ses repas ailleurs.

Une semaine plus tard, Shelby en était toujours à se familiariser avec sa routine de chef des cuisines du Drumcliffe. Mais elle n'avait pas réussi à oublier la colère qu'elle avait vue dans les yeux de Conor, le premier soir. Il était son ami depuis l'école primaire. Jamais elle ne se ferait à son hostilité.

Au moins, elle avait un travail qui la passionnait.

Faisant son marché dans le parc situé juste à côté de la rue principale, elle marchait d'un pas léger derrière la poussette de Benjamin, qui s'y agitait joyeusement, examinant avec attention tous les étals.

Elle voulait que le Drumcliffe serve de la viande locale et de la volaille élevée en plein air, et elle prenait son temps sur les stands. Elle discutait avec les vendeurs, achetait herbes aromatiques et légumes frais, imaginant de nouvelles recettes. Ses courses seraient livrées au restaurant.

C'est alors qu'une voiture de shérif passa dans son champ de vision. Elle ne put s'empêcher de penser à un policier ténébreux et sexy. Conor.

Dommage qu'il la déteste, désormais...

Allait-elle pouvoir un jour regagner sa confiance. Était-ce même possible ?

Benjamin cria et la sortit de ses pensées. Il avait vu un perroquet dans une cage. Elle approcha la poussette plus près pour pouvoir voir l'oiseau, puis consulta sa montre pour vérifier le temps qu'il lui restait avant de devoir retourner en cuisine. Si seulement elle pouvait avoir davantage de temps pour le passer auprès de son fils...

À la fin de ses journées, elle avait à peine assez d'énergie pour se brosser les dents et se glisser dans son lit !

Mais pour l'instant elle avait une dernière tâche à accomplir : rencontrer un éleveur de poulets pour préparer le menu de ce soir.

Une fois ses achats faits, elle installa Benjamin dans son siège-auto et traversa sa ville natale. Elle fut de nouveau frappée par son calme. Il n'y avait pas de bruit de circulation, pas de coups de klaxon intempestif, pas de violence verbale dans les rues. C'était si différent de New York…

Ici, elle pouvait entendre ses propres pensées et se perdre dans les souvenirs de bons moments passés dans la communauté balnéaire qui l'avait vue naître.

Lorsqu'elle se gara sur le parking de l'hôtel, elle remarqua la voiture de Conor. L'homme qui l'aimait assez pour l'avoir laissée partir afin de réaliser son rêve loin de lui. Qui l'aimait encore quatre ans plus tard et qui était venu à leur rendez-vous, alors qu'elle…

Elle repoussa bien vite la vague de culpabilité qui la submergea.

Qu'importe la douleur ou la tristesse qu'elle lui avait causée — et qu'elle avait ressentie, elle aussi —, c'était de l'histoire ancienne. Ils étaient tous les deux devenus adultes et, pour sa part, elle avait un petit garçon à élever.

Prenant son trousseau de clés dans son sac, elle ouvrit la porte de la cuisine — *sa* cuisine, pensa-t-elle en souriant. Enfin, elle était chef d'un restaurant. Son rêve s'était réalisé.

Ce fut le moment que Benjamin choisit pour lui donner un coup de pied, le signal qu'il voulait descendre de sa poussette. Mais jamais de la vie elle le laisserait courir dans la cuisine, avec tant de dangers à chaque coin d'étagère !

Elle se baissa et l'embrassa sur le front, avant de le libérer de sa poussette et de le prendre dans ses bras.

— Encore un peu de patience, mon petit chéri, lui murmura-t-elle à l'oreille.

Quelques minutes plus tard, l'éleveur de volaille arriva avec sa commande de blancs et de cuisses de poulet. Elle était en train de signer le bon de livraison lorsqu'elle vit Conor quitter sa chambre d'hôtel, en tenue de sport.

Elle faillit lâcher son stylo ! Conor était tellement beau avec son short et son T-shirt moulant… On aurait dit un super-héros. Magnifique. Et dire qu'à une époque, il n'avait d'yeux que pour elle…

À cet instant elle réalisa à quel point elle l'aimait, et aussitôt son cœur se serra de tristesse en comprenant que lui ne l'aimait plus. Elle l'avait perdu.

Conor s'entraîna comme un fou à la salle de gym, faisant le double de ses séries habituelles.

Il venait de revoir Shelby, son fils dans ses bras, sur le seuil de la cuisine de l'hôtel, et il avait besoin de sortir cette image de son esprit.

Il commença une nouvelle série. La sueur coulait sur son front et lui brûlait les yeux, mais il n'avait pas l'intention de s'arrêter encore.

Quand il avait attendu Shelby en vain sur la plage, il avait vingt-sept ans. Il avait alors pensé que jamais il ne survivrait à cela. Quel idiot ! Il était finalement passé à autre chose et avait même failli se fiancer au début de l'année précédente.

Il prit l'haltère de l'autre bras et recommença sa série.

Revoir Shelby l'avait replongé en arrière. Les quelques relations dans lesquelles il s'était aventuré depuis qu'elle l'avait laissé tomber avaient été des échecs mémorables. Aucune femme ne voulait d'un homme incapable de communiquer. Elena avait été une femme malchanceuse, celle qui avait payé pour la négligence de Shelby.

Il laissa tomber le poids et se leva. Ses bras brûlaient et ses doigts picotaient. Il fit quelques mouvements d'assouplissement tout en marchant. Et, bien sûr, tout en pensant à Shelby…

Il ne pouvait pas la laisser l'enfermer un jour de plus dans le passé, d'autant plus qu'elle était indéniablement passée à autre chose. Bon sang, elle était devenue mère ! Elle avait un enfant !

Il jeta un coup d'œil aux personnes présentes dans la salle de sport. Et s'il sortait avec la première fille qui lui manifestait de l'intérêt ?

Il en remarqua une près des machines de cardio. Déployant un effort démesuré, il lui sourit. Elle lui sourit en retour.

Bingo !

Mais dix minutes plus tard, il s'ennuyait ferme à lui parler.

Il la gratifia d'un dernier sourire et quitta la salle pour rentrer au Drumcliffe et prendre une douche.

Il serra les poings. Que Shelby soit de retour dans sa vie et dans sa tête le rendait fou. Il avait vraiment un problème.

De retour dans sa suite, lorsqu'il sortit de la salle de bains, il trouva Mark qui, visiblement, était venu le voir. Son frère passait la plupart de ses nuits avec Laurel, et Conor ne l'avait pas vu seul depuis des lustres.

Il lui jeta un regard rapide et retint un sourire. Maintenant qu'il travaillait à la réception, Mark portait un pantalon bleu marine et une chemise bleu pâle. Le mélange rendait ses yeux bleus déjà profonds à la limite de l'éclat électrique.

— Pourquoi tu l'as engagée ? lança-t-il soudain.

— Shelby ? demanda Mark d'un air innocent.

— Tu penses à quelqu'un d'autre ?

Conor passa un boxer et jeta sa serviette de bain sur le coin de son lit.

Son frère se crispa dans une attitude défensive.

— J'avais besoin d'un chef, elle a postulé, elle avait les meilleures qualifications, expliqua-t-il. Mais je ne vois pas le problème. Tu n'étais pas censé l'avoir oubliée ? Après tout, l'année dernière tu as bien failli te fiancer avec… avec cette fille, non ?

— Elena. Elle s'appelait Elena.

Conor enfila un T-shirt.

— Peut-être que si tu l'avais amenée plus souvent dans les parages, je me souviendrais de son prénom, répliqua Mark.

Conor ne releva pas cette pique. Mark avait raison. Il n'avait pas vraiment intégré Elena aux réunions de famille.

— Certes, mais j'aurais bien aimé que tu me préviennes, pour Shelby, marmonna-t-il.

Les yeux bleus de son frère le clouèrent sur place.

— Alors maintenant je suis donc censé te consulter sur tout ce qui concerne l'hôtel, même si tu m'as explicitement demandé de te laisser tranquille, pour ne pas dire autre chose, avec la gestion de cet endroit ? lança Mark, moqueur.

— Oui, mais là on parle de Shelby, mec.

D'un geste, il enfila son jean et en remonta la fermeture Éclair.

— À ce que je vois, tu ne l'as pas oubliée, fit remarquer son frère.

Conor s'avança d'un pas pour lui faire face et laissa tomber :

— En même temps, j'aurais du mal vu que je vis où elle travaille. Elle pense probablement que je suis un gros loser.

Conor vivait au Drumcliffe pour pouvoir économiser et acheter la maison Beacham qui était vide depuis des années — tout comme son cœur…

Une maison qu'il avait voulue pour Shelby et lui. Maintenant, il la voulait pour lui. Pour lui tout seul. Histoire d'avoir un endroit où couver sa mauvaise humeur sans être constamment surveillé par sa famille.

Mark fit un pas en arrière.

— D'accord, tu ne l'as pas *vraiment* oubliée, dit-il.

Conor laissa échapper un petit rire amer. Pas vraiment oubliée ? C'était le moins que l'on puisse dire !

Elle avait bouleversé sa vie lorsqu'elle n'était pas venue à leur rendez-vous et ne l'avait jamais rappelé. Et en revenant, elle la bouleversait de nouveau ! Le constat était plus que clair, non ?

— Ce n'est pas le sujet, rétorqua-t-il. Surtout qu'elle n'en a plus rien à faire, de moi.

De toute évidence, il y avait eu quelqu'un d'autre dans sa vie. Et il ne parlait pas de son fils.

— Tu savais qu'elle avait un enfant ? demanda-t-il.

— Oui. C'est ce qui fait qu'elle est rentrée au bercail. Le type qui l'a engrossée n'est pas resté dans les parages.

— Oh ! s'exclama Conor. Tu pourrais être un peu plus respectueux, quand même.

— Ce n'est que la pure vérité, mon vieux. Avec le bébé, elle vit chez sa mère, si tu veux tout savoir.

Non ! Il ne voulait rien savoir. Tout ce qui touchait à Shelby le plongeait dans un état qu'il détestait. Avant d'être amoureux, ils avaient été amis, tous les deux, et il était souvent allé chez elle. Alors l'imaginer de nouveau dans la maison de sa mère…

Elle avait également été la première fille en qui il avait pu faire confiance. Et qu'il avait aimée…

Mark claqua des doigts près de son visage, attirant à nouveau son attention.

— Donc j'ai raison, c'est ça ? Tu t'en préoccupes toujours ?

Haussant les épaules, Conor ne put qu'acquiescer.

Le dimanche matin, Conor alla chercher Daisy, le labrador de Daniel, pour une course matinale sur la plage. La veille au soir, il avait cassé sa routine et était allé au Bee Bop Diner pour s'offrir un hamburger en revenant du travail. Il ne voulait absolument pas revoir Shelby.

Il avait besoin de se vider la tête avant de prendre son service et avait perdu beaucoup trop de sommeil toute la semaine. Shelby Lyn Brookes ne cessait de l'obséder.

Mark lui avait dit qu'elle vivait chez sa mère. De toute évidence, elle n'avait pas les moyens de louer une maison ou un appartement.

Que s'était-il passé à New York ?

Mais pourquoi devrait-il s'en soucier ? N'avait-elle pas glissé dans la catégorie des « filles qu'il avait connues » ?

L'océan claquait des vagues furieuses contre les rochers. Le soleil promettait déjà de réchauffer cette journée de mars. Il s'emplit les poumons de l'odeur des algues et des embruns salés. Cela allait-il l'aider à reprendre ses esprits ?

À la fin du lycée, Shelby faisait autant partie de sa vie que de sa famille. Durant leur dernière année, ils avaient passé autant de temps ensemble qu'il leur avait été possible. Elle était même souvent présente le dimanche soir pour le traditionnel dîner familial des Delaney. À l'époque, il se souciait autant de ses aspirations que de ses préoccupations. Chacun était le coach privé de l'autre.

Et aujourd'hui, ils n'étaient plus que deux personnes vivant dans la même ville.

Voyant une adolescente qui courait sur la plage, Daisy piqua un sprint. Conor augmenta sa foulée pour la rattraper et se rendit compte qu'il ne s'agissait pas d'une adolescente, mais de Shelby. Elle était si mince, à la limite de la maigreur.

Était-elle malade ? songea-t-il, soudain très inquiet. Ou était-ce la fatigue due à son travail et au temps qu'elle devait consacrer à son enfant ?

Une secousse lui vrilla la poitrine, comme s'il venait de mettre ses doigts dans une prise de courant. Pendant un quart de seconde, il envisagea de tourner les talons et de repartir dans l'autre sens. Sauf qu'il ne pouvait pas quitter Shelby des yeux. Pour certains, la nouvelle silhouette de Shelby relevait peut-être du chic de la grande ville, mais pour lui, Shelby avait changé. Et cela le préoccupait.

Qu'est-ce qui lui était arrivé ? Il était au courant pour la partie « enceinte », mais que s'était-il passé d'autre ?

Il continua à courir, s'approchant de plus en plus près d'elle. Et s'il se contentait simplement de la doubler sans lui accorder la moindre attention ?

Non. Mauvaise idée. Elle travaillait pour sa famille. Il n'allait pas pouvoir l'éviter éternellement.

Sans réfléchir, il cria :

— Attends-moi, maigrichonne !

Shelby se retourna. Même à cette distance, il vit dans ses yeux un éclair de malaise. Et si elle ne l'avait pas oublié, elle non plus ?

Elle le laissa la rattraper.

— Salut, dit-elle laconiquement.

Bon sang, c'était peut-être le truc le plus stupide qu'il ait jamais fait… À part promettre de retrouver son amour de jeunesse sur une plage et s'attendre à ce que les choses s'arrangent d'elles-mêmes.

Ils coururent un moment côte à côte vers les dunes. Leur respiration s'aligna et leurs jambes se calèrent sur une même foulée. Après quelques minutes, elle brisa enfin le silence.

— J'ai failli tomber tout à l'heure.

— Et pourquoi ?

— Quand tu m'as appelée « maigrichonne ».

Elle ralentit sa cadence et se mit à marcher.

— Et je me suis dit qu'en cherchant coûte que coûte à nourrir les autres, j'ai fini par oublier de m'alimenter moi-même, ajouta-t-elle.

Reprenant son souffle, elle le regarda timidement.

— C'est sans doute normal, pour un chef, conclut-elle.

— Arrête avec ça.

Elle lui jeta un regard interrogateur.

— Arrête quoi ? De nourrir les gens ? C'est mon métier.

— Non, arrête de t'oublier et de faire passer tout le monde avant toi.

— Tu sais, en restauration, ce n'est pas vraiment une option.

— Le Drumcliffe n'est pas exactement un restaurant haut de gamme. Tu peux peut-être souffler, maintenant que tu es rentrée chez toi.

Oh bon sang ! À voir sa réaction, il venait de toucher une corde sensible.

— Diriger une cuisine est un énorme travail, peu importe où, Conor. C'est juste un rythme difficile à suivre.

— Je comprends. Mais je suggérais simplement que tu commences par *te* nourrir et qu'ensuite tu fasses la cuisine pour les autres. Je crois que si tu tombes dans les pommes, personne ne pourra être nourri, n'est-ce pas ?

Elle sourit.

— Ce n'est pas encore arrivé. Ne t'inquiète pas.

— Sans compter que ma mère n'appréciera pas que tu testes cette théorie dans sa cuisine.

— Je m'en doute ! Déjà que j'ai failli y mettre le feu !

Comme Daisy lui faisait la fête, elle joua un instant avec elle.

— Bon, et si je t'offrais un petit déjeuner ? proposa-t-il.

Elle repoussa la chienne et leva les yeux vers lui. Elle avait l'air surprise, comme si elle cherchait une raison de refuser. Comme s'il était la dernière personne sur terre avec qui elle voulait prendre un café.

— Il vaudrait mieux que je rentre à la maison prendre une douche, répondit-elle. J'ai le brunch de l'hôtel à préparer.

— Viens, laisse-moi te payer un petit déjeuner. Tu as encore le temps, avant l'arrivée des clients du dimanche.

Elle le regarda pendant un long moment et laissa tomber :

— Pourquoi veux-tu passer du temps avec moi ? Tu me détestes.

— Non, c'est faux, je ne te déteste pas. Je suis furieux contre toi et je ne sais pas si je vais pouvoir te pardonner, c'est différent.

Il leva un doigt et conclut :

— Mais je ne te déteste pas.

— Eh bien, au moins ça clarifie certaines choses.

Elle jeta un coup d'œil à l'océan, à ses chaussures de jogging recouvertes de sable puis à sa montre.

Il n'allait pas lâcher de sitôt son idée folle et, qui plus est, Shelby venant de courir plusieurs kilomètres, elle avait besoin de manger. Et il n'allait pas la laisser sauter un repas.

— Tu te souviens de l'endroit où nous avions l'habitude de prendre des hamburgers ? demanda-t-il. Le Bee Bop Diner ?

— Cet établissement qui n'a pas l'air de savoir s'il veut être un resto vintage ou une simple gargote ? Si le poste au Drumcliffe ne m'avait pas été proposé, j'aurais probablement déposé ma candidature chez eux.

— C'est vrai ? Alors tu sais déjà qu'ils servent un petit déjeuner à volonté. Et pas cher en plus. Allez, c'est moi qui régale !

Il se remit courir et se retourna vers elle.

— Alors, tu viens ?

— Bon d'accord, répondit-elle en le regardant comme si elle venait d'être témoin de l'Apocalypse.

Ils eurent de la chance et trouvèrent une place au Bee Bop Diner, toujours très fréquenté.

Au fil des pancakes et des œufs, Shelby sembla se détendre légèrement. Lui aussi, du reste. Mais il avait faim et ne laissa pas les souvenirs entraver son petit déjeuner.

Sauf que… Ces souvenirs revinrent rapidement.

Shelby et lui avaient été amis bien avant de tomber amoureux et de tout gâcher. En réalité, c'est *lui* qui était tombé amoureux d'elle et *elle* qui avait tout fichu en l'air. Toutefois ils réussissaient quand même à partager un repas en toute cordialité. Peut-être que, peu à peu, voir Shelby et discuter avec elle ne lui arracheraient plus le cœur.

— Alors comme ça, tu as un enfant, dit-il soudain.

Elle sourit.

— Oui, et c'est un vrai bonheur. C'est la chose la plus difficile que j'ai faite dans ma vie, mais je ne regrette rien. Mon fils est tout pour moi.

Ce qui clarifiait pas mal de choses, songea-t-il. Son gamin était sa priorité dans sa vie. Ce qui était bien normal. Reste qu'il avait encore un million de questions à lui poser.

Ce qu'il ferait un autre jour.

— Il est mignon, dit-il. Il a tes yeux.

— Merci.

Elle lui sourit, et il lut dans ses yeux mille sentiments ; il nota surtout du soulagement, de la gratitude et beaucoup de douceur.

Il aurait pu être furieux contre elle, mais les vieilles habitudes reprenaient le dessus.

— Mais espérons qu'il n'hérite pas de ta taille, quand même, précisa-t-il, moqueur.

— Hé ! Un peu de respect, s'il te plaît, répliqua-t-elle en esquissant un petit sourire.

Leurs regards se rencontrèrent, et il plongea aussitôt dans le passé... Tout ce qu'ils faisaient lorsqu'ils étaient ensemble.

Il se racla la gorge, essayant de balayer ces pensées de son esprit. Sans grand succès.

— Et sinon, c'était comment de travailler dans une grande cuisine new-yorkaise ? demanda-t-il.

Elle soupira, poussant la dernière part de ses œufs brouillés dans un coin de son assiette.

— Voyons..., murmura-t-elle. Comment décrire le chaos ordonné ?

Elle posa sa fourchette, les yeux brillants d'enthousiasme.

— C'est comme une chorégraphie, mais avec des casseroles et du bruit. Oh ! Tellement de bruit...

Elle attrapa une paille et se mit à jouer nerveusement avec avant de poursuivre :

— Faire partie d'une brigade, c'est frôler la catastrophe en permanence. Les tempéraments sont toujours échauffés, les cris et les insultes ne sont jamais loin. Surtout lors du coup de feu, quand toutes les commandes arrivent quasiment en même temps.

Elle lui jeta un coup d'œil et, sentant son intérêt, ses yeux se fixèrent sur les siens. Encore un autre séisme dans sa poitrine...

— Et à la fin, c'est le miracle, les assiettes sont dressées comme des œuvres d'art et tout le monde s'aime à nouveau.

Elle leva la paille jusqu'à sa bouche et la mordilla en riant.

— En d'autres termes, c'est fou. Complètement fou. Mais j'adore ça !

— Le repas que tu m'as servi était incroyable, dit-il.

— Merci.

Après avoir terminé ses pancakes, elle but une gorgée de café et ajouta :

— Mais il faut aussi être fou pour être shérif adjoint, non ?

— Certains jours, oui !

Le serveur vint remplir leurs tasses et desservir leurs assiettes.

— Surtout ces jours-ci, avec toutes les histoires tragiques aux quatre coins du pays, précisa-t-elle. Ça doit être très dur pour toi.

— Je pense que tout est dans la formation. Nous sommes une police de proximité et, pour une petite ville comme Sandpiper, ça roule.

— Mais tu n'as pas travaillé à San Diego, pendant un moment ?

— Oui. À ma sortie de l'université, j'ai suivi le programme de formation des gardiens de la paix.

— Je parie que tu en as vu des vertes et des pas mûres.

— J'ai été dans certaines situations difficiles, c'est certain.

— En vrai, je pense que tu dois avoir le travail le plus difficile au monde.

— Non. Il faut juste que je me tienne sur mes gardes.

— J'avoue que je t'admire.

Pendant un instant, il se laissa bercer par ses paroles. Et pourquoi pas, après tout, car Shelby multipliait les compliments comme un supplément mayonnaise sur un club sandwich.

Il gonfla un peu sa poitrine. La fierté allait très bien avec les pancakes ! Et faisait oublier l'issue fatale.

— Tu te rappelles notre rencontre ? demanda-t-il.

Les yeux de Shelby s'écarquillèrent comme si on venait de lui poser la question à un million de dollars d'un jeu télévisé.

— À l'école primaire ?

— Oui, au CM1, quand tu étais une sale petite pimbêche.

Il lui sourit et ajouta :

— Et tu sais pourquoi je t'ai aimée tout de suite ?

— Tu m'as *aimée* ? répéta-t-elle, étonnée. Je pensais que tu ne pouvais pas me supporter.

— C'est parce que tu étais la seule fille qui pouvait me battre à la balle au prisonnier. Tu avais le courage d'une lionne. C'est ce que j'ai tout de suite remarqué.

En voyant son expression, il sut qu'il l'avait impressionnée. Sauf que la grande question était : pourquoi cela lui faisait-il autant plaisir ? Peut-être était-ce à cause de la surcharge en glucides de tous ces pancakes au sirop d'érable.

Il continua :

— Tu ne m'as jamais agacé, tu m'as toujours fasciné.

— Alors pourquoi tu étais si méchant avec moi ? demanda-t-elle avec un regard incrédule.

— C'était peut-être à cause de tes tresses. J'avais toujours envie de tirer dessus.

Elle se couvrit le visage, faisant de son mieux pour ne pas rougir.

Puis elle consulta sa montre et le regarda, paniquée.

— Oh mon Dieu ! s'exclama-t-elle. Tu as vu l'heure qu'il est ? Je vais devoir oublier la douche et filer directement en cuisine pour m'occuper du brunch !

3

Shelby et Conor franchirent à toute vitesse les portes de la cuisine du Drumcliffe, heurtant des commis qui étaient en train d'installer le buffet du brunch dans la salle à manger.

Maureen Delaney faisait les cent pas dans l'entrée, les bras croisés, manifestement anxieuse.

— Je suis désolée, madame Delaney ! s'excusa Shelby.

— C'est ma faute, maman, précisa Conor.

Maureen les regarda, quelque peu soulagée.

— Je m'inquiétais, dit-elle, le front plissé. Que s'est-il passé ?

— J'ai forcé Shelby à prendre le petit déjeuner avec moi, expliqua Conor.

Shelby l'ignora et se concentra plutôt sur tout ce dont elle avait besoin pour réussir à se préparer… en moins d'une heure.

Elle attrapa une veste de chef sur un crochet et lança :

— Désolée pour le retard ! Est-ce que tout le monde a vu le menu que j'ai posté hier pour le brunch d'aujourd'hui ?

Marmonnements et acquiescements parcoururent le petit groupe de commis.

— Qui est affecté aux œufs et aux omelettes ?

Martha leva la main.

— Avez-vous besoin d'aide pour que vos légumes soient hachés et coupés en dés ?

— Non, c'est bon, répondit Martha avant de se mettre sans tarder à couper des poivrons.

— Conor, peux-tu l'aider avec les garnitures ? demanda Shelby.

Les avocats sont là-bas et n'oublie pas le fromage râpé, la crème fraîche et la sauce piquante.

— D'accord.

— Fred, tu t'occupes de la viande, non ?

— J'ai déjà commencé par les côtelettes de porc, les saucisses, le bacon et le jambon, répondit le second.

— Super ! Merci.

Shelby poussa un profond soupir de soulagement. Le buffet prenait rapidement forme. Ils allaient y arriver. Le brunch ne serait peut-être pas une catastrophe. Elle avait besoin de son travail !

— Quelqu'un peut-il mettre en place la salade de fruits ? s'enquit-elle. Ah ! et préparer le jus d'orange ?

— Je peux faire ça, intervint Maureen.

— Oh ! Vous n'êtes pas obligée...

Maureen lui sourit.

— J'aime bien me rendre utile. Ne t'inquiète pas.

Abby, la serveuse principale, s'avança.

— Moi aussi je peux aider, dit-elle d'un ton enthousiaste.

Ce qui laissait à Shelby le soin de préparer la surprise du jour, à savoir du pain perdu aux pêches.

Elle sortit le pain très épais, le posa sur le comptoir près du grand gril, puis se dirigea vers le réfrigérateur à double porte pour y prendre quelques cartons d'œufs et de la crème.

Lors d'un deuxième voyage, elle saisit un grand bol en acier inoxydable débordant de tranches de pêche fraîches qu'elle avait laissées mariner toute la nuit dans son mélange spécial d'épices et de jus. L'ensemble sentait divinement bon.

L'heure suivante fila à toute vitesse. Tout le monde se concentra sur son travail et, à 10 heures moins 5, soit cinq minutes avant l'ouverture du restaurant, toutes les commandes étaient prêtes à partir. Le brunch était sauvé.

À plusieurs reprises, Shelby avait croisé le regard rassurant de Conor qui avait travaillé comme tout le monde. Vite et bien, avait-elle noté. Il semblait connaître la cuisine du Drumcliffe comme sa poche, probablement parce qu'il avait grandi à l'hôtel.

Même Maureen semblait satisfaite de la manière dont le chaos s'était finalement bien orchestré.

— Je voudrais bien goûter ce pain perdu, déclara-t-elle.

— Avec plaisir ! Vous l'avez amplement mérité !

À ces mots, Shelby dressa sur une assiette deux tranches tout juste saisies dans du beurre et y versa une louche de sirop d'érable tiède.

— Vous m'en direz des nouvelles.

Après une bouchée, Maureen laissa échapper un soupir d'extase.

— Oh mon Dieu ! C'est délicieux.

Shelby sourit et jeta un coup d'œil à Conor qui l'observait, visiblement très fier d'elle.

Ils avaient tous travaillé en équipe et étaient restés concentrés sur une seule et même chose : préparer un buffet de brunch démentiel pour les clients de l'hôtel et les riverains qui voulaient ralentir le rythme le dimanche matin. Ce qui aurait pu se terminer en catastrophe était devenu un triomphe.

Au cours des deux heures suivantes, la cuisine bourdonna comme une ruche sans interruption et, ce qui ravit Shelby, sans un mot de colère ou d'énervement. En plus des compliments sur le pain perdu, dont son orgueil avait bien besoin, quelques mésaventures furent évitées et personne n'eut à souffrir d'un retard ou d'une confusion dans sa commande. Les plats furent servis en continu jusqu'au départ du dernier convive qui marqua le moment du nettoyage.

— Je pense que c'est un nouveau record pour le brunch du dimanche, déclara Maureen en tapotant la pile des fiches des serveurs. Sensationnel !

— Fantastique ! renchérit Conor.

Après un bref sourire, Shelby se remit au travail. C'était à elle de s'occuper du reste.

— Maureen, s'il vous plaît, ne restez pas là, je m'occupe du rangement, décréta-t-elle.

— Tu es sûre, ma chérie ? demanda Maureen.

— Absolument. C'est une belle journée, sortez et profitez.

— Shelby a raison, maman, intervint Conor. Prends ton chevalet et va t'installer quelque part pour peindre.

— Alors ça, vous n'avez pas à me le dire deux fois ! s'exclama Maureen en riant.

Quand cette dernière eut quitté la cuisine, Shelby fit un rapide bilan de sa matinée.

Le petit déjeuner avec Conor avait été, ma foi, assez agréable. Elle avait frôlé la catastrophe, pour le brunch, mais grâce aux excuses de Conor qui avait endossé toute la responsabilité de son retard, tout s'était bien passé — et mieux encore !

Conor ne cessait d'accumuler les points d'héroïsme. Mais un héros, il l'avait toujours été, pour elle...

Une pointe de culpabilité gâcha quelque peu son moment de bonheur. Elle avait fait du mal à Conor, deux ans auparavant. Si seulement elle pouvait trouver un moyen de rattraper ses erreurs...

Si Conor ne cessait pas de fixer la petite, mais puissante, chef du Drumcliffe, avec ses beaux yeux bruns brillant de fierté, il allait sans doute faire quelque chose de stupide. Comme se précipiter vers elle, la prendre dans ses bras et la faire tournoyer dans les airs après l'avoir tendrement embrassée...

Le sourire de Shelby disparut, comme si elle lisait dans ses pensées. Elle se retourna et se mit à récurer vigoureusement son gril.

Il jeta un coup d'œil à la pile d'assiettes et au travail qu'il restait encore à accomplir. Les commandes s'étaient succédé bien trop vite pour que quiconque ait eu le temps de faire tourner les lave-vaisselle régulièrement. Il se dirigea vers le coin de la plonge ; ce petit travail lui permettrait de réfléchir à cette matinée particulière tout en se rendant utile.

Quelque chose avait changé depuis le moment où il avait envisagé de faire demi-tour, sur la plage, afin d'éviter Shelby. Au petit déjeuner, les choses avaient semblé si faciles entre eux. Comme autrefois, quand il lui faisait confiance.

Le problème, c'est qu'il lui avait confié son cœur et qu'elle l'avait brisé en mille morceaux. Il ne devait surtout pas l'oublier et ne pas se laisser prendre à la sensualité de son sourire.

Non. Trop de choses avaient changé.

Shelby était mère, maintenant. Elle avait un fils à élever seule et la responsabilité d'une brigade de restaurant. À cause de lui, parce qu'il avait insisté pour qu'elle l'accompagne au petit déjeuner, elle aurait pu perdre son travail. À cause de lui !

Il jura entre ses dents. Il y était allé un peu trop fort avec la douchette sur la pile de vaisselle. Sa chemise était trempée.

Mais le brunch avait été une réussite, et Shelby n'allait pas perdre sa place. C'est alors qu'il prit conscience de la réalité : Shelby n'allait rester à Sandpiper Beach que le temps de se remettre sur pied. Ensuite, elle repartirait à l'assaut du grand monde de la cuisine. Jamais il n'allait pouvoir la retenir.

Après tout, la cuisine avait toujours été son rêve. C'était tout ce qu'elle avait voulu faire depuis le moment où sa mère lui avait offert des cours particuliers de cuisine après l'école, ce qui avait été une révélation pour elle. Maintes et maintes fois, elle lui avait répété combien ces cours aux Petits Chefs avaient changé sa vie. Dès le CM2, la cuisine était devenue sa vocation. Au lycée, elle avait eu la chance de pouvoir confectionner des centaines de déjeuners gastronomiques. À l'époque, il avait été son premier supporter.

Avant qu'elle quitte sa vie.

Il empila un autre panier sur le tapis roulant partant pour le lave-vaisselle désinfectant à haute température, puis se remit à la plonge.

Shelby et lui avaient couru un moment ensemble ce matin, puis avaient partagé un merveilleux petit déjeuner, avant de se précipiter dans leur mission « sauver le brunch ». Grâce à son aide et à celle de sa mère, ils avaient activement participé à la réussite. C'était amusant de faire partie de son équipe ; elle avait un talent naturel pour diriger ses troupes avec tact, mêlant douceur et autorité. À n'en pas douter, elle était chez elle dans une cuisine. Sur son territoire.

Il soupira. Les choses avaient peut-être changé entre eux, mais elles ne pourraient jamais redevenir comme avant. Jamais il n'allait pouvoir lui faire confiance à nouveau. Qui pouvait faire deux fois la même erreur et confier son cœur à quelqu'un qui sauterait sur la première occasion pour vous le briser ?

Pour cette raison, il l'éviterait. Pas parce qu'il était un lâche, non, juste parce que cette option était la plus pratique et, surtout, la moins risquée. Il était parfaitement conscient des sentiments contradictoires qui se pressaient en lui. De la colère, de la rancœur. Et du désir. La recette d'une catastrophe.

Dès que toute la vaisselle fut lavée et rangée et alors que Shelby était en train de discuter avec des membres de sa brigade, il s'en alla sans la saluer.

Le mercredi matin, après s'être entraîné à la salle de sport, Conor s'arrêta au supermarché pour trouver quelques produits qu'il aimait avoir dans sa suite : du lait, du maïs pour faire du pop-corn au micro-ondes, de la bière, des fruits secs. Pas de chance, Shelby était là avec son fils... Elle avançait tout droit vers lui. Comment ce gamin s'appelait-il, déjà... Benjamin ?

Sandpiper était décidément une petite ville. Éviter Shelby n'allait pas être facile.

— Hey ! dit-elle avec un sourire, en arrivant à sa hauteur.

Elle était si mignonne dans son jean délavé remonté sur ses mollets et son chemisier blanc à manches courtes. Ses boucles d'oreilles aux perles turquoise attirèrent également son attention. Ainsi que ses sandales de plage dévoilant ses ongles d'orteils peints en rose vif. Tellement son style...

Que ce soit à cause du sport ou du temps, il eut l'impression que son animosité s'était dissipée.

— Quoi de neuf ? demanda-t-il.

— Il me faudrait encore des couches et du lait, mais tu sais comment c'est, dans un supermarché, tu achètes tout sauf ce dont tu as réellement besoin.

Il retint un sourire.

— Et toi, la semaine a été chargée ? s'enquit-elle. Je ne t'ai pas vu depuis dimanche.

Elle avait donc remarqué qu'il ne prenait plus ses repas au restaurant familial.

Le temps du mensonge était venu.

— Oui, ça n'arrête pas, au commissariat.

Benjamin le regarda comme s'il était un ours en peluche géant qu'il voulait embrasser.

— Salut, dit-il à l'enfant, plus par obligation polie qu'autre chose.

Jamais il ne se serait attendu au grand sourire dont le gratifia le petit bonhomme dans sa poussette.

— Oui, je suppose que c'est toujours comme ça dans votre travail, fit remarquer Shelby.

— En réalité, tout dépend de ce qui se passe dans le comté.

Une bonne réponse bien banale… En même temps, il n'était pas là pour animer une discussion mondaine, juste pour faire quelques courses et rentrer fissa à l'hôtel.

Il détacha son regard de Shelby et se concentra sur son fils, cette petite bouille souriante aux grands yeux bruns et aux boucles blondes.

— Bon, si tu as besoin, un soir, tu me passes un coup de fil et je te prépare ton dîner.

— C'est gentil, répondit-il.

Il ne put s'empêcher de la regarder dans les yeux et de se demander quel autre sous-entendu il devait lire dans ses propos. Voulait-elle le voir plus souvent ? Se montrer aimable ? Le remercier de son coup de main pour le brunch de dimanche ?

— Bien, je ne vais pas te retenir plus longtemps, dit-elle, manifestement résignée par sa froideur. Tu as sans doute plein de choses à faire.

— Oui. Et toi aussi.

En effet, question amabilité, il se posait là. Il jeta un œil à son chariot.

— Et il ne faudrait pas non plus que tes surgelés fondent, ajouta-t-il.

Shelby hocha nerveusement la tête.

— Oui, quelqu'un m'a dit qu'il fallait que je pense aussi à me nourrir, mais comme je n'ai pas le temps de me faire de bons petits plats, je préfère éviter le pire avec des plats tout faits de bonne qualité.

— Ce quelqu'un a raison.

Lui décochant un petit sourire gêné, il s'éloigna.

Ouf ! Enfin, c'était fini.

Sauf que non… Lorsqu'il arriva au parking, il la vit affairée à mettre son fils dans le siège-auto, avec ses courses toujours dans le chariot. Il s'avança vers elle et, sans demander la permission, il prit les sacs de courses et les rangea dans le coffre ouvert. Puis il se dirigea à grands pas vers sa voiture.

— Merci ! lança-t-elle.

Il fit un signe de la main sans se retourner. Il allait avoir du mal à oublier ces boucles d'oreilles et ces ongles roses s'il la regardait une seconde de plus...

— Et où étais-tu dimanche soir dernier pour dîner ?

La question de son grand-père était sortie de nulle part. Comme ce dernier, d'ailleurs, vêtu de sa traditionnelle tenue de golf, avec sa chemise jaune et sa veste matelassée verte. Ne portant pas son putter habituel — qu'il utilisait comme une canne —, il avait les mains dans les poches.

Padraig le regardait avec attention, ses yeux rétrécis au point de devenir deux meurtrières.

— Laisse-moi réfléchir, grand-père, c'était il y a plusieurs jours. Voyons voir...

Conor claqua des doigts.

— Je m'en souviens, j'ai dû travailler tard. Il y avait un concert sur la plage et bien trop de bière dans les parages.

En d'autres termes, la routine pour une station balnéaire le week-end.

— Oui, mais tu sais que c'est notre tradition, mon garçon. D'autant plus que ton cousin Brian est là. J'espérais que vous feriez rapidement connaissance.

Conor haussa les épaules.

— Ne panique pas, il est là pour six mois avec un visa de travail. Et nous sommes colocataires. Nous aurons tout le temps de faire connaissance.

Conor jeta un coup d'œil au visage inquiet de son grand-père.

— Je te le promets, je passerai du temps avec lui, précisa-t-il. J'en fais mon devoir.

— Bien. Il a seulement un an de moins que toi, tu sais.

— Oui, tu me l'as souvent répété. Mais le travail, c'est le travail, tu le sais bien.

Le travail… et Shelby. Surtout Shelby. Padraig ne savait pas la moitié des choses qui le tourmentait et il n'avait pas la moindre intention de le mettre au parfum. Que Mark soit déjà dans la confidence était bien suffisant.

Le regard suspect de son grand-père lui prouva qu'il n'avait pas été assez convaincant. Peut-être aurait-il dû faire jurer à Mark de ne rien lui dire… Padraig et lui étaient très proches.

Conor sortait souvent l'excuse du travail quand, en réalité, il voulait rester seul. Et là, ce n'était pas vraiment qu'il voulait rester seul. C'était surtout pour éviter de croiser Shelby.

— Je n'aime pas quand tu rates le dîner du dimanche, reprit son grand-père. Je ne veux pas d'excuses pour demain soir. Je ne serai peut-être pas là encore bien longtemps et je veux profiter de ma famille le plus possible.

Conor était habitué au chantage affectif de son grand-père. Padraig avait quatre-vingt-cinq ans et toutes ses dents, et si Conor était bien incapable de prédire le temps qu'il lui restait, il était certain d'une chose : de par son caractère, il était bien capable de devenir centenaire !

— D'accord, grand-père, je vais faire en sorte d'être là demain soir.

Il leva la main droite et ajouta :

— Promis.

— C'est bien, mon garçon.

À ces mots, Padraig le gratifia d'un câlin osseux et se tourna vers Mark qui arrivait dans le couloir.

Conor soupira et s'éloigna. Enfin, il était libéré !

Pour le moment.

Dimanche soir, comme un bon petit-fils, Conor fit en sorte de faire coïncider sa pause du soir avec le dîner familial. Et comme un bon cousin, il était allé chercher Brian dans leur suite nichée au bout d'un couloir au rez-de-chaussée pour se rendre avec lui au pub, « fermé pour soirée privée » comme toutes les semaines.

— Comment ça va, sinon ? Tu apprécies la Californie ? demanda-t-il.

— C'est beau. Trop beau pour moi. Je ne sais pas si je pourrai m'habituer à la chaleur et au soleil.

Brian, originaire d'Irlande, avait un accent particulier, tout comme Keela, la femme de Daniel. Un accent que Conor trouvait musical et agréable à écouter.

Sans compter que le large sourire de son cousin lui rappelait celui de son grand-père.

— J'ai quelques jours de congé la semaine prochaine. On pourrait peut-être faire de la planche à voile ou du bateau ensemble, qu'est-ce que tu en penses ?

— Ce serait génial ! répondit Brian.

Une bonne chose de faite, se dit Conor en entrant dans le pub habituellement bruyant pour rejoindre le reste de sa famille.

Il salua ses frères. Daniel, l'aîné, et Mark, le cadet, et leurs femmes respectives. Keela, qui semblait pouvoir accoucher d'une minute à l'autre, et Laurel. Ensuite, il s'agenouilla pour dire bonjour à Anna, la fille de Keela, Claire et Gracie, les jumelles de Laurel, puis tendit le poing vers Peter, le fils adolescent de Laurel.

Conor était fier de Mark. Après avoir refusé toute responsabilité pendant près d'un an, il avait relevé le défi de devenir un beau-père et de prendre en main la gestion de l'hôtel. *Pour changer un homme, rien ne vaut l'amour d'une femme*, songea Conor.

Cette pensée lui pinça le cœur, alors il jeta un coup d'œil autour de lui.

Il hocha la tête en direction de son grand-père, en pleine conversation avec Keela, qui sembla ravi de le voir, surtout avec Brian à ses côtés.

Il traversa la pièce pour serrer la main de son père et prendre sa mère dans ses bras. Son père, Sean, se tourna vers Brian.

— Tu veux que je te tire une bière pour changer ? demanda-t-il avec un clin d'œil. Le barman a droit à sa soirée de repos.

— Oui merci, répondit Brian en riant.

Conor, mal à l'aise, se taisait. Il ne redoutait qu'une chose : voir Shelby, devoir lui parler, résister à l'envie de l'embrasser.

Les plats qu'elle concoctait étaient une pure merveille, mais il préférait se nourrir de hamburgers.

C'était une réaction immature, certes, mais il n'y pouvait rien.

Sa mère se racla la gorge et réclama l'attention de chacun.

— Bon, vu que tout le monde est là, je peux vous annoncer que j'ai invité quelqu'un, ce soir. Une personne qui passe tout son temps à préparer des repas pour tout le monde sauf elle, tant et si bien que je me demande si elle prend bien le temps de manger !

L'estomac de Conor se noua et il perdit l'appétit de lion qu'il avait en entrant dans le pub.

Avec effroi, il jeta un coup d'œil à la petite silhouette qui s'avançait. Shelby était vêtue d'un long chemisier sans manches beige, d'un corsaire noir et d'espadrilles dorées. Ses cheveux courts couvraient ses oreilles, et sa frange accentuait la profondeur de ses yeux.

Elle portait son fils sur sa hanche, et dès que les femmes présentes le virent, elles s'extasièrent sur son allure d'angelot.

L'ombre dans son regard lui indiqua qu'elle avait sans doute refusé l'invitation de sa mère, mais que cette dernière ne l'avait pas accepté. Pendant un instant, il eut pitié d'elle, car il savait parfaitement ce qu'elle devait ressentir à être obligée de partager un dîner avec un homme qui avait clairement montré qu'il ne voulait plus la fréquenter régulièrement.

Il fit semblant de sourire, comme si sa présence ne l'avait pas dérangé, mais il alla s'installer à l'autre bout de la table, entre Brian et Daniel. Bien que Maureen ait fait part de son mécontentement en fronçant ostensiblement les sourcils, il choisit de l'ignorer.

Ainsi soit-il. S'ils voulaient jouer, il était joueur.

Au cours du dîner, le chaos habituel des repas de famille du dimanche éclipsa rapidement la gêne de devoir manger en compagnie de la femme qui lui avait arraché le cœur.

Benjamin retenait l'attention de la quasi-totalité des convives, et Conor dû bien admettre que l'enfant était mignon, avec ses grands yeux et ses joues poudrées de rose.

Lui-même ne pouvait s'empêcher de lui jeter de fréquents regards. Mais pas pour s'extasier. Qui était son père et pourquoi ne faisait-il plus partie du paysage ? D'après ce que Mark lui avait dit, il en avait déduit que cet homme ne possédait pas les gènes de la paternité. Mais peut-être était-il mort ? Ou Shelby ne lui avait rien dit de sa grossesse.

Machinalement il regarda vers l'autre bout de la table et croisa le regard de Shelby. Elle le fixait d'un air étrange qui le mit mal à l'aise. Pouvait-elle lire dans ses pensées ?

Il se replongea vivement dans la dégustation de son poulet au parmesan.

Il n'aimait pas les questions sans réponses. Sans doute devrait-il demander à Shelby ce qui s'était passé dans sa vie, ces quatre dernières années, tout simplement. Ou alors tout oublier. Maintenant que Shelby était revenue, pourquoi se focaliser sur le négatif ?

— Brian, dit alors Padraig. Tu vas adorer cette histoire. Tu savais que tes cousins Daniel, Mark et Conor ont sauvé une selkie ?

C'était l'excuse dont Conor avait besoin pour s'enfuir !

Il jeta un coup d'œil à sa montre, puis vers sa mère. Elle tenait Benjamin sur ses genoux. Avant que son grand-père puisse commencer à parler de destin et de le prendre à témoin pour lui expliquer pourquoi Shelby était revenue et avait été embauchée au restaurant familial — son grand-père en était bien capable ! —, il devait filer au plus vite. De toute façon, sa pause était bientôt officiellement terminée.

Il se leva.

— Le dîner était super, mais si vous voulez bien m'excuser, je dois retourner travailler, annonça-t-il.

Et sans attendre les remarques des uns et des autres, il se dirigea vers la sortie.

Juste avant de passer la porte, quelqu'un le rattrapa. C'était Shelby.

— Est-ce que ça te dérange si je t'accompagne jusqu'à ta voiture ? demanda-t-elle.

Elle semblait vouloir lui parler et, d'après son regard, c'était important. Comment pouvait-il refuser ? Avec ses parents, ses frères et ses belles-sœurs qui l'observaient… Sans compter son grand-père dont il sentait le regard perçant le traverser.

— Oui, si tu veux.

Ils sortirent dans la nuit fraîche et il la vit frissonner. Son premier réflexe fut de mettre son bras autour de ses épaules, mais il se ravisa. Si elle voulait qu'il se rapproche d'elle, elle devrait se débrouiller toute seule.

Il se dirigea vers le parking.

— Depuis combien de temps tu travailles au commissariat de Sandpiper Beach ?

— Cinq ans maintenant.

Elle se tut un instant, comme si cette information était importante et reprit :

— Mark m'a dit que tu t'étais fiancé l'année dernière.

Il faillit trébucher.

— Ce... Ce n'est pas vrai, bredouilla-t-il. J'y ai vaguement pensé, mais...

La dernière chose qu'il voulait, c'était que Shelby voit à quel point elle avait saccagé sa vie. Elle l'avait fait souffrir, certes, mais elle ne méritait pas qu'il lui fasse porter le poids de son chagrin.

— En vérité, nous n'étions pas... compatibles, expliqua-t-il.

Traduction : Elena en avait eu assez d'avoir une huître comme compagnon. Un homme incapable de s'ouvrir ou de partager quoi que ce soit.

Ce qu'il était précisément en train de répéter avec Shelby. Sauf qu'il ne sortait pas avec elle et n'avait aucun projet de vie commune.

— Et pendant tes jours de congé, qu'est-ce que tu fais ? reprit-elle.

Il haussa les épaules. Qu'est-ce qu'elle faisait, là ? Elle voulait juste papoter ? Il croyait que ce qu'elle avait à lui dire était important.

— Qu'est-ce que tu veux, Shelby ?

Ils arrivèrent à sa voiture et il sortit ses clés de sa poche pour la déverrouiller.

Shelby baissa les yeux.

— Rien, j'essaye juste d'avoir une conversation avec toi, murmura-t-elle.

Pourquoi ? Lui, il n'en avait pas envie.

— Je dois retourner travailler, dit-il.

Il resta silencieux un instant puis, pris de remords, ajouta :

— Je ne fais pas grand-chose, comme activités. Je cours, je vais à la gym.

— Tu fais toujours des randonnées ?

Elle ne recula pas lorsqu'il passa devant elle pour ouvrir la portière.

— Oui. En fait, maman m'a incité à organiser des randonnées nature pour les clients de l'hôtel, le week-end. S'il y a des inscrits et que je ne suis pas en service, je le fais.

— Je suis de repos demain et ta mère m'a dit que toi aussi. Alors j'ai pensé que l'on pouvait randonner ensemble. 7 heures, ça t'irait ? Tu te rappelles du sentier que l'on adorait sur les falaises ?

Il jeta un coup d'œil à sa montre. Contraint par le temps et la nécessité de reprendre le travail, il ne devait pas tarder.

— D'accord, répondit-il machinalement. À 7 heures, demain.

Il n'arriva pas à identifier l'expression de Shelby. Du soulagement ? Un soupçon de panique ? Dans tous les cas, sans en avoir l'air, ils venaient de se fixer un rendez-vous pour le lendemain.

Qui allait arriver vite. Surtout s'il passait la nuit à se demander ce que Shelby semblait avoir de si important à lui dire.

4

Benjamin avait fait le difficile quand Shelby l'avait mis au lit. Il avait été aussi très capricieux pendant la majeure partie du dîner de la famille Delaney. Maureen n'avait pas eu l'air d'en être dérangée ; peut-être qu'elle s'entraînait pour son premier petit-enfant qui risquait de ne plus tarder. Quoi qu'il en soit, le temps que son fils avait passé sur les genoux des uns et des autres avait été une pause appréciable pour elle.

À 3 heures du matin, il se mit à pleurer et à faire de la température. Sans doute à cause de ses deuxièmes molaires. Les premières lui avaient déjà causé bien du souci et des nuits sans sommeil.

Le tenant dans ses bras tout en essayant de le calmer, elle ouvrit l'armoire à pharmacie. L'exercice n'avait plus aucun secret pour elle ; une mère célibataire était capable d'accomplir des exploits. Toutefois, elle aurait bien apprécié la présence de sa mère, mais cette dernière, profitant du jour de congé de sa fille, s'était absentée pour un court voyage sur la côte.

Après la naissance de Benjamin, Shelby avait manqué trop de jours de travail et avait perdu son poste de second. Elle avait dû chercher un autre emploi à temps partiel, tout en vivant avec deux colocataires, histoire de joindre les deux bouts. Le stress de calmer son fils quand ses colocataires dormaient l'avait transformée en insomniaque et lui avait presque donné des ulcères. Elle avait également perdu deux ou trois colocataires, en cours de route — demander à des adultes de ne pas faire trop de bruit quand Benjamin dormait avait été aussi une entreprise délicate.

Pendant les six premiers mois, elle avait eu l'impression d'être un zombie, comme toutes les mères, semblait-il. Pourtant, la fierté l'avait empêchée de rentrer à Sandpiper Beach. Elle n'avait qu'un objectif : prouver qu'elle pouvait vivre seule en élevant son fils tout en poursuivant son rêve. Mais à treize mois, Benjamin avait eu sa première bronchite et elle avait perdu son emploi à temps partiel. Désespérée, elle avait contacté Laurent et lui avait demandé de l'aide. Ce dernier lui avait envoyé de l'argent, en lui ordonnant de ne plus jamais l'appeler. Comme il vivait en France et qu'elle n'avait pas les moyens de se faire aider par un avocat...

L'une des infirmières en pédiatrie qu'elle avait appris à connaître durant le mois d'hospitalisation de Benjamin lui avait parlé d'un petit café qui cherchait un cuisinier. Selon l'infirmière, sa propriétaire pouvait même être disposée à la laisser amener son fils au travail avec elle.

La suggestion s'était avérée être une aubaine. Se lever à l'aube était ce que Benjamin préférait — la notion de « grasse matinée » lui était, hélas, tout à fait inconnue —, et la propriétaire du café aux allures de grand-mère bienveillante lui avait même prêté un parc qui se transformait en un lit pour ses siestes. Elle avait même poussé la générosité jusqu'à lui fournir un petit appartement à l'étage, qu'elle lui avait loué pour une somme modique. Malheureusement, six mois plus tard, Mme Greenblatt était décédée, et ses enfants vivant à l'étranger avaient décidé de fermer et de vendre le petit café.

Incapable de trouver un autre travail qui l'aurait autorisée à amener Benjamin avec elle, et parce qu'elle n'avait pas les moyens d'engager une nounou, elle avait été obligée de rentrer à Sandpiper Beach — et accessoirement, de faire face à son passé.

Ne voulant pas vivre aux crochets de sa mère, elle avait cherché un emploi. Mark Delaney, lui, cherchait un nouveau chef. Elle avait hésité, à cause de Conor. Mais c'était soit ça, soit postuler à un autre poste précaire au Bee Bop Diner. Elle avait accepté la proposition de Mark ; elle avait absolument besoin d'un travail rapidement. Et puis Conor l'avait peut-être oubliée et était passé à autre chose. De toute façon, elle n'avait pas l'intention de rester éternellement dans la région — d'autant plus que Conor ne semblait pas ravi de son retour.

Elle soupira et posa la main sur le front de son fils. Il avait toujours un peu de fièvre mais il s'était rendormi.

Elle allait attendre une heure décente pour appeler Conor et annuler leur balade. Si du moins elle arrivait à garder les yeux ouverts jusque-là.

En général, Conor adorait les randonnées tôt le matin, mais il redoutait celle-ci, car il devait affronter Shelby et ce qu'elle avait à lui dire. Mais qu'avait-il besoin de savoir de plus que le fait qu'elle était tombée enceinte d'un autre alors qu'ils étaient censés se revoir ?

Il avait accepté la randonnée, mais il pouvait toujours l'appeler et prétexter une excuse quelconque pour annuler — les excuses pour éviter un rendez-vous, il connaissait. Oui, c'est ce qu'il allait faire. Moins il passerait de temps auprès d'elle, mieux il se sentirait. C'était lâche de sa part ? Oui, sans aucun doute. Mais raisonnable.

Il cherchait son téléphone portable lorsque celui-ci se mit à sonner.

— Conor, c'est Shelby. Benjamin s'est réveillé cette nuit avec de la fièvre. Je suis désolée, mais je vais devoir annuler notre balade.

— Oh ! Je suis désolé. A-t-il besoin de voir un médecin ?

— Oui. Je vais l'emmener aux urgences.

De par son expérience de policier, il connaissait les meilleurs et les pires endroits pour les soins médicaux du comté. L'une des cliniques d'urgence avait un bon service de pédiatrie, du moins s'il se souvenait correctement de ce que lui avaient dit des travailleurs sociaux.

— J'ai l'adresse de l'une des meilleures cliniques de la région, si tu veux, proposa-t-il.

— Attends. Je prends un stylo et du papier.

Il entendit Benjamin hurler et son cœur se serra.

— C'est bon, chéri, maman va s'occuper de toi.

L'inquiétude et le stress accentuaient chacun des mots de

Shelby, qui ne semblaient pas apaiser Benjamin le moins du monde. L'espace d'un instant, il vit tout ce qu'une mère célibataire devait endurer.

— C'est ta mère qui va vous conduire ? demanda-t-il.

— Non, elle est absente aujourd'hui. Elle a profité de mon jour de congé pour aller faire une balade.

— Bon. J'arrive. Ce n'est probablement pas une bonne idée que tu prennes le volant dans un tel état de nervosité.

— Ne t'inquiète pas, Conor, ça va aller. J'ai...

— Ne bouge pas. Je suis en route.

Quarante minutes plus tard, Shelby patientait dans la salle d'attente des urgences de la clinique. Assis à côté d'elle, Conor tenait Benjamin dans les bras. Elle avait d'abord refusé l'offre que ce dernier lui avait faite de l'accompagner — toujours sa fierté de se débrouiller toute seule —, mais maintenant, elle ne pouvait que se rendre à l'évidence : heureusement qu'il avait été là. Tout d'abord, parce qu'elle aurait bien été incapable de trouver cette clinique nichée dans les collines de Sandpiper Beach toute seule. Ensuite, parce qu'elle se sentait en sécurité en sa compagnie. Et cela faisait bien longtemps qu'elle n'avait pas eu cette impression.

Probablement épuisé, Benjamin dormait. Chose étrange, il avait choisi de s'endormir quand elle l'avait laissé avec Conor pour aller remplir les papiers d'admission.

Quand elle revint, ses papiers remplis, voir son fils dans les bras de Conor la fit frissonner. Un frisson des plus agréables.

Benjamin avait l'air minuscule dans les énormes bras de Conor, et le spectacle était à la fois doux et perturbant. Conor tenait Benjamin comme s'il était fait de verre soufflé. Comme s'il tenait son fils, comme s'il savait exactement ce qu'il faisait.

— Il y a un problème ? murmura-t-il quand elle s'assit à côté de lui.

Elle secoua la tête, ne voulant pas réveiller son fils endormi.

— Ne t'inquiète pas, ajouta-t-il. Tout est sous contrôle. Tu dois être exténuée.

Ce n'était rien de le dire !

Benjamin se réveilla et regarda Conor d'un air inquiet, puis il se tourna vers elle. La voir dut le rassurer, car il ne se mit pas à pleurer. Au contraire, il se détendit et posa la tête sur l'épaule large et robuste de Conor.

Son fils était déjà un bon connaisseur du cœur humain, songea-t-elle, attendrie.

Elle posa la main sur son front.

— Il a encore de la fièvre, dit-elle. Il a déjà eu une bronchite sévère, il y a quelque temps. J'espère que cette fois c'est moins grave.

— Ça doit être très difficile de prendre soin d'un bébé, de travailler et de vivre seule.

Elle prit une profonde inspiration.

— Oui, c'est très dur.

Elle sentit quelque chose s'adoucir chez Conor. L'effet de l'empathie ? Elle ne voulait pas de sa pitié, mais elle n'allait pas lui mentir. Être mère célibataire était peut-être le job le plus difficile au monde.

— Benjamin Brookes ? lança une infirmière.

Shelby se leva. Conor aussi. Elle lui jeta un coup d'œil. Elle aurait sans doute dû reprendre son fils, mais quelque chose l'en empêchait. Benjamin était content et Conor semblait parfaitement à l'aise pour l'accompagner dans la salle d'examen. Alors elle le laissa faire.

Une heure et demie plus tard, après l'examen du médecin, une radiographie pulmonaire et un traitement par nébulisations, Conor, Shelby et Benjamin quittaient la clinique avec une prescription d'antibiotiques — et un soulagement notable chez Shelby.

Conor avait déjà pensé à maintes reprises que Shelby avait le cœur d'une lionne et elle venait une nouvelle fois de le prouver. Elle était comme une lionne avec son fils. Sur ses gardes. Protectrice. Débordante d'amour.

Cet enfant avait de la chance de l'avoir comme mère.

— Je suppose que la pharmacie la plus proche de chez moi fera l'affaire.

— OK, dit-il, portant toujours Benjamin.

Shelby ouvrit la portière arrière de la voiture, et Conor se plia en deux pour installer le petit garçon dans son siège-auto. Perdu avec les doubles sangles du harnais et les multiples boucles, il abandonna et laissa Shelby s'en occuper. Ce qu'elle fit en un claquement de doigts.

— Tu as faim ? demanda-t-il.

Elle lui lança un regard qui semblait vouloir dire « On est repartis pour un tour ? »

— Je suis affamé, moi, répondit-il.

Et pas prêt à lui dire au revoir.

— Oui, manger un morceau ne serait pas de refus, murmura-t-elle après un petit temps d'hésitation.

Puis elle jeta un coup d'œil à son fils qui protestait.

— Il est probablement affamé aussi, ajouta-t-elle.

Conor retint un sourire.

— OK, alors allons manger ! Mais on va d'abord à la pharmacie.

Il allait passer encore un peu de temps avec Shelby et Benjamin. Dans quoi était-il en train de se laisser entraîner ?

Une heure plus tard, après que Benjamin eut autant mangé que joué avec deux œufs brouillés, trois fraises et un morceau de pain grillé, Shelby et Conor avaient pris un autre petit déjeuner ensemble — et bien plus harmonieux que le dîner au pub de la veille !

Conor la raccompagna chez elle — enfin, chez sa mère.

Elle était soulagée que le médecin l'ait rassurée. Benjamin en était seulement aux tout premiers stades d'une bronchite et allait rapidement guérir. Le petit garçon s'était d'ailleurs endormi dans la voiture, et si le trajet avait duré plus longtemps, elle n'aurait pas dit non à une petite sieste bercée par le ronron du moteur.

Elle sortit de la voiture, bâilla et s'étira. Conor se dirigea directement vers la banquette arrière. Elle s'interposa vivement.

— Arrête. Seul un professionnel peut retirer un enfant endormi d'un siège-auto sans le réveiller, chuchota-t-elle en souriant. Ne t'inquiète pas, je m'en occupe.

Elle ouvrit la portière et contempla un instant son fils. Elle n'avait pas encore pu se résoudre à lui couper les cheveux, alors elle écarta les boucles de son visage pour poser doucement sa main sur son front et vérifier sa température. Rien d'alarmant. Il était tellement plus calme grâce aux miracles de la médecine moderne. Elle défit de quelques gestes experts les diverses sangles et l'attira contre sa poitrine, la tête posée contre son épaule.

— La clé de la maison a un point bleu, murmura-t-elle en tendant son trousseau à Conor.

Conor hocha la tête, et tous deux se dirigèrent vers la porte d'entrée. Juste avant d'atteindre les marches du perron, elle trébucha. Conor fit un geste pour la rattraper, mais elle retrouva prestement l'équilibre.

Toujours avec mille précautions elle entra et fit un signe de tête pour désigner la chambre de Benjamin au bout du couloir. Conor alla lui ouvrir la porte.

Juste au moment où elle se penchait pour installer Benjamin dans son berceau, les yeux du petit garçon s'ouvrirent et il se redressa, regardant autour de lui. Parfaitement réveillé.

Elle laissa échapper un gémissement de déception. Tant pis pour sa sieste. Elle jeta un coup d'œil à Conor, et ils éclatèrent de rire.

— Hé oui, mon pote, tu es à la maison ! dit Conor.

— Poui poui !

Oh non... Il voulait jouer. Alors qu'elle ne rêvait que d'une chose : plonger dans son lit et ne plus penser à rien.

Comme s'il lisait dans ses pensées, Conor prit Benjamin dans ses bras et lui dit :

— Et si tu allais t'allonger ? Je peux m'occuper du vieux Benny ici présent, pendant ce temps-là. Lui et moi on se connaît bien maintenant.

— Je ne peux pas te laisser faire ça.

— Et pourquoi pas ? Tu es manifestement épuisée.

— Parce que tu sais comment t'occuper d'un bébé ?

— Je ne crois pas qu'il faille être prix Nobel non plus pour y arriver, si ? Va dormir quelques heures et je vais le promener et le laisser jouer dans son parc en le surveillant. En revanche, si tu insistes, je veux bien que tu changes sa couche d'abord...

Elle n'avait même plus la force de résister et elle hocha la tête. Après tout, n'avait-elle pas fait confiance à Conor depuis l'école primaire ?

— Bon, d'accord, mais uniquement parce que je dors debout et parce que ce n'est prudent ni pour Ben, ni pour moi, dit-elle.

Elle changea rapidement son fils et le tendit à Conor. Avant de quitter la pièce pour aller se reposer, elle se pencha pour embrasser Benjamin et frôla la joue de Conor au passage. Un acte innocent qui remua des souvenirs anciens et confus... Elle faillit faire un bond en arrière mais se contenta de reculer d'un pas, troublée.

— Au fait, on va devoir remettre notre randonnée à plus tard, dit Conor d'une voix blanche, visiblement aussi ému qu'elle.

Au moins, il ne semblait plus en colère.

Une heure plus tard, toujours troublé par ce qu'il avait ressenti lorsque les lèvres de Shelby avaient frôlé sa joue par inadvertance, Conor remit Benjamin dans son berceau. Le petit garçon s'endormit aussitôt ; l'agitation de la matinée avait eu l'effet d'un coup de massue sur lui, sans compter sa nuit d'insomnie et le médicament contre la fièvre. Il quitta la pièce sur la pointe des pieds.

La porte de la chambre de Shelby était entrouverte, et après un léger coup sur le chambranle, il entra. Shelby dormait à poings fermés. Un spectacle perturbant vu le mélange de sentiments qu'il ressentait pour elle. Il aurait dû toujours être en colère, non ? Beaucoup moins, lui semblait-il. Sa rancune n'était plus aussi forte, et une petite voix lui soufflait... qu'il était peut-être temps de laisser le passé derrière lui et de composer avec le présent.

Et le présent, ma foi, n'était pas si désagréable... Il était là, debout dans le couloir comme un abruti, à regarder Shelby dormir. Comme s'il en avait le droit, comme si sa poitrine n'était pas assaillie de vieilles sensations qu'il pensait avoir enfouies à tout jamais. Comme s'il n'avait pas envie de quelque chose qu'il savait ne plus pouvoir obtenir.

La vérité, c'est que Shelby lui manquait.

C'est alors qu'il eut l'idée la plus stupide du monde.

Apercevant un bloc-notes et un crayon sur une petite table, il écrivit :

Rendez-vous demain matin 7 heures sur la piste des falaises. Viens avec Benny si tu veux.

Si elle ne venait pas à cette randonnée, il saurait à quoi s'en tenir et il retournerait à sa vie et à son travail comme si de rien n'était.

Son plan était parfait. Parfaitement ridicule. Parce qu'il jouait avec le feu.

Le lendemain matin, regrettant son idée stupide, Conor se dirigea vers le sentier de randonnée qui partait de la plage. Shelby était déjà là et l'attendait dans les dunes, avec Benjamin dans un porte-bébé dorsal. À la fois soulagé et inquiet, il fit un signe de la main.

Elle avait un sac à fleurs roses sur l'épaule et semblait plus prête pour un week-end en camping que pour une marche de trois kilomètres. Mais elle avait toujours été ainsi.

— Je crois que tu es un peu trop chargée, lui fit-il remarquer, moqueur, en arrivant à sa hauteur.

— J'ai pensé au casse-croûte, c'est tout, répondit-elle, les yeux plissés face au soleil, un grand sourire aux lèvres.

Une expression qui lui rappela tant de souvenirs…

— Un casse-croûte ?

— Oui, mais si tu n'es pas gentil tu n'auras rien.

— Oh ! mais je vais te montrer tout de suite ma gentillesse ! répliqua-t-il en souriant. Comme tu pars avec un handicap de poids, je te propose de t'aider à porter quelque chose. Benny, par exemple ?

— Ce n'est pas un problème pour moi, mais si tu veux à tout prix prouver ta virilité, fais-toi plaisir.

— Comme si c'était quelque chose que je devais prouver, rétorqua-t-il avec un rire forcé.

Voilà qu'ils s'étaient replongés dans leurs vieilles chamailleries d'autrefois. L'astuce consistait à ne pas regarder Shelby dans les yeux, ce qu'il fit.

Il l'aida à faire glisser le porte-bébé de ses épaules et le fit passer sur son dos. Puis elle l'aida à ajuster les sangles. Avec Benjamin qui battait des pieds d'excitation, il lui fallut quelques secondes pour se faire à ce sac à dos vivant.

Shelby mit son sac à provisions en bandoulière et ils partirent d'un pas tranquille.

Shelby ouvrant la voie, Conor fit tout son possible pour ne pas laisser traîner ses yeux sur ses fesses et ne pas être subjugué par son allure naturelle.

Oui, il jouait décidément avec le feu.

Quelques centaines de mètres plus loin, elle s'arrêta et se tourna pour admirer la vue sur l'océan.

— Wow, murmura-t-elle. Regarde ces rayons de soleil, c'est...

— Spectaculaire.

Il avait terminé sa phrase, comme au bon vieux temps.

Elle s'extasia un long moment sur le chatoiement du ciel qui se mêlait à celui de l'océan.

Les rayons du soleil traversèrent soudain une épaisse couche de nuages, comme un coup de projecteur sur l'océan. Comme si Dieu en personne lui envoyait un message, songea Conor.

Mais quel message ? Continuer la balade ? Faire demi-tour ?

— Tu te souviens de la dernière fois où...

— Nous avons parcouru ce sentier ? demanda-t-il.

— Oui.

— Le 4 juillet. Le lendemain du jour où nous nous sommes retrouvés après la fac.

Ils s'étaient assis sur le banc au sommet de la falaise et avaient regardé les feux d'artifice avec une cinquantaine d'autres personnes. Puis ils s'étaient enfuis pour être seuls et avaient trouvé la vieille maison qui leur avait servi de nid d'amour tout l'été...

— La dernière fois que j'ai fait cette randonnée, Mark et moi étions à la recherche de Peter, dit-il.

— Le fils de Laurel ?

— Oui. Il s'était enfui sans rien dire à personne. Il avait surpris Mark et Laurel en train de s'embrasser.

— Oh. Certaines situations sont difficiles à vivre, pour les ados. Et aujourd'hui, tout se passe bien ?

— Oui. Mon frère et Peter semblent bien s'entendre.

Ils reprirent leur balade tout en discutant, Conor lui racontant globalement ce qui s'était passé à Sandpiper Beach ces dernières années — sans parler, bien sûr, des prédictions de Padraig pour ses petits-fils.

Aux trois quarts du sentier avant l'arrivée au sommet, Shelby s'arrêta et reprit sa respiration. Elle jeta un coup d'œil par-dessus son épaule et regarda Conor en désignant un point au loin.

— Regarde !

C'était la maison Beacham, en retrait de la falaise, totalement délabrée.

Il sentit une boule se former dans son ventre et il se tut, refusant de partager son enthousiasme. Cette maison, pour lui, c'était... à la fois source de bonheur et de souffrance.

— La maison Beacham ! s'exclama Shelby. Je me demande si elle est toujours vide.

— Elle l'est, confirma-t-il.

Elle attendait visiblement une réaction de sa part, un petit mot sur cette maison qui avait abrité leurs amours et toutes sortes d'expériences sexuelles plus incroyables les unes que les autres. Mais il ne fit aucun commentaire, refusant de lui montrer la moindre de ses pensées. Elle n'avait pas besoin de savoir qu'il avait économisé pour verser un acompte pour l'achat de la maison. Elle n'avait plus rien à voir avec ça. La maison Beacham allait être sa maison à lui, et il allait gravir les échelons du shérif et passer le reste de sa vie à regarder ce magnifique océan avec ces levers et ses couchers de soleil grandioses. De toute façon, il savait qu'il ne pourrait pas vivre ailleurs qu'ici.

Seul ? Partager sa vie avec une autre femme lui semblait impossible pour le moment. La partager avec Shelby... était la pire idée qu'il n'avait jamais eue !

Il serra sa mâchoire et secoua la tête pour dissiper ses idées étranges.

Après quelques minutes supplémentaires de silence, ils se remirent en route vers le sommet, où les attendait un banc pour profiter d'une vue encore plus magnifique de l'océan Pacifique.

Conor laissa Shelby s'asseoir et préféra garder Benjamin sur le dos. Ce n'était pas un bon endroit pour laisser le petit garçon galoper partout.

Shelby tira de son sac une boîte de biscuits et l'ouvrit, avant d'en tendre un à son fils.

— Couac, dit Benjamin en se mettant à grignoter son gâteau.

— C'est du cake, oui, dit-elle. Tu dis merci ?

— Marchi.

Elle sortit ensuite une bouteille Thermos et en dévissa le couvercle.

— Café ? proposa-t-elle.

— Avec plaisir, ça sent divinement bon, fit remarquer Conor.

Elle remplit deux tasses en plastique et lui en tendit une. Elle avait mis de la crème, sa manière préférée de boire le café.

— J'ai fait des croissants ce matin, ajouta-t-elle. Ils devraient encore être un peu chauds.

En entendant les grognements de son estomac, Conor sourit. Les viennoiseries tombaient à point nommé !

Après avoir avalé quelques petites bouchées de croissant et siroté son café, Shelby se tourna vers lui. Elle semblait bien sérieuse, tout à coup, nota Conor. Le moment de « la grande discussion » était arrivé, apparemment.

— Bon, si je t'ai demandé de faire cette randonnée, commença-t-elle, c'était pour m'excuser en personne.

Elle se tut, et il vit dans ses yeux que les aveux étaient difficiles.

— Quelque chose que j'aurais dû faire il y a longtemps, précisa-t-elle.

Ne sachant quoi dire, il la laissa continuer.

— Nous nous étions perdus de vue, surtout à cause de moi, d'ailleurs.

— Je n'ai rien fait non plus pour rester en contact, admit-il à regret.

Un aveu qu'elle accueillit d'un hochement de tête.

— Oui, mais je crois que je suis vraiment la principale fautive. J'étais complètement absorbée par le monde de la restauration et, l'année d'avant, j'ai même eu une proposition de France. Quel cuisinier ne rêve pas d'aller en France ?

Elle le regarda et attendit sa réaction, comme si elle avait besoin de son assentiment.

Mais en vérité, il ne voulait pas la comprendre. Parce que c'était trop dur pour lui de constater à quel point il ne faisait plus partie de sa vie, de ses pensées alors qu'elle, elle n'avait cessé de peupler son esprit nuit et jour. Lui, il l'avait gardée dans son cœur et attendait patiemment que tout se passe comme prévu le jour venu. Il avait été bien naïf...

Shelby s'éclaircit la gorge et reprit :

— Et une chose en entraînant une autre, je me suis amourachée d'un type qui n'était pas fait pour moi. Le pire, c'est que je pensais vraiment être amoureuse.

Elle lui lança un coup d'œil inquiet, comme pour vérifier si sa trahison lui faisait encore du mal.

— Et puis j'ai compris que je ne l'aimais pas du tout, mais c'était trop tard. J'étais enceinte. Je ne pouvais pas revenir à Sandpiper Beach, c'était impossible.

Elle se tut de nouveau, et le silence dura un long moment. Il comprit alors que c'était à son tour de parler.

— C'était atroce, Shelby. Atroce de t'attendre pour rien.

— S'il te plaît, pardonne-moi.

Elle se leva et fit quelques pas vers lui.

— Conor, tu es la dernière personne sur terre que j'aurais voulu blesser, je te jure.

Son regard semblait sincère et il aurait été logique de céder. De lui dire « D'accord, je te pardonne ». Mais ce n'était pas si facile. Il avait souffert comme jamais dans sa vie et elle devait le savoir.

— J'ai attendu, attendu, dit-il d'un ton égal. Et puis tu m'as appelé et tu m'as dit que tu ne pouvais pas venir.

Il claqua des doigts.

— Comme ça, sans plus d'explication. Tu m'as brisé le cœur, Shelby.

— Je ne savais pas quoi te dire d'autre. Que j'avais tout foiré ? Que j'étais enceinte ? Que j'avais un boulot que je ne pouvais pas refuser ? J'ai tout raté, Conor, j'ai perdu mon meilleur ami.

Conor tressaillit. Le mot lui avait fait l'effet d'une gifle. Un *ami* ? C'était tout ce qu'il était pour elle ? Lui il l'aimait d'amour, il avait imaginé passer sa vie avec elle !

Une nausée le submergea.

— S'il te plaît, pardonne-moi, Conor. S'il te plaît. Je veux toujours être ton amie.

Elle pleurait, suppliait. Et il n'avait jamais supporté la voir pleurer.

Elle était revenue vivre chez sa mère, la tête basse et un bébé dans les bras. Elle avait accepté de travailler pour sa famille, et ce malgré ce qui s'était passé entre eux. N'avait-elle pas prouvé qu'elle était capable de mettre son orgueil de côté ?

Peut-être pouvait-il faire de même ?

Après tout, leur rêve était mort depuis deux ans, maintenant. Le ressentiment l'avait fait tenir, mais il fallait maintenant qu'il passe à autre chose. Quitte à accepter le fait qu'ils ne seraient... qu'amis.

Cette idée le faisait bondir, mais comment revenir en arrière avec tous les dégâts déjà causés ?

Poussé par une vague de compassion, il lui tendit la serviette qu'elle lui avait donnée avec le croissant. Elle l'attrapa, s'essuya le nez, puis lui jeta un regard qui lui tordit les tripes.

— Bon, écoute, Shelby. Je... J'ai vraiment souffert à cause de toi, mais je te pardonne. D'accord ?

Elle laissa échapper un soupir de soulagement, puis esquissa un pâle sourire.

— Merci, murmura-t-elle.

— Maman, maman, babilla Benjamin d'une petite voix inquiète.

Shelby se força à sourire et s'approcha de lui.

— Tout va bien, mon chéri. Tu as envie de continuer la balade, c'est ça ?

Elle lui enleva son bob et lui ébouriffa les cheveux tout en lui racontant une histoire de petit bateau qui n'arrivait pas à trouver la mer — sans doute une histoire qu'il connaissait car il se mit à rire.

Conor soupira. Oui, cela ne faisait aucun doute, tout ce qu'elle avait à lui offrir aujourd'hui, c'était de l'amitié. Allait-il pouvoir s'en contenter ?

Après tout, elle était la nouvelle chef du Drumcliffe. Alors autant faire la paix avec elle, d'autant plus qu'il risquait de la croiser souvent.

— Je te pardonne, répéta-t-il.

Son cœur se mit à battre plus fort quand il vit Shelby faire un pas vers lui et poser sa main sur sa joue pour l'effleurer d'une caresse. Puis elle plongea ses yeux dans les siens et rapprocha son visage, tout doucement, comme si elle lui posait une question et attendait sa réponse.

Il ne bougea pas.

— Merci, Conor, murmura-t-elle encore juste avant de l'embrasser.

Un baiser qui n'avait rien à voir avec le frôlement de la veille. Non, il s'agissait là d'un vrai baiser. Un baiser de femme qui rend fou un homme.

Pas un baiser d'amitié.

5

Mercredi soir, quand Shelby apprit que Conor serait au restaurant pour sa pause dîner, elle eut une idée.

— Abby, ne donne pas un menu à Conor, dit-elle à la serveuse. Je vais lui servir mon menu spécial ce soir.

Pour attirer de nouveaux clients, elle avait eu l'idée de mettre à la carte un menu spécial chaque semaine pour un prix réduit.

Son envie de le proposer à Conor sans lui demander son avis n'était peut-être pas une bonne idée, mais... la tête lui tournait encore depuis qu'ils s'étaient embrassés la veille.

Elle était heureuse de lui avoir enfin tout dit, elle n'était pas sûre de ce qui viendrait après ses excuses et ses aveux. Ensuite, quand elle avait parlé d'amitié, elle était sincère. Mais très vite, presque sans s'en rendre compte, ses lèvres s'étaient scellées aux siennes. Et là aussi, elle était sincère. C'était ce qui la troublait le plus, d'ailleurs.

Revenir à Sandpiper était censé être temporaire, un an ou deux. Si elle ne gagnait pas ses galons de chef, alors c'est qu'elle ne les méritait pas.

Seulement, Conor, qu'elle pensait avoir oublié ou tout au moins rangé dans la case des bons souvenirs de sa jeunesse, lui retournait encore le cœur. Heureusement, Benjamin avait rompu le sortilège et ils avaient repris leur balade dans un silence étrange. Ils s'étaient rapidement dit au revoir et étaient repartis dans des directions différentes.

Elle ne cessait de penser à lui depuis. Ses nuits étaient très courtes. Elle avait beau réfléchir, elle ne comprenait pas.

Elle avait perdu la confiance de Conor, et il allait lui falloir beaucoup de temps pour la retrouver — pour peu que ce soit possible. Mais c'était en tant qu'amoureux.

Or tout ce qu'elle voulait aujourd'hui, c'était redevenir son amie. Elle espérait commencer tout doucement et reconstruire leur relation petit à petit. Il y avait tant à faire… Mais elle ne renoncerait pas. Et pour commencer, elle allait le surprendre avec son menu spécial. Tout au moins elle l'espérait.

L'entrée de ce soir était un carpaccio de pétoncles avec du fenouil.

Pour le plat, elle était partie d'une recette traditionnelle d'osso buco milanaise mais avec des cuisses de poulet à la place du veau.

Le dessert était une panna cotta au citron et aux myrtilles fraîches avec un glaçage léger.

Dès qu'Abby vint lui annoncer que Conor était installé, elle lui tendit un thé glacé avec l'assiette de pétoncles.

— Dis-lui que c'est avec les compliments du chef.

Elle cligna de l'œil… et se sentit immédiatement ridicule. Toutes les femmes célibataires des alentours avaient probablement des vues sur Conor, et Abby allait penser qu'elle était l'une d'entre elles. Tant pis !

Dès que la première vague de commandes fut maîtrisée, elle dressa le faux osso buco pour Conor et, cette fois, le porta elle-même à sa table.

— Agent Delaney, voici votre dîner.

D'un geste maladroit, elle faillit renverser la bougie en posant l'assiette devant lui.

Conor rattrapa in extremis la bougie, mais de la cire coula sur la nappe.

— Décidément, murmura-t-elle.

— Je vais finir par croire que tu es pyromane, Shelby.

Ses yeux taquins lui firent l'effet d'un tendre coup de poing.

Il la fixa d'un air étrange, visiblement surpris de voir le chef en personne quitter ses fourneaux pour le servir.

— Abby a refusé de prendre ma commande, fit-il remarquer.

— Ce soir, j'ai eu envie de…

— Me surprendre.

— Oui, quelque chose comme ça.

— Cela a l'air génial. Et cette entrée… Sensationnelle. Superbe !

— Merci. J'adorerais rester et papoter avec toi, mais je vois que le restaurant se remplit.

— Bien sûr. On parle de notre nouveau grand chef dans toute la région. C'est super bon pour toi, Shelby.

Il était manifestement sincère. De toute façon, il était incapable de mentir.

— C'est gentil, merci, murmura-t-elle. Bon appétit.

Alors qu'elle s'éloignait de la table, elle entendit son gémissement de plaisir. Il avait dû goûter son osso buco.

— C'est incroyable, Shelby. Vraiment incroyable.

Elle se retourna, lui sourit, et ses yeux se posèrent machinalement sur sa bouche…

C'est alors que Fred, son second, passa la tête par la porte de la cuisine.

— Chef ? J'ai un petit problème.

Elle retourna rapidement en cuisine pour découvrir qu'ils étaient déjà à court de pétoncles et qu'elle devait en préparer d'autres.

Peut-être que Conor avait raison. Que toute la région parlait du Drumcliffe, de sa nourriture excellente et de son rapport qualité-prix exceptionnel. Ce qui la fit sourire de plus belle.

Vingt minutes plus tard, Conor fit irruption dans la cuisine et, cette fois, elle ne déclencha pas de feu de poêle.

— Tu as vraiment un don, Shelby. Tu vas devenir un chef exceptionnel.

— C'est vrai ?

Ses compliments tombaient à point nommé, à un moment où sa confiance en elle était au plus bas. À New York, elle n'avait pas été en mesure de trouver ou de garder un emploi respectable. Elle avait fini par travailler comme cuisinière dans un café. Peut-être que Mark ne l'avait embauchée que par pitié, mais les compliments de Conor n'étaient pas tombés dans l'oreille d'une sourde !

— Je vais parler à tous les gens du commissariat de ces menus spéciaux, reprit-il. Prépare-toi à une invasion de policiers et de leur famille.

— Tu peux aussi leur dire que nous offrons une réduction spéciale aux forces de l'ordre.

Elle aurait dû probablement en parler à Mark, mais trop tard, maintenant ! Et elle allait aussi devoir relever de défi de nourrir tout un groupe de personnes en un temps limité... Oui, elle pouvait le faire.

— C'est comme si c'était fait, dit-il. Bientôt, les gens devront faire la queue pour avoir la chance de goûter à tes plats. Je dirai aux collègues de se dépêcher.

— Merci, merci.

Il repartit comme il était venu, et elle resta quelques instants immobile, à contempler les portes battantes qui donnaient sur la salle.

Conor avait toujours été le premier à l'encourager, à lui dire d'aller de l'avant, de courir après ses rêves. Mais c'était *avant* qu'elle l'ait trahi. Alors pourquoi l'encourageait-il encore aujourd'hui ? Quelles pouvaient bien être ses intentions ?

Le lendemain soir, Conor dînait avec quelques collègues au restaurant. Il mit un point d'honneur à les informer des grands changements qui s'étaient produits dans l'établissement.

— Allez-y pendant vos jours de congé, amenez vos femmes et vos familles. Vous ne serez pas déçus, je le promets ! Je ne suis pas un fin connaisseur comme le capitaine Worthington et surtout sa femme, mais...

— La critique gastronomique locale ? intervint un policier.

Une idée surgit alors dans la tête de Conor. Critique gastronomique... Oui, il y avait quelque chose à faire. Il y réfléchirait sérieusement plus tard. Abby attendait pour prendre les commandes.

Il recommanda le menu spécial et son osso buco de poulet, divin.

— Sérieusement, DiMaggio, goûte ça, c'est probablement aussi bon que ce que cuisine ta mère.

Le temps que ses collègues choisissent leurs plats, il se plongea dans ses pensées. La femme de son capitaine était critique gastronomique... Peu à peu un plan se forma dans sa tête.

Il avait grand espoir d'obtenir une promotion avant la fin de l'année et savait qu'il aurait besoin d'une recommandation de son capitaine. Bien sûr il ne voulait pas s'abaisser à utiliser un pot-de-vin ou quoi que ce soit d'autre, mais peut-être que...

Lorsque Abby servit les entrées, il ne fallut qu'une bouchée pour que ses collègues soient convaincus que Shelby Brookes était un chef de grand talent. DiMaggio admit même que sa mère n'avait jamais rien cuisiné de meilleur, ce qui, de la part d'un Italien, était plus qu'un simple compliment !

— Vous savez que le capitaine et sa femme célèbrent leur vingtième anniversaire de mariage la semaine prochaine ? demanda un autre de ses collègues.

— C'est une sacrée performance, n'est-ce pas ?

— Oui, et ils partent en vacances en Europe pendant trois semaines.

Ce que Conor ne savait pas. Il devait donc mettre son plan à exécution sans plus attendre.

Shelby savait que Conor croyait en elle, mais fermer le restaurant familial pour un dîner privé célébrant un anniversaire de mariage était peut-être un tantinet exagéré. Même pour une romantique chevronnée comme elle...

Conor revint plus tard dans la soirée, alors qu'elle venait de terminer le nettoyage de la cuisine.

— Qu'est-ce que tu y gagnerais ? lui demanda-t-elle, persuadée qu'il lui cachait quelque chose.

— C'est un bon patron. Et vingt ans de mariage, ce n'est pas rien.

— Certes.

Elle accrocha ses ustensiles les plus utilisés sur les crochets au-dessus du piano.

— Et on dit aussi qu'ils ont traversé une période difficile, ajouta-t-il.

— Je suis désolée de l'apprendre.

— Certains de mes collègues pensent qu'il emmène sa femme en Europe pour sauver leur mariage. Et j'ai eu cette idée de parfaire son plan avec un dîner spécial.

Elle cessa son rangement et se planta devant lui.

— C'est très gentil de ta part, mais tu ne crois pas que tes collègues vont te traiter de fayot ?

— Probablement, mais je m'en contrefiche. Écoute, le capitaine Worthington m'a soutenu dès mon premier jour de travail. Il a toujours été mon modèle. Je détesterais voir son mariage se briser à cause de son travail. Ce n'est pas seulement mon supérieur, c'est aussi un ami.

Elle s'appuya contre l'évier et croisa les bras sur sa poitrine. Il était sincère.

— D'accord. Je suis partante si Mark et tes parents sont d'accord. C'est beaucoup d'argent perdu.

— Pas si on le fait un lundi soir, quand le restaurant est fermé.

Oh non... Adieu son jour de congé...

Conor ne la quittait pas des yeux et elle lut dans son regard que cette soirée particulière était très importante pour lui.

Alors, s'il voulait planifier un événement spécial pour son capitaine, elle ferait de son mieux pour l'éblouir avec ses talents de cuisinière. Jour de congé ou non. C'était sur ses épaules que reposait le succès de la soirée.

— Bon, j'ai envie de leur faire du homard, proposa-t-elle.

Avant de dire un seul mot, Conor la prit dans ses bras et la serra. Très fort. Elle oublia tout des garnitures, des accompagnements et des desserts qu'elle prévoyait et s'abandonna à son corps si solide... qui lui avait tellement manqué. Comme le parfum citronné de son après-rasage...

Elle allait faire une chose insensée comme l'embrasser quand il desserra son étreinte, les yeux pleins d'enthousiasme.

— Je vais demander à ma mère de décorer la pièce ! dit-il. Nous pourrons aussi déplacer toutes les tables sauf une, poursuivit-il en indiquant le centre de la salle à manger. On la mettra juste sous le lustre, là.

— Plus l'ambiance est bonne, meilleure est la nourriture, c'est ça ? demanda-t-elle en lui souriant.

— Non, c'est impossible, tes recettes frisent la perfection.

Il jeta un coup d'œil à la salle à manger vide, comme s'il imaginait exactement ce que ça donnerait.

— Il ne me reste plus qu'à convaincre le capitaine Worthington, conclut-il.

— Parce que tu ne lui en as pas encore parlé ? s'enquit-elle, interloquée.

— Je voulais d'abord en discuter avec toi. Je n'allais pas promettre un truc sans savoir si c'était réalisable.

— Ah… Bon, bredouilla-t-elle.

— Allez, maintenant je dois retourner travailler, puis j'irai voir mon frère et je lui parlerai de ce projet ! Mais je suis sûr qu'il sera d'accord !

Son enthousiasme était presque contagieux.

Mais lorsqu'elle se retrouva seule, elle n'était pas sûre d'être aussi enthousiaste que lui.

Conor multiplia les heures supplémentaires et ne rentra chez lui que le lendemain matin. Il savait où trouver sa mère, car c'était son moment préféré pour peindre. En traversant la pelouse jusqu'au bord de la plage, il la trouva devant son chevalet à sa place habituelle, une couverture à carreaux du clan Delaney sur les épaules.

— Bonjour !

Elle se retourna alors qu'il s'approchait, et la brise marine fit voleter ses cheveux roux.

— Je t'ai apporté un café, dit-il. C'est une super idée d'avoir installé des machines dans le hall de l'hôtel.

— Merci. Pour le café et le compliment. Mais dis-moi, tu rentres seulement du travail ?

Il jeta un coup d'œil à la toile sur laquelle elle travaillait et fut encore une fois impressionné par son talent.

— Oui. La nuit a été quelque peu perturbée. Ça s'agite à la prison et on a dû y envoyer des hommes.

— Cela n'augure rien de bon.

— Oh ne t'inquiète pas, quelques fortes têtes, rien de plus. Tout va bien.

Pour l'instant.

— Tu essayes toujours d'impressionner ton capitaine ? lui demanda sa mère.

— Non, tu me connais.

— Toujours ta cagnotte pour la maison Beacham, alors ?

Sa mère était la seule personne avec Mark à connaître ses projets immobiliers. Il acquiesça. Elle le gratifia d'un tendre sourire, puis focalisa de nouveau son attention sur sa toile.

Il regarda l'océan juste à temps pour voir une vague s'écraser contre les rochers et envoyer des embruns dans le ciel comme un geyser.

— D'ailleurs, ajouta-t-il, en parlant d'impressionner mon patron, je voulais te parler d'une idée que j'ai eue.

— Je t'écoute, répondit sa mère sans cesser de peindre.

— Je voudrais utiliser le restaurant un lundi soir pour un dîner privé pour le capitaine Worthington et sa femme. Ce sera leur vingtième anniversaire de mariage.

— Tu veux dire comme une fête ?

— Euh... Non. Un dîner privé, juste pour eux deux.

— Un dîner *privé* ?

— Oui. Ce sera faire d'une pierre deux coups. Shelby a accepté de préparer un repas inoubliable, ce qui est bon pour moi, mais aussi pour elle. Elle ne sait pas que Mme Worthington est critique gastronomique.

— Pourquoi ne pas lui dire ?

— Je ne veux pas la stresser et lui mettre la pression.

— Si j'étais chef, je voudrais que l'on me prévienne.

— Sauf que j'ai lu que les critiques ne préviennent jamais de leur venue.

— Comme les faux clients sur les marchés ?

Ça, il n'en avait jamais entendu parler.

— Oui, je suppose. Bon, quoi qu'il en soit, ce n'est pas comme si Mme Worthington allait réellement nous juger, mais je me suis dit que si le repas lui plaisait, elle pourrait nous attirer davantage de clients.

— Et Shelby est d'accord pour sacrifier son jour de congé ?

— Oui, elle n'a pas hésité longtemps avant d'accepter.

— Et Mark ?

— Il est le prochain sur ma liste. Mais je pensais d'abord demander à la vraie patronne.

Il attendit qu'elle le regarde, puis lui fit un clin d'œil auquel elle répondit par un sourire.

— Ton frère fait un travail fabuleux et se tue à la tâche, tu sais. S'il dit oui, je dirai oui.

— D'accord, mais encore une chose, la partie « critique culinaire » doit rester un secret. Pas de stress. Pas de pression. Aucune déception pour Shelby.

Sa mère mima une fermeture Éclair sur sa bouche.

— Mes lèvres sont scellées.

Conor jeta un dernier regard sur ce qui s'annonçait être une marine magnifique, peinte par une femme dont le talent artistique était resté inexploité parce qu'elle avait dû s'occuper d'un hôtel et élever trois garçons. Ce qui, à ses yeux, resterait toujours une injustice.

— C'est beau, maman, c'est très beau. Comme toujours.

— Merci, mon chéri. Mon projet est d'avoir une toile dans chaque chambre de l'hôtel.

— Bonne idée. Les peintures dans le hall donnent déjà du cachet à l'établissement.

— C'était une idée de Mark.

— Allez, j'y vais ! Il faut que je lui parle du dîner.

Il réprima un bâillement puis embrassa sa mère avant de retourner vers l'hôtel.

— Je lui dirai que maman a dit que j'ai le droit !

Sa mère éclata de rire. Il avait toujours apprécié la facilité avec laquelle sa mère riait.

Plus tard dans l'après-midi, après quelques heures de sommeil réparateur, Conor se doucha et se rasa, puis se dirigea vers les cuisines du Drumcliffe. En traversant le parking, il sentit quelque chose lui agacer la poitrine. Comme… une vieille rancune. L'idée d'être face à Shelby ne le bouleversait plus comme au début, mais leur relation n'était toujours pas évidente. Ou du moins pas aussi évidente qu'avant. Le redeviendrait-elle un jour ?

Secouant la tête, il gravit les quelques marches menant au restaurant et ouvrit la porte arrière de la cuisine avec un sourire sincère.

— Salut, dit-il. La soirée spéciale pour mon capitaine a été validée par le patron.

— Je sais, Mark me l'a dit, répondit-elle sans cesser de remuer une sauce rouge à l'odeur incroyable.

— Il n'a pas perdu de temps. Que veux-tu, il n'a jamais pu résister à mon charme.

Elle consentit à quitter sa casserole des yeux et lui sourit.

Bon sang… Qu'elle était jolie quand elle faisait ça.

— Tu es sûre de ne pas vouloir profiter de ton jour de congé ? demanda-t-il.

Elle haussa les épaules.

— C'est pour une bonne cause.

Et encore, elle n'en connaissait que la moitié !

— C'est vrai. Je vais parler au capitaine Worthington ce soir.

La seule chose qui l'ennuyait était de devoir quitter Shelby et son sourire pour reprendre le chemin du commissariat.

Shelby attendit que Conor se dirige vers la sortie pour le suivre. La sauce pouvait mijoter seule pendant quelques minutes, pas de soucis. Elle voulait lui parler seul à seul, pour se débarrasser d'un poids sur sa poitrine.

— Conor ?

Il se retourna vivement, et elle vit une lueur d'espoir briller dans son regard.

— Oui ?

— Je voulais juste que tu saches à quel point je suis reconnaissante que ta famille me donne cette chance incroyable en me confiant les cuisines du Drumcliffe.

— Eh bien, tout le monde en mérite une. Et c'est Mark qui te l'a donnée.

Elle tendit le bras, caressant légèrement la manche brune de sa veste. Qu'est-ce qu'il avait fière allure dans son uniforme de shérif adjoint…

Il fit deux pas vers elle sans la quitter des yeux.

— Je ne peux pas te dire de quel poids énorme j'ai été soulagée en te disant la vérité sur… sur tout ce qui m'est arrivé après mon départ de Sandpiper, reprit-elle. Tu méritais de connaître la vérité depuis longtemps, mais je… je ne pouvais pas. Je suis désolée d'avoir réagi comme ça à l'époque.

Il soupira.

— Je crois que je serais aussi devenu un peu fou, dans les mêmes circonstances.

— J'ai voulu t'appeler de nombreuses fois, j'avais besoin de t'entendre, mais je… j'étais comme paralysée. Et j'ai tout gâché.

Il secoua la tête, peut-être parce qu'il ne voulait plus ressasser cette histoire.

Elle s'accrocha à son regard et ne voulut plus le lâcher. Elle savait qu'elle avait encore besoin de s'expliquer. Pour elle. Pour enfin finir de nettoyer les erreurs qu'elle avait commises. Elle savait qu'elle n'était plus digne de l'amour de Conor, mais peut-être qu'elle pouvait encore gagner un peu de son respect.

C'est pour cette raison qu'elle avait accepté de faire le dîner d'anniversaire de mariage de son patron. Parce que les mots ne suffisaient pas.

— Je suis désolée, Conor, murmura-t-elle. Vraiment désolée.

— Je te crois.

— Merci.

Il n'avait sans doute aucune idée de ce que cela signifiait pour elle. Ou peut-être que si…

Quelque chose sembla changer dans ses yeux. Une lueur de confiance ?

— Oh ! Et je vais tout gérer de A à Z pour ce dîner spécial, reprit-elle. Avec des tests et des échantillons. Alors prépare tes papilles. Je ne servirai pas quelque chose que tu n'approuveras pas. Je veux faire ma part pour sauver le mariage de ton capitaine.

Et peut-être aurait-elle l'impression, par la même occasion, de sauver sa relation avec Conor.

C'est alors que le regard bleu de ce dernier s'assombrit, ses mains se posèrent sur ses épaules et il l'attira vers lui... pour l'embrasser.

Un baiser tendre, tout d'abord. Puis un autre, plus ardent. Et leurs baisers s'additionnèrent, à chaque fois plus intenses.

Elle se détendit contre sa bouche pendant un long moment avant de plonger plus profondément dans son étreinte, comme pour vérifier s'il restait encore quelque chose entre eux. La tension monta à mesure que leurs langues apprenaient à se connaître de nouveau.

Elle s'agrippa à son cou et ouvrit davantage les lèvres... La sensation soyeuse de l'intérieur de la bouche de Conor n'avait pas changé. Elle retrouvait le frisson de leur intimité.

Ses baisers affamés contrastaient avec la tendresse de ses mains qui caressait son dos. Il se retenait, c'était évident.

Et puis il desserra son étreinte et reprit son souffle.

— Tout va bien ? demanda-t-il d'un air inquiet.

Elle écarquilla les yeux. Pourquoi lui posait-il cette question ?

— Je n'ai pas été aussi bien depuis longtemps, murmura-t-elle.

— Mais nous venons de nous embrasser, et... Nous sommes encore des amis, n'est-ce pas ?

— Oh. Nous ne sommes censés être *que* des amis, alors ?

— Oui, quelque chose comme ça.

Après tout, c'était ce qu'elle lui avait dit il y a quelques jours, pendant leur randonnée.

Mais c'était à un moment où elle pensait qu'elle n'avait pas d'autre option...

— C'est vraiment ce que tu veux, Shelby ? Que nous ne soyons que des amis ?

Elle sentit quelque chose glisser en elle, comme si une plume caressait son cœur.

Elle regarda Conor un instant sans répondre. Il méritait une réponse honnête.

— En fait, Conor, je n'en suis pas sûre...

6

Conor frappa à la porte d'entrée de style Queen Anne de la magnifique demeure victorienne de Laurel, sa future belle-sœur. Cette dernière, une jeune femme aux yeux doux, sourit en le voyant.

— Est-ce que Mark est là ? demanda-t-il.

— Oui. Entre.

Elle s'écarta pour qu'il puisse entrer dans l'espace de réception du gîte.

— Je vais le chercher, dit-elle.

Pendant qu'il attendait, il examina les petites touches de détails qu'elle avait apportées à l'élégante maison. Un lustre en cristal d'une autre époque, une table de chêne à la longueur stupéfiante dans une salle à manger qui remontait le temps. Il était souvent venu dans cette maison, mais c'était la première fois qu'il remarquait à quel point Laurel avait du goût et le soin tout particulier qu'elle avait apporté à la rénovation de cette demeure. Néanmoins, il ne put se concentrer longtemps sur le décor, car ses pensées ne cessaient de revenir... à Shelby. Qu'est-ce qui lui avait pris de l'embrasser ? Son cœur en battait encore la chamade.

Mais elle y était pour quelque chose, elle aussi.

Pour commencer, elle n'avait cessé de le toucher. Ensuite, elle avait admis à quel point il était important pour elle de faire de nouveau partie de sa vie, même s'ils n'étaient qu'amis. Il lui avait laissé expliquer, pour la troisième fois au moins, le raisonnement fallacieux d'une femme qui vient de découvrir qu'elle est enceinte le jour où elle est censée prendre l'avion et rentrer pour honorer une promesse.

Cela n'avait pas rendu ce jour moins douloureux pour lui, mais assez curieusement cette journée et la douleur qui l'avait suivie lui avaient semblé beaucoup moins importantes, tout à coup.

Que lui disait sa mère, déjà ? Oui. Qu'il y avait toujours deux versions de la même histoire. Son tort avait peut-être été de s'être focalisé sur sa version à lui...

Toujours est-il... qu'il n'aurait pas dû l'embrasser. Sa grande erreur avait été de la regarder dans les yeux lorsqu'elle avait serré son bras. Et, bien entendu, son corps avait aussitôt réagi à ce simple contact. Et puis elle le regardait avec un regard si doux et si sexy... L'embrasser n'avait été qu'une réponse à son invitation muette.

À présent, il se serait bien giflé ! Pourquoi avait-il baissé la garde aussi facilement ? Et de cette manière ! Peu importaient les efforts déployés pour enfouir ses sentiments au plus profond de lui face à la vérité qui avait surgi : il avait toujours envie de Shelby. Depuis le jour où il avait découvert qu'elle était revenue à Sandpiper Beach, il tentait de trouver un sens à ce fait improbable : Shelby revenant avec un bébé. Pour le torturer ? Pour faire la paix ? Un peu des deux ? Quelle que soit la réponse, la logique lui échappait. À présent, ils étaient censés n'être que des amis. Rien de plus. Alors pourquoi l'avait-il embrassée comme s'il la désirait autant qu'autrefois ?

Parce que c'était le cas. Il la désirait...

Cette pensée le cloua au sol.

L'arrivée de Mark, les cheveux en bataille comme s'il venait de se réveiller de la sieste ou qu'il avait travaillé trop longtemps devant son ordinateur, le ramena à l'instant présent. Pour un homme qui avait traversé une très mauvaise passe pendant le plus clair d'une année après avoir quitté l'armée avec les honneurs, son frère semblait plutôt en paix avec lui-même, ici, dans ce gîte victorien traditionnel occupé par trois gamins. Est-ce que c'était ça, le pouvoir de l'amour ?

— Tu as l'air perturbé, lui fit remarquer Mark.

— Tu n'en as pas idée.

— C'est à cause du dîner d'anniversaire de mariage de ton patron ?

— Non. Ça a l'air de prendre forme bien comme il faut. Mais j'ai réfléchi.

— Oh oh.

Mark lui jeta un regard moqueur et ajouta :

— Dans ce cas, on ferait peut-être mieux de s'asseoir. Tu veux une limonade ?

— Ça me tente bien, oui.

Conor suivit son frère dans la cuisine et s'installa devant le très long plan de travail en marbre de la cuisine pendant que Mark servait les limonades.

— Alors, explique-moi pourquoi réfléchir te perturbe autant.

Mark lui tendit un verre avant de s'installer sur le tabouret à côté de lui.

Conor en but une gorgée avant de se lancer.

— Voilà. Je pense beaucoup à maman et...

— Maman ?

— Je sais, c'est bizarre, hein ? Mais depuis le retour de Shelby, depuis que j'ai vu de mes yeux à quel point elle est douée en cuisine, je ne cesse de me dire que maman et elle ont quelque chose en commun.

— Sérieusement ? demanda Mark en penchant la tête comme s'il essayait de comprendre.

— Oui, elles ont un point commun.

— Dommage que tu ailles travailler, parce que cette conversation serait plus intéressante devant une bière au pub de grand-père.

— Ou devant un psychiatre. Je sais. Pas mal de trucs me sont passés par la tête, ces derniers temps.

Il ne voulait pas embêter son frère avec le problème que lui posait Shelby. Et puis... Il ne savait pas si c'était vraiment un problème, en fait.

— Alors, quel est le point commun entre Shelby et maman ? s'enquit Mark.

— Les deux sont des artistes, chacune dans leur genre, prisonnières de cette petite ville.

— *Prisonnières* ? C'est un bien grand mot. Pour Shelby, je ne sais pas, mais maman, elle, n'a jamais eu l'air d'en souffrir.

— Pas de manière évidente.

Il avala une nouvelle gorgée de la limonade à la menthe — que Laurel réussissait à la perfection, soir dit en passant — et reprit :

— Tu te souviens que grand-père disait que maman avait dû faire un choix entre continuer à pratiquer son art et reprendre l'hôtel ?

Il avait écouté en douce une conversation entre sa mère et son grand-père, lorsqu'il était petit, mais il ne se souvenait que de la tournure générale de la conversation, pas des circonstances ou des détails, et ne savait plus si son grand-père avait imposé un ultimatum à sa mère ou si sa mère avait simplement fait part de sa décision de reprendre les rênes de l'hôtel.

— Pas vraiment, non, répondit Mark.

— Je me souviens qu'elle est restée très silencieuse pendant plusieurs semaines, à cette époque. Ça ne te dit rien ?

Mark secoua la tête, tout en ayant l'air de passer en revue ses souvenirs d'enfance.

— Peut-être que Daniel s'en souvient, lui, suggéra-t-il.

Daniel, leur frère aîné, avait quatre ans de plus que Conor ; la différence entre un garçon de huit ans et un de douze était très importante, à cet âge.

— Même si je n'étais qu'un gamin, j'avais la nette impression que maman aurait aimé savoir si ses magnifiques toiles marines étaient assez valables pour être exposées, ou quelque chose comme ça.

— Ben mon vieux, tu avais des réflexions profondes pour un gamin ! lui fit remarquer Mark d'un ton moqueur. Moi, la seule chose sur laquelle je me souviens d'avoir sérieusement réfléchi à cet âge-là, c'était sur le fait que quand on tenait une grenouille trop longtemps dans ses mains, elle finissait toujours par vous faire pipi dessus.

— Sérieuse réflexion, en effet ! s'exclama Conor en riant.

Mark haussa les épaules.

— Mais sérieusement, tu n'as jamais eu l'impression que maman n'était pas heureuse ? insista Conor.

— Pas vraiment, non. Si elle s'était mise à pleurer tout le temps ou à se disputer avec papa, peut-être que, là, je me serais posé des questions.

— Et ça n'est jamais arrivé.

— Jamais, non. Enfin pas à ma connaissance. Mais quel rapport avec Shelby ?

— Tu vois à quel point elle a du talent, n'est-ce pas ? Elle aurait pu faire carrière à New York, mais elle est tombée enceinte. Alors elle a été obligée de revenir vivre chez sa mère et de travailler dans notre hôtel. Mais je ne peux m'empêcher de penser qu'en restant ici elle gâche son talent et met un frein à sa carrière.

— OK... Je comprends mieux le lien avec maman, à présent. Donc, si je suis bien ton raisonnement, c'est pour ça que tu organises ce *super dîner d'anniversaire de mariage*, conclut Mark. Comme la femme de ton capitaine est critique gastronomique, tu veux qu'elle goûte aux bons petits plats de Shelby.

— Bien sûr. Quel autre moyen avons-nous pour qu'une critique gastronomique envisage d'évaluer Shelby ?

Mark le fixa longuement avec attention avant de demander :

— Mais dis-moi, juste pour savoir, tu es content que Shelby soit revenue, ou tu essaies de lui trouver un boulot ailleurs ?

— Eh bien, dit comme ça, je ne suis pas certain...

Peut-être qu'à cause de la peur qu'il avait eue pour sa mère dès l'enfance, il avait toujours voulu ce qu'il y avait de mieux pour Shelby. Il l'avait toujours encouragée à poursuivre son rêve. Alors pourquoi cesserait-il de le faire aujourd'hui ?

— C'est juste que, maintenant, Shelby est en train d'essayer de se montrer à la hauteur des plus grands chefs des grandes villes, reprit-il. Non, mais tu as vu ses menus !

— Évidemment que je les ai vus ! Elle fait exactement ce que je lui ai demandé de faire quand je l'ai engagée. Et quand tu lui demandes de travailler pour ton patron, dont la femme se trouve être une critique gastronomique, c'est pour l'aider à se faire un nom ?

— Elle a travaillé si dur, elle le mérite, tu ne trouves pas ?

— Bien sûr, mais on vient juste de trouver un chef du tonnerre pour notre restaurant et cela me ferait vraiment suer qu'un restaurant branché vienne nous la piquer. Au départ, on était censés augmenter notre chiffre d'affaires. Et si Shelby nous quitte pour aller se faire un nom ailleurs…

Lui aussi détesterait ça, mais Shelby était maman désormais et elle devait penser à son avenir et à celui de Benjamin. Rester à Sandpiper Beach l'emprisonnerait forcément.

— Est-ce que ce ne serait pas préférable pour son gamin de grandir dans une petite ville plutôt que dans une grande ? demanda Mark.

— Oui, c'est vrai. Tu marques un point, là, marmonna-t-il.

Donc, la grande question, maintenant, était de savoir s'il essayait d'aider Shelby seulement pour améliorer ses perspectives d'avenir professionnel, ou pour qu'elle sorte de nouveau de sa vie… Bon sang ! Peut-être avait-il eu tort de venir discuter avec son frère.

Il jeta un coup d'œil à sa montre.

— Oh ! Je vais être en retard si je ne me dépêche pas.

— Oui, ce serait dommage d'être en retard pour inviter ton patron à dîner, réplique Mark, ironique.

— Fiche-toi de moi. Si tout va bien, le Drumcliffe sera si fréquenté qu'il faudra que tu engages du personnel supplémentaire.

Ou alors ils pourraient perdre leur chef si Shelby décidait de saisir une occasion plus intéressante… Il sentit de nouveau un nœud dans son estomac.

— Ce ne serait pas mal du tout, ça, répondit Mark.

Quoi ? Perdre Shelby ? Ah, non, engager du personnel.

— Ce serait bien, en effet, répondit-il. Papa et maman pourraient vraiment prendre leur retraite en sachant qu'ils ont mis leur affaire entre de bonnes mains. Les tiennes.

Ils se dirent au revoir avec des gestes compliqués, tradition familiale qu'ils partageaient depuis l'enfance, et Mark le raccompagna à la porte.

— Je ne m'étais jamais rendu compte que tu étais aussi proche de maman, lui fit remarquer ce dernier.

— Je suis le bébé, hein ? Tu te rappelles que Daniel et toi vous passiez votre temps à vous moquer de moi parce que j'étais toujours dans ses jupes ?

— Jusqu'à ce que tu te mettes à nous dépasser tous les deux à treize ans et qu'on apprenne à la fermer !

Tous deux se séparèrent en riant.

— Une dernière question ! lança Mark.

Perdu dans ses pensées, Conor, qui était presque arrivé à sa voiture, se retourna.

— Pourquoi est-ce que maman a toujours l'air aussi heureuse, alors ? demanda Mark.

Conor haussa les épaules — est-ce que sa mère avait *vraiment* l'air d'être heureuse, ou était-ce un masque qu'elle portait pour cacher ses déceptions ? — et reprit son chemin vers son véhicule. Peut-être que Mark pensait qu'elle était heureuse parce que tout le monde ne voyait que ce qu'il avait envie ou besoin de voir ?

Lorsque Shelby eut la confirmation que le dîner d'anniversaire spécial se ferait — de la bouche de Mark pas de celle de Conor, qu'elle n'avait pas revu depuis leur baiser torride —, elle se plongea dans sa liste d'ingrédients. Bien sûr, elle choisirait des produits de la mer puisqu'ils étaient dans une station balnéaire, mais quelque chose lui disait de sortir des sentiers battus. Du homard... et de la poitrine de porc ! Oui, ce serait original.

Pour plus de sécurité, étant donné qu'elle ne connaissait pas le couple qui célébrait son anniversaire de mariage, elle proposerait un second choix : un bon vieux filet mignon traditionnel. Elle commencerait en frappant un grand coup, peut-être avec une entrée aux crevettes. Elle proposerait aussi deux choix de dessert.

La tête tourbillonnant d'idées, elle savait qu'il était fort possible qu'elle change dix fois d'avis sur la composition du menu avant le repas le lundi suivant. L'idée, c'était qu'elle ne voulait pas prendre trop de risques ou faire preuve d'une originalité trop grande pour un couple qui célébrait son anniversaire de mariage à un moment délicat de leur vie à deux. En termes de cuisine, elle était loin d'être timorée, mais elle ne prendrait pas de risques inutiles pour ne pas gêner Conor ou le Drumcliffe.

— Alors, ça avance bien ? demanda Maureen en entrant dans la cuisine.

De toute évidence, cette dernière venait de passer l'après-midi à peindre. Elle portait une vieille chemise en jean légère maculée de taches de peinture et un pantalon de yoga gris. Elle avait aussi oublié d'enlever son chapeau de paille à larges bords qui servait à protéger sa peau laiteuse de rousse.

— Super ! répondit Shelby. Vous savez ce qui me ferait vraiment plaisir ?

— Non.

— Que toute la famille Delaney profite aussi de ce repas. Pendant que je servirai les invités, vous pourriez manger tous ici à la cuisine, et on aurait notre petite fête à nous. Qu'est-ce que vous en pensez ?

— Ça ne te donnerait pas plus de travail ?

— Pas vraiment. Je ne sais pas préparer de petits repas, de toute façon, donc il y en aura pour tout le monde. D'ailleurs, je prévois un double menu, au cas où l'un des deux n'aimerait pas le homard.

Les yeux de Maureen brillèrent de gourmandise.

— Du homard ? s'exclama-t-elle. Oh ! Mais oui alors ! Oui, compte sur nous tous. On te servira de soutien psychologique pour la soirée de ta vie.

— La soirée de ma vie ? C'est juste un anniversaire de mariage, non ?

— Oui, bien sûr, répondit Maureen précipitamment, comme si elle avait fait une gaffe qu'elle se hâtait de rattraper.

Le téléphone de Maureen sonna.

— Désolée, dit-elle.

Elle répondit, apparemment soulagée de pouvoir passer à autre chose, et soudain pâlit.

— Maintenant ? Combien de temps ? Oh mon Dieu ! Je vais chercher Sean et j'arrive !

Elle raccrocha, un grand sourire aux lèvres.

— Le travail de Keela a commencé ! Depuis ce matin ! Daniel a besoin que j'amène Anna chez Laurel après l'école, et ensuite on ira à la maternité !

Elle se rua vers la porte, sans lui laisser la moindre chance de réagir.

Et brusquement, Shelby replongea quelques années en arrière : les souvenirs de son accouchement solitaire à New York. Un profond sentiment de tristesse l'envahit. À quoi pouvait ressembler l'arrivée d'un enfant lorsqu'on était entourée de toute une famille pour vous soutenir ? Est-ce que Keela était consciente de la chance qu'elle avait ?

Plus tard ce soir-là, elle se retrouva à court d'alcool pour son poulet grillé mariné à la tequila. Le plat avait eu tant de succès qu'il lui fallait en refaire. Tout le monde était très occupé dans la cuisine, et lorsqu'elle avait appelé Brian au pub pour lui demander de lui en porter, il avait répondu qu'il était débordé et qu'il n'avait personne pour l'aider.

Est-ce que Padraig ne donnait pas un coup de main, les soirs de coup de feu ? Peut-être était-il à la maternité, à attendre avec les autres.

Elle décida d'aller elle-même chercher la tequila.

Lorsqu'elle traversa le hall de la réception en direction du pub, elle s'arrêta net. Conor était derrière le comptoir d'encaissement et de réservations.

— Qu'est-ce que tu fais là ?

— Keela est en train d'accoucher, alors je remplace maman.

— Mais... Tu sais comment on fait ?

Il haussa un sourcil outré.

— Évidemment. J'ai grandi ici, je te rappelle.

Certes. Logique.

Elle s'éloigna en voyant un client s'approcher du comptoir, l'air agacé.

— La carte-clé que vous venez de me donner ne fonctionne pas, dit-il.

Amusée, elle attendit pour assister à la suite.

— Je suis désolé, répondit Conor. Laissez-moi régler cela.

Il saisit la carte avec une expression à la fois courtoise et professionnelle, la remagnétisa et la rendit au client mécontent avec un sourire poli et commercial.

Shelby sourit en repensant au faux air outré de Conor lorsqu'elle lui avait demandé s'il savait comment tenir une réception d'hôtel.

Après avoir appris que Keela avait accouché d'un petit garçon en excellente santé qu'ils avaient baptisé Keiran, Shelby avait envoyé un texto à Conor et pris rendez-vous avec lui pour qu'il vienne goûter un échantillonnage du menu qu'elle prévoyait de réaliser pour le dîner d'anniversaire de mariage.

Le vendredi, au milieu de la matinée, elle le retrouva dans les cuisines du Drumcliffe.

— Salut, dit-il, d'un air un peu distant, typique de leur relation alternant le chaud et le froid.

Elle ne s'en formalisa pas. Elle allait se contenter de lui offrir sa petite séance de dégustation et laisserait leurs petits problèmes personnels de côté pour la journée.

— Tu as faim j'espère ? demanda-t-elle.

— Moi ? Toujours !

Il sourit, et elle se détendit un peu.

— Parfait ! Attends une seconde, dit-elle. Laisse-moi te mettre ça.

Elle plia un long foulard dans le sens de la longueur avant de s'apprêter à lui bander les yeux avec.

— Ça a l'air intéressant…, murmura-t-il.

En voyant le regard extrêmement coquin qu'il lui adressa, elle se vit l'emmenant dans une chambre à coucher… et chassa immédiatement cette pensée. Trop tard, cependant. Une onde de chaleur ondula dans son ventre, les pointes de ses seins durcirent à vitesse grand V… Et elle avait mis un haut beaucoup trop transparent.

— Baisse-toi, que je puisse l'attacher, dit-elle vivement en essayant désespérément de parler de façon professionnelle.

Il obtempéra, avec ce qui ne pouvait être qualifié que d'un air provocant — il avait remarqué ses mamelons dressés, bien évidemment.

— Il y a quelque chose qui sent très bon, fit-il remarquer, le nez en l'air.

Cette remarque la ravit. Innover en cuisine était ce qui l'intéressait le plus, mais elle n'était jamais à l'abri d'une erreur dans le choix des mélanges de saveurs ou du dosage des épices.

Après avoir changé d'avis une bonne dizaine de fois, elle était revenue à la plupart de ses idées de départ, mais elle voulait que Conor tranche.

Elle le prit par le coude, le guida jusqu'à l'îlot central et l'aida à s'asseoir sur une chaise. Elle nota que les poils des bras de Conor s'étaient hérissés à son contact, et soudain, ce test en aveugle lui parut... beaucoup trop intime. Elle ne s'en autorisa pas moins à admirer ses longues jambes et ses fesses musclées, ses bras superbes et son large torse mis en valeur par un T-shirt bleu marine moulant et bien rentré dans son pantalon. Et il sentait bon, en plus ! Comment avait-elle pu penser que Laurent pouvait tenir la comparaison avec Conor ?

Elle avala une gorgée d'eau glacée pour s'éclaircir les idées et proposa à son invité un verre d'eau à température ambiante pour lui nettoyer le palais. Elle ne put s'empêcher de remarquer qu'il souriait, comme s'il appréciait tout ce qui se passait.

Elle commença par lui proposer une minuscule cuillère à café de deux différentes sauces pour la salade. Il manifesta sa préférence pour son premier choix. Ce serait donc une vinaigrette au champagne. Elle lui donna un peu de sorbet au citron pour neutraliser l'acidité et le préparer aux amuse-gueules. Ensuite, ce fut le tour d'une petite bouchée de feuilleté de patates douces au chorizo. Il aima. Beaucoup. Ce qui la fit sourire.

Après un shot de lait entier, elle lui tendit un champignon farci aux fruits de mer.

— Qu'est-ce que tu préfères ? demanda-t-elle.

— Le champignon est bon, mais la subtile pointe de chorizo dans la patate douce me fait plus d'effet.

— Super. Merci.

Encore un peu de sorbet au citron, et s'ensuivit un rouleau de printemps miniature aux crevettes et à la menthe. Cet amuse-gueule était particulièrement intéressant car la feuille de riz quasi transparente permettait d'apprécier la disposition artistique des crevettes à l'intérieur — le visuel, en cuisine, avait une importance capitale. Conor, lui, ne pourrait en avoir que le goût puisqu'il avait les yeux bandés.

— Waouh, c'est excellent ! s'exclama-t-il. Il en reste ?

— Je ne veux pas te gaver trop vite, mais quand on aura terminé, tu pourras manger tout ce que tu voudras.

— Je comprends.

— Donc pour le rouleau de printemps, c'est oui ?

— Plutôt deux fois qu'une !

Après un craquelin nature, ils passèrent au homard. Elle commença par lui servir une bouchée de homard et de nouilles.

— Oh mon Dieu... Mais c'est délicieux.

Un sourire aux lèvres, elle lui donna un autre shot de lait, puis une bouchée de poitrine de porc caramélisée.

— Qu'est-ce que c'est ? J'adore !

— C'est de la poitrine de porc, pour contraster avec le homard.

— C'est dans le même plat ?

— Oui.

— C'est une idée de génie !

Elle lui donna une petite tape sur l'épaule, mais son cœur s'affolait d'excitation.

— Hé ! Je suis sérieux, répliqua-t-il, feignant d'être vexé.

— Je sais.

Depuis le premier repas qu'elle lui avait servi, il n'avait cessé de la couvrir de louanges, et cela lui donnait l'impression qu'elle était capable de conquérir le monde, pas seulement Sandpiper Beach.

Souriant à s'en faire mal aux zygomatiques, elle lui donna un autre craquelin pour enlever le goût du gras. Elle n'avait jamais autant apprécié une séance de dégustation de sa vie.

— Je ne te sers pas la viande parce que j'ai fait un choix plutôt traditionnel et que tu as déjà eu un échantillon de ce que je sais faire. Mais que penses-tu de ça en accompagnement ?

Elle lui proposa une cuillerée d'émincé de pommes de terre, navet, carottes et choux de Bruxelles, rôtis et assaisonnés au sel de mer, thym et romarin. Elle retint son souffle en attendant sa réaction.

— C'est bon.

Juste *bon* ?

— À la place de la traditionnelle pomme au four à la crème et à la ciboulette ? s'enquit-elle.

— Absolument. C'est sain et ça devrait mettre la viande en valeur.

Il se frotta les cuisses, comme s'il entrait totalement dans son rôle de critique gastronomique.

— Tu commences à parler comme un pro, dit-elle, ce qui le fit sourire.

Elle fut forcée d'admettre que, sous ce bandeau, son sourire était terriblement sexy. Comme elle ne voulait pas qu'il devine l'effet qu'il avait sur elle, elle contrôla sa voix et reprit :

— OK, alors on est bon pour les amuse-gueules et le plat de résistance.

— C'est tout ? Alors redonne-moi du homard. Ou au moins un rouleau de printemps. Tes miniportions, c'est de la cruauté ! Un chef digne de ce nom doit satisfaire ses clients.

Oh ! mais elle avait très envie de le satisfaire... Elle laissa son esprit vagabonder vers le type de nourriture sensuelle qu'elle aurait adoré lui proposer, si elle avait un jour l'occasion de le séduire... Et comme le meilleur chemin vers le désir d'un homme passait toujours par son estomac, elle avait tous les atouts en main !

Elle s'efforça de mettre un frein à ses fantasmes et revint au moment présent. Mais elle commit une erreur. Après avoir donné à Conor une deuxième bouchée de homard, nouilles, sauce miso et soja, le tout juste assez chaud pour éveiller les papilles, elle fut saisie d'un désir soudain... de partager cette chaleur. Elle se pencha et posa ses lèvres sur les siennes.

Qu'est-ce qui lui était passé par la tête ?

Lui. Lui, tout entier. Voilà ce qu'elle avait dans la tête. Cette proximité. Cette envie d'avoir ce qu'elle ne pouvait posséder. Et qui aurait pu résister à un bel homme aux yeux bandés ?

Elle sentit les saveurs de son plat sur les lèvres de Conor et fut soulagée de constater qu'il ne résistait pas à son baiser. Il restait assis, les mains sur les genoux, comme si c'était une nouvelle manière de se nettoyer le palais entre deux plats.

Elle fit appel à toute la maîtrise dont elle était capable pour ne pas s'installer sur ses genoux et passer ses bras autour de son cou... Au lieu de ça, elle se contenta d'un baiser chaste mais empli de désir et de promesse.

— Je peux enlever le bandeau ? chuchota-t-il d'une voix qui déclencha en elle de délicieux frissons.

Elle ne répondit pas tout de suite. S'il enlevait le bandeau, il la verrait, forcément, et elle était bien incapable de dissimuler la chaleur de ses joues et le désir qui bouillonnait au fond d'elle. Après tout, quel mal y avait-il à ce qu'il constate ce qu'il lui inspirait ?

— Oui, murmura-t-elle.

Il dénoua lentement le foulard et l'examina un instant, sans faire la moindre tentative pour la toucher ou l'embrasser de nouveau. Si seulement elle pouvait lire en lui. Est-ce qu'elle avait tout gâché, en se laissant emporter ainsi par son envie ?

— Tout était parfait, dit-il d'une voix rauque et terriblement sexy.

— Je veux que ce soit parfait pour…

Elle était tellement emportée par ce moment qu'ils partageaient, par la chaleur qui augmentait entre ses cuisses, qu'elle faillit dire « pour toi », mais se rattrapa juste à temps.

— Pour ton patron et sa femme.

— Ça le sera. Fais-moi confiance.

Au lieu de se rapprocher d'elle pour reprendre leur baiser là où ils l'avaient laissé, comme elle l'avait espéré, il se leva et saisit un autre rouleau de printemps.

— Et les desserts ? s'enquit-il.

Déçue, elle ne répondit pas.

— Ma mère sera la meilleure personne au monde pour goûter les desserts, précisa-t-il.

Il était totalement sorti de l'ambiance.

— D'accord, murmura-t-elle. Je verrai cela avec elle, alors.

Elle avait tout gâché en l'embrassant…

— Conor, je suis désolée d'avoir…

— Non. Ne t'excuse pas. Tout était parfait. C'est juste que je dois y aller, déclara-t-il d'un ton détaché.

Et l'ambiance, qui jusque-là avait été plus que sensuelle, devint tendue.

Elle passa sa langue sur ses lèvres avant de se mordre la lèvre inférieure.

— OK. Tout va bien alors ?

— Tout est parfait, répondit-il en l'observant de la tête aux pieds, avant de revenir à son visage. J'ai pris davantage d'heures ce week-end, pour compenser le fait d'être parti quand Keela accouchait, je ne te reverrai donc pas avant lundi soir.

Perturbée par ce changement d'humeur, elle insista :

— Mais tout va bien ?

— Certains détenus de la maison d'arrêt sont en train de s'agiter. Je vais faire des patrouilles supplémentaires pour que le capitaine puisse envoyer des renforts à la prison.

Elle avait été si profondément plongée dans son menu et son désir de rallumer quelque chose de plus fort qu'une amitié avec Conor qu'elle avait oublié les responsabilités qu'il avait dans son travail.

— J'espère que tout va bien se passer, dit-elle.

— J'en suis sûr. Ça fait partie du boulot. On se voit lundi.

Il l'embrassa sur la joue, un baiser léger, puis partit, la laissant sur sa faim.

Il était visiblement décidé à rester sur le plan de l'amitié mais il l'avait totalement bouleversée l'autre jour en l'embrassant comme autrefois. Typique de leur alternance de chaud et de froid, un pas en avant, trois pas en arrière, qu'ils pratiquaient tous les deux depuis qu'elle était revenue.

Le lundi soir, Shelby donna le meilleur d'elle-même et connut un grand succès en offrant le meilleur dîner d'anniversaire de mariage possible au capitaine Worthington et à sa femme, Felecia. Conor était aux premières loges puisque Maureen, Sean, Mark, Laurel et lui dégustèrent les mêmes plats en cuisine, pendant que le couple profitait en duo de la salle du Drumcliffe.

Conor prit bien soin de rester à bonne distance d'elle, toutefois, ce qui l'exaspéra — heureusement, elle ne manquait pas d'occupation pour penser à autre chose !

— Elle a adoré, annonça Abby en revenant avec les assiettes vides du plat de résistance.

Les desserts étaient prêts et les cappuccinos n'attendaient plus que d'être servis.

— Je suis ravie, répondit Shelby en découpant deux autres parts de tarte, puis deux parts de gâteaux pour le clan Delaney.

Et son mari, qu'en pensait-il ? se demanda-t-elle. Elle trouvait étrange que tout le monde se concentre uniquement sur le fait que Mme Worthington appréciait ce repas. Est-ce qu'elle ne l'avait pas préparé pour tous les deux ?

— Mais ça ne lui plaît pas, au capitaine Worthington ? demanda-t-elle.

— Oh si, mais c'est l'opinion de madame qui compte vraiment.

Pourquoi ? Parce que c'était elle qui était malheureuse dans le couple ?

Elle en toucherait deux mots à Conor plus tard. C'était lui qui avait voulu organiser cet événement spécial pour son patron.

— Oh mon Dieu, c'est tellement bon…, murmura Maureen, la ramenant à l'instant présent.

Elle était la première à s'extasier devant le gâteau au chocolat recouvert de crème et parsemé de confettis comestibles qui lui donnaient une touche festive.

— Hum, c'est du sexe sur une assiette, renchérit Laurel en regardant tour à tour Mark puis ses futurs beaux-parents, les yeux légèrement écarquillés, avant de se mettre à rougir.

— Il faut que tu me donnes quelques-unes de tes idées d'amuse-gueules pour mon gîte, Shelby ! ajouta-t-elle vivement.

Excellent détournement de conversation !

— Quand tu veux, répondit Shelby. On peut prévoir de se retrouver ici, en cuisine, et je te montrerai quelques recettes faciles à réaliser mais qui impressionnent toujours.

— Compte sur moi ! Je te prends au mot.

Laurel sourit avant d'engloutir une nouvelle bouchée de gâteau et de lever les yeux au ciel d'extase.

Shelby ne put s'empêcher de penser qu'elle pourrait devenir amie avec une femme comme Laurel. En fait, elle se sentait chaque jour un peu plus proche de toute la famille Delaney. Sauf de Conor, qui ne cessait de l'éloigner de lui.

Padraig apparut soudain à la porte de service de la cuisine.

— Qu'est-ce qui se passe, ici ? Je pensais qu'on était fermés le lundi.

— On est fermés, répondit Sean. Tu n'as pas eu la note de service ? C'est un dîner privé pour l'anniversaire de mariage du patron de Conor. Viens manger un morceau.

— Personne ne m'a rien dit, répondit Padraig, sans qu'on puisse dire s'il avait l'air déçu ou perplexe. Je viens juste de manger un sandwich, mais je veux bien un petit bout de gâteau, merci.

— Mais si. Je t'en ai parlé moi-même la semaine dernière, reprit Sean, l'air un peu soucieux.

— Je te dis que non, décréta Padraig d'un ton sans réplique.

Tout le monde se remit à discuter ; l'incident était clos.

Est-ce que la mémoire du grand-père de Conor commençait à lui faire défaut ? se demanda Shelby en posant devant le vieil homme une part de gâteau.

Elle balaya la cuisine du regard. Les seuls membres manquants du clan Delaney étaient Daniel et sa femme, Keela, mais ils avaient une bonne excuse : la naissance de leur bébé. Et Brian, qui travaillait au pub.

Une onde de chaleur l'enveloppa. Ce groupe était comme une deuxième famille pour elle… Ce qui n'était peut-être pas une bonne chose. Elle était revenue à Sandpiper Beach pour se remettre sur pied et aller de l'avant, ce qui signifiait pour elle tenter sa chance dans un restaurant d'une grande ville. Et puis Conor avait tout perturbé en lui pardonnant et en étant d'accord pour qu'ils aient une relation amicale. Mais ces derniers temps, depuis qu'elle ne recevait que des compliments sur sa cuisine, elle découvrait que ses rêves de devenir un grand chef prenaient une certaine consistance et gardaient toute leur force. C'était une bonne chose, certes, mais un petit quelque chose la tracassait quand même, qu'elle ne pouvait définir.

Une heure plus tard, après le nettoyage collectif, Conor rangea les plus grandes casseroles sur les étagères les plus hautes.

— Dis-moi, Conor, tu me raccompagnes chez moi ? demanda Shelby.

Il ne répondit pas tout de suite.

Son frère, son père et son grand-père étaient en train de remettre les tables en place dans la salle à manger, pendant que sa mère et Laurel finissaient de remplir le lave-vaisselle. Tout avait l'air d'être sous contrôle, à part ses battements de cœur. Avait-il envie de raccompagner Shelby ? Oui ! Était-ce une bonne idée ? Non ! Devait-il la raccompagner quand même ? Il n'en était pas très sûr. De plus, il avait plusieurs fois surpris les regards entendus que ses parents avaient échangés. Franchement, parfois, ils ne valaient pas mieux que son grand-père ! Mais Shelby avait sacrifié son jour de congé pour lui et elle avait travaillé si dur ce soir...

— Bien sûr, répondit-il. Après cet excellent repas, de l'air frais me fera le plus grand bien.

Felecia et le capitaine avaient manifesté un tel enthousiasme d'avoir passé une si bonne soirée qu'il avait craint que son bras ne se détache de son épaule tant les poignées de mains avaient duré longtemps ! Il avait toujours trouvé très agréable de faire plaisir à quelqu'un, même si ce soir ce n'était pas totalement désintéressé et qu'il pouvait y avoir d'éventuelles retombées positives — pour lui et pour Shelby. Sans parler de l'excellent repas dont il avait profité. Qui d'autre que Shelby aurait pensé à servir du homard et de la poitrine de porc sur des nouilles *lo mein* ? C'était génial !

— Le Drumcliffe a un bon chef, lui avait dit Felicia Worthington en lui disant au revoir.

Elle avait hoché la tête, très pro, et il avait espéré que cela signifiait qu'elle ferait l'éloge de Shelby dans sa chronique. Il n'avait pas osé le lui demander de peur de gâcher la soirée. C'était leur anniversaire de mariage, après tout. Mais il y avait pensé très fort.

Shelby et lui sortirent dans l'air plutôt frais de cette soirée d'avril. Conor se dit que Shelby devait avoir froid, et il songea à passer son bras autour de ses épaules, avant de se rendre compte qu'elle avait été prévoyante et qu'elle avait emporté un sweat-shirt à capuche. Un curieux mélange de déception et de soulagement s'empara de lui et le plongea dans la perplexité, comme souvent lorsqu'il s'agissait de Shelby.

Ils marchèrent tout en discutant de la soirée. Shelby était satisfaite que tout se soit déroulé exactement comme elle l'avait espéré. Sauf quelques détails qui ne lui avaient pas plu et qu'elle corrigerait pour la prochaine fois.

— Je t'ai déjà dit à quel point tu avais du talent, lui fit-il remarquer. Tu devrais travailler dans une grande ville, où tu pourrais te faire repérer.

Le regard qu'elle lui adressa le déstabilisa. L'enthousiasme avait quitté son visage et elle ne répondit pas.

— Je suis juste honnête, Shelby.

— Mais je viens juste d'arriver ! Tu veux déjà te débarrasser de moi ?

Exactement ce que Mark lui avait dit, songea-t-il.

— Les choses ont changé, Shelby. Tu le sais très bien.

— Je pensais que ce que nous partagions tous avait changé, mais dans un sens positif. C'était très agréable de faire partie de l'équipe Delaney ce soir. Pourquoi est-ce que tu me repousses toujours ?

Elle osait lui demander ça ?

— Moi, je te repousse ? C'est *toi* qui m'as posé un lapin, je te rappelle.

Elle prit une profonde inspiration et pressa le pas.

— Je suis désolé, dit-il en revenant à sa hauteur. D'accord ? C'était un coup bas. J'arrête d'en parler.

— Mais tu n'arrêteras jamais d'y penser, murmura-t-elle. J'ai tout gâché, je le sais. J'espérais juste qu'après ce soir, surtout après ce soir, on pourrait commencer à mettre ça derrière nous.

Il prit un petit temps de réflexion avant de répondre :

— Je ne garantis rien.

Elle haussa les épaules.

— Eh bien, c'est toujours mieux qu'un « non », marmonna-t-elle.

Il avait perdu une occasion de se taire, se dit-il, soudain mal à l'aise, car toutes les agréables sensations qu'ils avaient partagées pendant la soirée venaient de s'envoler… Et à cause de quoi ? D'une histoire vieille de deux ans.

Pourtant, quelque chose changea dans les yeux de Shelby.

Elle lui prit la main et la tint serrée pendant tout le reste du trajet jusque chez elle.

— Je sais que tu aurais préféré rester chez toi avec Benjamin ce soir, alors merci pour tout, dit-il.

Elle exerça une pression sur ses doigts tandis qu'ils marchaient vers sa porte d'entrée.

— Je vais me faufiler dans sa chambre, l'embrasser sur le front et le regarder rêver. Et c'est en premier à moi qu'il fera un câlin demain matin.

L'envie soudaine de vivre cela avec un enfant surprit Conor.

L'amour d'un enfant devait être la forme la plus pure de l'amour, bien longtemps avant que les complexités de la vie ne s'installent. Il s'était rendu compte à quel point les enfants étaient indulgents lorsqu'il avait gardé les jumelles de Laurel. Tout ce que les enfants voulaient, c'était qu'on les aime, qu'on joue avec eux, qu'on les prenne au sérieux. Après avoir dépassé la sensation d'être ridicule, assis sur une chaise minuscule en faisant semblant de prendre le thé avec deux fillettes, il s'était vraiment amusé.

Le tenant toujours par la main, Shelby monta les trois marches du porche de la maison de sa mère, puis l'attira à l'écart de la lumière du lampadaire de la rue, dans un recoin plus sombre.

— Ça, c'est pour avoir cru en moi, murmura-t-elle en se hissant sur la pointe des pieds et en posant ses douces lèvres sur les siennes.

Décidément, s'embrasser était une habitude très facile à reprendre.

Il l'entoura de ses bras et la serra contre lui, lui rendant son baiser plus profondément encore, la titillant de sa langue, puis il lui mordilla le lobe de l'oreille et apprécia son petit sursaut discret. Le souvenir de la vitesse à laquelle ils étaient capables de s'enflammer, autrefois, l'inquiéta quelque peu. Apparemment, rien n'avait changé. Était-il sage de laisser ce baiser les emmener à l'étape suivante ? Sûrement pas, mais tout en elle lui plaisait, comme avant, comme toujours, et il ne put résister à la tentation.

Lorsqu'il l'embrassa de nouveau, ses mains glissèrent jusqu'à ses fesses pour la serrer encore davantage contre lui, bien décidé à lui montrer l’effet qu’elle lui faisait. Un faible gémissement s’échappa de la gorge de Shelby. Il comprit le message et recula. Il n’était qu’un papillon attiré par la lumière. Et c’était lui qui allait en payer le prix. Pas elle. Pourquoi laisser l’histoire se répéter ?

— C’est moi qui devrais te remercier, dit-il, en levant doucement les mains, et en écartant juste assez son visage du sien pour pouvoir parler. Tu as vraiment assuré ce soir.

Un peu comme à l’instant, avec ce baiser.

Seulement ça, il le garderait pour lui.

Au lieu de l’embrasser une nouvelle fois, elle le regarda dans les yeux un instant. Puis elle baissa la tête et la releva pour le regarder de nouveau, comme si elle tentait de trouver le courage de dire quelque chose.

Il aurait été facile pour lui de l’embrasser encore, mais il savait que ce ne serait pas raisonnable de s’engager sur cette voie qui se terminerait fatalement dans un lit. Et… Non. Ça, il ne pouvait pas. Pas encore. Ou plus jamais. Il ne savait pas.

— Que dois-je faire pour regagner ta confiance, Conor ?

De toute évidence, elle avait senti son hésitation, et il y avait une pointe de frustration dans son murmure. Il lui devait la vérité, et il prit un moment avant de lui dire.

— Efface le passé. Je ne vois pas d’autre solution pour te redonner ma confiance.

— Tu veux que j’efface mon enfant ? s’exclama-t-elle, effarée.

— Pas lui, évidemment ! Je ne parlais pas de ça.

— De quoi parlais-tu, alors ? Parce que c’est lui, la raison qui m’a poussée à te laisser tomber.

— Non, Shelby, tu m’as laissé tomber *avant* qu’il naisse, en t’engageant auprès de quelqu’un d’autre et en oubliant notre promesse.

Il vit son visage se fermer, et elle recula d’un pas.

— Je ne l’ai jamais oubliée, cette promesse, dit-elle d’une voix blanche. Je t’ai dit que j’étais désolée. Plusieurs fois.

— Et je te crois. D’ailleurs, j’aime bien Benjamin. C’est juste que…

— Que je dois effacer tout le reste, c’est ça ?

À son grand regret, il lui devait d’être honnête.

— Oui.

Elle recula de plusieurs pas et laissa tomber :

— Alors toi et moi, ça n'arrivera jamais.

Que pouvait-il ajouter qu'il n'ait déjà dit ?

Elle se dirigea vers la porte, la main dans sa poche pour trouver sa clé.

— Bonne nuit, Conor. Merci de m'avoir raccompagnée.

Elle entra dans la maison sans un regard pour lui.

Il resta immobile, les yeux fixés sur la porte fermée, jusqu'à ce que ses battements de cœur se calment et que ses jambes acceptent de le porter de nouveau.

7

C'était impossible, songea Shelby, la gorge nouée. Elle ne pourrait jamais retrouver la confiance de Conor. Ce qui signifiait que tout espoir de relation était perdu.

Après avoir été contempler Benjamin qui dormait comme un bienheureux, et avoir dit bonsoir à sa mère qui lisait encore dans sa chambre, elle s'était jetée sur son lit et avait enfin laissé échapper ses larmes. Silencieusement pour que sa mère n'entende pas.

Ses larmes coulèrent longtemps.

Revenir à Sandpiper Beach et affronter l'homme qu'elle avait abandonné — car c'était le mot juste, quoi qu'elle en dise — était la deuxième chose la plus effrayante de sa vie, après avoir eu un bébé toute seule dans une grande ville.

Elle aurait dû rentrer immédiatement après avoir appris qu'elle était enceinte. Peut-être qu'elle aurait pu empêcher toutes ces odieuses conséquences... Mais elle s'était entêtée à vouloir faire face à ses propres erreurs. Elle s'attendait à ce que Conor comprenne. Elle s'était trompée : il ne comprenait pas.

Elle avait peut-être commis des erreurs énormes, mais Benjamin n'en faisait pas partie. Il était la meilleure chose qui lui soit arrivée dans la vie. Ses larmes ne concernaient que le tragique de son existence depuis son retour à Sandpiper Beach.

Incapable de dormir, elle ralluma la lumière et, voulant retrouver quelques souvenirs du temps où elle était heureuse et insouciante, décida de fouiller dans son ancien placard. Sa mère avait gardé tellement de choses...

Elle dut monter sur une chaise pour atteindre les étagères supérieures où plusieurs boîtes avaient été soigneusement rangées.

Elle saisit la première, une longue boîte fermée d'un couvercle en plastique, redescendit avec mille précautions et la posa sur son lit. À l'intérieur, elle trouva de vieux bulletins scolaires datant... de l'école primaire ! Dessous, elle dénicha une pile de photos de classe.

Sur la photo de sixième, elle était la plus petite de la classe. Elle se tenait au premier rang et avait une touche ridicule : une frange qui couvrait presque totalement ses yeux et des cheveux raides tombant sur ses épaules. Ils étaient beaucoup plus blonds, à l'époque. Conor, comme les enfants les plus grands, se tenait deux rangs derrière elle et semblait dominer tout le monde. Elle l'aurait reconnu entre mille. Bien droit, il toisait le photographe d'un air fier et quelque peu arrogant. Ce qui la fit rire, car elle se rappela qu'elle le battait régulièrement au ballon prisonnier !

Dans la boîte suivante, elle trouva ses vieux journaux intimes. Elle sourit et serra l'un d'entre eux contre sa poitrine. Son préféré, avec sa couverture brillante rose vif piquetée de petits cœurs blancs. Mais elle n'osa pas l'ouvrir, car elle savait ce qu'il contenait. Des pages et des pages de confidences, écrites à l'encre bleue des mers du Sud où elle disait, à dix ans, qu'elle épouserait Conor Delaney quand elle serait grande...

Son cœur se serra et de nouvelles larmes brouillèrent ses yeux.

En trouvant un plumier en bois qui sentait l'encens, les souvenirs se précipitèrent dans son esprit. Conor lui avait offert ce plumier en cinquième ou en quatrième, l'année où ils avaient commencé à s'embrasser. Ses doigts tâtonnèrent pour l'ouvrir, elle se rappelait à peine de ce qu'il contenait. Une petite photo de Conor, prise durant leur année de seconde. Elle était signée « Je t'aime, Conor ». Il la lui avait offerte le jour où elle avait appris que ses parents allaient divorcer parce que son père avait trompé sa mère.

La période la plus difficile de sa vie.

« Cher journal, Conor ne sera jamais comme ça », avait-elle

écrit. Elle n'avait pas besoin d'ouvrir son journal intime pour s'en souvenir.

Ensuite, elle farfouilla encore, trouva quelques cartes d'anniversaire et... Oh mon Dieu ! L'anneau de Claddagh que Conor lui avait offert en terminale... Il se trouvait dans un minuscule sac en velours noir fermé d'un cordon. Elle le sortit et le contempla, émue.

Le bijou était délicat comme un papillon aux ailes de verre et pas seulement du fait de son tressage en argent avec la couronne, le cœur et les mains jointes. L'anneau changeait de sens selon la façon dont on l'enfilait à son doigt.

Voyons, quelle était sa signification, déjà...

Chez une personne cherchant l'amour, la tradition consistait à porter l'anneau à la main droite avec la couronne vers l'extérieur.

Si la bague faisait office de bague de fiançailles, alors elle devait être portée à la main gauche, la couronne tournée vers l'extérieur.

Elle se souvint de l'avoir portée ainsi à New York, prétendant que Conor lui avait demandé de l'épouser. Elle avait même, de temps en temps, eu l'audace de tourner la couronne vers son cœur. Comme s'ils avaient été réellement mariés.

Dans un soupir, elle glissa l'anneau à sa main droite, couronne vers l'extérieur.

Conor se souviendrait-il de la signification de la bague selon la façon dont elle était portée ?

Une idée folle lui vint alors à l'esprit. Et si elle inversait la vapeur, avec Conor ? Si, au lieu d'effacer le passé comme il le voulait, elle l'affichait ? Pour qu'il se souvienne de tout le bonheur qu'ils avaient partagé.

Le samedi soir, Conor se rendit au Drumcliffe pour dîner. La façon dont Shelby l'avait quitté, lorsqu'il l'avait raccompagnée l'autre soir, lui laissait toujours un goût amer dans la bouche.

Mais il avait admis que la seule façon pour lui d'oublier était d'effacer le passé. Et avant de couper totalement les ponts avec Shelby, il avait encore quelque chose à lui dire. Il lui devait bien ça.

Felecia Worthington avait écrit une excellente critique dans *The Central Coast Ledger* à propos du Drumcliffe et de leur nouveau chef. De toute évidence, Felecia avait demandé quelques informations personnelles sur Shelby qu'elle avait incluses dans l'article — et c'est évidemment Maureen qui avait dû jouer les indiscrètes. Toute la région allait donc connaître la vie de Shelby : qu'elle était une mère célibataire, mais surtout qu'elle était une cuisinière hors pair.

Conor voulait lui expliquer pourquoi il avait caché le métier de Felecia Worthington avant qu'elle ne tombe par hasard sur l'article ou que quelqu'un lui en parle.

Il se gara sur sa place de stationnement attitrée et coupa le moteur. Il traversa la pelouse en direction de la porte arrière de la cuisine, notant au passage que des gens faisaient la queue devant la porte principale. Autant prendre son repas en cuisine, ce soir.

Il poussa la porte en plaquant un sourire sur son visage. Comme ce que Shelby lui avait décrit, il entra en plein milieu d'un chaos contrôlé. Il recula d'un pas, ne voulant pas briser la cadence.

Il alla jeter un coup d'œil dans la salle. Toutes les tables étaient occupées ! Et c'était sans compter les clients qui attendaient dehors. Une bonne nouvelle pour le Drumcliffe, peut-être pas aussi bonne pour le personnel payé à l'heure et non pas au nombre d'assiettes servies.

Fred, un Cajun de Louisiane qui travaillait là depuis une éternité, remarqua sa présence et vint lui présenter le menu du soir. C'était un repas traditionnel : soupe de palourdes et pattes de crabe royal avec une salade de pommes de terre rouges, oignons rouges et vinaigrette à l'huile d'olive et à l'ail. Il en eut l'eau à la bouche. Ce n'était pas tout à fait la saison des épis de maïs, alors il se contenterait d'une de ses délicieuses salades vertes avec la vinaigrette sophistiquée que Shelby avait créée spécialement pour ce soir. Son estomac se mit à chanter.

Fred prit sa commande et repartit en courant.

Conor s'installa sur un coin de la longue table à découper, essayant de rester à l'écart de toute l'agitation.

Enfin, à l'autre côté de la pièce, devant le piano de cuisine et plusieurs énormes casseroles qu'il supposa contenir les crabes,

Shelby leva la tête et le remarqua. Elle s'essuya le front avec son bras et leva les sourcils en le saluant.

— Quelle soirée ! s'exclama-t-il.

— C'est complètement fou, confirma-t-elle. Je ne sais pas ce qui se passe, mais ça me plaît bien. J'espère juste ne pas être en rupture de stock de crabe.

Conor, lui, savait pourquoi la fréquentation du Drumcliffe avait soudainement doublé. Et il le lui dirait. En temps et en heure.

Fred lui porta un bol de soupe aux palourdes accompagnée d'une tranche de pain de maïs frais. Pas un pain de maïs ordinaire, non, le pain de maïs signé Fred, avec du cheddar et des piments *jalapeños*. Après la première bouchée, il prit la direction du paradis. La salade de pommes de terre chaude s'avéra être l'accompagnement parfait des pattes de crabe. Sensationnel ! Il avait atteint le paradis.

Quand il eut presque fini, Shelby vint près de lui et se mit à travailler deux bottes d'oignons verts. Comment quelqu'un pouvait-il aller aussi vite avec un couteau ? se demanda-t-il en fixant ses mains. Quelque chose de brillant attira soudain son attention. Il plissa les yeux et regarda de plus près.

Une bague en argent. Il crut la reconnaître.

Risquant la perte d'un doigt ou deux, il attrapa le poignet droit de Shelby et tira sa main plus près pour mieux voir. La bague de Claddagh ! Elle portait l'anneau de promesse qu'il lui avait donné voici plus de dix ans !

— Qu'est-ce que c'est ? demanda-t-il.

— Tu sais exactement ce que c'est, répondit-elle en retirant sa main.

Un flot de sentiments le frappa, la colère avant tout.

— Enlève ça, ordonna-t-il. Tu te moques de moi en le portant.

— Non. De plus, c'est *ma* bague, je fais ce que je veux avec.

— Tu sais exactement quelle est la signification de cet anneau. Et tu n'as pas le droit de le porter.

Elle mit ses mains sur ses hanches et le regarda avec un air de défi.

— Pardon ? Je peux porter cette bague si j'en ai envie et de la façon dont j'en ai envie !

Elle avait élevé la voix, ce qui ne lui ressemblait pas. Et même dans le fracas des casseroles et des assiettes, cela fut suffisant pour attirer l'attention du personnel.

Elle rougit et ajouta plus bas :

— En plus, je ne le vois pas comme ça. J'ai compris quelque chose depuis que nous nous sommes parlé. Je ne peux pas effacer mon passé et, de plus, je n'en ai pas envie. Ce passé a fait ce que je suis aujourd'hui.

Il n'avait pas fini son repas, mais il avait subitement perdu l'appétit.

Elle le pointa du doigt et poursuivit :

— La différence entre toi et moi, c'est que je peux choisir de continuer et d'essayer à nouveau.

Elle le fixa et il n'osa pas détourner le regard. Heureusement qu'elle avait posé son couteau...

— Si tu veux être heureux, Conor, je te suggère de faire de même.

— C'est un défi ?

Une réplique assez nulle, mais il n'avait rien d'autre en réserve.

— Absolument.

Et elle se remit à couper ses oignons comme si sa vie en dépendait.

Il saisit son verre d'eau d'une main un peu tremblante et le but d'un trait, essayant d'oublier ce petit échange.

Shelby savait mieux que personne le percer à jour. Oui, il suffisait qu'il passe à autre chose. Sauf qu'il en était incapable. Il était coincé dans le passé. Ce jour où elle n'était pas revenue.

Frustré et incapable de remettre ses pensées dans le bon ordre, il saisit une patte de crabe et commença à la grignoter. Puis il se rappela sa mission.

Il était venu dîner, bien sûr, mais surtout informer Shelby de la critique de Felicia. Et ce n'est pas leur petite dispute qui allait l'en empêcher, d'autant plus qu'il était en tort — Shelby avait tout à fait le droit de porter cette bague ; il la lui avait donnée, elle était à elle, elle en faisait ce qu'elle voulait.

— Bon, maintenant que je t'ai énervée, dit-il en se léchant les doigts, j'ai de bonnes nouvelles.

Elle s'arrêta une seconde, lui lança un regard noir et se concentra de nouveau sur les oignons.

— Des bonnes nouvelles ? s'étonna-t-elle. Voyez-vous ça.

— Oui, je me suis dit que tu devais savoir que Felecia Worthington avait écrit une critique élogieuse sur le Drumcliffe et ta cuisine. Félicitations, chef, tu es célèbre dans tout le comté et au-delà !

Il s'attendait à ce qu'elle laisse éclater sa joie mais, à sa grande surprise, elle devint livide et laissa tomber son couteau.

— Quoi ? Elle est critique gastronomique ? s'exclama-t-elle d'une voix étranglée.

Il s'essuya la main avec une serviette en papier, puis sortit l'article de sa poche de chemise avant de le lui tendre.

— Tu peux être fière, dit-il. L'article est sorti dans le numéro d'aujourd'hui, ce qui explique sans doute pourquoi les gens font la queue devant le restaurant ce soir. Ce qui n'est jamais arrivé, tu peux me croire sur parole.

Sans un autre mot, il s'éloigna, la laissant bouche bée devant l'article.

Lorsqu'il arriva à sa voiture, il entendit des pas derrière lui. C'était Shelby, à bout de souffle, le visage rouge et le regard furieux.

— Pourquoi tu ne m'as pas dit qu'elle était critique culinaire ?

— Parce que je ne voulais pas te mettre la pression. Tu me faisais une faveur, en cuisinant pendant ton jour de congé.

Il vit sa colère tomber.

— Et toi, tu m'en as fait une, murmura-t-elle.

Il haussa les épaules.

— Ça marchait dans les deux sens, oui.

— Mais si j'avais su que la femme de ton capitaine était critique, j'aurais fait quelque chose de complètement différent, quelque chose qui lui aurait montré qui je suis et de quoi je suis vraiment capable !

— Ce que tu as fait sans le savoir. Et à ma connaissance, les grands critiques n'annoncent jamais leur venue, de toutes les manières.

— Ce n'est pas le sujet, répliqua-t-elle.

— Exactement. Bon sang, Shelby, est-ce que l'on va devoir se disputer sur tout ? Tu ne peux pas être simplement heureuse de ton excellente critique ?

Elle ferma brièvement les yeux et soupira.

— Oui, tu as raison. Je suis désolée. Je suis heureuse, oui. Excitée et...

Elle resta silencieuse un long moment et ajouta :

— Et frustrée.

— Frustrée ? Pourquoi ?

— À cause de toi, Conor. Tu ne comprends pas ? Je te demande de me donner une autre chance et tu fais venir en douce une critique gastronomique qui peut lancer ma carrière !

— J'essayais juste de t'aider, comme toujours.

— Eh bien, ça m'énerve que tu aies voulu le faire en secret !

— Alors, pardonne-moi.

Elle se calma et fixa ses pieds pendant quelques secondes.

— D'accord, je te pardonne si tu m'accordes un autre rendez-vous. En guise de remerciement.

Sa voix était devenue presque inaudible.

Il se tut et l'observa un instant en silence. Elle, la femme qui pouvait partir au quart de tour sur n'importe quel sujet. La femme qui l'avait abandonné à un moment clé et espérait maintenant une autre chance.

— Laisse-moi y réfléchir, répondit-il.

— C'est une réponse automatique ?

Comme il ne disait rien, elle lui jeta un regard qui semblait mélanger la colère, la frustration et la détermination. Avec aussi un peu de déception.

Elle haussa les épaules.

— Bon, je dois retourner en cuisine, dit-elle. Comme tu l'as vu, il y a du monde ce soir.

Le délicieux repas qu'il venait de prendre tournoyait dans son estomac. Elle portait sa bague, envoyant un message clair, et cela l'avait rendu fou. Pourquoi les choses ne pouvaient-elles pas être comme avant ?

Parce qu'ils avaient tous les deux quasiment trente ans maintenant...

Le temps de se comporter en adultes.

— OK pour un rendez-vous ! cria-t-il juste avant qu'elle franchisse la porte arrière de la cuisine.

— Super, mais ça doit être de jour. Que dirais-tu de 10 heures demain matin ?

Elle n'était décidément pas du genre à perdre du temps !

Il leva donc son pouce pour confirmer.

Shelby n'arriva pas à trouver le sommeil. Pourtant, elle aurait dû être épuisée. Elle avait servi près de deux cents repas, ce soir ! Un nouveau record. Mais elle n'arrivait pas à dormir. Agacée par la colère, la frustration, et le bonheur aussi. Réunis comme dans un enchevêtrement de barbelés. Quel foutoir était devenu sa vie...

Elle avait ravalé sa fierté et avait demandé à Conor de lui donner une autre chance. Et même un autre rendez-vous. Son hésitation n'avait pas beaucoup aidé son ego, mais elle comprenait son point de vue. Pourtant, après les baisers qu'ils avaient échangés récemment, elle était persuadée qu'il restait quelque chose entre eux. Quelque chose de spécial. Pourquoi ne le sentait-il pas, lui aussi ?

Bien sûr, recommencer une relation suivie était bien plus difficile que de s'exciter mutuellement, mais une connexion chimique était toujours un bon début.

Pouvaient-ils vraiment recommencer une relation suivie ? C'était elle qui transportait le plus de bagages. Elle avait un bébé maintenant. Conor, lui, était aussi libre que l'air. Est-ce qu'un homme comme lui voudrait un enfant ? L'enfant d'un autre, qui plus est... Sans parler d'une femme qui lui avait déchiré le cœur. Et qui, la semaine passée encore, avait l'intention de trouver un emploi conforme à ses ambitions et de quitter pour toujours Sandpiper.

Ce n'était pas gagné.

Le cœur de Conor était-il toujours aimant et généreux, assez grand pour lui pardonner ? Assez grand pour Benjamin et elle ? Au moins, il avait dit qu'il y réfléchirait...

Elle avait exigé un rendez-vous le matin pour une raison très simple : si Conor passait plus de temps avec Benjamin, il allait voir quel petit garçon génial il était. Il avait déjà admis qu'il aimait Benny. Donc, elle allait changer de stratégie : s'assurer, par exemple, que ses deux hommes préférés passent plus de temps ensemble.

Dès qu'elle le put, elle envoya un texto à Conor. Elle lui proposait de la retrouver, avec Benjamin, au parc le lendemain matin. Depuis peu, elle laissait Fred s'occuper du brunch un dimanche sur deux, et le lendemain était son jour de relâche.

Shelby se présenta armée au rendez-vous. Elle avait apporté un panier de pique-nique rempli de sandwichs, de salade de macaronis, de thé glacé et de petits gâteaux. Il y avait aussi une couverture et des jouets pour Benjamin.

Conor était déjà là, assis sur le banc d'une table de pique-nique, sous un arbre. Ce qui la fit sourire. Quand il la vit, il se leva pour venir à sa rencontre et l'aider à porter tout son barda. Il lui prit la couverture et le panier des mains.

— Bonjour, dit-il, sans avoir le moins du monde l'air d'un homme qui avait travaillé une bonne partie de la nuit.

— Salut !

Benjamin se précipita contre ses jambes.

Conor se pencha.

— Salut, mon petit pote, ça va bien ?

Benjamin resta silencieux.

— Dis bonjour à Conor, l'encouragea-t-elle.

Benjamin lui fit un signe de la main, ce qui fit rire Conor. Une fois qu'il eut posé le panier sur la table, il attrapa Benjamin et le fit tournoyer autour de lui. Le petit garçon hurla de peur et de joie.

— Tu veux aller faire de la balançoire ?

— Foui !

Et sans autre forme de procès, ils disparurent vers l'aire de jeux.

Shelby sentit sa poitrine se gonfler d'un étrange sentiment. Que voulait-elle au juste ? Un père pour son fils ? Devenir chef dans un grand restaurant new-yorkais ?

En outre, elle fut saisie par un désir ardent pour Conor. Ce rendez-vous était soit la meilleure idée au monde, soit une énorme erreur.

Après une quinzaine de minutes sur la balançoire et les toboggans, Conor aida Benjamin à grimper sur les autres équipements pour enfants, comme le pont gonflable et le pont en planches. Ce que Benjamin trouva si amusant qu'il refit le parcours une dizaine de fois, en tombant à chaque fois ! Mais il en fallait plus pour le décourager.

Conor gratifia Shelby de ce qu'elle ne put pas décrire comme autre chose qu'un sourire de fierté. Son cœur sembla s'ouvrir si grand qu'elle dut s'asseoir un moment pour ne pas risquer de s'évanouir. Le moment était parfait.

Libre, heureux, tendre.

Quand Benjamin en eut enfin assez, Conor le ramena.

— Tout va bien, Shelby ? demanda-t-il en s'asseyant à ses côtés.

Il avait visiblement remarqué ses sourcils froncés et ses yeux soucieux.

— Oh oui, tout va bien.

Elle lui serra la cuisse pour le rassurer, mais elle n'avait qu'une envie : se jeter à son cou et l'embrasser. Lui dire de ne plus jamais la quitter et lui promettre qu'elle ne le quitterait plus jamais.

Conor la dévisagea, perplexe. Puis elle crut voir dans ses yeux qu'il avait lu dans ses pensées. Il se pencha vers elle et...

Son téléphone se mit à sonner.

Avec un grognement, il l'extirpa de sa poche de pantalon.

— Allô, oui, j'écoute.

Il devint blême.

— Très bien, j'arrive, dit-il avant de raccrocher.

Les lèvres pincées, il se tourna vers elle.

— Je suis désolé, dit-il en se levant. Il va falloir que j'écourte notre matinée. Les choses s'aggravent à la prison, ils ont besoin de renforts.

Elle soupira.

— Ne t'en fais pas, je comprends. C'est ton travail.

— On remet ça à plus tard, d'accord ?

— Compte sur moi, dit-elle avec un clin d'œil.

Lorsque Conor courut vers sa voiture, Benjamin se mit à pleurer. Et Shelby eut un très mauvais pressentiment.

8

Il y eut du monde au restaurant, ce soir-là, avec une accalmie juste avant 19 heures. L'établissement restant ouvert jusqu'à 20 heures le dimanche, Shelby se doutait que quelques retardataires allaient encore se montrer.

Conor l'avait obnubilée tout l'après-midi. Elle décida de laisser la cuisine entre les mains compétentes de Fred pour se rendre au pub de Padraig. S'il y avait très peu de certitudes dans son monde, le dîner de la famille Delaney du dimanche soir en faisait partie. Le nombre de participants pouvait varier, mais la tradition était toujours respectée par une grande partie de la famille.

Tout au fond de son cœur, elle espérait bien pouvoir redevenir une habituée. Tout dépendrait de sa relation avec Conor… En ce qui la concernait, elle ferait tout pour le convaincre de revoir ses positions.

Elle quitta le restaurant, traversa le hall de l'hôtel et le guichet de l'accueil pour se rendre au pub. Comme toujours le dimanche soir, le pub affichait son panonceau « Fermé pour soirée privée ».

Elle entra et jeta un coup d'œil à l'intérieur, s'attendant à voir Conor et à entendre une conversation bruyante et amicale autour d'un bon repas. Au lieu de cela, personne ne mangeait et la salle était relativement silencieuse. Tout le monde était assis face à l'un des téléviseurs grand écran et regardait les informations. Elle comprit rapidement que Conor n'était pas là et, en y réfléchissant, elle n'avait pas vu non plus sa voiture de patrouille garée devant l'établissement.

Elle resta debout et focalisa son attention sur le téléviseur.

— Nous sommes toujours en édition spéciale, déclara une présentatrice d'une cinquantaine d'années aux traits tirés. Une émeute a éclaté dans la prison de San Luis Obispo. Ce qui avait commencé comme une manifestation pacifique dans la section à sécurité minimale de l'aile ouest, pour protester contre la diminution des heures de visite et la surpopulation croissante, a pris un tour violent jusqu'à l'aile est, où les gardiens ont perdu le contrôle. Selon nos dernières informations, une douzaine de personnes seraient retenues en otage.

Shelby sentit son pouls s'accélérer. Voilà pourquoi Conor n'était pas là, se dit-elle. Jamais elle n'aurait imaginé, quand il lui avait dit qu'il avait été appelé en renfort, que cela aurait dégénéré si vite. Et si violemment.

— Tous les départements des shérifs du comté ont été mobilisés, poursuivit la journaliste. Nous retournons avec nos équipes présentes sur les lieux.

Shelby serra nerveusement les mains et ne put s'empêcher de demander :

— Est-ce que Conor va bien ? Il est là-bas ?

Maureen se retourna vers elle, le visage blême.

— Oui, depuis ce matin, confirma-t-elle.

Les jambes tremblantes, Shelby prit appui sur une table à proximité.

— Vous avez eu des nouvelles ? murmura-t-elle.

Sean secoua la tête.

— Pas depuis qu'ils ont envoyé les unités anti-émeutes.

Son cœur fit un bond dans sa poitrine. Maureen lui fit signe de venir s'asseoir avec eux. Il lui fallut un moment pour reprendre le contrôle de ses jambes tremblantes avant d'aller s'asseoir à côté de Maureen, les yeux rivés à l'écran.

— La nouvelle s'est répandue sur les réseaux sociaux, et des riverains sont venus s'ajouter aux manifestants à l'extérieur de l'établissement, disait la journaliste. La police s'est servie de gaz lacrymogènes, de canons à eau et de fusils à balles en caoutchouc sur les détenus.

Les images montraient des policiers équipés de casques et de gilets pare-balles. Les reporters dépêchés sur place expliquèrent que les détenus avaient jeté des cocktails Molotov sur les forces de l'ordre. Que l'on dénombrait plusieurs blessés parmi les policiers.

Shelby laissa échapper un petit cri. Maureen lui prit la main et la rassura. Dans sa voix, Shelby devinait son angoisse.

Padraig faisait les cent pas et marmonnait. Daniel et Mark se tenaient debout, les bras croisés, observant chaque scène à la télévision, laissant échapper un commentaire ou un juron de temps en temps. Laurel et Keela étaient assises, serrées l'une contre l'autre, complètement silencieuses. Le petit Keiran était endormi sur l'épaule de Keela. Les jumelles n'étaient pas là ; sans doute parce que Peter s'en occupait à la maison.

Shelby décida de passer le reste de la soirée avec la famille de Conor. Seule, elle allait devenir folle.

Deux heures plus tard, Padraig se posta devant la télévision.

— C'est bon, cela ne sert à rien, dit-il en croisant les bras sur sa poitrine. Je sais que Conor va bien, je le sens là, ajouta-t-il en posant sa main sur son cœur. Allez, on éteint.

Mark protesta mollement, puis appuya sur le bouton de la télécommande pour éteindre la télévision.

Un lourd silence s'installa, et l'atmosphère sembla s'épaissir encore un peu plus de toute la tension accumulée.

— Oui, cela ne sert à rien de rester rivés sur la lucarne, commenta calmement Sean. On ne peut rien faire, de toute façon.

— Je voudrais quand même savoir ce qui est arrivé à mon fils, dit Maureen.

— Tu ne le sauras pas en regardant la télé, lui répondit Sean. Tout ce que tu risques, c'est de te rendre malade.

— Oh ça, c'est déjà fait..., murmura-t-elle.

Lentement, le groupe se dispersa. Il ne restait plus que Maureen, serrant toujours la main de Shelby. Elles se dévisagèrent un instant en silence, et Shelby put lire dans les yeux de Maureen la même anxiété que celle qui lui enserrait la poitrine. Ses yeux se brouillèrent de larmes et elle prit Maureen dans ses bras.

— Shelby, on va te raccompagner, dit Daniel. Viens avec nous.

Après avoir embrassé Maureen et salué ceux qui restaient, Shelby suivit Daniel et Keela jusqu'à leur voiture.

Lorsqu'elle se glissa dans son lit, elle frissonna de peur et passa le reste de la nuit les yeux rivés au plafond. Vers 3 heures du matin, elle ralluma la lumière et la radio pour apprendre que les émeutes n'étaient toujours pas maîtrisées. Une vague d'angoisse la submergea et, malgré les paroles rassurantes qu'elle se répéta en boucle, elle resta éveillée jusqu'au matin.

Les émeutes continuèrent jusqu'au lendemain, jusqu'à ce que l'unité locale de la Garde nationale soit appelée en renfort et que les détenus soient complètement maîtrisés.

Cela faisait maintenant deux jours que Shelby n'avait pas vu Conor.

Le mardi matin, Maureen lui passa un coup de fil pour l'informer que Conor était de retour au département du shérif, sain et sauf. La nouvelle fut pour elle un tel soulagement qu'elle eut l'impression qu'elle n'avait pas réussi à respirer convenablement pendant trente-six heures.

Quand elle arriva à l'hôtel, elle se rendit directement au comptoir de l'accueil.

— Est-ce qu'il va bien ?

— Oui, lui assura Maureen en la prenant dans ses bras. Il va bien.

Shelby discuta quelques minutes avec elle avant de se rendre en cuisine. Elle avait une équipe à diriger, des plats à préparer.

Peu avant l'ouverture du restaurant, le soir, Sean fit une apparition.

— Tous les agents de police mangent aux frais de la princesse, ce soir, annonça-t-il.

Shelby sourit lorsque son personnel applaudit cette décision.

De nombreux officiers du comté et d'ailleurs prirent rapidement possession du restaurant, en plus des touristes et des habitués, et elle n'eut pas une minute pour souffler jusqu'à la fin de son service.

Ensuite, elle se concentra sur le nettoyage de la cuisine.

En jetant un coup d'œil par la fenêtre arrière, elle vit la voiture de Conor garée à son emplacement habituel.

— J'ai terminé, je m'en vais ! annonça-t-elle à son personnel avant de quitter précipitamment la cuisine.

Arrivée devant la suite de Conor, elle frappa à la porte. Qu'importe qu'elle le réveille !

Ce fut Brian qui lui ouvrit. Ses cheveux ébouriffés et ses yeux rougis lui indiquèrent qu'elle venait de le réveiller. Tant pis, elle ne pouvait attendre plus longtemps.

— Est-ce que Conor est là ? demanda-t-elle.

— Oui, marmonna Brian.

D'un pas décidé, elle se dirigea vers la seule porte de la suite qui était fermée. Celle de la chambre de Conor. Où elle n'était encore jamais entrée.

Dès que Conor lui ouvrit, elle se jeta dans ses bras.

— Tu vas bien ?

— Je vais bien, répondit-il d'un ton solennel.

Alors elle l'embrassa.

Un baiser profond, avide, pour effacer la tension et le stress accumulés ces quarante-huit dernières heures. Puis elle déboutonna sa chemise et la tira hors de son pantalon.

— Tu es sûre, Shel ?

C'était la première fois qu'il l'appelait Shel depuis qu'elle était revenue à Sandpiper Beach.

— Oui, plus que tout.

Elle ne voulait qu'une chose : fondre sur lui, prendre sa bouche et la dévorer de baisers voraces, presser sa peau contre la sienne. Elle ne voulait rien d'autre. Elle voulait tout de lui.

Étourdie de désir et plus excitée qu'elle ne l'avait été depuis des années, elle ne pouvait plus attendre.

Sa main remonta le long de la cuisse de Conor. Il était indéniablement prêt pour elle.

— Je n'ai été avec personne depuis ma grossesse, murmura-t-elle après avoir suçoté son oreille.

Ce n'était peut-être pas une information capitale, mais elle voulait qu'il le sache.

Visiblement, c'était ce qu'il avait besoin d'entendre.

Bientôt, leurs échanges ne furent plus qu'une symphonie de soupirs et de gémissements. D'un geste expert, Conor la plaqua sur le lit et lui retroussa sa jupe. Elle crut en mourir de volupté.

Il tendit la main vers le tiroir de sa table de chevet où il attrapa un préservatif qu'il déroula sur sa virilité triomphante.

— Voyons ce que tu as à m'offrir, murmura-t-il contre ses lèvres.

Tout, elle avait tout à lui offrir et elle lui offrit tout.

La poitrine bourdonnante de désir, elle cala ses hanches sur son bassin, suivant le rythme de Conor à la perfection, jusqu'à ce qu'ils succombent à l'unisson à l'extase d'un instant infini.

Plus rien ne comptait au monde. Rien d'autre que Conor. Rien d'autre que Conor et elle.

Quelques minutes plus tard, lorsque leur respiration se ralentit et que leurs corps se démêlèrent, Conor plongea son regard dans le sien.

— Tu sais qu'il n'y a qu'une seule façon d'effacer le passé, n'est-ce pas ? demanda-t-il.

Elle se redressa et remonta le drap sur sa poitrine dénudée. Avait-elle bien entendu ?

— Que veux-tu dire, exactement ?

Il se blottit contre elle.

— Padraig appelle cela un Mulligan, expliqua-t-il. C'est un coup au golf. Pour véritablement changer les choses entre nous, il faut tout recommencer depuis le début. Comme si nous ne nous étions jamais rencontrés.

Elle éclata de rire.

— J'ai pourtant l'impression de parfaitement te connaître, après ce qui vient de se passer ! s'exclama-t-elle.

Conor lui caressa tendrement la joue.

— Comme un nouveau départ, Shelby. Sortons ensemble et voyons comment les choses évoluent. En oubliant le passé et en laissant nos bagages derrière nous.

Le passé ? Les bagages ? Est-ce que le sexe avait épuisé toutes les ressources mentales de Conor ou est-ce que quelqu'un lui avait tapé sur la tête pendant les émeutes ? Ou bien avait-il eu une épiphanie ?

Quoi qu'il en soit, il venait de faire un pas vers elle.

— Un nouveau départ, oui, pourquoi pas ? murmura-t-elle.

Elle adorait ce que ces mots faisaient naître en elle.

Mais allait-elle pouvoir y croire ?

9

Ce n'était pas la peur des émeutes qui avait ouvert les yeux de Conor, mais la conversation qu'il avait eue avec la psychothérapeute lors du débriefing à son retour au commissariat. Elle lui avait dit : « Ne recommencez pas votre vie comme si rien n'avait changé, revenez en arrière et améliorez-la. Choisissez une chose et changez-la pour le mieux. »

Il avait donc choisi d'appliquer ce conseil à sa relation avec Shelby.

Impossible que Shelby conteste son projet fou — faire un Mulligan. En tout cas, pas avec ses hanches collées aux siennes et ses yeux bruns plongeant directement dans son âme. Et surtout pas après avoir passé le reste de cette nuit incroyable à rattraper six années perdues.

Sa rancune avait dépassé sa date limite de conservation et, apparemment, avec la persévérance de Shelby et la sage recommandation de la thérapeute, deux ans et sept mois était cette limite.

Shelby lui avait manqué. Tellement manqué. À un moment donné, il aurait même juré être incapable de continuer sa vie sans elle... Jusqu'à ce qu'il le fasse. À peine. Mais aujourd'hui, il ne lui manquait plus rien. Il allait faire une offre pour la maison de ses rêves — de *leurs* rêves — et passer tout son lundi avec Shelby. Et Benjamin.

Il avait pris des jours de congé supplémentaires après les

émeutes, et Shelby avait programmé plusieurs sorties en sa compagnie. Dont une aujourd'hui, avec Benjamin.

Il se gara devant la maison de la mère de Shelby et prit le petit train qu'il avait acheté en chemin dans un magasin de jouets.

Théoriquement, il aurait dû en vouloir au petit garçon, ce rappel constant de la trahison de Shelby, mais ce n'était pas son style. Et Benny était si doux et drôle ; un mélange difficile à ne pas aimer.

Il frappa et attendit, le cœur un peu battant comme s'il s'agissait de son premier rendez-vous. Lorsque Shelby lui ouvrit, son sourire l'enveloppa d'une douce chaleur.

— Salut, dit-elle en se mettant sur la pointe des pieds pour attendre son baiser.

Il n'attendit pas une seconde avant de lui donner ce qu'elle voulait. Et il eut sa récompense : des yeux brillants et un sourire sexy qui lui disaient : « Je ne vais pas pouvoir attendre que Benjamin fasse sa sieste cet après-midi. »

Lui non plus, d'ailleurs.

Comme d'habitude, elle avait fière allure dans un pantalon vert olive qui lui serrait les hanches, des sandales compensées — ce qui n'était pas superflu vu leur différence de taille conséquente — et un débardeur marron moulant. Rien sur elle ne semblait exagéré, et il adorait comment les vêtements étaient parfaitement ajustés à ses courbes affolantes. Plus important encore, il adorait comment il se sentait auprès d'elle.

— Bah-blo ! lança Benjamin, collé à la jambe de sa mère.

Conor n'avait aucune idée de ce que « bah-blo » signifiait, mais Benny le regardait, un animal en peluche dans une main et une demi-banane dans l'autre.

— Salut mon pote !

Il s'agenouilla pour la salutation officielle, le train caché derrière son dos.

Benjamin pensa visiblement que ses mots ou son geste étaient drôles, parce qu'il éclata de rire.

— J'ai quelque chose pour toi, dit Conor.

— Pou' moi ? demanda Benjamin en regardant partout sauf derrière le dos de Conor.

Conor finit par lui montrer le sac en papier du magasin de jouets, puis l'ouvrit pour que Benny jette un coup d'œil à l'intérieur.

— C'est un train.

— Crain !

— Train, articula lentement Conor.

— Crain ! répéta Benjamin avant de lâcher peluche et banane et d'attraper la locomotive verte et les deux wagons bleu et rouge. Crain ! répéta-t-il en se mettant à courir.

— Hé ! Laisse-moi te montrer comment cela fonctionne.

Conor le rattrapa et lui montra comment faire rouler l'engin en tirant sur les ficelles. Mais Benny n'en avait cure ; il voulait juste s'amuser comme il l'entendait.

Conor le laissa tranquille et se tourna vers Shelby, qui avait une lueur étrange dans ses yeux. Pas triste, non, davantage comme un mélange de regret et de mélancolie. Et il comprit pourquoi. Si les choses s'étaient passées comme prévu, il aurait pu être le père de cet enfant...

Elle secoua la tête et lança :

— Prêt pour le parc ?

— Absolument. Laisse-moi m'occuper du panier de pique-nique.

— Je vais grossir à force de traîner avec toi, fit-elle remarquer en souriant.

— C'est bon, tu as de la marge. Qui plus est, j'ai une bonne technique pour éliminer les calories, quand Benny fera la sieste...

— Conor !

Elle désigna son fils du regard.

Il éclata de rire.

— Si ton fils a compris le sous-entendu, c'est qu'il est surdoué ! Tu devrais le faire examiner.

Shelby se mit à rire et lui donna une petite tape sur le bras.

Conor prit le panier de pique-nique en souriant. Sa poitrine n'avait pas été aussi légère depuis longtemps. La matinée n'était pas encore terminée et l'après-midi s'annonçait inoubliable.

Le premier mardi matin de mai, Conor se rendit chez l'agent immobilier qu'il harcelait depuis près d'un an au sujet de son intention d'acheter la maison Beacham.

— Je vous l'ai déjà dit, lui expliqua l'homme aux cheveux argentés en passe de prendre sa retraite. Il n'est pas nécessaire de verser un acompte de vingt pour cent pour négocier une maison.

— Je sais, répondit Conor. Mais je tiens absolument à l'acheter.

— Je travaille à vous obtenir le meilleur prix possible. Et si nous allions jeter un œil à l'état actuel des lieux ?

L'état serait-il si différent de ce qu'il avait vu la dernière fois où il avait visité la maison, trois mois auparavant ? Il y avait déjà beaucoup de travaux à prévoir. Mais cela ne lui faisait pas peur.

Parce qu'aujourd'hui son avenir était prometteur et qu'un homme avec un avenir prometteur avait besoin d'une maison... pour partager tout cet avenir avec la femme qu'il aimait et son fils.

Shelby était venue travailler une demi-heure plus tôt pour s'entretenir avec Mark. Depuis qu'elle avait commencé son nouveau travail, ils se retrouvaient pour un brainstorming toutes les deux semaines.

La cuisine sentait encore les légumes qu'elle avait cuisinés la veille au soir et les oignons caramélisés, alors elle laissa la porte arrière ouverte. Pour aérer, bien sûr, pas pour surveiller la voiture de Conor ou sa suite à l'hôtel.

Sauf qu'elle resta les yeux fixés sur la porte ouverte jusqu'à ce que Mark apparaisse.

Ce dernier s'était fait pousser une barbe distinguée qui faisait ressortir ses yeux bleu vif encore plus que d'habitude. Les hommes du clan Delaney avaient tous des yeux dévastateurs et il était si facile de s'y perdre.

Mais Shelby était certaine d'une chose : Conor avait les seuls yeux dans lesquels elle voulait se perdre. Et c'était ainsi depuis leur tout premier baiser.

— J'ai de bonnes nouvelles, déclara Mark en ouvrant son ordinateur portable et en le posant sur l'îlot central de la cuisine.

Nous avons régulièrement augmenté notre activité depuis ton arrivée ici.

En voyant le graphique, Shelby ne put s'empêcher de sourire.

— C'est fantastique ! s'exclama-t-elle.

— Effectivement. Et cela n'a pas concerné que le restaurant. L'activité d'hôtellerie en a aussi profité, alors que le mois de mai est généralement très calme, car les gens se réservent pour l'été.

Il la gratifia d'un sourire victorieux et elle comprit pourquoi Laurel était tombé amoureuse de lui.

— Alors, je voulais te faire quelques suggestions, poursuivit-il. Mais je voudrais d'abord entendre tout ce que tu aimerais essayer.

Tout ? Cela prendrait des heures ! À chaque minute, elle avait dix idées différentes pour améliorer son activité. Elle décida toutefois de ne lui en présenter que deux.

— Je suis ravie de ces beaux progrès, dit-elle. J'ai quelques idées, c'est vrai. Ajouter une soirée à thème au cours de la semaine. Par exemple, le jeudi soir, quand nous sommes en sous-activité par rapport au week-end. Nous pourrions offrir une sorte de forfait pour nos clients. Leur proposer quelque chose comme : « Pour un week-end prolongé dès le jeudi, profitez d'un repas à thème spécialement préparé par notre chef. »

Elle se gratta le nez, regrettant de ne pas savoir mieux exprimer ses pensées. C'était super dans son esprit, mais le dire à haute voix la rendait totalement cruche. Mais il ne fallait pas qu'elle se démonte. Elle poursuivit donc :

— Par exemple, que dirais-tu d'une soirée « Titanic », où tout ce que je servirai aurait été au menu sur le célèbre paquebot ? Ou une nuit des Années folles, où les clients pourront découvrir un menu typique de cette époque. Ou bien un dîner typiquement parisien.

Elle ne pouvait plus s'arrêter.

— Oh ! Et pour commencer les vacances, nous pourrions avoir un thème de Noël victorien début décembre !

Les yeux de Mark s'éclairèrent.

— Je pense que ce sont de très bonnes idées, dit-il. Cela pourrait également intéresser les gens de la région à la recherche de quelque chose de différent à faire. Surtout après l'été et pendant les vacances.

— Oui, bien sûr, mais pour ne pas pénaliser les clients de l'hôtel, il va falloir jouer serrer, pour les réservations. Comme certains repas seront extravagants, il va falloir que je limite le nombre de personnes à servir.

— On va réfléchir au mieux. Peut-être qu'au début, pour se faire une idée, on pourrait réserver le hall principal et en faire une *happy hour* à thème ? Un apéritif ?

Un simple apéritif ? Oui, elle pouvait faire des compromis et il était logique d'essayer quelque chose à plus petite échelle, plutôt que de mettre tous ses œufs dans le même panier. À New York, sa devise avait été « pas de risques, pas de gain », mais elle devait bien admettre que les petits ruisseaux faisaient aussi les grandes rivières… De plus, elle risquait de décevoir la famille Delaney si ses projets grandioses faisaient un flop.

— D'accord, répondit-elle. On va commencer en douceur. Pour les soirées à thème, je vais peaufiner l'organisation et je ferai de mon mieux pour ne pas vous décevoir. Tu me fais confiance ?

Il sourit.

— Bien sûr. Je pense que c'est une excellente idée. Laisse-moi juste en parler avec mes parents.

Ne lui faisait-il pas totalement confiance ?

Comme s'il lisait dans ses pensées, il ajouta :

— Et puis non, tu sais quoi ? C'est moi le patron de cet hôtel, c'est moi qui décide. OK pour une soirée à thème. Quand veux-tu faire la première ?

— Euh… Eh bien…, bredouilla-t-elle. Nous avons besoin d'un peu de temps pour diffuser le message sur les réseaux sociaux. Que dirais-tu de… deux semaines ? Essayons d'abord la soirée « Titanic ». Je vais mettre au point un menu et le finaliser dès que possible afin de pouvoir l'afficher sur le site de l'hôtel.

— Parfait ! De mon côté, je peux m'occuper de faire imprimer des dépliants à distribuer dans les entreprises locales et je ferai un mailing aux anciens clients.

— Excellente idée ! s'exclama-t-elle.

Mark sourit.

— Cela pourrait vraiment porter le Drumcliffe vers les sommets.

— Tu le penses vraiment ? demanda-t-elle.

— Tu n'as donc pas conscience de ton talent ? Shelby, tu es un chef exceptionnel.

Elle se sentit rougir.

— Eh bien, je commençais à bien me débrouiller, à New York, mais après... il y a eu Laurent.

— Oui, mais *à Paris*. Tu t'es bien formée là-bas pendant un moment, n'est-ce pas ?

— Oui.

Ce rappel à son passé assombrit soudain son humeur. Laurent... Sans doute la décision la plus stupide de sa vie. Mais elle avait appris des choses incroyables dans sa cuisine. Et, sans le vouloir, il lui avait offert le plus grand bonheur de sa vie : Benjamin. Aujourd'hui, au Drumcliffe, elle pouvait enfin montrer de quoi elle était capable...

— Shelby, je ne veux pas que tu te sentes bloquée dans ton travail, reprit Mark, la ramenant à l'instant présent. N'hésite pas à me parler, si quelque chose n'allait pas, d'accord ?

Son cœur se gonfla d'un sentiment de fierté et de reconnaissance.

— Merci, Mark. Et toi alors, tu ne m'as pas dit que tu avais aussi des idées ?

— Oui, mais rien de comparable aux tiennes. Faisons tout ce que tu as dit pour que ton nom arrive sur la carte des plus grands chefs de la côte Ouest.

— Je ferai de mon mieux, patron !

Était-il possible pour un cœur de chanter ? Car elle était à peu près sûre que c'était ce qui était en train de se passer dans sa poitrine.

Ils se regardèrent un moment, en toute amitié et dans un respect le plus total, puis se serrèrent la main.

— J'espère avoir tes premières propositions de menu d'ici demain, déclara Mark en quittant la cuisine.

Elle s'empressa de noter ses idées sur le papier. Si elle avait eu cette occasion alors qu'elle était à New York, elle serait sur la liste des meilleurs chefs du monde, à l'heure actuelle ! Mais la chance n'avait pas son pareil pour frapper aux endroits les plus étranges. Cette fois-ci, elle avait frappé à Sandpiper Beach.

Shelby prit une cuillerée de sauce sabayon et la tendit à Conor qui nettoyait les assiettes et les mettait dans l'évier avant de les rincer et les charger dans le lave-vaisselle.

— Tiens, goûte, dit-elle.

Il goûta et lui offrit un sourire radieux… et gourmand.

— Qu'y a-t-il dedans ?

— Jaunes d'œufs, champagne, estragon, beurre, répondit-elle en retournant à sa casserole.

— C'est une tuerie, Shel, murmura-t-il. Je n'ai jamais rien mangé d'aussi bon.

— Je sais ! répondit-elle dans un éclat de rire. Ce mélange est une pure merveille.

Leur relation aussi était une pure merveille, et elle espérait que cela durerait encore longtemps…

Ils avaient dîné chez elle car sa mère passait la nuit à Ventura. Heureusement, Conor était également en congés. Et ils jouaient tellement à être une famille que Benjamin avait insisté pour que Conor aille le border.

Ce qui stupéfiait Shelby, c'était à quel point cette vie de famille semblait facile pour Conor. Sa poitrine se gonfla d'espoir. Était-il prêt à les accepter tous les deux ?

Il fallait qu'elle se calme. Elle n'oubliait pas que Conor avait failli faire une syncope quand il avait vu qu'elle portait toujours l'anneau de Claddagh. S'il avait accepté l'idée d'un nouveau départ, il ne semblait pas encore prêt à lui chuchoter « je t'aime » après l'amour — bien qu'il n'ait pas manqué d'occasions, ces derniers temps ! Au moins, il avait recommencé à l'appeler Shel, un surnom qu'elle n'avait jamais particulièrement aimé. Jusqu'à aujourd'hui, où elle adorait l'entendre dans sa bouche.

— À quoi servira la sauce ? demanda Conor.

— Je mets de beaux pétoncles poêlés dans cette sauce, le tout dans le cadre de l'apéritif spécial Titanic.

— C'est vraiment une super idée que vous avez eue avec Mark.

— Ton frère est incroyable. Il me donne l'impression d'être la meilleure cuisinière de la terre… et cela me donne envie de le lui prouver !

Conor lui fit face.

— Tu sais qu'au départ il ne voulait pas reprendre l'hôtel ? Il ne voulait même pas en entendre parler.

— Sérieusement ? Il est tellement doué pour ça.

— C'est vrai, reconnut Conor avec une expression de fierté, avant de retourner à sa vaisselle.

Elle posa sa cuillère dans la casserole et s'approcha doucement de lui. Enserrant son torse, elle posa sa joue contre son dos. Elle aimait tellement sa chaleur et sa force. Elle voulait qu'il reste avec elle jusqu'à la fin des temps.

— Tu sais ce que ton frère m'a dit ?

— Non, mais tu vas me le dire.

— Qu'il ne voulait pas que je me sente piégée, en travaillant dans une petite ville, et qu'il offrirait donc toujours une oreille attentive à mes idées.

En entendant ces mots, Conor se figea, mais seulement un bref instant pour ne pas alerter Shelby sur sa réaction.

Mark avait visiblement pris à cœur leur conversation à propos de Shelby et de leur mère. De toute évidence, Mark était d'accord avec lui, sinon il n'aurait pas accepté ce projet d'*happy hour* à thème.

Mais était-ce suffisant ? Shelby n'allait-elle pas finir, de toute façon, par se sentir à l'étroit à Sandpiper Beach ?

— Il a également eu l'idée géniale d'exposer les peintures de votre mère dans le hall chaque dimanche après-midi, poursuivit-elle. C'est vraiment quelqu'un qui a l'innovation dans le sang. C'est la marque d'un sacré homme d'affaires, tu ne penses pas ?

Il se retourna pour lui faire face.

— Absolument. Et Maman devrait en tirer parti.

Imaginer sa mère exposer régulièrement ses peintures à l'huile lui faisait plaisir. Même si l'initiative lui semblait un peu trop tardive. Il s'obligea à sourire.

— Tu sais de quoi j'ai vraiment envie ? dit-elle en s'approchant de lui et en posant ses mains sur ses épaules.

— De quoi ?

Il s'appuya contre le comptoir et essaya de rester impassible. Sauf qu'il savait très bien ce que voulait dire Shelby. Ses yeux ne lui laissaient pas l'ombre d'un doute.

— Que l'on oublie toutes ces histoires de recettes et d'expo et que l'on passe directement... dans ma chambre.

Ses mains commencèrent à glisser lentement de ses épaules sur son torse, puis plus bas encore...

— J'aimerais m'occuper d'une autre *dégustation*, si tu vois ce que je veux dire, ajouta-t-elle avec un petit clin d'œil. De la tienne.

Puis elle plongea ses yeux mutins dans les siens, et il sentit que toutes ses inquiétudes au sujet d'un éventuel départ de Shelby fondaient comme neige au soleil.

10

Le lundi matin, ils se retrouvèrent pour une nouvelle randonnée.

Cette fois, ils roulèrent vers le nord pour prendre le sentier circulaire de Point Lobos. Une grande partie de celui-ci était parallèle à l'océan, avec des vues à couper le souffle.

Benjamin avait dormi une bonne partie du trajet et était désormais aussi agité qu'un petit diable !

À mi-chemin du sentier, Conor se rendit compte que porter un enfant dans son dos lui semblait le plus naturel du monde. Il ne remarquait même plus le poids supplémentaire de son paquetage humain — même aussi remuant. Au contraire, cela le mettait en joie.

— Hé regarde ! s'exclama-t-il en désignant l'océan.

Alors que les vagues s'écrasaient autour d'un bras de terre rocheux, de forts aboiements couvraient le bruit de l'océan.

— Regarde les otaries !

— Sensationnel, murmura Shelby. Benjamin, tu vois les otaries ? Elles bronzent sur les rochers.

Benjamin battit des mains en poussant de petits cris.

Le cœur de Conor se gonfla de bonheur. Voir Shelby et son fils heureux le rendait heureux.

Plus bas sur le chemin, ils dénichèrent un endroit parfait pour pique-niquer. Comme toujours, Shelby avait préparé des sandwichs, des boissons et des fruits. Ils s'assirent dans une zone herbeuse piquetée de fleurs de moutarde sauvage jaunes et dégustèrent leur repas.

Benjamin fut content de sortir de son porte-bébé et se mit à courir à la poursuite des papillons. Lorsqu'il commença à chasser des abeilles, Shelby alla rapidement le récupérer.

— Viens mon cœur, j'ai tout un festin pour toi !

Quand il s'agissait d'être une maman, Shelby avait visiblement cela dans le sang, songea Conor. Ce qui ne cessait de l'impressionner.

Après le casse-croûte, ils sortirent de la partie bien entretenue du sentier pour arriver sur une portion rocheuse. Ils ralentirent leur rythme ; il fallait faire attention à ne pas glisser sur les algues laissées par la marée. Juste avant d'atteindre leur destination finale, Shelby glissa et poussa un cri d'effroi. Mais Conor se précipita pour la rattraper avant qu'elle tombe. Il leur fallut quelques secondes pour retrouver leur équilibre, mais personne ne fut blessé.

— Merci ! dit-elle en se frottant la cheville. J'aurais pu me faire très mal.

Ses joues étaient rougies et la brise marine faisait voler ses cheveux. Une vision bien trop irrésistible pour lui. Saisi par un élan d'émotion, il l'embrassa alors qu'elle se laissait aller dans ses bras.

— Mon héros ! murmura-t-elle.

Benjamin donna un coup de pied dans le dos de Conor.

— Oiseaux ! s'exclama-t-il.

Ils levèrent les yeux. Un groupe de pélicans passaient haut dans le ciel, puis plongèrent la tête la première dans la mer.

N'était-ce pas ce qu'il était en train de faire avec Shelby ? songea Conor. Plonger vers un nouveau départ ?

Après une semaine d'amour sans la moindre question ni le moindre nuage à l'horizon, Conor apparut dans la cuisine de Drumcliffe avec un large sourire aux lèvres.

— Tu as l'air du mec qui vient de gagner un million de dollars, lui fit remarquer Shelby en fouettant la préparation pour le soufflé aux fruits de mer qui avait reposé toute la nuit au réfrigérateur.

— Encore mieux ! répondit-il sans cesser de sourire.

Il posa les mains sur ses hanches. Avec son short et son T-shirt, il ressemblait à un dieu grec.

— Comment ça ? Un *milliard* de dollars ?

— AFT, lui dit-il fièrement.

— Pardon ? Tu peux m'expliquer ? Je ne parle pas le chinois.

— Agent de formation sur le terrain. C'est une promotion.

Elle arrêta de fouetter et posa le bol en acier inoxydable sur le comptoir avant de s'essuyer les mains sur son tablier.

— Fantastique ! C'est grâce au dîner d'anniversaire de mariage ton patron ?

— J'ose espérer que non, sinon cela veut dire que je l'ai corrompu avec ta cuisine.

Il s'appuya contre le comptoir et poursuivit :

— Je pense que cela a plus à voir avec les émeutes et « ma conduite remarquable dans des circonstances extraordinaires », pour citer l'évaluation du capitaine Worthington.

— C'est incroyable ! Félicitations !

Son instinct la poussait à se jeter dans ses bras, mais elle se retint. Elle était sur son lieu de travail, pas chez elle.

— Il faudrait faire une petite fête pour célébrer cela, dit-il.

Elle fit la moue.

— Ah oui, et je suis invitée ?

— Ne dis pas de bêtise, tu étais la première personne sur ma liste.

S'il continuait, elle allait *vraiment* se pendre à son cou.

— Avant tes parents ? s'enquit-elle, moqueuse.

— Oui, eux ce sera pour plus tard. Disons qu'avec toi, j'avais un type de célébration bien spécial en tête...

Elle se sentit rougir.

— Oh ! Ce genre...

— De célébration ? Oui, parfaitement.

Il passa une main autour de sa taille et la rapprocha de lui, faisant ce dont elle rêvait depuis de longues minutes : l'embrasser à pleine bouche.

— Je suis très heureux que tu sois là, lui murmura-t-il à l'oreille en desserrant son étreinte.

Eh bien, si ça, ce n'était pas un progrès significatif... Conor la Montagne qui montrait ses émotions ?

Elle voulut lui demander si cela signifiait qu'elle pourrait recommencer à porter l'anneau de Claddagh, mais elle se ravisa. Elle ne voulait pas prendre le risque de gâcher la bonne humeur de Conor ; et la sienne, par la même occasion.

Dommage qu'elle ait des centaines de repas à préparer pour le soir, elle aurait bien voulu célébrer sa promotion ici et maintenant. Tout de suite.

— Dimanche soir ! lança Conor en partant. Demande à Fred de te remplacer. Je viendrai te chercher à 19 heures.

Ce n'était pas une question.

— D'accord ! répondit-elle.

C'était difficile d'être chef de cuisine et d'avoir un minimum de vie sociale. Mais comme elle travaillait pour la famille de son petit ami, elle pouvait demander un soir de relâche de temps en temps. Et la promotion de Conor était l'excuse parfaite. Même si le dimanche soir était traditionnellement réservé au dîner de la famille Delaney. Elle ne voyait pas comment Mark aurait pu refuser.

Pour le soir de son rendez-vous avec Shelby, Conor avait choisi son plus beau T-shirt bleu clair et un pantalon bleu à coupe droite. Il avait même pensé à mettre chemise et cravate, mais cela aurait sans doute fait trop guindé.

Sa promotion comme officier de formation sur le terrain était non seulement un pas en avant sur le plan de sa carrière, mais aussi une augmentation substantielle en termes de salaire. La maison Beacham n'avait jamais été autant à sa portée. Il ne lui restait plus qu'à se débarrasser de la piqûre au cœur que représentait l'existence de Benjamin. Pas l'enfant en lui-même, évidemment, qui n'était qu'un aspirateur à amour miniature, mais le fait qu'il lui rappelle sans cesse la trahison de Shelby.

Il n'en était pas fier, mais c'était la vérité. Sa vérité.

Fonder une famille avait toujours fait partie de ses rêves

secrets... Et surtout avec Shelby. Jamais il n'avait imaginé faire des enfants à Elena, par exemple.

Arrivé devant la maison de la mère de Shelby, il sonna à la porte principale et attendit. Shelby vint lui ouvrir, vêtue d'une petite robe moulante noire qui dévoilait ses épaules et, apparemment, une bonne partie de son dos. Sexy en diable.

Ses cheveux étaient séparés sur le côté, comme elle les portait souvent, avec sa frange qui caressait ses sourcils subtilement arqués. Sa nouvelle coupe se terminait en virgule juste en dessous de ses oreilles. Cela lui avait pris du temps, mais il l'aimait beaucoup avec sa nouvelle coiffure plus courte et plus sophistiquée. Mais ce qui lui plaisait le plus en ce moment, c'était que ses cheveux attiraient toute l'attention sur ces longues boucles d'oreilles turquoise qui se balançaient à chacun de ses mouvements. Hypnotique.

Il garda le meilleur pour la fin. Faisant courir son regard sur ses jambes façonnées comme celles d'une poupée de porcelaine, il baissa les yeux jusqu'à ses sandales à lanières qui dévoilaient des ongles écarlates. Shelby n'était pas une femme. Elle était le sexe incarné.

Difficile à croire vu la trajectoire que prenaient ses pensées, mais le meilleur de tout cela, c'était que l'angoisse semblait avoir définitivement disparu de ses yeux. Au cours des deux derniers mois, elle avait appris à se détendre. Et elle avait également récupéré une partie du poids qu'elle avait perdu. Chaque jour qui passait, elle ressemblait de plus en plus à la Shelby qu'il avait connue, tout en restant la personne incroyable qu'elle était devenue. Sensationnelle.

— Tu es si belle..., murmura-t-il.

Elle rougit.

— Tu n'es pas mal non plus, répondit-elle en se mordillant les lèvres.

Ses pensées prirent la tangente et se focalisèrent sur tout ce qu'il allait pouvoir lui faire après le dîner. Il avait chassé Brian de la suite pour la nuit, et la mère de Shelby prendrait le relais avec Benjamin jusqu'au matin.

Il ne pouvait plus nier ses sentiments.

Shelby, depuis son retour, avait réussi à rouvrir son cœur et à se frayer un chemin à l'intérieur.

La soirée du premier cocktail à thème du Drumcliffe était arrivée. Soixante-quinze convives s'étaient inscrits, ne laissant plus que vingt-cinq places aux locaux. Ce qui, combiné au personnel et aux hôtes de l'hôtel, correspondait au taux d'occupation maximal de cent cinquante personnes autorisée par les pompiers.

Après deux mois de gestion de sa propre cuisine et à quelques heures de sa nouvelle aventure, Shelby était nerveuse.

Au menu, elle avait choisi des asperges à la vinaigrette truffée et ses œufs de caille mollets, un sabayon aux fruits de mer qu'elle avait testé sur Conor, de la morue ou de l'agneau à la française, et un fondant au chocolat et à la vanille sur nid d'abeille croquant. Et, bien sûr, un plateau de fromages français et un sorbet Waldorf au champagne et à l'orange. Le tout pour un prix défiant toute concurrence. Padraig et Brian s'occuperaient du bar pour toutes les boissons non comprises dans le forfait.

Shelby se réveilla tôt le matin. Benjamin pleurait.

Pas des cris qui voulaient dire « Bonjour je me réveille », mais plutôt « Au secours, ça ne va pas bien ».

Elle se précipita hors de son lit et courut dans la chambre de son fils pour le trouver debout et rouge comme une écrevisse. Le visage trempé de larmes.

— Mamaaah !

Elle le prit dans ses bras et le serra contre lui. Il était brûlant de fièvre. Son cœur s'accéléra. Elle vérifia l'heure. La clinique de soins d'urgences que Conor lui avait trouvée l'autre jour devait être ouverte.

À peine quelques minutes plus tard, elle démarrait en trombe, Benjamin pleurnichant dans le siège-auto.

Le moment ne pouvait pas plus mal tomber, mais les enfants étaient ainsi ; ils devenaient votre priorité, quelle que soit l'importance de toutes les autres. Sa mère travaillait aujourd'hui, comme à son habitude et, pour ne rien arranger, elle avait une réunion administrative à son école primaire, qu'elle ne pouvait annuler.

La panique s'empara de Shelby. Elle n'allait pas pouvoir s'occuper du cocktail, si Benjamin était malade…

Enfin, l'infirmière l'appela et lui précisa le diagnostic. C'était une otite. Avec les bons médicaments et du repos, Benjamin allait vite guérir. Pour peu qu'elle trouve quelqu'un pour s'en occuper… Ou alors c'était la meilleure soirée de sa vie sur un plan professionnel qu'elle devait jeter aux oubliettes.

Que pouvait-elle faire ?

Sans réfléchir plus, elle sortit son téléphone et composa le numéro de Conor.

Elle n'eut pas besoin de lui expliquer longtemps la situation.

— C'est bon, je vais prendre soin de lui, dit-il.

Elle n'en crut pas ses oreilles. Pouvait-elle laisser son précieux fils avec Conor ?

Si elle ne voulait pas risquer sa réputation, laisser tomber Mark, sans parler des cent convives qui piaffaient d'impatience, alors oui, elle devait faire comme si Conor faisait partie de sa vie. Et le considérer comme le père de son fils.

Conor écouta attentivement les directives de Shelby sur les médicaments à donner à Benny et en quelle quantité. Le sirop rouge pour la douleur et le sirop blanc pour la fièvre.

— C'est tout ?

— Ils ne donnent plus d'antibiotiques comme avant. Il faudra retourner aux urgences si sa température continue à monter. Tu peux aussi lui donner un peu d'ibuprofène. Et quand il dort, veille à un peu surélever sa tête pour ne pas que la pression s'accumule derrière ses oreilles.

Elle avait dû détecter l'inquiétude dans son regard, car elle lui sourit et lui tapota la main.

— Si jamais tu paniques, appelle ta mère, conclut-elle. Elle doit avoir l'habitude.

— D'accord. Mais ça ira, ne t'inquiète pas.

À ces mots, il regarda Benjamin, qui semblait être en meilleure forme que tout à l'heure. Les médicaments commençaient sans doute à faire effet.

— Allez, va travailler. Tout est sous contrôle, conclut-il.

Elle embrassa son fils.

— Merci, Conor, murmura-t-elle avant de s'en aller.

À la fin de la matinée, Conor commença juste à se détendre. Il avait soigneusement donné ses sirops à Benjamin et veillé à le coucher correctement et, ma foi, tout semblait aller mieux.

Mais entendre pleurer Benjamin lui déchirait le cœur. Pourquoi ne pouvait-il pas prendre pour lui la douleur de ce petit bonhomme ? Était-ce un avant-goût de ce qu'il vivrait, lorsqu'il serait père ?

Shelby était ravie : la soirée Titanic se déroulait à merveille. Toutefois, un sentiment de culpabilité la heurtait régulièrement, comme l'iceberg qui avait eu raison du paquebot.

Elle avait préféré s'occuper de son travail plutôt que de son bébé malade. Comment allait-elle pouvoir se le pardonner ? Jusqu'à présent, elle ne s'était fiée qu'à sa mère pour s'occuper de Benjamin.

Elle jeta un œil à sa montre et soupira.

À New York, elle avait fait bien pire. Elle avait laissé son fils à des baby-sitters. À ses colocataires. À des amis d'amis qu'elle ne connaissait ni d'Eve ni d'Adam. Quelle inconsciente… Elle se jura que cette époque était définitivement derrière elle. Plus jamais elle ne ferait passer son travail avant sa famille.

Elle secoua la tête et se concentra sur la soirée qui battait son plein.

Prenant une profonde inspiration, elle jeta un coup d'œil à la salle pleine à craquer. Les gens souriaient, riaient, mangeaient et buvaient, tout en partageant des conversations animées. Des femmes qui séjournaient au gîte Prescott étaient venues en tenues début de siècle. Avec des robes aux manches bouffantes, aux tailles cintrées, des chaussures pointues et d'immenses chapeaux. Comme dans le film *Titanic* de James Cameron.

Alors qu'elle observait tout ce monde qui semblait s'amuser, Maureen s'approcha d'elle.

— Alors, comment va Benjamin ? demanda cette dernière en lui souriant.

Que pouvait-elle répondre ? La vérité ? Qu'elle n'avait pas pris de nouvelles depuis des heures ? Quelle mère indigne elle faisait !

— Je pense que ça va. « Pas de nouvelles bonnes, nouvelles » comme on dit, bredouilla-t-elle, le cœur comprimé par le sentiment de culpabilité.

— Parfait, répondit Maureen. J'avoue que j'ai été surprise que Conor se soit porté volontaire.

— Moi aussi.

— Je pense que tu es la seule personne sur la planète pour qui il l'aurait fait.

Shelby s'était fait la même réflexion, et l'entendre de la bouche de Maureen ne faisait que renforcer son impression. L'offre de Conor de s'occuper de Benjamin était tout simplement héroïque.

Si leur relation maintenait ce cap, elle serait prête à lui demander sa main d'ici l'été ! Oui, elle entendait inverser les rôles, mais qui se souciait de la tradition ? C'était l'homme avec qui elle voulait passer le reste de sa vie ! Pourquoi attendre ?

Elle sentit alors un bourdonnement dans la poche de sa veste de chef, sortit son téléphone et vit que c'était un texto de Conor.

Son cœur se serra d'inquiétude... Jusqu'à ce qu'elle le lise.

Tout va bien. Benjamin mange un deuxième bol de céréales.

Il avait joint une photo de son petit garçon comme preuve.

Elle sourit, remarquant que les cheveux de Benjamin avaient l'air humides, comme si la fièvre s'était enfin calmée. À la bonne heure. Et un autre fichier arriva. Cette fois, c'était un selfie. Les deux hommes de sa vie en grande conversation. Benjamin avait les yeux écarquillés et Conor lui faisait une grimace.

Son cœur sembla se noyer une nouvelle fois, mais sous un flot de joie. Décidément, Conor faisait un papa idéal.

Elle devait se rendre à l'évidence. Conor était un héros. Un vrai.

Elle montra la photo à Maureen.

— Oh ! Ton fils est adorable, murmura Maureen, émue. Je

suis si heureuse qu'il aille mieux. Et regarde Conor ! On dirait qu'il a fait ça toute sa vie.

Maureen la serra dans ses bras et retourna se mêler aux convives.

Shelby était sur le point de retourner à ses fourneaux lorsqu'un homme à l'allure distinguée et vêtu d'un costume gris s'approcha.

— Chef Brookes ?

Elle s'arrêta.

— Oui, c'est moi, bonsoir.

— Je m'appelle Damian Black.

Le nom ne lui disait rien, mais elle était persuadée d'avoir déjà vu cet homme bronzé aux cheveux poivre et sel dans son restaurant. Mais quand ?

— On dirait que votre événement est un énorme succès, fit-il remarquer. Et je ne peux que le comprendre. Vos amuse-gueules sont un délice !

— Je vous remercie.

— J'ai d'abord entendu parler du restaurant du Drumcliffe dans une critique élogieuse parue dans le *Central Coast Ledger*. Je me suis dit que si votre talent était aussi exceptionnel que le laissait entendre Felecia Worthington, alors il fallait que je vous rende visite. Je suis heureux de vous dire que je n'ai pas été déçu.

— Et moi donc. Nous essayons de faire monter en gamme le restaurant et l'hôtel, afin d'attirer les gourmets de toute la région. Voire du pays !

— Vous avez certainement rehaussé le niveau de la cuisine, et c'est pourquoi je suis ici ce soir.

Shelby le regarda avec une attention accrue, sa curiosité en éveil, et sentit son pouls s'accélérer. Il n'y avait qu'une raison pour que...

— Shelby ? lança Fred, l'arrêtant dans ses pensées. Ce serait bien de refaire des pétoncles. Est-ce que nous avons encore du temps ou on passe à la suite ?

— Oh. Je...

Déchirée entre l'idée de laisser Fred prendre une décision aussi importante et l'homme mystérieux qui visiblement voulait lui parler, elle les regarda tour à tour un instant sans savoir que faire.

— Bon, je vois que le moment n'est pas idéal pour discuter, dit Damian Black. Peut-être pouvons-nous prendre rendez-vous pour le déjeuner, demain ? Aurez-vous un moment à m'accorder ?

— Y a-t-il une raison de prendre ce rendez-vous ?

— Ma foi, oui. Je crois. Une bonne raison, même.

Il la gratifia d'un sourire rayonnant et ajouta :

— Je suis venu de San Francisco. J'ai un emploi à vous proposer.

11

La soirée « Titanic » avait été un énorme succès et les gens étaient déjà inscrits pour l'événement « Paris en juillet ». Peu de temps après 22 heures, Shelby se précipita chez elle, exaltée par le succès. Mais aussi déchirée entre son bonheur et son bouleversement d'avoir reçu une offre d'emploi.

Son cœur battait un rythme joyeux alors qu'elle gravissait les marches du porche et se hâtait vers la porte. Si suffisamment de personnes manifestaient leur intérêt pour les soirées à thème, elle allait devoir fermer le restaurant au public pour les accueillir. Jamais elle n'aurait pensé à cela le premier soir... lorsqu'elle avait failli mettre le feu aux cuisines !

Conor avait dû l'entendre arriver, car il ouvrit la porte avant qu'elle puisse sortir sa clé de son sac à main. Elle se jeta dans ses bras.

Elle enroula ses bras autour de son cou, faisant attention à ne pas renverser les boîtes remplies d'échantillons du repas qu'elle avait servi ce soir. Elle avait tellement de choses à lui dire que sa tête allait exploser !

— Tu ne vas pas me croire si je te dis à quel point cette soirée était géniale ! s'exclama-t-elle. J'aurais tellement voulu que tu sois là ! Est-ce que Benjamin est endormi ? ajouta-t-elle à voix basse.

Conor hocha la tête en souriant, visiblement amusé par son enthousiasme.

Elle se précipita jusqu'à la chambre de son fils. Elle avait rêvé de ce spectacle toute la soirée. Son petit ange envolé au pays des rêves. Enfin, elle avait *aussi* beaucoup pensé à Conor sans son uniforme de police...

Son fils était blotti dans son lit, une jambe découverte et suçant son pouce. Une vision qui aurait pu faire se pâmer bien des mamans. Il était si beau. Quelle chance elle avait d'être sa mère !

Conor la rejoignit, passa ses bras autour d'elle et l'attira contre lui. Un moment parfait ; être dans les bras de l'homme qu'elle aimait et regarder son fils dormir. Ils restèrent ainsi pendant plusieurs minutes jusqu'à ce que Benjamin soupire et quitte le rai de lumière qui venait du couloir.

Lorsqu'ils furent de retour dans le salon, le cœur de Shelby commença à se calmer et son désir pour Conor monta. Elle se concentra sur ses lèvres sensuelles et l'embrassa. Elle savait exactement ce qui le faisait succomber.

— C'est bizarre, mais je ne suis pas du tout fatiguée, dit-elle en examinant son regard pour s'assurer qu'il avait bien saisi le message.

Oui, il l'avait reçu cinq sur cinq.

Il prit ses lèvres pour un baiser passionné puis la fit basculer dans ses bras pour la porter jusqu'à sa chambre. En quelques secondes, ils étaient nus et avaient commencé leur danse sensuelle.

— Oh oui... Là..., haleta-t-elle. Oui, oui. Oh oui...

Elle vivait pour les baisers sucrés de Conor, son toucher chaud, ses doigts magiques libérant des picotements et des frissons sur chaque centimètre de son corps.

Il était à elle. Elle était à lui.

Shelby et Conor sortirent précipitamment de la chambre, leurs vêtements à peine reboutonnés, et se rendirent dans la cuisine. Shelby avait entendu la voiture de sa mère se garer dans l'allée. Elle se sentait de nouveau comme une adolescente, avec ses cheveux ébouriffés et ses joues rouges. Conor ne valait pas mieux qu'elle.

— Comment ça s'est passé ? demanda Donna Brookes en les rejoignant, faisant mine de ne pas remarquer leur air dépenaillé.

— Fantastique ! répondit Shelby.

Elle prit une des boîtes qu'elle avait ramenées du restaurant et la tendit à sa mère.

— Tiens, je te recommande l'agneau à la française.

— C'est délicieux, dit sa mère en avalant une bouchée. Je suis tellement heureuse. J'aurais aimé être là.

— Tu n'as qu'à venir à la soirée « Paris en juillet ».

— Oui, inscris-moi.

— Mark a pris des photos de certaines des femmes du gîte Prescott qui étaient venues en tenues édouardiennes, comme on en portait sur le *Titanic* et les a publiées sur le site du Drumcliffe. Tu aurais adoré. Et l'endroit était plein à craquer.

— Formidable. Plein à craquer, répéta sa mère sans la regarder.

Sans doute parce qu'elle venait de se rendre compte que sa fille avait boutonné le lundi avec le mardi sur son chemisier et que ses lèvres étaient gonflées… Comme par une extraordinaire séance de baisers.

— Oui, répondit Shelby en rougissant. Tous les gens qui s'étaient inscrits sont venus.

C'est alors qu'elle se souvint de l'autre grande nouvelle du soir, celle qui lui était complètement sortie de la tête lorsqu'elle avait retrouvé son petit ange et son héros.

— Oh ! Et tu le croiras jamais, mais un homme est venu vers moi ce soir et m'a proposé un emploi à San Francisco !

En voyant Conor se figer, Shelby se rendit compte de son erreur : elle voulait le lui dire en premier, mais elle avait complètement oublié lorsqu'ils s'étaient mis à faire l'amour…

— Vraiment ? répliqua sa mère, pas vraiment enthousiaste.

— Quoi ? s'étonna Conor, qui semblait osciller entre la surprise et l'énervement.

Elle sentit son cœur s'accélérer.

— Euh… Oui, bredouilla-t-elle. Un dénommé Damian Black m'a proposé un travail, mais je ne sais rien d'autre pour le moment. J'ai rendez-vous demain à l'heure du déjeuner avec lui. Il va tout m'expliquer.

Conor la fixa d'un regard sans expression.

— Eh bien, quand tu auras davantage de détails, tu me les feras savoir, laissa-t-il tomber, un peu trop sèchement à son goût.

Il n'avait plus rien à voir avec le héros qui venait de lui retourner le corps et l'âme.

— Donna, comme vous êtes rentrée, à moi de regagner mes pénates, dit-il. Benjamin va mieux, Shelby. On se parlera demain. Bonne nuit.

Et il quitta la cuisine, visiblement furieux.

Après un instant d'étonnement, elle le suivit jusqu'à sa voiture. Elle ne pouvait pas le laisser partir en colère.

— S'il te plaît, Conor, ne pars pas comme ça.

— Tu veux que je parte comment, alors ? Tu ne crois pas que tu aurais dû me prévenir que tu cherchais déjà un autre travail, avant...

Il ne termina pas sa phrase.

— Avant quoi ? demanda-t-elle.

Elle espérait qu'il allait enfin le dire. Dire ces mots qu'elle attendait : « Avant que je sois retombé amoureux de toi. »

Mais non, il resta silencieux, la mâchoire serrée. Puis il compléta :

— Avant que je me sois attaché à Benjamin.

Ce n'était pas vraiment ce à quoi elle s'attendait, mais sa réponse la fit réfléchir.

— Je ne vais nulle part, Conor. C'est juste une offre. Je ne sais encore rien.

— Non, pas encore, murmura-t-il.

Il ouvrit la portière de sa voiture et s'installa au volant.

Elle n'eut pas le temps de reprendre sa respiration qu'il était déjà parti.

Secouée, elle retourna vers la maison, les jambes tremblantes et le cœur battant un peu plus vite. Comme si une douzaine de briques pesaient sur ses épaules.

L'après-midi suivant, Conor mit son uniforme pour son service du soir, éreinté par le manque de sommeil. Il avait eu une nuit agitée, remplie de rêves fous qui n'avaient cessé de le réveiller. L'un avait été si vif qu'il s'en rappelait chaque détail...

Il était blotti contre Shelby. Cela lui faisait si mal de la perdre à nouveau. Combien de fois devrait-il lui dire adieu ?

Et puis le rêve était revenu six ans auparavant, en juillet...

Ils avaient passé le meilleur été de leur vie à Sandpiper Beach, et il songeait sérieusement à passer avec elle le reste de ses jours. Mais elle avait reçu un appel de New York. Une proposition de travail qu'elle avait oubliée ; la place s'était libérée. Il ne lui avait pas fallu cinq secondes pour prendre sa décision.

— Je serai là, avait-elle assuré à son interlocuteur au téléphone, sans avoir besoin de consulter qui que ce soit.

Lui, par exemple.

Son cœur était en train de déchirer, mais il s'était forcé à rester calme.

— C'est génial, Shelby !

Dans son rêve, il en faisait encore trop, riant et prétendant que c'était la meilleure nouvelle qu'il n'avait jamais entendue. Mais au fond de lui il savait que jamais il ne pourrait la retenir, à moins de la transformer en femme insatisfaite comme l'avait été sa propre mère. Et son rêve avait changé de décor...

Il était un petit garçon. Son grand-père et sa mère discutaient.

— Maureen, tu ne peux pas avoir tout ce que tu veux ! avait dit grand-père.

— C'est un week-end. Une chance de montrer mon travail, c'est tout.

Maman avait défendu son désir de laisser trois petits garçons à la garde de leur père et leur grand-mère pendant deux jours pour participer à une exposition et rencontrer des acheteurs potentiels.

— Nous avons un hôtel à gérer ! s'était exclamé grand-père.

Conor se souvint que son grand-père lui avait fait peur, à cet instant. Ce dernier avait l'air furieux, sans aucune pitié pour sa belle-fille. Il avait l'air presque démoniaque, pas du tout comme le vieillard fantaisiste qui parlait à tout bout de champ de ses légendes et de ses selkies.

Puis sa mère s'était éloignée en silence.

Il avait été triste de voir la tristesse de sa mère ; son air résigné lui avait fait mal. Était-il le seul à le remarquer ? Même à huit ou neuf ans, il pouvait dire quand on avait piétiné le rêve de quelqu'un.

Puis, comme souvent dans les rêves, il avait fait un bond

dans le futur et s'était retrouvé avec Shelby et son départ pour New York.

— *Est-ce que tu veux que je parte ? demanda-t-elle, semblant à la fois inquiète et blessée.*

— *Oui, tu devrais. C'est ce que tu veux ? Alors fonce !*

Encore une fois, il avait l'air d'un clown, exagérant son enthousiasme.

Il ne serait jamais celui qui la retiendrait, avait-il pensé. Même si cela signifiait mettre son cœur à la poubelle.

Alors qu'ils marchaient au coucher du soleil et s'approchaient du deuxième poste de secours sur la plage de Sandpiper, il avait eu la meilleure idée du monde, celle qui résoudrait tous les problèmes de la vie.

— *Faisons-nous une promesse.*

Après le rêve le plus compliqué et le plus décousu qu'il ait jamais fait, il s'était réveillé, la tête douloureuse et brumeuse. À l'exception d'une seule pensée claire : Shelby n'avait pas respecté leur promesse, et aujourd'hui elle s'apprêtait à quitter une nouvelle fois Sandpiper Beach.

N'avait-il pas juré qu'il ne laisserait jamais cela se reproduire ?

Shelby l'avait dupé, portant l'anneau de Claddagh. Si déterminée à ce que leur histoire recommence. Et il était tombé dans le panneau. Pourquoi ? Parce qu'il ne voulait pas faire à Shelby ce que son père avait fait à sa mère — même si son père était absent de ce rêve.

Puis il se souvint de ce que lui avait dit Mark, lors d'une de leurs récentes conversations : « Pourquoi maman a-t-elle toujours l'air si heureuse, alors ? »

Oui, comment avait-elle fait pour ravaler son ressentiment et trouver malgré tout le bonheur, en s'occupant de son hôtel et de ses enfants ?

Il fallait qu'il en ait le cœur net. Avant de laisser Shelby y planter un autre couteau.

— Je pensais bien te trouver ici, dit Conor en s'approchant de sa mère assise devant son chevalet à l'un de ses endroits préférés pour peindre.

Au lieu de faire face à l'océan, cette fois elle faisait face aux collines.

— C'est que je suis prévisible, dit-elle d'un ton ironique avant de se concentrer de nouveau sur la lumière matinale dispersée sur les collines brunes.

Conor était venu avec un but précis en tête et il n'allait pas attendre une seconde de plus.

— Maman, est-ce que tu as un jour regretté de ne pas vivre de ton art ?

Elle s'arrêta et lui lança un regard curieux.

— Je peins tous les jours maintenant, que pourrais-je souhaiter de plus ?

— Tu n'as jamais voulu faire carrière dans la peinture ?

— Avec trois garçons, un mari et un hôtel ? C'était peu probable, quand même, répondit-elle d'une voix blanche.

Il hésita un instant, la gorge nouée à l'idée de poser sa prochaine question :

— Mais tu ne nous en as jamais voulu ?

Elle posa sa palette et soupira.

— Qu'est-ce que tu racontes, Conor ?

Il s'assit sur un gros rocher près de sa chaise.

— Je me souviens qu'un jour tu étais contrariée de ne pas pouvoir te rendre à une exposition ou un truc dans le genre.

— Quand ?

— Quand j'avais huit ou neuf ans.

— Attends... Il y a vingt ou vingt et un ans, donc.

Elle resta silencieuse à réfléchir pendant quelques secondes, avant de préciser :

— Oh oui, je m'en souviens ! J'avais été invitée à une exposition à San Diego. Il fallait que je parte tout un week-end, un week-end très chargé à l'hôtel. Padraig et ton père avaient besoin de mon aide.

Elle lui jeta un coup d'œil et ajouta :

— C'est vrai que ça m'a bouleversée sur le moment, mais ce n'était pas la fin du monde et je m'en suis remise.

— J'ai toujours cru que tu étais insatisfaite, maman. Comme

si tu voulais aller autre part et que papa et nous, on t'en empêchait. Et je te trouvais parfois... agitée.

Elle fronça les sourcils et se rapprocha de lui.

— Oh, Conor... Si je t'ai donné cette impression, j'en suis désolée. C'est vrai que quand j'étais plus jeune j'étais parfois égoïste et que je rêvais d'avoir plus de temps pour moi, mais jamais je n'ai été insatisfaite de ma vie de famille et de ma vie en général, je te le jure.

Elle posa sa main sur son épaule.

— Ton père m'a donné les meilleurs cadeaux au monde. L'amour, un bon mariage, une maison que j'adore, trois beaux fils. Que pouvais-je rêver de mieux ?

— Sauf que tu as dû mettre ta peinture entre parenthèses.

— Et selon qui ?

Elle le fixa quelques instants, et comme il ne répondait pas, poursuivit :

— Au cas où tu ne l'aurais pas remarqué, j'ai fait beaucoup de peintures à l'huile, toutes ces années, et j'ai beaucoup progressé.

— Oui, mais tu aurais pu être une artiste professionnelle.

— Ce que je n'ai jamais voulu, Conor.

— Donc j'ai eu tort ?

— Chéri, si j'ai pu te paraître *agitée*, comme tu dis, c'était à cause du stress de la gestion de l'hôtel quand vous étiez petits. Gérer un hôtel, c'est énormément de travail, tu sais, et vous, vous n'étiez pas tous les jours faciles !

Elle se tourna un instant vers l'océan pour le contempler et sourit, perdue dans ses pensées.

— Mais j'ai toujours eu ton père, reprit-elle en se retournant vers lui. Nous avons formé une bonne équipe et il a toujours cru en moi. Je te rappelle que c'est lui qui m'a proposé de mettre un tableau dans chaque chambre de l'hôtel !

Conor hocha la tête et la serra dans ses bras.

— Je suppose que j'ai eu tout faux, alors, murmura-t-il.

— Tu parles de Shelby, là ?

Sa mère avait toujours été douée pour lire dans ses pensées.

— Oui.

— Laisse-la, elle doit comprendre les choses par elle-même.

— Tu as probablement raison.

Elle desserra son étreinte et lui tapota le dos.

— Comme toutes les mamans, conclut-elle.

— Si tu le dis. Bon, je te laisse à tes couleurs.

Il s'éloignait lorsqu'elle lança :

— La ménopause !

— Quoi ? demanda-t-il en se retournant.

— La ménopause, répéta-t-elle. C'est peut-être pour cela que j'ai pu te paraître agitée. C'était un mauvais moment à passer, pour les femmes. Ce sont les aléas de la vie !

Elle fit un geste vers l'océan et ajouta :

— Tu peux m'expliquer comment j'aurais pu être malheureuse avec cette vue sous les yeux tous les jours ?

Il lui fit un petit signe de la main et regagna l'hôtel.

Ses pensées s'étaient enfin éclaircies, et à présent toute une gamme de nouvelles perspectives s'ouvrait à lui.

Juste après le déjeuner, Conor se prépara pour aller travailler. Il mettait ses chaussettes quand quelqu'un frappa à la porte de sa suite. C'était Shelby, vêtue d'une tenue parfaitement professionnelle. Un tailleur-pantalon bleu marine et un chemisier beige.

Malgré la discussion avec sa mère, l'inquiétude lui serra le ventre.

— S'il te plaît, laisse-moi t'expliquer, dit-elle.

Elle semblait prête à le supplier, si nécessaire.

— Tu as accepté la proposition de ce type ?

— Non. Bien que ce soit un travail de rêve. Je peux entrer ?

Sans attendre sa réponse, elle entra.

— Ce type est un chasseur de têtes et il m'a proposé un entretien à San Francisco. Si tout se passe bien, je deviendrai chef de brigade dans un restaurant qui espère obtenir une étoile au Michelin.

Conor fouilla dans la poche de sa veste à la recherche d'un anti-acide. Son estomac le tourmentait.

— Alors si c'est si génial, pourquoi fais-tu une tête de six pieds de long ? demanda-t-il.

— Parce que je ne veux pas répéter les erreurs du passé. Quand je suis partie à New York, j'avais toute ma vie devant moi et aujourd'hui...

— Tu as Benjamin.

— Oui, et ma mère n'a pas l'énergie de s'en occuper.

Elle se frotta la zone située entre les sourcils.

— C'est absurde, je joue les *Perrette et le Pot au lait*, marmonna-t-elle. Je n'ai pas ce poste que j'envisage déjà de...

— De bouleverser ta vie et celle de Benjamin. Et...

Il se tut. Non. Il ne devait pas lui dire ça.

Elle s'approcha de lui et le dévisagea.

— Et quoi, Conor ?

Il jeta un coup d'œil à sa montre.

— Rien. Il faut que j'y aille. Quand est prévu ton entretien ?

— Lundi.

— Parfait, c'est mon jour de congé. Je t'accompagnerai.

À ces mots, il serra son holster et enfila sa veste, avant d'indiquer la porte à Shelby.

— Mais, Conor...

Elle semblait paniquée. Perdue.

Et il l'était aussi.

— Je n'ai pas le temps, Shelby, je suis désolé. Mais compte sur moi pour lundi.

D'un geste quasi robotique, il l'embrassa sur le front.

Pourquoi était-il incapable de lui dire la vérité ? À savoir qu'il l'aimait et qu'il crevait de trouille à l'idée de devoir vivre de nouveau sans elle.

12

Pour son rendez-vous, Shelby avait choisi une tenue discrète mais chic. C'était du moins ce que Conor supposait, car que connaissait-il vraiment de la mode ? Son haut à manches longues et décolleté chatoyant qui tombait naturellement d'une épaule, révélant les bretelles d'un caraco doré assorti en dessous, était tout simplement parfait. Même de sa voiture où il la regardait s'avancer vers lui, il pouvait voir comment ce petit haut était aussi assorti aux créoles de ses oreilles. Elle portait une jupe crayon noire. À côté d'elle, il était tellement fade. Une fois dans la voiture, il vit comment son haut accentuait l'or de ses yeux. Ces beaux yeux, pourquoi ne pouvaient-ils pas voir ce qui était juste devant eux ?

Puis il remarqua la bague de Claddagh. À la main droite. La couronne tournée vers l'extérieur. Un signe d'envie d'amour. Pourquoi diable portait-elle cela ? Pour le tourmenter encore plus ? Pour lui envoyer un message ? Il décida d'ignorer ce détail.

Comme ils n'avaient pas eu le temps de discuter, la veille, il s'attendait à ce que Shelby lui en dise un peu plus sur son rendez-vous. Mais non, à peine entrée dans la voiture, elle se concentra sur des fiches en bristol qui, supposa-t-il, contenaient ses meilleures recettes et probablement aussi ses classiques. Oui, d'accord, elle devait se préparer, il l'avait bien compris. À ce rythme, les trois heures de trajet pour San Francisco allaient être horriblement calmes.

Lors d'une pause-café sur une aire d'autoroute, elle lui avait demandé de jeter un coup d'œil à son CV. Sur le papier, ses compétences étaient superbes. Il ne lui restait plus qu'à croire en elle-même.

Lui, il croyait en ses dons culinaires, mais il ne pouvait pas comprendre les aléas de son cœur. Frénétique un jour, comme invisible le lendemain.

Pendant un moment, elle somnola. Avait-elle mal dormi la nuit d'avant ? Sans doute. Ce rendez-vous était important pour elle.

La vue matinale sur l'océan Pacifique le long de l'autoroute contribua à calmer un temps ses nerfs, mais une fois de nouveau à l'intérieur des terres, son esprit recommença à s'agiter. Que pouvait-il dire pour lui faire comprendre où était sa place ?

« Elle doit comprendre les choses par elle-même », lui avait dit sa mère. Il détestait la voix effrayante de la raison. Parce qu'au fond de lui il le savait : sa mère n'avait pas tout à fait tort...

Il serra le volant plus fort et se concentra sur la route. Mais pas longtemps...

Shelby allait-elle encore se stresser jusqu'à oublier de se nourrir correctement, si elle obtenait ce travail ? Et Benjamin, qui allait s'en occuper ? Des étrangers ? Son ventre se tordit de douleur, et cela n'avait rien à voir avec le café extra-fort qu'il avait pris sur l'aire d'autoroute. Non, Shelby était la seule responsable.

Une heure plus tard, elle se réveilla en sursaut. Ses rêves avaient-ils été aussi mauvais que les siens l'avaient été, ces derniers temps ?

— Oh mon Dieu ! s'exclama-t-elle. Pourquoi m'as-tu laissée dormir ? Je dois me préparer ! À quelle distance sommes-nous de San Francisco ?

— On arrive dans une heure à peu près. Selon le GPS, il faudra encore vingt minutes pour atteindre le restaurant.

Elle se tut et, au lieu de revoir ses notes, elle regarda par la vitre.

N'en pouvant plus de ce silence il dit :

— Tu sais ce que je ne comprends pas ? Pourquoi tu veux ce travail, qui est clairement en dessous de tes capacités. Pourquoi redevenir second alors que tu es aujourd'hui chef dans ta propre cuisine ?

— Conor, c'est juste un entretien, répondit-elle d'une voix

blanche. Pour voir s'ils me choisissent pour travailler avec un chef réputé et l'aider à obtenir une étoile au Michelin.

— Mais pourquoi aider *quelqu'un d'autre* ? Pourquoi ne pas gagner ta propre étoile Michelin au Drumcliffe ? Tu en es parfaitement capable.

Elle lui jeta un regard incrédule.

— Tu as une idée de ce que cela impliquerait ?

— Non, explique-moi.

Elle croisa les bras.

— Tout d'abord, tu dois être dans une région que les éclaireurs du Michelin ratissent pour te faire remarquer. Je peux t'assurer que Sandpiper Beach n'en fait pas partie.

— Et pourquoi, c'est bien un éclaireur Michelin qui t'a trouvé cet entretien, non ?

— C'est vrai, mais...

— Alors ça veut dire qu'ils t'ont remarquée et qu'ils ont pris la peine de se déplacer jusque dans un *trou perdu*. Pourquoi ne pas rester où tu es et continuer sur cette lancée ? Tu as tout ce qu'il faut pour que ça marche !

Elle secoua nerveusement la tête.

— Non, j'ai travaillé pendant dix ans pour me faire remarquer. Et ça n'a jamais marché. J'ai besoin de voir s'ils m'embauchent.

— Pourquoi ne pas rester au Drumcliffe et aider Mark à en faire le meilleur restaurant possible ? Tu pourrais gagner une étoile au Michelin, même si cela peut prendre dix ans de plus. Où est le problème ? Depuis quand le travail et l'attente te font peur ?

— Tu ne comprends pas.

En effet. Elle n'avait que vingt-neuf ans, elle avait toute la vie devant elle. Pourquoi viser *maintenant* un grand prix qu'elle risquait de ne jamais recevoir ? Pourquoi risquer de perdre les gens qui l'aimaient ? La communauté qui la soutenait ? Il secoua la tête et se concentra sur la route.

Shelby soupira, visiblement frustrée de leur conversation, puis se perdit à nouveau dans ses notes. Devant le Golden Gate, elle arrêta de lire et contempla en silence le paysage.

Il s'était juré qu'il ne laisserait pas Shelby lui briser le cœur une nouvelle fois. Et pourtant, alors qu'il la conduisait à un entretien qui pouvait changer sa vie et la sienne, il se dit qu'il avait été bien lâche de ne pas lui avouer ce qu'il lui cachait depuis si longtemps.

— Je t'aime Shelby, dit-il dans un souffle. Tu ne le vois donc pas ? Je suis prêt à tout sacrifier pour toi.

Elle cligna des yeux et joua nerveusement avec l'anneau de Claddagh sans prononcer un mot. Puis, après de longues minutes de silence, elle reprit :

— J'aurais aimé que tu me le dises plus tôt, Conor.

— Quelle différence ?

Il sentit son cœur s'emballer sous l'effet de la frustration et de la rage. Il venait de lui dire qu'il l'aimait et tout ce qu'elle trouvait à répondre, c'était qu'il était en retard dans sa déclaration ? C'est bon. Fin de la discussion. Il aurait beau lui expliquer ce qu'il ressentait et pourquoi il avait agi de cette façon, elle ne l'entendrait pas.

Il regarda la route un instant... mais fut incapable de se taire plus longtemps.

— Tu as cru que je te repoussais à chaque fois que je t'encourageais, Shelby. Eh bien tu sais quoi ? Moi j'ai toujours eu l'impression que tu te fichais éperdument de ce que je pouvais penser quand tu partais.

— Je vais passer l'entretien de ma vie, Conor ! C'est un moment horrible pour avoir cette conversation !

— Ce n'est jamais le bon moment, avec toi.

Il se tourna vers elle, mais elle fixait ses pieds, les lèvres serrées.

Quelques minutes plus tard, ils arrivèrent au restaurant. Avant d'aller trouver une place dans le parking souterrain, il s'arrêta en face de l'immeuble.

— Bonne chance, dit-il pendant que Shelby rassemblait ses affaires.

— Merci, répondit-elle sans lui jeter le moindre regard.

Shelby se dirigea directement vers les toilettes des femmes. Elle avait besoin de se vider la tête mais son esprit était devenu incontrôlable depuis que Conor lui avait finalement avoué — et répété — qu'il l'aimait. Quel timing atroce ! Comment pouvait-elle se concentrer sur cet entretien qui risquait de changer sa vie, maintenant ?

Elle se regarda dans le miroir, arrangea sa frange et se remit du rouge à lèvres. Puis elle marmonna :

— Ressaisis-toi, c'est le moment de vérité. Soit tu as ce qu'il faut, soit pas. Il est temps de le découvrir.

Après un bref exercice de respiration, elle sortit des toilettes et se dirigea vers l'ascenseur. Conformément aux instructions qui lui avaient été données, elle appuya sur le bouton du onzième étage. La cabine était vieille et lente et, heureusement, elle y était seule.

Oui, Conor avait dit l'aimer, mais il était probablement heureux de se débarrasser d'elle maintenant. Pouvait-elle lui en vouloir après ce qu'elle lui avait fait ?

Ce n'était qu'un combat et un défi pour lui d'admettre enfin qu'il l'aimait encore. Il était sincère, elle n'en doutait pas. Mais comment pouvait-il lui faire confiance alors qu'elle était incapable de se faire confiance à elle-même ?

Bon sang, depuis tout ce temps, elle s'était cachée derrière l'excuse d'un Conor qui la repoussait, mais en vérité, c'était *elle* qui avait fragilisé leur relation. Qu'importe les dommages collatéraux pour lui, pour elle, pour tout le monde. Elle avait cru qu'il l'abandonnait — tout au moins qu'il ne souhaitait plus faire sa vie avec elle —, mais en réalité il faisait un travail sur lui-même pour apaiser ses propres angoisses d'avoir été abandonné deux ans auparavant.

Elle s'était cruellement trompée, focalisée qu'elle était sur sa propre histoire. Son père l'avait abandonnée, Laurent aussi. Conor, le meilleur homme qu'elle ait jamais connu et aimé, lui, il ne la repoussait pas. Il la voulait dans sa vie et il était prêt à mettre son égoïsme de côté pour cela. Tout ce qu'il voulait, c'était qu'elle soit heureuse. Même si cela signifiait... qu'elle lui brise le cœur.

Mon Dieu, pourquoi ne l'avait-elle pas compris plus tôt !

Les portes de l'ascenseur s'ouvrirent et elle secoua la tête dans l'espoir de se recentrer sur l'entretien. Peine perdue. Tremblante pour un million de raisons, dont seulement quelques-unes concernaient l'entretien d'embauche, elle s'avança dans le couloir recouvert de moquette rouge jusqu'à un bureau, ouvrit la porte en bois sombre et s'approcha de la jeune et élégante réceptionniste.

— Puis-je vous aider ?

— Oui, je suis Shelby Brookes. J'ai rendez-vous avec Damian Black.

Après une heure à jouer avec des œufs froids dans son assiette et à faire semblant de lire le journal, Conor était fatigué. Il paya son repas en laissant un bon pourboire et sortit du café. Il ne voulait pas aller loin, au cas où Shelby terminerait son entretien en avance. Il fit quelques pas dans un sens, puis dans l'autre et revint devant l'immeuble.

C'est alors qu'il la vit se diriger vers le café où il lui avait donné rendez-vous.

Il courut vers elle et la prit dans ses bras.

— Ne me laisse plus jamais, murmura-t-il.

Sans un mot, elle l'embrassa comme si elle voulait le dévorer.

— J'ai toujours rêvé que l'homme de ma vie se précipite sur moi dans la rue, dit-elle dans un éclat de rire lorsqu'elle reprit sa respiration.

Et parce qu'ils étaient à San Francisco, la ville de l'amour, ils décidèrent de prendre une chambre pour la nuit et de ne rentrer que le lendemain matin.

Après un bref coup de téléphone, Shelby s'assura que sa mère pouvait encore garder Benjamin jusque-là.

Ils trouvèrent un hôtel qui coûtait une semaine de salaire pour une nuit, mais compte tenu des circonstances, ils méritaient le luxe. Après avoir pris une longue douche sexy ensemble, ils continuèrent leurs ébats dans le lit *king-size*.

Temporairement rassasiés l'un de l'autre, ils commencèrent à discuter.

— Tu ne m'as rien dit de ton entretien, commença Conor. Ça s'est bien passé ?

— Oui, j'ai appris plein de choses.

— Comme ?

— Comme le fait qu'un grand gaillard du nom de Conor habite

à Sandpiper Beach, là où vit aussi la grand-mère de mon fils qui adore le gâter. Que je suis chef du Drumcliffe, et une chef promise à un bel avenir, et que tout le clan Delaney veut me voir réussir.

Elle se tourna vers lui et plongea son regard dans le sien.

— Surtout mon héros. Toi.

Il ne quitta pas ses yeux.

Oh comme il aimait ces mots...

— Ça fait beaucoup de révélations pour un seul entretien, dis-moi, plaisanta-t-il.

— En vérité, j'ai eu la majorité de ces révélations dans la voiture et dans l'ascenseur avant même de commencer mon entretien.

Conor siffla et tendit une main pour jouer avec une mèche de ses cheveux.

— Tu as appris autre chose ?

Elle se releva un peu et le regarda d'un air sérieux cette fois.

— Oui, que Sandpiper Beach est l'endroit où j'ai grandi, et qu'importent mes périples et mes voyages, ce sera toujours la ville de mes rêves... tant que tu y seras.

Oh oui, il adorait ce qu'elle était en train de lui dire... Il la prit dans ses bras et l'embrassa longuement.

Interrompant l'étreinte, elle reprit :

— En revanche, je compte sur toi pour ne pas m'abandonner.

Comment le pourrait-il ? Elle était son rêve depuis si longtemps...

— Je te le promets. Et sinon, ton entretien, tu ne m'as pas dit. Tu as eu le poste ?

— Oui, soupira-t-elle, mais je l'ai refusé. Parce que je t'aime et que je veux rester avec toi. Enfin, si tu m'aimes encore, bien sûr.

— Je t'aime encore, Shelby. Et mieux que ça, je n'ai jamais cessé de t'aimer, je ne voulais tout simplement pas l'admettre.

Il voulut en dire plus, mais elle posa un doigt sur ses lèvres.

— Et tu pourras aimer Benjamin comme le ferait un père ? Car il n'en a jamais eu.

— Rien ne serait plus facile, assura-t-il. Ah au fait, je compte acheter la maison Beacham. Tu accepterais d'y vivre avec moi ? Tous les trois, avec Benjamin ?

Il vit des larmes de joie couler sur ses joues.

— Conor, mon amour, je ne pourrais pas rêver mieux...

13

Le mardi matin, après le retour en voiture de San Francisco, Conor emmena Shelby au gîte de Laurel pour aller récupérer Benjamin. Donna l'avait laissé là en partant pour l'école.

Benjamin cria de joie de revoir sa maman, et quelque chose d'incroyable se produisit dans le cœur de Conor : il aimait réellement cet enfant comme s'il était le sien.

— Tu es prête à voir la maison de Beacham ? demanda-t-il en s'évertuant à installer le siège-auto de Benjamin.

— Je me sens un peu nerveuse, répondit-elle.

— Tu as peur de la détester ?

— Je crois, oui. Je m'en souviens comme d'une maison de rêve. Ou comme du squelette d'une maison de rêve, plus exactement.

— C'est vrai, tu peux le voir comme ça. Laisse-moi te rassurer, elle a un squelette très solide. Aucun problème, question structure et fondation, et les planchers, les murs et même des parties de l'étage sont presque complets. Bien sûr il reste pas mal de travaux.

Quelqu'un, il y a longtemps, avait commencé à construire la maison de ses rêves et quelque chose l'avait arrêté. Certaines chambres étaient terminées, d'autres laissées en plan. Peut-être par malchance ? Peut-être que la maison portait malheur ? Non, Conor ne voulait pas le voir ainsi. Pour lui, il s'agissait d'une occasion. La sienne.

— Il faut le voir comme une chance, reprit-il. Cette maison nous permettra de réaliser nos rêves et de faire en sorte qu'ils durent toute une vie.

— Oh ! Conor Delaney, tu ressembles à un type sur le point de faire une demande en mariage.

S'ils avaient joué au roi du silence, il aurait gagné, car il n'avait aucune intention de partager certaines de ses pensées pour le moment. Oui, il avait cet objectif, mais il le ferait à sa manière et en temps voulu.

Sans insister, Shelby monta dans la voiture. Il se glissa derrière le volant et, sans un mot, démarra.

Un court trajet vers les collines plus tard et ils étaient sur la route qui se terminait sur une falaise avec une vue lointaine sur l'océan. Si la maison de Beacham avait été construite ailleurs, elle aurait valu des millions, mais ici, laissée à moitié achevée et délabrée pendant si longtemps, personne n'avait vu sa valeur. Sauf lui.

Sandpiper Beach n'était pas un endroit assez tendance pour attirer les gens fortunés. C'était une ville de classe moyenne, avec de bonnes écoles et des perspectives d'emploi suffisantes. Rien de trop clinquant. Un endroit sans doute insignifiant pour beaucoup, mais Conor préférait juger sa ville natale par le nombre de ses parcs et la personnalité de ses habitants. À commencer par les premiers colons comme son grand-père, la communauté qui avait élevé Conor et les gens qu'il fréquentait aujourd'hui au quotidien. C'était toutes ces personnes aux personnalités différentes qui faisaient de Sandpiper Beach un lieu spécial. Ce qu'un étranger de passage ne comprendrait jamais.

Il se gara et aida Shelby et Benjamin à sortir de la voiture. Il prit le petit garçon dans ses bras pour ouvrir la voie vers l'avant de la maison. Benny semblait en confiance contre lui et Conor adorait la façon dont le petit garçon l'étudiait de près et testait son visage du bout de ses doigts minuscules.

Oui, je suis réel, mon petit pote, pensa-t-il. *Et toi tu es terriblement mignon.*

Certaines fenêtres avaient été installées, d'autres non. Il y avait une porte d'entrée encadrée mais inachevée qui les obligea à en faire le tour. L'artisan local qui était en train de travailler sur le porche était un ancien « client » de Conor — Conor avait arrêté un cambriolage dans son atelier et, pour le remercier, l'homme lui avait fait un bon prix.

Il regarda Shelby et éclata de rire.

— Pas besoin de clé. Entrons !

Shelby était calme, mais regardait partout. Il se demanda si elle détestait ce qu'elle voyait ou, au contraire, imaginait le potentiel des lieux.

Pendant les trente minutes qui suivirent, ils firent le tour du rez-de-chaussée, échangeant leurs idées d'aménagement. Mais lorsqu'elle voulut monter les escaliers, il lui prit le bras pour l'arrêter.

— Non, je ne crois pas que ce soit encore très sûr.

— Mais je voudrais voir la vue !

— Alors suis-moi.

Il la conduisit à l'extérieur de la cour et lui demanda de lever les yeux vers l'étage. Un balcon courait sur l'arrière de la maison avec une immense porte-fenêtre donnant sur ce qu'il savait être la plus belle pièce de la maison.

— Tu vois ?

Les yeux écarquillés, elle hocha la tête.

— D'ici, par temps clair, tu pourras voir la mer.

Shelby fit quelques pas et, en désignant l'arrière du jardin, s'exclama :

— Et là, regarde ! Nous avons déjà notre petite clôture blanche !

Comme il adorait l'entendre dire « nous ». C'était tout ce qu'il avait planifié au long de cet été incroyable, six ans auparavant : ils allaient se retrouver et devenir un « nous ». Après toutes ces années, la maison de Beacham se cachait sous les ronces et les herbes folles, mais son rêve secret était intact. Comme au premier jour.

— Je vais bloquer mon offre pour cette maison cette semaine, annonça-t-il.

La bouche de Shelby s'arrondit.

— C'est génial !

Conor vit l'impatience dans ses yeux et sourit. Le moment était venu.

Shelby était la femme qu'il avait prévu de demander en mariage, ce soir-là, sur la plage. Un soir qu'il ne pouvait pas oublier.

Alors il lui prit la main, celle avec la bague de Claddagh qu'elle n'avait pas enlevée, et commença à la lui retirer doucement. Elle eut un bref geste de recul, puis céda et le laissa prendre la direction de cet instant.

— Bon, je crois qu'il faut faire ainsi, dit-il.

À ces mots, il prit la bague de sa main droite, où la couronne s'éloignait du cœur de Shelby, dans sa position promesse, et la glissa à son annulaire gauche, la couronne tournée vers son cœur à lui, pour signifier l'engagement.

Puis il prit une profonde inspiration et demanda :

— Shelby Lyn Brookes, veux-tu m'épouser ?

Secouée par une émotion évidente, ses joues virant au rouge profond, mais elle ne perdit pas de temps pour répondre :

— Et comment !

Puis, les larmes aux yeux, elle se pendit à son cou et, se hissant sur la pointe des pieds pour mettre sa bouche au niveau de son oreille, elle lui murmura les mots les plus doux de l'univers.

— Oui, oui, oui !

Épilogue

Sean et Maureen Delaney n'avaient pas perdu de temps à louer une voiture et à planifier globalement leur voyage. Le premier de ce qu'ils espéraient être une longue série d'escapades mensuelles, maintenant qu'ils étaient vraiment retraités. Cette fois-ci, ils avaient jeté leur dévolu sur Cambria et son grand rassemblement d'artistes locaux, avant de mettre le cap plus au sud à Laguna Beach pour le festival d'art de Sawdust, parfait pour la série de marines de Maureen.

Sean s'était proposé pour être le chauffeur de madame et gérer les ventes, car Maureen avait la mauvaise habitude de laisser ses toiles pour une bouchée de pain, voire un sourire.

Leurs trois fils avaient trouvé les meilleures femmes qu'ils pouvaient espérer, Padraig était toujours en excellente santé, tout comme eux. Il était maintenant temps pour eux de suivre leurs rêves. En tête à tête. Enfin !

En plus d'embaucher deux nouveaux employés, un nouvel homme à tout faire et quelqu'un pour travailler à la réception pendant la nuit, Mark et Laurel avaient proposé à Padraig de devenir leur ambassadeur local pour l'hôtel Drumcliffe. Ce que le vieil homme accepta avec enthousiasme. Et il mit tout son cœur et toute sa verve à remplir ce rôle !

— C'est le meilleur panorama pour un mariage sur la côte californienne, ne cessait-il de répéter à quiconque voulait bien l'écouter.

Laurel avait fait appel aux talents culinaires de Shelby pour améliorer l'ordinaire du gîte Prescott. Elle lui avait également proposé une idée de forfait mariage spectaculaire, comprenant tout le service traiteur. Elle espérait que cela lui attirerait de nouveaux clients grâce à la réputation en plein essor de Shelby.

Même Padraig avait proposé un forfait de golf pour les invités, en s'associant avec le club de Sandpiper Beach. En bonus, les inscrits avaient le droit de faire un tour sur le magnifique parcours de golf dans sa voiturette électrique à quatre places. Quelle meilleure publicité pour cet hôtel éclectique qu'un vieil Irlandais tiré à quatre épingles qui se promène dans les rues de Sandpiper Beach en utilisant son club de golf comme une canne, louant la magie du Drumcliffe et laissant des cartes dans toutes les entreprises locales ?

Qui pouvait l'ignorer quand il interpellait les passants dans la rue ou les convives du pub avec sa phrase d'approche préférée :

— Est-ce que je vous ai déjà parlé de la fois où mes petits-fils ont sauvé une selkie ?

À la fin de l'automne, Daniel, Mark et Conor se retrouvèrent pour une bière au pub familial. C'était un dimanche après-midi tranquille. Comme ils le faisaient quasiment à chaque fois qu'ils avaient la chance de se croiser, ils parlèrent de tous les changements survenus dans leur vie depuis leur sortie en mer, un an et demi avant, autour d'une Guinness. Ce jour où ils avaient sauvé un phoque d'un banc d'orques.

— Vous pensez que grand-père avait raison avec cette histoire de phoque ? hasarda Conor.

Daniel éclata de rire puis lança la question interdite, celle qui obsédait l'esprit de chaque frère :

— Celle qui dit que nous avons en réalité sauvé une selkie et qu'elle nous a offert à tous les trois les meilleures femmes du monde ?

Mark resta silencieux, les yeux baissés. Même chose pour

Conor et Daniel. Chacun réfléchissait à cette légende. Au fait que leur grand-père avait peut-être vu juste concernant les dettes des selkies.

Et si les légendes disaient la réalité ?

Au bout d'un moment, chacun leva son verre. Daniel regarda Conor, puis Conor regarda Mark, tous avec cette question tacite écrite dans leurs yeux. Puis Mark regarda Daniel, qui regarda de nouveau Conor la mâchoire serrée.

— Vous croyez que c'est vrai ?

— Naaaan, répondirent-ils à l'unisson, comme soulagés, avant de commander un autre verre.

C'est alors que Padraig et Brian arrivèrent dans le pub, excités comme des puces. Padraig enleva sa casquette et la jeta sur le bar.

— Vous ne croirez jamais ce que Brian a fait cet après-midi !

— Il a gagné au golf ?

— Non, ça, c'est moi, fiston, répondit Padraig avec son sourire effronté. Voyez-vous, nous cherchions sa balle, dans le sable de la plage, lorsque, en chemin, nous avons aperçu un phoque tout emmêlé dans les algues et je ne sais quoi d'autre qui faisait un bruit terrible.

Padraig se tut un instant pour s'assurer qu'il avait l'attention de chacun de ses petits-fils. Conor jeta un coup d'œil rapide à ses frères, un sourire en coin ; il savait comment cette histoire allait se terminer.

— Eh bien Brian ici présent n'a pas hésité une seule seconde ! reprit Padraig. Il s'est approché et a aidé ce pauvre phoque à se délivrer, avant de le regarder reprendre le cours de sa vie.

— Tout est bien qui finit bien, alors, dit Mark qui voulait manifestement changer de sujet.

— Pas avant de regarder en arrière, mon garçon.

Un large sourire illuminait le visage de leur grand-père.

— Brian, c'est super d'avoir sauvé un phoque, intervint Daniel.

— Pas un phoque, corrigea Padraig, offusqué. Une selkie ! Et elle avait un sourire qui vous réchauffait le cœur comme le soleil !

Un peu comme celui que Conor voyait sur le visage de son grand-père.

— Mais dis-moi, grand-père, demanda Conor. Est-ce que tous les phoques sont des selkies ?

Avec un scintillement familier dans les yeux, Padraig lui répondit :

— Non mon garçon, seulement ceux sauvés par un Delaney.